独坐幽篁里，弹琴复长啸。
深林人不知，明月来相照。

李剑非 著

松風詩話

〈上〉

文化藝術出版社
Culture and Art Publishing House

图书在版编目（CIP）数据

松风诗话：上下卷 / 李剑非著. —北京：文化艺
术出版社，2023.12
ISBN 978-7-5039-7538-7

Ⅰ.①松… Ⅱ.①李… Ⅲ.①古典诗歌—诗歌欣赏—
中国 Ⅳ.①I207.22

中国国家版本馆CIP数据核字（2023）第239066号

松风诗话（上下卷）

著　　者	李剑非
责任编辑	董良敏　谷　欢　袁可华
责任校对	董　斌
书籍设计	赵　矗
出版发行	文化藝術出版社
地　　址	北京市东城区东四八条52号（100700）
网　　址	www.caaph.com
电子邮箱	s@caaph.com
电　　话	（010）84057666（总编室）　84057667（办公室） 　　　　84057696—84057699（发行部）
传　　真	（010）84057660（总编室）　84057670（办公室） 　　　　84057690（发行部）
经　　销	新华书店
印　　刷	国英印务有限公司
版　　次	2024年1月第1版
印　　次	2024年1月第1次印刷
开　　本	710毫米×1000毫米　1/16
印　　张	51.5
字　　数	596千字
书　　号	ISBN 978-7-5039-7538-7
定　　价	268.00元（上下卷）

版权所有，侵权必究。如有印装错误，随时调换。

序一 不敢妄论的《诗经》

《松风诗话》是挚友剑非贤弟的呕心之作，是以诗歌为历史线索，引古琴为文化内容，又以琴家的思维品诗歌，以诗家的角度论琴学的大作。作者不吝笔墨旁征博引又谈古论今，貌似疏散闲淡实则严谨考究，其中先秦部分虽仅采撷数篇但却涵盖多方，颇具新意。

西周（前1046—前771），是中国历史上奴隶社会鼎盛时期。公元前11世纪周武王灭商，建国号为周，定都镐京（今陕西长安沣河以东），周成王亲政之后，营造新都洛邑（河南洛阳），在周公、召公的辅佐之下，周成王和周康王时期出现了我国第一个盛世时期，史称"成康之治"，《史记·周本纪》载："成康之际，天下安宁，刑错四十余年不用。""成康之治"一直被后世的儒家所向往和推崇，孔子更是赞叹："周监于二代，郁郁乎文哉！吾从周。"而东周则被后世史家分为春秋（前770—前476）和战国（前475—前221）两个时期，其中"战国"一称源自西汉刘向的《战国策》。

各国纷争烽火连年，致使华夏民族的许多文化典籍尤其是儒家典籍失传，而《诗经》作为文学史上第一部诗歌总集，以其古代诗歌原始生态形式口耳相传有幸得以保存。

《诗经》集中反映了西周初年至春秋中叶约500年间的社会风貌，一种说法是由周王朝专派的"采诗官"采集，另一种说法是周宣王时的太师、西周时期著名的贤相尹吉甫采集并由孔子编订的，所以尹吉甫又被尊称为中华诗祖。《诗经》在先秦时期被称为《诗》，又或取其整数称《诗三百》，其中收集的诗歌共311篇（内有6篇为有义而无辞的笙诗），传至西汉时逐渐被尊为儒家经典，始称《诗经》，并成为官学而兴盛一时。

"四家诗"是自西汉开始出现的用以讲授《诗经》的《鲁诗》（出于鲁人申培）、《齐诗》（出于齐人辕固）、《韩诗》（出于燕人韩婴）以及《毛诗》（出于鲁人毛亨及赵人毛苌）的合称。"四家诗"均重在宣扬儒家思想，但对诗之解释小有不同。"鲁、齐、韩"三家也称"三家诗"，属"今文诗"，西汉时立学于学官，用当时的隶书（时称今文）记录，分别在三国两晋时期逐渐消失。而《毛诗》则属"古文诗"，至东汉时方入于学官，其中训诂多出自《尔雅》，事实多依《左传》，这也就是流传至今的《诗经》。在《毛诗》中于各篇之首都有一篇类似题解的文字，称为毛诗序（其作者相传为孔子门下子夏，另有说为汉人卫宏所作），其中《关雎》篇为大序，即由《诗大序》总论《诗经》，其余均为小序。

司马迁《史记·孔子世家》中提到"四始"的概念："《关雎》之乱以为《风》始，《鹿鸣》为《小雅》始，《文王》为《大雅》始，《清庙》为《颂》始。"即将《诗经》分类为《风》《小雅》《大雅》《颂》四大部分，司马迁所述四首诗歌则为每个部分的开始之篇。《毛诗序》中也提到"四始"，并对《诗经》的社会性表述为："风也，教也，风以动之，教以化之"；对其情感表述为："诗者，志之所之也，在心为志，发言为诗，情动于中而形于言，言之不足，故嗟叹之，嗟叹之不足，故咏歌之，咏歌之不足，不知手之舞之，足之蹈之也"；对其思想表述为："故正得失，动天地，感鬼神，莫近于诗"；对其现实政治意义描述为："正始之道，王化之基"；对其艺术呈现则表述为："故诗有六义焉：一曰风，二曰赋，三曰比，四曰兴，五曰雅，六曰颂，上以风化下，下以风刺上。"由上，后世总结为：按表现内容的不同对《诗经》分类为"风、雅、颂"，以《诗经》的艺术表现手法分别为"赋、比、兴"，其中"赋"多是指平铺直叙、铺陈、排比的修辞方法；"比"即比喻的修辞方法；"兴"即以象征的修辞方法，先言他物，然后借以联想，引出诗人所要表达的思想及感情。

两千多年来，人们对《诗经》的研究从未停止过，"《诗经》学"作为一门大学问，从西汉的"四家诗"至南宋的朱熹，基本形成了相对完整的理论文献，为后世的《诗经》学研究奠定了思想基础和理论研究方向。笔者认为史上对《诗经》学研究中，朱熹无疑是贡献巨大的。《诗经》本出于草根，其本质或立意不高，但经朱熹在理学大纲下的提炼，特别是对《毛诗序》批判性的继承，最终形成了他独有的《经》学理论著作《诗集传》，并从宏观上改变了前人"以《诗》为美刺、为谏书"的传统认识，将理学"涵泳道德、修身齐家"的观点作为读《诗》的立意解读，这是具有特殊历史意义的。

然而，从元代起朱熹的《诗集传》被奉为科举标准后，其学术地位及社会影响越来越高，也就是从《诗集传》变成一块科举敲门砖开始，随之而来的是《诗经》学研究的多样性及探索性也渐趋弱化，这或许是朱圣人所不愿意看到的吧。

现在公认的说法是：孔子编《诗》之宗旨为"无邪"，教化弟子读

《诗》以为立言及立行之标准。延至西汉,《诗三百》被尊为儒家经典,奉为"六经"之首。太史公著《史记·孔子世家》记曰:"古者,《诗》三千余篇,及至孔子,去其重,取可施于礼义,上采契后稷,中述殷周之盛,至幽厉之缺,始于衽席。"又有:"三百五篇孔子皆弦歌之,以求合《韶》《武》《雅》《颂》之音。礼乐自此可得而述,以备王道,成六艺。"其中"六艺"则是指"礼、乐、射、御、书、数"。

《风》即"国风",应是由当时的采诗官从周南、召南、邶、鄘、卫、王、郑、齐、魏、唐、秦、陈、桧、曹、豳等15个地区所收集的地方音乐,后经孔子删取,选有160篇,除少数贵族作品外大多是民间歌谣。《雅》是周王朝丰镐地区宫廷宴飨或朝会时的歌乐,即所谓"正声""雅乐"。按歌乐场景的不同又分为《大雅》和《小雅》共105篇,其中《大雅》31篇,多为朝会宴乐之作,《小雅》74篇,多为个人言情抒怀之作,作者绝大部分应是贵族及大夫。《颂》则多是宗庙祭祀的舞曲歌辞,共40篇,内容多是歌颂祖先的功业,其中又分为《周颂》31篇、《鲁颂》4篇、《商颂》5篇。

从时间上看,《周颂》和《大雅》的大部分产生在西周初期;《大雅》的小部分和《小雅》的大部分产生在西周后期至东迁时;《国风》的大部分和《鲁颂》《商颂》产生于春秋时期。后世对《风》《雅》《颂》的思想性和艺术价值之评判,比较普遍的一种说法是:三颂(《周颂》《鲁颂》《商颂》)不如二雅(《大雅》《小雅》),二雅不如十五国风,盖因《颂》之内容空古而有居庙堂之高远,咏之如祠前沐首愈加沉重;《雅》之雅矣然终非凡人可及,如对高士而饮,虽酒器俱佳然多不自在;再统观《风》之言辞,景似再现、声如绕耳、语若呢喃、心领神会、情色交融、常人琐事,尽凡人之能事耳。尤其是《国风》中大量的对情爱的描写，展现了2500年至3000年前时的社会风气，特别是人们对异性的大胆表达，更是为后世人们所不能及。

"周南"是指周王朝都城丰京以南的地区，大抵指洛阳以南至江汉一带"南方"之地。正如唐代孔颖达《毛诗正义》所说："其得圣人之化者，谓之周南。得贤人之化者，谓之召南。"《毛诗序》云："'关雎''麟趾'之化，王者之风，故系之周公。南，言化自北而南也。'鹊巢''驺虞'之德，诸侯之风也，先王之所以教，故系之召公。"

《国风》是《诗经》的一个重要部分，也是《诗经》中的精华，在《国风》中所收录的周代民歌相当一部分以多彩的画面、宽广的视角向我们展示着战国之前近六百年间的社会现实生活，反映了中国古代人民真实的生活情景及社会状态，它是中国现实主义诗歌的启蒙。《国风》主要内容包括四大部分：其一是反映当时繁重的兵役及徭役给社会底层民众带来的痛苦及他们对统治者的不满情绪；其二是对劳作场景的诗歌化流传；其三是表现家国情怀，反映了将士们在国难当头之时，为保卫家园同仇敌忾的豪情；其四是对美好爱情的讴歌以及反映妇女婚姻与命运的诗歌。由于郑、卫两国地处中原富庶之地，交通南北，经济相对发达，所以男女相交约束较少，故多有桑间濮上之音，投桃报李之作，《史记·屈原贾生列传》载："《国风》好色而不淫，《小雅》怨诽而不乱，若《离骚》者，可谓兼之矣。"正是由于《诗经》记录了西周前到春秋中期六百多年的历史及民风民俗，以至于在后来的《汉书·地理志》中也多引《诗经》以说明各地的民俗风尚。

《国风》在格式上多数是四言一句，也杂用二言、三言、五言、七言或八言的句子，语言准确优美，读起来非常富于韵律感，可能在当时的语言环境下也兼具音乐的表现性，大量使用双声、叠韵、叠字、叠句，增加了音韵的优美，诗中运用"赋、比、兴"的诗歌技巧，使其艺术表现力大大增强。

关于《毛诗序》，笔者认为鉴于写作的时间大体在西汉末年，这是汉朝历史上最动荡的一个阶段，汉朝面临着王莽篡位，刘秀起兵，几十年的政权交替，大面积国土都在战火之中，政治也是相对的混乱，可想而知《毛诗序》的作者，很容易在自己的作品中表现出对现实的不满以及对社会现实的发泄。所以在他对《诗经》的论述中，必不可少地会带有那个时代的影子，这就是借文喻事，借古讽今。战火纷纷，民不聊生，德之不存，存者皆为声色犬马，所以《毛诗序》才会写出"不说德而好色也"，然而纵三千多年来，诗歌如果离开了男女情事，诗坛也将黯然失色。

万伯翱

（中国传记文学学会名誉会长）

序二 由《松风诗话》而联想到的三个问题

李剑非先生所著的《松风诗话》终于和读者见面了,这或许是迄今为止最全面、最具可读性和研究性的有关"琴诗"的专著。站在古琴文化的立场上,由历代著名诗词家吟咏古琴或以琴意、琴境入诗的"琴诗"入手,从而研究古琴文化的发展沿革,李剑非先生以其一贯的严谨治学精神为古琴文化的研究另辟蹊径,令我十分感动。

古琴是华夏民族最古老的乐器之一,其有文字记载的历史至今至少有3000年。几千年来人们对古琴的认识依各个历史时期在不断变化着,但对古琴所代表的思想和传统,以及古琴的文化属性和艺术表现之研究从未中断过,因而也就形成了越发完整的"琴学"理论。剑非先生的《松风诗话》正是站在当下古琴文化传承和发展的重要历史节点,对古琴与古诗词的关系做了前所未有的梳理。尤为可贵的是,作者以古诗词作为历史线索,将古琴与历史、文学、社会生活以至思想文化沿袭的共生关系加以勾勒,其情堪表、其意甚佳。

一、公元1世纪之前的器乐

《周礼·春官》中把乐器依主要制作材质或发声体的材质分为金、石、丝、竹、革、土、匏、木八类，统称"八音"。其中，"金"包括编钟、特钟（盛行于春秋战国的青铜敲击乐器，又称"镈钟"，是单独悬挂的大型钟，声音洪亮）、铙、磬等，被称为"金石之声"，是公认的"最高雅的声音"；"石"包括编磬、特磬；"土"包括埙等；"革"包括各种鼓；"丝"包括琴、瑟；"木"包括柷、敔；"竹"包括箫、管、篪；"匏"包括笙、竽等。《韩非子·解老》曰："竽也者，五声之长者也，故竽先则钟瑟皆随，竽唱则诸乐皆和。"

至西汉以前，乐器的使用场景大体是这样的：军队征战时用的乐器有铙、钟、鼓、钲、铃、錞、铎等，其中"钲"就是鸣金收兵的"金"，而"鼓"就是进军的战鼓。重大宫廷活动所常用的乐器有大钟鼓、编钟、编磬、凤箫、琴、瑟、埙、篪、竽等，其中的凤箫即排箫，南宋辛弃疾《青玉案·元夕》有"凤箫声动，玉壶光转，一夜鱼龙舞"，足见其使用之场景十分宽泛。在有乐舞时，除钟、鼓、丝、竹等之外，还会增加节、麾、柷、敔、籥、翟等。祭祀礼乐用编磬、编钟，青铜打击乐器铙，以及琴、鼓、铃、瑟、箫、管、埙、笙等。

二、传统音乐理论中的"悲音"

"清商曲"又称"清商乐"，也简称为"清乐"。兴起于魏晋南北朝并盛行于隋唐时期，是在当时七百多年的社会生活中占有相当地位的一种汉民族传统音乐。西晋末年永嘉之乱晋室南迁，随着中原汉人第一次大规模的衣冠南渡，由南方地区汉族民歌发展起来的"吴歌"及"荆楚西声"与以汉代"街陌谣歌"为基础兼承秦、赵、郑、楚之声而形成的"相和歌"相互融合，"清商曲"就是在这样的社会环境下而发展形成的，今世也有学者谓其"燕乐"。

何为清商？其本系中国传统五音"宫商角徵羽"之一，古人多谓其调凄清悲凉。东晋葛洪在其《抱朴子·畅玄》之中云："夫五声八音，清商流徵，损聪者也"；《韩非子·十过》曾有一段记载："平公问师旷曰：'此所谓何声也？'师旷曰：'此所谓清商也。'公曰：'清商固最悲乎？'师旷曰：'不如清徵。'……平公提觞而起为师旷寿，反坐而问曰：'音莫悲于清徵乎？'师旷曰：'不如清角。'"韩非子所讲述的是春秋初期的著名古琴家及伴驾乐师师旷与晋平公之间的对话。

"清商"用今天的音乐理论可以解释为：宫、商、角、徵、羽五声中商音上面的一个小二度音高。清商调（即夹钟均）又有小碧玉调、姑洗调等称谓。古琴正调定弦后紧二、五、七弦，其中"紧"即上调一个小二度或称"一律"。二弦为宫，二弦音名♭E，而相对于一弦音名C而言，♭E是为清商。一至七弦的音名为：C、♭E、F、G、♭B、c、♭e，此为♭E调（视宫为夹钟）；律名为：黄钟、夹钟、仲吕、林钟、无射、清黄钟、清夹钟；简谱唱名为：6̣、1、2、3、5、6、1̇；阶名为：下羽、宫、商、角、徵、羽、少宫。元代赵孟頫在《琴原》中说："夹钟之均，一羽二宫三商四角五徵六七比一二。"

三、一个伴随历史沉浮的特殊群体

"士"是中国几千年的封建社会所形成的一个特殊群体,"士"也是西周开始有明确记载的一个社会阶层,当时由王、卿大夫、大夫、士共同组成了贵族士大夫阶层,其以下为民,曰农、工、商,时至战国,士被下划一等,则有了"士农工商","士"居"民"的最上等。时至秦朝,"士"还是作为最低等的贵族来体现其社会属性的,他们有着贵族的血统,也接受着贵族的教育,只是没有封地。这些"士"往往会为贵族服务,对"士"的培养正是"修身齐家治国平天下",所以他们需要接受君子六艺的学习培训。"诗"就是读《诗经》,"书"在那个时候肯定不是广泛意义的书法,极大的可能有两种:其一是要学习制作书,包括制竹简、烤制穿编等一系列工艺过程;其二就是要学习著书立言,至少要学会在竹简上记录文字。而"射"是为战争而服务的,就是比射箭、格斗等军事训练的简说。因为在春秋时期,民是没有资格直接参与战场争斗的,而往往是作为"民夫"存在于战争中,由"士"组成的兵阵就是"士兵"一词的由来,"士"要随时应召投身于维护贵族利益的战争。

今天我们经常说"人民"一词,而"人民"在古代并非一个共有性的名词,其特指两类人群,其中"民"指的是"农工商"或后来的"士农工商"。夏、商、周实行的是世卿世禄制,而秦朝是以军功进阶,汉代则有察举和征辟制,至魏晋南北朝虽采用九品中正制,但更加注重门第,促使世家大族的子弟占尽优势,造成了"上品无寒门,下品无士族"的社会现象,社会阶层的界限越发变得牢不可破,门第制度更是日益森严。入隋,随着科举制的发展,"学而优则仕"改变了春秋至隋唐近千年来"士子"难以入仕的局面,以文官集团为代表的文人士大夫便逐渐形成了一个新的、更为重要的社会阶层,"士"则变为上可"学而优则仕"进入文人士大夫阶层,下可为普通读书人成为"民"之首者,即"士农工商"。但是如果根据《春秋穀梁传·成公元年》的记载:"古者有四民:有士民,有商民,有农民,有工民。夫甲,非人人之所能为也。丘作甲,非正也。"《管子》也有"士农工商四民者,国之石民也",那么"士"作为四民之首应该早在春秋时就有了,正如顾炎武在其《日知录》中说:"士农工商谓之四民,其说始于管子。"

孙瑞勇

(中国乐器协会理事长)

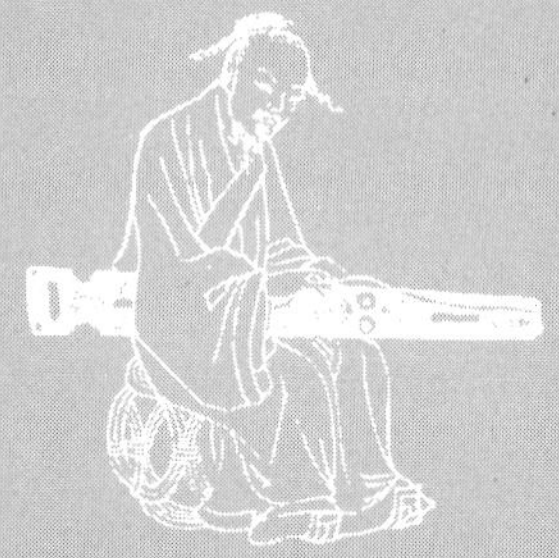

目 录

先　秦　/　001
两　汉　/　031
魏晋南北朝　/　057
隋　唐　/　145

宋　/　385
元　/　593
明　/　651
清　/　745

附　录　/　789
后　记　/　797

【先秦】

呦呦鹿鸣,食野之苹。
我有嘉宾,鼓瑟鼓琴。
鼓瑟鼓琴,和乐且湛。
我有旨酒,以燕乐嘉宾之心。

鹿鸣

佚名

呦呦鹿鸣，食野之苹。我有嘉宾，鼓瑟吹笙。
吹笙鼓簧，承筐是将。人之好我，示我周行。
呦呦鹿鸣，食野之蒿。我有嘉宾，德音孔昭。
视民不恌，君子是则是效。我有旨酒，嘉宾式燕以敖。
呦呦鹿鸣，食野之芩。我有嘉宾，鼓瑟鼓琴。
鼓瑟鼓琴，和乐且湛。我有旨酒，以燕乐嘉宾之心。

【诗文大意】

在不远处的坡上，一群鹿儿寻食着艾蒿发出欢快的呦鸣，一众宾客将光临舍下，我用笙簧真诚相迎。随着礼乐之声奏响，贤士们奉上礼筐，人人都待我彬彬有礼啊，尽显着周天子治下大道皇皇。

在不远处的坡上，一群鹿儿寻食着艾蒿发出欢快的呦鸣，贤才到此令蓬荜生辉，每位都德高品正风华绝代。贤德君子谦恭稳重，我要献上香醇美酒啊，开怀欢笑不负这般美好时光。

在不远处的坡上，一群鹿儿寻食着蒿草发出欢快的呦鸣。来自四方的至爱亲朋，弹瑟抚琴又唱起心中的歌。琴瑟和鸣其乐融融，再次斟满香醇美酒吧，愿这份情谊常伴诸君。

【品读】

《诗经》与历代科举有着文化及制度层面的密切关联，其中的《鹿鸣》几乎成了科考的"代名词"。"鹿鸣宴"即科考过程中的一种宴会，唐代元稹《桐花》诗中有"君若傲贤隽，鹿鸣有食芩"，举人中试又被称为"赋鹿鸣"，韩愈《送杨少尹序》中有"杨侯始冠，举于其乡，歌鹿鸣而来也"；清代姚鼐《哭孔㧑约三十二韵》中有"鹿鸣君始赋，骏骨窃先知"。

朱熹在《诗集传》中说《鹿鸣》："言嘉宾之德音甚明，足以示民使不偷薄，而君子所当则效。"是将其定格在君臣饮宴这样一个大前提之下，所以很久以来这首《鹿鸣》莫名地被涂上了一层政治色彩，于是《鹿鸣》成了歌颂天子宴群臣嘉宾的一首赞诗，后来也被用于贵族宴会宾客时的咏诵诗。不可否认，礼乐作为一种文化是周代社会的重要组成部分之一，而宴饮中的仪式和过程，无不体现了礼制的规则和人们内在的道德风范。但是笔者更愿意还原《鹿鸣》为士人的一次聚会之真相，还原诗人赋予其中的期望、惊喜、欢乐、感慨，以及对美好生活的追求。

《诗经·小雅》74篇，以表现当时的社会生活及文化形态为主，而《鹿鸣》就是《小雅》的首篇，依"四始"之例，《鹿鸣》当为《小雅》之始。全诗三章，每章八句，歌唱主人的敬客，嘉宾的懿德，以及描写宴饮活动欢聚一堂的歌舞音乐。从内容上看质朴平直，从风格上讲中和典雅，既丰腴美畅又婉曲细致，总归于一派祥和气象。

风和日丽，在青绿的山坡上一群鹿儿在蓝天白云下悠闲地吃着嫩草，几只无忧的小鹿在欢跳嬉戏，母鹿不时地叫唤自己的孩子，发出"呦呦"之鸣，而小鹿则调皮地回以"呦呦"之声，这是一幅多么安逸祥和且沁人心脾的美好画面啊，无疑这也是诗人对周朝盛世的意象性描摹。而主人公的宴请就是在这样一个恬淡怡然的环境中进行着，诗中以"三叠"的形式将"呦呦鹿鸣"作为三个章节的开始，更是把这种陶情冶性的"仁和"主题贯穿始终。鹿在中国传统文化中是"仁寿"的象征，它不仅谙通人性还常与仙人为伴，我们"龙"的图腾就有鹿角的元素，早在远古之时鹿这一形象就已深入人心。班固在其《汉书·地理志》中就有鹿山的记载，北宋刘斧的《青琐高议》中也有《仁鹿记》的故事。

本诗以鹿鸣作为情景衬托，借喻物而达意，其用意不言自明，就是表达"仁和礼乐"这样一个主题。《礼记·乐记》曰："礼节民心，乐和民声……礼义立，则贵贱等矣；乐文同，则上下和矣。"这也是《诗经》起兴的一个特点，正如朱熹之言："先言他物，以引起所咏之词也。"故《毛诗》注云："鹿得苹，呦呦鸣而相呼，恳诚发乎中，以兴嘉乐宾客，当有恳诚相招呼以成礼也。"于是乎在"鹿之仁寿"所象征的"仁和礼乐"贯穿全诗的同时，又将庄敬欢融的气氛有机地交织在一起，以嘉宾与仁鹿相对照，以琴瑟笙簧的奏鸣与鹿儿呦呦的欢叫相对应，以友人手中的礼筐与鹿儿口中天赐的嫩草相对比。如此，便形成了全诗的横向"比"的关系，继而再图层层递进，将全诗"赋"的纵向内容一层层展开并一步步加深。

观全诗，共有琴、瑟、笙、簧等四种乐器出现。其中"簧"作为一种完整且可以单独进行演奏的古老乐器，或许在春秋时就已十分常见了。石峁遗址距今大约4000年，其中出土的就有迄今为止最早的"口弦琴"，均以骨头制成，形状窄长，中间夹着薄薄的弦片，长度不到10厘米，宽度大约1厘米。如此就很好解释《鹿鸣》中"吹笙鼓簧，承筐是将"一句了。乐人们吹奏着笙和簧，随主人出门迎接嘉宾（琴和瑟因其演奏形式则只能置于厅内），接过宾客带来的礼物，宾主见礼相让着步入厅堂。既然《鹿鸣》中主人宴饮嘉宾所使用的不过琴、瑟、笙、簧，所以宫廷宴饮之解就说不通了，也再次印证《鹿鸣》一诗的主人公应该是一位低等级贵族。此外古琴出现在这首《鹿鸣》中，可以充分说明在公元前700多年的东周乃至更早的西周，古琴已经在社会生活中十分常见了，下到贵族、大夫、士，上到国家祭祀及宫廷宴饮，古琴都是一个不可或缺的存在。也就是说，自今上溯3000年，古琴作为比肩"瑟"的乐器，无论是在庙堂之上的礼乐演奏还是在贵族、大夫、士的宴饮歌舞中，都已经是完整的器乐声部了。

如许多《诗经》中的名篇一样，《鹿鸣》"可吟、可咏、可歌、可曲"。作为"儒家十三经"之一的《仪礼·大射》载："小乐正立于西阶东，乃歌《鹿鸣》三终。"《鹿鸣》的乐曲延至两汉魏晋间尚存，后逐渐失传。而《鹿鸣》以古琴曲名最早见于东汉蔡邕的《弹琴赋》："于是繁弦既抑，雅韵复扬。仲尼思归，《鹿鸣》三章。《梁甫》悲吟，周公《越裳》。青雀西飞，别鹤东翔。饮马长城，楚曲明光。走兽率舞，飞鸟下翔。感激弦歌，一低一昂。"至北宋王灼在《碧鸡漫志·卷一》有记"古曲音辞存者四：曰《鹿鸣》《驺虞》《伐檀》《文王》"。

曾几何时《鹿鸣》的社会影响非常大，在王公贵族及士人大夫中，俨然已成为必备的"宴宾之歌"，以至于魏武曹操在其那首著名的《短歌行》中直接将《鹿鸣》的前四句据为己有，足见它被世人追捧程度之高。当然，在曹诗中还引用了《诗经·郑风·子衿》中的"青青子衿，悠悠我心"一句，将《诗经》名句直接引为己用当数曹氏独当，后人无魏武之盖世气魄，多以"化用"而图之。"化用"之最妙者应数白居易的千古名句"回眸一笑百媚生"（《长恨歌》），其化用《诗经·卫风·硕人》"巧笑倩兮，美目盼兮"；其他如唐张仲素《春闺思》"袅袅城边柳，青青陌上桑。提笼忘采叶，昨夜梦渔阳"，整体化用《诗经·周南·卷耳》"采采卷耳，不盈顷筐。嗟我怀人，寘彼周行"；柳永、李清照等也有所为，此或为《诗经》趣谈。

一篇《鹿鸣》每章均起于"呦呦鹿鸣"，三章三叠。"叠句"是贯穿《诗经》三百首的一个重要艺术性表现手法，使得《诗经》更具有"诗歌"的特点，即咏而歌之。将此特点表现得极致者莫过于《小雅·彤弓》。

【雅赏】

小雅·彤弓

彤弓弨兮，受言藏之。我有嘉宾，中心贶之。
钟鼓既设，一朝飨之。
彤弓弨兮，受言载之。我有嘉宾，中心喜之。
钟鼓既设，一朝右之。
彤弓弨兮，受言櫜之。我有嘉宾，中心好之。
钟鼓既设，一朝酬之。

车舝
佚名

间关车之舝兮，思娈季女逝兮。匪饥匪渴，德音来括。
虽无好友，式燕且喜。
依彼平林，有集维鷮。
辰彼硕女，令德来教。式燕且誉，好尔无射。
虽无旨酒，式饮庶几。虽无嘉肴，式食庶几。
虽无德与女，式歌且舞。
陟彼高冈，析其柞薪。
析其柞薪，其叶湑兮。鲜我觏尔，我心写兮。
高山仰止，景行行止。四牡骓骓，六辔如琴。
觏尔新昏，以慰我心。

【诗文大意】

车轮吱吱咯咯地转响，载着出嫁的年轻新娘。我要告别孤单的日子，有这贤德女子伴身旁。虽未邀太多亲朋好友，庆典宴饮也欢乐非常。穿过丛林又越过原野，见长尾锦鸡傲栖树上。哪如我那青春美娇娘，她品行高尚仪表端庄。不禁想到宴饮的欢悦，畅想我们的情意绵长。未必一定要上等好酒，但愿你我能共饮一觞。未必非得是佳肴珍馐，希望能够合你的胃肠。我的德行难与你相配，愿我们执手共舞余生。

车子行至那高高山冈，柞枝当柴它枝繁叶茂。就像我们未来的家庭，人丁兴旺又生机勃勃。原本我担心你不肯远嫁，此时我心中忧虑全消。穿过巍峨仰视的崇山，越过风景如画的驰道。飞奔的四马似晓我心，手中缰绦如琴弦欢奏。如今迎娶这般好娘子，怎能不令我心满意足。

【品读】

这首《车舝》系《诗经·小雅·甫田之什》中的一篇，历代都有人对它进行过不同角度的诠释。"伍""什"等本为古时的计数单位，而作为编排方式及检阅逻辑，自汉代始对诗经的编排即采用了这样的归类方式：将内容和主题相仿的10篇为一组，称为"什"，某一主题超过10篇的部分转入下一"什"。如《小雅》中就包括"鹿鸣之什""南有嘉鱼之什""鸿雁之什"等七什，其中"甫田之什"中编入了《甫田》《裳裳者华》《鸳鸯》《车舝》等10篇。

这首《车舝》的作者应是一位贵族子弟，诗中所描写的是这位年轻的"士"（低等级贵族）迎娶自己清纯美丽的妻子，欣喜之情溢于言表，以及在返程路上的所见、所思、所闻。诗中"间关"拟音车子行走时发出的吱吱咯咯的声响，"舝（xiá）"通"辖"，是车轴与车轮之间的销头，此诗名曰《车舝》，其意也出于此，即象征着一对小夫妻恩爱无间，以及寓意着他们的爱情牢不可破。在诗中的第一段，诗人不吝笔墨地描述了自己新娘的年轻美貌和贤良淑德，其中"娈"是爱慕，而"季女"则指少女，"逝"在诗中系指出嫁。

《诗经》中多以"饥""渴"隐喻男女性事，尤以《国风》甚著。南宋理学大家朱熹在其《诗集传》中，将《诗经》中20余篇指斥为"淫奔之辞"，如《邶风·静女》《鄘风·桑中》《卫风·氓》，《郑风》的《有女同车》《褰裳》《风雨》《子衿》《扬之水》《野有蔓草》等诸篇。即使《卫风》之中的《氓》和《郑风》之中的《遵大路》或为弃妇之辞，也被朱熹指为"淫妇为人所弃"。朱熹对于《郑风》则抨击尤甚，《诗集传·卷四》曰："郑卫之乐，皆为淫声。然以《诗》考之，卫诗三十有九，而淫奔之诗才四之一；郑诗二十有一，而淫奔之诗已不翅七之五。卫犹为男悦女之辞，而郑皆为女惑男之语。卫人犹多刺讥惩创之意，而郑人几于荡然无复羞愧悔悟之萌。是则郑声之淫，有甚于卫矣。故夫子论为邦，独以郑声为戒而不及卫，盖举重而言，固自有次第也。"《国风》尤为后世之人所关注，果然朱熹亦如是也。

　　在《车辖》中，通过主人公所驾驭的四马彩车（四牡骈骈，六辔如琴），对其的品德有一定的评判（虽无德与女，式歌且舞），因其要翻山越岭亲自驾车（高山仰止，景行行止），且不准备举办大型的饮宴庆典（虽无旨酒，式饮庶几。虽无嘉肴，式食庶几），可以看出诗作者应是一位意气风发的贵族子弟。他将手中的缰绳比喻成跃动的琴弦，今天看来似乎有些牵强，但一个贵族少年在对自己的德行是否与心仪的女子般配时，以琴之"德"来同化自己的品行及德音，其用意是可以理解的。同时，我们也看到早在西周时的贵族中，将古琴作为诗歌的意境彰显和形式表达，已经显得十分成熟得体了。

　　这首《车辖》的主题背景历来具有较大分歧。争论最多的集中在"讽刺君王"及"新婚燕尔"两大主题说。东汉卫宏在《毛诗序》中述："《车辖》，大夫刺幽王也。褒姒嫉妒，无道并进，谗巧败国，德泽不加于民。周人思得贤女以配君子，故作是诗也。"与之相比，我们更希望《车辖》的主题背景如朱熹《诗集传》所断说："此宴乐新昏之诗。"而清中期方玉润在《诗经原始》中则辩言："夫乐新昏，则德音燕誉无非贤淑，而高山景行，亦属闺门。试思女子无仪是式，而何德音之可誉？闺门以贞静是修,更何仰止之堪思?"方玉润抱定今人之婚嫁惯例而度两三千年前之民风习俗,多不可取矣。

【雅赏】

小雅·鸳鸯

鸳鸯于飞,毕之罗之。君子万年,福禄宜之。
鸳鸯在梁,戢其左翼。君子万年,宜其遐福。
乘马在厩,摧之秣之。君子万年,福禄艾之。
乘马在厩,秣之摧之。君子万年,福禄绥之。

鼓钟

佚名

鼓钟锵锵，淮水汤汤，忧心且伤。淑人君子，怀允不忘。
鼓钟喈喈，淮水湝湝，忧心且悲。淑人君子，其德不回。
鼓钟伐鼛，淮有三洲，忧心且妯。淑人君子，其德不犹。
鼓钟钦钦，鼓瑟鼓琴，笙磬同音。以雅以南，以籥不僭。

【诗文大意】

铿锵奏响的钟乐声似淮水奔腾浩荡，我的心中充满了悲伤。因为这钟乐声使我怀想起那圣德的君子，他的德行我们永世不忘。钟声起伏有如淮水奔流不停，引得我心生悲忧。是因为想到了那仁善的君子，和他真诚无邪的德行。钟磬伴着鼓乐再次响起，旷古的声音回荡在三洲。鼓乐声令我悲哀又心伤，想到纯真君子，他的美德名扬万方。钟鼓乐声高鸣，琴瑟笙磬和鸣，它们奏出雅乐和美妙的乐音。又有籥管声声，让这和谐美乐永远飘荡在天穹。

【品读】

这首《鼓钟》是典型的四章式四言诗歌，文辞精致、朗朗上口且言简意明。其核心思想就是歌颂古圣先贤，而礼乐在这里是为烘托圣贤之德行广布，昭仪天下的美名。诗中大量使用了叠章叠句，以递进的方式将礼乐的演奏娓娓道来。用淮水来比喻音乐的美畅，或汹涌澎湃，或绵延婉转，或跌宕起伏，或传向远方，这具有非常典型的"二雅"中连续比赋的艺术手法，兴致所扬均集中在每章的最后一句，其中的悲切之感既是对先哲的缅怀，又是对当世的不满，颇有讽意，只是并未有具象的所指。

《小雅》大体是收集于西周都城镐京地区的诗歌。其中的叠字如"锵锵""喈喈"及"钦钦"意思相近，都是对音乐宏大场面及声效的形容，主要是形容音乐的规模和演奏体现出的气势。"淑人君子"是指有美德之人，泛指那些古圣先贤。"三洲"应是指淮河上的三个洲岛。在诗中，出现了多种乐器的组合，即雅、南、钟、磬、鼗、籥、瑟、琴、笙，其中的"雅"是一种古老的乐器，形状如漆桶，两头蒙以羊皮，在诗中尤指天子之乐（也泛指周朝之正乐），而"南"是一种形状似钟的乐器，在诗中也代指南方地区的乐调。

《毛诗序》解释《鼓钟》："不与德比，会诸侯于淮上，鼓其淫乐以示诸侯，贤者为之忧伤。"同样，苏辙的《诗集传》沿用《毛传》的说法："幽王用乐，不与德比。"后世诗家多在《鼓钟》音乐的政治属性方面颇费周章。笔者认为，不论此音乐是靡靡之乐还是正音雅乐，于今天看来，我们都已不得而知，从诗面上也找不到相关的线索，今天的我们索性放弃那些臆造和猜想，从诗中感受音乐带给诗人的情感触动和思想激发。在诗中，诗人把音乐比喻成江水，比喻成他所感悟的人生，在这种感悟中，他心生悲戚，他盼望着圣贤明君能够大治天下使万民幸福，希望能够有仁善之君降临世间。笔者认为通过音乐能够使诗人有如此感悟，此时的音乐究竟是什么已经不重要了，或许诗人更希望表达出来的是他的心中诉求和或许永远不能达成的愿望。

站在音乐的角度，我们应该能够感受到诗中庞大的音乐信息量，特别是各种乐器在诗人笔下次第而出，俨然是演奏着一首气势恢宏、规模庞大的交响乐。在音乐的表述方面，此篇当是《诗经》中的佼佼者。首先由钟鼓作序，铿锵的鼓声伴随着钟声将音乐的序幕徐徐拉开，我们可以把它理解成此乐篇的序章。随着音乐的进行，器乐中增加了鼖（一种大鼓），而它所用的演奏方法在诗中表现为"伐"，即敲击，这不同于前面钟鼓的敲击与擂动，显然是在演奏方法及器乐形制上为乐章增加了新的器乐元素。接着，又加入了琴、瑟，这也是诗中描写的这场器乐演奏中出现的弦乐器，而磬的加入则使弦乐中伴有很强的金石感，此时的钟鼓之声逐渐减弱，而表现音乐旋律的琴瑟在磬的伴奏中逐渐形成了音乐的主旋律，之后又逐步将"雅"和"南"加入。可以想象这时的音乐既有委婉动听的旋律，又有清越的节奏，更有之前钟鼓之声的烘托。

最后，诗人将"籥"（类似于排箫）以及"笙"加入，形成整个乐章的高潮。通过对乐队和乐章的描写，配之以淮水和舟渚，在我们眼前展现了一幅音乐的画面，一个庞大的乐队在淮水之滨，面对演奏的乐章，对器乐的使用在这个时候达到了十分巧妙的程度，它可以分成乐部，可以进行协奏以及产生交响的效果。我们有理由这样说，诗中所描述的乐队，所演奏的是具备一定规模的交响乐，只是诗人没有言及歌、咏和舞、蹈，否则我们将看到的是周朝的一场规模宏大的音乐会。通过上面的分析，我们可以看出这样一种现象，在《鼓钟》的创作时期，对器乐的分类使用、分别在音乐中扮演的角色以及所呈现的整体音乐效果已经是非常高级了。同时我们也可以看到，琴在当时的音乐中一定是负责主要音乐旋律，特别是用于抒情叙事。思虑及此，在这样一个庞大的器乐集群中，琴瑟之声伴随着其他打击乐及管乐的音乐被烘托出来，甚至形成了其作为主声部的音乐效果，更兼是在一个开放式的场合下，琴、瑟的数量应该是在一个相当的量级上，所以说这样的演出绝不是普通贵族所能够组织完成的，极可能是王家所为。

【雅赏】

小雅·瞻彼洛矣

瞻彼洛矣，维水泱泱。君子至止，福禄如茨。
韎韐有奭，以作六师。
瞻彼洛矣，维水泱泱。君子至止，鞞琫有珌。
君子万年，保其家室。
瞻彼洛矣，维水泱泱。君子至止，福禄既同。
君子万年，保其家邦。

关雎

佚名

关关雎鸠，在河之洲。窈窕淑女，君子好逑。
参差荇菜，左右流之。窈窕淑女，寤寐求之。
求之不得，寤寐思服。悠哉悠哉，辗转反侧。
参差荇菜，左右采之。窈窕淑女，琴瑟友之。
参差荇菜，左右芼之。窈窕淑女，钟鼓乐之。

【诗文大意】

那雌雄和鸣的水鸟，相依在河中的洲滩。那贤良貌美的女子，是君子心仪的良缘。短长不一的荇菜，在微波中左右飘摇。如她那婀娜的身影，始终令我梦寐以求。不知如何如愿以偿，更加让我日思夜想。时日漫漫思念愈长，辗转反侧彻夜难眠。短长不一的荇菜，依旧在水中摇曳着。面对温良娴静的她，抚琴鼓瑟宣示吾爱。犹如采择水中荇菜，仔细甄别大胆而为。美丽女子若遂我愿，钟鼓为乐来迎娶她。

【品读】

这首《关雎》出自《诗经·国风·周南》，是周朝时期的一首民歌，亦为《诗经》的第一篇，属于《诗经》十五国风中的周南之风。也就是说，《关雎》是由当时的"采诗官"从周朝直接统治下的都城以南地区收集到的一首民间歌谣。歌谣所描写的事件发生地应是在有洲渚的河边，女主角是那位在河边（也许是划着小船）采摘荇菜的姑娘，也可能她是为了采摘荇菜那睡莲样的黄色花儿。而这一切则引发了不远处一位"君子"的无尽遐思，并以自己的遐想唱出了这千古佳篇。

一首《关雎》，被人们传唱了两千多年，诗中的"窈窕淑女，君子好逑""悠哉悠哉""辗转反侧""求之不得""琴瑟友之"，以及"参差""寤寐"等在今天仍然是我们日常生活中的常用词语。就这首诗的内容而言其实也很简单纯粹，全诗紧紧围绕着一位"君子"对"淑女"的臆想式爱慕与追求，分为多个层段娓娓道来。

诗中的男主人公首先将心仪的女子定义为"窈窕淑女"，其中"窈窕"是形容女子的外貌美及形态美，甚至还包括了妆容、饰物、仪态、身材等多方面内容。古人对"窈窕"一词用法多样，如《汉书·王莽传》有"公女渐渍德化，有窈窕之容，宜承天序，奉祭祀"，其取意为女子娴静貌美；而秦相李斯《谏逐客书》有"而随俗雅化，佳冶窈窕，赵女不立于侧也"，及《后汉书·列女传·曹世叔妻》有"入则乱发坏形，出则窈窕作态"，其用意取其妖冶之貌也；东汉蔡邕《青衣赋》有"金生沙砾，珠出蚌泥；叹兹窈窕，产于卑微"，又有出淤泥而不染及小家碧玉的意思；唐人卢照邻《双槿树赋》有"纷广庭之霢霂，隐重廊之窈窕"，则取堂榭深远秘奥之貌；唐代诗人沈亚之《送杜憬序》有"溶出诗吟，至夕过百篇，而窈窕之思杂发"，则是用于对才学之赞言。但大体上，窈窕是形容身形匀称、面容姣好、清新脱俗、行止优雅、令人赏心悦目的女子。

而"淑女"则是对女子的品行素质的高度赞誉。《毛传》曰："淑，善；逑，匹也。言后妃有关雎之德，是幽闲贞专之善女，宜为君子之好匹。"几千年来，人们对"淑女"的定义伴随着伦理道德及普世审美的发展沿革，每一个时代都会有不同程度的附加和完善，但究其核心不外乎

"贤良淑德"这样一个文化审美和道德属性。诗中写出男主人公在无法获得"淑女"芳心时心里苦恼,系念"淑女"时翻来覆去难以入眠的境况,为取悦"淑女"而鼓瑟抚琴来彰显自己的才华和人品,直至最后追求到"淑女"时的欢快心情,以至于想着要用钟鼓之乐来迎娶庆贺。

通过诗中的描写,我们对男主人公人物的身份、品貌、才学逐步有了了解,他对"淑女"的爱慕之情也表现得淋漓尽致。"君子"在《诗经》的时代是对贵族的泛称,而且这位"君子"家里备有琴瑟钟鼓之乐,应该是有一定身份地位的贵族或贵族子弟。基于此笔者对以往将这首《关雎》多定义为"民间情歌"范畴,颇以为未必准确,事实上诗中歌唱性的描绘,应该是当时贵族阶层的生活片段,即从表面看它是一首情爱诗,但它更是当时贵族阶层社会生活的一个缩影。

《关雎》中"关关"为象声词,形容雌雄二鸟相互应和的叫声;"雎鸠"指王鴡(一种双双出入的水鸟名);"洲"泛指水中的小块陆地,在诗中或也指水岸;"好逑"指好的配偶;"参差"多形容长短不齐的样子;"荇菜"为一种水草类植物,根生水底,叶浮于水面,可食用;"左右流之"在诗中是形容努力地择取荇菜,隐喻"君子"努力不懈地追求"淑女";"寤寐"分别指醒着和睡着,借指白昼和夜晚;"思服"即思念,依《毛传》言:"服,思之也。"而"悠哉悠哉"并不是今天的悠闲惬意,当是以"悠悠"谓思念绵绵不断而悠长,"哉"系语气助词,"悠哉悠哉"或可理解为"思念之绵长不绝啊","芼"为择取或挑选之意。

诗中以琴瑟比喻高雅之人演高雅之乐,以诗中的男主角能够抚琴弄瑟以表达自己的思想感情,来进一步拉高男子的文雅风采,也在一定程度上表明了男主角不凡的身份地位。同时,正是由于在诗中古琴的出现,使我们得以一窥古琴在周朝时期的人文表现及艺术存在,看到了古琴在当时所拥有的文化属性及社会地位,同时将古琴的社会化形态至少前推至先秦时代，它也进一步将古琴以完整的器乐形态出现在社会生活中的时间前推至3000—2500年前，又一次正面诠释了古琴在当时的社会生活中所代表的社会阶层及其高雅的人文形象。

"钟鼓乐之"中的"乐"字，笔者认为应该读为"音乐"的"乐"，《礼记·乐记》有："乐者，天地之和也。夫乐者，先王之所以饰喜也。"故而诗中本意应为男主角希望用钟鼓这样的大型且正式的演乐形式来迎娶历尽辛苦而追求来的"淑女"。

关于诗中所提到的"雎鸠"，史上大体有两种解释，由此得出有关《关雎》一诗的两种截然不同的解析方向。

其一是南宋朱熹《诗集传》："雎鸠……生有定偶而不相乱，偶常并游而不相狎，故《毛传》以为'挚而有别'。"后有明代何景明在《明月篇·序》中曰："夫诗本性情之发者也，其切而易见者，莫如夫妇之间。是以三百篇首乎雎鸠，六义首乎《风》。"以及明代汪廷讷的《种玉记·尚主》有曰："偕伉俪，乐衾裯；歌燕尔，咏雎鸠。"诸文均认为雎鸠是鸳鸯之类的水鸟，取其不离不弃，象征着爱情相思等温婉多情寓意，从而将《关雎》定性为讴歌高尚的情爱，定义为最早的浪漫主义爱情诗篇。

其二为晋陆机《毛诗·草木鸟兽虫鱼疏》注曰："雎鸠，大小如鸥。深目，目上骨露。幽州人谓之鹫。"以及晋代学者郭璞的《尔雅注》中说："雕类。今江东呼之为鹗，好在江渚山边食鱼。"陆、郭两家把被普遍视为爱情象征的雎鸠判读为大型猛禽（或凶猛的鱼鹰类禽），若果真如此，《关雎》则颜色顿失，从而使此诗通篇了无苦中求甜的情爱之美。

相比之下，倒是两宋之交的史学家郑樵在《六经奥论·读诗易法》中所言"关关雎鸠，后妃之愿也，是作诗者一时之兴，所见在是，不谋而感于心也。凡兴者，所见在此，所得在彼，不可以事类推，不可以理义求也"，更适合人们的情感寄托，即"微言大义"的解读不应脱出其作为

"民歌"的意趣。司马迁就曾说"风诗者,固间阎风土男女相思之作也"。由着太史公的思路而进,我们甚至可以大胆地猜想:《关雎》所唱者不过是河边一位采荇菜的纯美姑娘,无端引起一贵族男子的注意,从而对女子顿生爱慕之情,继而引发的一场即兴的爱情遐想,表现出一种比较纯粹且超越文本的象征意蕴。

【雅赏】

秦风·蒹葭

蒹葭苍苍,白露为霜。所谓伊人,在水一方。
溯洄从之,道阻且长。溯游从之,宛在水中央。
蒹葭萋萋,白露未晞。所谓伊人,在水之湄。
溯洄从之,道阻且跻。溯游从之,宛在水中坻。
蒹葭采采,白露未已。所谓伊人,在水之涘。
溯洄从之,道阻且右。溯游从之,宛在水中沚。

女曰鸡鸣

佚名

女曰鸡鸣,士曰昧旦。子兴视夜,明星有烂。
将翱将翔,弋凫与雁。
弋言加之,与子宜之。宜言饮酒,与子偕老。
琴瑟在御,莫不静好。
知子之来之,杂佩以赠之。
知子之顺之,杂佩以问之。
知子之好之,杂佩以报之。

【诗文大意】

(女)快起床吧亲爱的夫君,鸡已打鸣,天已破晓。(男)夫人啊天还未曾全亮,我还沉浸在梦乡之中。(女)夫君你看窗外的星辰已有光亮。大雁与飞禽即将离巢,它们是你习射的最好目标。如你今日有所斩获,我将为你精心地烹制美味和美酒。这关乎你一生的抱负和我们的幸福,我愿与你白头偕老。你弹琴我抚瑟,岁月悠悠,我们共赴这人间美好。君远行,我赠你玉佩在身,那是我对你的无尽牵挂。君归来,我赠你玉佩在身,它饱含着我幸福的眼泪。君立功,我赠你玉佩在身,你我永远携手同心。

【品读】

《女曰鸡鸣》类似《齐风·鸡鸣》，《诗经》中的这两首所要表达的场景主题以及朴素的情感雷同，而所不同的不过是诗歌的格式以及所使用的语境。关于《女曰鸡鸣》，几千年来的解释大体有三种方向：第一种是朱熹《诗集传》曰"此诗人述贤夫妇相警戒之词"；第二种是以《毛诗序》所说"刺不说德也；陈古义以刺今，不说德而好色也"；第三种也是后世更多人所认为的，是一对年轻的夫妇，男子在外以狩猎维持生计，女子在家浆洗烹煮，女方温柔娇嗔地唤醒男方早起劳作，而男女双方一问一答体现小夫妻对未来幸福生活的追求向往以及勤奋的努力，这或许变成了一种主流之说。

《女曰鸡鸣》中体现的这个时代，"士"还是作为最低等的贵族来体现的（详见小序），他们不仅有着贵族的血缘，也接受着贵族的教育，只是他们没有封地，这些"士"往往会为贵族服务，对"士"的培养正是修身、齐家、治国、平天下，所以他们需要接受"礼、乐、射、御、书、数"六艺的学习，其中的"射"是为战争而服务的，当时战场上的主角是"大夫"和"士"，他们也是维护贵族阶层利益的中坚力量。诗中特别提到"琴瑟在御"，普通人家不可能置琴瑟于堂中，因为那个时期，琴瑟这些乐器的造价和使用成本是非常高的，不是普通人能够接受的，也不是普通人能够学习的，而恰恰在礼乐的教育中，这些"士"学习了这些乐器。由此推论，能够"琴瑟在御"的家庭至少是士，绝不会是一个普通的猎户家庭，可见以打猎维持一家的生计，应是被很多人曲解，尤其是狩猎的目的在任何一个文明的历史时期都不会是以烹食猎物为目的，而是以猎物换取其他食物和生活必需品，这是农业社会社会化分工的一个必然。所以笔者认为朱熹的解释更为合理。

成语"闻鸡起舞"说的是西晋时祖逖,而闻鸡即起断不是为劳作,而是世人以此激励自己切莫懈怠,多取习文练武进取之意。如此,我们对这首诗的创作大背景可否换如下的一个描述:一对年轻的夫妇,丈夫是个年轻的低等贵族子弟,妇人也是出自殷实人家,他们有着共同的抱负,有着对未来生活的美好向往,诗中的妇人警诫丈夫不要懈怠人生,美好的未来是从今天的努力开始,所以要勤奋努力,要精熟诗书礼义,她希望自己的丈夫成为一个君子,成为一个真正的贵族。而后妇人提醒夫君天快亮了,星星显得十分地稀疏了。南宋王质在其《诗总闻》中说:"大率此诗妇人为主辞,故'子兴视夜'以下皆妇人之辞。"清顾镇《虞东学诗》:"凫雁常以晨飞,则翱翔当指凫雁。妇勉其夫,谓此时当有凫雁翱翔,何不起而弋之。"箭射飞雁对士来说是一种骑士的精神,自古有大量的诗文言说射雁者,著名的有明朝刘元清的"争雁",当然最著名的成语莫过于"惊弓之鸟"。诗的最后三句成为一个独立的篇章,其中的"杂佩"三次出现,苏辙在《诗集传》有"苟子有所招来而与之友者,吾将为子杂佩以赠之",可见古人相赠玉佩其含义颇多,它是一种身份的象征,又有男女情人之间定情之意,更是贵族士大夫相互馈赠之佳品。《毛诗正义》曰"杂佩者,珩、璜、琚、瑀、冲牙之类",《礼记·玉藻》载"古之君子必佩玉""君子无故,玉不去身"。由此可见,我们把丈夫定位在"士"的阶层是有道理的。从朱熹《诗集传》开始,人们一言以蔽之地认为"琴瑟在御"这一句是画外音,是诗人跳出题外的一个"发兴",子曰"君子无故不撤琴瑟",而琴瑟此时已和美玉一样成为君子的象征。换言之,它是"士"为之努力的方向,所以在这里琴瑟就更是具有一种目标方向、君子之道、功成名就的寓意,而非二人抚琴鼓瑟这样直白的解释。

　　由上我们可以对这首诗有这样的题解:女子劝诫丈夫要勤勉,不要懒惰,更不要儿女情长,要怀有远大的志向和抱负,要成为一个真正的君子，闻鸡即起，习文练武，享用着普通人的吃食，这样方能内外兼修，终成君子。作为一个贤惠的妇人，劝诫丈夫要志向远大，最终得佩君子之玉，得通琴瑟之道。由这首诗可见，琴瑟和鸣，琴瑟在御，这些关于琴瑟的话题在春秋战国时已经形成了人们对琴瑟的一个共同认识，而以琴瑟所代表的社会价值观，那就是君子之德，贵族之行，圣人之礼，贤人之音。"琴"在《女曰鸡鸣》全篇中虽只有一字，却使得我们通过古琴这样的一个重要元素解开一个个历史的谜团。就古琴而言，我们有理由相信在春秋战国的时候，它已站在了道德的相对制高点，人们以能够与琴为伍来证明自己的德高品正，同时也是士人为之追求的一个精神境界。"琴瑟在御"体现出了一种等级观念的存在，西汉贾谊《过秦论》言"振长策而御宇内，吞二周而亡诸侯"，即有御世（治理天下）、御民（统治人民）、御宇（统治天下），有控制、约束以为己用之意。由此可见诗中的女子所图不凡，一句"琴瑟在御，岁月静好"体现出她对未来生活的追求。她激励丈夫所要达到的生活境地，即琴瑟为之所御，达到可以享用琴瑟的社会地位，如此方可言岁月静好。所以说，此诗的全部核心是围绕着这一句来进行铺陈，通过叠句来增加诗歌化的效果，特别是最后三句形成了如同现在歌曲中的一个副歌部分，是对前半部分的再次声明，这在诗经里面是不多见的。

最后正是由于这首诗出自《国风》，它应是对一个社会大话题的一种描写，在国风的诗序里面，它所承载的是道德的歌颂。反之，如果按照以往"猎人村妇"的解释，或归为《小雅》或《郑风》中会更为合适。

另一首《齐风·鸡鸣》是《郑风》中较有意义的一首，然此鸡鸣非彼鸡鸣，《女曰鸡鸣》乃为励志，如已故美学大师王国维曾说："古今之成大事业、大学问者，必经过三种之境界：昨夜西风凋碧树，独上高楼，望尽天涯路。此第一境界也。衣带渐宽终不悔，为伊消得人憔悴。此第二境界也。众里寻他千百度,蓦然回首,那人却在,灯火阑珊处。此第三境界也。此等语皆非大词人不能道。然遽以此意解释诸词,恐为晏、欧诸公所不许也。"与《女曰鸡鸣》十分励志的修身修德不同,《齐风·鸡鸣》则只为言情。

【雅赏】

齐风·鸡鸣

鸡既鸣矣,朝既盈矣。匪鸡则鸣,苍蝇之声。
东方明矣,朝既昌矣。匪东方则明,月出之光。
虫飞薨薨,甘与子同梦。会且归矣,无庶予子憎。

定之方中

佚名

定之方中，作于楚宫。揆之以日，作于楚室。
树之榛栗，椅桐梓漆，爰伐琴瑟。
升彼虚矣，以望楚矣。望楚与堂，景山与京。
降观于桑，卜云其吉，终然允臧。
灵雨既零，命彼倌人。星言夙驾，说于桑田。
匪直也人，秉心塞渊，騋牝三千。

【诗文大意】

在小雪时节按照星宿的标定，我们营建自己的宗庙。我们测量日影，确定宗庙的正确方向。为了制作礼乐的琴瑟，我们种下了椅桐树、梓树、漆树。为了宗庙的祭拜，我们还种下了榛树和栗树。

登上高高的山坡，我们向新建的城郭眺望。走向肥沃的土地，看到的是未来丰收的希望。我们占卜着吉凶，祈祷上天赐予我们幸福和安康。滋润桑田的雨水在夜里停下，天已放晴，君王已早早地驾车来到了田边与我们共同农桑。在他坚实的内心和博大的胸怀感召下，我们国富民强，我们兵强马壮。

【品读】

　　这首《鄘风·定之方中》是《诗经·国风》中具有主流赞颂含义的一首代表性诗篇。经学家们通常将《国风》《鄘风》和《卫风》三十九篇，都归为卫国的诗篇而收入《国风》，又将"邶、鄘、卫"三国诗统称为"卫风"，以区别于其他国风。卫文公，名辟疆，姬姓卫氏，春秋时期卫国第二十任国君（前660—前635年在位）。前660年，卫国为狄戎所灭，仅存的遗民被迫东渡黄河，暂栖在漕邑郊野，共拥立卫文公为国君。后齐桓公派兵戍守卫国，并于前658年率领诸侯，帮助卫人迁徙到楚丘（今河南省滑县）。复国后的卫国在卫文公治理下，国力逐渐强盛，甚至一度击败邢、狄联军继而讨伐邢国，实现了国家的复兴。司马迁在《史记》中有载："文公初立，轻赋平罪，身自劳，与百姓同苦，以收卫民。"这就是《定之方中》一诗的产生背景，诗歌的主旨是对卫文公励精图治之功德的褒扬和赞美。

　　全诗为三段式，每段有七句。第一段是叙述卫国人在楚丘营造宫室、种植树木诸事，一片百废待兴的景况。古人建筑房室，需要根据太阳和星辰确定其方位朝向。据毛亨在《毛诗》中说"定，营室也"，《周礼·考工记·匠人》也有记载说："匠人建国……识日出之景与日入之景，昼参诸日中之景，夜考之极星，以正朝夕。"所以"揆之以日，作于楚室"可以理解为以日影为依据，来确定宫室的朝向。接下来诗中列举了卫国的移民们在兴建宫殿寺庙的同时大量地植树，那么植的是哪些树？这些树木是干什么用的？诗的下一句给出了答案：是用于制造琴，也就是说等它们成材后用于制造琴瑟这些乐器。《周礼·保氏》曰"养国子以道，乃教之六艺"，其中的国子是指公卿大夫的贵族子弟。在儒家思想的启蒙阶段注重的首先是礼，而其中很重要的一个部分又是乐，礼乐居君子六艺之重。然而制造乐器就需要选择良材，简单说，古人是以梧桐作为主要的制琴材料，兼以其他的木料，而漆树则是为琴瑟髹漆之用，而椅树与桐树相通，后人也有"椅桐之说"（可另参见笔者拙文《古琴材质辨考》）。而榛树和栗树则以求其果实为祭祀之用，古人食用榛子的历史可以上推至五千年前，在粮食歉收时榛子可以用来充饥饱腹，后来也就成了人们供奉神灵和先人的重要供品之一。在这一段中，诗歌向我们描述了一个努力复兴的族群，在卫文公的统领下，再造家园、恢复礼仪、教化民众、努力自强的动感画面。

而接下来的第二段是对所建好的寺庙以及宫殿进行了一个全方位的描写，实际上也是对卫文公德行和功绩的歌颂，其中景山泛指大山，"降观于桑"，是看到肥沃的土地与满眼的桑田，卫国人的心安定了下来，他们真的把这里当成了自己的家园。然后又说连上天都在眷顾卫国人，而这一切都归功于卫文公的德行（"匪直也人，秉心塞渊"）感召日月，感召天神。最后一句（"騋牝三千"）是第三段的核心，春秋时期衡量一个国家军事实力的强弱往往用马匹的健壮程度及战车数量来评估，相传卫文公治下的卫国最强盛时有战车三百乘。

综观全诗，在为卫文公歌功颂德的同时，也将卫国的复兴史描绘了出来，这在《诗经》里面作为大格局的题材十分有代表意义。卫国在卫文公复国之后经历了春秋战国，直至公元前两百多年被秦国兼并，最后一任卫国国君被秦二世废为庶人，卫国前后有四百多年的历史。

对卫文公的颂扬在《诗经》另一首《鄘风·干旄》中也有体现，所选择的颂扬角度更多的是卫文公礼贤下士、广揽人才的贤明。

【雅赏】

鄘风·干旄

孑孑干旄，在浚之郊。素丝纰之，良马四之。
彼姝者子，何以畀之？
孑孑干旟，在浚之都。素丝组之，良马五之。
彼姝者子，何以予之？
孑孑干旌，在浚之城。素丝祝之，良马六之。
彼姝者子，何以告之？

【两汉】

日黄昏而望绝兮,怅独托于空堂。
悬明月以自照兮,徂清夜于洞房。
援雅琴以变调兮,奏愁思之不可长。
案流徵以却转兮,声幼妙而复扬。

凤求凰

司马相如

有一美人兮,见之不忘。一日不见兮,思之如狂。
凤飞翱翔兮,四海求凰。无奈佳人兮,不在东墙。
将琴代语兮,聊写衷肠。何日见许兮,慰我彷徨。
愿言配德兮,携手相将。不得于飞兮,使我沦亡。

【作者】

司马相如(前179—前118),字长卿,蜀郡成都(今四川省成都市)人,汉武帝时期杰出的政治家,著名的文学家、辞赋家,与张衡、扬雄、班固并称中国汉赋四大家,被后世尊称为"赋圣""辞宗"。辞赋代表作品有《上林赋》《子虚赋》等辞藻富丽的巨篇。散文则有《难蜀父老》《谏猎疏》等时代雄文,他在语言词句的运用和文学表现的形式等方面,为汉代散文做出了重要的贡献,其作品有一定的道家思想与仙道色彩。鲁迅在《汉文学史纲要》中指出:"武帝时文人,赋莫若司马相如,文莫若司马迁。"

司马相如幼名"犬子",因仰慕战国时期赵国的名家蔺相如,将自己的名字改为"相如"。入仕初因汉景帝刘启不好辞赋,司马相如并没有得到景帝赏识,出仕后生活十分潦倒。汉武帝刘彻即位,当看到《子虚赋》时非常喜欢,曾疑为古人之作,叹不能与作者生在同时代,当得知为相如所作时,遂召司马相如入朝为郎官,并将相如视为当朝文脉,后又任命为中郎将,受命持节出使西南夷,司马相如不辱使命,成功将西南众多民族团结于西汉大一统政权，被称为"安边功臣"，其功名彪炳史册。

司马相如以善琴闻名于世，他的"绿绮"琴是传说中"四大名琴"之一，他与卓文君的爱情故事被誉为"世界十大经典爱情之首"，闻名中外并千古流传。

司马相如以《凤求凰》琴挑文君，以《上林赋》屹立朝堂，以《谕巴蜀檄》抚络西南，以《长门赋》一字千金，以《封禅书》谢幕人生。《汉书·艺文志》曾录司马相如赋二十九篇，现存《子虚赋》《天子游猎赋》《大人赋》《长门赋》《美人赋》《哀秦二世赋》等六篇。《隋书·经籍志》有《司马相如集》一卷（今佚）。明晚期张溥辑有《司马文园集》，收入《汉魏六朝百三名家集》中。

司马相如是中国文化史上杰出的人物之一，他用自己的作品诠释出了自己的文学主张，并树立了辞赋特别是汉大赋的美学思想及审美标杆。扬雄赞叹他的赋作说："长卿赋不似从人间来，其神化所至邪。"司马迁在整个《史记》中，专为文学家立传仅有两篇，其一是《屈原贾生列传》，另一篇独传就是《司马相如列传》，并且在《司马相如列传》中收录了司马相如的赋及散文各四篇，以致《司马相如列传》的篇幅相当于《屈原贾生列传》的六倍，足见其在史家心目中的地位之重，后世谓太史公"特爱其文赋""心折长卿之至"。司马相如还被班固、刘勰称为"辞宗"，被林文轩、王应麟、王世贞等后世学者称为"赋圣"，堪称"盛世文豪"。

司马相如的一生是丰富多彩的，他纵横捭阖，如愿地实现了自己改名为"相如"的人生理想。他堪称西汉"人文渊薮"，在树立两汉文化标杆的同时，还为我们留下了《凤求凰》及《长门赋》两首古琴名曲的文学要素以及"千金买赋""子虚乌有"等大量的成语及典故，"驷马桥"和"琴台故径"等名胜古迹也因其名而为今人所仰慕。后世诗家缅怀司马相如的诗篇不胜枚举，笔者喜欢的当数晚唐诗人张祜的《司马相如琴歌》："凤兮凤兮非无凰，山重水阔不可量。梧桐结阴在朝阳，濯羽弱水鸣高翔。"

【诗文大意】

有一位美丽的女子令我一见难忘，从此一日不见便朝思暮想。我就像是孤独的凤，飞越四海寻求那属于自己的凰。怎奈我心仪的女子啊，未能与我相约东墙。且将这琴声化作我的思念，化作我无尽的衷肠。盼望你何时能循着这琴声而来，以解我的无措和彷徨。还盼望你会说我足以配上你的德行，让我们携手百年共浴爱河。倘若你我无缘比翼，我必将心痛不已。怀揣着这份无尽的思念抱憾终身。

【品读】

南朝梁文学理论家刘勰《文心雕龙·比兴》论曰："诗文弘奥，包韫六义，毛公述传，独标兴体，岂不以风通而赋同，比显而兴隐哉？故比者，附也；兴者，起也。附理者，切类以指事；起情者，依微以拟议。起情故兴体以立，附理故比例以生。比则畜愤以斥言，兴则环譬以记讽。盖随时之义不一，故诗人之志有二也。"这里的"六义"包括诗歌的基本题材"风、雅、颂"和基本表现手法"赋、比、兴"，在汉赋之后，诗家多以"赋"为直接铺陈，"比"多为比喻，"兴"可以理解为议论抒情。统观司马相如这首著名的《凤求凰》，为后世诗文"弘奥六义"树立了一个典范。每每读来，不禁感叹相如那沉着平实的语句中可以饱含无尽的情感，使得他的爱情诗成为后世的仰止高峰。

全诗围绕着一个"求"字展开了诗人对卓文君的爱情宣言，开宗明义地宣示了对卓文君的赞美及仰慕之情，接下来是诗人倾吐自己无尽的思念，然后是诗人描述自己的相思之苦，只有用琴声来慰藉自己的衷肠。诗的后半部分，诗人展开想象的翅膀，用热切的词语表达了希望与文君相识、相知、相爱的渴求，诗尾处将这种爱情推向最高潮，表明自己对这份爱情的执着，甚至坦言如果得不到文君的爱自己毋宁死（当然是指精神层面的沦亡）。诗中的"东墙"即院落，"不得于飞"可理解为"如若不能与你比翼齐飞"。

太史公曰："《国风》好色而不淫，《小雅》怨诽而不乱。"我们今天品读这首2000多年前的爱情诗篇，所能感受到的是司马相如对卓文君无比深切的浓浓爱意，而没有丝毫的轻佻言语，颇有引《诗经》以代传之功。诗人完美地诠释了这段千古绝唱，他们追求自由、坚贞果敢、不拘礼教束缚、渴望幸福的爱情，以及充满坎坷又极富戏剧性的故事，让这段演绎了琴挑文君、自由恋爱、乘夜私奔、当垆卖酒的爱情经典，以"琴"为媒传唱至今。

我们在《史记·司马相如列传》中可以亲临实境地窥察司马长卿"琴挑文君"的情景："酒酣，临邛令前奏琴曰：'窃闻长卿好之，愿以自娱。'相如辞谢，为鼓一再行。是时，卓王孙有女文君新寡，好音，故相如缪与令相重，而以琴心挑之。相如之临邛，从车骑，雍容闲雅，甚都。及饮卓氏，弄琴，文君窃从户窥之，心说而好之，恐不得当也。既罢，相如乃使人重赐文君侍者通殷勤。文君夜亡奔相如，相如乃与驰归成都。"在这里太史公用文君"夜亡奔相如"及"与驰归成都"实在是妙极，而一切都源于"以琴心挑之"，这里的"琴心"恰恰是被后人忽视而又是司马迁隐含重要琴理的点睛之笔。

"绿绮"是一张传世名琴，更是"四大名琴"中最有故事的，琴有铭文曰"桐梓合精"。相传，汉文帝刘恒之子，梁孝王刘武（景帝刘启的同母弟）请司马相如作赋，相如遂写下了辞藻瑰丽且气韵非凡的《如玉赋》，梁王读罢欣喜之余将自己的"绿绮"琴赠予相如。然而《汉书·艺文志》中收录司马相如29篇赋，而未见《如玉赋》，故以上故事未得考据。

司马相如在功成名就之后，也曾萌发了纳妾的想法，卓文君连写三诗，《白头吟》"愿得一心人，白头不相离"，《诀别诗》"朱弦断，明镜缺，朝露晞，芳时歇"，《怨郎诗》"七弦琴无心弹，八行书无可传。九连环从中折断，十里长亭望眼欲穿。百思想，千系念，万般无奈把郎怨"。震撼了天下男人。同时，也将古琴"七弦"的历史在诗歌的记载中前推至公元前200年。

鲁迅先生在1926年为厦门大学中国文学史课程编写的讲义《汉文学史纲要》中评司马相如在汉代文学中的历史地位时说，"盖汉兴好楚声……而相如独变其体，益以玮奇之意，饰以绮丽之辞，句之短长，亦不拘成法，与当时甚不同"，又"不师故辙，自摅妙才，广博闳丽，卓绝汉代"。

言及司马相如与古琴，就不得不提及他的《长门赋》。《长门怨》系乐府旧题，古乐府诗分类中有"宫怨诗"以为系列，唐吴兢的《乐府古题要解·长门怨》曰："为汉武帝陈皇后作也。后，长公主嫖女，字阿娇。及卫子夫得幸，后退居长门宫，愁闷悲思。闻司马相如工文章，奉黄金百斤，令为解愁之辞。相如作《长门赋》，帝见而伤之，复得亲幸者数年。后人因其赋为《长门怨》焉。"李白就有名篇《长门怨二首》，其一诗曰："天回北斗挂西楼，金屋无人萤火流。月光欲到长门殿，别作深宫一段愁。"其二曰："桂殿长愁不记春，黄金四屋起秋尘。夜悬明镜青天上，独照长门宫里人。"《昭明文选·汉司马长卿·长门赋序》载："孝武皇帝陈皇后时得幸，颇妒。别在长门宫，愁闷悲思。闻蜀郡成都司马相如天下工为文，奉黄金百斤为相如文君取酒，因于解悲愁之辞。而相如为文以悟主上，陈皇后复得亲幸。"这就是陈阿娇"千金买赋"的典故。司马相如是否真的敢收陈皇后的"润笔费"不得而知，但《长门赋》却是实实在在地令汉武帝刘彻泪流满面。

古琴曲《长门怨》就是由司马相如的《长门赋》演绎而来，于清代见于众多琴谱，各曲谱对其题解也大致相同。作为史上最早且最有故事的琴家之一，司马相如在2000多年前就为古琴曲《长门怨》奠定了其应有的历史地位及深厚的文化背景。

司马相如一生都充满了戏剧性，就连他对自己的逝去都安排得十分戏剧化。史载汉武帝刘彻得知司马相如病逝，速遣人去往相如在茂陵的家中欲取出他全部的文稿以归国有，但卓文君告诉来使相如从不留文作的底稿，但他深知武帝在他死后一定会来家中收罗自己的文稿，故而临终前交给自己一篇《封禅文》。

司马相如苦心留遗书《封禅文》，就是希望证明自己不只是位文学大家，还是位预言大家及一位有着政治洞察力的纵横家。"国之大事，在祀与戎"（《左传·成公三年》），他在特意遗留的散文《封禅文》之中叙述了古代传说中72位国君封禅泰山，而汉武帝文治武功、雄才大略堪与历代圣君相媲美，大汉四方归顺，祥瑞屡现，故借此文劝说汉武帝进行封禅。果真8年后的元封元年（前110），汉武帝正式举行泰山封禅大典，这也是中国历史上继秦始皇之后第二位泰山封禅的皇帝。

司马相如的《凤求凰》有下篇，亦可与此上篇合并为一首，在后世的古琴曲《凤求凰》中，下篇多以副歌形式出现。其中，"凤兮凤兮归故乡"一句也被移植至现代古琴曲《卧龙吟》的唱词之中。

【雅赏】

凤求凰（司马相如）

凤兮凤兮归故乡，遨游四海求其凰。
时未遇兮无所将，何悟今兮升斯堂。
有艳淑女在闺房，室迩人遐毒我肠。
何缘交颈为鸳鸯，胡颉颃兮共翱翔。
凰兮凰兮从我栖，得托孳尾永为妃。
交情通意心和谐，中夜相从知者谁。
双翼俱起翻高飞，无感我思使余悲。

天地
刘彻

天地并况，惟予有慕，爱熙紫坛，思求厥路。
恭承禋祀，缊豫为纷，黼绣周张，承神至尊。
千童罗舞成八溢，合好效欢虞泰一。
九歌毕奏斐然殊，鸣琴竽瑟会轩朱。
璆磬金鼓，灵其有喜，百官济济，各敬厥事。
盛牲实俎进闻膏，神奄留，临须摇。
长丽前掞光耀明，寒暑不忒况皇章。
展诗应律铿玉鸣，函宫吐角激徵清。
发梁扬羽申以商，造兹新音永久长。
声气远条凤鸟翔，神夕奄虞盖孔享。

【作者】

刘彻（前156—前87），西汉第七位皇帝，世称汉武帝，汉朝历史上杰出的政治家、文学家，中国历史上最著名的战略家之一。刘彻享年70岁，是中国历史上少有的高寿皇帝。

刘彻对西汉政权的巩固及中央集权统治、扩大国家版图功不可没，对内他为使皇权高度集中，颁行推恩令，制定左官律和附益法，用人政策上他不拘一格，广泛提拔士人为官，使文人士大夫的政治地位空前提高。他革新士人入仕制度，建立了相对正规的察举制，从而在中国古代历史上首度出现了举孝廉、秀才、贤良、方正等入仕门径。文化体系上他施行"罢黜百家，独尊儒术"，设"五经博士"，使得儒家思想正式登上了中国文化传统的最高位置。对外，他三度远征匈奴，打通西域，经营西南夷，使之正式归入华夏版图。刘彻驾崩后，谥号孝武皇帝，葬于茂陵，庙号世宗。刘彻的诗大约存世有十首，其中著名的如《秋风辞》《柏梁诗》。

【诗文大意】

天地诸神，祈求赐福于我大汉，我是如此地敬慕着你们。兴建了紫色的坛宇祭奠诸神，望能够以此与神灵相通。我承袭祖制，肩负使神灵和乐的祭天重任。斧形绣品环置于祭坛周边，礼乐响起，我们唱起《九歌》。

琴竽瑟磬，金鼓和鸣，以此隆重的礼仪来承奉至尊无上的神灵。童子排成八列八行，舞而蹈之与天神同乐。百官济济，在我的率领下向众神灵奉献祭祀大礼。我们焚香燃脂以请诸神受飨，众神降临转瞬即逝。神鸟的仙躯也发出金色光芒，神的恩惠不论寒暑总会准时降临。天地间的阴阳和顺也在彰显着帝王的德行。我们颂唱，让诗歌伴随着礼乐声动八方。礼乐中蕴含着宫商五行，更包含着世间的循环往复。愿这融和的美乐传达远方，追随神凤御风翱翔。愿诸神能够暂且停下来享用我们的祭祀供奉，接受我们的虔诚祷告。

【品读】

汉武帝刘彻这首古诗《天地》应归入乐府歌辞中的郊庙歌辞。一生有着诗人情怀的刘彻将国家大型祭祀的场景描写、氛围渲染、人物刻画、器物描摹融为一体，场面宏大又周到细致，将诗人对诸神的祷告，以及希望能与神灵沟通的强烈愿望表现得淋漓尽致。尤为可贵的也是不同于其他祭祀歌辞的是将宫、商、角、徵、羽五音与天地五行紧密地结合在一起。诗中在对诸神的祷告中并没有过多的玄幻之风，其立意比兴，特别是诗尾部分的情致发扬，不同于普通歌辞作者，而是尽显了王霸之气，使得这首歌辞从立意到感官乃至遣词布章，都具有鲜明的个人特点，可谓华丽但不靡媚，宽广但不虚无，虽不乏为自己歌功颂德之嫌，但也始终把握住了天人合一的思想体系。

这首诗大体可以分为三个部分：第一部分以场景描述为主，其中的"况"是赐予、赏赐之意。岱庙（位于今山东省泰安市）的主体建筑中有一所"天贶殿"（位于岱庙仁安门北侧），"况"是"贶"的通假字，相传"天贶殿"是宋真宗所建，它与北京故宫的太和殿、孔庙的大成殿共称中国的三大宫殿，又称东方三大殿。刘彻在诗中描写了祭祀上天神灵的场景：修建了紫色的祭坛，周围又用特定的图案和刺绣环绕。"黼绣"是指黑白相间花纹及有斧形文字的绣品，是古代帝王的象征之一。《汉书·贾谊传》有"美者黼绣，是古天子之服"的记载，又《周礼·天官·典丝》有"凡祭祀，共黼画组就之物"，故而诗中是特指祭祀时帝王所专用的祭祀之服。所有这些场景的描写都体现着阴阳相间，天地人和，紫气东来的仪式感和用乐的最高规格，其目的是希望天地诸神感受到帝王的虔诚并赐福人间。其中"思求厥路"是指希求能有与诸神沟通的途径。接下来是对祭祀场景的细致描写，包括了人数（1000名童子）、礼仪规格（八佾）以及皇家所用的祭祀规格包括《九歌》、琴、竽、瑟等器乐。诗中所说的"泰一"也称"泰乙"，是指北极星，古人认为它高挂天穹屹然不动，众星环绕其周围，常常被尊称为天帝。作为帝皇的"天一"向众神之神的"泰一"祈求赐福。赞美过天神，诗人又转而赞美人神，诗中的人神即轩辕皇帝和朱襄氏，其中朱襄氏为五方上帝之一，又称赤帝、古帝、火帝，今天我们称为炎帝，相传他是中华文明特别是农业文明的开拓者，同时开创六书，是中国文字的奠基人。礼乐歌舞之后，诗人又描写了祭祀所用的祭品，希望天地诸神能够乐于享用这些祭礼及祭品。至此，诗人完成了对场景、人物、陈设、礼仪、音乐、物品等细节的铺陈和全景式的描述。接下来在诗的第二部分，是赞誉上天的恩惠，更是对帝王自身的德行的美赞。他把诸神化身为发出万丈光芒的神鸟，在赞誉诸神为人间赐福的同时借以昭示自己的德行，其中的寓意正是由于自己上应天意下合民心、恩德广布天下繁荣才使得上天能够每每普降福佑。最后，诗人将诗歌、音律与宫、商、角、徵、羽五音和五行结合在一起，希望那光芒万丈的神凤能够与五行相融，无处不在的德泽惠顾众生，希望天神的光芒能够时刻照耀在自己的身上。

综观刘彻的这首《天地》，与诗人本身的性格及他所处的时代十分的吻合。作为千古一帝，尤其是文治武功均可彪炳史册的皇帝，其豪迈气魄和视角高度在诗中均有明显的特征表现，诗中用词简明但立意深广，完全没有后世那些文人士大夫华丽造作的浮华阿谀之姿，而是情怀高迈的王者之态，洋溢着诗人对人世间万物的主宰欲以及对国富民强的渴望。同时在这首《天地》中，我们似乎可以还原西汉在刘彻时代郊祀的宏大场面，应该说是在一首诗中将歌、舞、乐高度融为一体，这与他以国家之力对文化建设的积极推动以及内外融合之开放的文化政策息息相关。刘彻推行的民族融合、文化互通、艺术包容政策是其文治的重要成就之一。晚年的刘彻也不可避免地走入了大多数帝王无法规避的心理怪圈，这就是欲求长生不老，笃信神仙之说，这些在诗中的后半部分也有体现。换句话说，刘彻毕竟是文景之治之后的皇帝，他接手的是文景两代帝王创造的财富、军力和文化遗产，所以他的文化格局远高于高祖刘邦。在诗的后部分，他将中国古典音乐中的五音与天、地、人诸要素予以关联和对比，将其与自己的文治武功联系在一起，而且把它视作一种阴阳关系。在他的诗中展示了历史的豪迈感、家国的责任感以及自己不屈不挠的奋斗精神。他上引五帝，将琴瑟化为强势的历史及文化符号，寓意着育化万民仁孝治国的理念，同时又将金声玉振引入诗中，寓意着大汉的声名远扬宣威宇内。故此，我们可以确定在西汉时国家大型祭祀和庆典活动，其器乐的主要构成应以琴、瑟、笙、钟、磬为乐制，唯独难以想象的是以古琴这样的共鸣腔体不大、音量很小的乐器，如何适用于大型的场景及空间的礼乐效果？是否应该是在一定数量级上的合奏？这种众多器乐的合奏，古琴是以单独"声部"还是以伴奏形式存在的呢？此外的一个疑惑就是即便是数量众多的古琴合奏，难道真的就能发出那种能够在一个宽大空间中形成主体声部的演奏效果吗？

　　古琴曲中有一首今世琴人十分熟悉的琴歌，曲名和歌词均取自李白的"三五七言诗"《秋风词》，而刘彻有一首杂言古诗《秋风辞》(《乐府诗集·杂歌谣辞》)，一直以来被视为中国文学史上"悲秋"的佳作而颇受赞誉，清代沈德潜曾誉此诗为"《离骚》遗响"，鲁迅先生曾一语破的赞称："缠绵流丽，虽词人不能过也。"刘彻是汉高祖刘邦的曾孙，而《秋风辞》开篇的"秋风起兮白云飞"与高祖《大风歌》的开篇"大风起兮云飞扬"似乎异曲同工。

【雅赏】

秋风辞（刘彻）

秋风起兮白云飞，草木黄落兮雁南归。
兰有秀兮菊有芳，怀佳人兮不能忘。
泛楼船兮济汾河，横中流兮扬素波。
箫鼓鸣兮发棹歌，欢乐极兮哀情多。
少壮几时兮奈老何。

【汉代乐舞画像石】

赠妇诗三首·其三
秦嘉

肃肃仆夫征，锵锵扬和铃。清晨当引迈，束带待鸡鸣。
顾看空室中，仿佛想姿形。一别怀万恨，起坐为不宁。
何用叙我心，遗思致款诚。宝钗好耀首，明镜可鉴形。
芳香去垢秽，素琴有清声。诗人感木瓜，乃欲答瑶琼。
愧彼赠我厚，惭此往物轻。虽知未足报，贵用叙我情。

【作者】

秦嘉，字士会，陇西（今甘肃省通渭县）人，生于汉阳郡平襄县（今甘肃通渭），生卒年大约在公元130—170年，东汉著名诗人。汉桓帝时为郡上计掾，后赴洛阳为黄门郎。初唐虞世南《北堂书钞》卷一百三十六有载："嘉，字士会，陇西人也，桓帝时任郡上计掾，入洛，除黄门郎，病卒于津乡亭。"存世诗作约12首，其中最著名的为《赠妇诗三首》。

秦嘉的夫人徐淑（147年前后在世）为东汉女诗人，陇西人。南朝徐陵编撰的诗歌集《玉台新咏》卷一收有《秦嘉赠妇诗·序》曰："其妻徐淑，寝疾还家，不获面别，赠诗云尔。"清人钱大昭所撰《补续汉书艺文志》存徐淑《答秦嘉诗》一首及答书二篇。

综合各种史料可知，秦嘉赴洛阳任上，妻子徐淑因病还家，未能面别。秦嘉客死他乡后，徐淑兄逼她改嫁，徐淑"毁形不嫁，哀恸伤生"（《史通·人物》），守寡终身。秦嘉、徐淑诗文及生平简介被唐朝杜佑（诗人杜牧的祖父）所著典志体史书《通典》、欧阳询等编的《艺文类聚》、北宋李昉等编的《太平御览》及众多后世典籍广为收录。

【诗文大意】

急匆匆，车队将要启程。驿夫正在整理着车马，窗外一片叮咚作响。我早早地就打点好行装，只待鸡鸣时即将出发。回头望过空洞洞的客房，依稀间你的身影又在眼前浮动。一次次地奉役远行，遗憾的是此次没有你来送行。起坐不安的我内心五味杂陈，将所有的牵挂和遗憾寄赋诗中。我留下本应当面赠予你的礼物，作为我们再见时的期盼。希望这漂亮的宝钗能装扮你的姿容，明亮的铜镜可印鉴你的身形。香囊散发的馥郁芬芳环绕着你的周身，还有那张一直伴随着我的古琴，在你的指下能发出更加清越的鸣响。你曾寄诗与我，如古人之木瓜，今我留诗赠你，权当报以琼瑶。然而我始终在惭愧，惭愧我能给你的不及你予我之万一。我知道这一切与我们的恩情相比，似显得太轻太轻。夫人的相知我无以回馈，唯能相赠的，只有这诗中深浸的一片真情。

【品读】

自古诗坛离别诗、赠和诗如恒河沙数，而秦嘉的这组《赠妇诗三首》之所以更为后人津津乐道，应与诗中的感人故事，特别是与秦嘉的夫人徐淑有莫大的关系。此诗大体可以分成三个部分，第一部分是诗的前四句，作为整首诗的引言将读者带入了一个驿站内景的描写：奉役远行的男子，望着窗外，车队集结、人沸马鸣、车铃作响，而自己已整束行装，只待鸡鸣时押送车队出发。回望突然间冷清了的客房，一股惆怅和凄凉涌入心房。他似乎还在等待心爱的妻子能来给他送行，甚至想象着爱妻的身影出现在客房的样子，然而男子即将带着这种遗憾远行，此时他的内心五味杂陈，无所适从地在屋里踱着步子。诗中用"肃肃""锵锵"这样的叠词体现了驿站内驿夫们紧张忙碌打点车马的喧闹景象，这与客房内诗人孤独、冷清的气氛形成鲜明的对比，借以更加突出诗人此时寥落遗憾的心情。第二部分是诗的中间三句，也是这首诗为后世称道的亮点，它是整首诗中对诗人内心世界的剖析，更是情感抒发的铺垫。诗人似乎是在自问自答：如何才能平复我此刻的心情呢？如何才能使我的遗憾稍许减轻呢？于是诗人做出了这样一个举动，他将事先为妻子准备的送别礼物一一加以陈述，其中包括漂亮的首饰、明亮的铜镜、芬芳的香囊，特别是一张曾经伴随自己左右的古琴。诗人这部分的叙述再次让读者感受到他的遗憾，试想如果他的妻子能赶来为他送别，他便能亲手把这些礼物交给他的爱妻，然而他的妻子因为重病在身不能前来，那么这些礼物就变成了他对妻子的嘱咐。他希望妻子能够尽早地好起来，再佩戴上他所送的漂亮的首饰，站在他赠送的明镜前看到自己姣好的面容。他希望他的香囊能为妻子除去多年缠身的疾病，这样他美丽的妻子又可以端庄优雅地抚起心爱的古琴，而琴中所发出的清雅之声也可常伴他艰辛的役旅，排解他的思念和孤独。

诗尾处的三句是诗人情感的爆发点，也是此诗抒情的重要部分。

经过前四句的铺陈，又经过中间三句的寓情，诗人将心中的情感予以提升和尽情释放。首先诗人化用了《诗经·国风·木瓜》中的："投我以木瓜，报之以琼琚。匪报也，永以为好也！"希望以此来表明与妻子恩义绵长、举案白头的美好愿望。接下来又将其引申到自己的夫妻情感中，这就是愧叹：我赠予你的不过是这些实物，而你给予我的却是一往情深，相对于我们的恩情，所有的物品都显得太轻太轻。这就是诗人在这一句中的"往物轻"。"物轻而情重"构成了诗人在兴致发扬之时的一个核心主题，使情感一下子跳出诗外，跃于文字之上，此句堪称诗眼。笔者读诗至此，每每不禁称绝，它似乎使得之前的诗句都被点亮，都变成了十分生动的感官冲击，仿佛一部黑白电影突然变成了彩色的影片，而且加入了最美的音乐，这种画龙点睛的功夫实在令人赞叹。相比之下诗的最后一句似乎有画蛇添足之嫌。

秦嘉质朴无华的诗风使得他的诗篇幅相对较长，但他在五言古诗上用朴素的诗句最大化地使诗歌平顺化，明显地将诗与歌、诗与赋分别开来，使之更具可读性。秦嘉就其诗才而言在那个群星璀璨的时代着实算不得上乘，而成就其名声的很大程度上是由于他的夫人徐淑，或者说是他与徐淑之间感人的爱情故事。爱情绝唱之所以能够流传千古，盖因为世间此等真情甚少，徐淑的悲惨境遇使得世人无不对这位才女平添怜惜之情，后世之人每每提及秦嘉的诗必会提到他的夫人徐淑，而对其诗才的评价无一例外地都会加上更多情感的因素。如明朝胡应麟在其《诗薮》中言："秦嘉夫妇往还曲折，具载诗中。真事真情，千秋如在，非他托兴可以比肩。"钟嵘在《诗品》中也评价秦嘉夫妇说："士会夫妻事既可伤，文亦凄怨。二汉为五言者，不过数家，而妇人居二。徐淑叙别之作，亚于《团扇》矣。"

秦嘉一生为寒门小吏，在他留下的不多的诗作中，几乎全部是与夫人徐淑的赠答诗，然而这首《赠妇诗三首·其三》却让我们看到了诗人爱琴善琴，甚至琴伴周身。首先他爱琴，在诗中要留给夫人的这张琴，应是他时常弹奏又十分珍爱之物，其次他向我们透露了一个重要信息，就是妻子徐淑也是懂琴、善琴之人。

诗人将琴留赠给妻子徐淑，是希望她病好以后能够以旧有的仪容和风采再抚雅琴，他希望这琴声能带着妻子的思念伴随着他远行，似乎这琴声中更寄托着他们之间的恩爱情愫。恰恰是以琴入诗的这一句，使得这首诗的格调陡然升高，使得诗中的文士气极大地增加，似乎在他们之间聚少离多的思念能够靠彼此心中所感念的那清幽琴声牵连在一起，这也使得他们夫妻间的言情琐事上升到才学上的惺惺相惜、人格上的相互扶助。

今天在甘肃通渭，当地政府在这里建了秦嘉徐淑公园，园内有为秦嘉徐淑夫妇立的大型雕塑，成了当地的一张人文名片。

【雅赏】

答秦嘉诗（徐淑）

妾身兮不令，婴疾兮来归。
沉滞兮家门，历时兮不差。
旷废兮侍觐，情敬兮有违。
君今兮奉命，远适兮京师。
悠悠兮离别，无因兮叙怀。
瞻望兮踊跃，伫立兮徘徊。
思君兮感结，梦想兮容辉。
君发兮引迈，去我兮日乖。

七哀诗三首·其二

王粲

荆蛮非我乡，何为久滞淫。方舟泝大江，日暮愁我心。
山冈有余映，岩阿增重阴。狐狸驰赴穴，飞鸟翔故林。
流波激清响，猴猿临岸吟。迅风拂裳袂，白露沾衣襟。
独夜不能寐，摄衣起抚琴。丝桐感人情，为我发悲音。
羁旅无终极，忧思壮难任。

【作者】

王粲（177—217），字仲宣。山阳郡高平县（今山东省邹城市西南）人，汉献帝西迁时迁徙至长安。汉末著名文学家，"建安七子"之一。王粲出身豪族世家，其曾祖父是东汉名臣，汉顺帝期间任司空、太尉，其祖父王畅在汉灵帝时期任司空，位列三公。王粲少有才名，青年时颇为蔡邕所赏识，他先依附荆州牧刘表却未受重用，建安十三年（208），归于曹操且深得曹氏父子信赖，赐爵关内侯。建安十八年（213），在曹魏政权任侍中。建安二十二年（217），随曹操南征孙权，于返途中病逝，时年仅41岁。

王粲的文学成就很高，其诗赋居"七子"之首，世人将他与曹植并称"曹王"，他长于辞赋，代表作有《登楼赋》《羽猎赋》《槐赋》等，曾撰有史上第一部记载英雄传记的史书《汉末英雄记》（今佚）。《三国志》收录王粲所著诗、赋、论、议等作近60篇，《隋书·经籍志》收录有其文集11卷。明人张溥辑有明人辑本《王侍中集》传世，现存世有诗30余首及文40余篇。

王粲博学多识又出身豪门士族，但遭逢乱世，使其作品感时伤乱，深沉真挚，慷慨凄怆，刚健朴实，刘勰在《文心雕龙·才略篇》中称："仲宣溢才，捷而能密，文多兼善，辞少瑕累，摘其诗赋，则七子之冠冕乎。"

【诗文大意】

蛮荒的荆州非我故乡，为何却将我久久地滞留？

望客船溯江而上，日暮愁云唤起我无尽的乡情。落日残晖掠过山峰，沟壑愈显得阴冷灰暗。狐狸跑回自己的洞穴，而飞鸟也在找寻自己林中的巢。近听江水涌动浪花轰响，远闻白猿沿峭壁长吟。一阵阵江风鼓起我的衣袖，秋露也渐渐打湿了我的衣襟。在这秋夜里我孤枕难眠，整理衣衫弹起伴随我的古琴。似乎唯有这古琴理解我此时的心境，琴中满是悲凉悯人的忧愁。漂泊的羁旅何日止，无尽的乡思苦难挨。

【品读】

两汉诗人以琴入诗的不多，这或许与年代过于久远使他们的作品大量散佚有关。中国诗歌上以江河湖海、高山层林、云天日月、飞鸟啼猿等，下以小桥流水、花草蜂蝶、歌馆楼台、市井人物等入诗境者多矣，而王粲这首《七哀诗》将古琴入诗并作为游子羁旅的精神伴侣，着实开了中国诗歌史上以琴入诗且将古琴及其琴声作为乡愁、别离、失意等内心苦楚的抒发载体之先河，对琴诗的发展意义重大。

这首五言古体诗初读似乎语言简练、叙述平实，然细究之则发现其层次布局考究、结构分明,诗的首尾为情感表达,使全诗的叙事性与寓情性形成递进,又十分场景化地在读者面前展开了一幅幅画面,且画面颇具动感,由江心客船溯流而上,至残阳落日,又至远山近壑,直至飞鸟丘狐。而诗人又刻意增添了声音对比,如远处山林的猿啸对比眼前的惊涛拍岸。时间地点的交代上诗人也于不经意处显其心思缜密、顺序清晰,前六句为落日余晖下的江边,后三句为深秋夜半的客舍。果真是于不经意间尽显大家手笔,且深谙"比、兴"之法。

王粲在荆州客居十余年,这首《七哀诗》应是王粲依附刘表且不得志时期所作,算下来此时诗人的年龄不超过30岁。诗人在诗首就突发自问:"荆州乃荒蛮纷乱之地,难道我要在这异乡孤老吗?"接下来是诗人描写站在江边想象着长安的方向的所闻所见,这与其同时期的《登楼赋》有异曲同工之妙。诗中"方舟"即指客船,"泝"通"溯",指溯江而上,"岩阿"是指到处都是怪石嶙峋的山丘,"重阴"比喻山体阴面的暗影。

接下来的三句,诗人将读者的视线转到中景和近景,借用狐狸快速跑回自己的洞里及飞鸟徘徊在鸟巢上空的场景来增加语言的动感,同时暗喻自己睹物思情平添几许思乡之愁,寓意走兽尚且恋窝,飞鸟犹自倦巢,就连拍岸的江水及峭壁上的猿啸,似乎也是在唱起故乡的歌。之后的"迅风拂裳袂,白露沾衣襟"一句似乎让时间在此停滞,我们仿佛看到诗人一任江风吹弄起长裙和宽袖,就这样久久地伫立在江边,直至日落月出,直至渐劲的江风卷着江雾打湿衣衫(此处裳袂泛指衣裙和衣袖)。

至此,诗人基本达成了通常意义上的铺排和类比的全过程,然而诗人并未收笔,而是将场景转到了夜半的孤馆客舍,独在异乡为异客的诗人辗转无眠,索性"摄衣"抚琴。郑玄在注释《周礼》之六时说"比,见今之失,不敢斥言,取比类以言之;兴,见今之美,嫌于媚谀,取善事以喻劝之"，比、兴在诗中完美结合，王粲之手笔不凡。诗中的"摄衣"即整理衣衫，可见东汉的文人才子抚琴已十分讲求仪式感了，古人对古琴弹奏的场景及听者乃至琴人自身都有许多要求。随着时间的推移这些禁忌越来越多，明代的《文会堂琴谱》中有古琴"十四宜弹""十四不宜弹"，以及泛而言之的"五不弹"，后世常说的有"七不弹"：闻丧者不弹，奏乐不弹，事冗不弹，不净身不弹，衣冠不整不弹，不焚香不弹，不遇知音者不弹。抚琴一事对琴人的服装及仪容古来都是有共同要求的，这也是古琴以外的器乐少见的要求。诗人将古琴拟人化身成为自己的知音，言及似乎唯有膝上的古琴（中唐前琴桌还未出现）才能感受到自己的不遇及乡愁，而琴声正是我压抑已久的内心独白，"丝桐感人情，为我发悲音"一句遂使王粲的这首琴诗举帜诗坛。与这句相比，诗尾的"羁旅无终极，忧思壮难任"反而坠了气势，似乎也有些赘述之感。

自古人们常以"七情"来诠释情感的极致，《七哀诗》是中国传统诗歌体裁中的一个小众类别，它最早起自王粲，而王粲的《七哀诗》最能代表汉魏风骨，堪称典范之作。诗中多以反映战乱、瘟疫、死亡、离别、失意、乡愁等为主要内容，这就要求感情的宣泄要与时代高度吻合，既要有文学性，又要有新闻性，还应有文献性，在资讯不发达的古代中国，诗歌往往兼有上述多种功能，而在唐以前的诗歌中以《七哀诗》更具文学代表性。随着历史的进程，格律诗歌日益兴起，唐诗、宋词、元曲相继在中国古代诗歌历史上风云一时，历史湮没了乐府古诗，吞噬了柏梁体，席卷了骈文，也兼并了四言、六言诗歌，同样《七哀诗》也无法幸免。在后来的中国历代诗歌选辑里，很少再看到有《七哀诗》的出现。

谈到"悲愁"的诗，诗史上当数杜甫的《登高》。一可悲万里常作客，二可悲又当萧瑟秋天，三可悲年已暮齿，四可悲一事无成，五可悲亲朋亡散，六可悲身患疾病，七可悲独上高楼。杜甫在诗的最后一句道出了这七悲"万里悲秋常作客,百年多病独登台",此一句被宋代学者罗大经在《鹤林玉露》中释为:尽显悲凉之态。

【雅赏】

登高(杜甫)

风急天高猿啸哀,渚清沙白鸟飞回。
无边落木萧萧下,不尽长江滚滚来。
万里悲秋常作客,百年多病独登台。
艰难苦恨繁霜鬓,潦倒新停浊酒杯。

【魏晋南北朝】

晨上散关山，此道当何难。
晨上散关山，此道当何难。
牛顿不起，车堕谷间。
坐盘石之上，弹五弦之琴，
作为清角韵。意中迷烦，
歌以言志。

琴歌

阮瑀

奕奕天门开，大魏应期运。
青盖巡九州，在东西人怨。
士为知己死，女为悦者玩。
恩义苟敷畅，他人焉能乱。

【作者】

阮瑀（165—212），字元瑜，尉氏（今河南省开封市）人。汉末著名的文学家、诗人、琴家，"建安七子"之一。阮瑀出身不高，做过曹操的司空军谋祭酒及仓曹掾（主管仓谷之事），曹魏政权初期重要的国文檄书多出于他手，是曹操麾下的第一笔杆子。其传世之作有《为曹公作书与孙权》一篇，诗歌存世约11首，其他文作多佚，其中以《文质论》树立了纠正当时浮靡文风的典范，后有明人辑《阮元瑜集》（是否真为其原作今已无考）。阮瑀的诗歌被钟嵘列为下品，言其诗"平典不失古体"，评价一般，而阮瑀的文章载誉于当时，曹丕曾赞曰"今之隽也"。阮瑀颇通音律犹善琴，表现在他的诗歌中已有明显的音乐感觉。阮瑀自从依附了曹操后，对曹魏政权誓死效力，从无二心，鞠躬尽瘁，而他这种思想以及他与曹家父子的私人感情深深地影响了他的儿子阮籍及孙子阮咸，故而当司马氏篡魏之时，阮氏儿孙均表现出明确的政治立场，并演绎出了一场与司马氏政权抗争的历史佳话。

【诗文大意】

上天的光芒从徐徐打开的宫门照入,我们的大魏受上苍的眷顾应运而生。魏王的恩泽惠顾神州大地,大魏的教化远及戎狄蛮夷。为答魏王的知遇,我们鞠躬尽瘁,死而后已。为报魏王的恩宠,我们克己奉公、修身自律。您的德行是这样深入人心,您的治下也必将国泰民安。

【品读】

阮瑀的这首《琴歌》,应为诗歌史上最早的一首五言琴歌。与之前的刘向、蔡邕、蔡文姬、桓谭以及之后的嵇康乃至唐代的《琴曲歌辞》相比,这首《琴歌》在诗体上虽为五言古诗,但已经明显具备格律诗的特点,虽然在结构上不太严谨,韵律上也未能规律有致,但是它与之前的琴赋以及骈文相比更具后世诗歌的特点。可以说,阮瑀是咏琴诗或者是琴歌五言体的先驱,而且比之起于南朝齐的格律诗早了三百多年,所以它更具有诗史上的代表性及特殊意义。

阮瑀的《琴歌》是一首颂歌,它以赞颂曹魏政权和曹操功德为主题,同时表现以诗人为代表的士大夫阶层对曹魏政权的拥护及对曹操本人的崇敬之情。诗的开篇处"奕奕"是比喻光明,"天门"则泛指帝王的宫殿,诗人用阳光照进宫殿之中比喻大魏政权的由来上合天意下应民心,将这首诗的格调定在极高的皇权位置上,充分体现出了阮瑀不同于同期诗人的政治高度及超乎常人的文学魄力。诗的第二句借"青盖巡九州,在东西人怨"将此诗的政治高度继续拔高,由上天之选、民心所向写到了普惠九州、恩泽外邦,用词不可谓不精辟,诗意不可谓不大气,简单十个字将曹魏政权初期谋一统天下、求育化万民的政治主旨立体化地表现出来,其中"青盖"是指皇帝的车乘。至此，诗人用诗的前半部分盛赞曹操及其曹魏政权，天时地利人和尽收于檐下，九州四夷河山全在诗中，尤其将大魏政权喻为光明普照，颇似《大阿弥陀经》所说的"其光明所照，央无数天下，幽冥之处皆常大明"，从而完成了诗的铺陈、喻人及喻事部分。

诗的第三句后世的我们耳熟能详，《战国策·赵策》："豫让遁逃山中曰：嗟乎！士为知己者死，女为悦己者容，吾其报知氏之仇矣。"阮瑀在诗中将《赵策》之"女为悦己者容"化用为"女为悦者玩"，此处"玩"字是"动作"之意，在诗中应解释为行动，就有了用行动来回应自己所获得的这份信任的诗意。结合上面的"士为知己者死"可以十分明显地看出，此处的"女"已经跳出了性别的概念，它并不单指女性，而是呼应前面的士，是指在场的臣工（臣妾），古人在诗中经常以"妾"或其他女性化的称谓代言自己，而将上位者冠以"君"。而"士"是一个在古代政权，特别是政权初建时期政治稳定的重要因素，因为它上可达公卿，下可达民众，我们有理由相信在这里诗人阮瑀也是自诩为"士"。

诗尾是诗人发表的议论，也是他兴致的张扬，诗人依旧不忘初心，作为一个儒者，他更关心统治者的政策，所以在他的诗中这一句并不仅仅是情志的表现，他依旧在强调君王的德行以及所实施政策的合理性和持续性，其中"苟"是假如，"敷"是合理，"畅"是指通顺。我们可以把它解释为：大魏政权的恩泽以及高义，如果能够变得切实可行、普惠万民，那么大魏将会是政权稳固、江山万年。

至汉末，诸侯崛起、战火纷飞，国家三分天下，最后于曹魏一统河山，作为这一时期的文人和政权机构的高层分子，阮瑀参与了曹操统一全国的许多重大事件，所以他站得更高，眼光更远，在这首《琴歌》中，我们强烈地感受到，诗人不仅仅是在歌颂曹魏，不仅仅是在赞扬曹操本人，更多的是抒发诗人自己的政治抱负以及对这个自己为之奋斗、为之生死的新生政权的热爱及期待，虽然文字直白、用典不多，然其言也切切，其心也拳拳。

关于这首诗的创作背景，有一种流行的说法是郭茂倩《乐府诗集》引《魏书》载："太祖雅闻阮瑀，辟之不应，乃逃入山中。焚山得瑀，太祖大延宾客，怒瑀不与语，使就伎人列。瑀善解音，能鼓琴，抚弦而歌，为曲既捷，音声殊妙。"曹魏初创，曹操为广揽人才多次派人招揽阮瑀，然而作为东汉遗民，阮瑀最初从思想感情上并不能够接受曹魏政权也不情愿为曹魏服务，遂遁入深山，曹操得知后心有不甘，于是效仿晋文公求介子推之举，命人放火烧山。当然阮瑀不是介子推，他终于还是下山归魏，曹操欣喜之余大宴宾客，但席间阮瑀不发一言惹得曹操很不高兴，于是就命乐官取来古琴并对阮瑀说：听说你是琴中高手，既然你不想说话，那么你就弹首琴曲吧。阮瑀果然是琴家高手、诗坛名宿，信手拈来抚琴而歌，琴声与歌声美妙动人。如果这段记载是真实的历史，那我们当为曹操与阮瑀君臣二人喝彩。然而，笔者认为此解不实：观阮瑀的这首《琴歌》，明显是站在重臣的位置上对曹魏政权的歌颂，而且声声发乎肺腑，应是当阮瑀完成了由无奈归附到心悦诚服的思想蜕变之后的作品；又以《魏书》所记欢迎宴会上曹操"怒瑀不与语"，可想以当时阮瑀的情绪和凭他对曹魏政权的最初认识也咏不出如此动情的诗篇；再反观阮瑀敢于避入深山而不仕的文士风骨，也断不会违背自己的意志当庭屈从而咏颂"谄媚"诗篇。另外站在诗歌的角度，古琴的"弦歌"与"琴歌"是有着本质区别的，"弦歌"是古琴固有的一种表现形式，即抚琴的同时或吟咏或歌唱或长啸，强调的是琴家的即兴状态，也即"弦而歌之"，如《史记·孔子世家》："三百五篇，孔子皆弦歌之。"而"琴歌"是那些通音律兼通琴道的诗、赋、辞、词家们专门为"弦歌"所创作的作品，它除了在文学层面的要求外，更加注重音韵及情致以求更适合琴家的"弦而歌之"，比如汉乐府中的"琴曲歌辞",从这个意义上来说,"琴歌"也是我们今天研究古代音乐的"活化石"。

在阮瑀逝世12年后诞生了一位古琴大家,那就是《广陵散》的演绎者,"竹林七贤"之一的嵇康。嵇康也有一首《琴歌》,相对于阮瑀的《琴歌》它更像一首小赋。在嵇康的《琴歌》中,他神游九霄,与列子御风而行,迎绚丽朝霞,着华彩衣裳,饮松风仙露,食清雅美肴,仰天上超然之自在,俯世间万里之尘埃,置心于无物,好一派老庄之逍遥,更兼有魏晋之玄风。

【雅赏】

琴歌(嵇康)

凌扶摇兮憩瀛洲。要列子兮为好仇。餐沆瀣兮带朝霞。眇翩翩兮薄天游。齐万物兮超自得。委性命兮任去留。

【列子御风】

清河作诗
曹丕

方舟戏长水，湛澹自浮沉。
弦歌发中流，悲响有余音。
音声入君怀，凄怆伤人心。
心伤安所念，但愿恩情深。
愿为晨风鸟，双飞翔北林。

【作者】

曹丕（187—226），字子桓，曹魏开国皇帝，魏武帝曹操次子，豫州沛国谯县（今安徽省亳州市）人。建安二十五年（220）继任魏王兼曹魏政权的丞相，同年迫使汉献帝刘协禅让，结束了汉朝400余年的历史，建立魏国，史称魏文帝。魏文帝黄初七年（226）病逝于洛阳，终年40岁，庙号世祖，谥号文皇帝。

曹丕文治武功虽不及其父曹操，但也足以彪炳史册。他完成了中国北方地区的大一统，在政权建设上，他制定并实施了"九品中正制"这一选官制度，影响了之后近400年的政治历史。曹丕在文治上的贡献极大，在中国历史上的正朔王朝帝王中曹丕的文学建树当名列前茅。曹操、曹丕、曹植三父子史上并称"三曹"，他们开创了中国历史上以皇权为核心并作为主要权力支撑的文人集团之先河，这就是史上第一个著名的足以影响后世文坛的文人集团"建安七子"。在曹丕的推动下，由"建安七子"

而引发的建安文风被后世称为"建安风骨"。曹丕本人颇具文才，其文、赋、诗均在当时极具影响，尤其是他的五言诗引领了建安诗风，他还极力恢复太学，重视儒家思想经典的收集和整理传播，鼓励士人学经注经。曹丕存诗约40首，另有《魏文帝集》两卷存世，其中《典论·论文》被后世认为是中国文学史上第一部较为系统的文学批评论作。明代王世贞在《艺苑卮言·卷八》中说道："自三代而后，人主文章之美，无过于汉武帝、魏文帝者。"

【诗文大意】

庞大的船队在河面上行进，水浪涌动，船身浮摇。我在船上鼓琴长歌，阵阵的弦歌随着悲戚的琴声，久久地绕舷而鸣。琴声传到君的耳畔令君不禁黯然神伤。不知君此时为何感伤，或许我与君有着共同的悲伤。但我们愿携手并肩，因为我们手足情深。愿我们生出健壮的翅膀，如那乘着晨风的飞鸟，迎着朝阳，双双翱翔在北林之上。

【品读】

曹丕自幼受曹操的言传身教，武能上马征战，文能提笔安国，可以称为三国时代最杰出的诗人之一。他生于乱世，颇肖乃父早有王霸之心，在他的诗中常能体现心胸宽广、坚毅果敢、旷古雄伟、不屈不挠的时代精神，这正是曹丕注入建安文学中的一种精神力量，也是建安风骨的核心。

曹丕对东吴和蜀汉的统一之战又称"伐吴征蜀"。大约在魏文帝黄初六年（225）三月，曹丕集结水陆大军十万第三次伐吴，是年遭遇极寒天气，河面过早地结冰致使战船不能入江，因此曹丕只能与建业（今江苏南京）隔长江相望，发出"固天所以隔南北也"的兴叹，无奈下令撤军，《三国志》载："是岁大寒，水道冰，舟不得入江。乃引还。"然而，吴军乘势反击，且小有斩获，这更使曹丕在心中留下了久久不能抹去的遗憾和悲愤。于是在曹丕的诗中就形成了以"清河系列"为主要题材的《杂诗二首》《广陵于马上作诗》《于清河见挽船士新婚与妻别》以及这首《清河作诗》，都是几乎在同一时期围绕着这场被命运捉弄的无功之征而作就的。这些诗均体现了曹丕对这场战役的反思，然而，曹丕是不屈不挠的，正像这首《清河作诗》中展现在读者面前的是他骨子里的王霸之气，体现在诗中则是一种顽强不屈的精神内涵。

这首《清河作诗》以往多被诠释为一首情爱诗，被释意成以弦歌而引发的悲凄凄的关爱情愁，特别是后面的"心伤安所念，但愿恩情深。愿为晨风鸟，双飞翔北林"，从字面上很容易被理解成"情深义重、比翼双飞"。然而，站在历史的角度上品读这首诗，我们会发现它广为人知的历史脉络中所隐藏着的属于曹丕自己的情感抒发。

诗中的"方舟"古来解释为并行或相互牵连的舟船。《庄子·山木》云："方舟而济于河，有虚船来触舟，虽有褊心之人，不怒。"然而在此诗中，"方舟"应解释为战舰或大船，由于冬季枯水期，而曹丕又是逆风回师，大船行进多靠纤夫挽缆而行，战船首尾相连如巨龙浮于河面，远接天际。这里的"浮沉"既有舰队缓慢而行，又有世事难测、云谲波诡、沉浮未定之意。"中流"并不是指两艘船之间的水流，而是泛指江心。舰船行进中突然有琴歌响起，在诗中琴歌响起的地方应该是在曹丕的战舰上，弦而吟之、慷慨悲歌的人，其实就是曹丕本人。"悲响"不是悲戚哀鸣之声，而是面对由于天公戏谑所造成的失败，诗人心中的遗憾如千斤重负，胸中一股无名的悲愤陡然涌起，它化作一声声长啸，随着琴声在空中萦绕着，传到周边的舰船上久久不能散去。

笔者认为，古琴在此时的出现，很大意义上是为作为"歌"的情景衬托，可以想象在北风凛冽的河面上，一张古琴究竟能够奏出多大的声响？当然也有另一种可能就是皇帝御驾亲征，曹丕所乘巨舰上或许备有皇家乐队。但综观全诗，古琴及弦歌对诗人而言更多的应是情致的意蕴基础，以求产生更加悲怆及更加鲜明的诗意，最大限度地增强画面感和不求言尽的意境。所以，在此时古琴的象征意义远远超出了琴本身的音乐功能。这种将古琴元素植入诗中以求更好地彰显情怀的写作方法常为诗人们所使用。后面"音声入君怀，凄怆伤人心"一句中的"君"是指他手下的将士们。换言之，曹丕在巨舰上的琴歌传到了众将士的耳中，这歌声或许令他们更感心伤，因为这弦歌中含着悲愤、带着苍凉。然而，出乎意料的是诗人并未将这种情绪继续铺排，而是到此陡然折笔，一句"心伤安所念"将所有战败的阴云和失去战友亲人的痛苦一挥而去，接下来的"但愿恩情深"则是诗人对自己以及将士们一句最好的宽慰。在完成了这一诗颈上的手笔高超的反转后，诗人迅速将目光抛向远方，同时也仿佛是对追随自己的将士们许下的誓言，这就是"愿为晨风鸟，双飞翔北林"，这是一种什么样的自信？又是一种什么样的襟怀？他试图用最美的诗句在所有人眼前勾勒出一幅动感的画卷：我们万众一心霸业必达，我们迎着朝阳，迎着美好的未来，带着曙光和希望，带着必胜的信念，一定会像神鸟一样展开坚实的翅膀翱翔在北林的上空，去俯瞰我们为之奋斗的万里山河。诗尾处的"双鸟"并不是指狭义的数量，而是指所有追随他的人，他有信心带着这些人成就更大的辉煌。

诗尾处的"北林"解释颇多，北林泛指周朝时的郑国，《左传》有载"宣公元年（前608），楚蒍贾救郑，遇于北林"，郑国为周朝的诸侯国，虽为小国却迅速崛起，故而《史记·郑世家》有载："千乘之国、春秋小霸。天下诸侯，莫非郑党。"在后世的文学作品中，大量地以北林作为文化繁荣、经济发达、社会安定的盛世缩影和代言。曹植在《杂诗七首·其一》中有"高台多悲风，朝日照北林"，阮籍有《咏怀八十二首·其一》"孤鸿号外野，翔鸟鸣北林"，西晋傅玄的《饮马长城窟行》中有"梦君结同心，比翼游北林"。这些诗中所指的"北林"，对诗人而言多泛指"美好的精神家园"，但对于曹丕而言其实就是他心中政治诉求的集中代表，它是黄帝梦中的华胥国（典出《列子·黄帝篇》），它是《庄子》中的"至德之世"，它是《无能子》中"无夺害之心，无瘗藏之事"的太古之世，它更是曹丕为之奋斗终生的宏大抱负。

通过这首《清河作诗》，我们看到的是曹丕坐在船头，鼓琴而歌，对着江面向自己的十万大军吼出他不屈的宣言，我们看到的是一个文武双全才华横溢的曹丕。读曹丕这首《清河作诗》，不禁对诗人的文才肃然起敬，尤其是诗人对情绪驾驭之笔法稳健、兴致张扬之节奏分明均可圈可点，虽不及"春秋笔法"却已具"微言大义"。明人钟惺与谭元春合编的《古诗归·卷七》中有云："文帝诗婉娈细秀，有公子气，有文士气，不及老瞒远矣。然其风雅蕴藉，又非六朝人主所及。"不过，钟嵘在其《诗品》中对曹丕的诗总体评价为"中品"："其源出于李陵，颇有仲宣之体则。新歌百许篇，率皆鄙直如偶语。唯'西北有浮云'十余首，殊美瞻可玩，始见其工矣。不然，何以铨衡群彦，对扬厥弟者耶？"然诗评一事乃见仁见智，后世评家多少都会杂糅个人的喜好及时代的烙印，笔者认为对曹丕诗文的评价倒是刘勰的《文心雕龙》言之公允些："魏文之才，洋洋清绮。旧谈抑之，谓去植千里，然子建思捷而才俊，诗丽而表逸；子桓虑详而力缓，故不竞于先鸣；而乐府清越，典论辩要，迭用短长，亦无懵焉。但俗情抑扬，雷同一响，遂令文帝以位尊减才，思王以势窘益价，未为笃论也。"这一番言论也指出了后世许多评家的"因人论事"之弊。品评一位古代诗人，是否应更多地站在诗人所处的历史时代去发现和思考，多些"知人论世"，少些"以意逆志"，真正践行《孟子·万章》所言："颂其诗，读其书，不知其人可乎？是以论其世也。"

今世的学界普遍认为曹丕对于中国诗歌的发展是做出了特殊贡献的，尤其是对"七言诗"的发展有着相当的推动作用。其中最具代表性的莫过于他那首著名的《燕歌行》，并被后世诗评家认为是早期七言诗逐步走向成熟的重要标志。笔者认为"七言诗"在曹丕时期的确因其个人的才华特别是他的特殊身份而被当世文士广为重视，然要说"成熟"或也未必，但曹丕以他独特的才华及情感，摒弃其俗、不避其小、糅合其巧，极大地拓展了诗歌的意境，完善了七言的构架形式，也提升了七言诗的品位，进而建立起一个崭新的诗歌审美标志。明末陆时雍在其《诗镜总论》中曾言"七言古，自魏文、梁武以外，未见有佳"，此论言之凿凿或有谄媚帝王借以推抬自己之嫌，但也可为一家之说。

曹丕的《燕歌行》一共两首，应该是中国文学史上现存最早的且相对完整的七言诗，明代胡应麟在其《诗薮》有云："子桓《燕歌》二首，开千古妙境。"据郭茂倩《乐府诗集》引吴兢《乐府广题》说："燕，地名也。言良人从役于燕，而为此曲。"《燕歌行》始于曹丕，后世有许多诗家也有依此曲牌的诗作，如南北朝时期的王褒、萧绎、庾信、萧子显、谢灵运以至唐代的高适等。曹丕的《燕歌行》在中国诗歌史上是应该被尊重的重要一页，这也是建安文学在诗歌的形式及风格上所表现出的积极意识和开放精神的重要体现。曹丕的《燕歌行》有"援琴鸣弦发清商，短歌微吟不能长"一句，读来每每令人心旷神怡，不禁拍案叫绝，从技法方面的音韵及对偶的高超，到意境层面上的情致及描摹的细腻，都堪为经典之笔。

【雅赏】

燕歌行二首·其一（曹丕）

秋风萧瑟天气凉，草木摇落露为霜，群燕辞归鹄南翔。
念君客游思断肠，慊慊思归恋故乡，君何淹留寄他方？
贱妾茕茕守空房，忧来思君不敢忘，不觉泪下沾衣裳。
援琴鸣弦发清商，短歌微吟不能长。
明月皎皎照我床，星汉西流夜未央。
牵牛织女遥相望，尔独何辜限河梁。

咏怀诗
阮籍

夜中不能寐，起坐弹鸣琴。
薄帷鉴明月，清风吹我襟。
孤鸿号外野，翔鸟鸣北林。
徘徊将何见，忧思独伤心。

【作者】

阮籍（210—263），字嗣宗，陈留（今河南省开封市）人，三国时期曹魏诗人，中国历史上最著名的琴家之一，魏晋时期"竹林七贤"之一。阮籍因做过步兵校尉，故后人也称其为"阮步兵"，他有一名句至今为人乐道："时无英雄，使竖子成名。"阮籍好酒，史传他为拒绝与司马昭的联姻招揽，以非暴力不合作的形式，醉饮60天且醉得语无伦次、神志不清，最终迫使司马昭无奈而作罢。阮籍自幼勤奋苦读，8岁能文兼习剑术，他性格孤僻，但却心思细腻、行事谨慎，懂得趋利避祸，后人评其"不涉是非，明哲保身"，"或修身苦读、或登山、或寄情山水、或酣畅大醉、或缄口不言"。阮籍一生出仕、入仕多次，曾官至散骑常侍、关内侯。

阮籍作为"正始诗风"的代表之一，其诗、文、赋均在当世名噪一时，其今存9篇散文，代表作如《大人先生传》，另存赋文6篇，如《清思赋》《首阳山赋》等，以及组诗《咏怀八十二首》等。钟嵘在《诗品》中评其诗："其源出于《小雅》。无雕虫之功。而《咏怀》之作，可以陶性灵，发幽思。言在耳目之内，情寄八荒之表。洋洋乎会于《风》《雅》，使人忘其鄙近，自致远大。颇多感慨之词。厥旨渊放，归趣难求。颜延年注解，能言其志。"

阮籍在音乐方面也有很高的造诣，是魏晋时期著名的琴学理论家、作曲家及演奏家。相传，古琴十大名曲之一《酒狂》就是他所作，其曲谱最早见于明代朱权所编的《神奇秘谱》（1425），在谱题中有："籍叹道之不行，与时不合，故忘世虑于形骸之外，托兴于酗酒以乐终身之志，其趣也若是。岂真嗜于酒耶？有道存焉！妙妙于其中，故不为俗子道，达者得之。"这应与阮籍当时所处的政治环境和心境，以及他所选择的人生态度是相吻合的。

【诗文大意】

孤独的深夜，寂静；我辗转反侧，无眠。无奈起身弹起我心爱的鸣琴。琴声伴着清明的月光，摇曳着纤薄的帷帐。清风拂来吹弄着我的衣襟，那琴声，忽而若壮志孤鸿长啸于旷野，俄而如燕雀发出悲切的喧啾。鸿鸟之声此消彼长徘徊荡越在我心中的，仿佛是莫名的孤独惆怅和无尽的漫长忧思。

【品读】

阮籍的这首诗是其《咏怀八十二首》的代序诗，它对组诗的整体做了一个概括性的定性，主要传达的是愤懑不屈、感怀忧思的特点。阮籍以琴入诗，正面将古琴与"正始之音"紧密地结合起来，将琴与正音放在同等的高度，这不仅归功于他超越时代的艺术审美观，更是由他所处的动荡和混乱的时期所带给他的人生境遇而决定的。白居易的《五弦弹》中有句："正始之音其若何，朱弦疏越清庙歌。一弹一唱再三叹，曲淡节稀声不多。"

在诗中阮籍为我们设定了这样一个场景：夜静更深，诗人辗转反侧、思绪万千，遂束发整襟、即兴抚琴。这里的"弹鸣琴"之"鸣"字，笔者揣想应是这张琴名为"鸣琴"，诗人将鸣琴在指下演绎的声音比作一轮皓月，又言琴声阵起，使帷帐和衣襟摇曳，诗人在诗额和诗颔部分将自己弹琴之前的精神状态和琴声响起后的思绪，经指下融入琴中的声音，进而可能产生的环境变化，特别是心绪的变化，都做了十分精细的铺垫。接着在诗颈一联用孤鸿之号叫及翔鸟之鸣将更加生动的场景引入帷帐中的小环境，巧妙地用孤鸿比喻自己，用孤鸿的号叫比喻自己无奈的抗争，又以外野比喻自己居庙堂之外隐于山野之中，又以翔鸟之鸣暗喻庙堂之上所实施的腐政，而以北林隐喻着风雨飘摇、前途未卜的朝堂，再借北林来暗指鸟鸣之处为哀伤之地。北林最早见于《诗经·秦风·晨风》："鴥彼晨风，郁彼北林。未见君子，忧心钦钦。"

关于"北林"古人时常用起，徘徊北林或鸟翔北林这一类的诗境不独阮籍所为。后人在诗文中使用北林多表示悲闷忧伤之地，出于曹植之旷世文才，对曹魏正统心有所向的阮籍极有可能套用曹植的诗风及个别句式。诗人在诗尾处以"徘徊将何见"来表示自己对未来的担忧，甚至思考在王朝交替，司马氏当道的今下，自己将如何趋利避害，这种担忧之思以及伤感之情在诗中溢于言表。

历史上的"竹林七贤"在美学思想和艺术实践上，强调艺术与自然的结合。嵇康有两句最著名的话，其一是"浊酒一杯，弹琴一曲，此愿毕矣"，其二是"琴德最优。故缀叙所怀，以为之赋"（《琴赋》），无疑是表明了"七贤"的艺术审美和追求更高艺术境界的生活状态。三国两晋南北朝时期，在中国历史上是一个政治混乱的时期。但就是在这样一个特定的历史时期，思想活跃、文化艺术空前发展。加之少数民族政权的发展，使这一时期的文化艺术呈现出多民族、跨地区的特点，更是不拘一格、繁荣开放的大发展时期。文学领域出现了许多不世出的大家，如曹植、阮籍、庾信、左思、谢灵运、陶渊明等，他们继承、演化以及发展了两汉文学的成就，特别是在"五言古诗"和辞赋方面尤为明显。他们在学习汉乐府的过程中将五言古诗推向高峰，以骈俪的形式推动了抒情小赋的发展，使汉赋在新的条件下得到创新性的发展。

阮籍好酒更好驾车，王勃在《滕王阁序》中有"孟尝高洁，空余报国之情；阮籍猖狂，岂效穷途之哭"的描述，意思是说阮籍年轻时常乘酒兴驾车狂驰，当实在没有路的时候就放声大哭。在阮籍的诗中有大量与驾车驰骋有关的诗篇，下面这首《咏怀》就是很具有代表性的一首。此外，古琴曲《酒狂》也许就是描摹其酒醉驾车、长啸而驱的场景。

【雅赏】

咏怀（阮籍）

平生少年时，轻薄好弦歌。
西游咸阳中，赵李相经过。
娱乐未终极，白日忽蹉跎。
驱马复来归，反顾望三河。
黄金百镒尽，资用常苦多。
北临太行道，失路将如何。

【酒狂】

招隐诗·其一
左思

杖策招隐士，荒涂横古今。岩穴无结构，丘中有鸣琴。
白云停阴冈，丹葩曜阳林。石泉漱琼瑶，纤鳞或浮沉。
非必丝与竹，山水有清音。何事待啸歌，灌木自悲吟。
秋菊兼糇粮，幽兰间重襟。踌躇足力烦，聊欲投吾簪。

【作者】

左思（约250—约305），字泰冲或太冲，西晋著名文学家、琴家、诗赋家、书法家。齐国临淄（今山东省淄博市临淄区）人，后迁居洛阳，晋武帝时任秘书郎。晋惠帝元康年间成为文人集团"鲁公二十四友"的重要成员。永康元年（300），返回故居专心著作。《晋书·文苑传·左思》载："秘书监贾谧请讲《汉书》，谧诛，退居宜春里，专意典籍。"太安二年（303），因避乱由洛阳而移居冀州，病逝于此，卒年56岁。左思自幼并不十分聪慧且其貌不扬，但其将勤补拙愈显才华横溢。左思历时十年所作的《三都赋》洋洋逾万言，堪称赋史之最，于当时即为世人称颂，遂成"洛阳纸贵"之美谈，其《咏史诗》《娇女诗》等诗作更为后世所赞评。后人辑有《左太冲集》。

左思诗歌存世近二十首，作古琴曲《招隐》，也有说《神奇秘谱》的《秋月照茅亭》《山中思友人》二曲均为他的作品，更有说其作《谷口引》《幽兰》。后人又以此作画，如明末项圣谟有《三招隐图》卷存世，近代张大千也有《招隐图》。

【诗文大意】

策竹杖，去寻觅我心中的高古隐士。哪怕经历荒涂险滩，抑或翻越峻岭崇山。千年的岩洞被结庐为屋，万壑悠悠总有琴声飘响。白云也曾低回驻足闻听，在北坡之上留下一片片阴影。就连那遍地红花和那南坡层林，也在阳光下随着琴声摇曳。还有清泉荡涤着的山石宛若美玉，一汪透彻中更有鱼翔浅底。在这里无丝竹乱耳，碧涧流泉正奏出天然的雅乐。人间何事须舒啸，但见草木有悲歌。远观秋菊如餐饭，近品幽兰暖衣襟。炎凉的世态啊，你早已令我心力交瘁。莫如摒去浮华，伴着琴声修隐于这山林绿水之间。

【品读】

左思大才，凡读其诗文歌赋，须对其本人加以历史性的了解，更要对他所处的那个特殊的历史时代有一个宏观的认识，尤其不能离开"建安风骨""王谢风流"这样一个文化核心，不能离开荒唐与美丽、生存与死亡这样一个社会现实核心，更不能离开儒学、玄学与佛学的相互作用相互融合的重大思想核心。详见笔者另著《甲子拾慧》中《左太冲考注》一文，这里不再赘述。

魏晋南北朝时期是中国历史上一个特殊的时期，政治混乱、社会动荡、战争频繁、门阀崛起、民生凋敝，然而这又是一个文化繁荣的时期，思想自由、民族融合、审美多样、百花齐放、名家辈出，左思就是在这个时代背景下登上属于他"左思风力"之人生舞台的。

左思出身不高，其父左熹（字彦雍）时为小吏，在那个门阀当道的时代，学而优则仕对于左思而言希望十分渺茫，后因其妹妹被晋武帝司马炎选美入宫，左思举家迁至洛阳，人生境遇方获改观。但以往的生活经历在左思心里留下了厌恶权贵、笃情诗文、寄情山水、崇尚自由的印记。左思的《三都赋》引得一时"洛阳纸贵"，也成就了他的文学之名，同时他的诗歌也广为后世瞩目，这首《招隐诗》共两首，此为其一。古之帝王多有"招隐"之举，有的是求贤若渴，有的则是虚名附会，在两晋时期以招隐为题材的诗文盛极一时，而左思在诗中所表达的却是"名为招隐，实则寻隐处"，借招隐之古意言自己的归隐之心。联系到他被压抑理想的少年时期，以及他未名时饱受的白眼，以致对现实的无奈及趋避，我们有理由认为他的《招隐诗》中更多的是自己思想的放飞和对人生的期许，以及不愿随世俗逐污流的清高，历史上左思也的确去官归隐，只是未遁入山林。《晋书·文苑列传》称其"齐王冏命为记室督，辞疾，不就。及张方纵暴都邑，举家适冀州。数岁，以疾终"。

这首《招隐诗》开篇就将古琴作为一个极具象征意义的主题表现出来。诗人用自己的代入，将一位风尘仆仆、持杖远行、跋山涉水、无怨无悔地去寻隐中高士的"招隐"者展现在读者面前，继而又将隐士的居所及眼前的白云、鲜花、山林、清泉，甚至泉中的石和水中的鱼尽揽于诗，俨然一幅山水画卷，而画外充盈的正是古琴鸣出的高雅之音。接下来诗人为抒情蓄势，仿佛这里的山水草木在与琴的应和中都可发上古清音或旷世悲吟，而绝非世间俗乐堪比，甚至赏菊品兰都会忘却饥寒。最后诗人将自己心中压抑已久的愤懑吐将出来：莫等闲，却官爵，隐仙境，聊胜人间无数。诗中的"杖策"可指拄着手杖，"荒涂"通荒途或比喻险滩，"无结构"喻指没有像样的房屋，"阴冈"及"阳林"泛指山阴和朝阳的山林，"琼瑶"多指美玉，"纤鳞"指鱼的脊背，"糇粮"多指干粮，"吾簪"指自己的官簪（官帽），于诗尾处诗人以"投吾簪"来表达自己抛官弃爵，抒发了"振衣千仞岗，濯足万里流"那种投入大自然怀抱的人生期冀，并以其质朴沉顿、磊落慷慨的诗风，彰显着建安风骨之余脉。读此诗深感诗人手笔精致，言简意赅且文辞准确，以琴入诗并融入场景之中，于广袤处大胆铺陈，于细微处精雕细刻，喻事时娓娓道来，抒情时壮怀激烈。

在魏晋南北朝强势的门阀制度下，左思始终感到怀才不遇。在他的《咏史》诗中，他以"郁郁涧底松，离离山上苗。以彼径寸茎，荫此百尺条"的形象暗喻，无情地揭露着"世胄蹑高位，英俊沉下僚"的社会现实，对门阀黑暗进行了激烈的抨击。他秉笔执锐的精神，在两晋南北朝是不多见的。

"九品中正制"又称"九品官人法"，是魏文帝曹丕于黄初元年（220）颁行的考选人才制度，取选标准取决于门第高下，此制至西晋渐趋完备，南北朝时又有所变化，自此"上品无寒门，下品无士族"的局面越发严重，使寒门出身的知识分子阶层失去了许多进仕机会。由曹魏始至隋唐科举确立止，这一选才制度存在了约400年之久。诗人出身寒门，曾因其家族地位卑微屡不得志，故而诗人常在自己的作品中横发感慨，尤其是后期作品中，常有不愿与世俗同流合污的情操表达，他长于借古喻今，进而阐明自己的生活态度和理想抱负。

钟嵘在《诗品》中评左思"文典以怨，颇为精切，得讽喻之致"；陶渊明也有"左思风力"之说颇为著名，并赞左思诗文的风骨刚健，有建安遗风；宋人严羽《沧浪诗话·诗评第十二》评说"晋人舍陶渊明、阮嗣宗外，唯左太冲高出一时"；清人沈德潜著《古诗源》有言"太冲拔出于众流之中，丰骨峻上，尽掩诸家"。

关于由左思的《招隐诗》而产生的古琴曲《招隐》，在《神奇秘谱》中有如下曲意："臞仙按琴史曰，是曲乃西晋时，左思字太冲，见天下溷浊，将招寻隐者，欲退不仕。乃作招隐诗云……又有招隐曲云，山中鸣琴，万籁声沉沉，何泠泠，石溜寒泉萦心，未必丝竹如清音……故有是操。"琴曲为三段,其一曰"酒伴诗徒",其二曰"隐迹藏踪",其三曰"云耕月钓"。

左思《招隐诗·其二》与其一实为上下阕,后有好事者据其转笔移锋处将其分为两首,读来却也有奇异,盖两首情景铺陈不尽相同,而诗尾抒怀则又有异曲同工之妙。

【雅赏】

招隐诗·其二（左思）

经始东山庐，果下自成榛。
前有寒泉井，聊可莹心神。
峭蒨青葱间，竹柏得其真。
弱叶栖霜雪，飞荣流余津。
爵服无常玩，好恶有屈伸。
结绶生缠牵，弹冠去埃尘。
惠连非吾屈，首阳非吾仁。
相与观所尚，逍遥撰良辰。

【招隐】

拟古九首·其五

陶渊明

东方有一士，被服常不完。三旬九遇食，十年著一冠。
辛勤无此比，常有好容颜。我欲观其人，晨去越河关。
青松夹路生，白云宿檐端。知我故来意，取琴为我弹。
上弦惊别鹤，下弦操孤鸾。愿留就君住，从今至岁寒。

【作者】

陶渊明（365或372或376—427），字符亮，晚年又名潜，自号五柳先生，友人私谥靖节，故后世称靖节先生。浔阳柴桑（今江西省九江市）人。东晋末到南朝刘宋初期杰出的文学家、诗人、辞赋家、散文家、琴家。被誉为"古今隐逸诗人之宗""田园诗派之鼻祖"，享有"千古第一隐士"的美称，其代表作有《归去来兮辞》《桃花源记》《归园田居》《饮酒二十首》《五柳先生传》等，另有诗近160首及《陶渊明集》存世。陶渊明的外祖父孟嘉为晋代名士，祖父做过太守，而他本人则幼年丧父，后家道中落，但却自幼学琴书、爱闲静、念善事、抱孤念、爱丘山、有猛志，不同流俗，受儒家思想熏陶，又崇尚老庄思想。20岁至40岁之间曾数次入仕，曾任江州祭酒、建威参军、镇军参军等职，最后一次出仕为彭泽县令，八十多天便弃职而去，从此归隐田园。作为文学巨匠，他为我们留下了无数名言警句，如"采菊东篱下，悠然见南山""不为五斗米折腰""登东皋以舒啸，临清流而赋诗。聊乘化以归尽，乐夫天命复奚疑"以及"奇文共欣赏，疑义相如析"等，还有大量如"落英缤纷""鸡犬相闻""豁然开朗""世外桃源"等脍炙人口的成语。他所描绘的桃花源胜境为人们世代所传颂。

【诗文大意】

传闻东方有高士，时常身着凌乱衫。一月只吃九餐饭，冠巾一顶戴十年。清苦的生活并未泯灭他脸上的笑容。我要亲眼去看看，从清晨出发，穿越大河险关走过崎岖的山路，来到白云绕檐青松耸立的山房。见到我人，知我来由，取出古琴，为我鸣弹。君弹一首《别鹤弄》，我抚一曲《孤鸾操》。唯愿自此为君伴，伴君度过那将要到来的苦冬严寒。

【品读】

陶渊明系世界文化名人，其隐士精神和出仕思想千百年来为世人所敬仰，其诗文作品更是为历代所传唱，在这里我们主要评述他的"琴诗"。以琴入诗古来有之，但在陶渊明诗中却让人画个大大的问号，个中缘由还要从他的"无弦琴"谈起。

陶渊明的"无弦琴"为后人广而咏之，大都是定位于他的诙谐幽默及旷达乐观。《南史》载"潜不解音声，而蓄素琴一张。每有酒适，辄抚弄以寄其意"，南朝梁武帝长子萧统编撰的《昭明文选·陶渊明传》中也载"渊明不解音律，而蓄无弦琴一张，每酒适，辄抚弄以寄其意"，据此世人多言陶渊明不善弄琴，以无弦琴击节寄情娱己或自嘲尔。然事实上并非如此，陶渊明在《与子俨等疏》中自叙道："少学琴书，偶爱闲静，开卷有得，便欣然忘食。见树木交荫，时鸟变声，亦复欢然有喜。常言五六月中，北窗下卧，遇凉风暂至，自谓是羲皇上人。意浅识罕，谓斯言可保。日月遂往，机巧好疏，缅求在昔，眇然如何。"这是陶渊明写给长子陶俨的家信，想必不会有不实之词，且在信中不仅说"少学琴书"，更强调"日月遂往，机巧好疏"，可见陶渊明对自己当年的琴技还是很自得的。在他的诗文之中也有大量的寄情琴书之言，如《答庞参军》"衡门之下，有琴有书，载弹载咏，爰得我娱"，又《归去来兮辞》"悦亲戚之情话，乐琴书以消忧"。由上，我们有理由相信陶渊明是一位琴家，因为他对琴的理解已远远超越了古琴表象之"器"的意义，而且参悟出琴之载"道"的机枢，即"此时无弦胜有弦"，陶渊明之琴在情不在技。

《拟古九首·其五》是陶渊明著名的《拟古》诗之中的一首。这首五言古风言简意明疏朗静谧，初读似觉清新谐趣，细品则倍感深通古意。诗人首先将东方高人隐士之清贫的生活状态予以细致的描述，从衣食入笔，极具趣味，其中"被服常不完"和"三旬九遇食"应是典出西汉文学巨匠刘向（中国目录学鼻祖，整理《战国策》《山海经》，撰《列女传》《别录》，编订《楚辞》）的《说苑·立说》"子思居于卫，缊袍无表，二旬九遇食"（其中子思是孔子的嫡孙，曾子参的学生，孟子的老师），且笔者认为这也是诗人的自画像。继而诗人陡然转笔，对高士的品性大加褒扬，即安于清简乐此不疲，辛勤劳作的脸上充满了自信和悠然的笑容，寥寥数笔，一位隐中高士的襟怀和风貌便立体地展现在读者面前。接下来诗人将自己置身画面之中，以他最擅长的情景展示手法，将自己渴望与高士相见，哪怕远隔千山万水的心情推出，将时空闪断，从出发时的清晨瞬间转到了高士所隐居的深山中。然后诗人自述沿青松掩映的山路拾级而上，抬头但见高士的山房在白云间若隐若现（每读到此处，笔者都会为陶公对时空关系及全域场景的把控拍案称奇），借此用青松白云对山居高士，特别是对隐士的高古情操进行了极高的评价。

自古以琴入诗者，无不以琴立意，取琴之情怀高古、清微、澹远。在这首诗里，诗人以"知我故来意，取琴为我弹"传达给读者三个信息：高士与我一见如故，高士取下琴来，我们以琴会友。陶渊明借高士言自己，借古琴之曲《别鹤弄》和《孤鸾操》来抒怀，将自己与高士的"隐"性，通过琴曲表达了出来。

古琴曲《别鹤弄》又名《别鹤操》，见于多种古籍，如李善（唐早期著名学者，《文选》学的奠基人）在注蔡邕《琴操》中述："商陵牧子娶妻五年，无子，父兄欲为改娶，牧子援琴鼓之，叹别鹤以舒其愤懑，故曰别鹤操。鹤一举千里，故名千里别鹤也。"而另一首琴曲《孤鸾操》又名《离鸾》《离鸾别凤》《双凤离鸾》，为西汉庆安世所作（《西京杂记》："庆安世年十五，为成帝侍郎，善鼓琴，能为双凤离鸾之曲"），其中"鸾"为神鸟，古人常以鸾凤来比喻那些德贤才俊之士，有"鸟随鸾凤飞腾远，人伴贤良品自高"之意。故而，我们可以想象出陶渊明诗中的场景：高士先奏一曲《别鹤弄》，用以表达自己对知音贤达的渴望，继而陶渊明接弹一曲《孤鸾操》，以宣示二公的高洁品德和隐士情怀，且引弦高歌，琴歌之声掠过松枝荡上白云，好一派魏晋名士风采。

最后陶渊明已决意留下与高士共度"岁寒"，只有到了岁寒之时，方显青松本质，于诗尾处再次将二公的松柏精神、白云品质，以及"秋月扬明辉，冬岭秀寒松"的文人风骨和"山气日夕佳，飞鸟相与还"的隐士情怀推向了极致。

钟嵘在《诗品》中对陶渊明的诗是这样评价的："其源出于应璩，又协左思风力……古今隐逸诗人之宗也。"陶渊明在《荣木》中曰"总角闻道，白首无成"，又《饮酒》曰"少年罕人事，游好在六经"，他自幼接受儒家思想教育，也曾有"猛志逸四海，骞翮思远翥"的宏远志向，在老庄学说盛行的魏晋时期，他也深受影响。他热爱自然、崇尚自由，超然物外，率真任情且风流自赏，他所彰显的"魏晋风骨"成为当时的审美主流，成为士大夫阶层意识形态的一种人格表现。

陶渊明的传世之诗文尽泱泱旷古之佳作，然相对于这首《拟古》，笔者或更喜欢其另一首《杂诗》，堪为吾辈之镜。

【雅赏】

杂诗（陶渊明）

人生无根蒂，飘如陌上尘。
分散逐风转，此已非常身。
落地为兄弟，何必骨肉亲！
得欢当作乐，斗酒聚比邻。
盛年不重来，一日难再晨。
及时当勉励，岁月不待人。

【长清】

晚出西射堂诗
谢灵运

步出西城门,遥望城西岑。连鄣叠巘崿,青翠杳深沉。
晓霜枫叶丹,夕曛岚气阴。节往戚不浅,感来念已深。
羁雌恋旧侣,迷鸟怀故林。含情尚劳爱,如何离赏心。
抚镜华缁鬓,揽带缓促衿。安排徒空言,幽独赖鸣琴。

【作者】

谢灵运(385—433),名公义,字灵运,陈郡阳夏(今河南省周口市太康县)人,东晋入南朝刘宋期间著名诗人,中国山水诗派的开创者,被后世公认为"山水诗鼻祖""元嘉三大家之一""南朝三谢之一"。谢灵运出身豪门,是陈郡谢氏子弟。少起聪颖好学,博览群书、工诗善文,擅书法且兼通史学。又因他是谢玄之孙,晋安帝元兴二年(403),受封承袭康乐县公,故世称其为谢康乐,历任记室参军、中书黄门侍郎等职。南朝刘宋建立后,封康乐县侯,累官至临川太守,南朝宋文帝元嘉十年(433),以"叛逆"罪被当街处死,时年49岁。

《隋书·经籍志》录谢灵运著作三十六卷(今佚),明代李献吉等从《文选》及《乐府诗集》等书中辑出谢灵运的作品,由明代焦竑刊刻为《谢康乐集》。明代张溥《汉魏六朝百三名家集》中有《谢康乐集》两卷。有140多首诗存世。谢灵运在文学创作上的最大贡献,就是推动了魏晋时期的玄言诗向山水诗蜕变,开拓了一个鲜丽清新、晓畅多姿的诗词世界,后世诗人尤其是唐代的李白、杜甫、柳宗元、孟郊、韦应物等诸家，都或多或少地从中汲取过营养。

谢灵运诗与颜延之齐名，并称"颜谢"。钟嵘《诗品序》中有言："谢客为元嘉之雄，颜延年为辅：斯皆五言之冠冕，文词之命世也。"据《南史·颜延之传》载，南朝宋文学家鲍照曾说："谢五言如初发芙蓉，自然可爱。"可见，谢诗在当时是颇具鲜明特点的。

谢灵运诗歌代表当数《登池上楼》《山居赋》《岭表赋》等，因景物刻画颇具匠心而名噪一时。谢灵运早年信奉佛教、道教，曾润饰《大般涅槃经》，撰写了《十四音训叙》，另有《辨宗论》为阐释开悟的哲学名篇。谢灵运虽出身豪门且兼富才华，但仕途坎坷。为了摆脱自己在政治旋涡中的烦恼，谢灵运常常放逐身心于山水之间以探奇览胜，故而他的诗歌大部分描绘的是他的游历所在，如永嘉、会稽、彭蠡等地的自然景物，山水名胜。其中当然不乏自然清新的佳句，如描写春天的"池塘生春草，园柳变鸣禽"（《登池上楼》）、吟唱秋景的"野旷沙岸净，天高秋月明"（《初去郡》）、咏叹冬夜的"明月照积雪，朔风劲且哀"（《岁暮》）等。谢诗之美，美在自然，美在身临其境的感受。谢灵运以诗歌的手法描写山川水色，将对山水的吟咏从玄言诗中独立出来，极大地丰富和开拓了诗的范畴，也由此确立了山水诗作为中国诗歌发展史上的一个重要流派。

谢灵运是个非常有趣的人，在他的笔下留有美句无数，更有"天下良辰、美景、赏心、乐事，四者难并"的哲言，有"才高八斗"的成语，还有"谢公屐"这样的发明。

【诗文大意】

信步出城西，一片阴霾笼罩在西门郊外的小山上。山影嶙峋，层林尽暗，晓霜色重的红枫也在晚雾中沉寂了生机。天将暮秋，而思念之情也随着秋的步履日益加深。飞鸟恋故林，也恋着自己的同伴。此情此景，感伤的我已无赏阅之心。返回城里的居所，拂去铜镜上的灰尘。镜中的我业已鬓发渐白，那原本合身的衣袍，似乎又宽大了许多，我开始怀疑庄子，难道顺其自然就能与造化合一？作罢，到头来孤独于幽处，始终伴着我的只有那低鸣的琴声。

【品读】

谢灵运的这首《晚出西射堂诗》，应是诗人在南朝宋永初三年（422）贬任永嘉（今温州市永嘉县）太守时所作。永嘉，虽然当时尚僻处东南一隅，但后来的永嘉太守丘迟在《永嘉郡教》中曾美言，这处"东南山水窟"实乃风光秀丽，"控山带海，利兼水陆，实东南之沃壤，一郡之巨会"。谢灵运虽主政永嘉，却疏于政务，着意游于山水，足迹遍历诸县，如《资治通鉴》就记载谢灵运"好为山泽之游，穷幽极险"，故而"永嘉山水"也是诗人成就其"山水诗"的发祥地，抑或说是永嘉巉刻秀美的山水孕育出了一个"山水诗派"。

此诗在谢灵运诗中应是较为平实保守的一篇，这可能与诗人遭贬且寄寓他乡，又兼深秋时节的萧瑟之情有关。诗的发句就颇具古意，由前六句"步出西城门，遥望城西岑。连鄣叠巘崿，青翠杳深沉。晓霜枫叶丹，夕曛岚气阴"为景象描摹，其中"巘崿"为峰峦山崖之意，诗人用诗的语言由近及远，由全局到局部的写景，如镜头的推摇，细致入微且生动准确，恰到好处地将城外夕阳西下、阴云惨淡、山峦沉重、松柏去翠、红叶失艳，怎得一派萧肃之秋娓娓道将出来。

来到诗的中腰，诗人眼中似乎不经意间出现的飞鸟，引发了心中的感慨："节往戚不浅，感来念已深。羁雌恋旧侣，迷鸟怀故林。"由景致而发叹并不稀奇，然而如此平滑顺畅地将场景、节气、动静事物及情绪信手拈来地组合起来且毫无违和之感，恐前后诗人少有越其藩篱者，而这种"言有尽而意无穷"的效果，便是诗意有无的一条重要的分界线。接下来诗人以"含情尚劳爱，如何离赏心"作为全诗的转承之句，既是铺排的结束，又是抒情的高潮将至，同时将场景从室外转入室内。此处也颇具谢诗风范，即繁复中不失朴素，灵动中夹有诙谐，只略一顿促便使得诗篇前面压抑愁烦的情绪略有松缓，以图结句处的抒情高潮。这不得不说是诗人的神来之笔。

结句处，诗人肆意发叹，拂镜顾影孤独感伤，甚至对自己曾经素所信奉的庄子名言也心生疑窦。"且汝梦为鸟而厉乎天，梦为鱼而没于渊。不识今之言者，其觉者乎？其梦者乎？造适不及笑，献笑不及排，安排而去化，乃入于寥天一"（《庄子·内篇·大宗师》），大意是愉快地接受自然的安排且顺从相应的变化，方可与造化合为一体，进入空虚自然的境界，这也是庄子特有的词语表达。于此时的诗人看来，这些所谓的经句不过是无济于事的空论，唯一能够常伴左右慰我愁肠的，莫过于在那幽居独坐之处，抚琴吟咏而已。由此"幽独赖鸣琴"便成了全诗的"诗眼"。诗人以琴喻德，申明自己或孤芳自赏或曲高和寡，唯叹知音少，无奈间且将心事付瑶琴。自孔子始，琴就被推崇为一种修身载道之器，后世诸家多有效法，西汉刘向在其《说苑·修文》中言道："乐之可密者，琴最宜焉，君子以其可修德，故近之。"诗人依琴而咏叹，此处或有自我标榜"君子不群"之意。读此诗最为令人称道的当数谢诗的"沉着淡定"，诗人揽全诗之势只为诗眼一处，可谓"草蛇灰线，伏脉千里"，发句的铺陈意在"脱胎"，之后的转承是为"借径"，而"摄神"之笔宕于结句，端的惊世骇俗是也。

综观谢灵运的这首《晚出西射堂诗》，尚有建安之诗风之任气使才，又有诗歌布局中的某种创新，即"情景交融"或说"寓情于景"，虽然依效古法，却见有明显的变新。虽然还没有完全摆脱谢诗"半是写景，半是谈玄"的既有特点，或仍带有玄言诗的痕迹，抑或仍有"颇以繁复为累"（《诗品》）之嫌，但是谢灵运正以他的诗作极大地丰富和开拓着诗歌的思想境界和艺术高度，正努力使山水诗从玄言诗中独立出来。

谢灵运将游历山水与赋诗抒情完美地结合在一起，似乎在他的血脉里流淌着的皆是文士自由的奔放和任性的豪爽，故而深受后世的尊崇与爱戴。钟嵘将谢灵运的诗立为"诗之上品"，《宋书·谢灵运传》曰"灵运诗书皆兼独绝，每文竟，手自写之，文帝称为二宝"，以及"少好学，博览群书，文章之美，江左莫逮"。文中大意是说谢灵运的文作从来不假他人之手，皆因他有一手好字，手书与诗文为当世"二宝"，且在江东无人能与其比肩（古时以东为左）。李白有诗道"脚著谢公屐，身登青云梯"，苏轼则诗云"自言长官如灵运，能使江山似永嘉"，明人陆时雍在《诗境总论》里讲："熟读灵运诗，能令五衷一洗"。

谢灵运是位既有趣又狂放的大才子，他的"才高八斗"之论更是令天下读书人"汗流至踵"："天下才共一石，曹子建独得八斗，我得一斗，自古及今同用一斗"，甚至让庄子的"惠施多方，其书五车"都多少失了些颜色。

谢灵运十分讲求生活品质，《南史》中说他"性豪侈，车服鲜丽，衣服多改旧形制，世共宗之"。他的吃穿用度无不花样翻新，就连他的车驾都装潢得鲜艳而豪华，世人纷纷争相效法。晋人南渡，而门阀制度的社会观念依旧，谢康乐又是"朱雀桥畔野草花，乌衣巷口夕阳斜"（唐刘禹锡《乌衣巷》）的王、谢豪门才子，果然是纵情逍遥，自在享乐的个中魁首，谢灵运一出世，就具备了古代文人所期求的一切，而天下最大的门阀家族所拥有的政治上和经济上的特权，更纵容了他的"诗人气质"，同时也为其令人扼腕的人生结局埋下了伏笔。宋代诗人俞烈诗云："风流谢康乐，肥遁计亦良。钟鼎成淹留，江湖晚相望。"

谢灵运恃才傲物，在政治上很不成熟。谢灵运在朝堂之上树敌过多，纵宋文帝爱其才华多方袒护，然众官员相互勾结构陷谢灵运，终使宋文帝刘义隆无奈下诏处死谢灵运。谢灵运临死时做了两件事：一是文人士大夫通常都会做的事，即写了一首绝命诗，留下"恨我君子志，不获岩上泯"的名言；二是从未有人做过的事，那就是剪下他的美髯，施给南海祇洹寺，以塑维摩诘罗汉像之用（据传这副美髯后为唐安乐公主所得占为己有）。明代张溥《谢康乐集题辞》慨言"盖酷祸造于虚声，怨毒生于异代，以衣冠世臣，公侯才子，欲偃强新朝，送齿丘壑，势诚难之"，笔者深以为然。

谢灵运山水诗中最著名的一首莫过于《登池上楼》，其中对初春时节那勃然生机细致入微的观察，对环境雕风刻雾的描写，加之诗人久病初愈的希冀之情，读来似乎诗中的一切历历在目。

【雅赏】

登池上楼（谢灵运）

潜虬媚幽姿，飞鸿响远音。
薄霄愧云浮，栖川怍渊沉。
进德智所拙，退耕力不任。
徇禄反穷海，卧疴对空林。

衾枕昧节候，褰开暂窥临。
倾耳聆波澜，举目眺岖嵚。
初景革绪风，新阳改故阴。
池塘生春草，园柳变鸣禽。
祁祁伤豳歌，萋萋感楚吟。
索居易永久，离群难处心。
持操岂独古，无闷征在今。

玩月城西门廨中

鲍照

始出西南楼，纤纤如玉钩。末映东北墀，娟娟似蛾眉。
蛾眉蔽珠栊，玉钩隔琐窗。三五二八时，千里与君同。
夜移衡汉落，徘徊帷户中。归华先委露，别叶早辞风。
客游厌苦辛，仕子倦飘尘。休澣自公日，宴慰及私辰。
蜀琴抽白雪，郢曲发阳春。肴干酒未阕，金壶启夕沦。
回轩驻轻盖，留酌待情人。

【作者】

鲍照（约414—466），字明远，南朝宋文学家、著名诗人，与颜延之、谢灵运合称"元嘉三大家"，与北周的庾信并称"鲍庾"或"南鲍北信"。祖籍东海（今山东省临沂市郯城县西南），出生于京口（今江苏省镇江市）。

鲍照出身于破落的士族，少年时曾务农，南朝宋文帝刘义隆元嘉十二年（435）秋，22岁的鲍照两度献诗自荐而得刘义庆（临川王刘道规子侄）欣赏并擢为临川王国侍郎，南朝宋孝武帝刘骏大明五年（461），出任刘子顼前军参军，故世称"鲍参军"。公元466年，即泰始（南朝宋明帝刘彧的年号）二年，刘子顼起兵谋反失败，鲍照于乱军中遇害，时年53岁。

鲍照诗作颇丰，除散佚外尚有两百多首诗词存世，其中最著名的是

《拟行路难》，开当世之诗风。主要作品有《鲍参军集》，其中包括赋（如《游思赋》《芜城赋》《舞鹤赋》等）、启（如《论国制启》等）以及表疏、书、颂、铭、文、乐府等。鲍照也曾参与编纂《世说新语》。

【诗文大意】

眺望小楼西角，初月，洁白一弯玉钩，渐西沉。清光洒满石阶，明暗间，犹似佳人画眉淡淡。珠帘青琐，遮蔽了皎皎月光，也只有待到十五十六月圆时，与君千里共聚。斗转星移，孤夜将尽，唯有残照依依映窗棂。花朵凋谢犹有露珠沾，落叶也被霜打风吹去。游历者，尝尽旅途的艰辛。宦海浮沉，更厌倦了那些庸庸碌碌，莫如放下繁杂琐事，偷得半日闲情，弄琴吟《白雪》，引吭歌《阳春》，佳肴美酒度时光。看更漏，已报月西沉，不如归去，但又停车驻步，瓮中余酒尚温，或恐有知音。

【品读】

鲍照的五言古诗在南北朝时期颇具影响力，在他的200多首存世诗词中，五言诗占了绝大部分，这首《玩月城西门廨中》是诗人不多的以琴入诗的诗作之一。此诗大约创作于鲍照在秣陵县（今江苏省江宁区）任县令期间。诗题可理解为"在西城的官邸中品味一弯新月"，开篇的前两句通过对自己城西官署之秋月的形象刻画，将读者代入了一个宁静清冷的深深庭院，娇小晶莹的弯月，渐渐西坠，月光洒落在东北角，而台阶上阴影处宛如女子淡淡的蛾眉，其中"廨"意为官署，"墀"泛指台阶。接下来诗人将场景引入厅堂中，珠帘装饰及带有勾连花纹的窗户，遮蔽了天上如钩的月亮，在一连串的精心铺陈后，诗人悄悄地引出了一种离愁别绪。"珠栊"及"琐窗"多指帘栊及花纹雕刻的窗棂，古人惯以"珠栊绮疏"来暗喻相思的情绪，陆游在《跋东坡七夕词》中曾赞言："昔人作七夕诗，率不免有珠栊绮疏惜别之意。"至此，诗人陡然一振，将诗情托出画意：待到三五二八（将乘法口诀入诗，诗人可爱至极）月圆之日，我们天涯共此时。

接下来的四句是这首诗的承转部分，斗转星移岁月如梭，终日在这衙署内操劳，年复一年花开叶落，诗人似乎也已厌倦了为仕途奔波为功名忙碌，渴望放下公事，享受一番这月下的旖旎。其中"归华先委露，别叶早辞风"一句严谨工整堪称绝笔佳句，而"衡汉"分别指北斗七星及天河，"归华"即落花，取鲜花生于泥土中，花落又归于泥土之意，"休澣（同浣）"与"私辰"即官吏的休假日。

诗的最后三句是全诗的情感诠释，尤以"蜀琴抽白雪，郢曲发阳春"一句堪为诗眼。《神奇秘谱》记有曲意解题："琴史曰：刘涓子善鼓琴，于郢中奏阳春白雪之曲。琴集曰：白雪师旷所作，商调曲也。宋玉对楚襄王曰，阳春白雪，曲弥高而和弥寡。又张华《博物志》曰：天帝使素女鼓五弦之琴，奏阳春白雪之曲。"其中的刘涓子系南北朝人，曾撰有《神仙遗论》。是故后世"郢曲"多被泛指高雅的乐曲，《昭明文选·卷四十五·宋玉对楚王问》有"客有歌于郢中者，其始曰《下里》《巴人》，国中属而和者数千人。其为《阳阿》《薤露》，国中属而和者数百人。其为《阳春》《白雪》，国中有属而和者，不过数十人。引商刻羽，杂以流徵，国中属而和者，不过数人而已。是其曲弥高，其和弥寡"，于是有成语"曲高和寡"。由此我们可以认为《阳春》《白雪》二曲，至少在 2000 多年前的战国时期就已经存在了。后世常以"郢曲"来形容"阳春白雪"，而以"巴歌"来比喻"下里巴人"或"巴人歌舞"（巴人为史上生活在巴渝大山中的巴族）。唐代元稹《赋得春雪映早梅》诗曰"郢曲琴空奏，羌音笛自哀"，齐己《对雪寄荆幕知己》诗曰"郢唱转高谁敢和，巴歌相顾自销声"，韦庄

《和薛先辈见寄初秋寓怀即事之作》诗曰"铮钑闻郢唱，次第发巴音"，明朝李东阳《孙司徒馈雪酒》诗曰"晋书光忆贫时映，郢曲歌传醉后声"。

在《玩月城西门廨中》一诗中，诗人假借司马相如的蜀中琴来彰显《阳春》《白雪》两首古琴曲的旷古高雅，借以将诗中感怀的格调推高，同时将自己不为人知的焦虑及对官场不能与人道来的不满，借"司马相如琴"委婉道出，又以"阳春白雪曲"来彰显自己的清高自爱。

最后，诗人十分隐喻地以美酒佳肴尚余，但时已月沉星稀去时无多，继续感叹自己空有满腹经世才学，但在士族门阀的等级观念下，综观天下并没有自己施展的空间，有时真想就这样乘一辆小车远离这虚浮的官场，但最终还是留下了，或许会有真正懂得自己的明主出现。其中"阕"有停止之意，"金壶"在诗中指铜漏，为旧时的一种计时用器。在诗的结尾处，诗人用"情人"来比喻圣主明君，使全诗的主题立意终于明朗开来，此种"不到最后一字，不解全诗真意"的结句方式，倒真是应了"妙在不曾说破"那句话，这份沉稳淡定更是令人惊叹，这种以情人"代言"君王的暗喻形式，对唐诗以至宋明诗词都有着十分重大的影响。

鲍照的一生始终笼罩在士族门阀的阴影中，甚至在《南史》与《宋书》都未列传记，事迹只零星出现在他人的文序中，这无疑是诗人的悲剧，更是一个时代的悲哀。钟嵘在《诗品》中评鲍照："嗟其才秀人微，故取湮当代。"明末张溥在《汉魏六朝百三名家集·鲍参军集题辞》中言："鲍明远才秀人微，史不立传，服官年月，考论鲜据，差可凭者，虞散骑奉敕一序耳。"《南齐书·文学传》称其"发唱惊挺，操调险急，雕藻淫艳，倾炫心魂"。明人张燮《七十二家集》言其"诗篇创绝，乐府五言，李、杜之高曾也。颜延年与康乐齐名"。鲍照的诗题材丰富，内容上至庙堂下至市井，有怀才不遇的无奈（抒情诗），有描写温婉如丝的情爱（闺怨诗），有表现辽阔壮美的山河（山水诗），有边塞军旅的烽烟（边塞诗）。

他以生活为基础,以诗歌来挞伐,其诗中的批评精神在南朝诗坛独树一帜,也由此成为后世批判诗人(特别是李白、杜甫等人)的偶像。李白曾把鲍照比作"凤与麟",杜甫形容李白的诗歌是"清新庾开府,俊逸鲍参军"。钟嵘在《诗品》中评鲍照诗:"得景阳(西晋张协)之諔诡,含茂先(张华)之靡嫚。骨节强于谢混,驱迈疾于颜延。总四家而擅美,跨两代而孤出。"

鲍照的《拟行路难》本为乐府旧题,之所以"拟",应是古人写过今拟古意或古法而为,它是诗人集其一生的叹息为后世留下的宝贵的文化财富,使之成为南北朝诗坛足以笑傲千秋的光彩。诗体强调对仗承转,特点是以"君不见"发句,如"君不见少壮从军去,白首流离不得还"及"君不见柏梁台,今日丘墟生草莱。君不见阿房宫,寒云泽雉栖其中"。对比李白的"君不见昔时燕家重郭隗,拥篲折节无嫌猜"及"君不见,黄河之水天上来,奔流到海不复回",特点是言辞与情绪的递进。清代沈德潜《古诗源》评说"(鲍)明远乐府如五丁凿山,开人世所未有,后太白往往效之",此论应为不虚。南宋严羽在《沧浪诗话》中云"颜不如鲍,鲍不如谢,文中子独取颜,非也",又言:"建安之作,全在气象,不可寻枝摘叶。"鲍照的五言诗讲究词章对偶、骈言俪句,或着气象于神或寓情绪于景,遣词用典追求错落叠加、情感丰富,存建安风骨、启无数法门。不同于六朝诗坛那种金枝粉黛,浮华纤巧,空乏贫弱,脱离现实的靡靡,而是汲取当时文坛上精雕细琢、善于表现的长处,讲究锻字炼句,大量地采用递进和对仗的句式,突出了晓畅跳脱而又豪爽驱迈的特点,可谓涤荡六朝靡弱之风,光亮南北楮墨之间,为后世诗坛之筑基之石。形式上,鲍照的诗半为乐府半为徒诗(徒诗是指不入乐的诗。与《诗经》的"合乐歌唱"不同,楚辞则属于"不歌而诵"的"徒诗"),他的乐府诗则是突破了乐府的旧框架,后世称为"鲍照乐府"。其五言古绝更是在句式、押韵上开绝句之先河。鲍照的七言诗在诗史上占有极为重要的地位，他也因此被人尊为"七言诗开山之祖"，盖取意幽远深沉达古，正是陈言去尽只天真。

钟嵘曾戏言："学鲍照'才能日中市朝满'，学谢朓'劣得黄鸟度青枝'。"

【雅赏】

代雉朝飞（鲍照）

雉朝飞，振羽翼，专场挟雌恃强力。
媒已惊，翳又逼，蒿间潜彀卢矢直。
刎绣颈，碎锦臆，绝命君前无怨色。
握君手，执杯酒，意气相倾死何有。

贞女引
沈约

贞女信无矫，傍邻也见疑。
轻生本非惜，贱躯良足悲。
传芳托嘉树，弦歌寄好词。

【作者】

沈约（441—513），字休文，南朝时期吴兴郡武康县（今浙江省湖州市德清县）人。南北朝的"文宗人物"，南朝梁著名的史学家、文学家、诗人兼政治家。沈约历经南朝宋、齐、梁三朝，南朝宋入仕初为奉朝请，南朝齐迁至著作郎国子祭酒，南朝梁武帝时任左光禄大夫、太子少傅，高寿七十三岁终，谥号为"隐"。

沈约是当之无愧的南朝"文薮"，堪称南朝的文坛领袖，他多学广博、深通音律，是"竟陵八子"之一，参与并推动了"永明体"诗体的兴起，特别是他所提出的"四声八病"等诗学理论对当时的声韵规范与后世的诗词格律都产生了极大的影响。沈约是南朝的史学大家，一生著作等身，又因沈约在文坛久负众望，故齐、梁之重要诏诰多出自其笔下，文作数量之多，涉及面之广为南朝文人之最，其中最主要的有《宋书》一百卷，另有《齐纪》《高祖纪》《宋世文章志》等多卷，其中《宋书》被编入《二十四史》。明张溥辑为《沈隐侯集》，收入《汉魏六朝百三名家集》，另有大量的赋、论、碑、铭等散佚或存世。

沈约的诗体制广泛、题材多面，一部分是以侍宴和应制之作为主的拟古乐府诗，此外有大量的山水诗，其中著名的有《早发定山》《石塘濑听猿》《宿东园》，还有一部分是言情诗，如组诗《怀旧诗》九首，其特点是每首悼念一位已故的朋友。沈约的《八咏诗》体裁介于诗、赋之间，在当时颇具影响，时人称之为情韵之绝唱。沈约诗作流传至今的有近270首。

吴兴沈氏为江东大族，然沈约的父亲沈璞于元嘉三十年（453）被诛，虽然13岁的沈约有幸躲过一劫，但不免四处流落，幸而不久遇到大赦，家人之罪得以豁免，然沈约也成了孤儿，生活并不宽裕。沈约少有大志，勤奋好读，《南史·沈约传》曰："孤贫，笃志好学，昼夜不释卷。母恐其以劳生疾，常遣减油灭火。而昼之所读，夜辄诵之，遂博通群籍，善属文。"说是慈爱的母亲担心沈约用功过度身体吃不消，故而每次把油灯里面的油少放一些，油尽灯灭可以使得他早些休息。

沈约历经南朝宋、齐、梁三朝，而且官位累进，从未失宠于朝堂，他与梁武帝交往颇多，甚有交谊，特别是对梁武帝登位有劝进之功，沈约的母亲去世，梁武帝亲往吊唁。正是由于沈约在南朝的超然政治地位及无人能及的文名，也为他修史著书，特别是在诗文上的建树提供了极大的政治保障和资源保障，这也是魏晋南北朝时期众多的文人学者所不具备的重要优势，加之沈约享寿颇长，这一切都是使他成为一代文宗的重要前提条件。

【诗文大意】

当年的贞女，诚然而不矫情。虽旁人大多心存疑问，舍去生命原本无怨无悔，以死明志却也让人顿生悲戚。你的名声如同那耸立的梧桐，你的事迹随着弦歌传播万世。

【品读】

  中国古代自春秋时起就有"贞节旌表"的记载，沈约诗中的"贞女"原型应源于西汉刘向所著《列女传·漆室女》中所记叙的一则故事："漆室女者，鲁漆室邑之女也。过时未适人，当穆公时，君老，太子幼。女倚柱而啸，旁人闻之，莫不为之惨者。其邻人妇从之游，谓曰：'何啸之悲也，子欲嫁耶？吾为子求偶。'漆室女曰：'嗟乎！始吾以子为有知，今无识也。吾岂为不嫁不乐而悲哉！吾忧鲁君老、太子幼。'邻妇笑曰：'此乃鲁大夫之忧，妇人何与焉！'漆室女曰：'不然，非子所知也。'"正是这样一位忧虑国事同情他人，因自伤情怀郁结悲泣而受到他人质疑的女子，最终进入山林中自杀而亡。南朝陈沈炯有《为我弹鸣琴诗》曰："空为《贞女引》，谁达楚妃心；雍门何假说，落泪自淫淫。"

  而古琴曲《贞女引》则出自东汉蔡邕的《琴操》："（古琴曲）有九引：一曰《烈女引》，楚樊妃作；二曰《伯妃引》，鲁伯妃所作；三曰《贞女引》，鲁次室女所作……"不论是刘向还是蔡邕以及后世很多文人墨客对这个故事的编纂，其大体是褒扬了这位"女子"的仁智节义，这就是沈约这首诗所要表达的一个核心思想。

  沈约此诗的前四句是诗人用诗的语言把贞女这一个故事展现出来，并表达出诗人对贞女以身殉道的惋惜。诗的最后两句则是诗人对这个故事所发出的议论，其中的"嘉树"，缘于《国风·定之方中》"树之榛栗，椅桐梓漆，爰伐琴瑟"，应该是指制琴之材。与古琴的琴材结合起来看，可能会是指漆树、桐树、梓树等"嘉树"，如此结尾的两句"传芳托嘉树，弦歌寄好词"，即是收束全诗的重点，可以理解为贞女的德行寄寓在梧桐树上，梧桐制成了古琴，于是有了琴曲《贞女引》，这凄婉的弦歌将使贞女的美名及其贞良的贤德万世传扬。

钟嵘《诗品》评沈约的诗为中品，"观休文众制，五言最优。详其文体，察其余论，固知宪章鲍明远也。所以不闲于经纶，而长于清怨"，并说"约于时谢朓未遒，江淹才尽，范云名级故微，故约称独步"，之后又补充道："故当词密于范，意浅于江也。"

"竟陵八友"是指南朝齐永明年间形成的一个由竟陵王萧子良召集，包括萧衍、沈约、谢朓、王融、萧琛、范云、任昉、陆倕等8人的文人集团，他们集当时南朝的文学、诗歌之大成，具有着文化风向标的历史地位，尤以沈约为主提出了"四声八病"的诗学理论："将平上去入为四声。以此制韵，有平头、上尾、蜂腰、鹤膝。五字之中音韵悉异，两句之内，角徵不同，不可增减。世呼为永明体。"

沈约精于音律兼通琴，他提出的四声理论从南朝传到北朝后，北朝魏文学家常景还据此写过一部《四声谱》，将宫商角徵羽与四声法相对应，其中宫、商为平声，徵为上声，羽为去声，角为入声，并言古人诗歌多为歌词之词，是可以依曲演唱的。沈约等"竟陵八友"创造了足以立于后世的一派诗风，这就是史上著名的"永明诗体"，沈约等人"四声理论"的产生，加之当时佛教传入和佛经翻译的逐渐繁荣，进一步促进了音韵学的发生和发展，它使得中国古典诗歌在完善艺术形式审美的进程中迈进了一大步，更为后世之格律诗的艺术形制奠定了重要的基础。

沈约本人也颇有故事，人们常将"张敞画眉、韩寿偷香、沈约瘦腰、郑生窃玉"并称为古代"四大风流韵事"，据《南史·沈约传》载："初，约久处端揆，有志台司，论者咸谓为宜，而帝终不用。乃求外出，又不见许。与徐勉素善，遂以书陈情于勉，言己老病，'百日数旬革带常应移孔，以手握臂，率计月小半分'。欲谢事，求归老之秩。"

沈约能够有如此大的文学成就，与梁武帝萧衍对他的赏识有着密不可分的关系。梁武帝也是一位艺术家皇帝，他精于诗文，并热爱文学艺术，而他的儿子萧纲继承了其父的遗风，在诗文创作上也占有一席之地，他有一首诗恰与沈约同名，也叫《贞女引》。这是一首典型的宫体诗，与沈约所作不同的是，萧纲的这首《贞女引》是以女贞树来诠释男女之间的爱情。

【雅赏】

贞女引（萧纲）

借问怀春台，百尺凌云雾。
北有岁寒松，南临汝贞树。
庭花对帷满，隙月依枝度。
但使明妾心，无嗟坐迟暮。

效阮公诗

江淹

岁暮怀感伤，中夕弄清琴。
戾戾曙风急，团团明月阴。
孤云出北山，宿鸟惊东林。
谁谓人道广，忧慨自相寻。
宁知霜雪后，独见松竹心。

【作者】

江淹（444—505），字文通，济阳考城（今河南省商丘市民权县东北）人，南北朝时期南朝著名诗人、文学家、散文家、政治家，历仕南朝宋、齐、梁三朝政权。江淹出身贫寒，13岁丧父，然少孤贫而好学，6岁能诗，早年即以文才闻名于世，20岁初任新安王刘子鸾幕僚，后转而入幕建平王刘景素，曾受广陵令郭彦文案牵连，被诬受贿入狱。江淹为官清正，不避权贵，直言敢谏，被其检劾论治的违法官员不胜枚举。后刘景素密谋叛乱，江淹多次谏劝不纳（曾以诗15首以讽谏），且贬江淹为建安吴兴县令。公元477年，齐高帝萧道成执政，江淹自吴兴被召回，并任为尚书驾部郎、骠骑参军事。梁武帝当朝江淹迁任吏部尚书后擢升相国右长史，金紫光禄大夫，封醴陵侯。

江淹乃南朝辞赋大家，兼善乐府歌辞，与鲍照并称"江鲍"，推动南朝辞赋发展达到了高峰。江淹的《恨赋》《别赋》与鲍照的《芜城赋》《舞鹤赋》均为南朝辞赋的扛鼎之作。

江淹的诗作成就虽不及他的辞赋和骈文，但也佳作频出，其特点是追求意趣，更为突出的是极擅拟仿。他模拟自汉至南朝宋的近30位诗家，以求显示各家的风格和长处，且能做到面貌酷似，几可乱真，虽创造性有缺，但机巧性颇足。如模拟陶潜的田园诗《陶徵君田居》，深得陶诗意味，致使此诗长期混同于陶作之中。另有《效阮公诗十五首》，与阮籍的《咏怀诗》风格面貌酷似，几近可以乱真。江淹存诗140多首，于南朝中虽未技压群雄，也可堪称是上乘之作。

江淹是南朝骈文的文作大家，使其一夜成名的就是他在狱中写给建平王刘景素的《诣建平王书》，文中辞句激扬，不卑不亢，真情实感流注于字里行间。刘景素读后，深受感动，并立即释放了他。此外，他的《报袁叔明书》《与交友论隐书》等，均为当时名篇。明人胡之骥著有《江文通集汇注》。

江淹在诗赋中留下的名句甚多，如"春草暮兮秋风惊，秋风罢兮春草生"和"空令日月逝，愧无古人度"等，以及为后世留下了家喻户晓的成语典故"江郎才尽""文通残锦"等。

【诗文大意】

年末时节独感怀，夜深时分弄琴弦。琴声壮烈，如黎明前的疾风。琴意深远，又似晨雾遮住了淡去的晓月。远见，一片薄云浮于北山；近听，数只惊鸟飞出东林。有道是，人生路崎岖漫漫，殊不知，独饮苦酒空悔叹。总是到了万木凋零、冰封雪降，方显出苍松本质、翠竹心肠。

【品读】

江淹这首《效阮公诗》应是诗人在得知刘景素密谋造反后连上15首讽谏中的一首拟效诗。或恰值岁末，当时年仅30岁的诗人以一首"岁暮感怀诗"，并借"拟效阮公"之名对刘景素进谏。

南宋诗论家严羽在《沧浪诗话·诗评》中说："拟古惟江文通最长，拟渊明似渊明，拟康乐似康乐，拟左思似左思，拟郭璞似郭璞。"阮籍在《咏怀八十二首·其一》诗的发句有"夜中不能寐，起坐弹鸣琴"，而江淹在这首《效阮公诗》的首句酷似阮步兵句意。开篇铺叙了应景的时间为"岁暮""中夕"，即年末的夜半时分。西汉淮南小山赋《招隐士》中有"岁暮兮不自聊，蟪蛄鸣兮啾啾"，而刘伶有《北芒客舍》诗"长笛响中夕，闻此消胸襟"，后世诗人也常以"岁暮""中夕"入诗，如杜甫的"岁暮为远客，边隅还用兵"，白居易有《新制布裘诗》曰"中夕忽有念，抚裘起逡巡"等。

在诗中，诗人用"戾戾"及"团团"来比喻弹琴"泼刺"及"滚拂"的技法，尤喻指下的琴声，铿锵之声如暗夜之疾风袭来，绵续之声如遮月之雾气散去，这更是诗人希望以琴明志，借此彰显自己的光明磊落，以及言似疾风拨雾见月的勇气。俄而又将自己比作"北山孤云"，辛劳地为君王谏言分忧，而"东林宿鸟"则是暗指成天围在刘景素身边聒噪的那群乱纲之宵小。接下来诗人并没有急于发叹，而是稳健地蓄势，站在旁观者的角度将所谓"人道"娓娓道来：人生曲折、前路漫漫，"天作孽犹可违，自作孽不可活"（《尚书·太甲》）。于全诗的结句处，诗人将全部的担忧和压抑许久的不满引为一声长叹：只有到了大雪压枝时，方显松竹晚凋的本色。其间颇有屈原"世人皆醉唯我独醒"之意。此处一个"宁"字用得妙极，其意似有"难道非要等到霜临雪降"之表，则饱含有"早晚挨到大祸临头"的苦谏之实,拳拳之心由此可见,况且与阮籍的"徘徊将何见?忧思独伤心"似有相互呼应之妙。关于江淹以诗讽谏,《梁书·江淹传》有述:"少帝即位,多失德。景素专据上流,咸劝因此举事。淹每从容谏曰:'流言纳祸,二叔所以同亡;抵局衔怨,七国于焉俱毙。殿下不求宗庙之安,而信左右之计,则复见麋鹿霜露栖于姑苏之台矣。'景素不纳。"

读江淹的诗、赋,已明显有异于南朝诗坛的绮丽之风,似乎在流丽中带有峭拔峻险之气,虽感伤色彩浓重,亦存排偶之习,但文辞清丽中笔力也愈显苍劲,音韵畅美,读来令人荡气回肠。如《别赋》中的"春草碧色,春水绿波,送君南浦,伤如之何"词句清新却言离别之苦,又如《古离别》中"远与君别者,乃至雁门关。黄云蔽千里,游子何时还"。而读到江淹的"饮马出城濠,北望沙漠路。千里何萧条,白日隐寒树",则又有耳目一新的豪迈之情,令人不禁对这位诗赋大家肃然起敬。

江淹是成语"江郎才尽"的主人公。"淹少以文章显,晚节才思微退,时人皆谓之才尽"(《梁书·江淹传》)。这是古人编造的一个关于江淹"神来之笔"的传说,据《南史·江淹传》载:"尝宿守冶亭,梦一丈夫,自称郭璞,谓淹曰:'吾有笔在卿处多年,可以见还?'淹乃探怀中,得玉色彩笔一以授之。尔后为诗,绝无美句,时人谓之才尽。"无独有偶,在江淹饱受失笔之痛的时候,南梁才子纪少瑜却庆享得笔之喜,据《南史·纪少瑜传》载:"少瑜尝梦陆倕以一束青镂管笔授之,云:'我以此笔犹可用,卿自择其善者。'其文因此遒进。"想必是诗人得罪了神仙才会遭此劫难吧?

笔者观江淹诗,深合冲淡及沉着正意,尤以沉着大气见长,或因江大家本尊历经宋、齐、梁三朝不倒,居高位养神气之故。江淹每每在重大事件或人生重大选择时都能展示出他的政治家素养,如蒙冤入狱美文陈冤、诗谏少帝刘义符、坐而论道萧道成、托病避祸、坚决追随当时士族官僚并不看好的萧衍等。因江淹官至金紫光禄大夫,故而后世也称"江光禄",去世时梁武帝萧衍为他素服致哀,并谥号宪伯。

清末民初思想家章太炎在其《全上古三代秦汉三国六朝文校评》中说:"(明远)诗章雄丽,赋亦奇崛。文通赋与明远(鲍照)雁行,清丽犹当过之。"

《古离别》是江淹的一首乐府离别诗,在当时虽未登峰造极,但也足以让后世敬仰。

【雅赏】

古离别(江淹)

远与君别者,乃至雁门关。
黄云蔽千里,游子何时还。
送君如昨日,檐前露已团。
不惜蕙草晚,所悲道里寒。
君在天一涯,妾身长别离。
愿一见颜色,不异琼树枝。
菟丝及水萍,所寄终不移。

和王中丞闻琴诗

谢朓

凉风吹月露,圆景动清阴。
蕙风入怀抱,闻君此夜琴。
萧瑟满林听,轻鸣响涧音。
无为澹容与,蹉跎江海心。

【作者】

谢朓(464—499),字玄晖,祖籍陈郡阳夏(今河南省周口市太康县),生于南朝都城建康(今南京),南朝齐极具影响力的诗人之一,出身陈郡谢氏(与琅琊王氏共为六朝最显赫的世家望族,也是中国古代著名门阀),与"大谢"(谢灵运)同族,斋号高斋,世称"小谢"。曾对东晋政权立大功的谢安、谢玄是他族中的高、曾祖辈。祖父谢述曾为吴兴太守。祖母是后汉书作者范晔之姊。父亲谢纬官至散骑侍郎。母亲是南朝宋文帝刘义隆的第五女长城公主。

《南齐书》说"朓,少好学,有美名,文章清丽"且"善草隶,长五言诗"。南朝齐高帝萧道成建元四年(482)入仕,南朝齐明帝萧鸾建武二年(495),出为宣城太守,时年32岁,故后世称"谢宣城"。后因告发岳父王敬则谋反,官迁至尚书吏部郎,称"谢吏部"。东昏侯永元元年(499),遭构陷终于狱中,年仅36岁。

谢朓今存诗赋200余首,其诗风清新秀丽、圆美工整、善于发端、直抒胸臆，上承建安，下启盛唐，开创后世山水诗之先河，对唐代的律诗和绝句的形成有着重要影响，与沈约、王融等人并称为"竟陵八友"，共创"永明体"。作为"乌衣子弟"，谢朓的诗文较之其前辈谢灵运少了许多倔强和傲岸，更多了些清凄和圆润，也更有"唐诗化"的倾向。后人辑有《谢宣城集》以及被誉为"文章冠冕，述作楷模"的《谢朓集校注》。

【诗文大意】

秋夜，凉风吹散了云霭，一轮皓月转过树梢，也映着枝条上的露珠点点，月影如黛，清音入怀，那是幽夜中从君指下传出的和雅琴声。这琴意悠绵，如萧瑟的秋风，秋风浸满了林间，这琴曲摇曳，似溪涧的清流悄悄地吟唱。我已无法淡定，不再在矜持中等待，让我的心和这琴声一起，如风一般畅翔，一起消隐在海之间云之上。

【品读】

谢灵运（大谢）以山水诗见长，而晚生近80年的谢朓（小谢）为其同族后代，然他们均是将灵魂潜入山水，以身心拥抱自然，这是他们的山水诗得以彪炳建康六朝并足以影响后世的终极所在。清人叶燮曾经说："六朝诗家，惟陶潜、谢灵运、谢朓三人最杰出，可以鼎立。"谢朓诗、书、文俱佳，尤擅五言山水诗，有"山水诗祖"之称。

这首《和王中丞闻琴诗》在谢朓的山水诗中极具特点，它以琴入诗，将琴声幻化成灵魂诉求并最终融入山水之间，又十分巧妙地将诗人的情怀托付于琴，令此诗的立意高度及观察视角等多方面，较之诗人以往的山水诗拓展至一个更广阔的时空。诗题中的"王中丞"或指王思远，《南齐书·王思远传》载,"王思远,琅琊临沂人,尚书令晏从弟也……高宗辅政,不之任,仍迁御史中丞",又"思远清修,立身简洁",与谢朓同时期的沈约有诗《应王中丞思远咏月》。

此山水古琴诗细腻恬静又深旷高张。诗人以清幽的词句,用近乎工笔画的技法将一轮明月、林下的暗影、枝叶上暮秋的寒露、吹散轻雾的秋风以及徐徐飘来的淡淡芳香,一层层推入读者的眼帘,与此同时,诗人还巧妙地营造出与此时此景相匹配的动态细节即声、像、味的复合效果,先以"凉风吹月露"呈凝露欲坠之势,又以"圆景动清阴"呈月影幽冥之态,再以"蕙风入怀抱"现奇卉萋萋之味,最后祭出古琴之声,道出这静雅的一切只为"闻君此夜琴"。其中"蕙风"一句更为精妙,叙景的同时将诗人的文士情怀表达得精准得体。左思有"珍树猗猗,奇卉萋萋,蕙风如薰,甘露如醴"(《魏都赋》),明代杨慎在《江陵别内》诗中云"蕙风悲摇心,茵露愁沾足",好一派君子襟怀、雅士风骨。

在完成了极具画面感的情景雕摹之后,诗人将琴声作为抒怀咏志的激发点加以着重铺陈。后世诗人咏琴诗多言琴技或赞琴人高古,而"小谢"公却擎神来之笔,仅以"萧瑟满林听,轻鸣响涧音"比喻古琴"按抑""走手"之悠远深邃之音,其势如神气注满林间,引无数萧瑟叶落;又言古琴泛音清亮跃动之声,其情如林畔溪水潺潺,宛清流击石跳涧,不及琴技而是直抵琴意,亦见琴之稀音清静,如老子所言:"躁胜寒,静胜热,清静为天下正。"明徐上瀛《溪山琴况》中述:"所谓希者,至静之极,通乎杳渺,出有入无,而游神于羲皇之上者也……如蒸妙香者,含其烟而吐雾;涤岕茗者,荡其浊而泻清。取静音者亦然,雪其躁气,释其竞心,指下扫尽炎嚣,弦上恰存贞洁,故虽急而不乱,多而不繁,渊深在中,清光发外……"由此希声之理,"静"悠然可得矣,诗人对琴意的把控已超乎常人。

于此诗尾处诗人陡然转笔,将"无为"的自己强作"澹容"周旋于庙堂的窘状与无奈一语道明,并借无尽的感慨于寂静中振声扬发出自己的"江海之心",将不坠凌云之志向与归隐江海之情愫,都付于这琴声中,最终道出了诗人对现实的反思及对未来的憧憬,道出了一位看惯世态炎凉又徘徊迷茫的名士之心声,读来便觉全诗气韵通达绝无弱尾之感,颇有飘忽若神至臻致远之意味。

读谢朓的这首琴诗,每每被"小谢"公别致细腻的写景和融情于琴的巧妙折服,慨叹诗人写景处精工流丽,抒情时奇逸壮美的同时,更嗟叹造物弄人,天妒英才,否则诗人谢朓定会为这个世界留下更多的绝美诗篇。

南朝钟嵘的《诗品》对谢朓的诗有如是品评:"其源出于谢混,微伤细密,颇在不伦。一章之中,自有玉石,然奇章秀句,往往警遒,足使叔源(谢混)失步,明远变色。"齐梁时期古典诗歌承建安之风,更加求声律、尚清绮。而谢朓的山水诗在众多作品中足以冠冕群伦、独步一代,进而影响着后代唐诗。其诗经常是佳句累篇,累有清冽入脾的惊艳妙笔,诗人以流美绮丽的凝词风格及清丽俊雅的情怀心境,为后世的山水诗树立了一个令人仰止的高峰。齐梁的文人领袖沈约曾断言"二百年来无此诗也",梁武帝更是言"三日不读谢诗,便觉口臭"。

李白对谢朓之推崇至"一生低首谢宣城"的程度,并诗赞谢朓曰"蓬莱文章建安骨,中间小谢又清发。俱怀逸兴壮思飞,欲上青天揽明月",又有"三山怀谢朓,水澹望长安",以及《秋登宣城谢朓北楼》中的名句"谁念北楼上,临风怀谢公"。后人为纪念谢朓,在安徽当涂大青山上立了一座谢公祠,而李白在弥留之际叮嘱家人,希望死后可以长眠于大青山下好与谢朓为伴,结为"异代芳邻"。至今"谢公祠""谢公井"与"唐诗人李白衣冠冢"均在大青山,也为我们留下了这段诗坛千古佳话。

小谢公留琴诗凡十余首,其中有一首《曲池之水》,与这首《和王中丞闻琴诗》有异曲同工之妙。

【雅赏】

曲池之水(谢朓)

缓步遵莓渚,披衿待蕙风。
芙蕖舞轻带,苞笋出芳丛。
浮云自西北,江海思无穷。
鸟去能传响,见我绿琴中。

【神游六合】

赠周散骑兴嗣

吴均

子云好饮酒,家在成都县。
制赋已百篇,弹琴复千转。
敬通不富豪,相如本贫贱。
共作失职人,包山一相见。

【作者】

吴均(469—520,即南朝宋明帝泰始五年至梁武帝普通元年),字叔庠,吴兴故鄣(现在浙江安吉)人。南朝梁著名史学家、文学家、诗人。年少时家贫,然聪颖而好学,常彻夜苦读,终成一代俊才。其诗文深受沈约的欣赏,后有"官三代"兼大诗人的柳恽因爱其诗文而举荐,由此入朝为官后授为奉朝请(南朝时闲散官员),是故后世多称其为"吴朝请"。

吴均是南朝著名的史学家,他曾注释范晔的《后汉书》九十卷(范晔生于公元398年,南朝宋著名史学家、文学家,所著《后汉书》与《史记》《汉书》《三国志》并称"前四史"),他又是著名的文学家(文作大都散佚),曾著有《庙记》十卷、《吴均文集》二十卷、《十二州记》十六卷、《钱塘先贤传》五卷等大量文集。后吴均奉旨撰写《通史》,未及成书即去世。欧阳询的《艺文类聚》卷七、卷八收录其文;明张燮辑《七十二家集》有《吴朝请集引》;清严可均辑《全上古三代秦汉三国六朝文·全梁文》辑录其文13篇,其中《与朱元思书》被收入人教版《语文》教科书。

吴均尤善书法，开"吴均体"且后世多有习者。

吴均的诗，具有明显的齐梁风格，长于描写山水景物，传世诗歌有147首。吴均的诗题材多样，如刻画景致的《与朱元思书》"风烟俱净，天山共色。从流飘荡，任意东西"，又如极尽精巧且注重音韵、清丽和美的五言小诗《山中杂诗》"山际见来烟，竹中窥落日。鸟向檐上飞，云从窗里出"。

【诗文大意】

扬雄乃酒中仙子，远居蜀中成都郡，在此曾诞下美赋逾百篇，这里曾琴声徘徊绕梧桐。冯衍宁舍富贵拒王莽，相如潦倒也有卖酒时。宦海沉浮，莫如守中。倘若三位大才俊，弃官退保远凡尘，不如我们相约，共同归隐去往吴中包山，成就一段人间佳话。

【品读】

吴均的诗多为友人应和、赠答、赠别之作兼言情明志，其鉴取乐府民歌及乐府古诗，特点是写景细腻、喻事明畅，用典贴切，并无堆垒。虽时常辞藻华美，但总不失刚健清新之气，于舒缓处若闻悬泉，自有民歌风味。吴均家世贫微，终其一生并不得意，但在他的许多作品中却常常可以感受到诗人不屈的傲骨和雄气，也时常会有对自己境遇的不满以及看惯沉浮向往逍遥的遁世思想。

这首《赠周散骑兴嗣》为诗人不多的以琴入诗之作。诗赠对象是南朝史学家周兴嗣（字思纂，与吴均同年生人，有《梁书》及《两唐书志》传于世，最为后世家喻户晓的是名篇《千字文》）。

诗中的"子云"是西汉著名学者、辞赋家、思想家扬雄（前53—18）的字，蜀郡成都人，作有《河东赋》《长杨赋》《甘泉赋》《羽猎赋》等大量文赋。扬雄后来认为辞赋为"雕虫篆刻，壮夫不为"，转而研究儒道思想，仿《论语》作《法言》，仿《易经》作《太玄》。提出"玄作为宇宙万物根源"的学说。一生文著颇丰，是西汉时期一位不世出的大家。杜甫有诗云："晓漏追飞青琐闼，晴窗点检白云篇。扬雄更有河东赋，唯待吹嘘送上天。""敬通"是指东汉早期辞赋家冯衍的字，他在王莽当政时隐居不仕，汉光武时先为曲阳令，迁司隶从事，因与外戚暗通款曲遭贬黜，后避祸自保，穷困潦倒而死，著有《显志赋》存世，《后汉书·冯衍列传》载："显志者，言光明风化之情，昭章玄妙之思也。"又有《文心雕龙·才略第四十七》曰："敬通雅好辞说，而坎壈盛世，显志自序，亦蚌病成珠矣。""相如"即司马长卿，西汉蜀郡成都人，中国汉赋四大家之一。吴均将上述三位旷世才俊放置于诗的前半部分，是以高赞蜀地人杰地灵尽不世英才，"三大"赋家制佳篇无数，"琴挑文君"令"绿绮"扬名，《凤求凰》百转千回万古流芳而开端，进而又以他们的卑微出身，仕不得志或宦海沉浮，甚至晚年的穷极潦倒来暗喻诗人自己，其意言凡广才大志之士素来命运多舛。至此，诗人完成了情绪的铺垫，接下来笔下飞白，直指上述三位都是于庙堂之上"失职"（指仕途坎坷，在诗中又有弃官离朝之意），都与诗人同病相怜均不得志，与其在朝堂挣扎谄媚而赋词，不如早些弃官隐退。

有趣的是，诗人还为他们精心挑选了一处幽隐的去处，这就是"包山"（今江苏吴县的西山）。左思《吴都赋》有"指包山而为期，集洞庭而淹留"，史传包山位于太湖中，山下有洞庭穴，也称"洞庭包山"。假三杰之名的"包山之约"，乃诗人极具想象力的憧憬，同时也是对好友周兴嗣言明自己心灰意冷欲遁隐包山之心意。

南朝时门阀等级森严，诗人集一生才学和毕生抱负无以施展，只得以散职混迹朝堂，其内心的苦楚及愤懑可想而知。吴均在朝为官时私撰"齐书"即后来的《齐春秋》，被梁武帝下令焚毁，吴均也因此获罪，一直挨到特赦才复职，受命撰《通史》，诗人失望之余便萌生隐逸之念，这首《赠周散骑兴嗣》就是诗人的内心写照。

吴均善书法，《梁书·吴均传》载："均文体清拔有古气，好事者或学之，谓为'吴均体'。"于诗文更是长于以刻画环境来渲染离愁别绪，又以离别的心境含蓄地衬出渴望施展抱负的心境，如他的《赠王桂阳》曰"松生数寸时，遂为草所没。未见笼云心，谁知负霜骨"，借幼松被荒草隐没来发怀才不遇的牢骚，很有左思的"郁郁涧底松"之寓意。

在吴均的诗里不仅有文笔清丽的写实，也有韵味隽永的感怀，还有诗人睿智诙谐的自述，更有凄婉无奈的叹息。相比之下，笔者更喜欢吴均的《战城南》及《胡无人行》两首，"高秋八九月，胡地早风霜。男儿不惜死，破胆与君尝"，每每读来总有一扫心中块垒，荡却眉间阴霾的振奋，犹如曳过南朝诗坛骈偶辞句、虚浮文风中的一抹寒光，又似划破天际的耀目流星。这倒是应了刘勰那句"蚌病成珠"的名言，可谓"艰难出诗人，忧愤更出诗人"。

吴均的诗中有一首《咏雪》，笔者认为颇具欣赏性且耐人寻味，其诗高洁清雅、多情伤愁，于江南小院中垂帘隙而闻细雪，在白雪盈阶间念春风又拂春花，美之美矣，怨之切矣。

【雅赏】

咏雪（吴均）

微风摇庭树，细雪下帘隙。
萦空如雾转，凝阶似花积。
不见杨柳春，徒见桂枝白。
零泪无人道，相思空何益。

秋夜咏琴诗

到溉

寄语调弦者，客子心易惊。
离泣已将坠，无劳别鹤声。

【作者】

到溉（477—548），字茂灌，彭城武原人（今江苏省邳州市）。南北朝时期南朝梁文学家，有4首诗及文集20卷留存于世。生于武原豪门世家。据《南史·到溉传》记载："溉少孤贫，与兄沼弟洽俱知名，起家王国左常侍……后为建安太守……还为太子中舍人。溉长八尺，眉目如点，白皙美须髯，举动风华，善于应答……历御史中丞、都官、左户二尚书，掌吏部尚书。"可见到溉入世门阶较高，可以说仕途顺利，加之他身高八尺，眉目如点画，肤白美髯，举止颇有风度，在南北朝那个十分注重官员仪表形貌的年代，无疑为他的仕途增添了很多机遇，累官至吏部尚书，享年72岁。到溉一生清廉自律，性格率俭，史称其"不好声色，虚室单床，旁无姬侍"，又兼其素有才名，尤其善对弈，颇受武帝赏识，"每与对棋，从夕达旦"。有一句流传至今的成语"飞蛾扑火"就与到溉有莫大的关系，《梁书》在《列传·卷四十》中有这样一段描写，（高祖）因赐溉《连珠》一诗："研磨墨以腾文，笔飞毫以书信。如飞蛾之赴火，岂焚身之可吝。"梁武帝诗中大意是：到溉一生不辞辛苦，笔耕不辍地忙于公事及公文，像飞蛾扑火一样，为了照亮他人依然义无反顾。

【诗文大意】

窗外的琴声，在这凄冷的秋夜里，勾起我无尽的乡情，真想对这位弄弦的琴人说一声：我们或许有一样的思念和一样的乡愁，你凄美的琴声随着秋风，吹进了我的心房。或许你也有着许多不可示人的愁苦，岂不知我也是人生孤旅的行者，也有着孤独的感伤。此时，泪水充盈了眼眶，其实我知道你我的思乡之情同在，即使没有这首《别鹤操》，你的琴声也足以带着我的思绪飞回遥远的家乡。

【品读】

"秋夜"作为在中国古诗词中出镜率最高的一个吟咏主题，古来几乎没有哪一个诗人没有吟咏过，古代的诗人可以不写爱情，不写仕途，但几乎都会写到秋夜，仿佛深秋的夜所蕴含的那种凄冷、深邃、愁苦、萧瑟以及清幽和孤寂更容易激发诗人的诗兴及窥视诗人内心世界中不愿示人的情感空间。《秋夜咏琴诗》在南朝就有谢朓、刘孝绰等人写过，秋夜与琴仿佛有着天然的关联，在众多的以琴入诗的诗篇中至少一半都是在秋夜这样一个场景下吟就的。这应该是中国古代文人的一种程式化的思维以及场景化的固态审美，同时也是许多琴家和诗人兼名的文士，对古琴的一个共同认识，仿佛清冷孤寂的秋夜与古琴的琴声尤为相融，更能引发诗人的联想，更能诱发诗人内心深处的情感，同时古琴特有的音韵似乎在秋夜里面可以更完整地融入那寂静、深幽的环境中，此时再有松风袭来，再有薄云遮日，再有潺潺小溪，再有山谷深壑，或者再有孤馆青灯或庭院曲径，似乎不用吟咏就是一幅秋夜听琴图。

到溉的这首《秋夜咏琴诗》是一首五言古诗，文字简练直白，并未过多地用典，短短的20个字为我们勾勒出这样一幅场景：寂静的秋夜，天已微冷，深秋的风从窗外飘入，琴声带着一丝丝的惆怅，带着一丝丝的凄凉，作为投宿的客人（客子即诗人本人），静听馆内邻舍的抚琴者弹起古琴曲《别鹤操》。诗人似乎为断断续续飘入的琴声所感动，想到自己故去的亲朋及久违了的故乡，望着月光透过窗户投洒在床前的一片清冷，不禁勾起了自己深深的思乡之情。从琴声中诗人似乎感受到抚琴者也是一位饱含乡愁的游子，在这瑟瑟秋风中二人似乎成了心灵上的知音。尤其是这首古琴曲《别鹤操》，它所蕴含的忧思和悲切使得诗人不禁潜然欲泪，落笔在诗尾处的一句"无劳别鹤声"表明了诗人思乡之情常在，即便没有别鹤这样的琴声，也会时常思念自己远方的家。

综观此诗，突出了一个场景"秋夜、清风、琴声"，突出了一个主题"孤愁"。诗中提及的《别鹤操》是古琴名曲，东汉蔡邕《琴操》中说是为商陵牧子所作，"商陵牧子娶妻无子，父母将改娶，牧子援琴鼓之，痛恩爱乖离，故曰别鹤操"，琴曲讲述了一段情深动人的爱情，奏出了一曲凄婉缠绵的哀歌，特别是对于秋夜中思乡心切、忧思沉重的诗人，这忧郁感伤的琴曲，必然会在心中激起很大的共鸣。因此，琴曲未终，诗人已欲垂泪。

到溉是懂琴之人，在诗中，他特意选用了《别鹤操》这首琴曲，其用意十分明显，就是在秋夜孤馆的场景中，增加一个特有的音乐元素，此时的琴声似乎是诗境的主背景音乐，它强调了分别、愁苦、孤独的主题，使得诗情画意与琴声在一首小诗中完美地结合在一起，进而更好地诠释了诗人与抚琴者共有的孤寂之情，以及他们共有的关乡和愁苦，把这种情绪用"离泣已将坠"刻画出来，其词虽平平，但手法不得不称为高超。前两句作为铺陈，而第三句将情绪提升到最高，以图在诗的结尾处完成性情的抒发，使得琴曲《别鹤操》在这首诗里形成了一个情感的中心，技法上十分地娴熟巧妙，而词句却朴素得当。

作为南朝梁武帝的爱臣，到溉其实仕途平顺，而且功德圆满，他晚年患眼疾失明，不得已而在家养病，与胞弟到洽共居于一所书斋，胞弟故去，到溉遂将书斋捐为庙产，与俸禄也一并捐立"延贤寺"，《梁书》中说他"车服不事鲜华，冠履十年一易，朝服或至穿补，传呼清路，示有朝章而已"。到溉临终嘱咐家人"凶事必存约俭，孙侄不得违言"，所以对于到溉而言，内心的孤独应该是他的命数。到溉祖居武原，而南朝梁武帝的都城在建康（今南京），两地相距近400千米，在当时也不可谓不远，加之到溉常年随侍武帝，"到溉非直为汝行事，足为汝师，间有进止，每须询访"，少有空暇，故思乡之情固然是有的。

在南北朝的诗人中，到溉应该是一位十分幸运的人，然而也是一个性格古怪的人，他没有南北改朝换代时那些诗人所经历的家国苦难，也没有许多诗人因仕途不顺而形成内心的幽怨和愁苦。所以到溉的"愁"更多的是"孤愁"，准确地说是一个"孤"字。观其一生，他成就孤名、性格内向、不好交际，没有过多的朋友，为官不群不党，而后来朱异的失势，或许将到溉拉到了更加孤独的谷底，好在他为人谨慎，兼之居家疗养眼疾，躲过了那场政治风波，最终在孤独和病痛中离世。所以，在诗中我们所感受到的是不同于其他诗人的愁苦，到溉没有埋怨，没有忧愤，更没有心中的不满，他活得孤独却又在孤独中享受孤独，在孤独中感叹孤独。读到溉的诗，我们似乎很难把他和南北朝那个乱世联想到一起，在他的诗中也很难见到南朝诗人那些辞藻华丽、谄媚轻浮的诗风，他身上散发着唐代诗人的坦白清爽、不事修饰、直抒胸臆的风格，又带有一些魏晋之遗风。

前文提到有一首刘孝绰写的《秋夜咏琴诗》，与到溉这首诗的诗名相同，只是带有明显的南朝诗人的迤逦美赞风格，两诗内容所差不多，但与到溉的人生独白相比从立意上明显落了下乘。

【雅赏】

秋夜咏琴诗(刘孝绰)

上宫秋露结,上客夜琴鸣。
幽兰暂罢曲,积雪更传声。

内园逐凉

徐陵

昔有北山北，今余东海东。
纳凉高树下，直坐落花中。
狭径长无迹，茅斋本自空。
提琴就竹筱，酌酒劝梧桐。

【作者】

徐陵（507—583），字孝穆，东海郯（今山东省临沂市郯城县北）人，南朝著名诗文大家，其文才、口才、诗才均为当世之名家，他热衷老庄学说，精于史籍及撰文。梁武帝时入仕，初任东宫学士，累官至陈朝左仆射、左光禄大夫、授封建昌县侯，享寿77岁。逝后追赠镇右将军，谥号为"章"。

徐陵出身于东海徐氏豪门望族，其父徐摛（471或474—551）为南朝著名诗人，又是宫体诗的代表人物之一，与庾信的父亲庾肩吾并称"大徐庾"。徐陵自幼聪慧异禀，被赞为"天上石麒麟""当世之颜回"，入仕后撰写大量的朝廷文书典章，史说梁简文帝及梁宣帝之世，国家但有大手笔，皆陵草之。

徐陵的诗存世约40首，另存《徐孝穆集》6卷，此外集纂《玉台新咏》10卷（此为东周至梁诗歌选粹共769篇），其中最著名的收录有汉乐府民歌《陌上桑》《上山采蘼芜》以及中国古代长篇叙事诗《为焦仲卿妻作》(即著名的《孔雀东南飞》),《玉台新咏》是徐陵为后世诗歌史做出的巨大贡献,因为这些诗歌多不见诸萧统集纂的《文选》,恰经《玉台新咏》的辑录而得以流传至今。

徐陵羁北的经历对他的诗风文风都有着重大的影响,这期间他写出了著名的《关山月》《出自蓟北门行》及《长相思》等名作。《关山月》和《长相思》本为乐府旧题,但在南北朝时期都有了里程碑式的发展,对后世产生了很大的影响。当时被羁留在北朝的南朝名士很多,其中就包括王褒和庾信,后世将徐陵和庾信并称为"小徐庾",所不同的是王褒和庾信终其余生未能再南返。

【诗文大意】

当年法真避官,欲匿北山北,而今我被免官,返乡东海东。梧桐树下是我纳凉的处所,身旁散落着一地的花。旧时的书斋,也已空寂了许多年。兴来时,我在翠竹林中抚琴放歌,琴声缥缈,传向那广袤的远古时空。酒醉时,我对着这巍巍梧桐举杯,梧叶沙沙,似古圣先贤的劝慰叮咛。

【品读】

徐陵的这首《内园逐凉》作于他任梁朝上虞令不久被罢官返乡期间,以纳凉为由在梧桐树下抚琴怀古有感而发所作的一首五古,写得十分耐人寻味,此时诗人尚不到40岁。诗的开篇一句是以"北山北"和"东海东"将诗人自己的现实景况与东汉的名士法真相比对,非常巧妙地将自己被"免官"的无可奈何转化为"弃官"的遂心称意,从而也避免了事由铺陈的尴尬。

诗人口中的法真（100—188）为东汉关西大儒，字高卿，扶风（今陕西宝鸡）人，对于诸子百家经典以及谶纬之学都颇有造诣，尤以清高著称，世人恭称"玄德先生"。"法真拒官"典出《后汉书·逸民列传·法真传》："真曰：以明府见待有礼，故敢自同宾末。若欲吏之，真将在北山之北，南山之南矣。"大意是说太守力揽法真入幕为官，法真坚拒，言称如果再行劝说，索性就要到北山之北或南山之南隐居，以示自己隐遁而不入世的决心。诗人照此用"东海东"表明自己业已远离朝堂返回故里，其意有厌倦朝堂争斗，甚至有辞官的想法。

接下来诗人自述于高树下纳凉，坐落花中赏景，于竹径处抚琴，对梧桐而酌吟，貌似悠闲惬意实则却是在逐步积蓄诗中的情绪。梧桐自古以来就是古琴的代名词，高大的梧桐树又是古圣尧舜禹汤用来制作古琴的特定材料，在古代传说中梧桐因有祥瑞之气而引凤凰栖息，《诗经·大雅》曰："凤凰鸣矣，于彼高冈。梧桐生矣，于彼朝阳。"一句"狭径长无迹"表面上是指曲径通幽，似乎诗人是在描写自己身处的环境，但实则是暗喻朝堂凶险、尔虞我诈、仕途艰辛、前途渺茫，同时也引申出自己被罢官后落寞的心情以及凄凉的处境。这与"茅斋本自空"形成了很好的对偶。诗尾处"提琴就竹筱"更是此诗的一个核心转折点，它将前面所有的以景寓情与后面的梧桐巧妙地关联起来，诗人一个"提"字用得极妙，使本来相对沉闷、寂寥甚至有些幽冥凄凉的周遭景观一下子有了动感，使这首诗一下子有了活力。由此，这一句可以解释为在富有生机的竹林中自己兴然抚琴而歌，继而酒中怀古，这时的梧桐被比喻为远古的圣贤和至高无上的德行。此处的"劝"字是一个反向用词，作者的言外之意是：抚琴以怀古，把酒问圣贤。而圣贤已远矣，这缥缈的琴声仿佛就是圣贤对自己的劝慰。也就是说，诗人不是举酒劝梧桐，而是作为圣贤仁德化身的梧桐在劝诗人自己。

徐陵精通"老庄",而吟诗至此,其情感抒发达到了最高潮,他似乎看开了一切,心也仿佛已近飘游太虚。抑或此时诗人的脑海里涌现出《商君书·画策》中"所谓明者,无所不见,则群臣不敢为奸,百姓不敢为非。是以人主处匡床之上,听丝竹之声,而天下治"的论说,又或许耳畔响起嵇康"目送归鸿,手挥五弦。俯仰自得,游心太玄"的吟咏。后世之人对徐陵的诗文评价十分之高,明代张燮在其《七十二家集》本《徐仆射集》中更有"掇皮成润,彻骨皆灵,婉语欲飞,悲语欲绝,峻处则千寻青壁,变处则百脉奔流。盖梅香桃艳,竞载毫端,日朗霞明,均呈眉际,此孝穆之自为高坛,非曹起者可几也"的评价。这首《内园逐凉》历来也被许多人做过评说,不过今人大多以此诗对仗工整、平仄有序甚至言及其诗具备了五言律诗的基本雏形云云。然而,笔者认为,徐陵的这首诗还要从他的出身背景、所处的历史环境以及他被弹劾罢官的这个事件前提下来品读。

东海徐氏,在东晋及南北朝时期已成豪门,到了徐陵这一代,以徐陵家族、徐勉家族为代表性的东海徐氏门阀士族已非常显赫。再加上南北朝时期尤为注重门第出身,徐陵出身望族更兼颇负才名,其仕途本当是一路顺风的。然而,徐陵毕竟是儒家弟子,他有着为人严谨、为官耿介的一面,但又有恃才自傲、自命清高的一面,终被早有罅隙的刘孝仪风闻弹劾,免官回乡。

徐陵被免官心灰意冷或许萌生了遁世的念头,这就是在诗中一开始所写到的"北山北"和"东海东"。然而,此时的徐陵年纪不过30多岁,所以我们从这首诗里可以感觉到,徐陵此时的内心是矛盾的,他并没有真的放下再次入朝的念头,更没有真正隐世的决心,这才是我们从这首诗里读出的内涵。我们可以想象,徐陵才貌双全,同时应是琴家圣手,作为那一个时期的"文宗式"人物,他被罢官返乡,随身只带着心爱的古琴,回到空置已久的旧时书斋，兜兜转转，人生似乎又回到了曾经的起点。梧桐树下的乘凉，只是诗人表面的清心寡欲，而树下的落花才是他对此时自己境遇的哀叹。深长的幽径，空落的斋堂，他在诗中示人以文士之风、隐士之情，实则暴露的是他内心的孤独和仕途上的谨小慎微、步履艰难。而其核心在于幡然赋琴歌、杯酒问梧桐，琴在这里由"器"上升为"道"，"酒"变成了放下过往的媒介，而梧桐则从真正意义上地变成了他心灵中所崇拜的古圣先贤，他所希望的盛世清明。

嵇康认为古琴之声"可以导养神气，宣和情志，处穷独而不闷者，莫近于音声也。是故复之而不足，则吟咏以肆志；吟咏之不足，则寄言以广意"。古琴可以成为嵇康借以忘忧守道、抒发情怀的伴侣，又岂知300年后的徐陵不是借古琴咏叹他那诗化的人生呢？然而，这一切被诗人之妙笔悄悄地掩藏住了。外人看到的是一个罢官返里的散士，借诗发泄忧愤的诗人，而在笔者眼中却看到的是诗的内涵中所展现出来的一个顽强的徐陵。综观此诗，我们不得不为诗人的意境高远以及表达功力所折服，感叹之唯只一句：徐公大家也！

每每言及徐陵的诗就不得不提到他北使魏国被羁留7年的那段经历，也由衷地敬佩他的坚贞、睿智及辩才。据《陈书·徐陵传》载："太清二年（548），兼通直散骑常侍。使魏，魏人授馆宴宾。是日甚热，其主客魏收嘲陵曰：'今日之热，当由徐常侍来。'陵即答曰：'昔王肃至此，为魏始制礼仪；今我来聘，使卿复知寒暑。'收大惭。"这段记载堪称南北朝时期南北政治势力及南北文化的对话。江南书家萧蜕庵（1863—1958），曾书有一副篆书名联"魏子洛中金蛱蝶，徐公天上石麒麟"，联中的"魏子"即指上文提及的北魏太常博士、东魏中书侍郎、北齐"文贞"、史学家魏收（506—572），而下联就是指当年徐陵年少时因才学出众而被大家赞誉为"天上石麒麟"。

从西汉起,使者被羁押甚至被杀害的事屡有发生,史上著名的就有苏武持节匈奴 19 年,有张骞被羁西域 11 年,南北朝时期羁旅北朝的文化名人至少有庾信、王褒、徐陵等。究其原因,是北朝政权慕南朝文化已久,而庾信、王褒、徐陵均为南朝名士,其文化影响、社会影响及政治影响均可为北朝所用。似乎可以这样说,历史的错位造就了南北朝时期徐陵、庾信、王褒这些不世出的大家,南北文化的冲撞与融合,异域的山川和风情成就了他们的诗名。

徐陵的"愁来瘦转剧,衣带自然宽。念君今不见,谁为抱腰看"(《长相思》)被柳永化用为"衣带渐宽终不悔,为伊消得人憔悴",后世诗人从唐朝的李白、白居易,五代的李煜,宋代的晏几道、欧阳修、袁去华、陆游、刘克庄、王灼,到明代的俞彦,清代的纳兰性德等,都曾有诗步其后尘。

【雅赏】

关山月(徐陵)

关山三五月,客子忆秦川。
思妇高楼上,当窗应未眠。
星旗映疏勒,云阵上祁连。
战气今如此,从军复几年。

和淮南公听琴闻弦断诗

庾信

嗣宗看月夜,中散对行云。
一弦虽独韵,犹足动文君。

【作者】

庾信(513—581),字子山,南北朝至隋朝著名的文学家、诗人、辞赋家。南阳郡新野(今河南省南阳市新野县)人。其父亲庾肩吾(字子慎)为南梁中书令、著名书法理论家、文学家,《书品》的作者。庾信生长在这样一个"七世举秀才、五代有文集"高官兼文豪的家庭,理所当然地"幼而俊迈,聪敏绝伦"。他从小便随父出入于梁武帝昭明太子萧统(主导编撰《文选》)的宫廷,后来又与徐陵(字孝穆,南朝著名学者、诗人和文学家,宫体文学的代表作家,其文学风格被称为"徐庾体")同为后太子萧纲(南朝梁简文帝、文学家)的东宫讲读。累官右卫将军,封武康县侯。后奉命出使西魏,因梁为西魏所灭,遂羁留北方,终其一生再未南返。隋文帝开皇元年(581)卒于北方。有《庾子山集》传世,明人张溥辑有《庾开府集》。其传世诗歌辞赋有近400多首(篇),其中最著名的莫过于有"赋史"之称的《哀江南赋》和《拟咏怀二十七首》,后世称其诗文"穷南北之胜"。

【诗文大意】

于幽暗之夜，望一轮明月，那是我心中的阮籍。望晴空万里，迎一抹白云，那是我心中的嵇康。弹起久置的古琴，每每都是南方独有的乡韵。这琴声，是我心中的无奈和无尽的苦楚。忧伤的琴声飘向远古，飘向朝歌，羑里的文王也会为之动容。

【品读】

庾信是文学史上一位颇具争议又很有故事的大家。当下许多文中载其名为"庚信"，这应是"庚"字的误写。庾信一生命运多舛，他的前半生绮丽多姿，后半生坎坷无奈。庾信自幼聪敏，博览群书，通晓《春秋左氏传》，19岁便担任东宫抄撰博士，行走宫禁，礼遇恩宠无人可比。他早年是在"江南历尽佳山水，芳容丽质更妖娆"的环境中成长，过着锦衣玉食的贵族生活，一入仕则青云直上，梁简文帝对他恩宠有加，故而他的早期作品绮艳华丽，思想性并不强。庾信从梁天监年间到隋开皇年间，历经四朝十帝，后半生更是历经风霜，饱含屈怨。

公元 548 年侯景之乱，庾信时为建康（今南京）令，建康失陷，他被迫逃亡江陵（今荆州），投奔梁元帝萧绎。公元 554 年他奉命出使西魏，抵达长安不久，西魏克江陵，俘元帝，立梁王萧詧为后梁王。因庾信名气太大，被迫羁留在长安，后在西魏官至车骑大将军、开府仪同三司，北周灭魏后，又在北周迁官至骠骑大将军、开府仪同三司，封临清县子。他一生数度被加封"开府仪同三司"，故史上又称其"庾开府"。

庾信无奈滞留于长安，既无奈于自己背上"贰臣"骂名，又悲悯于自己的苦衷，且自觉于"大节有亏"，加之返回江南无望，内心十分痛苦，诗人所经历的一系列变故，使他思想上发生了蜕变，诗文创作上更是发生摆脱"宫体诗"的影响，达到了创作的高峰期。其作品从数量、思想性到艺术风格都与居南方时大有不同。他的诗歌代表作有《拟咏怀二十七首》，虽有模拟阮籍之嫌，但言真意切，又如他悲悯人生自叹身世的乐府歌行如《怨歌行》《杨柳歌》等作品，更有感叹命运、忧郁悲愤之情。庾信到北方以后的诗风文笔深沉而苍劲，动荡的生活及北方的风光开启了他崭新的文思。这一时期他佳作频出，著名的有《郊行值雪》《望野》等，他的诗情感丰沛，叙事言情，用典不多，唱古怀今，如这首《和淮南公听琴闻弦断诗》，就是庾信琴诗的代表之作。

这首五绝《和淮南公听琴闻弦断诗》的前两句，诗人将"竹林七贤"的两位代表人物阮籍（字嗣宗）和嵇康（曾任中散大夫，故世人以"中散"称之）比作皎洁的明月和天上的白云，一方面是对他们坚决不与司马氏苟合的文人士大夫精神深深的敬仰，另一方面又将自己内心的无奈寄寓在清风明月和蓝天白云间。接下来诗人又弹起唯一伴随他的古琴，鸣奏起思乡的曲调，这里的"一弦虽独韵"不仅表达了诗人"独在异乡为异客"的孤独之情，更表达了他挥之不去的思乡之情，孤独一人奏思乡之韵，"独韵"二字，一字千金，堪为诗眼又深谙古琴法理。古琴五弦的五音通五行，"宫商角徵羽"对应"君臣民事物"，后文王、武王各加一弦，为侧宫、侧商，诗人以"一弦"来表达自己为"臣"的艰难和委屈，既有对先君的怀念及愧疚，也有羁北后的精神孤独，从侧面反映出了诗人那苍凉、悲切、幽怨、苦楚的内心世界。古琴的文王弦（六弦）相传为周文王为悼念自己惨死的儿子伯邑考而为之，故其音也悲，其声亦哀。诗人以一弦杂糅了多重意义，以周特别是以文王被囚羑里的困窘与无奈来比喻自己今天的处境。言外之意，自己的心境想必也只有周文王才能理解，即琴声中所表达的情感文王听到也会为之动容。至此，全诗围绕"古琴"而展开的对嵇康、阮籍的羡慕之情跃然纸上，对自己的剖白之意，虽然略显无力却也声情并茂，令人同情。

庾信懂琴善琴，咏琴诗句比比皆是，且以琴入诗之作时有言及"一弦"之处，由是今世便多有其"善弹一弦琴"的说法。对此，笔者颇不以为意，"一弦琴"历史悠久，唐代传入东南诸国及日本，今已极为少见，笔者有幸在当代斫琴家张以秋先生处见到过。然而参详庾信诗中出现"一弦琴"时，所言及的琴曲均为古琴名曲，但被提及的人物均为前世著名古琴家，如在他的"雉飞催晚别，乌啼惊夜眠。若交新曲变，惟须促一弦"（《弄琴诗》）及"回鸾抱书字，别鹤绕琴弦"（《伤王司徒褒》）诗句中的《雉朝飞》《乌夜啼》《回鸾》《别鹤》均为古琴曲，同样如"落花催斗酒，栖乌送一弦"（《和灵法师游昆明池诗·二》）、"阮籍唯长啸，嵇康竧一弦"（《奉和赵王隐士诗》）、"弹琴蜀郡卓家女，织锦秦川窦氏妻"（《乌夜啼》），以及"石镜菱花发，桐门琴曲愁"（《寻周处士弘让诗》）、"枫子留为式，桐孙待作琴"（《咏树诗》）等不胜枚举，其中使用大量的古琴人物及古琴的琴材术语，如"卓文君""嵇康、阮籍""桐门琴曲""桐孙"等。

庾信在辞赋方面为南北朝时期的集大成者。著名的《哀江南赋》更是其代表作，全赋3376字，篇幅为名赋之最。历尽艰难成就了诗人萧瑟的人生，再加上他那支凌云健笔，终使他写出惊天动地的艺术作品来。

庾信42岁使北，后陈与北周通好，流寓北周人士许归还故国，唯有庾信与王褒北朝不允南返。庾信羁旅北方，虽身居显贵，且被尊为文坛宗师，深得朝廷礼遇，但其内心的乡关情切，又为自己身仕敌国而羞愧，终其一生背负着道义的指责，使得他忧心怨愤交加，最终老死北方，时年69岁。

在中国诗歌史上，庾信的文可称六朝的文坛殿军，诗则可谓"初唐四杰"的先驱。他还开以诗入赋的先河，对唐代文学、诗歌、散文创作之影响更是不容忽视，王勃、骆宾王的骈作皆受其影响。

杜甫对庾信有着无尽的爱慕，并以诗赞曰"庾信文章老更成，凌云健笔意纵横"，亦有"庾信平生最萧瑟，暮年诗赋动江关"，明代杨慎更有"庾信之诗，为梁之冠绝，启唐之先鞭"的高度评价。

庾信是中国诗歌史和文学史上的里程碑之一，他的诗文及其经历无不充满了戏剧性和故事性，在笔者另作《甲子拾慧·庾信考》中多有详述。庾信的《拟咏怀诗二十七首·其十》十分具有感染力，也可以说是诗人羁寓北国时的内心写照。

【雅赏】

拟咏怀诗二十七首·其十（庾信）

悲歌度燕水，弭节出阳关。
李陵从此去，荆卿不复还。
故人形影灭，音书两俱绝。
遥看塞北云，悬想关山雪。
游子河梁上，应将苏武别。

赋咏得琴诗

江总

可怜峄阳木，雕为绿绮琴。
田文垂睫泪，卓女弄弦心。
戏鹤闻应舞，游鱼听不沉。
楚妃幸勿叹，此异丘中吟。

【作者】

江总（519—594），字总持，祖籍济阳考城（今河南省商丘市民权县东北），著名南朝陈大臣、文学家。出身名门，少年丧父，寄于外祖家，聪明敏捷，性情纯厚。18岁时，江总初任宣惠武陵王府法曹参军，后职至尚书殿中郎，平定侯景之乱后，诏命江总任明威将军。天嘉四年（563），任中书侍郎辖侍中省。陈后主（陈叔宝）时，江总任宰相，陈后主祯明三年（589）建康陷落后，江总入隋朝，任上开府。隋文帝开皇十四年（594），江总卒于江都，终年76岁。

江总勤奋笃学、才思敏捷，著有《修心赋》,《隋书·经籍志》录《开府·江总集》有集三十卷，《江总后集》二卷（今佚），《陈书》《南史》有传。大约百首诗存世，其中《闺怨篇》为后世认为开唐人七言排律之体："蜘蛛作丝满帐中，芳草结叶当行路。红脸脉脉一生啼，黄鸟飞飞有时度。故人虽故昔经新，新人虽新复应故。"

江总既是隋代陈时期的陈亡国宰相，又是后宫"狎客"，宫体艳诗代表诗人之一,其诗意浮艳靡丽,内容贫弱,因此先期名不佳。但随着时代兴亡和个人经历的变化,他的诗也渐去浮艳之气,转而藏悲凉之音。今存明代张溥《汉魏六朝百三名家集》中所辑《江令君集》一卷,其中极具代表性的当数《于长安归还扬州九月九日行薇山亭赋韵·长安九日诗》:"心逐南云逝,形随北雁来。故乡篱下菊,今日几花开。"

江总晚年作过一篇《自叙》,这篇叙文既是他对自己一生的回忆,也是对自己一生的反思。后人对江总的评价历来是褒贬不一,甚至是针锋相对的。

【诗文大意】

峄阳山上的梧桐树,斫成了著名的"绿绮琴"。曾经有孟尝君闻琴落泪,也曾有卓文君劝郎回心。琴声激越,仙鹤也随之翩翩起舞。琴韵清寂,游鱼也浮在水面倾听。楚姬也暂勿哀叹,这清雅高古的澹远之音,绝非虞丘子之辈对楚庄王谄媚的吟诵。

【品读】

历来对江总的评价就有两种截然不同的观点:

其一,站在史家的道德角度去批评,盖言其在陈叔宝即位后(初官尚书令,故后世有"江令"之称),晋中权将军后任宰相。其间,他不理政务,每每与"狎玩之客"陈暄、孔范、王瑗等十余人陪后主在后宫饮酒作乐,置国家日益衰败于不顾,君臣昏庸腐败,以至于国家灭亡。祯明三年(589)建康陷落后,江总入隋朝,任上开府。后世批评家皆口称江总"陈代亡国宰相"、后宫"狎客"、宫体艳诗代表诗人之一,在魏晋南北朝历史上声名不佳的才子中，江总位列前茅。

其二，站在文学特别是诗词的角度去客观评判。于南朝之间文风鼎盛，上好舞文则下必趋之，唐人孙元晏有《陈·狎客》云"八宫妃尽赋篇章，风揭歌声锦绣香。选得十人为狎客，有谁能解谏君王"，细细想来，后宫"狎客"之说应另当别论。这些文士本就并非治世之能臣，不过是王侯附庸风雅的必然产物，但天下多少名赋美篇不也正是在这样的条件下诞生的吗？而且随着家国破碎和个人际遇的变化，江总的诗也逐渐洗去轻浮艳腻、狎宴临春之色，而多有悲凉苍远之情。明人张燮概审六朝文苑，多不以政治家的眼光，更不以道德家的姿态来评判，故而所持批评标准也较为厚道持中，他评价江总曰："国小时危，不能匡救，诺诺因人，败乃公事，则诚有之。大率总持经济既非所长，道谊雅无足采，唯是秉性和柔，自媚于上，至乃文心妍秀，蔚彼墨庄，未宜以轻艳二字概相抹杀，轻艳不犹愈于陈腐哉？"颇有君子不因人而废言之姿。

读江总这首《赋咏得琴诗》，最大的感受是江总的反思与成熟，甚至从这首诗中感受到了江总对自己以往的忏悔。

诗人以峄山之桐斫制为"绿绮"（相传为司马相如藏琴）开篇，继而又以"雍门援琴"和"文君劝夫"两个典故来诠释古琴的情感表达及文化内涵。《三国志·蜀志·郤正传》曰"雍门援琴而挟说，韩哀秉辔而驰名"，相传古琴指法出自雍门周，战国时齐人著名琴师，因居于齐国的雍门，因以雍门为号，又称雍门子或雍门子周。史载雍门子周以善琴谏孟尝君（田文，战国齐人，又称文子），据汉刘向《说苑·善说》所载，孟尝君曰："先生鼓琴亦能令文悲乎？"雍门子周曰："臣何独能令足下悲哉？……"又曰："……天下未尝无事，不从则横。从成则楚王，横成则秦帝。楚王秦帝，必报仇于薛矣……天下有识之士无不为足下寒心酸鼻者。千秋万岁之后，庙堂必不血食矣……"孟尝君闻之悲泪盈眶。子周于是引琴而鼓，孟尝君增悲流涕曰："先生之鼓琴，令文立若破国亡邑之人也。"而西汉卓文君则有《白头吟》及《怨郎诗》以劝夫回心："七弦琴无心弹，八行书无可传。九连环从中折断，十里长亭望眼欲穿。"

史上多有挟琴进善言者，如《邹忌讽齐王纳谏》。由此，诗人以卓文君与之司马相如、雍门子周与之孟尝君来感叹君主与臣子、进言与纳谏的关系，似乎是想通过古琴来传达自己未能得遇圣主明君，又似乎是在悔恨自己当年的荒唐和懦弱。接下来诗人以"闻琴起舞"及"游鱼出听"两典将古圣先贤与古琴的旷达深远联系在一起，以加强前面的感叹。

诗中"闻琴起舞"是据《左传》载："有五采鸟三名：一曰皇鸟，一曰鸾鸟，一曰凤鸟，闻琴则舞。"而"游鱼出听"则是出自荀子《劝学》："昔者瓠巴鼓瑟，而流鱼出听；伯牙鼓琴，而六马仰秣。"特别是荀子接下来言道："故声无小而不闻，行无隐而不形。玉在山而草木润，渊生珠而崖不枯。为善不积邪，安有不闻者乎？"应是诗人此时特别想表达的心声。

至此，诗人完成了对过往的反思与对自己过失的剖白，于诗尾处对当今的朝堂进行歌颂，即所幸今朝不再需要弹唱《楚妃叹》（古琴曲），因为当今朝堂上既没有像虞丘子那样的若贤非忠之辈，更没有像南朝那样的绮靡浮华之风。其典出西汉刘向《列女传·楚庄樊姬》："樊姬，楚庄王之夫人也……姬曰：'王之所谓贤者何也？'曰：'虞丘子也。'姬掩口而笑。王曰：'姬之所笑何也？'曰：'虞丘子贤则贤矣，未忠也。'"

江总这首《赋咏得琴诗》，应是诗人晚年入隋之后所作，是其经历了人生重大转折后的阅历沉淀，从诗风到诗品都有了思想及精神层面的成熟稳健。尤其要提出的是，诗的开端发句"可怜峄阳木，雕为绿绮琴"，十分抢眼，其中"可怜"二字堪为诗眼且意味深长，已颇具唐诗风气：峄山之桐必是用来斫制传世载道之名琴的，然此未必为琴之所愿，而我生长在这样一个家族，承载着家族的希望而被推向朝堂，此乃命也，恐非我所愿也。正如诗人在其《自叙》中这样写道："历升清显，备位朝列。不邀世利，不涉权幸……官陈以来，未尝逢迎一物，干预一事……太建之世，权移群小，谄嫉作威，屡被摧黜，奈何命也。后主昔在东朝，留意文艺，凤荷昭晋，恩纪契阔……晋太尉陆玩云：以我为三公，知天下无人矣……暮齿官陈，与摄山布上人游款。深悟苦空，更复练戒，运善于心，行慈于物，颇知自励，而不能蔬菲，尚染尘劳，以此负愧平生耳。"这段文字使我们深深地感受到了诗人内心的无助与委屈，更有理由相信江总的反思在陈朝后期就开始了，他在无奈与无力中挣扎过也痛苦过，对南陈他有感恩知遇之旧情，对隋朝他有万象更新之庆幸。宋人严羽在《沧浪诗话·诗法》中言："对句好可得，结句好难得，发句好尤难得。"而江总的这首诗开宗明义，于发句起意且贯穿始终，足见诗人笔下功夫之老到。

　　江总的诗对后世一直产生着深远的影响，他本人的经历也为后人所津津乐道。韩愈有"久钦江总文才妙，自叹虞翻骨相屯"之赞誉，苗发有"广陵经水宿，建邺有僧期。若到西霞寺，应看江总碑"之感怀，李商隐有"杜牧司勋字牧之，清秋一首杜秋诗。前身应是梁江总，名总还曾字总持"的比喻，杜甫更有"病减诗仍拙，吟多意有余。莫看江总老，犹被赏时鱼"的兴叹。

　　江总有一首小诗名曰《长安九日诗》，虽区区20字，却是诗人心中深藏着的痛楚与无奈的写照，读起来耐人寻味、余韵悠长，联想到诗人的一生更是令人伤感不已，于笔者看来当属江诗中上品。

【雅赏】

长安九日诗（江总）

心逐南云逝，形随北雁来。
故乡篱下菊，今日几花开。

听琴

萧悫

洞门凉气满，闲馆夕阴生。
弦随流水急，调杂秋风清。
掩抑朝飞弄，凄断夜啼声。
至人齐物我，持此悦高情。

【作者】

萧悫，字仁祖，生卒年不详（约530年后—590年前），郡望兰陵（今山东省临沂市）萧氏，南兰陵（今江苏常州武进）人。南朝梁宗室，北齐著名诗人。笔者根据史上对其父亲萧晔的记载，并参照与萧悫同时期的北齐诗人江总的年表，大体推算萧悫应出生于南梁大通中，公元530年后，卒于隋朝初，约公元590年前。萧悫一生应是历经南梁、南陈、北齐、北周至隋，其在武平（北齐后主高纬的年号）中，任太子洗马，待诏文林馆（武平三年，即公元572年设置），撰写《御览》，入隋累官至记室参军。据《隋书·经籍志》记载，萧悫有作品集9卷（曾于《隋书志》及《两唐书志》中行于世，今佚），其他诗文散见于《初学记》《文苑英华》《乐府诗集》等。据逯钦立先生辑《先秦汉魏晋南北朝诗》中有萧悫诗17首。

萧悫的存诗中有一首《秋思》最为著名，《北齐书·萧悫传》："悫曾秋夜赋诗（《秋思》），其两句云：'芙蓉露下落，杨柳月中疏。'为知音所赏。"另《颜氏家训·文章篇》中也赞曰："吾爱其萧散，宛然在目。"萧悫的诗清绮丽美，诗风兼济南北，既承南诗之铺陈又咏北诗之立意。

【诗文大意】

夕阳落去，秋凉乍起，别馆内，厅堂开启的户牖传出阵阵琴声。弦下似有流水湍急，弦外更挟阵阵秋风。低回伤感的是那《雉朝飞》，断续离愁的是那《乌夜啼》。入清静，怡真情，物我两忘。唯乎如此，始得充被万物感格幽冥。

【品读】

萧悫出身名门望族，历经南梁至隋朝的时代变迁，其诗风兼济南北，为由南入北的一大批文人士大夫的典型代表，他们的共同特点是雕章间出、讲求对仗、铺陈有序、立意尚古，这在他的《听琴》一诗中有十分突出的表现。

诗人在诗的首联程式化地交代了时间、地点及场景：入秋时分、夕阳西下、天气微凉，林间别馆窗门尽开，不时有古琴雅韵传出。颔联则以简练的笔法描述了琴家玄妙的弹琴技法，琴声中不时有流水之声间或泠泠潺潺的跳跃之态，在这孤馆凉秋中伴随着凄风从琴家的指间飘出，生动地再现听琴的场景及不吝赞美琴家的高妙。继而在颈联用《雉朝飞》和《乌夜啼》两首古琴名曲为后面的抒怀转承蓄势，并且恰到好处地用"掩抑"及"凄断"分别表现两首琴曲的不同意境及琴家弹奏的不同技法，同时也彰显了诗人对这两首古曲的深刻理解。

《雉朝飞》又名《雉朝飞操》，最早见于蔡邕的《琴赋》，西晋崔豹撰《古今注》也载："《雉朝飞》者，牧犊子所作也。齐处士，湣宣时人，年五十无妻，出薪于野，见雉雄雌相随而飞，意动心悲，乃作《雉朝飞》之操以自伤焉。其声中绝。"这首琴曲历代古琴谱多收录，最早见于明代《神奇秘谱》。据《重修真传琴谱》载："雉朝飞兮鸣相和，雌雄群兮于山阿，独我伤兮未有室，时将暮兮可奈何，嗟嗟，暮兮可奈何。"

自古咏《雉朝飞》的诗人不胜枚举。南朝梁萧纲有五言古风《雉朝飞操》，其他同名诗作如吴均有："二月雉朝飞，横行傍垄归。斜看水外翟，侧听岭南翚。"唐代韩愈有："雉之飞，于朝日。群雌孤雄，意气横出。"李白有："麦陇青青三月时，白雉朝飞挟两雌。锦衣绣翼何离褷，犊牧采薪感之悲。"那位写出"故国三千里，深宫二十年"的张祜更是将《雉朝飞操》的故事用诗完整地唱了出来。《乌夜啼》又名《乌夜啼引》，系南北朝时的一首民谣，曲意为寒鸦凄苦然却慈爱雏鸟的情形，故又称慈乌或孝乌。《乌夜啼》后成为古词牌为无数的诗词大家所填写，李白、顾况都有《乌夜啼》诗，而最为著名的便是五代南唐后主李煜的《乌夜啼》（又名《相见欢》）："无言独上西楼，月如钩，寂寞梧桐深院锁清秋。剪不断，理还乱，是离愁，别是一般滋味在心头。"而元代王庭筠有《乌夜啼·淡烟疏雨新秋》"淡烟疏雨新秋，不禁愁。记得青帘江上、酒家楼。人不住，花无语，水空流。只有一双檐燕、肯相留"，倒是与李后主有异曲同工之妙。

由此，诗人格式化地完成了全部的场景、叙事及铺陈，于诗的尾联"至人齐物我，持此悦高情"将自己在此情此景下，受琴家所抚琴曲的音韵感动以及自己压抑已久的内心独白一并宣泄出来：放下心中块垒，不为形役不为物累，如琴致性忘情江湖，这才是自己应有的雅士风骨。

在浩瀚的古诗词江海中，"听琴"这一主题似乎是诗人词家们趋之若鹜的题材，历代文人雅士多有以琴入诗之作，而能"听琴"且能"听懂琴"还能"由琴而感慨抒怀"更是诗词大家们希望为世人所道的美谈。他们相互唱和着的是发自琴家指下的琴韵，宣示着的是琴韵中所产生的思想共鸣及高古的心性。唐孟郊有《听琴》："前溪忽调琴，隔林寒铮铮。闻弹正弄声，不敢枕上听。"王元有《听琴》："拂尘开素匣，有客独伤时。古调俗不乐，正声君自知。"宋邵雍有《听琴》："琴宜入夜听，别起一般清。"陆游有《听琴》："试听一曲醒汝狂，文姬指法传中郎。"元代郑允端有《听琴》："一弹再三弹，中含太古情。坐深听来久，山水有余清。"北宋徽宗赵佶曾作画《听琴图》，画上有蔡京题诗："吟徵调商灶下桐，松间疑有入松风。仰窥低审含情客，似听无弦一弄中。"

读萧悫的《听琴》，似乎很有薛道衡的《昔昔盐》一诗中"暗牖悬蛛网，空梁落燕泥"那种细腻入微兼辞句绚丽的感觉，特别是南北交融的清冽诗风，让人读来深感积极豁达且有意犹未尽之感。正如孟浩然《听郑五愔弹琴》诗云"予意在山水，闻之谐夙心"，其意之深远似不在乎琴况，亦不在乎听琴者之情思或仅依闻琴曲。弦外传音，曲终奏雅，自得此意，静观随缘，如此或许更接近庄子所谓"天地与我并生，而万物与我为一"乃至"至人无己"。

萧悫诗文存世不多，但篇篇精品，他有一首《飞龙引》也是以琴入诗，但风格却与诗人的其他作品不尽相同。《飞龙引》最早见于屈原的《离骚》，后见于魏晋嵇康的《琴赋》："为余驾飞龙兮，杂瑶象以为车。"后《飞龙引》多以乐府琴曲歌辞出现，而萧悫首开五言古风的《飞龙引》，为后世诗人所争相效法。萧悫的这首诗一改他以往的精雕细研、循序渐进、层层铺陈、娓娓道来的代入手法，将议论和抒情于发句中就初见端倪，继而逐步发挥，遣词造句方面少有地没有使用华丽的辞藻，而是十分质朴且非常简洁地将一幅"琴箫夜舞图"生动地展现在读者面前，又不刻意罗列典故，颇有北诗风采又现唐诗之形。

【雅赏】

飞龙引（萧悫）

河曲衔图出，江上负舟归。
欲因作雨去，还逐景云飞。
引商吹细管，下徵泛长徽。
持此凄清此，春夜舞罗衣。

【隋唐】

蜀僧抱绿绮,西下峨眉峰。
为我一挥手,如听万壑松。
客心洗流水,余响入霜钟。
不觉碧山暮,秋云暗几重

秋日游昆明池诗
薛道衡

灞陵因静退，灵沼暂徘徊。新船木兰楫，旧宇豫章材。
荷心宜露泫，竹径重风来。鱼潜疑刻石，沙暗似沉灰。
琴逢鹤欲舞，酒遇菊花开。羁心与秋兴，陶然寄一杯。

【作者】

薛道衡（540—609），字玄卿，河东汾阴（今山西省运城市万荣县）人，一生历经东魏、北齐、北周、隋朝，政治家、文学家、诗人，尤以文才昭世。薛道衡出身官僚家庭，少年时父母双亡，但他专精好学，13岁时，作《国侨赞》一篇，辞藻华美，时人称为奇才。入仕北齐时为待诏文林馆，北周时为司禄上士，入隋后参与平定王谦之乱后又从征突厥，被任为内史舍人，隋文帝开皇八年（588），被任为淮南道行台吏部郎，随从晋王杨广、宰相高颎出兵伐陈，专掌文翰。杨广夺取帝位后转播州刺史、入拜司隶大夫，故世称"薛司隶"。因其性情耿介、善谋事却不善谋身，不识时务地写了一篇《高祖文皇帝颂》奏上，隋炀帝杨广大怒，大业五年（609）逼令其自尽，时天下冤之。

薛道衡存诗约20首，文集大多散佚，明代张燮《七十二家集》中辑有《薛司隶集》。作为当时的文坛领袖及文豪的薛道衡喜欢在沉静中构思，用心于文章字句之间，尤长于诗作，其中最著名的当数《昔昔盐》，而最有代表性的当为他的《出塞诗》："绝漠三秋暮，穷阴万里生。寒夜哀笛曲，霜天断雁声。"诗中悲凉苍远而又粗犷大气，体现了北朝文风的特点。《隋书》曰："道衡每至构文，必隐坐空斋，蹋壁而卧，闻户外有人便怒，其沉思如此。"

【诗文大意】

文帝的灞陵静静地隐去，圣贤的福泽却久久萦绕。新风吹动着木兰舟楫，逐着曾经的豫章楼船，游向岛上那异木筑就的灵波殿宇。池中一片片夏荷，莲蕊挂着剔透的露，风中一团团重雾，从竹林小径中飘出。水中那条沉寂的石鲸，疑惑地盯着两岸的石爷石婆，楫桨泛起的泥沙，像极了昔日汉武留下的劫灰。弹起古琴，闲鹤似乎要闻琴起舞，举起酒杯，看那遍地的盛开晚菊。就让这羁绊的心和着这美酒，与秋兴为伴，让我们在这美景和雅乐中一生陶然。

【品读】

读薛道衡这首《秋日游昆明池诗》，似乎与同时期的江总有一比，都是于五古中一句一典，相比之下薛道衡用典或更为生僻。诗中的"昆明池"始建于汉武帝元狩三年（前120），位于今西安城西的沣水、滈水之间。主要目的在于拓宽加深"灵沼"，并扩其地以类滇池之貌，建设之初是为练习水战，后为泛舟游玩的场所，两岸有牛郎织女石雕人像一对，曾建有人工岛屿，豫章台、灵波殿，池中雕有石鲸，栖有豫章大船，池面三百余顷。古来借"昆明池"以为怀古的诗篇不胜枚举，如南北朝庾信的《和人日晚景宴昆明池诗》："春余足光景，赵李旧经过。上林柳腰细，新丰酒径多。小船行钓鲤，新盘待摘荷。兰皋徒税驾，何处有凌波。"沈约诗曰："南瞻储胥观，西望昆明池。"(《钟山诗应西阳王教》)谢朓诗曰："罢游平乐苑，泛鹢昆明池。"(《泛水曲》)唐代李世民的《冬日临昆明池》："石鲸分玉溜，劫烬隐平沙。柳影冰无叶，梅心冻有花。"明代朱权的《宫词》："钧天迭奏昆明池，桃花春暖鱼龙嬉。"清代光绪的《昆明池习水战》："水战原非陆战同，昆明缅想汉时功。谁知万里滇池远，却在堂阶咫尺中。"

"灞陵"是汉文帝刘恒的陵寝。"灵沼"出自《诗经·大雅·灵台》"王在灵沼，於牣鱼跃"。《毛诗传》曰："灵沼，言灵道行於沼也。"多指帝王的恩泽普惠之处。"木兰楫"是传说鲁班刻木兰为舟，诗中指以木兰之材料新建的游船。"豫章"是传说中的神异之木，诗中指原"豫章宫"建筑群和"豫章大船"，《神异经·东荒经》曰："东方荒外有豫章焉，此树主九州。其高千丈，围百尺，本上三百丈……斫之复生，其州有福。""刻石"在诗中指昆明池畔的牛郎织女石像，也暗喻秦始皇东行于邹峄山立石与鲁诸儒生议，刻石颂秦德之典。"露泫"指降露如珠，北齐刘昼的《新论·言菀》有"春葩含日似笑，秋叶泫露如泣"。"沉灰"本指沉埋于昆明池底的黑灰，附会为佛教所谓"劫灰"，语出南朝梁慧皎《高僧传·译经上·竺法兰》："昔汉武穿昆明池底，得黑灰……兰云：'世界终尽，劫火洞烧。此灰是也。'"唐代李百药有《和许侍郎游昆明池》："大鲸方远击，沉灰独未然。"

在这首《秋日游昆明池诗》中，薛道衡以典成句、以典代言，将昆明池的前生今世及其梦幻般的美景娓娓道来，慨古言今，细则细矣但绝无赘叙，结句遣词颇显大家手笔。于见景感怀、追思怀古的铺陈之后，诗人祭出古琴，以琴言志而志在陶然，以琴来彰显自己的君子风采和士大夫情怀，同时也以秋菊及美酒暗喻诗人自己壮心未已的豪迈之情。与所有居庙堂高位的文人士大夫一样，薛道衡既有展毕生所学以治国平天下的抱负，又有于政治斗争及朝堂倾轧中的愤懑与无奈，故而与琴为伴，诗酒田园永远是他们心中最美的归宿。然而，薛道衡最终也没有等到这一天。

薛道衡的诗情开放，这与他的经历和身份地位有关，对于南北时局他有着敏锐的洞察并参与高层谋划，经济和军事皆通，曾多次上疏隋文帝，要求对陈"责以称藩"，他还多次亲随大军出征。薛道衡兼任过聘陈主使，对南陈十分熟悉，故而他的诗文在南北方均影响很大，《隋书·薛道衡》载："江东雅好篇什，陈主尤爱雕虫，道衡每有所作，南人无不吟诵焉。"可见在文风极盛的南方其诗名也极盛一时。观他的诗风，既有像多首《出塞诗》"高秋白露团，上将出长安。尘沙塞下暗，风月陇头寒"这样极具北朝诗风的豪迈表现，又有"入春才七日，离家已二年。人归落雁后，思发在花前"（《人日思归》）这类南北诗风交融的真情流露，文字间典章工整，铺陈有序，辞采绚丽，心思细腻。在隋文帝时，薛道衡备受信任，居中枢要职多年，当时的勋贵杨素及名臣高颎等，都很敬重他，使他的名声大振，一时无双，后来连皇太子及诸王都争相与之结交并引以为荣。然而，也正因他性格上狷介执拗以至不识时务的弱点，使得他未免罹祸。

薛道衡有一首名诗《昔昔盐》，其中"暗牖悬蛛网，空梁落燕泥"为千古吟诵的名句。此诗之所以久负盛名，是因为它多被后世认为是导致薛道衡被隋炀帝害死的诱因。杨广青年时就与薛道衡并肩伐陈，对薛道衡的文才更是爱慕有加，在薛道衡被人弹劾流放岭南时，杨广还真心帮助过他。然而杨广弑父上位后，薛道衡不识时务地写了一篇《高祖文皇帝颂》奏上，隋炀帝看后不满之余疑心颇重，怒言："道衡至美先朝，此《鱼藻》之义也。"

【雅赏】

昔昔盐（薛道衡）

垂柳覆金堤，蘼芜叶复齐。
水溢芙蓉沼，花飞桃李蹊。
采桑秦氏女，织锦窦家妻。
关山别荡子，风月守空闺。
恒敛千金笑，长垂双玉啼。
盘龙随镜隐，彩凤逐帷低。
飞魂同夜鹊，倦寝忆晨鸡。
暗牖悬蛛网，空梁落燕泥。
前年过代北，今岁往辽西。
一去无消息，那能惜马蹄。

【黄云秋塞】

日晚弹琴诗

马元熙

上客敞前扉,鸣琴对晚晖。
掩抑歌张女,凄清奏楚妃。
稍视红尘落,渐觉白云飞。
新声独见赏,莫恨知音稀。

【作者】

马元熙(约550—598),字长明,南北朝时期北齐河间人,袭封敬德广汉郡王。与其父马敬德同称"两代帝师"(分别为北齐后主高纬、幼主高恒帝师)。《北齐书》卷四十四载:"……少传父业,兼事文藻……超迁通直侍郎,待诏文林馆,转正员。武平中,皇太子将讲《孝经》,有司请择师友。帝曰:'马元熙,朕师之子,文学不恶,可令教儿。'于是以《孝经》入授皇太子,儒者荣其世载,性和厚,在内甚得名誉,皇太子亦亲敬之。隋开皇中,卒于秦王文学。"

【诗文大意】

敞开柴扉恭迎贵宾,弹起古琴,看着落日晚霞。悠远的旋律是那首《张女引》,凄清的音韵是那曲《楚妃叹》。琴声若乎飘逝,如出万丈红尘,琴声往复回荡,又似白云拂来。莫道难觅,世上知音今尤是,再赋新词,琴歌一曲为君弹。

【品读】

马元熙这首《日晚弹琴诗》，是他存世孤篇，也是一首绝佳的琴诗。就其诗的风格及笔法而言与唐诗颇为相似，其对偶转笔及叙事议论均已渐离魏晋风骨而已具唐诗风范。通篇描摹精致、寓言写物、因物喻志、词采华茂，尤为难得的是诗人将古琴的琴曲和意境完美融合，用诗的语言将"访客扣柴扉，落日静调琴，一曲复一曲，但为知音弹"的生动场景勾勒得栩栩如生，又将琴声之绵延徐逝绝滤尘俗以及将琴喻人都尽显出来，使得此诗读来清爽动人，令人多有"言在耳目之内，情寄八荒之表"的美感，堪称诗坛由南北朝至隋唐时期的扛鼎之作。

古琴曲《张女》为乐府曲名《张女弹》的省称，当因人而得名，多用以喻称善舞乐之女子，《文选·潘岳·笙赋》载："辍《张女》之哀弹，流《广陵》之名散。"唐人李善注："闵洪《琴赋》曰：'汝南鹿鸣，张女群弹'，然盖古曲，未详所起。"张铣注曰："《张女弹》，曲名也，其声哀。"南朝陈江总《杂曲三首》其二曰："曲中惟闻《张女》调，定有同姓可怜人。"南朝梁吴均有《行路难》："掩抑摧藏张女弹，殷勤促柱楚明光。"唐代李商隐有《拟意》："怅望逢张女，迟回送阿侯。空看小垂手，忍问大刀头。"而古琴曲《楚妃叹》为晋人石崇作辞曲，以咏叹春秋时楚庄王贤妃樊姬谏庄王狩猎及进贤之事。其典出汉刘向《列女传·楚庄樊姬》。唐代李颀有《琴歌》："铜炉华烛烛增辉，初弹渌水后楚妃。一声已动物皆静，四座无言星欲稀。"

上述这两首琴曲今已失佚，但在马元熙的诗中我们似乎重新听到了张女们抑扬徘徊的优美及樊姬百转千回的叹息。同时，我们也似乎穿越回到1700年前的南北朝，看那半山之间，有柴扉虚掩，夕阳斜照，有树下磐石，琴者对访客，白云绕红霞，好一幅俊雅文士的"访山问琴图"。于诗尾处诗人微言大义地感怀，言及：世人皆言知音少，而我之琴意恰似君知晓。

诗中"掩抑"二字似对古琴技法和音韵的综合描述，盖琴以"散、按、泛"为琴声的基本表现，既有清浊之分，更有虚实结合，于有无之间和阴阳之境，集动静之间孕天地之情。诗人极为精准地把握住古琴"以有弦悟无弦，以清和容万物"的思想境界，加之"凄清"二字的递进，使读者的思绪从琴曲及人物的狭隘中拓展到诗人眼中那个更加旷远的世界，其机巧不可谓不深，其把控不可谓不准。

与马元熙同时期的北齐诗人萧悫有诗："掩抑朝飞弄，凄断夜啼声。至人齐物我，持此悦高情。"唐人薛易简著《琴诀》一卷，在其文中言："(弹琴)可以观风教，可以摄心魂，可以辨喜怒，可以悦情思，可以静神虑，可以壮胆勇，可以绝尘俗，可以格鬼神。"而马元熙一句"新声独见赏，莫恨知音稀"足可见南北朝的文人雅士对琴意的理解绝非今人可比。

在《诗品·序》中，钟嵘以为诗有三义"一曰兴，二曰比，三曰赋"又"宏斯三义，酌而用之，干之以风力，润之以丹采，使味之者无极，闻之者动心，是诗之至也"。观马元熙此《日晚弹琴诗》似深合此"三义"，十分可惜的是钟嵘与刘勰（《文心雕龙》的作者）均早于马元熙，而无缘为其著文评诗。清代沈德潜编古诗选集《古诗源》，共14卷，收录了先秦至隋代诗歌共700余首，在卷十二中的北魏、北齐、北周及隋诗中，独不见马元熙，而与其同时期的萧悫、颜之推等尚有收录。

虽然马元熙的这首"上品孤篇"（笔者语）琴诗近1400年来名不见经传，但是在诗中所体现出来的既不同于魏晋诗"词采葱蒨、音韵铿锵、骨气奇高、气过其文、词采华茂、雕润恨少"，也有别于南北朝的"言词迤逦、玄风淡寡、性情渐隐、声色大开、清丽缠绵"，反而是与唐诗"钟灵秀美、格律严整、山水恬静、直白晓畅、绮丽柔靡、奇章典句"近似的"长明风范"（马元熙，字长明），着实让我们眼前一亮，好似一阵携着青草芳香的春风拂面而来，端的是"清便婉转，点缀映媚"。

马元熙诗存孤篇，我们就以萧悫的一首《奉和冬至应教诗》来再次领略北齐诗家的"落花依草，流风回雪"吧。

【雅赏】

奉和冬至应教诗（萧悫）

天宫初动磬，缇室已飞灰。
暮风吹竹起，阳云覆石来。
拆冰开荔色，除雪出兰栽。
惭无宋玉辨，滥吹楚王台。

咏琴

刘允济

昔在龙门侧，谁想凤鸣时。
雕琢今为器，宫商不自持。
巴人缓疏节，楚客弄繁丝。
欲作高张引，翻成下调悲。

【作者】

刘允济（生卒年不详，约在649—709），字伯华，初唐诗赋家，与初唐四杰的王勃齐名，工文辞且擅书法。刘允济是河南巩义人，少孤，事母尤孝，19岁举进士，入仕初补下邽（今陕西省渭南市东北）县尉，累官至著作佐郎，因作《鲁后春秋》献表朝堂，遂迁左史兼直弘文馆。武则天垂拱四年（688）唐明堂建成，呈奏《明堂赋》赋述功德，武则天大喜并以手诏褒奖，擢拔他为著作郎、凤阁舍人。后被酷吏来俊臣构陷死罪入狱，蒙赦被远谪大庾（今江西省赣州市大余县）尉，很快复出为著作佐郎专修国史，累官至中书舍人。"神龙政变"（705）后，被贬为青州长史，次年刘允济因母逝丁内忧，服除（约709）即被召为修文馆学士，然刘允济未经上任便去世了。刘允济为官廉正、修史耿介，留下的诗文不多，但《鲁后春秋》《明堂赋》《天赋》《地赋》等诸篇均有一定影响。《全唐诗》收录其诗4首。

【诗文大意】

龙门之桐高百丈，忆往昔，鸣凤栖。今朝斫制为古琴，弹宫商，任由君。巴人抚之有节韵，意清远，缓绰注。楚客弄之尤放怀，情激荡，吟猱急。抒宏志，奏引曲，欲将才学报朝堂。运多舛，调式悲，转向谪途度光阴。

【品读】

史书上对刘允济的记载很少，武周天授年间（690—692）刘允济遭酷吏来俊臣陷害本是要杀头的，但武则天爱其才学人品，故意命他以戴罪之身为寡母尽孝送终，方以远谪江西赣州保了他一命。这首《咏琴》大约就是在那个时候写下的，是以咏琴为由，而将自己此时的委屈和不甘用隐晦的方式寄寓于诗中。

诗的开篇即以"龙门孤桐"作为此诗的核心论点将诗的格调抬高，并将内容形式定位在旷古与现实的比照议论上。龙门位于今山西、陕西交界处，两岸峭壁对峙，黄河之水从中间排沓而过，又因西汉司马迁生于龙门，之后会试中第就被称为"登龙门"，后世谈及龙门也多有与司马迁相关的意思。诗人此处将司马迁这一史家形象祭出，明显是要将这首五绝摆放在一个历史的角度来吟咏。诗人19岁便进士及第，可以说是龙门中的翘楚，而唐代，尤其是初唐礼部取进士人数极少，而且还要经过吏部的测评，所以在诗的开篇，诗人就将自己定位于那生长在龙门一侧的百尺梧桐。言外之意，自己满腹的才华以及绝世而独立的品质，如同矗立在龙门旁的梧桐，而鸣凤栖梧桐是诗人又将自己比喻成一只引吭高鸣、栖于梧桐的凤凰，暗指自己此时已经是入凤凰阁，官居中枢。而接下来诗人又以古琴的制作来比喻自己的仕途，这就是诗中所言的"雕琢今为器"，他将自己比作那一根桐木，而雕琢者不外圣主之恩宠，借古琴取梧桐之材斫制而成琴，意喻为今天自己的成就全赖于圣上的恩宠。接下来，诗人将"琴"继续发扬，即言"宫商不自持"，这里的宫商并非许多琴诗中广义的古琴属性的泛指，而是取其在五行中表示君臣之意，而一入朝堂深似海，伴君如伴虎，君臣关系讳莫如深，更有诗人深层次的思想表达，他在感叹世事变化、命运多舛，自己如江海中的一叶扁舟，前途不是自己所能够把持的。换言之，斫制成琴之后，弹什么调式就不是琴能左右的了。在中国传统的五音中，"宫"五行为土、五色为黄、五德为信、五伦为君，方位居中，体现着思想及歌颂。而"商"五德为义、五伦为臣，体现着悲枯的声制，故而可以肯定，诗人在这一句中所要表达的是君心莫测，而自己此时心中无限的悲愤只能化作那无言的哭泣。既然上面提到了雕琢而为琴，那么琴中所体现的古琴乐曲它便必然地自有了音乐的属性，有了情感的标识，在古琴乐曲中以宫调为正调，而正调的曲目大多是平和、端庄具有歌唱性的，这也是古琴曲目中占了绝大多数的原因，如《平沙落雁》《渔樵问答》《醉渔唱晚》《良宵引》等，而商调的曲子则略显悲忧哀婉，如《忆故人》等。接下来诗人又将古琴的演奏技法以及不同地区的演奏风格形象地植入诗中，"巴人缓疏节"，表明是言这个地区的演奏风格在唐时或许就是澹远从容，讲求绰注而重在抒情。"巴"应指今重庆及四川宜宾一带。但因为司马相如是巴郡人，故有理由相信此处诗人是在言及司马相如，在赞美他的琴技以及他的辞赋，尤其是他能够得到汉武帝的赏识，从而成就一番君臣佳话。然而"楚客弄繁丝"是写荆楚一带的琴家多用吟猱技法，琴曲多表达激昂悲愤之情，然实际词下之意应是指屈原的精神痛苦。李白在《愁阳春赋》中有："明妃玉塞，楚客枫林。试登高而望远，痛切骨而伤心。"岑参也有《送人归江宁》："楚客忆乡信，向家湖水长。"刘允济在这里明为论琴叙事，实为抒发内心感叹，既不失延续首、颔二联之咏琴的主题，又于不经意间为诗尾处的议论抒情做了很好的一个关联性转折，即情绪准备。而且作为一首五言律诗，他在二、三联的对仗可以说做到了极致，不仅在形式上、遣词上，包括内容和表面形式上都做到了滴水不漏。结尾处的情致表达，诗人依然没有离开琴，其中"欲作高张引"是在向世人宣示着自己的理想抱负，这就是"修身、齐家、治国、平天下"，更是报效君主的知遇之恩，联系到前面所述，也就包含了刘允济希望自己能够如汉武帝时的"两司马"一样，展毕生才学成万古功业。古琴自古取例东汉蔡邕时大体分为"操、引、畅、弄"等曲式，而"引者"吟咏也，如古琴有《太古引》(《神奇秘谱》中曲名《慨古》)一曲，《神奇秘谱》中的题解是："其趣澹然沉静，鼓之者，孑孑然若遗世独立于无何之乡也。可以回古风于指下，以今追昔，可以感兴伤怀于一唱二叹之间，而有余音也。"联系到诗中最后"翻成下调悲"，作为前面"高张引"的对偶句，"下调悲"的意思就十分明显了，诗人在诗尾处的情感舒张部分言及自己的志向抱负都是满腔的忠君报国，然而转眼（即诗中的"翻"字）之间这一切都化为泡影，自己本欲在仕途上高歌猛进，在朝廷的中枢机构正欲大展抱负之时突遭横祸，人生来了一个180度大转弯，一切变得是那样的灰暗且前途渺茫，空留屈原之仰天悲叹。这里不仅体现出作者一种悲怆、忧愤的情绪，更表现出诗人对政治生态的不满，以及对自己未来前程的担忧。他自比借"两司马"以慨古，又将自己此时的处境比喻成战国时期三闾大夫，言自己才不能舒展，志不能报国，而今唯遗忧君忧民之悲怆。

在众多的琴诗中，极少有像刘允济这首《咏琴》无一句不在言琴事，始终以琴作为一条主线第次展开，将依琴而咏做到了极致。诗中大量使用双关语，用典也极为隐晦，可见诗人当时是加了十二万分小心的，生怕再祸从口出因文获罪。因为史料记载有限，刘允济是否善音律、懂琴技不得而知，然而从其诗中可见其对古琴的琴理、琴技以及对音律的熟知绝对超于常人，在他存世不多的诗篇中另有一首五言绝句《见道边死人》，再次将琴弦振动所引发的飘远意致比拟为飘逝的灵魂，其言也简、其意也深、其情也悲、其思也长。

【雅赏】

见道边死人（刘允济）

凄凉徒见日，冥寞讵知年。
魂兮不可问，应为直如弦。

羁游饯别

王勃

客心悬陇路，游子倦江干。
槿丰朝砌静，筱密夜窗寒。
琴声销别恨，风景驻离欢。
宁觉山川远，悠悠旅思难。

【作者】

王勃（649或650—676），字子安，绛州龙门（今山西省河津市）人。王勃出身官宦世家，少有神童之名，9岁时读颜师古所注《汉书》，便能作《指瑕》十卷，14岁参加不遇类幽素科科考（相当于县一级的科考），后授朝散郎（七品官），曾为太子侍读，转侍沛王李贤府修撰，因戏作《檄英王鸡》一文，遭唐高宗李治斥责，免官并被逐出长安，后改任虢州参军，又因被人构陷私自藏杀官奴，再次获罪被革职，并牵连其父王福畤遭贬。著名的《滕王阁序》是在王勃二十四五岁的时候探望被贬为交趾县令的父亲，途经南昌所作。在返程中，因渡海溺水后惊悸而死，时年仅27岁（一说29岁）。王勃与骆宾王、杨炯、卢照邻并称"初唐四杰"，曾一度引领初唐诗风，杜甫有诗曰："王杨卢骆当时体，轻薄为文哂未休。尔曹身与名俱灭，不废江河万古流。"王勃留下了80余首诗作（多为五律和绝句）以及赋、序、表、碑、颂等文作90余篇，另有文集大多失佚。王勃的诗作尤以写离别、思乡题材为多，《唐诗三百首》中收录其《送杜少府之任蜀州》一诗，与《滕王阁序》一起被收录中学语文教材中。

王勃在其短暂的生命里才情并发、名播千古，他为我们留下了众多的名言名句，如"海内存知己，天涯若比邻""落霞与孤鹜齐飞，秋水共长天一色""老当益壮，宁移白首之心？穷且益坚，不坠青云之志"等，以及"物华天宝""人杰地灵""渔舟唱晚""兴尽悲来"等大量的成语。

【诗文大意】

闻君即将远行，我的心仿佛也随君跋涉那崎岖的山路，也将泊舟于倦旅的江岸。今天我们在这开满木槿花的阶前暂别，而窗外这旷远的琴声似乎消弭了我们分别的忧愁，清雅的景致以及送别的场面也将永久地在君的记忆中留存，愿君跋山涉水而不畏山川僻远，亦可解君漫漫孤旅的归思缠绵。

【品读】

在唐诗中一个重要的类别就是送别诗，有趣的是唐代诗人往往把一段悲婉凄凉的生离死别写得十分豪迈，甚至带有十足的乐观情绪，最具代表性的莫过于李白的《赠汪伦》。在古代，一段分别不仅路途遥远，而且有各种风险掺杂其中，故此许多送别往往就成为永别。而此时的诗人们完全没有后世那种惜惜依别、舍之欲痛别之欲悲的文学表现，反而多是以欢歌宴饮的形式，加之琴曲、吟诵为即将分别的友人赋诗以寄思念。这首《羁游饯别》大约是王勃在长安时所作，从诗中所提及的远行陇地，至少是向长安之西北穿山越岭、跨江过水，而青年的王勃满怀着豪迈之情更富有建功立业的渴望，在他的心目中，每位朋友的别离都应是他们改变自己命运的起点。

这首五言律诗严谨对仗、文辞机巧，不同于唐代其他送别诗的是这首诗中满怀着年轻诗人的乐观与梦想。诗的开篇，王勃即言明所送别的友人即将要开始一个漫长又艰苦且注定孤独寂寞的旅程，其中的一个"悬"字与"倦"字相对应，既表明未来路途的凶险，也表达出诗人对即将远行朋友的牵心挂怀，"倦"字突出了这段旅行的孤独与艰辛，并且可能是一个十分漫长的时间，即诗名所言的"羁游"。诗人惜字如金，并未就羁游的艰险更多地展开话题，而是笔锋一转，迅速将读者的目光引至饯行饮宴的场景中。在颔联处，他描写了饮宴所处厅堂外的周边的环境，寓景于情，通过对清晨繁盛的木槿花以及嫩竹环绕的夜窗的描述，将时间、地点精确地交代出来，使我们可以判断出这场饮宴延续了一整天。"木槿"一般于早晨开花而于傍晚凋谢，古时多指坚持且生生不息的生命循环之精神信念。王勃在诗中用一个"朝"字表明别宴的时间始于早晨，而"夜窗"表明到了晚上，"筱"则表明是在初春，而"夜窗寒"也表明天气乍暖还寒，同时写出了朋友之间依依不舍的别愁离怨。到颈联处，诗人用琴声来象征诗人与即将离别的客人之间的君子之交，同时又言明虽有不舍，然而即便是离别也依然要把欢乐的记忆留在彼此心中。

在诗尾，一个"宁"字用得十分绝妙，此处的"宁"字并不是宁愿、宁肯的意思，而是"不要"之意，诗人希望表达出的诗意应当是：千万不要觉得未来山险路难，更不要担心漫长旅途的寂寞难耐，因为我们的心从未分离，我们彼此之间依依相伴的君子情义足可以消解羁旅的艰难与思念。同样是自长安西行，同样是弦歌把盏，然而在王勃的送别诗中完全没有后世王维《渭城曲》的苍凉与伤感，而是化为诗中的"琴声销别恨"。不管诗人用什么样的诗文美化，离别总是令人伤感的，作为君子之交，或许这种离别变成了一种难舍和幽恨。然而在琴声中，诗人与朋友就如知音，他们心心相印，都在为这即将到来的离别而尽力在对方心中留下快乐、积极乐观的印象。所以琴在这里意义重大、含义颇深，它一方面以琴比喻知音、君子，另一方面将别愁融入琴声之中，让这琴声伴随着即将远行的朋友。琴声中既含有诗人对朋友的祝福和思念，更含有"海内存知己，天涯若比邻"的诗意。

以琴入诗、以琴寄情作为送别场景的描述不在少数，然而王勃的这首《羁游饯别》秉承了他《送杜少府之任蜀州》等诗篇的一贯风格，均是先描述路途漫漫、旅途艰险，如"城阙辅三秦，风烟望五津"，然后依远景而赋近前，这与初唐四杰的其他三人相比更为积极乐观，也尤显得将青春气息跃然纸上。

明代文学理论家陆时雍在其《诗镜总论》中曾评价道："王勃高华，杨炯雄厚，照邻清藻，宾王坦易。子安其最杰乎？调入初唐，时带六朝锦色。"初唐四杰作为南北朝时期诗文体制向盛唐过渡的一个特殊阶段，或多或少还会必然地带有南朝的华丽之风，但却已可初见盛唐雄壮之气。观历史上的著名诗人，其诗风不仅受其生活的时代、政治生活及文化审美的影响，更与其出身特别是他的人生经历息息相关。王勃的诗文风格大致以被革除沛王府官职时为变化的分水岭，形成前后两个阶段。在《檄英王鸡》事件之前，王勃的诗歌从内容和风格上充满着豪迈自信和积极乐观的精神风貌，而后期则逐渐显现的是失落牢骚之气兼有苍郁慨然之情。《新唐书》载："勃既废，客剑南。尝登葛愦山旷望，慨然思诸葛亮之功，赋诗见情。"

初唐四杰皆少年成名，王勃虽英年早逝，然而他对唐代诗歌的贡献是极大的。在思想上，他秉承了儒家思想，融合了佛、道多种文化因素，他思想积极、追求功名，虽在仕途上有两次巨大的挫折，然而依然对生活抱着乐观的态度。他一身傲骨、鄙视尘俗，在佛教中探求着深刻的人生哲理，虽性情不谙世事，与人交往更不甚老道，但这一切都不能掩盖他的朴素真挚，他的才华也始终为人们所津津乐道。史称王勃撰文《平台钞略》时，"初不精思，先磨墨数升，则酣饮，引被覆面卧，及寤，援笔成篇，不易一字，时人谓勃为腹稿"，这是王勃除《滕王阁序》外存世最著名的一篇文作，其文共分十类内容，更多的是王勃对于儒家思想的思考与反刍。

明朝中叶著名的文学评论家、诗评家胡应麟（字元瑞），曾评价王勃说："王勃兴象宛然，气骨苍然，实首启盛、中妙境，五言绝亦抒写悲凉，洗尽流调，究其才力，自是唐人开山祖。"

【雅赏】

送杜少府之任蜀州（王勃）

城阙辅三秦，风烟望五津。
与君离别意，同是宦游人。
海内存知己，天涯若比邻。
无为在歧路，儿女共沾巾。

夏弹琴

刘希夷

碧山本岑寂,素琴何清幽。
弹为风入松,崖谷飒已秋。
庭鹤舞白雪,泉鱼跃洪流。
予欲娱世人,明月难暗投。
感叹未终曲,泪下不可收。
呜呼钟子期,零落归荒丘。
死而若有知,魂兮从我游。

【作者】

刘希夷(651—约679),字庭芝,汝州(今属河南省)人,唐朝著名诗人,唐高宗李治上元二年(675)进士,在世时间应为30岁之内。刘希夷生活的年代为初唐后期,历史上人们多将他与张若虚进行比较。唐人刘肃在其《大唐新语·文章》有述:"(希夷)少有文华,好为宫体,词旨悲苦,不为时所重。"唐玄宗年间著名文学家孙翌选初唐诗人作品编纂《正声集》三卷(今佚),于开元年间(713—741)流行于世,由此可以推断刘希夷的诗在其在世时并不为人所重视,在其身后逐渐为后世所认可。刘希夷史上称其"美姿容,好谈笑,善弹琵琶",其代表作为《代悲白头翁》,其中"年年岁岁花相似,岁岁年年人不同"成为千古名句。此句被后世诗人多有化用,也是被后世史家津津乐道的一桩诗坛公案。另有《公子行》,其中"十指不沾阳春水,今来为君做羹汤"更使其诗名流芳百世。其诗歌以"歌行体"见长,多以从军、闺情入诗,言辞柔婉华丽,情致悲伤忧叹。元代辛文房所编纂《唐才子传》中对刘希夷的记述如下:"有集十卷及诗集四卷,今传。希夷天赋俊爽,才情如此,想其事业勋名,何所不至,孰谓奇寒之运,遭逢恶人,寸禄不沾,长怀顿挫,斯才高而见忌者也。贾生悼长沙之屈,祢衡痛江夏之来,倏焉折首,无何殒命。以隋侯之珠,弹千仞之雀,所较者轻,所失者重,玉迸松摧,良可惜也。况于骨肉相残者乎!"刘希夷存诗大约38首,其中《全唐诗》收录30首。

今汝州市风穴寺山门东侧保留有刘希夷墓,并建有墓园,命名为"夷园"。

【诗文大意】

山峦碧绿,响起清幽的琴声。一曲《风入松》,山谷幽深处若有秋风。弹起《白雪》曲,见鹤舞庭堂,弹起《高山》《流水》,声中似有泉鱼跳荡。欲将如此景色和琴声与世人共享,怎奈终究是月下孤芳。曲未终、泪成行。我自比当年的俞伯牙,莽莽荒丘,何处觅子期?天若有情知音在,魂魄兮伴我琴中游。

【品读】

刘希夷这首《夏弹琴》是以感叹世间知音难觅为主体诗意,以古琴曲牌为情感的抒发脉络,兼具景观式描摹的铺陈特点,借琴曲以彰心意。全诗可分为两部分,在前半部分诗人先由寂静的青山、崖谷描写远景,继而将读者的视线带到山间的庭院,又对周边的景物进行局部的写生,包括松林、泉水,以至细腻到泉水中的鱼儿,进而又巧妙地交代了大体时间。诗人通过对山间的寂静的描述,将古琴所发出的清幽深远的声音引入,以古琴曲《风入松》作为代言,一举两得,使诗的开始就具有诗情画意,同时加入了更多感受性的情绪。我们由此可以想象,诗人此时弹的或许就是《风入松》这首古琴曲,同时也极有可能是诗人确实领略到清幽的琴声,随着山谷中瑟瑟的清风穿过松林飘向远方,所以首开《风入松》是诗人应该十分得意的一笔。《风入松》是著名古琴曲,相传是嵇康所作,又名《风入松慢》《远山横》《松风慢》等,以古琴曲出现最早见于1511年的明代正德年间谢琳的《太古遗音》中,记谱名为《风入松歌》并曰:"按《琴集》:《风入松》乃晋嵇康所作也。康为人清狂旷达,高于音乐,词调品格播之弦歌者,多类此。盖得之清响条畅,尤为世所珍玩者也。"在此,诗人借一曲《风入松》将夏末的山中一回眸间即感已见秋凉,继而将碧山、素琴的场景与孤寂、清幽的氛围融合成一个情绪化的铺排。接下来诗人又以"庭鹤舞白雪,泉鱼跃洪流"两句将古琴的三首琴曲一并带入诗中,其中"庭鹤"含义颇多,其中有可能是诗人弹起古琴曲《别鹤》,但更大的可能是指古琴曲《佩兰》(据《西麓堂琴统》载:"战国时,有灵虚子者,游嵩山,遇羽人鼓琴石窗之下。鹤舞于庭,兰馨于室,延入晤语,因授以清羽之调,名曰《佩兰》。")。在唐初,已有刘希夷等诗人以"琴""鹤"共同入诗且相互映衬、相互借喻,至唐中期此风日盛,如顾况的"此琴等焦尾,此鹤方胎生",在人们眼中甚至将"琴""鹤"化意为恩爱的夫妻,如唐代诗人郑谷《赠富平李宰》中有"夫君清且贫,琴鹤最相亲"之句,盖因古琴与仙鹤有着密切的关联。在诗人们的笔下古琴者多是彰显高雅、贤德、旷古、超然的君子之器,而仙鹤则更多的是用来表现作者的孤傲、清高、仙逸和远大的抱负。

在"庭鹤"之后诗人又以古琴《白雪》之曲比喻自己的志向。《神奇秘谱》中有关于《白雪》的题解："臞仙曰：是曲者，师旷所作也。张华谓天帝使素女鼓五弦之琴，奏《阳春》《白雪》之曲，故师旷法之而制是曲。《阳春》宫调也，《白雪》商调也。《阳春》取万物知春、和风淡荡之意，《白雪》取凛然清洁、雪竹琳琅之音。因有《白雪》，始制《阳春》之曲。宋玉所谓《阳春》《白雪》，曲弥高而和弥寡，其此也夫。"又依明朝万历年间杨抡的《太古遗音》题解曰："按斯曲与阳春并传，皆师旷所制。盖以商续宫，取其清洁焉耳。想夫太素为质，莹然白璧无瑕矣，一气罩敷，万里银妆，廓然太公无私矣，而又不事剪裁，体态天然，兆丰年而瑞帝都，愈梅色而肩风月，浑然万善咸备矣。是以高世之士，或骑驴于霸桥，或诵读于窗下，或烹茶于幽室，而抚景推敲，最属意于冬雪者居多。意者，古人奏之虞弦，果先得我心之同然乎。抑亦后之君子，闻风而兴起也。"可见诗人希望借此体现自己"高世之士"的君子之风。

接下来诗人又以"泉鱼跃洪流"来言及古琴曲《高山》《流水》，自诩俞伯牙，借高山流水觅知音的典故而感叹世间子期难再有。在《风入松》《佩兰》《白雪》《高山》《流水》等一连串琴曲的描摹和借喻下，诗人立体化地塑造了自身之精神形象，从而为后面的寄兴感怀及情致抒发埋下伏笔。至此，作者蓄势待发，将自己此时的心情一层层剥离开来，随即迅速将情绪拉升，尤其是诗中的"明月难暗投"，既有"明珠暗投"之意又不禁使人联想到后世高明（元代）的《琵琶记》："我本将心向明月，奈何明月照沟渠。落花有意随流水，流水无心恋落花。"笔者认为，倒是700年后的高明，用他的这首《琵琶记》中的诗句来为刘希夷的诗句做了完整和精确的诠释。而后诗人将情绪跳出琴外，借着上面的情致继续递进，曲未终、泪已落，为何？诗人自问自答，将自己欲求知音而不得，满腹才华无以付及满腔抱负无以投的苦闷之情抒发出来，直至最终结尾处的感叹，子期之魂魄如若有知，或许可以和诗人成为知音，共游在这青山碧水之中。

后世评价刘希夷为"辞风婉约,叙情而悲苦",在他的诗作中,常体现出对自己仕途不顺、运势不济、高才而挫屈的怨叹,故在其诗中常体现出幽怨之情。而这首《夏弹琴》借人生不得知音为名,感叹其生不逢时的不遇人生。在唐代,将多首古琴曲融于一首诗中并化用为景致描写和情致张扬,刘希夷当为翘楚。一方面我们看到刘希夷是善琴之人,诗中虽没有用第一人称,但我们可以判断出弹琴者应是诗人自己,他用《风入松》来描摹场景,用《佩兰》及《白雪》来宣示自己情操高尚,将自己比喻成琴曲中的君子,用明月来比喻自己不愿谄媚世俗,诠释一种不愿同流合污的气节,树立了一个正面的形象。然后,他借碧山和泉水将琴曲与自己寻觅知音的诉求作为整首诗的核心,特别是在情感抒发的最高潮,即在诗尾处的感叹传达出一种无奈和自怜,知音难觅,这或许是在他年轻的内心世界中留有最后的遗憾吧。

刘希夷有一首著名的《代悲白头翁》,其中一句"年年岁岁花相似,岁岁年年人不同"也为后世留下一个诗坛的千古公案。相传刘希夷的舅舅宋之问(亦为当世之诗坛名家)欲将此妙句据为己有,遭刘希夷拒绝,宋之问竟将刘希夷迫害致死。据《旧唐书·文苑传》载:"时又有汝州人刘希夷,善为从军闺情之诗,词调哀苦,为时所重。志行不修,为奸人所杀。"在此,我们放下这个夺诗害命的事件真相不谈,就刘希夷这位初唐才子,在他短暂的生命中留给后人的神采飘逸、平实朴素的诗,以及出神入化的手笔,无疑是经得起时间的推敲的。以古琴入诗者,多以言及琴技、琴性、琴意,又多以古琴的历史文化来比喻自己的情操及彰显自己的高尚,或激烈、或恬淡、或隐匿、或张扬,然而刘希夷将琴曲的曲名融在诗句中,留给读者极大的想象空间,又将自己的情感毫不隐晦地表露出来,此等功力果真不负其才子之名。

刘希夷25岁考中进士,然而仕途未见起色,位卑言轻,其诗作因其在人们还未广知其名时,便英年早逝,所以流传后世的不多,也不为世人所重视。后逢唐玄宗(李隆基)天宝年间丽正殿学士孙翌编撰《正声集》(已佚),辑选时人诗作三卷,选录有刘希夷的部分诗作,得以部分留存于世,唐代刘肃在《大唐新语》卷八中言:"孙翌撰《正声集》,以希夷(即刘希夷)为集中之最,由是稍为时人所称。"也就是说正是由于《正声集》的收录,才使得刘希夷在其故去100年后,诗名鹊起。

【雅赏】

春女行(刘希夷)

春女颜如玉,怨歌阳春曲。巫山春树红,沅湘春草绿。
自怜妖艳姿,妆成独见时。愁心伴杨柳,春尽乱如丝。
目极千余里,悠悠春江水。频想玉关人,愁卧金闺里。
尚言春花落,不知秋风起。娇爱犹未终,悲凉从此始。
忆昔楚王宫,玉楼妆粉红。纤腰弄明月,长袖舞春风。
容华委西山,光阴不可还。桑林变东海,富贵今何在。
寄言桃李容,胡为闺阁重。但看楚王墓,唯有数株松。

春夜别友人二首·其一

陈子昂

银烛吐青烟，金樽对绮筵。
离堂思琴瑟，别路绕山川。
明月隐高树，长河没晓天。
悠悠洛阳道，此会在何年。

【作者】

陈子昂（659—700），字伯玉，梓州射洪（今四川省绵阳市三台县）人。初唐著名诗人、文学家。陈子昂于唐睿宗文明元年（684）举进士，累官至右拾遗，后冤死狱中。陈子昂留有诗文150余篇，其中有诗近140首，最为今人耳熟能详的是那首《登幽州台歌》："前不见古人，后不见来者。念天地之悠悠，独怆然而涕下。"陈子昂诗文同妙，他26岁即担任麟台正字，次年即武周垂拱元年（685），被武则天召见并准"言天下利害"，据《新唐书·陈子昂传》载："后召见，赐笔札中书省，令条上利害。子昂对三事。"这就是《上军国利害事三条》，司马光在《资治通鉴》曾引用陈子昂的谏疏达二千余言并六处之多，就唐代诗人而言此实属难得。

　　陈子昂的诗中有自己独特的风格，蕴含着的汉魏风骨及道家仙气，并为后世所欣赏。尤其是他尊古而又求革新，坚持自己独立的审美意志，坚持任侠自为、耿介忠义、清雅高廉、道法自然的文化追求，使得他足以比肩"初唐四杰"。陈子昂秉承家族的文化教养,强调"含纯刚之德,有高代之行"和"逸群之骨,拔俗之标",正如他在《饯陈少府从军序》一文中云:"夫岁月易得,古人疾没代不称;功业未成,君子以自强不息。"在他的诗文中,这种积极的人生态度和自强不息的精神追求随处可见。

【诗文大意】

银色的烛光,照亮了青烟缭绕的厅堂。即将远行,我们举杯共话衷肠。回想我们的友情如琴瑟相鸣,离别后我将独自对那山远路遥。丰盛的别宴持续到月上树梢,直到隐去了繁星的晨晓。我将踏上充满未知的洛阳古道,不知何时才能再与君等欢聚。

【品读】

这是一首典型的离别诗,在诗中诗人着重强调了朋友间的情谊这一主题以及路途漫漫但充满希望万里的少年豪情。陈子昂年轻时正逢武则天改革选人制度,在一定程度上打破了原有由门阀贵族当道的入仕门径,这使那些并非豪门大族出身的读书人,有了"学而优则仕"的机会。陈子昂出身豪门,他的父亲陈元敬,22岁就考中进士,但其却淡漠官场而热衷道教,以乐善好施而有豪侠慷慨之名,曾经在大荒之年,捐出万斛粮食接济乡民。陈子昂在这种家庭文化熏陶下,不喜书卷而善剑术,其少年时代的理想就是行走江湖行侠仗义,直到他因练剑而误伤他人之后,才决定弃武从文刻苦读书。陈子昂天资聪慧,仅几年后即诗文皆名,无怪其好友卢藏用(约656—约713,唐代书法家、诗人)曾评价其说:"道丧五百年而得陈君。"(《右拾遗陈子昂文集序》)

唐文明元年（684）春，陈子昂怀揣着远大的政治抱负和建功立业的雄心，赴东都洛阳完成他的第三次科考，最终顺利及第。这两首《春夜别友人》就是陈子昂在临行前所作。

诗中以琴瑟来比喻友人之间的深情厚谊，同时借琴瑟和鸣来象征朋友之间的情谊和离别时内心的不舍与眷恋。综观全诗，简洁无华并没有繁复的用典，也没有浮华迤逦的辞藻，更没有后世饯别诗的哀婉凄戚，反而颇具唐初的豪放简洁且兼有一种隐隐的侠士风。唐代诗人不仅把送别写得富有画面感，而且把这种送别的情调表现得更加乐观甚至更加有趣，似乎在唐代诗人的眼里，送别诗既是对友情的一种诠释，也带有一种对即将远行的朋友深切的祝福，更有一种君子之交的磊落与洒脱。后世评论陈子昂均言及他承继建安风骨，有"诗骨"之美称，此别称除对他在初唐诗风的革新之举颇有褒扬之意外，更多的是因其在唐代诗人中以风骨峻毅、刚柔兼济而著称。这是一个时代的象征，是那个特定的历史时期所具有的、自强不息的文人精神之体现。

古来诗词多以"琴瑟"喻情，陈子昂以琴瑟喻嘉朋之友谊、喻手足之亲情、喻饮宴之场面热烈。在诗中诗人不着痕迹地以烛台、青烟、金杯来描述了饯别之宴的盛况，又以月隐、星稀、晨晓交代了此番宴饮通宵达旦，这些铺陈为琴瑟之情做了充足的铺垫。诗的后半部分所描述的山高水长、孤旅漫漫，甚至前途迷茫，也在为"离堂思琴瑟"这句做着进一步的诠释。这里的"离"字用得妙之又妙，人尚居堂内，仍在欢宴之中，就已产生了离别后的思念之情。绵阳至洛阳1000千米，而古时蜀道之难众所周知，我们可以想到，饯别的朋友肯定是互叙惜别关切之依依，用这种伏笔倒置的叙事手法在唐诗中是极为少见的。

陈子昂的诗文风格为唐代后辈诗人所广为推崇，韩愈在其五言诗《荐士》中有"国朝盛文章，子昂始高蹈"之赞誉，杜甫在《陈拾遗故宅》

中有"终古立忠义，感遇有遗编"之感慨，萧颖士有"近日陈拾遗子昂文体最正"的肯定。《新唐书·陈子昂传》言道："唐兴，文章承徐庾余风，天下祖尚，子昂始变雅正。"陈子昂犹如站在"初唐四杰"肩膀上的旗手，以"风雅革浮侈"的诗歌创作主张在唐代诗坛独树一帜，摒弃了齐梁以"宫体诗"为代表的厚形薄意，代之以骨气端翔的风雅之音。

自古蜀地多绝代才俊，西蜀又以山灵毓秀著称，这里前有司马相如和扬雄，后有陈子昂、李白和苏轼，以至于杜甫有诗云"有才继骚雅，哲匠不比肩。公生扬马后，名与日月悬"（《陈拾遗故宅》），将陈子昂赞为继扬雄和司马相如之后的蜀中才子。

"子昂摔琴"的典故或为小说家言但却流传甚广。据明末冯梦龙的《智囊全集》记载："子昂初入京，不为人知。有卖胡琴者，价百万，豪贵传视，无辨者。子昂突出，顾左右曰：'辇千缗市之。'众惊问，答曰：'余善此乐。'皆曰：'可得闻乎？'曰：'明日可集宜阳里。'如期偕往，则酒肴毕具，置胡琴于前。食毕，捧琴语曰：'蜀人陈子昂，有文百轴，驰走京毂，碌碌尘土，不为人知。此乐贱工之役，岂宜留心。'举而碎之，以文轴遍赠会者。一日之内，声华溢都。"陈子昂初涉长安，于闹市宣阳里千金买"胡琴"而后碎之，遂被世人知晓。此中的"胡琴"又名"奚琴"或"嵇琴"，南宋学者陈元靓在其《事林广记》中也说："嵇琴本嵇康所制，故名'嵇琴'。"北宋欧阳修《试院闻奚琴作》有"奚琴本出奚人乐，奚虏弹之双泪落。抱琴置酒试一弹，曲罢依然不能作"的诗句，北宋科学家兼学者沈括在《补笔谈·乐律》中记载："熙宁中，宫宴，教坊伶人徐衍奏嵇琴，方进酒而一弦绝，衍更不易琴，只用一弦终其曲。"可见此琴当为两弦琴。

【雅赏】

群公集毕氏林亭（陈子昂）

金门有遗世，鼎实恣和邦。
默语谁能识，琴樽寄北窗。
子牟恋魏阙，渔父爱沧江。
良时信同此，岁晚迹难双。

春兴

贺知章

泉疑横琴膝，花黏漉酒巾。
杯中不觉老，林下更逢春。

【作者】

贺知章（659—约744），字季真（又字摩维），号石窗，晚年自号四明狂客，后世又称秘书外监，越州永兴（今浙江省杭州市萧山）人，后迁居山阴（今绍兴市），其家族是会稽望族，在南朝时已是著名的学术世家，延至唐代更以理学闻名，有"江表儒宗"之称。贺知章自幼生活优越，少有才名，气质儒雅。武周证圣元年（695）乙未科状元及第，入仕授国子四门博士，后迁太常博士，曾撰《六典》及《文纂》，累任太常少卿、吏部侍郎至秘书监。唐玄宗天宝初年请辞还乡，享年86岁，追赠礼部尚书。作为唐代著名的诗人及书法家，贺知章尤善绝句，其许多诗作被收入当代中小学课本，诸如《咏柳》之"不知细叶谁裁出，二月春风似剪刀"，又如《回乡偶书》之"少小离家老大回，乡音无改鬓毛衰"等皆脍炙人口。贺知章诗作多失佚，今存诗约20首，《全唐诗》收录其诗19首，其中3首收录于《唐诗三百首》。

贺知章与张旭、包融、张若虚并称"吴中四士"，又与陈子昂、宋之问、李白、孟浩然、王维、卢藏用、毕构、王适、司马承祯合称"仙宗十友"，他一生清淡风流，晚年退仕求道得以善终，也是一位初唐至盛唐少有的仕途顺利且长寿的诗人,他一生为官严谨公廉,为人亲善低调,诗文旷达豪放。他有君子之风,颇为世人所倾慕,好饮酒,尤与李白为诗友、酒友。

贺知章是唐代诗人中著名的书法大家之一,其书法真迹《草书孝经》现存于日本宫内厅。

【诗文大意】

流淌的清泉经过脚下,似乎是横于膝上的一床古琴,飞花坠落,粘在了滤酒的纱巾上。人在酒中,忘却世事万物,更忘却了时间匆匆,映入满眼的俱是盛日春光。

【品读】

贺知章的一生充满了诗情画意,他与另一位著名诗人陈子昂同年出生,却与他有着截然不同的人生经历。这首五言绝句《春兴》,小巧精致、含义颇深。从字面上看,这是一次赏春的酒会。诗人将山间的清泉、遍地的春花、杯中的美酒、林间的微风凝聚在这短短的 20 个字内,同时用诗的语言展现了春天的色彩斑斓,展示着诗人心底的乐观诙谐,读来极具画面感,不禁让人顿觉春意盎然。诗人将泉水潺潺流动在石间叮咚作响的这一细节放在远景处去描写,将其比拟成一床弹奏着美妙琴曲的古琴,又因其从脚下淌过而把它想象成横置于膝上之琴,此时的琴声似乎是天外之声,奏响的正是天地间最和美的乐篇。北宋朱长文在其《琴史》中有言:"昔圣人之作琴也,天地万物之声皆在乎其中矣。有天地万物之声,非妙指无以发,故为之参弹复徽,攫、援、摽、拂,尽其和以至其变,激之而愈清，味之而无厌，非天下之敏手，孰能尽雅琴之所蕴乎？"诗人自己则仿佛是画外之人，他在用心领略着这天地之琴所吟咏的人与天地间的对话，感悟着这蕴含万物的琴声。

古来以琴入诗者多以听琴、抚琴或以琴制、琴声、琴技以及琴曲所表达的内容之引发的联想作为抒发情志的基础，而被后世称为"诗狂"的贺知章却以其源自天地的狂情来描写琴事：青山为我制琴，泉水为我鸣琴，上天为我作曲，大地为我传声，我以心去感悟这源自天地的美妙琴音，吾心无他，唯愿与天地做知音。这种狂情到了极致也恰到好处，使得此诗开篇便激情万丈、豪情满腔，同时真正做到了每一字都紧紧抓住读者的心，似乎从每一个字缝里都流露出诗人的高古与自信，让人不禁产生了一种融于天地而与君为伍的冲动。此真乃大家手笔也，甚合《庄子·天道》所言的"以虚静推于天地，通于万物，此之谓天乐"之意。

接下来诗人并没有将这种曲高和寡的感受维持在虚幻之中，而是将读者的视线拉回眼前，诙谐地对飞花粘巾的具象情节加以描写，一方面交代了春天这一时间节点，另一方面又十分巧妙顺畅地言明自己所处的青山漫坡、野花环布的环境，使人置身于一幅动态的田园美景中。

唐代酿酒技术还在浊酒阶段，饮酒之前需要过滤才可入饮，陶渊明就曾因情急之下以头巾滤酒而为后世留下了"葛巾漉酒"这一成语。春来飞花漫天舞，花瓣飘落在酒巾上这一细节被诗人很好地把握住，并以此作为全诗的一个转折点，进而引发后面依酒而抒情志的旷世之论，即"杯中不觉老"。唐玄宗李隆基天宝元年（742），年长李白42岁的贺知章在长安与李白相见，贺知章好酒、善饮，他与李白惺惺相惜，并结为集诗友、酒友于一体的忘年交，当他读过李白的《蜀道难》后，拍案大赞遂称李白为"谪仙人"，并解下金龟（唐时官员的钱袋）买酒与李白豪饮，为后世留下了"金龟换酒"的典故。李白则有诗云："四明有狂客，风流贺季真。长安一相见，呼我谪仙人。昔好杯中物，翻为松下尘。金龟换酒处，却忆泪沾巾。"在李白心中，贺知章是自己的良师益友，后来的事实也确实如此，李白的声名很大程度上得益于贺知章对他的极力褒扬。在这首《春兴》一诗中，贺知章将杯中之酒无限放大，在酒中他装入了天地，装入了人生，装入了世事，也装入了他自己的内心感悟，似乎这杯酒使得他忘却了尘世的喧嚣，忘却了朝堂的纷争，忘却了自己的年龄，更忘却了人生苦短，似乎时间都在这一刻停滞，生命的旋律在此处被按下了暂停键。对酒的这种感知于贺知章而言是与他的思想情怀和道德追求有着直接关系的，他儒、道共修，尤其向往那种超凡的人生境界，这也就是他为什么在晚年身居高位却请辞问道。去朝之日，玄宗与太子亲携百官于长乐坡为他送行，并亲自题《送贺知章归四明》："遗荣期入道，辞老竟抽簪。岂不惜贤达，其如高尚心。寰中得秘要，方外散幽襟。独有青门饯，群僚怅别深。"还为他的家观赐名为"千秋观"，足见贺知章圣眷之隆，南宋诗人陆游有诗曰："千秋观里逢新燕，九里山前听午鸡。"所以说"杯中不觉老"并不是一个时间概念，更不是常人饮酒的一种避世和逃脱，而是诗人内心的思想追求，以及他崇尚田园、崇尚自由，更崇尚老庄之道的真实写照。这样使得诗尾处那句"林下更逢春"就有了一种从杯中流出的顺畅，似乎不是诗人吟咏出来的，而是从酒中溢出的。此时的诗人周身沐浴着春风，心中荡漾着春意，似乎这山中泉、坡上林、巾上花、杯中酒就是他人生中那挥之不去的一抹春意。

"诗狂"贺知章，他虽在晚年自号"四明狂客"，然世人谓其"懂进退而得道者昌，知人生而为智者仁"，他与李白、张旭等人以酒名并称"饮中八仙"，此称谓归功于诗圣杜甫的《饮中八仙歌》："知章骑马似乘船，眼花落井水底眠。汝阳三斗始朝天，道逢麹车口流涎，恨不移封向酒泉……"唐代诗人中以书法著称的贺知章当居首位，就连对唐代书家十分不屑的书法评论家窦蒙都对贺知章的隶、草书大加褒奖，窦蒙在其《述书赋注》中曾言："（贺知章）每兴酣命笔，好书大字，或三百言，或五百言，诗笔惟命……忽有好处，与造化相争，非人工所到也。"李白的诗歌、裴旻的剑舞、张旭的草书世称"唐代三绝"，贺知章与"草圣"张旭交往颇多，史载："时有吴郡张旭，亦与知章相善。"（《旧唐书·贺知章传》）

有唐一代以诗文名垂于世的大唐状元郎除贺知章外，还有开元名相张九龄、"诗佛"王维、文学家兼诗人崔曙、大历十才子之一的"诗才"皇甫冉、官至太子太师的诗人兼"唐楷四大家"之一的柳公权、连中"三元"的张又新、被梁太祖朱温怒削名籍的诗人徐寅、一心求道的诗人施肩吾。此外还有一位有着铁血宰相、美男诗人之称的状元武元衡（758—815），他也曾写过一首与贺知章同名的七言绝句《春兴》。

【雅赏】

春兴（武元衡）

杨柳阴阴细雨晴，
残花落尽见流莺。
春风一夜吹乡梦，
又逐春风到洛城。

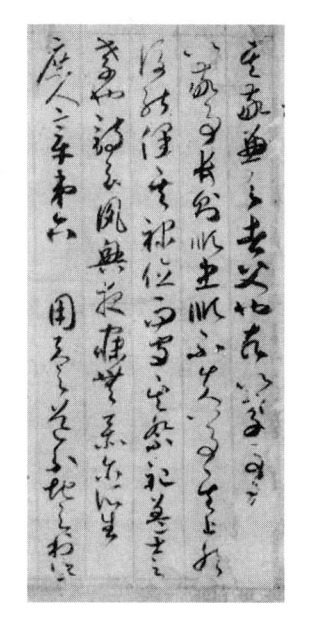

贺知章《草书孝经》（局部）

听郑五愔弹琴
孟浩然

阮籍推名饮，清风坐竹林。
半酣下衫袖，拂拭龙唇琴。
一杯弹一曲，不觉夕阳沉。
余意在山水，闻之谐夙心。

【作者】

孟浩然（689—740），名浩，字浩然，襄州襄阳（今湖北省襄阳市）人，盛唐时期著名的山水田园派诗人，世称"孟襄阳"，因他终身未能入仕，故自号"孟山人"。

孟浩然出身于书香世家，自幼熟读诸子经典，工诗文尤长于五言，以诗体工整、思致郁密而著称于世，与王维在诗界被称为佛、道两大家，并称"王孟"。孟浩然屡试不第，四十多岁后始隐居鹿门山并修道终身，故后世也称其为"诗隐"。他与王维、李白、王昌龄、贺知章、王之涣、张九龄等一众诗家交情颇深，尤其李白与他惺惺相惜，一首《送孟浩然之广陵》成为送别诗之绝唱。孟浩然的诗绝大部分为五言短篇，多写山水田园及羁旅行役，晚年则多写隐居逸兴及唱和应答。孟浩然的诗在艺术上富于独特且细腻的动态审美，他一生创作颇丰，《唐诗三百首》收录其诗15首，数量位列李白、杜甫、王维、李商隐之后的第五位，《全唐诗》录其诗二百余首，另有唐人王士源编辑的《孟浩然集》三卷存世，共收有267

首诗，其中五古、五律、五绝、五排等五言诗就有249首之多，卷中大部分为近体诗，故而后世称其为"五言圣手"。他是盛唐诗人中近体诗的倡导者及践行者，使得近体诗更加成熟，更能表现对追逐自然的审美意识。历代诗评家对孟浩然的诗风、诗格品评颇高，《孟浩然集》中评价他说"骨貌淑清，风神散朗……务掇菁藻，文不按古。匠心独妙，五言诗天下称其尽美矣"；南宋的诗评家严羽在其《沧浪诗话》中说他"皆文从字顺，音韵铿锵"；李白诗赞其"吾爱孟夫子，风流天下闻"；杜甫赞其"复忆襄阳孟浩然，清诗句句尽堪传"；闻一多先生更是说他"原来是为隐居而隐居，为着一个浪漫的理想，为着对古人的一个神圣的默契而隐居"。

　　孟浩然大美之作无数，脍炙人口的有《春晓》《宿建德江》，堪称唐代五绝之经典。

【诗文大意】

　　昔日阮籍有酒名，今时郑愔坐林中。粗缯大布豪情起，把酒当空临清风。酒至半，甩大袖、拂琴尘、龙唇吟。一杯酒复一琴弹，不觉时暮日西沉。如今我欲留山水，恰有知音付朱弦。

【品读】

　　读孟浩然之诗作，宜带一份清心、几许仙气，若有一方雅室兼数盏香茗则更易通达诗情画意。这首《听郑五愔弹琴》诗中描摹的人物是诗人自己之思想及行为的理想化彰显。诗名中的"郑五愔"是唐中宗李显第二次在位时的宰相兼诗人郑愔（？—710），笔者认为或有误。唐玄宗李隆基开元十六年（728），孟浩然科举不中滞留在长安献赋以求赏识，曾在太学赋诗，一句"微云淡河汉，疏雨滴梧桐"名动公卿，一座倾服，为之搁笔。据《新唐书·孟浩然传》记载："年四十，乃游京师。尝于太学赋诗，一座嗟伏，无敢抗。"由此算来，孟浩然若真能亲耳听郑愔弹琴应是20年前的事，而那时的诗人还是十几岁的不名学子，这种身份地位及时空错位的交集应是不会出现的。再从这首《听郑五愔弹琴》中所传达出的寄情山水意求归隐的遁世之气，显然是诗人历经了人生艰辛、看透了世间冷暖后，摒去生前身后名、取向仙山问道途的思想自觉之作。故今人所说的"郑五愔，即郑愔"以及"乃为当世之著名琴家，其人潇洒不羁，尤擅长即兴演奏"等或果有其人其事，只是此郑愔非彼郑愔也未可知。

  本诗开篇便将弹琴者（或许就是诗人自己）化身魏晋名士阮籍，以其"竹林七贤"的诗、琴、酒、隐等名士之风化为自己的"竹林清风，诗酒弦歌"的隐士风范。情至深处，用宽袍大袖轻轻擦拭着龙唇琴，仿佛是拂去往日的世事俗尘，随后在琴声中对酒而歌，不觉夕阳西下，酒意在溪水间荡漾，琴声于山谷中回响。这使得酒、琴、诗、歌都仿佛注入了诗人的回忆与忘却，同时也诠释着诗人的随性与清傲。于诗尾处的"余意在山水，闻之谐夙心"将这一番借琴而演绎怀古观今之情景归为"意在山水"的归隐之心，融于"静而圣，动而王，无为也而尊，朴素而天下莫能与之争美"（《庄子·天道》）的人生臻境。这也颇与王昌龄"孤桐秘虚鸣，朴素传幽真。仿佛弦指外，遂见初古人"（《琴》）的诗意有异曲同工之妙。

  孟浩然诗中的龙唇琴是传说中的一张著名古琴，在宋朝琴家虞汝明所作的《古琴疏》篇中曾有记载。隋唐诗人王绩在《答冯子华处士书》中述曰："自作素琴一张，云其材是峄阳孤桐也。近携以相过，安轸立柱，龙唇凤翩，实与常琴不同。"

  孟浩然的诗朴实无华，既不似王维诗的雍雅，又不似李白诗的狂傲，读此琴诗不仅觉其句式考究、文辞美善，清丽孤傲的文人气中又散发着诙谐质朴的烟火气，既有浓郁的田园趣味扑面而来又不乏恣意的纵放诗情耐人寻味，正如晚明文学家钟惺和谭元春所撰《唐诗归》所说："钟惺：唐人琴诗每深妙，此诗妙处似又不在深，难言难言！"唐代诗人中除李白是孟浩然的重要拥趸外，王维也是他的"诗中知己"，据说王维赞赏其"微云淡河汉，疏雨滴梧桐"诗句，史称"（咏之）常击节不已"。

孟浩然对自己的诗作苛求甚重，时人言其"浩然凡所属缀，就辄毁弃，无复编录，常自叹为文不逮意也"，其散佚民间的作品也很多，据王士源所述："流落既多，篇章散逸，乡里购采，不有其半，敷求四方，往往而获……惜哉！"（王士源《孟浩然集序》）在唐代诗人的诗文集序中，孟浩然受到的关注是最高的。时唐太常卿礼仪使、集贤院修撰、上柱国、沛国郡开国公（正二品）韦滔，亲自对《孟浩然集》进行补正修序。

汉字书法中有一种提法——晋人尚韵、唐人尚法、宋人尚意、元明尚态，不过是论及"神采"与"形质"的关系，笔者认为诗词种种亦大致如此。除抒发情感外，唐人于诗多求词句"语不惊人死不休"，而宋人则"求意而言韵"，多追求"脱俗""余味"等意韵，这无关审美境界的高低，而是不同社会形态下的审美取向。苏轼就曾言孟浩然的诗"韵高"，而所谓"韵高"至少含有脱俗俊雅、温醇飘逸、含蓄蕴藉、妙悟有格之意。南宋严羽也在其《沧浪诗话·诗辨》中言道："大抵禅道惟在妙悟，诗道亦在妙悟。且孟襄阳学力下韩退之（韩愈）远甚，而其诗独出退之之上者，一味妙悟而已。惟悟乃为当行，乃为本色。"如果说宋人是"以才学为诗"，则唐代的孟浩然当是"以灵俊妙悟为诗"的诗家。

孟浩然是有唐一代"琴诗"存世较多的诗家，其中又以五言律诗居多，如《赠道士参寥》是为笔风遒劲、章句考究的上品佳作，其中多有对古琴的精细描写及"感怀古圣远、常叹知音难"的诗意，诗中"聋俗"

一词出自西晋文学家赵至《与嵇茂齐书》:"奏韶舞于聋俗,固难以取贵矣",意思是"聋俗,耳病之人不贵音"或"大声不入于里耳"多指浅俗之人。

【雅赏】

赠道士参寥(孟浩然)

蜀琴久不弄,玉匣细尘生。
丝脆弦将断,金徽色尚荣。
知音徒自惜,聋俗本相轻。
不遇钟期听,谁知鸾凤声。

琴

王昌龄

孤桐秘虚鸣，朴素传幽真。
仿佛弦指外，遂见初古人。
意远风雪苦，时来江山春。
高宴未终曲，谁能辨经纶。

【作者】

王昌龄（？—756），字少伯，京兆长安（今陕西省西安市）人，盛唐时期著名的浪漫主义诗人，诗作以七绝著称，被誉为"七绝圣手"，因其曾被贬龙标尉，故后世也称其"王龙标"，又因他在江宁县丞任上时，曾在琉璃堂开府讲学，教授士人并讲读诗文，此时的诗人已经近50岁，后人尊称其为夫子，更有"诗中夫子"之称。

王昌龄出身贫微，唐玄宗李隆基开元十五年（727）进士及第，登第后仕途乏善可陈，屡任小官、多次遭贬，最终于安史之乱时惨遭濠州刺史杀害。王昌龄一世清贫，二十多岁曾居嵩山学道，后游历河陇玉门，有过几年边塞生活，王昌龄的诗以五、七绝为主，题材多为边塞、赠别、闺怨等，他虽位卑但名盛，与李白、王维、王之涣、高适、岑参、孟浩然、辛渐等人交往颇深。王昌龄有诗集5卷，又有诗论14篇，集为《诗格》1卷，以及《诗中密旨》1卷和《古乐府解题》1卷流传于世，《全唐诗》收录其诗220首，其中有8首诗入选《唐诗三百首》，中小学语文教材选有《出塞二首》《芙蓉楼送辛渐》《从军行》等诗。王昌龄的诗虽存世不多，但经典诗句频出，最为人所熟知的如《芙蓉楼送辛渐》的"洛阳亲友如相问，一片冰心在玉壶"、《从军行》的"黄沙百战穿金甲，不破楼兰终不还"等。他的一首《出塞二首·其一》"秦时明月汉时关，万里长征人未还。但使龙城飞将在，不教胡马度阴山"，更是被后世尊为唐人七绝的压卷之作。王昌龄的诗辞章缜密、格调清新、用句奇峻、惊人耳目。唐代著名诗人及诗论家司空图曾言："国初，上好文章，雅风特盛，沈、宋始兴之后，杰出于江宁，宏肆于李、杜。"明末著名文学家王世贞也说："七言绝句，少伯与太白争胜毫厘，俱是神品。"近代闻一多先生说过："王昌龄为盛唐诗坛'个性最为显著'的两个作家之一。"（作者注：另一位应是指孟浩然）

【诗文大意】

峄山有梧桐，绝世而独立。斫其桐孙制为琴，无奢鸣幽深。虚旷达悠远，心事琴声传。仰古俯今悠悠事，犹见古圣贤。琴中似有风雨雪，琴中山川更如画。今别离，苦行远，君归来，满目春。人生一曲未尽时，何论情长苦短。

【品读】

唐宋时期单以一个"琴"字为诗名的诗词不胜枚举，其中最为精彩的当数王昌龄这首五律《琴》。送别诗是王昌龄除边塞诗外的重要题材，诗人以琴入诗、由琴喻事，依琴而感怀抒情，将琴这一概念化的思想主题贯穿始终。开篇是琴材源于峄山孤桐这个古老的传说故事，虽看似言及琴材，却是强调峄山梧桐的孤傲独立、虚怀若谷、朴实无华的品格，而言峄山梧桐制成的琴则可载古圣先贤之德，传悠悠万世之情，于秘虚之处发出的幽鸣，暗合大音希声之理。琴传达着人世间最为朴素的、由心而生的旷古雅音，如此诗人用极简的诗句将这首诗的立意和格调确定在一个扬君子之风、表朴素真情的主题框架之下，这也是诗人自己对古琴作为"道器"的认识，以及对古琴的意象审美，更为之后奠定了一个不同于其他咏琴诗的较高的思想层面。二、三联修文对仗工整，不仅以琴事铺白，更依琴始发咏叹，再现了诗人极高的遣词炼句及比赋结合的功力。琴声出于指下，而琴意发于弦外，正如我们今天所说的"弦外之音"。它不事张扬，却精于表达源于内心的情感，而这种情感更多的是富含着抚琴者、听琴者以及诗人本人的思想表达。诗人所希望表达的思想意境恰恰是与远古的贤人进行时间和空间的对话，同时又抬高了诗所赠对象的品性才华乃至修为，当然，这也是诗人进行的一番自我比喻。王昌龄青年修道，所以在诗中会不自觉地将道家的"秘虚""幽真"信手引用，既迎合着阴阳之理，又承托着天人合一的道家思想。而接下来的"意远风雪苦，时来江山春"一句，是一个双关语，一方面诗人欲表达古琴音乐本身所能够创造的画面感及诗人此时的幻化感受，似乎在琴曲中既有人生坎坷时的风云变幻和世间苦寒，又有人生得意时的江山纵目和春意盎然，似乎是在感叹命运多舛，如太阳时阴时晴，似明月有缺有圆。诗人在琴声中感悟并对自己人生境遇发出一声声叹息。然而我们基于一首送别诗的角度再做思考，就会从另一个方面将其理解为对送别者的殷殷不舍及情意绵绵，这就是：君意欲远行，将饱受风餐露宿、冰雪严寒的艰辛，盼君早回还，希望那时已是满山春色、柳绿江南。而诗尾处的"高宴未终曲，谁能辨经纶"一句又将所有的思绪拉回到了古琴这一主题，盛宴依然在进行着，而琴声不绝，古琴所奏的古曲，今天又有多少人能够真正地理解其中所表达的圣贤思想呢？《礼记·中庸》有曰"唯天下至诚，为能经纶天下之大经，立天下之大本，知天地之化育",所以说"高宴未终曲"或是诗人对自己境遇的不甘,琴曲如人生尚未"曲终人散",于是再以"经纶"一句以琴明志,慨言自己无以达成的人生抱负。诗人以"遂见初古人"和"谁能辨经纶"与首联的"孤桐秘虚鸣"形成了阶梯式的呼应关系,使这首著名的琴诗读起来颇有酣畅淋漓之感。

至宋代,古琴才开始了它文人意象的演化进程,而在唐代文人眼中它还很大程度上是承载着思想、道德、君臣、家国等内涵,人们依然是视之为"大道之器",王昌龄这首《琴》则是这种思想审美及道德标准的典型表现。《淮南子》中有云"瞽师之放意相物,写神愈舞,而形乎弦者,兄不能以喻弟",王国维曾在他的《人间词话》中说过:"古今词人格调之高,无如白石(南宋姜夔)。惜不于意境上用力,故觉无言外之味,弦外之响,终不能与于第一流之作者也。"所言者不外乎"求神韵于弦外"耳,所以古琴音乐本身强调意韵,其实正是古人情思相融、境界含蕴的审美准则和思想标准,它超越于物质层面而上升到精神境界,又将形质的表现和精神的审读完美地结合在一起,这种偏近自我觉悟的诗文表达使得王昌龄与王维在道、佛两个不同思想领域成了琴诗的重要代表人物,诚如王维在诗中所体现的那种无尽的禅意一样,王昌龄诗中所体现的则是这种秘虚、幽真的道家思想。

王昌龄的存诗数量远不及李白、杜甫、王维诸家,但贵在篇篇精品,其中不乏咏琴之作。王昌龄的《和振上人秋夜怀士会》是一首应和诗,这首五言律诗依旧是格律规整、描摹细致,颔联对仗工整,尾联抒情高古,其中的"山风吹夜寒""高兴发云端"与这首《琴》中的"意远风雪苦""遂见初古人"有异曲同工之妙。王昌龄一生清苦,既无豪门背景,也无意钻营,似乎更像是在清风冷月、孤馆寒窗中抚幽琴、唱贞曲的道士,所以在他的诗中多有凄冷、失落的情感。然而,王昌龄青年时期的边塞游历又使得他有超于常人的坚强意志，以及有着"秦时明月""青海长云"这样的诗人情怀，所以，诗人王昌龄才会将边塞、闺怨、别离等多种诗风杂糅，得出震古烁今的著名诗篇。诗篇中的古琴既是他思想的追求，又是他情感的宣示，还是他赖以咏叹、借以抒情的心中圣物。

【雅赏】

和振上人秋夜怀士会（王昌龄）

白露伤草木，山风吹夜寒。
遥林梦亲友，高兴发云端。
郭外秋声急，城边月色残。
瑶琴多远思，更为客中弹。

【江湖故人】

竹里馆

王维

独坐幽篁里,弹琴复长啸。
深林人不知,明月来相照。

【作者】

王维(701?—761),字摩诘,自号摩诘居士,河东蒲州(今山西省永济市)人,书画家、音乐家,唐朝最杰出的诗人之一。唐玄宗李隆基开元九年(721)状元及第,入仕之初为太乐丞(负责朝廷的礼乐事务),不久因受"黄狮子舞案"牵连被贬济州司仓参军,后经著名诗人张九龄举荐,被召入京任右拾遗、监察御史等职,又奉命出塞任河西节度判官。安史之乱时王维不幸为叛军所俘,被迫接受伪职,动乱结束后,唐肃宗李亨因其《凝碧池》免其死罪并任为太子中允,后又加集贤殿学士,再迁太子中庶子、中书舍人。唐肃宗李亨上元元年(760)任尚书右丞。

王维出身于河东名门望族,自幼受到良好的教育,其才华不独表现在诗词方面,他在书画、音律(史称其尤善琵琶)以至篆刻等方面都有极高的造诣。他少年成名,仕途上虽经坎坷,但终结正果。一生中创作出大量脍炙人口的诗句,其中以山水田园诗居多,也有许多描写情感的优秀诗章,诸如《送元二使安西》"劝君更尽一杯酒,西出阳关无故人"、《九月九日忆山东兄弟》"独在异乡为异客,每逢佳节倍思亲"、《山居秋暝》"明月松间照,清泉石上流"、《相思》"红豆生南国,春来发几枝",以及《从军行》《陇西行》《观猎》等不胜枚举。此外，他的送别诗、行旅诗和边塞诗也佳句频出，最著名的当数《使至塞上》中的"大漠孤烟直，长河落日圆"。他一生创作诗词无数，流传下来的有500多首，其中《全唐诗》收录其403首，《唐诗三百首》收录其29首，居77位诗人中的第二位，位于杜甫之后，李白之前，另有近10首诗被选入中小学语文教材。

中年以后的王维更加追求自然脱俗、清雅澹远的修隐生活，并在当年宋之问的辋川山庄基础上修建"辋川别业"，他的很多诗作都依"辋川别业"而咏，他仅存的画作也是以描绘"辋川别业"的景致及周边的山水为主，并在当时文人画的基础上开创了水墨山水画派，史称"王维画品妙绝，工水墨平远，昭国坊庚敬休所居室壁有之"（《唐语林》卷五）。其诗风更是自然脱俗，在移情于画、依画而诗、诗中有禅、禅中达情的创作意境中游刃有余、悠然往复，与孟浩然并称"王孟"。王维与胞弟王缙自幼深受笃信佛教的母亲崔氏影响，崇信禅宗，终其一生"外服儒风，内修梵行"，作有大量具有佛教色彩的诗篇，又兼有道家的虚空思想，从而在唐诗中树立起一面精神审美的旗帜，世人称之为"诗佛"。王维的诗结句如画、炼字考究，诗意绚丽多彩，融谢灵运的山水诗及陶渊明的田园诗为一体，创造了颇具美学价值的诗意。明代徐献忠在其《唐诗品》中对王维有过一番客观的评价："右丞（王维）诗发秀自天，感言成韵，词华新朗，意象幽闲。上登清庙，则情近圭璋；幽彻丘林，则理同泉石。言其风骨，固尽扫微波；采其流调，亦高跨来代。于《三百篇》求之，盖《小雅》之流也。而颂声之微，夫亦风气所临，不能洗濯而高视也。"

今位于山西省祁县古县镇保存有王维衣冠冢，并立碑题记"唐尚书右丞王维衣冠之冢"。王维除众多诗作外，另有《王右丞集》《画学秘诀》流行于世。

【诗文大意】

幽竹曲径，石上独坐弹琴。听清风阵阵，抒弦中多少心意。弹琴起长啸，引叶落纷纷。夕阳残，苍山暮，又悬一轮明月。清如许，照瑶琴，伴我心。

【品读】

王维诗才盖世，佳作颇丰，由于他深通音律且精于琴道，以琴入诗的名篇名句众多，如《酬比部杨员外暮宿琴台朝跻书阁率尔见赠之作》中的"旧简拂尘看，鸣琴候月弹"，又如《送权二》中的"怅别千余里，临堂鸣素琴"，再如《田园乐七首》中的"花落家童未扫，莺啼山客犹眠""酌酒会临泉水，抱琴好倚长松"，以及《东溪玩月》中的"恍惚琴窗里，松溪晓思难"等。

这首《竹里馆》是一首十分生动有趣且脍炙人口的五言绝句，也是当下琴人们非常熟悉的一首琴诗。诗中的"竹里馆"为"辋川别业"中的一景。"辋川别业"是王维修建的为后世文人羡慕不已的一座著名的文人山水别业，它坐落在蓝田辋川（今陕西省西安市蓝田县辋川镇）的一个山谷间，这也是王维一生居住最久的地方，王维40岁左右开始修建"辋川别业"，并在其间注入了他艺术化的空间美学思想及文人情怀，使之成为唐宋时期写意山水园林的代表作品，后唐冯贽在《云仙杂记》中曾说："（王维）性好温洁，地不容浮尘。"母亲去世后，王维又将别业表请为寺庙，史称其在此"精勤禅咏、斋戒主持"，最终圆寂于"辋川别业"。园中有山水、湖泊、亭台、楼阁，史称"一景一诗"，有"湖上一回首，青山卷白云"之诗意。"辋川别业"是中国历史上真正按照文人的精神追求和诗画意境而修建的一个私家园林，它不仅有着别开生面的风景布局，更是蕴含着中国古代文人的人文情怀，其在园林设计中体现出的禅、石、透、枯、虚等审美取向，一直产生着影响。从这个角度来看，王维堪称当世园林规划设计大家和生活及空间美学的艺术大师。王维自己有《辋川别业》诗一首，颇具陶令公悠然谐趣的风情神韵，诗云："不到东山向一年，归来才及种春田。雨中草色绿堪染，水上桃花红欲然。优娄比丘经论学，伛偻丈人乡里贤。披衣倒屣且相见，相欢语笑衡门前。"

《竹里馆》是王维《辋川集》中的名篇。开篇，诗人即将画面启于一片幽深茂密的竹林，我们似乎可以看到王维独坐在竹林间的青石上，援琴长啸、对月而咏。司空图在《二十四诗品》中曾对"典雅"有过如下的描述："坐中佳士，左右修竹……眠琴绿阴，上有飞瀑。"所以在《竹里馆》一诗中，诗人突出表现的是在竹林中由琴声所传达的那种至雅的禅意。而"啸"是一种历史悠久且十分独特的情绪表达方式，它或许是滥觞于前秦时的妇女及巫师，而淹留于魏晋名士间的谈玄论尘、临渊登高，时至唐宋已呈颓势。长啸绝不同于歌咏，它是一种长而高的清越声音，古人常撮口发出这种悠长之音，多用以抒怀其情致、感慨而发声，现代学者也有认为"啸"其实就是"吹口哨"者，抑或有言其系蒙古族的"呼麦"，笔者认为此解均甚不合理。唐代封演在其《封氏闻见记》中道："人有所思则长啸，故乐则歌咏，忧则嗟叹，思则吟啸。"西汉司马相如在《上林赋》中有"长啸哀鸣，翩幡互经"之说，唐代牛僧孺曾专门对此论述道"向闻长啸月下，韵甚清激，私心奉慕，愿接清论"（《玄怪录·张左》）；明代胡文焕所编的《群音类选·复游赤壁》更说"长啸若轻狂，振山林谷应如璜"，可见这绝不是口哨所能达到的音量。唐代孙广曾撰有《啸旨》曰："夫气激于喉中而浊，谓之言；激于舌而清，谓之啸。言之浊，可以通人事，达性情；啸之清，可以感鬼神，致不死。"并以十五章句讲述了其发声方法并言:"皆在十五章之内,则啸之妙音尽矣。"此外,在《晋书》中还记载了东晋成公绥所作的《啸赋》。可见,古人是将啸当成一种专门的独立于歌唱之外的,使用唇、舌、喉发声,更以感怀抒情为主的音乐艺术表现形式,它不吟词而只抒意,可有感而发,更可随性而表。

"啸"见于诗中最早或许是《诗经·小雅·白华》之"啸歌伤怀"以及《诗经·王风·中谷有蓷》之"条其啸矣(长啸),遇人之不淑矣",而后有屈原,继而有曹植,到了阮籍时,"啸"已经完全艺术化了(详见笔者《啸的士大夫表象及其音乐属性》),又如陶渊明的"登东皋以舒啸,临清流而赋诗"、杜甫的"风急天高猿啸哀,渚清沙白鸟飞回"、苏轼的"莫听穿林打叶声,何妨吟啸且徐行"、岳飞的"抬望眼、仰天长啸,壮怀激烈"等不一而足。

在《竹里馆》一诗中,王维强调"独坐",是强调已入暮年的诗人归心禅修,且又兼有老庄之隐逸的思想,于竹林间抚琴,而感怀长啸,仕途上的曲折坎坷使他早已不似当年那个"新丰美酒斗十千,咸阳游侠多少年"的状元才子,也不是那个曾经扬言"护羌校尉朝乘障,破虏将军夜渡辽"的边塞诗人,此时,他的"啸"声中蕴藏着的是他对人生的体味,更饱含着他对世事的嗟叹,他的心是孤独的,这也正是诗中"深林人不知"所意欲表达的诗人不为人知的内心渴求。王维才名在外,显赫文坛,甚至朝廷似乎也待他不薄,然而诗人的心此时是孤冷的,他结发妻子亡后未再续弦,所以现实生活中他是孤单的,精神生活上他是寂寞的,但是诗人的灵魂却依然如火焰般燃烧跳跃着,他依旧渴望着知音,依旧渴望着心灵的归宿。然而于这幽篁之中,他的渴望只能寄托于琴中,张扬于万籁寂静中的一声声长啸。这就引出了诗的最后一句,此时知他、懂他、赏他的琴声,听他的长啸的似乎唯有这一轮明月,这时的明月似乎就是诗人心中的"如来",是上天对他孤寂的心灵最好的抚慰,他希望这琴声伴着他的长啸，在这清冷的夜里，飘向头上那一轮明月所化喻的"佛"去娓娓倾诉，正如他在《叹白发》一诗中所云："宿昔朱颜成暮齿，须臾白发变垂髫。一生几许伤心事，不向空门何处销。"王维的诗常常是富于禅意的，有好事者发现将王维的名、字合在一起即为"维摩诘"，而"维摩诘"若依梵文可译为"净名、无垢尘"，取意为"以洁净、不染而著称的人"，不知是诗佛的有意而为抑或是后人的牵强附会。

在众多琴诗中，王维这首《竹里馆》确实是上上之作，而这一切得乎他对琴的理解以及超乎常人的艺术天赋，他不仅在诗词和音律上造诣颇深，他的画作也是被人竞相追捧。十分可惜的是他的真迹传世甚少，目前所知的大约有7幅（真伪尚有待考据），其中包括《江干雪霁图卷》（31.3cm×207.3cm，现藏于日本），另有《雪溪图》（36.6cm×30cm，其右上角有宋徽宗赵佶题"王维雪溪图"字样，现藏于台北故宫博物院）。此外，王维善篆刻，而篆刻由官方印鉴演化为文人印章的时间，应是从唐末宋初开始（见笔者《中国篆刻史考略》），可见王维显然是此中之先行者。

中国历史上的状元多为当世才子，然究其文化贡献、诗文成就、艺术禀赋和仕途经历乃至官职品级，王维无疑都是其中的佼佼者（唐代著名诗人中韩愈从二品，高适从三品），可以说，王维的一生应当是圆满的，他的"富贵山林，两得其趣"在中国文人中堪称前无古人后无继者。王维也应当是自得庆幸的，因为他一生有惊无险，即便是安史之乱时被迫任伪职，却因他写了那首《凝碧池》"万户伤心生野烟，百僚何日更朝天。秋槐叶落空宫里，凝碧池头奏管弦"，而最终躲过一劫。当然这也与王维做人低调、谦和的君子风范有很大的关系。上至公主、下至同僚，人们对王维的喜爱都是溢于言表的，当世的著名诗人更是多与王维交善，其中包括裴迪、祖咏、卢象、孟浩然、常建、高适等。当世及今人论及王维皆一言以蔽之曰"美赞"，他的诗、他的画、他旷世的文化审美以及他的温润如玉的端雅气质均超出我们用语言来表达的范畴，他不同于李白的豪情狂放，也不同于杜甫的哀愁沉郁，王维是高雅的，他始终都有着那种与生俱来的纯净和雅致。《论语·雍也》曰："质胜文则野，文胜质则史。文质彬彬，然后君子。"王维无疑是质文兼美的，如果一定要从历史上找一个人和他对应的艺术大家，那可能只有苏轼堪可比肩，苏轼曾说："味摩诘之诗，诗中有画；观摩诘之画，画中有诗。"只可惜苏轼阴错阳差丢掉了状元之名。《唐才子传·王维》为其传曰："维诗入妙品上上，画思亦然。至山水平远，云势石色，皆天机所到，非学而能。"又载："丧妻不再娶，孤居三十年。……后表宅请以为寺。临终，作书辞亲友，停笔而化。"其中最后一句"停笔而化"更让人惊其为天人，在生命的最后一刻，王维作文与亲朋告别，他将他的诗文、他的才情、他的希望以及他的感伤全部留给了这个世界，他不带一丝尘俗地离开了这个他曾经深深爱着的世界。

唐末的著名诗人陈陶曾有《西川座上听金五云唱歌》一首，诗云："歌是《伊州》第三遍，唱著右丞征戍词。"诗中言及的"伊州歌"即指《伊州大曲》，源于古伊州（今新疆哈密），初兴于南北朝至隋唐始盛，后成为唐代大曲之一，而"右丞征戍词"则是专指王维的那首著名的《送元二使安西》，其中的千古名句"劝君更尽一杯酒，西出阳关无故人"一经问世便广为流传，在伊州入曲后又由丝绸之路传回长安，被收入《伊州大曲》中，并在唐代就以歌曲形式流传开来，由此便有了陈陶上面的诗句，而陈陶的"右丞征戍词"即指王维的边塞诗，其中"征戍词"一说则始祖于《诗经·邶风·击鼓》，魏晋之后泛指"边塞诗"。

今天琴人十分熟悉的古琴曲《阳关三叠》，又名《渭城曲》或《阳关曲》，就是根据王维的诗而编谱。唐代大曲的歌词多取绝句或律诗中的四句，而叠唱多为首联复唱为一叠、颔联复唱为一叠、颈联复唱为一叠，是为"三叠"。清《钦定词谱·阳关曲》（陈廷敬、王奕清等奉敕撰，故又称

《康熙词谱》）载："按，此亦七言绝句，唐人为送行之歌，三叠，其歌法也。苏轼论三叠歌法云：旧传《阳关三叠》，然今世歌者，每句再叠而已。若通一首言之，又是四叠，皆非是。或每句三唱以应三叠之说，则丛然无复节奏。"可见《阳关三叠》之歌曲至少还唱于北宋，且被苏东坡先生考究过，而其古琴曲谱最早见于明弘治年间的《浙音释字琴谱》，记为"初叠（一说迭）""二叠""三叠""尾泛"段式，经过近150年的演变，至明末的《乐仙琴谱》时已有八段题解式琴谱。

【雅赏】

酬张少府（王维）

晚年唯好静，万事不关心。
自顾无长策，空知返旧林。
松风吹解带，山月照弹琴。
君问穷通理，渔歌入浦深。

月夜听卢子顺弹琴

李白

闲坐夜明月，幽人弹素琴。
忽闻悲风调，宛若寒松吟。
白雪乱纤手，绿水清虚心。
钟期久已没，世上无知音。

【作者】

李白（701—762），字太白，号青莲居士，中国历史上伟大的浪漫主义诗人，联合国教科文组织颁布的世界文化名人，与杜甫并称"李杜"，被后人尊称为"诗仙"。关于李白的籍贯各种说法争论不已。其中有山东说（见《旧唐书》）、甘肃天水说（见《新唐书》）、剑南道绵州昌隆（今四川省江油市）青莲乡说、"碎叶城"（今吉尔吉斯斯坦境内）说。而笔者更倾向于：李白祖籍陇西成纪（今甘肃省静宁县西南），后迁居蜀中出生于青莲的说法。李白在《与韩荆州书》中自述曰："白，陇西布衣，流落楚汉。十五好剑术，遍干诸侯；三十成文章，历抵卿相。虽长不满七尺，而心雄万夫，皆王公大人，许与气义。"李阳冰是李白的族叔又是唐玄宗时期的书法家，尤以小篆著称，在其为李白所作的《草堂集序》中写道："李白，字太白，陇西成纪人，凉武昭王暠九世孙。""凉武昭王"即李唐王朝也称是为其后裔的李暠，后有"天下李氏出陇西"之说。李白一生写了1200余首诗，其中《李太白集》30卷有诗1010首，《全唐诗》收录李白诗25卷,共1206首,数量居杜甫、白居易之后的第三位,《唐诗三百首》收录李白诗34首,居杜甫之后位列第二。李白的诗是自唐代以来中华民族的一张文化名片,在唐代与"裴旻剑舞""张旭草书"并称"唐代三绝",李白的诗载誉无数,余光中先生的《寻李白》是对"诗仙"一生的追溯,尤其是"绣口一吐就是半个盛唐"之赞,所言端的是离形得似而庶几斯人。

【诗文大意】

在月朗星稀的静夜里,我闲听隐士弹奏古琴。初听奏起那首《悲风操》,仿佛松林也随着琴声,发出阵阵苦寒的低吟。指间响起《白雪》曲,转而又如一潭绿水涤荡心扉。我唯叹子期早已不在,世上恐再也难觅知音。

【品读】

对诗仙李白的评说历衮衮诸公犹不尽言表,笔者自不量力窃其"琴诗"一枝以为略言。《月夜听卢子顺弹琴》是李白的一首五言古体诗,诗中的卢子顺应为当时的一位高人隐士,也是琴中高手。李白一生游历四方、交游颇广,上至皇帝公主,下至宕子酒徒,情性洒脱,他青年时豪放不羁,老年时意在黄老,终其一生却与古琴有着不解之缘。此诗被无数人评论过,但从琴诗的角度来看,笔者有着若干见解。开篇诗人以"闲坐夜明月,幽人弹素琴"讲明了时间、地点、人物、场景,主题词是静夜、月下、悠闲、友人(指卢子顺)弹古琴,二联则颇有争议,"悲风"及"寒松"确为两首古琴曲(见明人陶宗仪《说郛》),然笔者认为,此处诗人则用的是双关语,并不特指这两首琴曲,而是艺术性地渲染了琴人卢子顺的演奏风格和琴声所衬托出来当时的气氛以及琴人所营造的琴境，即以悲风这样的调式演奏出来的琴声宛若周边寒夜中松枝在风中的吟唱。这里的悲风更多地应指一种悲悯、壮怀、叹息、怀憾之声，琴声飘散在空中穿过林间松枝，化作一声声来自远古的悲吟，这是诗人固有的"五古"特点，借以造势，而为第三联铺陈。诗人借悲风将寒松拟人化，又借寒松之吟再次提升了琴人指下的琴声已出化境，用一种借位的手法一词多用，既可使身边的场景继续展宽，又用悲风入寒松来彰显琴声的幽真和高雅。诗中三联句中的《白雪》为古曲，而这里诗人以"乱"和"清"两字做对比，也有关联对偶之势，更彰显出诗人情感的复杂性，更将这种凄冷的色调继续渲染。一个"乱"字至少有两重意思：一方面是指琴家指法娴熟，琴技高超，指尖上下翻飞，琴声于弦上涌动；另一方面则以《白雪》之曲使得这月夜、悲风、寒松更加令人心冷，以致意乱情迷。然而，接下去琴声减缓如一汪清静"绿水"又使得自己心绪平复，清虚志远。

就诗中"绿水"而言，笔者认为若解释为古琴曲《渌水》则过于牵强附会了。《琴书》曰："邕性沉厚，雅好琴道。熹平初，入青溪访鬼谷先生。所居山有五曲：一曲制一弄，山之东曲，常有仙人游，故作《游春》；南曲有涧，冬夏常渌，故作《渌水》……"反观李白的众多诗中，"绿水"与"渌水"泾渭分明，李白有关"渌水"的诗有很多，如《蔡氏五弄·渌水曲》中的"渌水明秋月，南湖采白蘋"、《梁园吟》中的"却忆蓬池阮公咏，因吟渌水扬洪波"、《梦游天姥吟留别》中的"谢公宿处今尚在，渌水荡漾清猿啼"、《广陵赠别》中的"天边看渌水，海上见青山"、《长相思三首》（其一）中的"上有青冥之长天，下有渌水之波澜"、《襄阳曲四首》也有"江城回渌水，花月使人迷"等。另有陈子昂、虞世南、罗隐、李颀、白居易等众多唐代诗人也有大量以"渌水"入诗者，多以泛言"琴事"，如李颀《琴歌》中的"铜炉华烛烛增辉，初弹渌水后楚妃"、白居易《琴茶》中的"琴里知闻唯渌水,茶中故旧是蒙山"。而李白以单"绿水"入诗则更多,如《子夜吴歌·春歌》中的"秦地罗敷女,采桑绿水边"、《白纻辞三首》(其一)中的"且吟白纻停绿水,长袖拂面为君起"、《望九华赠青阳仲堪》中的"天河挂绿水,秀出九芙蓉"等。由此可见,唐代诗人应不会将"渌水"与"绿水"混用。

在《月夜听卢子顺弹琴》一诗中,李白将"绿水"后的"清"字赋予两层含义,一是指琴声使得自己情绪平复、心思开朗,二是对应"乱"而赞美琴家的人琴合一、心法超然。经过前面的情景、时空、情绪等诸多铺垫,诗人在诗尾大加感慨、狂发议论。"钟期久已没"中的"没"后通"殁"字,诗人听琴之后由心底发出了深深的感叹:伯牙子期已成为一个遥远的传说,人世间还能再有知音的出现吗?因此,诗人用了全景式的描写,将夜色、明月、松风、琴声等所有的元素拿来为最后的一声叹息做铺垫。名曰听琴,实则借琴而叹,也使我们领略了诗人的伟大不仅在于诗作,也在于他对琴学的领悟。于心得之,于气应之,意欲达之,形俱忘之,深谙琴学心法。此外,李白崇尚道家思想,尤在后期历经半生坎坷之后,在诗中越来越多地体现出向往清虚之心,这也与古琴中所蕴含的道家思想有天作之合。

李白的琴诗有几十首之多,而其中《忆崔郎中宗之游南阳遗吾孔子琴,抚之潸然感旧》曰:"留我孔子琴,琴存人已殁。谁传广陵散,但哭邙山骨……"则是诗人少有的潸然之作。

诗中的邙山古来是风水极佳之地,崔宗之是否埋在邙山不得考,而诗人拜哭邙山遗骨,既有对友人才学人品的高赞,也有承继先贤、文以载道的自诩。邙山之地素为王公名士埋骨之地,古人有"生在苏杭,葬在北邙"之说,邙山位于今河南省洛阳市北,故也称北邙。这里有东周、东汉、曹魏、西晋、北魏、后唐几十个朝代的帝王陵寝及数以千计的王公贵胄、名人望族之墓。已知的有蜀后主刘禅、东吴后主孙皓、南陈后主陈叔宝、后蜀的孟昶、吴越的钱俶、南唐后主李煜。此外，伯夷、叔齐、吕不韦，汉代的贾谊、定远侯班超，魏晋的曹休、石崇，唐代杜甫、王之涣、孟郊、颜真卿、白居易、褚遂良等文化名人皆葬于此。古人多以北邙为醒世，唐代张籍有诗云："人居朝市未解愁，请君暂向北邙游。"韩愈也曾有《赠贾岛》诗云："孟郊死葬北邙山，从此风云得暂闲。天恐文章浑断绝，更生贾岛著人间。"又白居易《浩歌行》："贤愚贵贱同归尽，北邙冢墓高嵯峨。古来如此非独我，未死有酒且酣歌。"金代元好问《北邙》："驱马北邙原，踟蹰重踟蹰。千年富贵人，零落此山隅。"及《临江仙》："今古北邙山下路，黄尘老尽英雄。"明薛瑄《北邙行》："北邙山上朔风生，新冢累累旧冢平。富贵至今何处是，断碑零碎野人耕。"以至由明代杨慎的"青史几行名姓，北邙无数荒丘"，都成了今世说书艺人的"定场诗"。

李白的《酬裴侍御留岫师弹琴见寄》："君同鲍明远，邀彼休上人。鼓琴乱白雪，秋变江上春。瑶草绿未衰，攀翻寄情亲。相思两不见，流泪空盈巾。"以琴寓情，尽显情深意长。他的琴诗《戏赠郑溧阳》："陶令日日醉，不知五柳春。素琴本无弦，漉酒用葛巾。清风北窗下，自谓羲皇人。何时到溧里，一见平生亲。"与另一首《赠临洺县令皓弟》"陶令去彭泽，茫然太古心。大音自成曲，但奏无弦琴。钓水路非远，连鳌意何深。终期龙伯国，与尔相招寻"异曲同工，表面是以琴诗感怀陶渊明，实则言表自己的幽隐之意及黄老之志。

李白的《淮南卧病书怀寄蜀中赵征君蕤》是他琴诗中的广为人知的一首，又是诗仙将心境表达得最复杂的一首。诗中的赵蕤是唐代杰出的政治家，曾和李白共为"蜀中双杰"，后世称"李白文章，赵蕤术数"，而"古琴藏虚匣，长剑挂空壁"一句双关语为千古绝唱。李白于唐玄宗李隆基天宝元年（742）入朝，天宝三载（唐玄宗于744年，改年为载）离开庙堂，他在安徽尽情游历于山水之间，并写下了200多首诗，其中最著名的莫过于《赠汪伦》。这个时候的李白已经40余岁，在淮南期间身体已经大不如前。然而，"淮南卧病"并不影响诗人抒怀，反而让诗人有更多的时间去思考、回忆。数年来功名未就而光阴荏苒，如今是疾病缠身。诗人在这里用"琴入匣""剑挂壁"来感叹自己怀才不遇，并未得到君王的赏识，就如同一张名琴被无情地空放在匣中，又如同一柄锋利的宝剑挂在家徒四壁的墙上。这种感叹中饱含着无奈，饱含着壮志未酬而年已老迈的不甘，兼有王勃"穷且益坚，不坠青云之志"的意境。又似乎是在对好友说：遥想当年我们在松下抚琴，琴声化作晨露附在草尖上，而今我已病魔缠身，或许很难再相见，唯能与君在梦中吟诗抚琴。诗人一改以往的简洁豪迈、直抒胸臆的诗风，而显露出了几许无奈和无法掩饰的失落，这和诗人晚年的境遇有直接的关系。然而即便是在这种情况下，诗人仍持有"烈士、暮年、壮心不已"之豪情，仍然希望能效仿古人，有如"钟仪思国"（四德公，春秋时期楚国人，史上最早见于记载的古琴家）、"庄舄越吟"之故国情愫，体现出诗人在浪漫、豪迈、愤世的同时越来越深切的思乡之情，但又绝不同于自弃。《论语·子路》："子曰：'不得中行而与之，必也狂狷乎！狂者进取，狷者有所不为也。'"而到了南宋陆九渊（象山先生）在《与曹立之》则说："立之畴昔乃狂者之体，至其皇皇于求善，汲汲于取益，而不敢自安自弃，固有不终狷之势。"此言仿佛是在精神层面评价李白，又仿佛这才是真正的李白。

南宋严羽的《沧浪诗话》独尊盛唐，有诗评云"李、杜二公正不当优劣，太白有一二妙处，子美不能道；子美有一二妙处，太白不能作"，又云："子美不能为太白之飘逸，太白不能为子美之沉郁。"而明人高棅《唐诗品汇》则沿袭宋、元尊崇盛唐而言认为"五古"当奉李白为"正宗"，而李白擅长古体，杜甫则尤长于近体。

唐以后的众多古籍对李白的记述多有不同，此处仅取欧阳修、宋祁等人的《新唐书·文艺列传·李白传》之记言回顾"诗仙"的一生：

李白，字太白，兴圣皇帝九世孙。其先隋末以罪徙西域，神龙初，循还，客巴西。白之生，母梦长庚星，因以命之。十岁通诗书，既长，隐岷山。州举有道，不应。苏颋为益州长史，见白异之，曰："是子天才英特，少益以学，可比相如。"然喜纵横术，击剑，为任侠，轻财重施，更客任城，与孔巢父、韩准、裴政、张叔明、陶沔居徂来山，日沈饮，号"竹溪六逸"。

天宝初，南入会稽，与吴筠善，筠被召，故白亦至长安。往见贺知章，知章见其文，叹曰："子，谪仙人也！"言于玄宗，召见金銮殿，论当世事，奏颂一篇。帝赐食，亲为调羹，有诏供奉翰林。白犹与饮徒醉于市。帝坐沈香子亭，意有所感，欲得白为乐章，召入，而白已醉，左右以水靧面，稍解，授笔成文，婉丽精切，无留思。帝爱其才，数宴见。白尝侍帝，醉，使高力士脱靴，力士素贵，耻之，擿其诗以激杨贵妃，帝欲官白，妃辄沮止。白自知不为亲近所容，益骜放不自修，与知章、李适之、汝阳王璡、崔宗之、苏晋、张旭、焦遂为"酒八仙人"。恳求还山，帝赐金放还。白浮游四方，尝乘舟与崔宗之自采石至金陵，著宫锦袍坐舟中，旁若无人。

安禄山反，转侧宿松、匡庐间，永王璘辟为府僚佐。璘起兵，逃还彭泽；璘败，当诛。初，白游并州，见郭子仪，奇之。子仪尝犯法，白为救免。至是，子仪请解官以赎，有诏长流夜郎。会赦，还寻阳，坐事下狱。时宋若思将吴兵三千赴河南，道寻阳，释囚辟为参谋，未几辞职。李阳冰为当涂令，白依之。代宗立，以左拾遗召，而白已卒，年六十余。

白晚好黄老，度牛渚矶至姑孰，悦谢家青山，欲终焉。及卒，葬东麓……

文宗时，诏以白歌诗、裴旻剑舞、张旭草书为"三绝"。

李白的一生是在"出、入"世的纠结与徘徊中度过的，他最向往陶渊明的精神世界和生活审美，这在他的琴诗中呈现尤甚。李白最著名的琴诗莫过于《听蜀僧浚弹琴》，全诗一气呵成、豪迈大气，堪为古来琴诗的经典之作。

【雅赏】

听蜀僧浚弹琴（李白）

蜀僧抱绿绮，西下峨眉峰。
为我一挥手，如听万壑松。
客心洗流水，余响入霜钟。
不觉碧山暮，秋云暗几重。

【将进酒】

听琴秋夜赠寇尊师
常建

琴当秋夜听,况是洞中人。
一指指应法,一声声爽神。
寒虫临砌急,清吹袅灯频。
何必钟期耳,高闲自可亲。

【作者】

常建(708—765),祖籍邢州(今河北省邢台市),生于长安,盛唐时期著名诗人,字少府。玄宗开元十五年(727)与王昌龄同榜进士,仕宦颇不得意。天宝中,曾任盱眙(今江苏省淮安市下辖县)县尉,后长期隐居于鄂渚西山(今湖北省武汉市武昌区樊山)。为人耿介,不好交游权贵,诗意沉沦,寄情山水。其诗风讲求意境清迥,题材除一些优秀的边塞诗外,绝大部分是描写田园风光、山林逸趣的作品。

常建诗语言洗练自然,笔法简洁,意境幽邃,风格接近同时期的王维、孟浩然等诗家又独树一帜,诗中往往流露出淡泊清寂襟怀,其中《题破山寺后禅院》:"清晨入古寺,初日照高林。曲径通幽处,禅房花木深。山光悦鸟性,潭影空人心。万籁此都寂,但余钟磬音。"一诗为大家耳熟能详,可谓句句经典,并被收入中学语文教材(诗中的破山寺即今虞山兴福禅寺,寺中存有"米碑亭",铭刻着宋代米芾书写的《常少府题破山寺诗》)。常建存诗约65首,其中《唐诗三百首》收录2首。唐代诗选家殷璠在其编选的唐诗选本《河岳英灵集》中，把常建诗置于卷首，位于李白、王维等人之前，《四库全书总目提要》赞其曰："卓然与王、孟抗行者，殆十之六七。"由此可以看出，常建诗的影响之大和流传之广，于当时的诗坛上，他在某些诗家和诗评家眼里甚至已经超过了李白。

【诗文大意】

听琴，乘着清秋朗月，琴家是寇尊师这般的风骨高士。一声声琴曲高妙，令人神清气爽，指下灵动暗合琴中法度。秋虫也伏在石间聆听，灯花摇晃，秋风也随着琴声拂来。懂琴未必求钟期，乐在其中高士闲情当会独自逍遥。

【品读】

常建的诗迂回婉转多有警句，《唐才子传》称其"建属思既精，词亦警绝，似初发通庄，却寻野径，百里之外，方归大道。旨远典僻，能论意表，可谓一倡而三叹矣"，又载"仕颇不如意，遂放浪琴酒，往来太白、紫阁诸峰，有肥遁之志"，"后寓鄂渚，招王昌龄、张偾同隐。获大名当时"。

自古佛、道在思想和理论上与古琴有着密不可分的内涵关联，其中尤以道家思想对古琴文化的影响最深。道家思想从先秦萌发而滥觞于汉唐及至北宋，道家学说的全盛时期，令道家之学成诸家之纲，皆言"诸家皆其用，道家则其体"，随着道家社会地位的提高，道人琴家多被尊为世外高人，他们常同著名诗人、词人、名士往来唱和，这也是为什么古诗词中多有听山人、尊师、真人弹琴的诗词。他们与文人雅士互为琴界的知音，善弹与善听者之间十分投契，也有许多饱学之士因各种原因隐遁道门。其中佼佼者如初唐骆宾王同道家琴人李荣、王灵妃的交往，有孟浩然对道士参寥"蜀琴久不弄，玉匣细尘生。丝脆弦将断，金徽色尚荣"的诗赞，有初唐著名琴家赵耶利与众诗人的交往以及他留给后世"吴声清婉，若长江广流，绵延徐逝，有国士之风"的名句。宋元时期，有苏东坡与庐山道士崔闲的琴词互往，著名琴师汪元量不愿仕臣元帝、出家做道士而隐，有南宋末年居太湖西山林屋洞修道专著琴书的俞琰。有明初隐居杭州吴山修道著《琴声十六法》的冷谦。明清以降，道家式微，然而著名道家琴人层出不穷，其中有著名琴家徐青山、李延罡、张清夜、张鹤、"七弦子"，晚清辑《天闻阁琴谱》的著名琴家、青城道士张孔山，等等。

道家琴法的核心是清、虚、玄、真，强调"清微淡远"的古琴美学观念，求"清冷由本性，恬淡随人心"而鄙夷"繁声促"。心法和技法要求取音清淡、去浊杂而存洁简，以至和静而不媚，通过琴声表现沉寂幽怨的精神境界，正如唐司马承祯《素琴传》中所称"灵仙以琴理和神""君子以琴德而安命""隐士以琴德而兴逸"。

常建这首《听琴秋夜赠寇尊师》文辞简练，清新爽利，读之如一缕清风拂面而来，甚是干净质朴，几乎没有用典，甚至文字稍显拙讷。诗中琴者即寇尊师，是位道人。这是常建在月朗风清的秋夜，听寇尊师弹琴后所赠的一首琴诗。

诗人在开篇便描述了这样一个场景：深秋之夜，月朗云轻。之后直白地道出听琴就应该在这样美好的夜晚，更何况抚琴者是洞中故人。这里"洞中人"源于三洞中人（洞真、洞玄、洞神）。由此可见，洞中人即指通玄达妙的故友道士寇尊师。诗人在这里巧妙地运用了一个"况"字，来强调寇尊师是当时诗人所结识的高士或琴中高手。接下来，诗人用"指应法"和"声爽神"来赞美尊师的抚琴之妙,妙在指上合乎法度,琴声涤尘,诗人以一个"爽"字表现出自己也是懂琴之人,这里词句对偶精准,叠字用得更是恰到好处,从琴理上正应东汉桓谭所言:"通神明之德,合天地之和。"(《新论·琴道》)再后,诗人用递进的手法将这美妙的琴声进一步诠释,十分高明地用"寒虫临砌急,清吹袅灯频"来形容琴声的幻妙,使这种琴声在读者眼前变成了飘忽的雾气、轻拂的微风。笔者认为,这是此诗中诗人最精绝的一笔,如此功力,不愧为大家手笔。用最简单拙朴、平实无华的文字勾画出一幅动态场景,使我们仿佛看到随着琴声的响起,秋虫鸣叫之声戛然而止,随后,琴声从尊师指间飘出,声波摇动着灯花。诗人用极简洁的手法把古琴声音的穿透力,以寒虫闻之静默、灯花感之跳跃这样一个鲜活的形态完美地展现出来,这种不失机巧的描述实在是妙不可言。最后,诗人稍加议论,将自己比作钟子期,而将抚琴者赞为俞伯牙,既体现了二人的知音关系,又用这种议论式的比喻将彼此的友情推向了一个新的高度。

诗人用最质朴的语言赞美了琴家高雅的琴意和不俗的演奏技巧,诗中最动人的是颈联的一句,诗思机巧又兼诙谐趣味,画面感极强,为此诗增色不少。常建喜爱营造清幽的诗情画意,无独有偶,李白有一首《赠瑕丘王少府》,其中的"清风佐鸣琴,寂寞道为贵。一见过所闻,操持难与群"与常建此诗之意境颇为相似。

读唐人诗句,尤感他们不同于后世诗人的主要特点,正是这种思想高度的解放,遣词自由而直白,使他们不拘泥于格式,不苦苦用典。常建生逢开元盛世,虽仕途不逮,却也求得个寄情山水,交友山人。在他的诗中,无不体现了唐代,特别是盛唐期的诗人那种豪放多于婉约、本真多于铺排,大开大合、自由奔放,甚至天马行空、不拘一格的诗风。

汉代应劭在《风俗通义·琴》中有言:"雅琴者,乐之统也。与八音并行,然君子所常御者,琴最亲密,不离于身,非必陈设于宗庙乡党,非若钟鼓罗列于虡悬也,虽在穷阎陋巷,深山幽谷,犹不失琴……琴之为言禁也,雅之为言正也,言君子守正以自禁也。"北宋音乐理论家陈旸《乐书》称:"琴之于天下,合雅之正乐,治世之和音也……小足以感神明,大足以夺造化。"而道家琴理正是在含蓄静淡中传达真意的,正可谓弹琴咏经,独乐天真,继而摆脱不必要的节制,营造一种松散而不饰演绎的"玄妙"。明朱权在《太和正音谱·卷上·词林须知》中云:"道家所唱者,飞驭天表,游览太虚,俯视八纮,志在冲漠之上,寄傲宇宙之间,慨古感今,有乐道徜徉之情,故曰道情。"这番话基本上概括了道教音乐的特点,而受道家思想影响的古琴也不例外。清新绵邈、飘逸清幽,都明显受道家音乐审美的影响。老子"淡乎其无味"的思想被阮籍、嵇康、周敦颐、徐上瀛等人,用在音乐审美上形成崇尚"淡和"之乐的理论;"大音希声"的意象则为陶渊明、白居易、薛易简等人所推崇,使"希声"之境成为众多琴人追求的目标。

在盛唐的繁荣昌明之外,诗人们反而着意点画清冷之气,构成了盛唐的另一抹色彩,这是值得我们注意的。常建也是这样,清风、冷月、孤云、寒溪、茅亭是他惯于捕捉的喻情景致。

【雅赏】

江上琴兴(常建)

江上调玉琴,一弦清一心。
泠泠七弦遍,万木澄幽阴。

能使江月白，又令江水深。

始知梧桐枝，可以徽黄金。

【有所不为】

杂咏八首上礼部李侍郎·幽琴

刘长卿

月色满轩白，琴声宜夜阑。

飗飗青丝上，静听松风寒。

古调虽自爱，今人多不弹。

向君投此曲，所贵知音难。

【作者】

　　刘长卿（约726—786，一说709—789），字文房，宣城（今属安徽省）人，郡望河间（古称河涧或瀛州，今河北省沧州市），后其族迁至洛阳。唐玄宗李隆基天宝十三载（754）进士及第，随后即赶上安史之乱，是盛唐至中唐最负盛名的诗人之一，尤以五言见长，《四库全书总目提要·刘随州集》概说曰："长卿诗号'五言长城'，大抵研炼深稳，而自有高秀之韵。其文工于造语，亦如其诗。故于盛唐、中唐之间，号为名手。"刘长卿一生经历了唐玄宗、唐肃宗、唐代宗和唐德宗四朝，据《唐诗纪事》中记载，刘长卿在朝仕任监察御史，曾两度被贬，官终于随州刺史（今湖北随州），故后人多称其为"刘随州"，为人性格耿介，刚直不阿。在刘长卿的诗中有很多对幽寒、孤寂景致的描写以及对山村、水乡的吟咏。刘长卿诗作甚多且佳句频出，其中最著名的莫过于他的《逢雪宿芙蓉山主人》："日暮苍山远，天寒白屋贫。柴门闻犬吠，风雪夜归人。"堪称句句经典，与其另一首《送灵澈上人》："苍苍竹林寺，杳杳钟声晚。荷笠带斜阳,青山独归远。"均入选中学语文教材。《全唐诗》收录刘长卿诗作531首,《唐诗三百首》收录10首,另有《刘随州集》存世。明人黄克缵在《全唐风雅》中盛赞其诗"格调清峭,而词气深厚,'五言长城'语不虚也"。

关于刘长卿名字中的"长"字读音,今世颇有些人士认为应读作"长辈"的"长",且也深有一番考究。

【诗文大意】

一轮皎月,在轩亭的小窗上覆一层洁白。优雅的琴声响起,夜色阑珊。颤动的琴弦挟着微风,寂静中飘动着一曲《风入松》,我深爱着这旷世古曲,也惋惜它被今人淡忘。今将此曲寄君听,叹世间知音多少?

【品读】

刘长卿这首《杂咏八首上礼部李侍郎·幽琴》是其《杂咏八首》中的第一首,所言为琴事,另有《古剑》《晚桃》《旧井》等七首,应是刘长卿科考之前写给礼部李侍郎的行卷诗。诗中已能尽现刘长卿诗偶丽细密、秀雅机巧、才情幽缓、思锐工敏的特点。

开篇,诗人仅用五个字就将月朗风清、轩庭之上,月光洒满窗牖的场景呈现在读者面前。而后诗人咏到了古琴,并将这阑珊的静夜与恬静淡远的琴声融合在一起,使得此时的琴声变成了这一万籁俱寂的世界中唯一跳跃于诗人内心的主题。方至颔联,诗人一鼓作气继续将古琴这一主题诗意加以扩大和强化。此处的"飕飕"是刘长卿惯用的叠字方法,即微风吹过琴弦的颤动之声,我们也可以把它理解为这琴声在明月之下似乎挟着微风扑面而来，它穿过树梢飘向远方，而此时的琴曲正是那首著名的《风入松》。《风入松》为乐府旧题，经后人依题演绎成为一首古琴名曲。于诗的颈联，诗人顺势而为，依《风入松》起吟咏继而感叹：如此美妙的琴曲虽然每每令诗人情不自禁沉醉其中，然而今世的人们却很难再去热爱和理解它。此处之"自爱"并不独指诗人自己热爱这旷古琴曲，其中也应当包括李侍郎，转而又言今人不似古人，更少有古人那端正淡远的君子之德。于诗尾处，诗人将情致的发扬转向此诗的主题：我之所以今天弹这首曲子奉于李侍郎，是因为唯李侍郎德配此曲（此处有行卷恭维之嫌），其言下之意，一方面将自己与李侍郎的文人情怀及君子道德归为一类，希望引为知音；另一方面也是向李侍郎展现自己除文才之外还有着"不向俗流传此心"的鄙薄世俗之秉性及崇古尊儒的道德修养。诗人将自己的抱负托付给希望之中的知音李侍郎，并感慨当世有此高雅之趣、远见之识的人已少之又少。此诗妙在"古调虽自爱，今人多不弹"一句，此句含义复杂，既有诗人自诩高雅尚古的君子之风，又有感叹世风日下、知音难觅之现状，还有表现自己曲高和寡、卓尔不群，不与世俗同流合污的人生态度。这首《杂咏八首上礼部李侍郎·幽琴》与诗人另外一首五绝《听弹琴》实被套裁制作，而似乎《听弹琴》更被人熟知："泠泠七弦上，静听松风寒。古调虽自爱，今人多不弹。"此处的"泠泠"依然是使用了叠字，表现了古琴清微淡远的文化内涵，以及表现诗人中正平和的人生追求。不管是"飀飀"还是"泠泠"都使得琴以及琴曲在诗人笔下变成动感、跳跃的思想符号，也使读者的思绪为之跳动和变化。

诗人爱琴、能琴、尤谙琴道，同时多以琴入诗，在这首《杂咏八首上礼部李侍郎·幽琴》中，诗人对情景的描写层层推进，细腻精致，既有窗前明月的写实，又有寒夜松风的写意，虚实结合，远近相称。以古琴之高古大雅，来彰显诗人自己的抱负和人生追求，以及清高而不逐流的君子之风；同时又用"今人多不弹"暗喻当下那些尸位素餐、无能谄媚的权贵及小人，面对风化日下的社会现实；最终以"向君投此曲，所贵知音难"来感叹于这纷纷尘世、众生百态中，以自己曲高和寡、不谙世俗的价值底线，去哪里寻找像李侍郎这样的知音呢？唐代时，礼部侍郎为朝廷二三品大员，故此诗人在这里不仅对李侍郎有引以为知音的恭维，也有对其衿吾不俗之赞颂。元代方回在《瀛奎律髓》中提到刘长卿的诗时点评为："细淡而不显焕，观者当缓缓味之，不可造次一观而已也。""飕飕"和"泠泠"也被历代诗人大量地使用于琴诗作者，如唐代诗人宋之问的《宿云门寺》中有："漾漾潭际月，飕飕杉上风。"又如白居易的《寄崔少监》中有："弹为古宫调，玉水寒泠泠。"

《唐才子传·刘长卿》有序："长卿清才冠世，颇凌浮俗，性刚，多忤权门，故两逢迁斥，人悉冤之。诗调雅畅，甚能炼饰。其自赋，伤而不怨，足以发挥风雅……但书'长卿'，天下无不知其名者。"后世也称他五绝篇篇精致，五律佳作甚多，五排尽显才气，更有言其直步老杜。在他行卷李侍郎的八首诗中还有一首《古剑》，虽不及李白《古风五十九首》"一去别金匣，飞沉失相从。风胡灭已久，所以潜其锋"之神情激荡，但是在大历诗人中也自有一种豪情和志向跃于诗中。

【雅赏】

杂咏八首上礼部李侍郎·古剑（刘长卿）

龙泉闲古匣，苔藓沦此地。
何意久藏锋，翻令世人弃。
铁衣今正涩，宝刃犹可试。
倘遇拂拭恩，应知剸犀利。

听尹炼师弹琴

吴筠

至乐本太一，幽琴和乾坤。郑声久乱雅，此道稀能尊。
吾见尹仙翁，伯牙今复存。众人乘其流，夫子达其源。
在山峻峰峙，在水洪涛奔。都忘迩城阙，但觉清心魂。
代乏识微者，幽音谁与论。

【作者】

吴筠，生年不详，约710年前后，卒于唐代宗大历十三年（778），字贞节，盛唐时期著名诗人、文学家、道士，华州华阴（今陕西省华阴市）人，另《旧唐书》有"吴筠，鲁中之儒士也"的记载。吴筠少读经史，诗文名盛，然屡试不第，先于河南镇平县五朵山隐居，后居嵩山入隶为道，修"正一"之法，大道初成后游历山水、交游颇广。其诗文之名为唐玄宗所慕，并曾召其入京。曾作有《仙游诗》《览古诗》，在这些著作中表述了作者的思想境界，颂扬了作者倾慕的古今高士。吴筠生性高古耿介，不入俗流，敢于抨击时事，甚至以微言讥讽庙堂，逝后被弟子私谥为"宗玄（元）先生"。吴筠虽深谙道法，却鹤立于当世，绝不沉湎于当时盛行的内修之术及炼丹仙术。甚至面对唐玄宗关于长寿及仙丹的求教，也敢于大胆阐明自己的观点"道法之精，无如《五千言》，其诸枝词蔓说，徒费纸札耳"，玄宗又问神仙修炼之事，则答曰"此野人之事，当以岁月功行求之，非人主之所宜适意"（《旧唐书·列传》卷一百四十二）。他不苟于潮流,而是坚持认为修炼应讲求精气神合一,即"止嗜欲,戒荒淫,则百骸理,而万化安",并著有《神仙可学论》一书。吴筠与当世名士交集甚多,更于李白有举荐之谊。吴筠一生著作颇丰,主要有《玄纲论》《神仙可学论》《心目论》等。吴筠存诗160余首,《全唐诗》收录其近120首。

【诗文大意】

世间万物本寻命宿太一,然而古琴却与天地同息。靡靡之音久已繁杂乱耳,高雅之声欲显少而弥尊。仙风道骨仿如伯牙在世,领略尹师琴技我是子期。世间凡人或多只爱其音,唯有尹师可能深悟源宗。琴声巍峨方显千山万壑,指间湍急已是白浪滔天。我已忘却了尘世的喧嚣,涤荡心魂但觉静然至虚。世代知琴君子乏善可陈,旷古淡远幽琴谁与知音。

【品读】

这首《听尹炼师弹琴》是吴筠借古琴之幽音雅乐诠释其道家思想的一篇经典五言古诗。尹炼师应为与作者同时期的琴家名士。道家思想发于"老"承于"庄",道是庄子哲学思想的基本理念,"万物其一"是讲求生命自由的一种世界观,在《庄子·外篇·至乐》中,庄子认为"至乐"与"无乐"即生与死,乃是精气的聚与散,犹如四季更替,日月轮回。所以,诗人在本诗的开篇就将这样一个重大的话题推举出来。西晋皇甫谧在《帝王世纪》曰:"天皇大帝耀魄宝,地皇为天一,人皇为太一。"诗人将古琴和天地乾坤类比于至乐与太一,即言世间的一切本有着它的内在规律性,古琴所承载的"道"也是在乾坤运转的规律中。而后的"郑声久乱雅"是指滥觞于春秋时期郑国的淫靡之乐,始终与高雅音乐混同杂生,此消彼长淹留至此。这也是为什么如同琴之清音雅乐的高尚品德于当下一派繁华奢靡中欲显得弥足珍贵。进而作者又以"伯牙今复存"来比喻尹炼师,其中既有对尹炼师琴技的赞美之意,又将自己比喻成知音子期。诗人在这里精巧地用了一个"复"字,可谓遣词精妙:传说中的伯牙重现于世,而且就现身在我的眼前。听了尹炼师的琴声方知附庸风雅之士众多,却都只知其表,未识其理,他们对琴德与其文化本源的理解犹如当下的人对道法的理解一样不过是只知皮毛或附庸风雅。"众人乘其流,夫子达其源"一句与第二句"郑声久乱雅,此道稀能尊"形成了递进的比对关系,即道家思想真正的踪源已无人探求,更多的是那些宵小之辈,蛊惑上听,以淫巧之术曲解道意。至此,诗人完成了以琴喻情、借琴达意的第一个阶段。接下来诗人宕开一笔,诗锋一转,从尹师指下的琴声中似有巍巍高山,如见千岭万壑、险峰奇峻、巍峨高耸、气势磅礴;琴声中又有湍流激荡,如江河奔涌一泻千里,跨越南北、纵横东西。此处诗人欲合"伯牙子期高山流水觅知音"之典,在诗中呈现与"善哉,峨峨兮若泰山""善哉,洋洋兮若江河"异曲同工。接下来,诗人让情致继续发扬,将自己的直接感受咏叹于诗中:我欲畅游于山水之间,寄情于朱弦之上,世间的繁杂以至庙堂高阁都已离我远去,现在的我只觉思情爽朗神游太虚。至此,诗作者又重回道家讲坛,继续宣示着庄子逍遥自由、乐观旷达的人生境界并试图进一步诠释生命的真谛。最后,把这种议论与自己清流、雅士、旷达、幽隐的高古情操互为提升,进而感叹知音难觅,这曲高和寡的琴声,很少有人能真正地欣赏。

笔者认为,这里或许有一个误处——"微者",应是后世的一处笔误,原作应为识"徽者"(古琴之琴徽)。若此,整个上下文,就形成了一个必然有机的关联,令诗尾处"幽音谁与论"及前面的"此道稀能尊""伯牙今复存""夫子达其源"诸句就更能够相互呼应,遂使尾句成为此诗的诗眼，其诗也有进一步的提升。综观吴筠的这首《听尹炼师弹琴》，诗人心中的忧叹以及对当下的不满，特别是面对道家思想本源被曲解时自己无能为力的焦虑溢满全篇，体现了一个饱学之士的道统初心和沉重的历史责任感。有唐一代思想开放，儒释道并存，道家思想以汉唐时期的道教作为主要载体广为传播，而但凡有道家思想的诗人在诗风上多流于规制、繁复，反而是吴筠此诗则让人倍感空灵清澈，同时又不失亲切朴实。其间并无过多地引用道家经典，更无晦涩之处，全诗情通理畅，直抒胸臆，将作者的诗文功力和绝世才华充分体现出来。同时，以琴论道，更为少见，诗中"幽琴""幽音"四字最为雅正入道。

吴筠情趣高雅，不踏流俗，栖心道门但求自身心灵宁静，他追求"不犯稼穑，深栖远处，犹有君子之性"的修隐，这在唐代士人中最具代表性的当数李泌。这既不同于走终南捷径以求仕宦的所谓"隐士"，又有别于消极厌世醉唱林泉的"遁世"，而是一种将高超世外、散作逸人的生活态度变为参与社会政治的策动，其结果是"隐而有名，进而有功"。《旧唐书》赞吴筠曰："词理宏通，文采焕发，每制一篇，人皆传写。虽李白之放荡，杜甫之壮丽，能兼之者，其唯筠乎！"而《新唐书》则曰："筠所善孔巢父、李白，歌诗略相甲乙云。"此等说法于今天看来或有过誉之嫌，但也可见及至北宋，在《新唐书》的修撰者欧阳修、宋祁等当世名士眼中，吴筠的诗文尤其是他的道家思想更具现实意义。

吴筠的文学思想精深又采撷多途，主之以"道"辅之以"儒"，引佛学兼以法家术势，有着道教的传统特色，故深受后世奉道者赞赏。正如吴筠所言："故心不宁则无以同乎道，气不运则无以存乎形，形存道同，天地之德也。""故不为物之所诱者，谓之至静，至静然后能契于至虚。虚极则明，明极则莹，莹极则彻。彻者，虽天地之广，万物之殷，而不能逃于方寸之鉴矣。"心宁气静可通"道"，行存道同可至"彻"，这或许是对吴筠琴诗的最好释义。

　　吴筠最终确立唐代道家高士的历史地位，不仅在于他的一系列关于道家思想的论著，还要归功于他的组诗《高士咏》。该作共 50 首，分别颂扬了老子、庄子、列子、广成子、荣启期、许由、陶潜等道家著名人物，也凭此创唐诗的咏颂人物组诗之最。

【雅赏】

高士咏·荣启期（吴筠）

荣期信知止，带索无所求。
外物非我尚，琴歌自优游。
三乐通至道，一言醉孔丘。
居常以待终，啸傲夫何忧。

琴台
杜甫

茂陵多病后，尚爱卓文君。
酒肆人间世，琴台日暮云。
野花留宝靥，蔓草见罗裙。
归凤求凰意，寥寥不复闻。

【作者】

杜甫（712—770），字子美，号少陵野老。《旧唐书·杜甫》载："（杜甫）本襄阳人，后徙河南巩县。曾祖依艺，位终巩令。祖审言，位终膳部员外郎，自有传。父闲，终奉天令。"《唐才子传·杜甫》载："京兆人……贫少不自振……举进士不中第，困长安。天宝三载……甫奏赋三篇……擢河西尉，不拜，改右卫率府胄曹参军……流落剑南，营草堂成都西郭浣花溪……武再帅剑南，表为参谋，检校工部员外郎。武以世旧，待甫甚善，亲诣其家……与李白齐名，时号'李杜'……坟在岳阳。有集六十卷……今传。"

杜甫是盛唐乃至中国历史上伟大的现实主义诗人之一。杜甫的诗对后世影响深远，被后人称为"诗史"。杜甫一生遵从儒家的仁政思想，忧国忧民是他诗文的主要思想内涵，有着"致君尧舜上，再使风俗淳"（《奉赠韦左丞丈二十二韵》）的社会主张及政治抱负，故后世尊称他为"诗圣"。其诗风与长他11岁的李白等"豪放派"诗人形成了明显的对比，后世也称之为"婉约派"。他在世时名气和影响并没有达到鼎盛,之后随着历史的推移,杜甫的诗在中国一千多年文化及社会历史上逐渐产生重大的影响。杜甫人如其诗,品正高格,一生心怀家国、忧患社稷,又由于他的人生乃至仕途屡屡不幸,使得他对民间疾苦感同身受,故而多有忧悯民生之作。《新唐书》称其"数尝寇乱,挺节无所污,为歌诗,伤时桡弱,情不忘君,人怜其忠云",后人也有"许浑千首湿,杜甫一生愁"之说,世人也称其为"老杜"。杜甫一生诗词众多(有一种说法,言其一生所作3000多首),其中《全唐诗》中收录了一千四百余首(篇数居白居易之后、李白之前的第二位,而李、杜、白三位的诗数量仅占《全唐诗》的10%),有39首入选《唐诗三百首》,居于首位。有《杜工部集》留世,最为后世所称道的是他的"三赋""三吏""三别"。

杜甫曾居住于长安城南的少陵附近,故此也被称为杜少陵,又因其羁旅成都时于浣花溪畔筑"杜甫草堂",故也称"杜草堂",再因其曾担任过好友剑南东川节度使严武的"检校工部员外郎"之散职而被称为杜工部或杜拾遗。关于杜甫,后世有无数的人撰写评说,而有关杜甫的琴诗,笔者拙作《甲子拾慧》一书中《杜工部琴诗探究》一文,有较为详尽的论述。

【诗文大意】

君可知老病的司马相如,心中依然爱慕着卓文君,每每忆起曾经当垆卖酒,琴台上远望着日暮云霞。身边的野花,恍如卓文君脸上的花钿,幽幽的绿草,仿佛记得文君昔日的罗裙。世间男女之间的爱情啊,难有他们这般千古奇闻。

【品读】

　　有唐一代，以古琴入诗的诗人比比皆是，就"琴诗"数量而言当数李、杜、白三位为最，杜甫的"琴诗"有人专门统计过大约有120首。这首《琴台》诗将一个千古的爱情故事汇聚于琴台，游琴台而触景生情，讴歌了司马相如和卓文君的旷世恋情，而且后辈诗家又多有依此而作的"琴台诗"。爆发于唐玄宗天宝十四载（755）至唐代宗广德元年（763）的"安史之乱"对杜甫的诗风及诗歌创作有着极大的历史性影响，为避兵乱杜甫辗转多地，于唐肃宗乾元二年（759）弃官入川。在羁旅成都的"草堂时期"，诗人写下了"三吏""三别"及《登高》《北征》《春望》等一众千古名篇，其中也包括这首《琴台》。

　　"琴台"，顾名思义是作为弹奏古琴的一个场所。全国各地有很多以琴台命名的文化古迹，其中最为著名的当数在四川成都浣花溪畔的"司马相如琴台"；另一处为湖北龟山下月湖之畔的伯牙琴台；此外还有今山东单县的著名古迹，相传是孔子的弟子子贱"鸣琴而治"的地方。古来以琴台入诗者众多，如南北朝时期的文学家庾信的《为梁上黄侯世子与妇书》中有"龙飞剑匣，鹤别琴台"，唐代诗人岑参的《司马相如琴台》中有"相如琴台古，人去台亦空"，直至清乾隆皇帝也曾以琴台命名，写过一首五言绝句："琴台非子贱，传自米襄阳。我不解攫醳，春温即景偿。"另外也有说法是言"琴台"为当年卓文君与相如"当垆卖酒"的旧址，"文君当垆，相如身自著犊鼻裈（指围裙），与保庸杂作，涤器于市中"（《史记·司马相如列传》）。诗中的"茂陵"是指汉武帝刘彻的陵地，相传司马相如晚年居于此处且多病。诗人借琴台这一历史故地引发本诗的情景铺垫，站在琴台之上似乎亲历了卓文君和司马相如二人因一首琴曲《凤求凰》而演绎的那场旷古奇缘，这段被后世称为"琴挑文君"的千古佳话，又在此被诗人赋予了不一样的含义，使我们似乎看到了集睿智与美丽于一身的卓文君从暮霭碧云间飘然而来。我们也可以想象，于琴台之上诗人久久地沉思、眺望、追怀，钦羡着司马相如与卓文君的爱恋虽经历了无数岁月的磨砺，却广为人所赞誉，故而"琴台日暮云"一句也就有了南北朝诗人江淹的"日暮碧云合，佳人殊未来"之意境。老杜似乎是在慨叹才子佳人逝已矣，此处空留旧琴台，顺势引发下联"野花""宝靥""蔓草""罗裙"等极具浪漫色彩的联想及议论，这在杜甫的诗中也是不多见的。诗人运用倒叙的方式，从晚年的相如之凄楚爱恋回溯他们年轻时代的至美至情，开合起转间以诗人高超的笔法引取了"琴挑文君"和"凤求凰"这一历史故事，思绪纵横驰骋，情景相得益彰，线索紧相勾连，处处神思邈邈。唐代妇女多在脸上贴花钿，花钿是于面颊之上做的装饰，此处"宝靥"应指卓文君美丽的笑容。琴台周边蔓草如茵、野花灿烂，而这野花似乎正是当年卓文君美丽的容貌，那野草映衬着的似乎正是她翠绿的罗裙，"蔓草"最早见于《诗经·郑风·野有蔓草》"野有蔓草，零露漙兮。有美一人，清扬婉兮"，诗人用夸张的艺术手法将青青小草尚能记得女子罗裙，演化为睹物思人、见景生情的联想式思维。老杜凭此词句为后世开启了一扇诗文门径，后世诗家常将此句化用，遂成千古名句，如五代诗人牛希济《生查子·春山烟欲收》中的"回首犹重道：记得绿罗裙，处处怜芳草"。

此诗的重点在于诗的尾联"归凤求凰意，寥寥不复闻"，此处诗人精妙地用了一个"归"字，凤是指司马相如，而一个归字，却把一位一生历尽坎坷，始终与命运争搏，享尽人间富贵又饱尝世间沧桑的旷世才子，在他晚年历尽人生，病体老态如游子回归，历历往事独上心头，而这一切最终回到了他人生最重要的一个支点，即"求凰"，此处凰指卓文君。正如苏轼词中所写"世事一场大梦，人生几度秋凉"，人生的罗盘旋转了一圈最终停滞在一个"情"字前。

杜甫的《琴台》诗，更像是于琴台之上对司马相如和卓文君这一对千古恋人的凭吊。虽跨越时空，然意境深远。最后一句"寥寥不复闻"是诗作者对这段曲折多舛的爱情之讴歌，同时也是对"纵有真情、少有知音"的感叹。司马相如的短赋《凤求凰》人们耳熟能详，古琴也有以此而流传下来的"琴歌"，此典在后世的文学作品中更是大量地被借用，如《西厢记》《墙头马上》《玉簪记》《琴心记》等。然杜甫的《琴台》诗，尽管后人对其评论甚多，却多以酒肆、琴台为重点，笔者认为诗作者凭吊琴台大发感慨，其真正寓意并不在重提这段众所周知的一段往事，而更多的是悲世愤俗，亦如作者其他的作品一样，更多的是为古人愁、为今人愁、为后世愁、为自己愁，也是作者仰古俯今、感怀人生的一种渐趋理性的觉悟，所以笔者认为真正喜欢杜甫的是那些真正读懂了杜甫的人生起伏，直至与其有了某种心心相印的思想共识后的一些人，如此方能领略杜甫诗中的文化至美，在这之前人们往往感受到的杜诗之美，大体不过美其诗名与美其形制罢了。

杜甫的一首绝句《绝句漫兴九首·其三》："熟知茅斋绝低小，江上燕子故来频。衔泥点污琴书内，更接飞虫打着人。"更是"琴诗"佳品，诗人以近乎于白话的文笔，生动细腻地刻画了一个亲切逼真的场景，在读者面前展现了不大的茅斋，江燕的飞入侵扰，使主人也难以容身，从而写出了杜甫在草堂的"左琴右书"的文人生活情态。对此，明末文学家王嗣奭在其研究杜甫诗的专著《杜臆》中有云："远客孤居，一时遭遇，多有不可人意者。"然而于笔者看来，此绝句处处洋溢着老杜的淡雅诙谐和浓厚的生活气息，在自然亲切之余，昭示着诗人在草堂这段生活虽并无甚喜，然贵在悠清，这对于见惯苦难的杜甫来说已经是求之不得了。如清代王夫之在《姜斋诗话》中辩曰："情景名为二，而实不可离。神于诗者，妙合无垠。巧者则有情中景，景中情。"

杜甫推崇"诗清立意新"的诗格，他的琴诗《夜宴左氏庄》就是其清丽诗篇的典范之作，诗曰："林风纤月落，衣露净琴张。暗水流花径，春星带草堂。检书烧烛短，看剑引杯长。诗罢闻吴咏，扁舟意不忘。"在诗中，作者为我们展示了一幅"月夜诗酒、临窗秉烛、剑胆琴心、偏安草堂"的唐代文人写意图画，依然是"琴书俱在"的自然脱俗，风林纤月晚、弄琴露沾衫、春溪绕花径、草堂星愈稀，将琴事置于春夜的野趣及种种生动之中，置于检书、看剑、引杯、咏诗和那一番清雅又不辜负风月的烛花跳跃之中，让我们同诗人一起感受这番良辰美景、赏心乐事。此时读者耳畔哪还有"吴侬细语"，又何顾"窗含西岭千秋雪，门泊东吴万里船"的牵动，已然陶醉于杜甫诗中"左氏庄"里的恬静与和美，全然忘记了诗名中的"夜宴"一事。明末清初著名学者仇兆鳌在《杜诗详注》中论说此诗说："时地景物，重叠铺叙，却浑然不见痕迹。而其逐联递接，八句总如一句，俱从'夜宴'二字摹写尽情。"

王国维在《人间词话》中有关于"无我之境"的论述："无我之境，以物观物，故不知何者为我，何者为物。"而早在1300年前，杜甫就在他的琴诗《野老》中将"无我"之诗意践行到了绝妙之境："野老篱前江岸回，柴门不正逐江开。渔人网集澄潭下，贾客船随返照来。长路关心悲剑阁，片云何意傍琴台。王师未报收东郡，城阙秋生画角哀。"诗中依旧围绕着"古琴台"铺陈环境，前半部分诗人以清明谧静的心境描画外物，以无我之心将自身置于目视所及的世界，令读者迅速融入一派淡远恬静的江舟晚景中，心思以至物我两忘的诗境之中。后半部分将自己跳出这悠哉安逸的场景，情绪与之前陡然变化。此时剑门失守、归路断绝、局势危急、消息闭塞，诗人将眼前的安详与自己对国家前途的忧患，对久已失联的亲朋的担心牵挂，形成强烈的对比和反差，王师何时能收复长安？自己何时可重归故里？诗人饱含着羁旅的无奈与思虑的迷惘，仰望头上的白云，一声吟叹："片云何意傍琴台。"诗人以"片云"自喻，以"琴台"喻川蜀，怎一个"愁"字了得。

　　杜甫的琴诗精致典雅，但绝不故弄玄虚、卖弄典章，在维护诗格的前提下，尽求妇孺皆知，虽未似白居易"老妪能解"（典出宋代释惠洪《冷斋夜话》："白乐天每作诗，令一老妪解之，问曰：'解否？'妪曰：'解。'则录之；不解，则易之。"），但也是"大手笔做小文章"的先驱。在杜甫的"琴诗"中，对古琴之琴意、琴理的发扬一贯赋予文质彬彬的至美，每每恰到好处，不仅彰显着他对古琴的精熟通晓，又始终洋溢着一种挥之不去的"雍容华贵"。杜甫门第显贵，少年时就接受了良好的文化艺术熏陶，他五六岁时就领略过盛唐第一舞者公孙大娘的剑器浑脱；在岐王宅第及崔涤堂前，听过乐圣李龟年的绝世歌声；在北邙山顶赏过画圣吴道子的《五圣尊容》和《千官行列》。他也曾有年少时"裘马轻狂"的"快意"时光，一首《望岳》是其少年杰作，"会当凌绝顶，一览众山小"，年少的杜甫一张口便是千古名句，也足见诗人少年时代的不凡抱负和满腔豪情。

　　"李杜"是一个时代的文化标签，更是中国诗史上无法逾越的高峰。李白长杜甫11岁，他们一生共有两次相遇。第一次是在唐玄宗天宝三载（744）春，"仙、圣"在洛阳相遇，两人相约同游梁、宋，次年，又聚于齐鲁，在饮酒赋诗中互赠佳篇。杜诗曰："余亦东蒙客，怜君如弟兄。醉眠秋共被，携手日同行。"李诗道："秋波落泗水，海色明徂徕。飞蓬各自远，且尽手中杯。"怎奈诗仙一语成谶，从此"李杜"就再无缘相见。清代赵翼以一首《论诗》出名，并与袁枚、蒋士铨合称"乾隆三大家"，《论诗》曰："李杜诗篇万口传，至今已觉不新鲜。江山代有人才出，各领风骚数百年。"笔者每每思及此诗不禁暗自发笑，所笑者何？无须明言。

【雅赏】

忆郑南玭(杜甫)

郑南伏毒寺，潇洒到江心。
石影衔珠阁，泉声带玉琴。
风杉曾曙倚，云峤忆春临。
万里沧浪外，龙蛇只自深。

和贾舍人早朝

岑参

鸡鸣紫陌曙光寒，莺啭皇州春色阑。
金阙晓钟开万户，玉阶仙仗拥千官。
花迎剑佩星初落，柳拂旌旗露未干。
独有凤凰池上客，阳春一曲和皆难。

【作者】

岑参（约715—770），南阳郡棘阳（今河南省新野县）人，后迁居荆州江陵（今湖北省荆州市）。岑参生于官僚世家，岑氏家族自西梁、隋、唐均出高官，其祖父岑文本官至中书侍郎，其父岑植曾官至晋州刺史。岑参10岁时因其父病故，致使家道迅速衰落，岑参也沦为一介贫寒少年，然岑参年少志高、刻苦读书，10年后入京城游历，27岁进士及第。入仕初为右内率府兵曹参军，后在安西北庭节度使封常清幕下任节度判官。安史之乱后岑参随军东归勤王，又经杜甫等人推荐入朝，累官至起居舍人，后因得罪权贵改任嘉州（今四川省乐山市）刺史，晚年被免官，55岁时客死于成都。后人又称其为"岑嘉州"。

唐诗中边塞诗如浩瀚繁星泱泱2000余首，而岑参的边塞诗作无疑是最璀璨的星辰之一，岑参也因此而青史留名。因岑参有6年多的塞外军旅生活经历，故而在他的诗篇中有大量的边塞诗，他的边塞诗在唐朝诗人中是数量最多且成就相对最高的，故而后世多赞其为唐代最杰出的边塞诗人，并将他与高适并称"高岑"。岑参存世的诗作大约有440首之多，大部分被《全唐诗》收录，《唐诗三百首》收录7首，另有唐代杜确编辑的《岑嘉州诗集》8卷存世。岑参最为脍炙人口的一句诗当数"忽如一夜春风来，千树万树梨花开"。

【诗文大意】

鸡鸣五更起，霞光初照在京城安静的大道，黄莺鸣啼啭，晓钟响起，皇家金殿户牖洞开。千官齐上朝，宫廷仪仗整肃排布在玉阶上，看繁星淡去，佩刀侍卫环伺侍立花木丛间。春风拂柳弄旌旗，滴滴朝露尚未干。独有凤池贾舍人，诗品犹如《阳春》曲。一句千篇亦难和，韵致宛若《白雪》高。

【品读】

这首七律《和贾舍人早朝》是岑参在京任职时的早期作品，是一首描写上朝情景的应和诗。此时岑参的诗风还多限于风花雪月、词句华丽，其心态更多的是既人微言轻又着意仕途。唐代著名的诗人贾至，其早年曾追随唐玄宗入蜀避安史之乱，被拜为起居舍人，后迁至中书舍人，曾任尚书左丞、礼部侍郎、兵部侍郎，唐大历七年（772），55岁终，追赠礼部尚书，谥号"文"。贾至为官清廉、德望甚重，有诗文30余卷传世。随着科举制度的发展，文官集团在唐代已经形成一个重要的政治力量或政治团体，当时的贾至无疑是这个团体的重要核心之一，所以为众多的文官所趋炎。贾至作了一首《早朝大明宫呈两省僚友》波及了除中书省外的尚书、门下两省，也就是说,他的一首诗让三省六部二十四司主要官员都在传诵,致使一件不经意的诗坛雅事变成了轰动当朝的大事件,并引发了一轮又一轮的文官和唱,就我们所耳熟能详的当朝著名诗人,就有如王维、白居易、岑参以及远在蜀地的李白等参与其中,分别依韵或依意作有应和诗。贾至这首诗写作的时代应该是在安史之乱后唐玄宗重回长安,而贾至的这首诗很大程度上也有为朝堂重塑尊严而歌功颂德之意。写作的时间大约在唐肃宗李亨乾元初年(约758),当时杜甫只是七八品的左拾遗,而王维此时只以戴罪之身任太子中允,此时的李白还在宋若思手下做幕僚,两年后才有了他那首著名的《早发白帝城》,而此时的岑参也仅为官居从六品的起居舍人。故而面对着当朝权力核心的重要人物以及文官领袖,这些大诗人们纷纷作诗与之唱和。其中杜甫有《奉和贾至舍人早朝大明宫》:"朝罢香烟携满袖,诗成珠玉在挥毫。"李白也不甘落后,同样写了一首题为《巴陵赠贾舍人》的唱和诗:"贾生西望忆京华,湘浦南迁莫怨嗟。"而王维的《和贾舍人早朝大明宫之作》,仅凭一句"九天阊阖开宫殿,万国衣冠拜冕旒"而千古留名。

尽管岑参这首应和诗毫无新意,本应在其400余首存诗中列为下下乘,但却由于其最后一句,使得这首诗在技法上及格调上都被拉高了数个档次。唐代门下省位于鸾台,而中书省所在的地方即为"凤阁",两省取合"鸾凤和鸣"之意。唐高适在《鹘赋》中有"望凤沼而轻举,纷羽族以惊猜",北宋诗人梅尧臣更是在《次韵景彝祀高禖书事》中有"君门赐胙予何有,不似秘夸凤沼傍",清朱彝尊在《送曹郡丞之官徽州》中有"凤沼趋晨久,鸾台典籍荣"。

古琴自有"龙池""凤沼",而岑参诗尾处"凤凰池上客"既是指中书省舍人贾至,又同时引出古琴的龙池凤沼,使下面的《阳春》一曲于无形中顺带地引将出来。《阳春》本为古琴曲，取意出自战国时期宋玉的《对楚王问》，后西汉刘向在其《新序·卷二·杂事第二》中有"阳春白雪、下里巴人"的叙述。岑参十分无奈地依贾至前韵及诗意对大明宫上朝盛况又进行了一番十分无味的描写，终于挨到了诗尾处的发兴，此刻他的才华、他的抱负、他胸中的豪迈阔达终于有了可以宣发的机会，于是他借古琴去张扬自己的君子修为，同时歌颂贾至诗情高古、其位在德，虽有阿谀之嫌，但却不失大家手笔，言语中将贾至比为"歌于郢中"的高士，而将自己愧比于下里巴人，应对贾舍人之诗尤感自惭形秽。相对于众人对贾至的奉承，岑参的恭维之词就显得比较有文人气与意象舒张兼有理有度。由此也可以看出，岑参的个人性格确实是那种刚正、秉直，在面对不得已的吹捧时也依然保持着谦谦君子的风度。

岑参两度离京出塞应该是他在诗作上的一个重要转折点，形成了他边塞诗雄奇瑰丽、气势磅礴、大义凛然、气概壮伟的诗风，也使岑参在唐代诗坛树起了一面重要的旗帜，在中国的文学史上应占有一个重要的地位。正是由于他六年多的边塞所见所闻，使得他在诗歌创作上添加了意境高远及丰富的想象，添加了一种独具魅力的浪漫主义色彩。据《唐才子传·岑参》载："参（指岑参）累佐戎幕，往来鞍马烽尘间十余载，极征行离别之情，城障塞堡，无不经行。"又言岑参"博览史籍，尤工缀文，属词清尚，用心良苦。诗调尤高，唐兴罕见此作。放情山水，故常怀逸念，奇造幽致，所得往往超拔孤秀，度越常情。与高适风骨颇同，读之令人慷慨怀感。每篇绝笔，人辄传咏"。南宋诗人陆游在其《渭南文集·跋岑嘉州诗集》对岑参有"以为太白、子美之后一人而已"的评价，此评说亦为后世诗人对岑参评价之最。

【雅赏】

登凉州尹台寺（岑参）

胡地三月半，梨花今始开。
因从老僧饭，更上夫人台。
清唱云不去，弹弦风飒来。
应须一倒载，还似山公回。

同张参军喜李尚书寄新琴
司空曙

新琴传凤凰,晴景称高张。
白玉连徽净,朱丝系爪长。
轻埃随拂拭,杂籁满铿锵。
暗想山泉合,如亲兰蕙芳。
正声消郑卫,古状掩笙簧。
远识贤人意,清风愿激扬。

【作者】

司空曙(生卒年有争议,约720—790),字文明(一作文初),洺州府(今河北省邯郸市永年区)人。唐代宗大历年间进士,唐中期著名诗人,"大历十才子"之一。司空曙安于清贫,入仕初为主簿,大历五年(770)任左拾遗,后贬长林(今湖北省荆门市)丞。贞元年间,在剑南西川节度使韦皋幕任职,后入朝累官至水部郎中(从五品上)。《唐才子传》称他"磊落有奇才……与李约员外至交。性耿介,不干权要。家无甔石,晏如(安然、闲适,泰然处之)也。尝病中不给,遣其爱姬",又说他"多结契双林(指寺院或僧人),暗伤流景"。

《全唐诗》中收录司空曙的诗175首,有3首收录于《唐诗三百首》,其中的七言绝句《江村即事》被编入小学语文课本。曾有一副对联"置绢中条隐士;工诗大历才人"就是赞其宗门荣耀,其中"大历才人"即指司空曙，而"中条隐士"则是指其家族另外一位晚唐诗人及理论家司空图。

　　司空曙的诗风闲雅疏淡、情感细腻，诗情朴素真挚，题材多为自然景色和乡情旅思及赠别之作，他长于抒情，尤善五律，其五言近体的佳作名篇，为明代陆时雍的《诗镜总论》推崇为可与庾信、杜甫相媲美。明代胡震亨在《唐音癸签》卷七《评汇三》，评司空曙的诗"婉雅闲淡，语近性情"。

【诗文大意】

　　喜闻君新得古琴一床，琴材取自千年古梧桐。凤凰曾经在树上栖息，白云初晴君乘兴把赏。美玉镶嵌的亮丽琴徽，长长的流苏红丝编梳。随手轻拂琴上的灰尘，琴腔就振出天地之声。散音融合山河之壮烈，泛音清匀似兰蕙芬芳。雅正不容那靡靡俗响，高古之音更鄙夷笙簧。上承古圣先贤之德行，使清雅正气光大发扬。

【品读】

　　这首诗应是诗人与张参军同贺李尚书喜获一张古琴而作，也是一首以琴入诗、以诗言事、借诗抒情、借琴慨古的典型应和诗。在这首诗中，对李尚书所得新琴的描述，极尽赞美之词，包括琴的取材由来、得到琴之后的心情、对器物的细致描写、对古琴音质的比喻，无一不是在提升古琴的审美形象和道统地位的同时，体现出诗人对古琴的理解与钟爱，特别是以琴声的高雅与郑卫靡靡之音的对比，古琴的修身乐己的文化诉求与以笙簧为代表的宴乐类音乐的格局对比，作者显然以贤人雅士自居，同时也赞美了同贺的张参军尤其是琴的新主人李尚书的贤达高雅。

诗的开始部分"新琴传凤凰,晴景称高张"是强调这张古琴的材质,取"梧桐百鸟不敢栖,止避凤凰也"(南宋邵伯温《邵氏闻见录》)说明琴材为饱经岁月风霜汲取日月精华的老桐木。"晴景"不禁使人想到了唐代诗人王驾的《雨晴》,这首被后世王安石改写过的七绝,在雨过天晴后的景致描写上与本诗有异曲同工之妙。诗人用凤凰远至、晴景高张来暗示高尚礼乐、高雅文化可以涤荡埃尘,令人赏心悦目。后两句对琴外观的描写,古时金徽玉轸多为帝王所用之琴,而白玉做徽是士大夫在不逾制的情况下所能拥有的最高等级的古琴。

接下来,诗人对琴的声音尤其是音色、音质的描写十分独到,其中"轻埃随拂拭,杂籁满铿锵"一句有多重寓意,从字面上似乎是拂去琴上的灰尘,铿锵之声中伴有杂音,实则更可以理解为:世间的烦恼随着琴声被一扫而光,繁杂的思绪逐渐变得清晰敞亮。之后,诗人赞美这旷古之声中有山川大河更有君子之气,《唐才子传》中称司空曙:"闲园即事,高兴可知。属调幽闲,终篇调畅,如新花笑日,不容重染。锵锵美誉,不亦宜哉。"此处诗人用"如亲兰蕙"将古琴比喻成君子,同时也把自己、张参军、李尚书等都赞为亲近君子之人。

自《诗经》开始,历代诗人常以古琴对比郑卫之声,这已屡见不鲜,古琴作为文人士大夫和正人君子的代表,而把郑卫之声比喻为谄媚宵小和低俗文化。此诗作者又以古琴高尚典雅的文化气质与笙簧聒噪之流俗进行对比,使得清浊立现、雅俗立判。最后,诗人转回到主题,发出议论和感慨:只有我们这样的君子才能懂得和传承古圣先贤的思想,只有我们才能再度涤荡世风,使正气激扬。

综观此诗,才子的诗文功力在于谋篇,以琴入诗的比喻也有些新意,特别是"轻埃随拂拭,杂籁满铿锵"一句颇有味道,仿佛只是轻轻地拂拭琴上的灰尘的触碰,琴腔就发出了极佳的共鸣,尤为可贵的是"满铿锵"

即琴家所追求的"金石之声"。司空曙的这首诗对古琴的器形、声音和琴家的技法以及古琴所带来的思想感受都有着更高级的艺术评价，诗中"暗想山泉合，如亲兰蕙芳"一句则凸显了诗人对琴器及琴理的通晓，直接意思可以是在评价这床琴的"散音"和"泛音"表现，但也暗合琴理。战国时期赋《九辩》的宋玉问对楚襄王，语出"阳春白雪、曲高和寡"，后人则以"九德"赋予古琴之中，即所谓"奇、古、透、静、润、圆、清、匀、芳"，在司空曙笔下，李尚书的琴被描述为正合《高山》《流水》之君子风度，能显《阳春》《白雪》之雅正脱俗。

  诗人以高古雅士自诩，对以古琴为代表的高雅音乐和道统文化不吝笔墨的歌颂，又对低俗和市井文化进行着无情的鞭挞，但终令人感觉不免有些过于标榜，这或许也正是"大历十才子"时代特性的表现。"大历"是唐代宗李豫的年号，也是盛唐向中唐过渡的重要历史时期，更是唐代诗歌创作风格发生重大变化的一个转折点，当时的诗坛除了韦应物、刘长卿等人以外，最为后世津津乐道的就是"大历十才子"了，他们都长于五言律诗，格律平整圆熟，对仗精致工巧，他们更喜欢以象征性意象来表达更多、更深层的思想感情，所以诗中的暗喻和多意比比皆是。他们在诗的风骨上渐显颓态，在诗的意境上则是表现为孤独寂寞的冷落心境，然而司空曙的这首琴诗却在读者眼前展现了一抹亮丽的色彩，高张了一种情致的升华和理性的希望。

  安史之乱后，盛唐时期那种昂扬奋进、自信慷慨的诗情似乎已近绝响。此时的大唐诗坛，李白、杜甫、王维、岑参等一众名家相继作古，而韩愈、柳宗元、白居易等人不是年齿尚幼就是在诗坛尚未崭露头角，在这种情形下，正是司空曙等大历年间的一批诗人，用一种近乎于孤寂幽怨的苦吟努力延续着大唐诗歌的血脉。

  司空曙的一首最著名的惜别诗《云阳馆与韩绅宿别》，被后世赞为

"中唐绝唱",《唐宋诗举要》赞曰:"三、四千古名句,能传久别初见之神。"

【雅赏】

云阳馆与韩绅宿别（司空曙）

故人江海别,几度隔山川。
乍见翻疑梦,相悲各问年。
孤灯寒照雨,湿竹暗浮烟。
更有明朝恨,离杯惜共传。

琴曲歌辞·风入松歌
皎然

西岭松声落日秋，千枝万叶风飕飕。
美人援琴弄成曲，写得松间声断续。
声断续，清我魂，流波坏陵安足论。
美人夜坐月明里，含少商兮照清徵。
风何凄兮飘凤脊，揽寒松兮又夜起。
夜未央，曲何长，金徽更促声泱泱。
何人此时不得意，意苦弦悲闻客堂。

【作者】

皎然（约720—约795），中晚唐著名诗僧，俗姓谢，字清昼，湖州长城（今浙江省湖州市长兴县）人，南朝宋谢灵运十世孙。皎然与当时的许多文士大家以至王公贵族都有"缁素之交"，在诗文、佛学、茶学等方面均有造诣，被后世称为"皎然上人"或"昼上人"。早年杂学儒墨，应举不第，大约在安史之乱前皈依佛门，近十年间于湖州扬楚一带避居，后返回湖州，受戒于杭州灵隐山天竺寺守真法师。唐代宗李豫大历三年（768）后于苕溪营建草堂并禅隐，与皇甫冉、顾况、陆羽、张志和等过从甚密，又与颜真卿会于杼山妙喜寺唱和往来，并结集为《杼山集》十卷。唐德宗李适贞元初居湖州西草堂撰写《诗式》，此间与韦应物、顾况多有诗交，贞元八年（792）唐德宗李适令集贤院撰集皎然诗文十卷。皎然诗名著于当世，时任宰相的于頔为之作序，于頔在《吴兴昼上人文集序》中曾评价他："得诗人之奥旨，传乃祖之菁华。江南词人，莫不楷范。极于缘情绮靡，故词多芳泽；师古兴制，故律尚清壮。其或发明玄理，则深契真如，又不可得而思议也。"刘禹锡少年时曾从其学诗，并在其《澈上人文集纪》中说："世之言诗僧多出江左……独吴兴昼公能备众体。"

皎然四处游历参学，对子史经书都颇为精通，上至王公大臣、达官显贵，下至文人学子都对他十分尊崇，被誉为"江东名僧"，与贯休、齐己共称"三大诗僧"。皎然通音律，精于书画善古琴，尤好茶学，他写过一部《茶诀》，奠定了陆羽（字鸿渐）《茶经》的许多基础理论。他也是中国历史上最早倡导"品茗会""诗茶会""斗茶赛"的先驱者，并首开禅茶之风，是中国茶史上当仁不让的一代宗师。皎然存诗颇多，《全唐诗》中收录其诗488首，《唐诗三百首》收录其诗《寻陆鸿渐不遇》1首。

【诗文大意】

西山落日下渐起的秋风，摇曳着山间的松林，千枝万叶都在秋风中飀飀作响，渐渐汇成一派翻涌的松涛。友人鼓琴在林中，琴声在林间回荡，琴曲在风中断续，断续的琴韵和秋风一起洗涤着我的灵魂。与友人指下的琴曲和松涛相比，那毁坏山陵的山洪似乎不值一提。夜已静，月正明，皎洁的月光照亮琴徽，友人的琴声变得愈加忧伤哀凉，七弦弹奏悲悯的清徵调，琴声凄清冲破了月夜的安详，它曳过松梢，飘绕在远处的屋脊之上。凄凄的秋风陡然又起，摇动着寒夜里的松林。夜未尽，曲悠长，紧弦变调声弘扬。知音闻至感心处，闻悲曲，思苦意，愁旅孤客，多少愁情尽在秋风里。

【品读】

　　诗僧皎然的这首杂言乐府《风入松歌》被收录于《乐府诗集·卷六十·琴曲歌辞》中，并注："《琴集》曰：《风入松》，晋嵇康所作也。"最早见于东汉蔡邕的《琴操》中"河间杂歌"，清代《钦定词谱》有录，又据《白香词谱》载："是本调调名。由琴曲而入乐府，复由乐府而沿为词名，由来古矣。"《风入松》又名《风入松慢》《松风慢》《远山横》《销夏》等。后世以宋晏几道《风入松·柳阴庭院杏梢墙》为正体，有七十二字、七十四字、七十六字调式。其小兴于唐，大盛于南宋。

　　作为有唐一代著名的诗僧，皎然曾自言："禅心不废诗。"在这首《风入松歌》中，他将琴声拟化成他心中穿过千山万壑、游漫于清寒松枝间的秋风，用诗的语言雕风刻月，让琴曲由音乐的表现形式转化为一幅生动的风入松图，可以说，他是在用文字"奏"出了音乐。歌辞的开篇即描写日落西岭的深秋，山风扶摇着万千松枝，继而描写弹琴的友人，琴声疾徐飘摇缓促，如同风在林之间时断时续地穿行，而在断续之间，琴曲回转着、撩拨着诗人的心绪。转而琴势渐起，仿佛随着秋风在松林间徘徊聚集、蓄势而发，突然激厉的琴声，犹如掠过千山万壑的疾风，其气势宏大甚至超过了那足以冲毁山峰的汹涌山洪，这是作为谙熟琴理的诗人对友人琴技的形象描述及对曲意的夸张比喻。诗中的"美人"并非美丽女子，更多的是对友人形象气质的溢美。随着时间的推移，一弦明月跃上林梢，友人在清风冷月中抚琴，琴面上的螺钿琴徽在月光下反射出清灵的微光，诗中的"少商"应是指古琴的小弦（七弦），而"清徵"本为古琴众多调式之一，若言其"悲戚"应出于《韩非子·十过》："平公（晋平公）问师旷曰：'此所谓何声也？'师旷曰：'此所谓清商也。'公曰：'清商固最悲乎？'师旷曰：'不如清徵。'公曰：'清徵可得而闻乎？'师旷曰：'不可。

古之听清徵者，皆有德义之君也。今吾君德薄，不足以听。'"以至于后世诗家有以清徵之调比喻悲哀凄凉，而言内心能够感应清徵调之悲悯的也必是崇义怀德之士。诗人以此意欲烘托出一种凄清静谧的环境氛围，同时也将自己悲悯世事的佛家襟怀表现出来。北宋沈括在《梦溪笔谈·乐律二》中说："且以琴言之，虽皆清实，其间有声重者，有声轻者。材中自有五音，故古人名琴，或谓之清徵，或谓之清角。"诗家的确惯以"清徵"来代言古琴，如唐代杨希道有诗曰"调弦发清徵，荡心祛褊吝"，又如刘禹锡曾有"露下悬明珰，风来韵清徵"的诗句，明末诗人夏完淳的"期美人兮江干，奏清徵兮玉阑"就更加直白。接下来诗人描写明月升起，山间骤冷，琴声打破了宁静的月夜，又如清洌的秋风搅动着寒松而形成阵阵松涛，飘向远处客舍的屋脊，"风何凄兮飘凤脊"一句又有"风何凄兮飘飘"或"风何凄兮飘飅"多个版本。笔者认为，不论从诗意、对偶、韵脚还是从前后关系的呼应上比对，当以"飘凤脊"为佳，传统建筑有"五脊六兽"之制，诗中所言应为琴声飘向有凤饰的屋脊（客舍），进而传入"客堂"，这才会有诗尾的"意苦弦悲闻客堂"。至此，诗人将琴曲《风入松》的音乐表现完整地呈现在读者面前，继而便开始了诗人的情致表达。他依"兮"而咏：漫漫长夜，友人指下的琴曲时高时低，时强时弱，加之富于情感的吟猱绰注，松风将这琴声传到了孤单羁旅的游子耳中，使人不禁阵阵愁思油然而生，悲从情中来，情自曲中起。

诗人皎然用一首《风入松歌》将秋风、月夜、寒松、林涛、孤馆、羁客与《风入松》琴曲杂糅在一起，形成了一个诗中有画、画中有月、月中有景、景中有情的视听交织的艺术世界，从而创造了一种由琴而引发的清远缥缈的思想境界。全诗层次分明、情绪递进，毫无拖滞冗赘，写意与写实交替变化，将西岭落日、风入松涛、神魂流波、寒月弄弦的意境幻化成了源于自然、发于本心、兼顾声像、情思交融的意象审美。

【风入松】作为由琴曲歌辞而衍生的词牌，从唐代即形成世人追捧的对象，其中尤以晏几道的"心心念念忆相逢"和吴文英的"听风听雨过清明"为旷世佳句，更使得【风入松】词牌从者如流。而以《风入松》为题的古琴曲最早见于1511年的谢琳《太古遗音》，书中载："按《琴集》：风入松，乃晋嵇康所作也……盖得之清响条畅，尤为世所珍玩者也。"

近代，古琴曲《风入松》已有多个版本，笔者最喜爱夏莲居先生1962年录制的《风入松》。古琴曲《风入松》经过1800多年的演化也被移植成多种乐器的演奏，其中包括笛子、箫、古筝等，也被许多剧种移植，京剧中就有以【风入松】为题的唱腔。

【雅赏】

奉和裴使君清春夜南堂听陈山人弹白雪（皎然）

春宵凝丽思，闲坐开南闱。
郢客弹白雪，纷纶发金徽。
散从天上至，集向琼台飞。
弦上凝飒飒，虚中想霏霏。
通幽鬼神骇，合道精鉴稀。
变态风更入，含情月初归。
方知阮太守，一听识其微。

相思怨

李冶

人道海水深，不抵相思半。
海水尚有涯，相思渺无畔。
携琴上高楼，楼虚月华满。
弹著相思曲，弦肠一时断。

【作者】

李冶（约730—784），字季兰，乌程（今浙江省湖州市）人，盛唐至中唐时期著名女道士，与薛涛、鱼玄机、刘采春并称"唐代四大女诗人"。《唐才子传》曰："季兰，名冶，以字行，峡中人，女道士也。美姿容，神情萧散。专心翰墨，善弹琴，尤工格律。当时才子颇夸纤丽，殊少荒艳之态。始年六岁时，作《蔷薇诗》云：'经时不架却，心绪乱纵横。'其父见曰：'此女聪黠非常，恐为失行妇人。'"

李冶11岁时被父母送到玉真观出家，由此一生为女冠。她生性浪漫、钟情翰墨，有诗名、通格律，是中国古代少有的女性古琴家之一。她与当时一众名家交集颇多，刘长卿更是将她称为"女中诗豪"。五十多岁时被召入宫中，唐代宗李豫见到李冶后称她"不以迟暮，亦一俊妪"，遂留于宫中。784年，朱泚据长安攻奉天发动"泾原兵变"，并强迫在宫中被俘的李冶等人献诗赞贺，后因此被唐德宗李适下令乱棒扑杀。

李冶擅长五言，多言情表意、酬赠留别之作，著名的有《八至》："至近至远东西,至深至浅清溪。至高至明日月,至亲至疏夫妻。"宋人陈振孙《直斋书录解题》著录《李季兰集》一卷(佚),今存诗约18首。清人汪如藻在修编《四库全书》时进献给乾隆皇帝的藏书中也有《薛涛李冶诗集》二卷。唐代高仲武在《中兴间气集》评说她"上比班姬(班昭)则不足,下比韩英(兰英)则有余"。

【诗文大意】

人道,世间最深不过海水;我说,不及我无尽的相思。海水,再广阔也会终有边际;思念,却如愁云缥缈无限。抱琴,独自登上凄幽小楼;清月,散漫在孤寂的楼台。弹琴,总还是那首相思曲;弦断,是因为远去的知音。今夜,琴声令我肝肠寸断,千回百转中,琴声徘徊着,却道不尽对君无尽的思念。

【品读】

李冶这首五律《相思怨》当为其著名代表作,也是她不多的琴诗中十分优秀的一首。全诗托琴而叹,始终围绕着"相思",而突出表达一个"怨"字。前四句层层递进,道出无尽的相思比海深、比海阔,开篇明意而一反常人铺陈、比喻、议论、抒情的咏叹套路,将情感的宣发与情景描摹顺序颠倒。后四句写实布景,以琴言情,使我们似乎亲见一位美貌而憔悴的女子,抱着一张古琴登上小楼的孤独,似乎又见她不无委屈地端坐在楼台之上,在一轮满月映在斗角下的阴影处,抚琴低吟,再联想到她"相思渺无畔"的喃喃自语不禁令人顿生怜惜。月光下的角楼虚实相交,此情景更使诗人加重心中的无奈和幽寂,仿佛自己的相思之情无处安放,只能将万语千言付于琴中，一首"相思曲"弹到情深之处肝肠寸断，而琴弦若断尚或有知音在，相思至极的苦楚又有谁能知。

尤其是开篇的"人道海水深，不抵相思半"颇有李白"桃花潭水深千尺，不及汪伦送我情"的诗境，仅此一句就将诗格提到了中品上。尾联的一句"弦肠一时断"既有呼应首、颔两联之功，又达到将情感收束于琴中之效。全篇不求用典，文辞几近白话，毫无忸怩作态地将女子无尽、无望、无奈、无悔的相思之苦无言地寄寓琴中，清幽缥缈的琴声更衬托出诗人"清水出芙蓉，天然去雕饰"的冰清玉洁。诗中最令人感叹的是诗人的格局和手笔竟有不让须眉之气，明代文学家钟惺曾在其《名媛诗归》中评价李冶的这首《相思怨》说："直语能转，便生出情来，此全从灵气排宕耳。"的确正如这位晚明"竟陵"魁首所言，李冶此诗不同于其他女诗人的婉转含蓄，而是大胆直白地表露了诗人对于深藏心底的恋人的思念之情，情感真挚动人。

也许是因为有唐一代社会风气的高度开放，女诗人兼女道士更是一个具有时代文化标签的特殊群体。她们身在清虚而心往往犹在红尘，道观似乎无法禁锢住她们自由浪漫的天性，反而成为她们工诗善琴，以才华交往才子而又免于俗流的庇护所，加之她们中的佼佼者本就容貌出众，使得她们愈显超凡脱俗。她们中的许多人从未抛却多姿多彩的红尘，只是摒却了家长里短和柴米油盐等一类琐碎，所以她们也必然地成为文人雅士们竞相交结的对象，这也使她们极易成为当时的话题人物。

与李冶颇有交集的名士就有茶圣陆羽和诗僧皎然，以及著名的诗人刘长卿及朱放、韩揆、阎伯钧、萧叔子、张元夫等名士及官员。李冶写给皎然的诗《结素鱼贻友人》"尺素如残雪，结为双鲤鱼。欲知心里事，看取腹中书"，诗中透露出女性的温婉和羞涩。

笔者认为，古来"相思"是一种藏在心底最难于言表的情感，是人世间最为人知又百口莫辩的心绪，故而凡咏叹"相思"之苦的诗词难有上上佳作，但有好句却也总难意贯全篇，似乎已达其意但又似乎未抵心中最痒痛之处。咏叹"相思"的佳句在《诗经·王风·采葛》中有"一日不见，如三秋兮"，唐代有白居易的"相恨不如潮有信，相思始觉海非深"，有李商隐的"春心莫共花争发，一寸相思一寸灰"，有王维的《红豆》"愿君多采撷，此物最相思"，有张九龄的"思君如满月，夜夜减清辉"等，然终唐一代，诗家秉持唐诗的豪迈，将"相思"吟咏得酣畅淋漓却不及这位女冠的百转柔肠。直至五代及以后的宋词方见些许佳作，如李煜的"一重山，两重山，山远天高烟水寒，相思枫叶丹"，柳永的"衣带渐宽终不悔，为伊消得人憔悴"，晏殊的《油壁香车不再逢》，晏几道的《长相思》，陆游与唐婉的两首《钗头凤》等，再至清早期纳兰性德的"风一更，雪一更，聒碎乡心梦不成，故园无此声"。但李冶的"弹著相思曲，弦肠一时断"貌似平白如水却暗流跌宕，于吟猱处较之一众大家均不遑多让，尤其是她依琴而叹的"相思之苦"则是更有一番韵味上心头，总是别开生面。元代辛文房在其《唐才子传》中只为薛涛、李冶、鱼玄机三位女冠诗人单独列传，在李冶传中除诗人介绍外还加入了大量的评述，而且所用篇幅之大超过李白、杜甫，但大都是对李冶的道德抨击，更不乏市井风闻。

　　李冶的诗多有相思、幽怨、孤寂、惆怅、病卧之意，但在她的另一首琴诗《从萧叔子听弹琴，赋得三峡流泉歌》中全然不见女儿家的缠绵，尤其是形容琴者技法及琴声时的"巨石崩崖指下生，飞泉走浪弦中起"，颇有贯休《听僧弹琴》中"今朝乡思浑堆积，琴上闻师大蟹行"的雄浑气势。

【雅赏】

从萧叔子听弹琴，赋得三峡流泉歌（李冶）

妾家本住巫山云，巫山流水常自闻。
玉琴弹出转寥夐，直似当时梦里听。
三峡迢迢几千里，一时流入幽闺里。
巨石崩崖指下生，飞泉走浪弦中起。
初疑愤怒含雷风，又似呜咽流不通。
回湍曲濑势将尽，时复滴沥平沙中。
忆昔阮公为此曲，能令仲容听不足。
一弹既罢复一弹，愿作流泉镇相续。

昭国里第听元老师弹琴
韦应物

竹林高宇霜露清，
朱丝玉徽多故情。
暗识啼乌与别鹤，
只缘中有断肠声。

【作者】

韦应物（约737—791），字义博，唐中期著名山水田园派诗人，京兆万年（陕西省西安市）人，世称"韦苏州"或"韦左司"，与柳宗元并称"韦柳"，或与王维、孟浩然共称"王孟韦柳"。韦应物出身京兆大族韦氏，以门荫入仕，初为右千牛备身，出入宫闱，近侍唐玄宗，直至安史之乱爆发，后任栎阳县令，再入朝迁比部郎中（从五品上官职），后外放苏州刺史等职，在苏州去世。韦应物诗文作品传世较多，《全唐诗》收录其584首，《唐诗三百首》收录12首，另有《韦江州集》10卷，《韦苏州诗集》2卷，有铭、赋存世。韦应物的诗风格独立，格调闲远，意致冲淡，结构简洁不失秀逸，语言朴素亦有秾丽，具有古质自然的比赋及凄冷清寂的情感，恬静中略带苦涩。他工五律、擅古体，在题材上以山水诗居多，强调色彩感尤以青翠、黛绿为主，意境上多体现幽冷、寒凉的清寂苦涩。韦应物名诗名句颇多，尤以那首《滁州西涧》为千古绝唱"独怜幽草涧边生，上有黄鹂深树鸣。春潮带雨晚来急，野渡无人舟自横"（被选入中学语文教材中）。此外，他的《简卢陟》更是为今人所熟知，尤其是尾联的一句"我有一瓢酒，可以慰风尘"被无数人传唱化用。

【诗文大意】

斗檐高屋，幽隐在竹林深处。清晨的霜露，洗涤出一派清新。幽幽中传来琴声阵阵，我不禁驻足，辨听，琴声中蕴含着不尽的忧愁，那是琴曲《乌夜啼》以及《别鹤操》。在这凄冷的清晨，那琴声和琴曲令我柔情百转，似有千种离别苦，直教人怎那般情肠寸断。

【品读】

盛唐后期的安史之乱，不仅是大唐由盛转衰的一个标志，也是唐代诗风由初唐的青春不羁到盛唐的豪迈引吭，继而转向了中唐幽深苦吟、低回反思的阶段。正可谓"国家不幸诗家幸，赋到沧桑句便工"，与大历年间涌现出来的诗人一样，在韦应物身上就体现了这种与时代息息相关的诗歌特点。唐玄宗仓皇入蜀，而韦应物等一众被遗弃在长安，这使得养尊处优的诗人和长安乃至大唐千千万万的普通人一样饱受了战火的摧残和动乱的煎熬。所以，这个时期的诗人更多徘徊于感伤、恐惧、孤独和无助的感受中，尤其是韦应物历经四朝，见证了大唐由盛而衰的历史过程，在他心中留下的阴影以及对人生的反思更切于常人，寂寞和苦难的情绪表达也超乎常人。在这首七绝《昭国里第听元老师弹琴》中提及的"昭国"即长安城中著名的昭国坊，是唐代长安外郭城坊里之一，位于朱雀门东。这里曾经是达官显贵及文化名人们聚居的地段，也曾经住过诗人白居易，也是玄宗时著名的歌唱家、作曲家、古琴家金吾大将军韦青的宅第。

参考《乐府杂录·歌》及《唐教坊记》等史料，笔者大致还原了那个曾经发生在昭国里第的一段凄美的爱情故事。安史之乱后的唐代宗李豫初年，由广陵流落至长安的张红红父女被韦青发现，尤其是张红红的美貌以及她婉转动听的歌声令韦青大加赞赏，恰韦青的原配刚刚去世不久，遂将15岁的张红红纳作续弦。张红红在韦府的日子里，夫妻二人亦弦亦歌，成为长安城内的一段佳话。唐代宗李豫闻听后赴韦府，立即被张红红的美艳及歌声震惊，遂生将其纳入宫中之念，怎奈张红红心中只有韦青，最后唐代宗借召张红红进宫献唱之际强行临幸了她，并将其羁留宫中，从此，张红红白天霓裳欢颜，夜间以泪洗面，而韦青也向朝廷辞去所有官职，就此闭门不出。数月后，张红红忽于夜晚的深宫中似乎听到了一曲曲悲婉、凄凉、如泣如诉的琴声，第二天便得知韦青于昨晚一夜抚琴，病死家中。听到这个噩耗后，张红红在伤心欲绝中唱出了她人生最后一曲《长门怨》便自缢于宫中。最终，无奈与羞愧的唐代宗将她和韦青合葬。韦应物的这首诗就是在昭国坊里闻琴声而感怀于韦青、张红红的爱恨情仇，暗陈对当朝的忧愤，以及对自己前途的迷茫而作。

  诗中的首句即将一个幽竹、高檐的环境展现在读者面前，从色调上看又是冷色调的青绿。高门大户的斗角屋檐，掩映在竹林之中，覆着一层晚秋的霜露。一个"霜"字将时间固定在深秋，一个"露"字将它精确到清晨，再结合诗名中的昭国里第，说明是在高门大户的宅院之中。二句诗人感受到的是琴声中讲述的幽怨故事。三句中的"暗识"取意诗人的心情与琴中所表达的情感暗合一处，言外之意，诗人此时闻琴声而揣其意，不禁联想到韦青与张红红那段令人扼腕的不幸。"啼乌"和"别鹤"分别为两首古琴曲，其中"别鹤"即指古琴曲《别鹤操》，千百年来，它已经是诗词中讲述夫妻之间离愁的代表性用典，北宋琴家成玉磵《琴论》有曰："忧愁而作，命之曰操。"而《乌夜啼》其曲意是言寒鸦反哺，诗人在此用禽类尚知母慈子孝以暗讽当世朝堂乱象。韦应物此时正托病辞官闲居于长安，他在诗中也借《乌夜啼》表达自己对家国时政的忧心忡忡。《乌夜啼》历经千年广为诗人所吟咏，其中包括南北朝时的鲍照、吴均，唐代诗人杨巨源、王建、李白、杜甫、张继、白居易、李贺，以及明清一众诗家。最为人熟知的当数张继的"月落乌啼霜满天"，其诗意像极了此时的韦应物。时至宋元，【乌夜啼】更成为词人笔下的一个著名的词牌，其中以南唐后主李煜的两首《乌夜啼》堪称绝笔。来到诗的尾句，"断肠"二字，将这种悲戚的情绪推到了极致，将诗人在琴中所感受到的思想共鸣和情感共识，以及对曾经往事的反刍和对当下的思考尽展于"断肠"二字。笔者认为，诗中的场景或许是诗人果真身临其境，而所谓的琴声应当是诗人臆造出来的，不过是故地重游想起了发生在韦青身上的那个故事，同时感怀大唐盛世不再，由彼及己，这是经过人生重大的变故和一番彻骨的苦难之后，诗人发自内心的一种深切的忧患和无言的哀叹。

这首七绝在词句布列上完整精致，言简意赅，咏物抒情，布局停妥，假景致以铺陈，借琴曲而发兴，《唐才子传》评其："独应物驰骤建安以还，各有风韵，自成一家之体，清深雅丽，虽诗人之盛，亦罕其伦，甚为时论所右。"此时，听琴、听谁弹琴都已经不重要了，留在读者脑海中的只有那寂静的竹林幽路，抬眼可及的楼台孤角以及不知从何处传来的幽幽琴声，而这竹林、里第、晨霜、琴声与诗人的忧叹，杂糅出一番挥之不去的沉思，恍惚间不觉岁月已成淹留。

韦应物性情高洁，史称他"鲜食寡欲，所居必焚香扫地而坐，冥心象外"，他谙通音律、懂琴、好琴，善于以琴及琴曲为诗中的暗喻，《简卢陟》中的"可怜白雪曲，未遇知音人"是他对古琴思想及其高古意象的一种核心认识，而在他另一首琴诗《司空主簿琴席》中依然留恋于《白雪》的意境，在强调对君子气质的求索同时也咏出了"幽期默玄悟"的致兴琴意，掩抑之中一曲弄罢，而余韵在心中萦绕，其所悟者不外乎"清、幽、素"也。

【雅赏】

司空主簿琴席（韦应物）

烟华方散薄，蕙气犹含露。
澹景发清琴，幽期默玄悟。
流连白雪意，断续回风度。
掩抑虽已终，忡忡在幽素。

听杜山人弹胡笳

戎昱

绿琴胡笳谁妙弹,山人杜陵名庭兰。
杜君少与山人友,山人没来今已久。
当时海内求知音,嘱付胡笳入君手。
杜陵攻琴四十年,琴声在音不在弦。
座中为我奏此曲,满堂萧瑟如穷边。
第一第二拍,泪尽蛾眉没蕃客。
更闻出塞入塞声,穹庐毡帐难为情。
胡天雨雪四时下,五月不曾芳草生。
须臾促轸变宫徵,一声悲兮一声喜。
南看汉月双眼明,却顾胡儿寸心死。
回鹘数年收洛阳,洛阳士女皆驱将。
岂无父母与兄弟,闻此哀情皆断肠。
杜陵先生证此道,沈家祝家皆绝倒。
如今世上雅风衰,若个深知此声好。
世上爱筝不爱琴,则明此调难知音。
今朝促轸为君奏,不向俗流传此心。

【作者】

戎昱(？—约799),唐中期著名诗人,荆州(今湖北省荆州市江陵县）人，祖籍扶风（今陕西省宝鸡市），进士出身，唐德宗李适建中三年（782）在长安任侍御史，后被贬为辰州刺史，再调任虔州刺史。晚年居湖南零陵，去世于桂州（今广西壮族自治区桂林市）。戎昱于仕途乏善可陈，却颇有诗名，他著名的诗作有《塞下曲》《苦哉行》及《桂州腊夜》等，其中《塞下曲》被选入小学语文古诗赏析中。戎昱为人孤傲清高，性格耿直侠义，文辞含蓄隽永，诗风质朴晓畅，有名句"千金未必能移性，一诺从来许杀身"。诗人一生寄情山水、游历颇广，南宋诗评家时少章（字天彝）所撰《唐百家诗选评》有述："戎昱稍为后辈，多军旅离别之思，造语益巧，用意益浅矣。"

戎昱大约存诗125首，《新唐书·艺文志》著录《戎昱集》五卷（已佚），今传《戎昱诗集》一卷及明人朱警所辑《唐百家诗》和清人席启寓《唐诗百名家全集》等辑本存世。

【诗文大意】

绿绮古琴弹奏的琴曲名《胡笳》，琴中魁首当数当年杜陵的山人董庭兰。杜君少年时即识董山人，而山人已离世许久，当年山人遍寻知音及海内，终将胡笳二曲传予杜君手，杜君苦修40年，悟得深奥在音不在弦。今天君居堂中为我奏此曲，琴声将我带到了那大漠边塞的一片苍凉地。《胡笳》曲一拍复一拍，声声如诉文姬红颜多薄命，被陷番地泪盈盈，琴声犹如出塞入塞曲，仿佛文姬委身匈奴受艰辛，塞外是苦寒之地啊，生活的艰难可想而知。杜君的琴转换调式，琴声悲喜交加迎面来，文姬日夜思乡终得归，却难弃一对骨肉胡儿心煎熬。而今回鹘屠洛阳，士人百姓遭掳掠，谁无妻儿和兄弟，闻听令我痛断肠。杜君的演奏引我临其境，琴技超越了沈家祝家之声法。唯叹今世文雅尽衰败，听懂杜君的琴声又能有几人。

人言爱筝不好琴，皆因古琴求知音。今闻杜君琴意妙，绝难再入俗家心。

【品读】

戎昱这首《听杜山人弹胡笳》从诗体上当为一首七言古诗，它讲述了诗人与董庭兰的弟子杜山人的一段交往，描述了一个听琴的场景。诗中的弹琴者为杜山人，少年时师从著名古琴家董庭兰，受传胡笳二曲苦练四十余年。全诗大体可分成三个部分，第一个部分即开篇，诗人重在介绍杜山人乃当世琴界大家，其中"绿琴"在诗中则泛指名琴，"胡笳"即著名的古琴曲《胡笳十八拍》，相传是依东汉末年蔡邕之女蔡文姬所作骚体乐府诗而成曲。董庭兰人称"董大"，盛唐时期著名的古琴大家，与李白、杜甫等当时著名诗人及文士高官交往密切。戎昱在诗中首先感叹董大去世后如今还能弹此二曲的只有杜山人，杜山人苦攻40年，终于悟得"琴声在音不在弦"之"意在音中情在琴外"的奥妙，所以就有了诗中"座中为我奏此曲，满堂萧瑟如穷边"这一句。诗人在此进一步阐述了琴曲的意境，是居于技巧之上的弦外之音，它使诗人眼前浮现了那萧瑟无边的莽莽荒原。

接下来是第二部分，诗人借琴声及琴曲之意，讲述了蔡文姬的悲惨遭遇以及结合"安史之乱"回鹘两度纵兵掳掠洛阳的这段历史。古琴《胡笳》有十八、十九拍之分，在我们今天理解可以视其为段落。在诗中，杜山人所弹奏的第一拍、第二拍的琴曲，瞬间将诗人带到蔡文姬被掳后痛不欲生的悲怨的场景中，接下来的出塞、入塞声是为琴曲后面的章节，则描写她被迫嫁与胡人为妻的无奈。随后，杜山人依琴曲改变调式，将琴曲演绎得悲喜交加，继而描写蔡文姬日日遥望家乡明月的思念之情，而眼前却是与胡人生下的一双儿女，之后诗人由琴曲联发回鹘攻入洛阳，无数百姓被掳去的悲叹。

第三部分也是此诗最为精彩的部分，诗人跳出前面的情绪，将读者的思绪由遥远的历史拉回到现实，将人们的视线从烽烟大漠转到眼前的琴家杜山人，他以诗的语言高度赞誉了杜山人精于琴道，词曲的演奏已超越了沈家声和祝家声。北宋郭茂倩在《乐府诗集·琴曲歌辞·胡笳十八拍》有题解："《琴集》曰：'大胡笳十八拍，小胡笳十九拍，并蔡琰作。'……又有契声一拍，共十九拍，谓之祝家声。"最后到诗尾处的抒情部分，诗人首先感叹如今雅乐崩坏、世风日下，还有多少人能够理解这么深奥的琴曲呢？感叹之后又自问自答，阐明如今世上爱筝之人多，而懂琴之人少，说明古琴之难，难于觅知音。诗人将情绪推向最高潮，将抒情的范围继续扩大，于诗尾处发出了自己的文化宣言，这就是杜山人之琴妙，蔡文姬之琴意，大小胡笳之琴曲，只有那些真正的君子才配领略，千万不要被世间俗人之心玷污。言外之意：我在琴中所体味到的是当下世俗之人所永远感悟不到的。

唐代诗人中有许多本身就是懂琴善琴之人，其中包括李白、杜甫、白居易、王维、李贺、戎昱等，他们与当时的著名琴家来往密切、交往颇深。这些琴家中有僧人、道人，还有一些居隐之士，宋赵希鹄《洞天清录·古琴辨》称："道人弹琴，琴不清亦清；俗人弹琴，琴不浊亦浊。而况妇人、女子、倡优、下贱乎。"明末徐上瀛在其《溪山琴况》中也有："本从性天流出，而亦陶冶可到。如道人弹琴，琴不清亦清。"这些僧道琴家引领了唐代古琴的音乐审美之风流，这就是清雅，而众多著名诗人的追捧也足以使这些琴家名噪一时。这种在盛唐时期特殊的文化现象，在琴家与诗人的思想碰撞中，在诗词与古琴的艺术相互融合中，拓宽了诗词的艺术领域，同时也极大地推动了古琴的发展，尤其是向文人士大夫阶层的渗透，更形成了将古琴文化推向高雅艺术的一股强劲势力。

有关"胡笳"的这几首古琴传统著名曲目的流传存在着许多争议，

笔者认为此诗中杜山人所奏曲目应该为《胡笳两本》。也就是说，由董庭兰整理创作的《胡笳两本》此时已经流传于世。而琴曲《胡笳十八拍》则笼统归为蔡文姬所作，如唐诗人李颀有诗云"蔡女昔造胡笳声，一弹一十有八拍。胡人落泪沾边草，汉使断肠对归客"（《听董大弹胡笳声兼寄语弄房给事》），诗中所提到的"蔡女"是指蔡文姬。

戎昱的这首《听杜山人弹胡笳》，始终围绕着古琴曲大小胡笳和蔡文姬的身世来展开。此诗从技巧上极有意思，如果将最后八句"杜陵先生证此道……不向俗流传此心"单独拿出来，便是一首漂亮的七律，如果将其一分为二，便是两首独立的七绝，尤其最后四句更是对1000多年前滥觞于盛唐、淹留于晚唐，历经200年的"花雅之争"做了一个具象化的解读。

【雅赏】

听杜山人弹胡笳（戎昱）（节选）

杜陵先生证此道，沈家祝家皆绝倒。
如今世上雅风衰，若个深知此声好。
世上爱筝不爱琴，则明此调难知音。
今朝促轸为君奏，不向俗流传此心。

【大胡笳】

闻亡友王七嘉禾寺得素琴

李益

故人惜此去,留琴明月前。
今来我访旧,泪洒白云天。
讵欲匣孤响,送君归夜泉。
抚琴犹可绝,况此故无弦。
何必雍门奏,然后泪潺湲。

【作者】

李益(746—829),字君虞,陇西姑臧(今甘肃省武威市)人,后迁河南洛阳,中唐时期著名诗人,与族亲李贺齐名。唐代宗李豫大历四年(769)进士,初任郑县尉,久不得升迁,唐德宗李适建中四年(783)登书判拔萃科,后官至幽州营田副使、检校吏部员外郎,迁检校考功郎中,加御史中丞,为右散骑常侍。唐文宗李昂太和年初,以礼部尚书致仕。后人也有将其列入唐"大历十才子"之中,如南宋文学家洪迈在《容斋随笔》卷九中就言:"李益、卢纶,皆唐大历十才子之杰者。"李益是中晚唐的重要诗人,尤以边塞诗作出名,擅长绝句,尤其是七言绝句,史称其"出身二十年,三受末秩;从事十八载,五在兵间。故其为文,咸多军旅之思",其边塞诗中以《夜上受降城闻笛》及《从军北征》等最为著名,有名句如《江南曲》中"早知潮有信,嫁与弄潮儿"广为后世所熟知。有《李君虞诗集》两卷存世。《全唐诗》录有其诗185首,有3首收入《唐诗三百首》。李益生于唐玄宗天宝五载（746），历经唐玄宗、肃宗、代宗、德宗、顺宗、宪宗、穆宗、敬宗、文宗九代，享年84岁，是唐代最长寿的诗人之一（另有刘禹锡71岁、皎然76岁、齐己78岁、罗隐78岁、贯休81岁）。

【诗文大意】

惜闻故人逝去，今天我来君曾经旅居的旧地凭吊。冷月下只有那张古琴犹在，忆故人，不禁仰天落泪。君生前心爱的古琴似在匣中孤鸣，仿佛是要再送君一程。从此已成绝响，何况琴上本就无弦，无须雍门弹奏那哀婉之声，此时此景我早已痛惜不已。

【品读】

李益的诗音律和美、情调感伤，为当时乐工所争相传唱，《唐才子传》称其："风流有词藻，与宗人贺（李贺）相埒……二十三受策秩，从军十年，运筹决胜，尤其所长。往往鞍马间为文，横槊赋诗，故多抑扬激厉悲离之作，高适、岑参之流也。宪宗雅闻其名，召为秘书少监、集贤殿学士。"

李益这首五古《闻亡友王七嘉禾寺得素琴》与其所作的另一首五言绝句《嘉禾寺见亡友王七题壁》"今日忆君处，忆君君岂知。空余暗尘字，读罢泪仍垂"应为同一时间地点所作，这也为更清晰地解读李益当时的深层情感提供了旁考。诗名之意为作者知道好友王七故去之后，去往嘉禾寺凭吊，见到一张王七生前所弹奏过的古琴即诗中的"素琴"，如刘禹锡的《陋室铭》中就有"可以调素琴，阅金经"之句。全诗李益似乎在反复表达自己对亡友深切的惋惜之情：故人就这样离去了，只留一张琴在月下桌前。今天我来旧地祭拜，思念好友之时不觉潸然泪下。故人已逝，但耳边却仿佛还能听见他生前所弹奏过的音乐，陪伴着故人直至黄泉。琴声既已成为绝响，所以琴弦也就发挥不了它的作用了。诗中"讵欲"有不忍、岂敢之意，如柳宗元的《游朝阳岩遂登西亭二十韵》中有"所怀缓伊郁，讵欲肩夷巢"，意为不敢与伯夷、巢父比肩，只求能缓解心中的郁闷，北宋司马光的《双竹》中也有"讵欲寻支遁，安能问辟疆"之句。

诗尾处的"何必雍门奏，然后泪潺湲"两句，取典于战国时期"雍门鼓琴"。雍门，是指齐国的著名琴师雍门周，他琴艺高超，尤其擅长演奏悲怨的琴曲。相传他是最早发明古琴文字谱的人。刘向的《说苑·善说》载："尝于孟尝君，引琴而鼓之。徐动宫徵，微挥羽角，切终而成曲。孟尝君涕浪汗增，欷而就之曰：'先生之鼓琴，令文立若破国亡邑之人也。'"而诗人引用此典之意便是："哪里还需要雍门鼓琴，此时我就已经情不自禁，泪流满面了。"诗人以琴言情、依琴而咏、就琴发挥，借孤琴来比喻故人离去自己将倍感孤独，借琴在"匣孤响"感叹今后自己的心事又能向谁倾诉，诗人将自己比喻为亡友空留于世的这张孤琴，此等拟人的笔法是非常具有艺术感染力的，使整篇诗中始终充斥着悲戚和不舍。

有唐一代的边塞诗人中如果说岑参是行得最远的一位（他曾充安西四镇节度使高仙芝幕府书记，最远至龟兹即今天的新疆库车一带，距长安3000多千米），那么李益则是走的地方最多的一位，他一生五度赴边塞，足迹遍布当时唐朝整个北部边地，入渭北、入朔方、入灵州、入邠宁、入幽州，游河东、河北各大节度使为幕僚，前后二十年。故而李益的边塞诗在唐诗中独树一帜、自成一体。由是，《旧唐书·李益传》有言："'回乐峰前沙似雪，受降城外月如霜'之句，天下以为歌词。"严羽的《沧浪诗话·诗评十九》中则评曰："大历以后，吾所深取者，李长吉、柳子厚、刘言史、权德舆、李涉、李益耳。"明人陆时雍的《诗镜总论》中有言："李益五古，得太白之深，所不能者澹荡耳。太白力有余间，故游衍自得。益将矻矻以为之。"胡应麟更是在《诗薮·内编·卷六》中赞其曰："七言绝，开元之下，便当以李益为第一。如《从军》诸篇，皆可与太白、龙标（王昌龄）竞爽，非中唐所得有也。"可见后世各家对李益的评价不可谓不高。

《唐才子传》说其"益少有僻疾，多猜忌，防闲妻妾，过为苛酷"，时称为"妒痴尚书李十郎"，其间风闻种种盖由自唐代文学家蒋防的唐朝传奇小说《霍小玉传》。蒋防是唐宪宗时期的人，写此传时李益应还在世，这个由李益与霍小玉的故事而引发的跨越千年之议论，为李益的一生增添了一个令后世津津乐道的话题。霍小玉因家道中落而沦为娼妓，16岁时遇到李益，当时李益20岁出头，霍小玉明白自己的社会地位无法和李益真正在一起，于是她和李益约定"相爱八年"。然而，李益还是选娶名门闺秀为妻，并且躲避霍小玉不肯相见，后霍小玉相思成疾而死。鲁迅先生曾评《霍小玉传》说："李肇《国史补》中云'散骑常侍李益少有疑病'，而传谓小玉死后，李益乃大猜忌，则或出于附会，以成异闻者也。"明代的著名文学家、戏曲家汤显祖则依"霍小玉与书生李益"的悲情故事，创作了著名的《紫钗记》，并以昆曲传统剧目一直流传至今。

李益的另一首琴诗《竹窗闻风寄苗发司空曙》不仅虚冲雅致，而且生动细腻，让我们看到了边塞诗人性情发扬以外的文质彬彬。

【雅赏】

竹窗闻风寄苗发司空曙（李益）

微风惊暮坐，临牖思悠哉。
开门复动竹，疑是故人来。
时滴枝上露，稍沾阶下苔。
何当一入幌，为拂绿琴埃。

听琴
孟郊

飒飒微雨收，翻翻橡叶鸣。月沉乱峰西，寥落三四星。
前溪忽调琴，隔林寒琤琤。闻弹正弄声，不敢枕上听。
回烛整头簪，漱泉立中庭。定步屦齿深，貌禅目冥冥。
微风吹衣襟，亦认宫徵声。学道三十年，未免忧死生。
闻弹一夜中，会尽天地情。

【作者】

孟郊（751—814），字东野，中唐著名苦吟派诗人，湖州武康（今浙江湖州市德清县）人。祖居洛阳，曾隐居嵩山，46岁方中进士，也就有了家喻户晓的那首《登科后》，其中一句"春风得意马蹄疾，一日看尽长安花"遂成名句。然而孟郊的仕途也仅仅止于溧阳县尉（今江苏省常州市溧阳市），晚年生活凄凉，病逝时身前无子，世称"诗囚"，被张籍等人私谥"贞曜先生"。

孟郊的诗作多愤世偏激，多有涉及人伦、情爱，最著名的莫过于《游子吟》《杏殇》。他崇尚儒家，宣扬仁义道德，歌颂上古之风，有复古守道的思想主张。孟郊的诗词特点既古朴凝重，又追求新鲜，大量使用白描的叙事手法，使得诗文的画面感极强，特别是他追求险峻艰涩，深思苦吟，用词"狠硬"，以求崎岖险绝。正如他在《夜感自遣》中吟道："夜学晓未休，苦吟神鬼愁。"他的诗敢言人所未道，且惯用新词，然而又情切悲婉，还不失诗家气势。中唐才子李观称其曰"孟之诗，五言高处，在古无二"，宋欧阳修则评其曰："韩孟于文词，两雄力相当。"宋代苏轼说出那句著名的"郊寒岛瘦"，明代胡震亨论曰："以时事入诗，自杜少陵始；以名场事入诗，自孟东野始。"可以说，孟郊的生平是封建时代那些境遇不佳、人生多舛的士人们的缩影。孟郊诗作颇丰，有《孟东野诗集》10卷，《全唐诗》收录其532首，其中尤以五言居多，《唐诗三百首》收录其诗2首，最著名的是那首千古传唱的《游子吟》，清代宋长白《柳亭诗话》有赞："孟东野'慈母手中线'一首，言有尽而意无穷，足与李公垂'锄禾日当午'并传。"《唐诗归》也赞曰："仁孝之言，自然风雅。"

【诗文大意】

阴幽的小雨渐渐住了，清冷的微风吹开了乌云，也吹得树叶沙沙作响。月落西山峦峰沉，似有几点稀星隐现。不远处的溪水旁有人弹起古琴，隔着树林，传来的琴声，尤其清洌感人。随着琴声的正调奏鸣，我再也无法静卧床榻。点亮灯，正衣冠，定立庭中的积水。木屐也深深地陷入雨后的泥水中，仿佛泉水在我脚下流淌而过。闭目聆听着琴声如老僧入定，任凭微风吹起衣襟，体味着琴声中宫调的庄正及徵调的升腾。三十年功名与问道，而今始忧老迈，唯有这夜半琴声，令我寄情天地也将生死看淡。

【品读】

这首《听琴》是孟郊少有的以琴入诗的作品。冷飒的细雨过后月渐西沉，几颗星星在云开处闪现。有人在溪水旁弹起古琴，琴声中的慨古之情，令诗人肃然起敬，急至庭院中静立倾听，一任鞋履已陷进雨后的积水中，30年寒窗苦读不过是追求功名利禄，历尽沧桑苦难令诗人渐渐担忧自己就这样老去，而这一夜听琴，却道尽了天地之间的人生过往，也恰恰是诗人的这最后一句，使整首诗忽然间有了灵魂，仿佛如琴韵一般的意味深长。

观诗人一生大体可分为三个阶段：其一，数年苦读，屡试不第，隐居山林。其二，46岁进士及第，久历磨难的他终于迎来了新的希望，抑或内心对未来的生活充满了更高的憧憬。最有代表性的莫过于"昔日龌龊不足夸，今朝放荡思无涯"之句。其三，人近老年，多子早夭，不意仕途、穷病他乡，在他的诗文中更觉寒意凛然。而这种"寒"是他一生坎坷、忧闷的汇聚，正所谓"出门即有碍，谁谓天地宽"。这首《听琴》诗就是这一时期所作。

诗的前三句在读者面前描绘了一幅雅致的写意画面，而伴随而来又似乎有耳畔飘来的琴声，琴声挟着凄冷的夜风，寒侵筋骨。诗人白描构图，少有地把这种寒气写得如此美丽，不仅生动鲜活，充满了禅意，不带一点烟火之气，更显士大夫风骨。诗中用"寥落三四星"来衬托自己的形单影只，老迈多病又如渐沉"峰西"的孤月。诗人精妙地用了一个"乱"字，把那种风卷云动、月影飘摇之景描写得历历在目，在读者眼前展现了峰峦月沉、烟云缭绕、寒风细雨、星辰数点、树叶沙沙的景象。相比前六句，后八句写琴声则略显沉寂但又不失古意，始终围绕着"闻弹正弄声"展开。古琴传统上的"正调"又称"清角调"，琴曲有《流水》《梅花三弄》《平沙落雁》《渔樵问答》等。"正弄"（或称"五均""五调"），盖指黄钟均、夹钟均、仲吕均、夷则均和无射均五种弦式；与之相应的"侧弄"是指借"正弄"中基于正调的弦式，不以紧、慢而成别调，即黄钟均侧弄、无射均侧弄、林钟均侧弄、夹钟均侧弄。今天琴界研究古琴的调式理论大都是基于五代聂崇义、南宋姜夔（字白石道人）、元代陈敏子、明代朱载堉及清代曹庭栋等一众琴家的琴学论著，然而通过孟郊的《听琴》我们可以清晰地感觉到，在唐代这些古琴音乐的基础理论已日臻成熟，也从一个侧面说明诗人孟郊是琴道中人。此外，诗人用"亦认宫徵声"来解释自己为什么对于这琴声如此的尊崇和全神贯注，是因为自己懂得琴声中传来的宫调、徵调所蕴含的琴曲及琴意。徵调式的古琴曲更易入心，曲调积极主动，志向远大，如琴曲《山居吟》《文王操》《樵歌》《渔歌》等均为徵调。

诗人依旧以他那固有的孤冷情感，伫立庭院，脚踏木屐，正冠危襟如老僧入定，于昏暗中长久伫立。诗中的"漱泉"即漱流之意，指让泉水或流水任意冲洗，文士们大都引来与高卧、静坐、尝酒、试茶、濯足、枕石等意象合用，多喻指隐居山林的自由自在的生活，在此诗中既有言诗人立于庭院的积水中而全然不顾，联系之后的"屐齿深"即令诗意更加耐人琢磨，令读者不禁想到，能让诗人长久伫立于泥水去倾听的琴声该有多么的振聋发聩，该有多么的绵远悠长，连微风吹动的衣襟似乎都能听懂这飘来的琴声。至此，诗人以高深的炼句和被世人称道的苦吟，把整个诗的"情""景""声"进行了全画幅式的展现，为后面的抒情议论做了完美的铺垫。诗尾处"闻弹一夜中"的"一夜"再次令人叫绝，它与后面的"会尽天地情"之中的"会尽"前后呼应，为本诗最佳妙笔，在技巧上避免了"苦吟派"诗人常会出现的"有句无篇"的尴尬，诗作者感叹此一夜伫立庭中听琴，琴声所演绎的似乎正是本人一生的种种过往，琴声似乎娓娓道出了他对自己的人生反思和精神悟化。

唐中期，以孟郊、贾岛和姚合为苦吟诗派诗人的代表，就孟郊而言，其影响不仅于当世盛极一时，也深深地影响着后世诗家。在现今浙江省湖州市德清县武康镇建有孟郊祠堂，有一名联"名诗一首抒尽人间母子情；巨篇五百咏遍天下平民心"，横批是"贞曜千秋"，当是对孟郊诗作的全面褒扬。

在孟郊大量的诗篇中，笔者十分钟爱一首小诗《归信吟》，不同时期读来都会每有心得。

【雅赏】

归信吟（孟郊）

泪墨洒为书，将寄万里亲。
书去魂亦去，兀然空一身。

僧院听琴
杨巨源

禅思何妨在玉琴,
真僧不见听时心。
离声怨调秋堂夕,
云向苍梧湘水深。

【作者】

杨巨源(约755—825之后),字景山,中唐著名诗人。河中治所(今山西省永济市)人。唐德宗李适贞元五年(789)以第二名进士及第。入仕初为张弘靖从事,授秘书郎,拜虞部员外郎,后迁太常博士、国子祭酒,后出为凤翔(今陕西省宝鸡市)少尹(从四品)。唐穆宗李恒长庆四年(824)辞官退休,朝廷以为河中少尹,食其禄终身。韩愈作《送杨少尹序》有述及杨巨源"年满七十""去归其乡"。

杨巨源与同期的诗人韩愈、元稹、刘禹锡、白居易等人交好,《唐才子传》称其"才雄学富,用意声律,细挹得无穷之源,缓隽有愈永之味。长篇刻琢,绝句清冷,盖得于此而失于彼者矣"。他的名篇如《城东早春》以及"唯有春风最相惜,殷勤更向手中吹"等诗句最为著名。杨巨源有诗一卷行于世,《全唐诗》中收其诗171首。杨巨源的诗兼具意境朗阔和用情委婉的审美特质,富有中唐少有的健朗豪迈之精神风貌,好友白居易曾赞他"清句三朝谁是敌,白须四海半为兄",宋人计有功所著《唐诗纪事》

中评价道："杨巨源以'三刀梦益州，一箭取辽城'得名。"并赞其"格律工致，风调流美，颔颈二联，时见佳句"。

【诗文大意】

无尽禅思，仿佛由院中传来的阵阵琴声渡入心中，真僧未见，却被琴声所传禅意直抵心性。唯在这日暮秋凉的院落堂前，所有的离愁别怨，都被这琴声涤荡着，化为一派清神明志，随着淡远的琴声，乘风上白云，飘向那苍梧湘水之间。

【品读】

这首《僧院听琴》就七绝而言，的确工整秀美，开篇即语出惊人言明主旨：禅思何妨由自琴中悟。诗人将古琴所代表的文化诉求及琴声所传达的禅意与"参禅悟道、开解心结"，仅以"何妨"一词就巧妙地结合在了一起。未必一定要与大德高僧在堂前论禅机，此时禅院中琴家指下的琴声，已如梵声禅音浸入心中。这琴声所达的禅意令诗人神窍顿开，阵阵传来的琴声如源自苍梧的旷古之鸣，令诗人的悲离愁怨以及种种萧瑟情思，被濯沐一空。诗尾处的"云向苍梧湘水深"最是精彩，它既是全诗描摹的收笔，又是情致发扬的开端，深得绝句"意犹未尽"的精妙。由琴中所悟得的是什么诗人自不会明言，但琴声裹挟着诗人的思绪，升上云间，随着白云飘向湘水苍梧所在的极目远方，诗人似乎是要以这样的方式与古圣先贤进行跨越时空的心灵交流。这里的苍梧是指传说中距今4000多年前，位于湖南湘江流域及广西东北部的"苍梧古国"，据《山海经·海内经》载："南方苍梧之丘，苍梧之渊，其中有九疑山，舜之所葬。"古人也常用

"凤栖苍梧"来隐喻一种不渝无悔,纵使年华老去却依旧守护相望的情感,如同凤凰非梧桐不栖的坚贞。韦庄有《悼亡姬》一首"……湘江水阔苍梧远,何处相思弄舜琴",其中尾联与杨巨源此诗有异曲同工之妙。所以读到此诗的最后一句更觉字字珠玑,由此足见诗人遣词造句之精妙工整。这首七绝完整地勾画出一幅禅房幽境,琴声缥缈,不见高僧,以琴悟化,去其离怨悲怆而立其意境高远,同时表达了诗人乐观阔达的豪迈情怀,及不负韶华的抱负。读此诗后,方觉杨巨源果如其诗曰"垆烟添柳重,宫漏出花迟"一般,语迟于篇尾而张情于诗外。

杨巨源的这首《僧院听琴》又名《宿藏公院听齐孝若弹琴》,这就为解释此诗打开了一个新的门径。诗名中所谓弹琴者齐孝若,唐德宗贞元八年(792)与韩愈、欧阳詹等联袂登第,时称"龙虎榜"。官至大理正(五品下),世人称其"学必专授,文皆雅正,词赋甚精,章表殊健;疏眉目,美风姿",时任宰相的令狐楚曾为其写过著名的《荐齐孝若书》,堪称唐代"推荐信"的范本。而"藏公院"应是当时比较知名的一处禅院,与杨巨源同时期的诗人卢纶曾有《秋夜同畅当宿藏公院》一首五律"礼足一垂泪,医王知病由……将祈竟何得,灭迹在缁流",诗中的尾联的"缁流"即指僧人,而首联的"医王"当谓"药师佛",药师佛在梵文中又作药师如来或大医王佛。与卢纶同为"大历十才子"的诗人耿湋也有《题藏公院》:"古院林公住,疏筵近井桃。俗年人见少,禅地自知高。药草诚多喻,沧溟在一毫。仍悲次宗辈,尘事日为劳。"由耿湋的诗中可见藏公院的古树、竹林、水井、桃树,以及清雅、沧溟的禅意,令琴人的琴声自有一种禅意流出,更兼供奉药师佛,则兼有悲悯众生体味世间冷暖的意境在其中。

明代胡震亨在《唐音癸签》中评价杨巨源说:"唐大历后,五七言律尚可接翅开元,惟排律大不竞。钱、刘以降,气味总薄。元、白中兴,铺叙转凡。所见中唐杨臣源，晚唐李商隐、李洞、陆龟蒙三家。杨则短韵不失前嫫，三家则长什尤饶新藻。"韩愈在杨巨源70岁离朝返乡之际，因病不能去送行，便挥就一篇《送杨少尹序》，其中饱含了对这位受人尊敬的诗人之赞美及些许的羡慕："……中世士大夫，以官为家，罢则无所于归。杨侯始冠，举于其乡，歌《鹿鸣》而来也。今之归，指其树曰：'某树，吾先人之所种也。某水、某丘，吾童子时所钓游也。'乡人莫不加敬，诫子孙以杨侯不去其乡为法。"读昌黎公送别一文，诗人杨巨源的和蔼、诙谐的士大夫气质以及睿智、豁达的长者形象仿佛就在眼前。

　　边塞诗是中国古代诗史上的重要流脉，是唐诗的重要组成部分。唐代的边塞诗人有盛唐时的岑参、高适、王之涣、王昌龄，到了大历时期有李益和卢纶。大历以后，边塞诗逐呈颓态，而杨巨源在50岁后创作了大量边塞军旅诗作，诗中呈现出一种舒张豪迈、挥洒激荡之情，其中著名的如他那首《关山月》。今世琴人对李白的五言古诗《关山月》以及由其演绎的琴歌都十分熟悉，而杨巨源的这首《关山月》是五言律诗。《关山月》是乐府旧题，常见的乐府旧题的作品有《塞上曲》《关山月》《薤露》《蒿里》《孔雀东南飞》《长歌行》《练时日》《华烨烨》等。盛唐后的诗人写乐府诗，开始不用汉乐府题目，是为乐府新题，首倡者是杜甫，如他的"三吏""三别"，之后白居易践行新乐府运动，使新题开始流行。

【雅赏】

关山月（杨巨源）

苍茫临故关，迢递照秋山。
万里平芜静，孤城落叶闲。
露浓栖雁起，天远戍兵还。
复映征西府，光深组练间。

相和歌辞·白头吟

张籍

请君膝上琴，弹我《白头吟》。
忆昔君前娇笑语，两情宛转如萦素。
宫中为我起高楼，更开华池种芳树。
春天百草秋始衰，弃我不待白头时。
罗襦玉珥色未暗，今朝已道不相宜。
扬州青铜作明镜，暗中持照不见影。
人心回互自无穷，眼前好恶那能定。
君恩已去若再返，菖蒲花生月长满。

【作者】

张籍（约767—约830），字文昌，中唐时期著名诗人，史称其郡望苏州，先辈移居和州乌江（今安徽省和县乌江镇）。张籍与韩愈亦师亦友，史上公认其为韩门大弟子，其乐府诗的造诣与王建齐名，后世并称为"张王乐府"，著名诗篇有《忆远》《塞下曲》《没蕃故人》《节妇吟》《江南曲》《秋思》等，其中《没蕃故人》被收入《唐诗三百首》，这也是《唐诗三百首》中收录张籍唯一的一首诗。张籍的《秋思》"洛阳城里见秋风，欲作家书意万重。复恐匆匆说不尽，行人临发又开封"及《节妇吟》"还君明珠双泪垂，恨不相逢未嫁时"家喻户晓，是为千古名句。

张籍一生艰辛，有时甚至穷困潦倒，他曾做了十年太常寺太祝（正九品的小官），因患眼疾几近失明，曾被人称戏为"穷瞎张太祝"。唐穆宗李恒长庆元年（821），承蒙韩愈荐为国子监广文馆博士，后又迁至水部员外郎。唐文宗李昂太和二年（828），累官至国子监司业，故世称"张水部"或"张司业"。张籍是中唐时期新乐府运动的积极倡导和推动者，他的诗除乐府歌行体（在乐府诗的基础上演化而来且多为七言诗的诗体，成于初唐，流行于盛唐时期）外，还有大量的近体诗。张籍心思细腻，用情不虚，于百转柔肠中不乏反映社会现实之作，尤为可贵的是他诗文情感丰沛又含蓄委婉，语言平易晓畅流于外而深切质朴涵于内。张籍留有《论语注辨》2卷，另有南宋时期刊刻《张司业集》8卷及附录1卷。南宋《蜀刻唐人集》中有《张文昌文集》4卷，共收录其诗317首。明嘉靖万历年间有刻本《唐张司业诗集》8卷，共收录其诗450多首。中华书局上海编辑所编纂的《张籍诗集》（1959年）共8卷，收录其诗480余首。

张籍以复杂的心境投入诗书创作之中，被后世称为"诗肠"。面对生活的清苦，张籍从容恬淡、温和而坚定，他与韩愈、孟郊、白居易、刘禹锡等当世名家文豪来往密切且交情甚笃，似乎身边也从不乏贵人相伴，但多舛的命运又似乎始终与其相随。贾岛写《投张太祝》喻其"风骨高更老，向春初阳葩"，白居易则作《读张籍古乐府》称他"尤工乐府诗，举代少其伦"，学友王建更是在《洛中张籍新居》中盛赞"自君移到无多日，墙上人名满绿苔"。对张籍的诗文成就，后世王安石由衷地感慨道："看似寻常最奇崛，成如容易却艰辛。"于今天来看，位列"唐宋八大家"的王文公之言评，倒是对张籍的才华及其负名"诗肠"的最精辟之理解。

【诗文大意】

请君弹起膝上的古琴，我要吟一首《白头吟》。回忆起当初伴在君前，两情相悦如漆似胶。君为我于繁华之地建起高阁，又以花木装点美丽的池塘。春去秋来花木终有败，君情逝去未及我两鬓斑白。如同我依旧鲜亮的衣衫首饰，于君眼中却越发不似当年。即使扬州的名镜在黑暗中亦难照见我的身影。世间人心多难测，眼光最易被心迷。君若回心转意日，看旧时池塘菖蒲开花月满楼。

【品读】

张籍在40岁至50岁期间创作了许多优秀乐府歌行作品，这首乐府诗《白头吟》就是在这一时期所作的。

《白头吟》之首唱当数西汉的卓文君，放在今天它算得上是一首"劝夫诗"。据《西京杂记》记载，司马相如功成名就之后有纳茂陵某女子为妾之念，而卓文君不吵不闹，只是给司马相如写了一首《白头吟》，并凭此诗迫使司马相如回心转意，重修旧好，成为史上处理婚姻关系的典例，尤以其中的名句"愿得一心人，白头不相离"被后代诗人不断化用，包括李白、刘希夷、虞世南等人，都曾经拟写乐府《白头吟》，而将"白头吟"的意象元素融入诗歌者，则更是不胜枚举。

张籍在诗中开宗明义：借君膝上的古琴，我要吟唱一曲《白头吟》。唐代弦歌盛极一时，表现在弄弦（弹琴）上多以"散音"（古琴的空弦）为主，体现在歌唱上则是形式多样。但宋代之前还极少见琴桌，琴家多将古琴置于两膝之上，故曰"膝琴"，延至北宋时期琴桌才逐渐普遍，在宋徽宗赵佶的《听琴图》中可见琴桌已成定式，今世仍有斫琴家斫制膝琴，通常较常规制式的琴略短小，在 100 厘米以内，笔者在当代斫琴名家张以秋先生处曾经见到过。

　　古人的"弦而歌之"至少有"啸""吟""咏""诵""唱""讴"等多种形式（有关"弦歌"另见笔者拙文《弦歌考略》）。元代李冶曰"古《诗》三百五篇，皆可声之琴瑟。咏其辞，而以琴瑟和之，所谓弦歌也。古人读诗皆然"（《敬斋古今黈》），宋苏轼《和王胜之三首》中有"斋酿如渑涨绿波，公诗句句可弦歌"，可见古人独以操琴以和，咏诵诗辞。弦而歌之，是除音乐外一个涉及语言学的大学问，其复杂程度超乎常人的想象，可以断言，古人的"弦而歌之"无论如何不会是今天琴人们用普通话一字一音的"弹唱"，今人之为充其量可以称为"琴歌弹唱"而绝非"弦歌"。

　　诗人张籍以琴发言，两情相悦的甜蜜"忆昔"展现在读者眼前，并引发出人们无尽的联想，其中"萦素"比喻萦绕在纯净的胸怀，而"宫中"是指京城繁华的区域。之后又将时空由春天般的蜜月换至秋风萧瑟的"今朝"，而当初的如漆似胶转眼就变成了薄情寡义，其中"罗襦"指轻软的多为绸制的丝织短衣，"玉珥"即玉制的耳饰。继而情绪急转直下，引"扬州铜镜"来述说人情冷暖，即天下最好的镜子映射出来的也不过是这样一个事实：美不美，不在于镜子的名贵，更不在于镜中的人物，而是在于不远处欣赏这一幕情景的"观望者"。于全诗的结尾处，作者心有不甘地以一句"君恩已去若再返，菖蒲花生月长满"来聊以自慰，从诗中可见其心境已见颓态，这也正是韩昌黎投书劝其忘却江湖而寄情山水的缘故吧。

　　《白头吟》这个题材，从汉至唐宋历经千年，就其寓意及现实场景而言，经历了一个由"俗"到"雅"的多重性意象演变过程，它从卓文君对司马相如婚姻宣言的市井层面，逐渐转化为下级对上级、臣工对君王、弱势者对强权者发声的"代言"。张籍也曾用这种"代言"的诗词语境婉拒了李师道。当时兼任检校司空、同中书门下平章事的平卢淄青节度使李师道权势炙手可热，他不惜用古书、重金、官职来圈揽张籍。今人常常喜欢用一句话戏说唐朝，即"没有什么事是一首诗不能解决的"，张籍就是以一首《节妇吟》委婉回绝，堪称以"代言"之语境拒绝他人的教科书："君知妾有夫，赠妾双明珠。感君缠绵意，系在红罗襦。妾家高楼连苑起，良人执戟明光里。知君用心如日月，事夫誓拟同生死。还君明珠双泪垂，恨不相逢未嫁时。"好一句"恨不相逢未嫁时"遂成千古名句。诗中的"妾"是张籍的自称，而"君"则喻化为李师道，其结果是既不开罪李师道，又遵从了自己的政治主张和人格底线。

揽观张籍郁闷的一生，他那首十分著名的《蓟北旅思》，即是对他彷徨、忧虑、愁苦、自怜的内心世界剖白："失意还独语，多愁只自知。客亭门外柳，折尽向南枝。"正如好友白居易在《读张籍古乐府》一诗中对他的一生有一个全景化的总结："上可裨教化，舒之济万民。下可理情性，卷之善一身。始从青衿岁，迨此白发新。日夜秉笔吟，心苦力亦勤……如何欲五十，官小身贱贫。病眼街西住，无人行到门。"生活的苦难并没有将张籍压垮，反而使他内心丰盈诗文大成，终于趋达化境且盛誉一时。数十年的官场浮沉消磨了张籍"兼济天下"的仕途之念，他便退而求其次，以"独善其身"来保持晚节，保持着不愿与世俗同流合污的倔强。

大凡负有大才之人必有不寻常之举，老年的张籍疾病缠身，生活越来越懈怠，就是借的书，也常常懒得归还，于是乎爱借书而不喜还书成了他留给后世的一个笑谈标签。境遇稍有改善时，为了上朝方便，他的住宅由平民区迁到西街与韩愈为邻，为了排解他的内心苦闷，韩愈曾投书赋诗劝他走出来接触大自然，于是就有了那首著名的《早春呈水部张十八员外》："天街小雨润如酥，草色遥看近却无。最是一年春好处，绝胜烟柳满皇都。"字里行间对于张籍的怜护之心可见一斑，但就是师友兼近邻的韩愈的邀请，张籍也是懒得应承，且又故技重施地写了一首婉拒诗《酬韩庶子》，只可怜韩愈空留脍炙人口的咏春名篇，然而泛观古来师友一场，最动人者却也不过此二公吧。

　　发生在张籍身上的趣事颇多，其中最让人津津乐道的是他与朱庆馀的"行卷诗对"。宝历元年（825），越州举子朱庆馀将自己所写的一首行卷诗《近试上张籍水部》抄呈张籍，其中最后一句"画眉深浅入时无"使朱庆馀名震诗坛，这已经是十分明显地在试问：这次考试我的前景如何？时年54岁的张籍看罢全诗，秉承勉携后进的一贯作风，随即在诗后附了一首《酬朱庆馀》："越女新妆出镜心，自知明艳更沉吟。齐纨未足时人贵，一曲菱歌敌万金。"问得有些直白，答得从容机妙，这一对老少知己实在将"行卷"一事隐雅到了极致，堪称"不著一字，巧妙作弊"。果然，得到张籍推荐的朱庆馀，一举考取了进士。张籍如此推崇朱庆馀，除了为国选材的一份公心，不可否认的也是感念当年韩愈曾如此这般推荐自己的经历。

　　古琴曲《白头吟》，相传为西汉卓文君所作，收录于明代张廷玉（字汝光，号石初）撰辑的古琴论著《新传理性元雅》中，其中琴曲曲意解析："司马相如将聘茂陵人女为妾，文君作《白头吟》以自绝，乃止。"明代徐师曾言："其格韵不凡，托意婉切，殊可讽咏。后世多有拟作，方其简古，未有能过之者。"（《乐府明辨》）

　　至于这首《白头吟》的作者究竟是不是卓文君本人，古来争议颇多，近代有历史学家认为郭茂倩所著《乐府诗集》当中记载的《白头吟》非卓文君所作，而是两首五言诗叠加而成。然笔者认为，在西汉中期是否能产生这么成熟的五言诗也的确很值得探究。

【雅赏】

琴曲歌词

第一段：

皑如山上雪，皎若云间月。闻君有远意，故来相决远。今日斗酒会，明旦沟水头。躞蹀御沟上，沟水东西流。凄凄复凄凄，嫁娶不须啼。愿得一心人，白头不相离。竹竿何袅袅，鱼尾何簁簁。男儿重意气，何用钱刀为。

第二段：

皑如山上雪，皎若云间月。闻君有两意，故来相决绝。生平共城中，何尝斗酒会。今日斗酒会，明旦沟水头。躞蹀御沟上，沟水东西流。

第三段：

郭东亦有樵，郭西亦有樵。两樵相推与，无亲为谁骄。凄凄重凄凄，嫁娶亦不啼。愿得一心人，白头不相离。竹竿何袅袅，鱼尾何离簁。男儿欲相知，何用钱刀为。

第四段：

嶯如马啖箕，川上高士嬉。今日相对乐，延年万岁期。

《新传理性元雅》琴谱

听颖师弹琴
韩愈

昵昵儿女语，恩怨相尔汝。划然变轩昂，勇士赴敌场。
浮云柳絮无根蒂，天地阔远随飞扬。
喧啾百鸟群，忽见孤凤凰。跻攀分寸不可上，失势一落千丈强。
嗟余有两耳，未省听丝篁。自闻颖师弹，起坐在一旁。
推手遽止之，湿衣泪滂滂。颖乎尔诚能，无以冰炭置我肠。

【作者】

韩愈（768—824），字退之，郡望昌黎，世称"韩昌黎"，唐德宗贞元八年（792）进士及第，唐穆宗时任吏部侍郎，卒年57岁，谥号"文"，故后人也称其"韩文公"，北宋神宗年间被追封"昌黎伯"，从祀孔庙。唐宋八大家之首，思想家、哲学家、诗人、散文家，中国最著名的文学家之一，与柳宗元、欧阳修、苏轼被后人合称为"千古文章四大家"。

近年来，关于韩愈的祖籍和出生地争议颇多，大体有"昌黎说""南阳说""孟州说""修武说"。笔者认为，韩愈既然认可"韩昌黎"的称谓，以及将自己的作品命名为《韩昌黎集》，故而郡望为"昌黎"所言应不假。据考，汉初的异姓诸侯王韩王信为韩愈的祖先，韩王信投降匈奴后被柴武斩杀，后其子韩颓当于吕后当政时回归汉朝，居昌黎，封弓高侯，后人将其视为昌黎韩氏的先祖。

此外，李白与韩仲卿（韩愈之父）交好，韩父病逝，李白撰《武昌宰韩君去思颂碑》文："君名仲卿，南阳人也……"河南南阳自唐至今未曾更名，后欧阳修、宋祁等人撰《新唐书·韩愈传》载"韩愈，字退之，邓州南阳人"，至今南阳仍有韩愈庙、文昌阁，包括汉白玉牌坊等以纪念韩愈。故而笔者认为，韩愈乃昌黎人氏，出生在河南南阳。有文言韩愈自称郡望昌黎，魏晋以至隋唐，郡县的显望之族被称为"郡望"，即该地（郡或县）的名望家族，所以"韩昌黎"之称应为不虚。

韩愈被后人称为"百代文宗"，苏轼赞他"文起八代之衰"。作为唐代最著名的诗赋及杂文大家，韩愈诗作存世颇多，据不完全统计现存400多首，《全唐诗》收录130余首。其很多作品被选入中小学语文教材之中。其著名的作品有《师说》："古之学者必有师。师者，所以传道授业解惑也。人非生而知之者，孰能无惑？惑而不从师，其为惑也，终不解矣。"其中一句极为著名："闻道有先后，术业有专攻。"人们对于韩愈的诗文耳熟能详者多不胜数，于笔者而言最喜欢的是《早春呈水部张十八员外》："天街小雨润如酥，草色遥看近却无。最是一年春好处，绝胜烟柳满皇都。"以及《春雪》："新年都未有芳华，二月初惊见草芽。白雪却嫌春色晚，故穿庭树作飞花。"每每读来，总觉眼前春风摇曳、草长莺飞，似乎有一种泥土的芬芳扑面而来。

韩愈不仅是哲学家、思想家，更是一位全才的大艺术家，他的艺术鉴赏能力和跨越时空的审美能力都是我们难以望其项背的，其言论之超卓雄伟，真有与诗书六艺相表里者，非后世能文章家所得比肩也。正是由于他超凡的艺术才华，以及对于古琴的热爱和超越时代的理解，故而在他的作品中有大量的琴曲歌辞与以琴入诗的优秀作品。

【诗文大意】

琴声响起，幽幽地，如儿女间的窃窃私语。间或又有相互嗔怪之态，随后陡然变得威武雄壮如勇士杀伐疆场。继而轻缓飘摇，若风吹云去，柳絮飞扬，像一片片雪花朝着远方弥散。忽地百鸟鸣叫，喧闹间似又有一只孤独奋翅的凤凰于百鸟之中腾闪，它奋力向上昂首飞扬，然终不得冲破鸟群之阻塞，无奈间收起无力的翅膀向下跌落着，跌落着。感叹啊，我空长着一对耳朵，我也自诩谙熟音律，但却从没有真正懂得琴中之意。今听颖师落指一曲，这神妙的音乐，令我下意识地站起身挥手急欲阻之，但此时的我已泪眼婆娑。颖师啊，君之一曲如同冰火，在我的内心恍如已历两重天地。

【品读】

这首《听颖师弹琴》便是韩愈琴诗中颇为生动的一首，也是被后世誉为"听琴诗"中的古今绝唱。清代著名词人朱彝尊曾评说："写琴声之妙入髓，又一一皆实境。繁休伯称车子，柳子厚志筝师，皆不能及。"欧阳修曾有一次问苏轼："琴诗何者最善？"苏轼答道："韩退之听颖师琴诗最善。"欧阳修则说："此诗最奇丽，然非听琴，乃听琵琶也。"笔者认为欧阳公此言当为戏谑之言，盖因唐人诗中意气与宋人词中意象之不同，故不能以文辞之意境推论。

读此诗，似有多解，我们可以将这首古风分成三个部分，前四句是在讲颖师所弹琴声的，亦即颖师的弹奏技巧和演奏方法。站在古琴技法的角度上我们可以想到"昵昵儿女语，恩怨相尔汝"应是指古琴的泛音起势，且是细碎的散板，而后入拍"划然变轩昂，勇士赴敌场"。接下来的六句则是琴曲的核心部分，颖师以他高超的琴技，运用古琴拟声的器乐特点，以低音和中音的结合，长走手以及大猱和绰注，展现出浮云柳絮、天阔飞扬这样一种场景。再继而以高音区游吟、细吟、掩、招等技法加之递进的旋律营造出百鸟啾鸣、上下翻飞的动感画面。忽而兼以散按结合，以引上和淌下之手法再将孤凤振臂上升和一落千丈之态用音乐诠释得淋漓尽致。

后面八句则表现了作者自己的情绪变化，特别是最后一句将"颖乎尔诚能，无以冰炭置我肠"与前面的"跻攀分寸不可上，失势一落千丈强"形成相互呼应，使得全诗的主题豁然明朗，使读者瞬间明白诗人的本意，即借琴言事，通过语言的叙述完成了对音乐的描写，其中高超地埋下伏笔，以最后点题将诗作者于朝堂之上见惯同僚倾轧、政见不合、奸宦当道、尔虞我诈，如同啾鸣之百鸟叽叽喳喳终日乱耳，而自己如同一只孤独的凤凰，纵有凌云之志，纵奋力拼搏，然只身无力挽狂澜、扶大厦，身心疲惫、仕途一落千丈。颖师的琴声正是诗人内心的写照，激起了诗人内心强大的共鸣，感怀自己的境遇，希望和现实如同冰火两重天。所有的苦闷和彷徨，寥落和失望在百感挠肠。

诗中"丝篁"泛指音乐，"滂滂"用以形容泪流满面，而"推手遽止之"中的"遽"字，颇有"一字之功"，将诗人那种急切、忐忑、欲言又止的心理与神态表现得淋漓尽致。唐代诗人以琴入诗、以诗言事、以事喻志，似乎多有隐晦，然韩愈则持巨斧开先河，异于常人地将自己的诸多心事尽付言中，寄情于诗、寄情于琴。在诗中既有满腔抱负，又有失落惆怅，更有对小人的不屑及对自己运不逢时的感叹。

观韩愈的一生，他幼年丧父、刻苦耕读、屡试不第、两入幕府，入仕后又屡遭贬谪，既因才华被人同情举荐，又因才华遭人嫉陷诟病，且性格耿介、心直口快，与官场之风格格不入。直到晚年，他仍屡被改任，终以吏部侍郎位告病休养，同年于长安家中病逝。逝后方被追赠礼部尚书。应该说，韩愈仅57年的一生，是不平凡的也是命运多舛的，但毕竟大唐还是为他提供了一个可以施展自己抱负的政治舞台，这于许多寒窗苦读而入仕无门的读书人而言已属天数。《逸周书》对谥法有着极为严谨的特定解释："经纬天地曰文，道德博闻曰文，学勤好问曰文；博闻多见曰文……德美才秀曰文……"韩文公当得此谥矣。

《听颖师弹琴》中的颖姓琴师，在唐中后期诗人的作品中经常出现。以颖师这样的当世名家，抚琴想必多以即兴为主，他洞察韩愈的心思，投其所好，故即兴之曲也必能更容易打动韩愈这位大"庄家"。这位琴僧与当时的名士、高官多有交集。

【雅赏】

秋怀诗十一首·其九（韩愈）

秋夜不可晨，秋日苦易暗。
我无汲汲志，何以有此憾。
寒鸡空在栖，缺月烦屡瞰。
有琴具徽弦，再鼓听愈淡。
古声久埋灭，无由见真滥。
低心逐时趋，苦勉只能暂。
有如乘风船，一纵不可缆。
不如觑文字，丹铅事点勘。
岂必求赢余，所要石与甔。

听琴

王建

无事此身离白云,松风溪水不曾闻。
至心听著仙翁引,今看青山围绕君。

【作者】

王建(约768—约830),字仲初,许州颍川(今河南省许昌市)人,中唐代著名诗人,素以乐府诗著称,尤善"宫词"(盛行于唐代,多以宫廷生活为背景,且以七言绝句居多)。年少时家庭贫困,门第微弱,进士出身直至40岁方入仕,故后人戏称其"白发初为吏,终日忧衣食"。当时与张籍并称"张王乐府",曾出任陕州司马,有过一段从军经历,所以在他的诗文中也有很多边塞诗。现今存有《王建诗集》《王司马集》等。《全唐诗》收录其诗作300余首,其中有《宫词》100首,他的七绝《新嫁娘词》被收入《唐诗三百首》中:"三日入厨下,洗手作羹汤。未谙姑食性,先遣小姑尝。"

【诗文大意】

君如仙人久居白云之上,今日闲暇莅临这久违的青山绿水之间。这里风入松林,更有溪水潺潺。我全身心地静听着,倾听着,听君弹奏的

《仙翁引》,恍然间,眼前的一切,还有那远山、那溪水和着这琴声,在君的周身幻化,如梦境般地围绕着,围绕着。

【品读】

王建在唐中后期颇具诗名,不仅是因其善"宫词",诗人白描的叙述笔法在当时已被人追捧,且在其诗词特点中颇显重要。换言之,他是以一个画家的审美方式,以一个构图者的敏锐观察力兼之以诗词的凝练语言,综合性地将场景、人物、事件用"白描"的手法全景式地展现在读者面前,特别是诗人对情景以至人物细致入微的把握,对动静相间的刻画,在诗词中运用得十分巧妙。同时,于大处使用渲染的笔法层层递进,于小处又如工笔精于枝末,有时他会使用叠字的句式加强这种渲染的层次感,如《调笑令·胡蝶》中的"胡蝶,胡蝶""红树,红树"、《水夫谣》中的"前驿迢迢后淼淼",再如《调笑令·罗袖》中的"罗袖,罗袖""愁坐,愁坐",有时又笔法严谨如雕风刻雾。

在《听琴》中,诗人巧妙地用"离白云"赞美了弹琴的琴家之仙风道骨,飘逸洒脱,犹如闲来无事偶尔下凡的天人,身旁还有白云相衬,乘着满满的仙气来到了诗人面前。二句继续将其对这位琴家的赞美加以更鲜活的渲染,用"松风溪水不曾闻"来强调自己所处的这一栖居之地,本有清风入松,兼有溪水潺潺,这些风和水多少年来都在这里飘过、淌过,却也从未见及这等仙人,从未听过这样优美的琴声。至此,诗人笔下略加勾连便完成了对琴家外表如仙、品行高古、琴技超群、神情不羁的全方位描写,在我们眼前展开了一幅"山水仙人抚琴图"。

在绝句的后半部分,诗人陡然转笔而言及自己,琴家所演奏的《仙翁引》让自己听得如痴如醉,这里诗人所用的"至心"二字,笔者认为是此诗的最绝妙之处。《礼记·大学》有云："欲修其身者，先正其心；欲正其心者，先诚其意；欲诚其意者，先致其知。"可见，诗人在这里至少想表达出两层意思，第一层是表面的，即琴人指尖演绎的美妙琴曲，以及琴家不凡的相貌气度，加之周边的风景环境，都使得诗人全神贯注，用心地倾听这首《仙翁引》。更主要的是诗人想表达的第二层意思，便是他所怀有的士大夫情怀，即修身、齐家、治国、平天下，以及诗人"至知以正心"的思想追求。这种起笔突兀、拗折不平且貌似散淡却隐含心机的遣词造句着实令人惊叹。最后一句诗人似乎意犹未尽地将这种情绪继续发扬，同时又不依循原路。在这里诗人的思路拐了一个弯儿，继续用了一个双关语，从表面看是说因为琴人美妙的琴声使得周边的青山绿水都在静静地倾听，连远处的风、天上的云，甚至流淌的溪水似乎都停滞了下来，静静地聆听着诗人笔下的琴声。另外，诗人将自己化身为这青山绿水，将自己的无奈以及对现实生活的无力抗争，甚至穷途末路的愤懑和所受到的一切不公全部融化在这青山绿水之中。这一刻，诗人似乎有了一种更高层的释悟，而在这种释悟中，诗人找到了理想化的身心寄托，也为自己的心能够逃离凡世融入大自然而感到了一丝丝的欣慰。正如德国哲学家海德格尔所言："人生的本质是诗意的，人应该诗意地栖息在大地上。"

综观王建的这首《听琴》，没有繁复的引经据典，却给读者留下了更多的思考空间。诗中所提的《仙翁引》应是当时的一首古琴曲，后世也有一首被大家弹唱的短曲，名为《仙翁操》（又《调弦入弄》）。《仙翁操》最早见于清代的《东皋琴谱》，它虽曲目短小但却暗合古琴应和之道，右手的勾挑与左手的绰注以及大小间的互变结合，它的歌词十分简单，只有两句，唱的是道家的"陈抟得道仙翁"。

历来古琴曲逾数千首，然综其形式多以操、引、畅、弄等曲式来划分，其中"引"命名的曲式，在《琴论》中有："引者，进德修业，申达之名也。"多是指可以以君子之修身广德为歌颂题材的琴曲，也兼有叙事之意，旋律舒缓而悠长，如《风雷引》《良宵引》《华胥引》等。"操"则是赞美君子志向高远、德操雅正的琴曲，《琴论》中言："忧愁而作，命之曰操，言穷则独善其身而不失其操也。"如《猗兰操》《文王操》《遁世操》等。

王建的这首《听琴》，浅读感觉轻松直白，细品则发现它内容十分严肃且沉重，格调含蓄。作为寒门子弟，诗人一生都在奔波潦倒中，他20岁便与张籍交好且一同求学，其何时登进士第虽无考，但"白发初为吏"应为史实，他一生位居下僚，似有"冯唐易老，李广难封"之势，然而也正是诗人这种生活经历，使得他更多地接触了社会现实和下层人群，其诗词的题材才会有大量反映民众生活的作品，特别是涉及农夫、渔者、桑人、织妇等众多劳动者的底层生活，这在其那首著名的《新嫁娘词》中则有淋漓尽致的表现。

王建的诗短小居多，观察入微、描写细腻，其情景再现的能力，综观全唐诗人中也不落下乘，《唐才子传》中评其曰："感动神思，道人所不能道。"然而，就是在他为数不多的以琴入诗的作品中，我们看到了诗人对琴的理解，以及于唐中期士大夫阶层那种"稽古至圣，心通造化，德协神人，理一身之性情，以理天下人之性情"（《溪山琴况》）的精神世界。在王建的众多诗作中，笔者更喜欢其另外一首《雨过山村》，读起来朗朗上口，生动有趣，如酷暑饮甘泉，直呼妙哉。

【雅赏】

雨过山村（王建）

雨里鸡鸣一两家,竹溪村路板桥斜。
妇姑相唤浴蚕去,闲着中庭栀子花。

昼居池上亭独吟

刘禹锡

日午树阴正，独吟池上亭。
静看蜂教诲，闲想鹤仪形。
法酒调神气，清琴入性灵。
浩然机已息，几杖复何铭。

【作者】

刘禹锡（772—842），字梦得，河南洛阳人，中唐时期著名的文学家、哲学家，被后世称为"诗豪"，唐贞元九年（793）进士及第，遂入仕为官，与王叔文（时任太子侍读）等人结为政治集团，史称"二王八司马"（"二王"指王伾、王叔文，"八司马"指柳宗元、刘禹锡、韦执谊、韩泰、陈谏、韩晔、凌准、程异，因他们都在唐顺宗年间改革失败后被贬为州司马）。顺宗"永贞革新"失败后，刘禹锡屡遭贬谪，卒于洛阳，享年71岁，后追赠"户部尚书"。

刘禹锡为唐代诗文大家，与韦应物、白居易合称"三杰"，与柳宗元并称"刘柳"。其名文《陋室铭》为世人皆知，此外《杨柳枝词》《乌衣巷》《竹枝词》及《天论》等著名诗文均颇具影响。刘禹锡为汉代贵族后裔，因其官僚出身，从小为他创造了极佳的学习环境，兼其自幼聪明、勤奋好读，在诗文方面尤为著称。年轻时游学长安、洛阳，树立了自己在士林中的美誉，他与柳宗元同年登博学鸿词科，后再登吏部取士科，入仕为太子校书，与韩愈、柳宗元交往密切。

刘禹锡的诗题材广泛，他汲取了民谣的形式，创作了许多带有寓言特点的诗歌。此外，他的山水诗也在当时引领了一种时尚。总体来讲，他的诗普遍具有豪迈奔放的情怀，朴素自然的质感，清新可爱的生活气息，以及高扬开朗的艺术表现形式。其最著名的诗句莫过于"沉舟侧畔千帆过，病树前头万木春"（《酬乐天扬州初逢席上见赠》）。史评其在辞赋创作上可与韩愈并列，居柳宗元之次。

南宋严羽《沧浪诗话》对刘禹锡的诗文赞誉颇高："大历后，刘梦得之绝句，张籍、王建之乐府，我所深取耳。"黄庭坚也曾评说刘禹锡曰："大概刘梦得乐府小章优于大篇，诗优于它文耳。"白居易更是对刘禹锡有着定性的赞誉："彭城刘禹锡，诗豪者也，其锋森然，少敢当者。"

【诗文大意】

浓郁的树荫遮蔽着夏日午后的骄阳，清凉中，我独自在池上的小亭中吟咏。蜜蜂们忙碌的身影使我联想颇多，联想起，那仙鹤们优雅婀娜的身形。饮一杯上好的官酿顿感神清气爽，听一首清雅的琴曲让我心情飞扬。而放开畅想，又有何意？如今，不过是对着眼前的茶几和手杖而无趣地赋诗。

【品读】

这首五律是刘禹锡在失意孤独时所作，时间、地点、场景都与他现实中的仕途境遇十分吻合，读此诗在字面上似乎清新简练、直白无华，然而，参照刘禹锡的坎坷仕途则不难看出诗中的隐喻之情。骄阳似火之下，于林中一缕清风，诗人独自于池上之亭吟咏，在诗的首联，诗人就将自己所处的境遇用隐喻的笔法展现在读者面前。正午的日头，比喻朝堂上的严酷现实，树荫比喻自己所处的一个暂时安逸的环境，然而这个环境能有多久呢？因为自己是处于池水中的一座孤亭，暗喻自己飘摇未卜的前途，特别是一个"独"字，表现出诗人当时的无助和心理上的孤独。诗颔处，诗人从蜜蜂纷飞的忙碌中似乎领悟到什么，这种领悟使得他想到了闲云野鹤的生活。言外之意，于朝堂之上，攻讦倾轧、日复一日、无休无止，不正像蜜蜂在这花丛间上下翻飞、闪转腾挪，为何不能像仙鹤一样，以优雅的仪态享受闲适自由的生活呢？这便是蜜蜂给予诗人的"教诲"。"法酒"旧指官方之酒（唐宋时期私自酿酒是要入刑的）。在诗的颈联，诗人用法酒和清琴继续将自己从蜜蜂身上得来的感悟加以发挥，这就是庙堂之争或可使自己扬名立万，但清雅的琴声能为自己涤荡心灵。换言之，在相互的倾轧中，即便是博得高位，也未必是心灵深处品性高洁的表现。尾联则是诗人感悟后的发叹，当年的理想抱负，以及锐意进取都已成过去，而现在不过是对着茶几、挂着拐杖吟诗作赋罢了。

刘禹锡对琴的理解并不停留于表面，他将琴与士大夫情怀及文人风骨结合在一起，在其《陋室铭》中我们可以看到："可以调素琴，阅金经。无丝竹之乱耳……"在这里，他强调"陋室"承载着圣贤的德行，因为这里有书有琴。古人对书房有明确的定义即"左琴右书"，在《陋室铭》中"调素琴"则是作者对琴的清雅之评价，而"阅金经"则是对古圣先贤经典的尊崇。正因有了素琴和金经，有德之人在这里心无旁骛，不再被靡靡之音、低俗之言论扰乱心境，诚如孔子之曰："君子居之，何陋之有。"（《论语·子罕》）

于花甲之年的笔者来说，更喜欢刘禹锡的另外一首诗《酬乐天咏老见示》，其首尾四句的"人谁不愿老，老去有谁怜"及"莫道桑榆晚，为霞尚满天"，于所有人来说都有着极高的现实意义和积极的历史意义。"老吾老以及人之老"，这是人们无法规避的自然规律，放在今天就是重大的国计民生，即养老问题，然而刘禹锡却在一千多年前喊出了老有所为、老有所乐，这虽不及曹孟德的"老骥伏枥，志在千里。烈士暮年，壮心不已"那样的豪情万丈，却也足以成为天下将老之人于人生后半程的感怀及激励之言。在诗人的许多作品中，我们都能够感受到这种积极的人生态度，一千多年来，这句话不知让多少人意气风发，又不知让多少人老而弥坚、充满希望，在对往事的回味和满天的霞光中走完自己的人生之路。

历经289年，诗歌作为唐代的重要文化标志，不仅诠释着唐朝的历史、社会风貌及风土人情，更体现着唐代文人那满满的豪情、放飞的思想、无尽的柔肠以及旷远开阔的襟怀，他们为我们留下的不仅仅是美轮美奂的文作，更有让我们无限回味的人生启示。

读刘禹锡的诗，使人少有面对鸿儒大家时的惴惴不安，而是多了些邻家长者的亲切和对良师益友的尊敬，也让我们感慨诗豪之名果然不虚也。

【雅赏】

竹枝词二首·其一（刘禹锡）

杨柳青青江水平，闻郎江上唱歌声。
东边日出西边雨，道是无晴却有晴。

废琴
白居易

丝桐合为琴,中有太古声。
古声淡无味,不称今人情。
玉徽光彩灭,朱弦尘土生。
废弃来已久,遗音尚泠泠。
不辞为君弹,纵弹人不听。
何物使之然?羌笛与秦筝。

【作者】

白居易(772—846),字乐天,号香山居士,又号醉吟先生,祖籍山西太原,生于河南新郑的官宦世家。白居易是唐代伟大的现实主义诗人,他的诗歌题材广泛、诗体多样、言辞通俗,《旧唐书》称其幼聪慧绝人,襟怀宏放,文辞富艳,尤精于诗笔。代表诗作有少年成名作《赋得古原草送别》以及后来的《长恨歌》《卖炭翁》《琵琶行》等。被后世称为"诗魔""诗王",与元稹于中唐时期举帜新乐府运动而世称"元白",与刘禹锡并称"刘白"。

白居易于唐德宗李适贞元十六年(800)登第,之后的四十余年宦海沉浮,由周至县尉累官至翰林学士、左拾遗、太子少傅、刑部尚书(正三品),封冯翊县侯。白居易一生创作了大约3500首诗,为唐人之最,其中《全唐诗》收录3006首,位居榜首,《唐诗三百首》收录6首,有《白氏长庆集》传世。白居易是唐代诗人中的长寿者，卒后葬于洛阳，今在洛阳市郊有白居易故居纪念馆，而其墓园（白园）则坐落在洛阳城南香山的琵琶峰。

【诗文大意】

古人用桐木和丝弦制成琴，琴中曾经演绎过太古之声。跨越时空的清静清微淡远，虚冲之声难以再感动今人。琴上的玉徽失去往日光彩，久违的琴弦上也落满灰尘。似乎已经废弃而无人问津，琴内仍遗存着古调的清泠。不好意思再为君弄弦鼓琴，因为现今少有人真心雅赏。叹问是什么使琴如此败落，不外羌笛和秦筝丝竹乱耳。

【品读】

白居易是有唐一代写"琴诗"最多的诗人，他一生留有120多首"琴诗"。经由唐太宗李世民开创的"天可汗"时代及唐玄宗的"开元盛世"，大唐经历了"九天阊阖开宫殿，万国衣冠拜冕旒"的盛世时期，各民族文化的交流达到了一个空前的程度，外邦音乐舞蹈和器乐大量地流入中土，尤以它们丰富新颖的表现形式而被世人追捧。古琴就是在这样一个历史的冲击中，由一大批文人士大夫及缁流逸客、山人处士努力维护着其原本的"文化道统"，从而引发起旷日持久的"花雅之争"及关于文化审美的思想批判。体现在唐诗上就是涌现出大量的以"古琴"为吟咏对象的"君子慨古"及以"今人"为代表的"世风靡靡"之辩，其中除"李、杜、白"的琴诗外，更有刘长卿《听弹琴》中的"古调虽自爱，今人多不弹"和戎昱《听杜山人弹胡笳》中的"世上爱筝不爱琴，则明此调难知音。今朝促轸为君奏，不向俗流传此心"之兴叹，张祜《听岳州徐员外弹琴》中的"玉律潜符一古琴，哲人心见圣人心"和王昌龄《琴》中的"孤桐秘虚鸣，朴素传幽真。仿佛弦指外，遂见初古人"之怀古，吴筠《听尹炼师弹琴》中的"至乐本太一，幽琴和乾坤。郑声久乱雅，此道稀能尊"之无奈，等等。白居易的这首《废琴》就是众多诗人所发出的感叹中最具有典型意义的一首。

在诗中，白居易依旧是以通俗易懂的文辞和平白朴素的语式，将一床古琴的前生今世娓娓道来。诗中的朱弦指用熟丝（练丝）所制成的琴弦，虽然丝桐之琴有太古遗音，但曲高和寡难以令今人产生思想共鸣，琴徽和琴弦许久不弹均已光鲜不在、落满灰尘，但久已闲置的古琴如果弹奏起来依旧可以发出泠泠的清越古声。诗人十分无奈地道出了古琴的尴尬：不是不能弹，弹也没人听。为什么呢？是因羌笛和秦筝这些更新奇、更富于娱乐性、更流行的器乐以及它们所代表的音乐和文化表象更容易被人们接受。秦筝（相传为蒙恬所创）是古筝的原型。在诗人眼里把琴和筝分别放在了两个截然不同的思想高度及文化层次进行对比，讨论的主题即"废琴"，通过古琴被世人轻视甚至遗废蒙尘的境遇来感叹"世风日下"的社会现实。当然，如果我们结合白居易的宦海沉浮就不难发现，此诗以琴、筝为代表，是诗人以此比喻朝政，以琴比喻像自己一样的忠臣、能臣，以"今人"暗喻那些佞臣、庸臣，其核心是在感叹朝廷不善用人，忠奸不辨。

白居易的另一首《邓鲂、张彻落第》与这首《废琴》可谓姊妹篇，诗曰："古琴无俗韵，奏罢无人听。寒松无妖花，枝下无人行。春风十二街，轩骑不暂停。奔车看牡丹，走马听秦筝。众目悦芳艳，松独守其贞。众耳喜郑卫，琴亦不改声。怀哉二夫子，念此无自轻。"同样是以琴喻事，所表达的既有诗人对邓、张两位落第的惋惜，更有对当下官场和社会风气的鄙夷以及对世人文化审美的不满。

白居易善于以诗的语言以达叙事之目的，在其琴诗中这一特点表现得尤为突出，他一改盛唐诗人依琴而咏、以琴扬性、以琴明志的诗风，而是将琴事娓娓道来，使得他的琴诗也就更加有了故事性和画面感。白居易的一首七绝《听幽兰》就是他直白叙事风格的代表作之一，诗曰："琴中古曲是幽兰，为我殷勤更弄看。欲得身心俱静好，自弹不及听人弹。"诗中的"幽兰"本为著名的古琴曲，又名《猗兰》，相传是孔子所作。东汉的蔡邕在《琴操》中言道："夫兰为王者香，今乃独茂与众草为伍，譬犹贤者不逢时，与鄙夫为伦也。"是说孔子游历诸侯以后，没有得到诸侯的赏识。回到了鲁国，在冰消雪化的幽谷中看到了一株清高的兰草与一蓬杂草混杂在一起。

白居易在诗中以《幽兰》之曲，来诠释自己此时的心境也在感叹当时的时代：我已经老了，一生碌碌。一生的抱负无以能实现，最终也只能收起个人主张，附和于朝堂之上，最终落得和芸芸众生一样。全诗托辞于"幽兰"，自古凡以德高自诩者多重于此曲，后人在以琴曲《幽兰》入诗时，也是多以营造以君子自得、以君子自诩、以德高者自居的诗意来抒怀扬志。在这首七绝中，诗人开门见山地谈到琴中古曲，他认为有古风意境的应以《幽兰》为最，也最能表达诗人自己的高尚情操。"欲得身心俱静好"，这里谈到的是身心、静好两个关键词，同时饶有兴味地谈到，自弹不及听人弹。在这里面是向我们表达了作为一个历尽沧桑的诗家，一个具有很高造诣的琴人，他对听琴和抚琴两种不同境界的理解。自弹，悦己以抒发情致，而听弹琴，则是感受彼此间对琴曲的不同的解析，以求身心放松及物我两忘，这不能不说是诗人对古琴的艺术表现和文化内涵的深刻反思。

《碣石调·幽兰》的遗谱为文字谱，也就是用文字记录的古琴谱。标注了左右手指法、音高以及演奏细节，它也是古琴的记谱、传谱方式由文字向"减字谱"转化的唯一历史物证。值得注意的是，在琴谱序言中明确指出，此谱为六朝人丘明所传，清末的学者杨守敬在日本发现了由唐人手抄的《碣石调·幽兰》琴谱。此外，在后世各个琴谱集中对该曲曲意的解读上，几乎都是认为它带有一种幽怨，抱负不得以实现、孤芳不得以自赏，而寄情于兰草的情绪。

白居易的《船夜援琴》是一首今世琴人十分熟悉的琴诗，诗曰："鸟栖鱼不动，月照夜江深。身外都无事，舟中只有琴。七弦为益友，两耳是知音。心静即声淡，其间无古今。"诗中描绘了一个宁静、安详的夜晚，于江水上、月色下、小舟中，诗人独自一人抚琴享受这份清和恬淡的意境，体味着"心底清静"与"琴声淡远"的琴中妙境。老子有云"躁胜寒，静胜热，清静为天下正"，此刻身心澄净的诗人除了膝上的这张古琴，万事不闻、心无俗障，悠然独坐，淡然一曲。在这样一个月明风清的夜晚，鱼和鸟都已渐渐睡去，那轮皓月仿佛浸在了幽深的江水里，琴上的七根琴弦就是最知心的朋友，双耳便是它的知音，而诗尾联的"心静即声淡，其间无古今"更是充满了哲人思想，也是作者此刻的内心独白：当那恬淡、自然的声音融入心海，整个世界变得永恒而美丽，谁又能知道哪里是古？又何论哪里是今呢？

再如白居易的五律琴诗《履道春居》："微雨洒园林，新晴好一寻。低风洗池面，斜日拆花心。暝助岚阴重，春添水色深。不如陶省事，犹抱有弦琴。"借陶渊明的"无弦琴"而言自己不及古人洒脱的感慨。这首诗作于唐文宗李昂太和元年（827），时已56岁的白居易以秘书监赴洛阳。这一时期也是诗人仕途最为得意的阶段，这种情绪从诗人轻松诙谐、见景犹喜、次联名句、体物入微的诗文中可见一斑，其中尤以"斜日拆花心"一句颇为精妙出彩。作者精致入微地把"斜阳映花开，光影入花心"描写得十分生动有趣，将大好心情尽付诗中，而又出人意料地将全诗收束于"无弦琴"中。

"无弦琴"的典故在唐、宋时期被诗人词家竞相引用，据说是陶渊明不通音律，却存一张无弦无徽之琴（素琴，弦徽不具），每逢兴致便边抚边歌颇为入情，后人多以此赞陶令公"不为形役"的隐士之风，这当然是一种戏读。陶渊明自幼诗书琴俱佳，且爱琴至深，写过不少关于琴的诗，最著名的有"清琴横床，浊酒半壶"和"弱龄寄事外，委怀在琴书"等句，而在白居易眼中，自己还是远不如陶渊明的高古洒脱。

白居易优美深情的琴诗不胜枚举，每出妙言警句，如《对琴酒》中的"自古有琴酒，得此味者稀。只应康与籍，及我三心知"，将自己与"竹林七贤"的嵇康、阮籍引为知音三人。又如《夜琴》"蜀桐木性实，楚丝音韵清。调慢弹且缓，夜深十数声。入耳淡无味，惬心潜有情。自弄还自罢，亦不要人听"，将古琴的琴材、琴性、琴理以及直抵人心的文化审美精练道来，每一句都堪为"琴学"理论的教科书，其中的"入耳淡无味，惬心潜有情"更是道出了古琴的核心艺术价值。

《听弹古渌水》是白居易的一首五古"闻君古渌水，使我心和平。欲识慢流意，为听疏泛声。西窗竹阴下，竟日有余清"，全诗围绕着听弹琴而言琴境，高屋建瓴地描述了自己的真实感受。"渌水"，本是源出江西省萍乡的一条全长约150千米的江水，而诗中的"古渌水"是指的一首古琴曲，又名《渌水曲》。诗人一生中爱琴、能琴，同时交往的也有众多的琴家、名人，此处"闻君古渌水"中的琴家是谁不知道，但是能让白居易静听其抚琴的也肯定是个中高手。诗人似乎在喃喃自语：听君这首《古渌水》使我心里面平和了许多，仿佛听到流水潺潺，从内心感到一股清凉之意，同时眼前浮现了一幅青山绿水的画卷，这样美妙的声音在夕阳下的西窗风竹中，许久地环绕着，似乎经久不去。诗中所写到的"疏泛之声"，正是古今琴人梦寐以求的"大音希声""大象无形"之琴境。

明人徐上瀛在《溪山琴况》中有云:"古人以琴能涵养情性,为其有太和之气,故名其声曰'希声'……疏如寥廓,宵若太古,优游弦上,节其气候,候至而下,经叶厥律者,此希声之始作也……调古声淡,渐入渊原,而心志悠然不已者,此希声之引伸也……乃若山静秋鸣,月高林表,松风远拂,石涧流寒,而日不知晡,夕不觉曙者,此希声之寓境也。"白居易在诗中既称赞了人,还赞美了琴声,同时体现了自己极高的音乐造诣以及高于琴家的鉴赏力。

与白居易这首《听弹古渌水》有异曲同工之妙的还有他的《对琴待月》"竹院新晴夜,松窗未卧时。共琴为老伴,与月有秋期。玉轸临风久,金波出雾迟。幽音待清景,唯是我心知",以及著名的《琴酒》一诗。白居易是唐宋诗人中喜爱古琴,并且有很高古琴造诣的一位大诗人,在他的《琴酒》中将听琴演绎成人生最大的乐事之一,诗曰:"耳根得听琴初畅,心地忘机酒半酣。若使启期兼解醉,应言四乐不言三。"尽管古人诗文惯用典,而名家诗则尤善典,但在一首七绝中用典三处,这对于白居易来说也属少见,而且自然含蓄、不着痕迹。诗中"耳根",典出《圆觉经》中的"闻清净故,耳根清净;根清净故,耳识清净";而后的"忘机"典出《列子·黄帝》,后多被众人引用,如唐初四杰之一的王勃所作名赋《江曲孤凫赋》中的"尔乃忘机绝虑,怀声弄影",后有柳宗元及宋代司马光都在诗文中用到忘机,如"忘机林鸟下,极目塞鸿过"等,在明代的《神奇秘谱》中出现了琴曲《忘机》。最后"启期兼解醉"即春秋时的"荣公三乐"之典,《列子·天瑞》中孔子求问于启期曰:"'先生所以乐,何也?'对曰:'吾乐甚多。天生万物,唯人为贵。而吾得为人,是一乐也。男女之别,男尊女卑,故以男为贵,吾既得为男矣,是二乐也。人生有不见日月,不免襁褓者,吾既已行年九十矣,是三乐也。贫者士之常也,死者人之终也，处常得终，当何忧哉？'孔子曰：'善乎？能自宽者也。'"简言之：我是人，我是男人，我是长寿的男人，此三乐也。而后世的文人经常以启期先生此言为喻，如元稹诗《放言》中："孙登不语启期乐，各自当情各自欢。"而白居易认为"听琴"当为人生一大乐事也，再后想到荣公三乐，如若荣公也潜心于听琴的修为，应该对孔子说至少人生"四乐"而不会只言"三乐"了吧。

白居易懂琴爱琴更善于将琴学思想吟咏于琴中。在《清夜琴兴》中他将"琴境"描摹成"月出鸟栖尽，寂然坐空林。是时心境闲，可以弹素琴"，将"琴心"诠释成"清泠由木性，恬澹随人心。心积和平气，木应正始音"，将"琴韵"演绎为"响余群动息，曲罢秋夜深"，将"琴理"上升至"正声感元化，天地清沉沉"的思想层面。将古琴复杂深奥的思想理论和文化审美集于一首清美的五绝内，方寸之间显博大精深古来少见，不虚"诗王"手笔。

有唐一代的著名诗家中不乏"全能才子"，但在生活美学的践行上当推"诗佛"王维和"诗魔"白居易为翘楚。王维有令无数读书人艳羡不已的"辋川别业"，白居易有令后世津津乐道的"庐山草堂"和"履道坊园"。唐宪宗元和十二年（817），白居易任江州（今江西省九江市）司马，在这里诗人吟咏出有"大珠小珠落玉盘"和"江州司马青衫湿"的千古名句的《琵琶行》，同时在美丽的庐山修建了自己的"庐山草堂"，那一年他46岁。唐文宗太和三年（829），58岁的白居易由刑部侍郎改授太子宾客赴任东都洛阳，倾其所有在洛阳履道里购置了园林别业——"履道坊宅园"。

在白居易的一生中，充满着浓郁的道家情怀，他十分羡慕陶渊明式的田园生活。诗人晚年辞去了官职在东都赋闲，独自静处更加悠闲，任性得可以放飞自我专以诗酒琴茶为伴，正是"琴里知闻唯渌水，茶中故旧是蒙山"。在这里诗人创作了名篇《池上篇》,在其自序中言:"地方十七亩,屋室三之一,水五之一,竹九之一,而岛树桥道间之……又曰:虽有宾朋,无琴酒不能娱也,乃作池西琴亭,加石樽焉……博陵崔晦叔与琴,韵甚清。蜀客姜发授《秋思》,声甚澹……每至池风春,池月秋,水香莲开之旦,露清鹤唳之夕,拂杨石,举陈酒,援崔琴,弹姜《秋思》,颓然自适,不知其他。酒酣琴罢,又命乐童登中岛亭,合奏《霓裳散序》……"(《白居易集》)

晚年的白居易自号"醉吟先生",将园林之美与文士的生活雅趣融于宅园之中,汲林泉石竹以养心,将琴书诗酒以怡情。他历经唐朝代、德、顺、宪、穆、敬、文、武宗八朝,75岁高龄,善终于这座无处不飘逸着他文士风采的园林。

【雅赏】

池上篇(白居易)

十亩之宅,五亩之园。有水一池,有竹千竿。
勿谓土狭,勿谓地偏。足以容膝,足以息肩。
有堂有庭,有桥有船。有书有酒,有歌有弦。
有叟在中,白须飘然。识分知足,外无求焉。
如鸟择木,姑务巢安。如龟居坎,不知海宽。
灵鹤怪石,紫菱白莲。皆吾所好,尽在吾前。
时饮一杯,或吟一篇。妻孥熙熙,鸡犬闲闲。
优哉游哉,吾将终老乎其间。

渔翁

柳宗元

渔翁夜傍西岩宿，晓汲清湘燃楚竹。
烟销日出不见人，欸乃一声山水绿。
回看天际下中流，岩上无心云相逐。

【作者】

柳宗元（773—819），字子厚，河东解县（今山西省运城市西南）人，中国历史上著名的文学家、诗人，位列"唐宋八大家"之一，世称"柳河东"或"河东先生"。因其官至柳州刺史，故又被后世称为"柳柳州"。柳宗元与韩愈并称"韩柳"，又因其与刘禹锡过从甚密，故世人将他们并称"刘柳"，其文名、诗名与王维、孟浩然、韦应物并称"王孟韦柳"。柳宗元在思想理论上统合"儒释"为后人所敬仰，现今山西省晋城市沁水县建有"柳氏民居"，湖南省永州市建有"柳宗元纪念馆"并立有柳宗元塑像。

柳宗元祖上世代为官，家族为河东郡望族，其出生于京城长安，唐贞元九年（793），21岁的柳宗元进士及第。贞元十七年（801），柳宗元出任蓝田尉，两年后回长安任监察御史里行。贞元二十一年（805），柳宗元被任命为礼部员外郎，参与了王叔文改革政治集团（其中包括刘禹锡）的"永贞革新"，革新失败后，柳宗元被贬为永州司马。

柳宗元在永州生活了10年之久，而这段时间虽然生活条件及政治境遇很差，但也是他哲学、政治、历史、文学等方面成就最大的一段时期，他的诗文为更多的人所追捧，甚至到了"凡经其门，必为名士"的程度。后柳宗元被改贬为柳州刺史，四年后，元和十四年（819），柳宗元在柳州去世，年仅47岁。在柳宗元去世340年后，南宋的高宗赵构在绍兴二十八年（1158）加封柳宗元为文惠昭灵侯。

柳宗元一生著作等身，其在散文方面的成就可以彪炳史册，他与韩愈共同推行的"古文运动"对后世的文风起到了里程碑式的作用。他的《封建论》等论文论点高屋建瓴、文辞辛辣犀利，另有《永州八记》等成为著名的古代山水游记范作，他的《黔之驴》散文等被大量地选入当今的中学语文课本。《全唐诗》收录柳宗元诗202首，有5首诗被收入《唐诗三百首》中，其中最著名的是《江雪》《渔翁》，而他留给后世最著名的一句话就是"苛政猛于虎"。柳宗元的文学成就大于诗词，其存世骈文近百篇，他的作品由其好友兼同科进士刘禹锡编成《柳河东集》。苏轼赞其诗曰："柳子厚诗在陶渊明下，韦苏州上……所贵于枯淡者，谓其外枯中膏，似淡而实美，渊明、子厚之流是也。"（《又论柳子厚诗》）欧阳修更是盛赞曰："投以空旷地，纵横放天才。"

【诗文大意】

夜宿，依着西山的岩岸。清晨，汲取清澈的湘水，燃着山中的楚竹，煮一盏清茶沁人心脾。雾中，朝阳喷薄出山脊，雾尽，江面无人舟自横，还有，从山岩中穿行的江水上传来那橹桨声。策舟而行，瞬至江心，回望昨夜的西山。那曾经遗落的梦想，化作山间浮涌的云彩。

【品读】

　　这首《渔翁》就是在柳宗元被贬永州期间所作。全诗只字未提古琴，然而古来却因一首古琴曲《渔歌》（又曾名《欸乃歌》《山水绿》《渔翁调》）使其在后世琴人的心目中永久地打上了古琴的烙印，并成就了一首画面感极强且意境深远的著名琴曲。正是原诗中拥有着一种深邃的情怀，使之既可远视又能细品，更因为古琴曲《渔歌》的题解使柳宗元的这首七言古诗被直接引用，直至变成《渔歌》的歌辞，咏之令人陶醉，歌之亢亮幽远，与琴相配，更易达到冲和之态，最终成为当今人们喜闻乐见的一首琴曲。后世之人对《渔歌》进行了大量的再创作，使其内容愈加丰富，史上的琴家也以柳宗元《渔翁》为曲意基础改写出类似琴曲《欸乃》（初见于《西麓堂琴统》，又名《北渔歌》。以紧五弦弹羽调区别于毛敏仲所作以正调弹徵调的《渔歌》）及精致动听的琴歌《渔翁调》等曲目。

　　就诗歌的层面而言，这首《渔翁》意境清雅、美轮美奂。我们从诗中看到了被贬永州的柳子厚以渔翁自诩，他夜宿江船而泊舟西岩之岸，清晨汲湘水燃楚竹煮清茗，颇有老庄之逍遥，然而他并不是一位真正意义上的隐士，"夜傍西岩"只是描述了诗人由曾经的"文坛领袖、政坛新锐"，今被羁贬于永州的无奈心境，尤其是面对改革失败后，"二王八司马"几乎相同的遭贬之境遇，这是他当时十分复杂之内心世界的一种真实写照，他甚至萌生了弃官归隐的想法。然而，诗人的胸怀以及他的政治抱负，使得他没有沉沦，所以他欸乃一声、击楫中流，迎着朝阳溯江而出，这是他对心底的志向和抱负的形容，是诗人顽强不屈的积极意志的写照。回望曾经的西山，他多希望将那番叹息与心中的阴霾像江风吹散晨雾一样化作西山的云彩。此时，我们似乎在诗人的诗句中听到了缭绕于江面的琴声。

　　音有开合，声有轻重，正如北宋邵雍所说："声音唱和，与万物数通。"柳宗元始终是优雅而高傲的,他说:"始仆之志学也,甚自尊大,颇慕古之大有为者。"而他的诗似淡而实美、广征博引,其诗更具"白云初晴,幽鸟相逐"(唐司空图《二十四诗品》)的出神入化。

"愚溪"本名冉溪,为潇水支流,在湖南省永州市西南,因柳宗元谪居于此,故其在这一时期的大量诗文中改冉溪为"愚",其大意喻为"己之愚及于溪泉"。柳宗元于愚溪畔谪居十年,创作了著名的散文《永州八记》以及《江雪》《渔翁》等著名诗文,北宋仁宗至和三年(1056)在愚溪北岸柳子街即始建有柳子庙,至今仍存。

综观柳宗元的这首《渔翁》,诗人以渔翁代言自己,用渔翁眼中的景象来诠释自己的心境以及所怀有的抱负,诗中体现的精神是积极的,更是充满希望的。柳宗元在《渔翁》中所尽显的首尾呼应如常山之蛇、神完气足兼理酣意畅的大家手笔,虽隐喻但仍可见其本心,文辞婉转、洒脱旷古,不愧"唐宋八大家"之翘楚。在柳宗元的《渔翁》中,我们似乎看到了屈原的影子,屈原当年的被放逐之地也在这里,在此,屈原作楚辞《渔父》:"举世皆浊我独清,众人皆醉我独醒……渔父莞尔而笑,鼓枻而去,乃歌曰:'沧浪之水清兮,可以濯吾缨;沧浪之水浊兮,可以濯吾足。'遂去,不复与言。"对照屈原的《渔父》,我们似乎更容易理解柳宗元在《渔翁》中所要表达的更深层次的思想含义。

就琴曲《渔歌》而言,最早见于《西麓堂琴统》,后世多以此为题解之源,其中以《五知斋琴谱》较为流行:"《渔歌》,徵音,凡十八段:渔歌者,河东柳子厚所作也。子厚既谪楚南,遂欲厌弃尘俗,放浪山水间。其作为渔歌,幽情冷韵,逍遥物外,真有卖鱼沽酒,醉卧芦花之意。故其曲萧疏清越,可以开拓心胸,摅和怀抱者也。"

我们今天琴人所熟知的琴曲《渔翁调》虽以短小精悍为其形,却务必不能失其历史原意及复杂的思想表现。如若以柳宗元的《渔翁》原诗为歌辞作弦歌者，更应附以历史之情怀，断不能仅仅以恬淡散适，寄情山水之渔夫而揣之。此"渔翁"非彼"渔夫"，毕竟柳宗元不是大多数今人所想象的那位虽为生计忙碌而又带有乐观人生态度的渔夫。

柳宗元与古琴似乎有着与割舍不断的情愫，在琴众多形制中的"霹雳式"即拜他所赐，后世称"柳子厚霹雳式"，盖因其上疏愿代好友刘禹锡贬赴播州并称"请于朝，将拜疏，愿以柳易播，虽重得罪，死不恨"（韩愈《柳子厚墓志铭》），人们将柳宗元深陷政治泥泞时依然保有这样的文士气节和君子品德称赞为"子厚风范"。

【雅赏】

溪居（柳宗元）

久为簪组累，幸此南夷谪。
闲依农圃邻，偶似山林客。
晓耕翻露草，夜榜响溪石。
来往不逢人，长歌楚天碧。

听乐山人弹易水
贾岛

朱丝弦底燕泉急,
燕将云孙白日弹。
嬴氏归山陵已掘,
声声犹带发冲冠。

【作者】

贾岛(779—843),字阆仙(后世也写作"浪仙"),范阳(今河北省涿州市)人,唐中期著名诗人。20岁出家为僧,名无本,后还俗自号"碣石山人",世称"诗奴",又称"苦吟诗人",诗风清奇悲凄,与姚合并称"姚贾"。贾岛一生穷极潦倒,累试不第,最后在韩愈的照拂下举进士,初授遂州长江主簿,后迁普州司仓参军(七品下)而止,一生始终与不遇和穷困为伴,最终孤老于蜀中普中(今四川省资阳市安岳县)。《唐才子传》称其:"临死之日,家无一钱,惟病驴、古琴而已。当时谁不爱其才而惜其命薄!"

贾岛善琴,工诗,尤擅五律,词句千锤百炼,特别是在锻意、炼句、琢字方面为后世的诗词创作树立了一个标杆,他的雕句琢字最终都恰到好处而少有痕迹。《新唐书·贾岛传》曰:"当其苦吟,虽逢值公卿贵人,皆不之觉也。一日见京兆尹,跨驴不避,呼诘之,久乃得释。"故时人多有以"骑驴客"谓之。贾岛锤词炼句精益求精,一首《送无可上人》中的

"独行潭底影,数息树边身"一句思虑了三年之久,诗人引以为生平得意之句,曾自注曰:"二句三年得,一吟双泪流。"故而贾岛之"苦吟"对后世诗人有着明显的文化象征意义。

贾岛存诗颇多,《全唐诗》收录其诗421首,其中1首入选《唐诗三百首》,这就是被后世誉为"化境神作"的《寻隐者不遇》:"松下问童子,言师采药去。只在此山中,云深不知处。"这是诗人往山中拜访隐士兼友人长孙霞未遇而有感之作,此诗长期被选入小学课本。贾岛另有《长江集》十卷,并《诗格》一卷传于世。他与韩愈有师生之情,更与孟郊惺惺相惜,一生交往最多的都是僧人道士、处士山人,《唐才子传·贾岛传》记曰:"岛貌清意雅,好谈禅宗玄理,所交悉尘外之人。况味萧条,生计岨峿。"

【诗文大意】

琴声响起,犹如幽燕之易水由琴中奔涌而出,那是昔日燕将的后人在阳光下抚琴高歌。虽然霸王焚宫毁陵已逾千年,燕人子孙对昔日的灭国之仇犹在琴声中隐隐可见。我于琴声中犹闻壮士一去兮不复还的慷慨悲歌。

【雅赏】

后世总体以"郊寒岛瘦"比喻贾岛和孟郊幽僻清奇的诗风,语出宋苏轼的《祭柳子玉文》中:"元轻白俗,郊寒岛瘦。嚼然一吟,众作卑陋。"在现实生活中,他们经年穷苦潦倒,虽然都曾得到过韩愈的奖掖与资助,但并没使他们摆脱现实生活的窘境,所以在他们的诗中,像"泪""恨""死""愁""苦"这样的字眼随处可见。然而在贾岛这首《听乐山人弹易水》中，我们丝毫感受不到诗人的寒瘦怪癖，而所见者尽是满满的冲天豪宕，这在唐人琴诗中似乎堪比李白的《听蜀僧浚弹琴》。

贾岛既以《听乐山人弹易水》为诗名，则弹琴之人当是乐姓山人（山人多指隐于山林之中之高士或缁流仙客），而他所弹奏的乐曲便是"易水曲"。后世古琴曲中有《易水操》及《易水》（《易水操》今已不见曲谱，但由诗词中可窥见在唐宋时期还有人弹奏，宋代释居月的《琴曲谱录》也有相关记载）。

战国时期燕昭王建都于燕地，称燕国，而"易水"源于河北易县南入拒马河，即诗中的"燕泉"，燕太子丹拜荆轲西渡易水刺杀秦王嬴政，留下了一曲千古悲壮之歌，即《易水歌》。"朱丝"泛指琴弦，在这里专指古琴，《宋史·乐志》有言古琴大弦（一弦）："弦八十一丝而朱之，是谓朱弦。"诗人将听乐山人弹的《易水》曲，艺术夸张描写为有如易水在乐山人指间涌动又似随琴声往来激荡。昔燕人荆轲咏《渡易水》，据《史记》载："燕太子丹使荆轲刺秦王，丹送之至于易水之上，轲使高渐离击筑，荆轲和而歌，为变徵之声。又前而为此歌，复为羽声慷慨，于是就车而去。"《乐府广题》有记："后人以为琴中曲。按《琴操》商调有《易水曲》，荆轲所作，亦曰《渡易水》是也。"燕国上将军乐毅（字永霸）辅佐燕昭王且战功卓著，而乐山人本姓乐，诗人以其为乐毅的后裔，故称为云孙，南朝陈诗人阳缙就有《荆轲歌》："函谷路不通，燕将重深功。长虹贯白日，易水急寒风。"

诗人在我们眼前展现出了这样一幅场景：昔燕上将军之后世子孙抚琴，指下犹如燕泉奔涌，一首《易水曲》伴随着琴声高亢悲壮，秦灭六国，荆轲已去，嬴政已死，陵已被毁，而燕人对秦始皇的仇恨并未因世事变迁而泯灭。在这琴声中，诗人感受到了荆轲的壮怀激烈，似乎又见燕人子孙的怒发冲冠。楚汉之争霸王项羽"火烧秦宫室，掘始皇帝冢，私收其财物",诗人用"陵已掘"引述这样一个有关项羽的历史典故,而"发冲冠"出自西汉刘向《战国策·燕策三·荆轲刺秦王》:"白衣冠以送之,至易水上,既祖取道,高渐离击筑,荆轲和而歌,为变徵之声,士皆垂泪涕泣……复为慷慨羽声,士皆瞋目,发尽上指冠。"诗人将自己从琴中所体味到的万千感受及抚琴者乐山人此刻的神情和气质,归束于寥寥数语之间。

诗作者贾岛本人即为燕赵人氏,诗人也以燕人自居,抑或有与生俱来的燕赵情怀,这在其另一首诗作《易水怀古》中也有体现:"荆卿重虚死,节烈书前史。我叹方寸心,谁论一时事。至今易水桥,寒风兮萧萧。易水流得尽,荆卿名不消。"而后人有以古易水曲而演绎出的古琴曲《易水慨古》和《慨古吟》(又名《慨古引》,最早见于《神奇秘谱》)。古琴曲《慨古吟》原是琴歌,歌词满怀英雄气魄,回望前朝故事,感慨日月如梭。当代琴家根据《慨古吟》的词曲内容对《易水慨古》进行了重新的演绎,使得曲意更贴近燕赵悲歌之风,琴曲不长,但大量的散音使用,高低音区的对仗,铿锵悲壮的节奏,意欲表现出众人相送荆轲西渡刺秦的悲怆壮烈的场景。

贾岛令后世津津乐道的趣事很多,今人最为熟知的当是"推敲"的典故。贾岛的诗风之"瘦"对后世影响颇深,如对北宋的"九僧",南宋的"四灵",元代的方回和明代的竟陵派都形成了重大的影响。唐代文宗韩愈有《赠贾岛》:"孟郊死葬北邙山,从此风云得暂闲。天恐文章浑断绝,更生贾岛著人间。"足见昌黎公对贾岛的高评和爱惜。

贾岛在晚唐受到普遍的尊爱,据统计,《全唐诗》中晚唐诗人怀念贾岛的诗,远远超过追思李白、杜甫、韩愈等人的诗,这种共识滥觞至宋代,明代胡应麟在《诗薮·内编·卷四》中曰:"曲江之清远,浩然之简淡,苏州之闲婉,浪仙之幽奇,虽初盛中晚唐调迥不同,然皆五言独造。"

闻一多在《唐诗杂论》也中写到，由晚唐到五代，学贾岛的诗人不是数字可以计算的，除极少数鲜明的例外是向着词的意境与辞藻移动的，其余的一般诗人大众，也就是大众的诗人，则全属于贾岛。从这观点来看，我们不妨称晚唐五代为贾岛时代。

贾岛有一首五言绝句《剑客》，相传是诗人参加科举考试，他自恃才高，挥笔写下了《病蝉》，结果被认为是"无才之人，不得采用"，从而落了个"举场十恶"之一的"恶名"，在"三十老明经，五十少进士"的唐代科举场上，贾岛心灰意冷遂作此诗。

【雅赏】

剑客（贾岛）

十年磨一剑，霜刃未曾试。
今日把示君，谁有不平事。

【诗奴】

听妻弹别鹤操
元稹

别鹤声声怨夜弦,闻君此奏欲潸然。
商瞿五十知无子,更付琴书与仲宣。

【作者】

元稹(779—831),字微之,河南洛阳人,中唐时期著名的诗人、文学家。元稹幼年丧父,由其出于书香门第的母亲郑氏抚育成人,唐德宗李适贞元九年(793)以明经科第一名及第,入仕后奉职勤勉,然锋芒太露,屡犯权贵,历仕中唐"德、顺、宪、穆、敬、文"六朝,"四入四出"。唐文宗李昂大和三年(829),元稹入朝官拜尚书左丞,后遭排挤,改迁检校户部尚书、武昌军节度使。大和五年(831)于镇署去世,享年53岁,追赠尚书右仆射。

元稹是唐朝诗人中少数官至高位者之一,与白居易共同推进新乐府运动,创"元和诗体",被后世并称"元白"。元稹存诗900余首,《全唐诗》收录其910首,数量上仅次于李、杜、白而居第四,《唐诗三百首》收录4首,另有《元氏长庆集》传世,其中收录元稹的诗赋、诏册、铭谏、论议等共100卷。

元稹的诗具有丽彩华美、刻画动人,尤以男女爱情、悼亡诗更为生动。在他留下的众多诗篇中,尤为著名的有"曾经沧海难为水,除却巫山不是云""诚知此恨人人有,贫贱夫妻百事哀"等,《旧唐书》载:"元之制策，白之奏议，极文章之壶奥，尽治乱之根荄。"《唐才子传》载："稹诗变体，往往宫中乐色皆诵之，呼为才子。"

【诗文大意】

月夜，一曲《别鹤操》，声声哀怨，不尽悲凉。君之琴曲令我肝肠寸断、潸然落泪。或许此生，我就如同那春秋的商瞿年过五十方知无子，难道真要学那东汉的蔡邕，将满屋的书籍及那焦尾琴一并传予王仲宣？

【品读】

元稹不仅一生仕途坎坷，在他才华横溢的盛名之下，还有着颇具争议的婚姻家庭以及情感经历。元稹幼年丧父，家道中落，凭着自己的聪明和努力进士及第，然而唐代的进士若没有强有力的家族支持或当朝权贵的提携，普通人也很难被授予实职。元稹入仕初为九品小官校书郎，为博前程娶了时任吏部侍郎韦夏卿之女韦丛，那一年元稹23岁，韦丛20岁，但婚后仅7年韦丛便因病去世了，元稹十分怀念韦丛的贤良淑德，更感激这段婚姻给他带来的仕途支撑，于是写下了悲恸欲绝的《遣悲怀》三首。后元稹仕途通达，虽多有坎坷，然而也倚居高位，于元和十年（815）又娶河东望族裴氏女裴淑为妻。裴淑乃大家闺秀，善古琴、工诗赋，与元稹琴瑟相和，感情甚笃，然而夫妻一直没有子嗣，为此裴淑十分愧疚，在与元稹的和答诗中反复体现出对于无后的遗憾和苦闷。恰恰与元稹为生死之交的白居易也无子嗣，于是元稹在与白居易的答和诗中也经常体现二人对没有子嗣的议论。这首七绝应是元稹50岁左右所作，而此时元稹已认定或许此生再难有子嗣，所以这应是元稹与白居易的答和诗中的一首。

古琴曲《别鹤操》据东汉蔡邕的《琴论》记载为周朝商陵牧子所作，古来《别鹤操》是为表达悲切之情，古人对女子有"七出"之罪，其中一条就是不育子嗣，所以元稹以《听妻弹别鹤操》作为诗名，已直接将此诗因琴曲而产生的情感勾连表现了出来。昔蔡邕制"五曲、九引、十二操"，其中就包括《别鹤操》，并曰"痛恩爱之永离，叹别鹤以舒情"，又曰"忧愁而作，命之曰操"(《琴论》)。诗人在夜晚听到妻子在弹奏《别鹤操》，那琴声中饱含着无言的哭泣和哀怨，一声声撞击着诗人同样痛苦的内心，正如西汉刘向在其《别录》中所言："其道闭塞悲愁而作者名其曲曰操，言遇灾害不失其操也。"在琴声中，诗人念自己坎坷一生，年近五十恐不能再有子嗣，同时想到妻子的愧疚与无奈，自己的失望与不甘，于是百味杂糅不禁潸然泪下。诗的第三句中"商瞿"为孔子弟子中七十二贤人之一，相传商瞿38岁无子，后孔子传授他易学，并断言其一生将有五子，劝他不用着急，果然圣人之言不虚，不久，商瞿便有了子嗣，所以后人多用"商瞿年纪"来比喻男人38岁。诗人此诗自比商瞿，不知上天能否赐自己一子。诗尾句的"琴书与仲宣"典出《三国志·魏书·王粲传》，王粲字仲宣，"建安七子"之冠冕，年轻时颇为东汉名臣、书家、琴家、文学家蔡邕所激赏，因蔡邕无子，最终将藏书及名琴"焦尾"均传予王粲。五十无子，是元稹在诗中发出的最无奈的感叹，即自己满腹的学问又传给谁呢？难道真像蔡邕那样将所有的藏书以及心爱的琴传予他人？在他写给白居易的诗中曾道："天遣两家无嗣子，欲将文集与它谁？"而白居易以诗答曰："一闻无儿叹，相念两如此。无儿虽薄命，有妻偕老矣。"并就元稹的这首《听妻弹别鹤操》复诗曰："琴书何必求王粲，与女犹胜与外人。"由此可见，元稹在两次婚姻中应是有女儿的，只是前后两位夫人都没有为他生下儿子罢了。

当世对元稹的评价大体趋向于两个极端，很多人以元稹的情感经历来抨击元稹的爱情观，甚至直逼其道德底线。笔者认为，对历史人物应该以其所处的历史环境来客观地看待。元稹及第之初偶遇远亲崔莺莺遇难，出手相救，二人产生了一段青涩的情感，这就是后来被元曲大家王实甫改写成《西厢记》的故事原型。然而，那个时候的元稹一心向往仕途，攀附门第是他唯一的选择，所以他放弃了崔莺莺而迎娶了韦丛，而韦丛去世后元稹又结识了著名的蜀中才女薛涛，但薛涛是教坊出身，又大元稹十多岁，他们之间的感情应该是建立在相互倾慕、相互欣赏的基础上，而论及厮守终老、步入婚姻，在那个充满礼教的封建社会根本就是不可能的，所以其结果最终以薛涛遁入道门为女冠的悲剧而结束。而与裴淑的这段婚姻，元稹是幸福的，对裴淑也是呵护有加的，尽管五十无子，尽管与好友白居易诉说着心里的苦闷，但是从来没有萌生休弃裴淑之念，二人琴瑟和鸣、琴书往来，反倒成就了一段佳话。

历史上唐宪宗的元和时代创造了唐朝的中兴，后世也有史家称之为"小贞观"，而元稹与白居易当仁不让的是唐代文学史上的"元和名家"。元稹的诗因其多写男女情爱，又在某种程度上受李绅（《悯农》的作者）的"新乐府"影响，于后世看来诗意多哀切缠绵，词句也多绯靡艳丽。陈寅恪先生在《元白诗笺证稿》中"微之以绝代之才华，抒写男女生死离别悲欢之情感。其哀艳缠绵，不仅在唐人诗中不可多见，而影响及于后来之文学者尤巨"的说法倒是比较客观的。

元稹和白居易，始终坚持着一种文人的精神自觉，相互倾付着真挚的情感，"元白"的友谊维系了一生。在元稹遭权臣迫害的时候，白居易仗义执言，屡次为元稹开脱，这在那个特定的政治生态下尤显难能可贵。白居易年长元稹7岁，他们一生相互扶持不离不弃，在逆境中他们诗词往来相互勉励，共同的命运，共同的不幸，共同的奋斗，以及对彼此才华的惺惺相惜成就了这一段诗坛佳话。当元稹病卧于贬所而闻听白居易被贬出朝堂时，强撑病体，写下了一首《闻乐天授江州司马》，诗中充满了对这位一生知己的忧心和惦念，并将这份情感以一种近乎动态的形式表现了出来。

【雅赏】

闻乐天授江州司马（元稹）

残灯无焰影幢幢，此夕闻君谪九江。
垂死病中惊坐起，暗风吹雨入寒窗。

听岳州徐员外弹琴

张祜

玉律潜符一古琴，哲人心见圣人心。
尽日南风似遗意，九疑猿鸟满山吟。

【作者】

张祜（约785—约852），字承吉，清河（今河北省邢台市清河县）人。唐代中晚期著名诗人，人称"张公子"，有"海内名士"之誉。张祜性情桀骜清高，无意科举，以诗才著称。所结交者尽为当时名士显贵，一首五绝"故国三千里，深宫二十年。一声何满子，双泪落君前"使他千古留名。张祜诗作颇丰，有《张承吉文集》（为南宋蜀刻十卷本）存世，其中收其诗469首，另《全唐诗》收录其诗350首，有5首七绝联袂收入《唐诗三百首》中。

纵观张祜一生，成于诗、败于诗、"亡"于诗，诗坛上盛传的诗谶之说也发生在张祜身上。诗人途经广陵赋诗曰："十里长街市井连，月明桥上看神仙。人生只合扬州死，禅智山光好墓田。"而最后他的生命果然终结于丹阳之地（时丹阳为扬州的府地）。晚唐诗人陆龟蒙有《和过张祜处士丹阳故居》诗，概述了张祜的一生："一代交游非不贵，五湖风月合教贫。魂应绝地为才鬼，名与遗编在史臣。"

【诗文大意】

玉律称和的调式必能奏出优美的琴曲，如今天的哲人与远古的圣贤心意相通。鼓荡着南风之音，传达着圣贤的遗愿，九疑的白猿和山中的鸣鸟也伴着琴声吟唱。

【品读】

诗人张祜生于清河望族，以宫词（古代诗体，多用于写宫廷生活的琐事）著称，后遭元稹讽挤，遂至扬州隐居至终老。诗人沉溺于江南山水、名寺高僧、广交贤士，筑室植耕，爱竹善茶好酒，以布衣为乐，而这一切非但没有使他的才华被泯灭，反而使之得到了更高的升华。其《宫词二首》于当时已被人津津乐道。张祜性格清高且膜拜圣贤、崇尚古风，自言"幽栖日无事，痛饮读离骚"（《江南杂题》），并自诩为处士（泛指负有才德而无意官场抑或未仕之读书人，也指恃才且厌恶官场的隐士，如《荀子》云"古之所谓处士者，德盛者也"，而《商君书·算地》也说"处士资在于意"）。

这首《听岳州徐员外弹琴》不仅彰显了诗人对古琴文化及其道德内涵的理解，也抒发了诗人向往圣贤之德，希望圣人的德行广布天下的文人情怀。"玉律"是中国古代用于确定标准音高的定音器。最初为竹制，后逐渐变为玉制，多由宫廷乐监管理及核准。诗人独辟蹊径，于本诗开篇并没有对古琴的性质、声音、演奏人、技法等进行铺垫和描写，而是以最直接的方式申明古琴为正音、正调与玉律相和。诗人想表达的意思是：古琴传承着圣人的思想，是代表着正统的道德思想。又以哲人比喻自己，表明自己对古圣先贤崇高德行的尊崇和膜拜，把自己化身为千古圣贤于当下的衣钵传承。接下来，诗人感叹世风，表现对世事纷杂及朝堂乱象的不满，此时用了完全与众不同的手笔，以诗的语言来描述：只有在此时（在我与古圣先贤对话的时候）才能够感到琴中奏响的南风之曲，才能感受到圣人对我的谆谆教诲。言外之意，大多数的时候身边和眼前看到的净是丑陋之现状。此处的南风，其一是指舜帝所作之琴曲《南风》；其二是指道德传承、圣贤思想。最后，诗人以九疑、猿鸟、南风吟等来指代这种道德的传承，文明的进步，以及圣贤思想的光辉聚集在九疑圣地。诗人用极端巧妙的手法将岳州徐员外指下的琴曲，赞美为九疑仙猿神鸟的吟啸，伴着《南风》之曲在眼前的山谷中久久回响。就对诗的节奏把控而言，张祜的功力在此诗中展现得非同一般，诗人紧紧地围绕着虞舜这一千古圣贤及其崇高思想这一主题，貌似长袖善舞、左右铺排，却毫无松散冗长之感，始终做到了跨越时空、松弛有度，将由琴至曲、由曲至景，景物描写、人物叙事的诸元素都安置得恰到好处。

读罢此诗令人爱不释手，感慨诗中言辞意境饱满，竟有少一分则瘦、多一分则肥的感觉，虽不及李太白的激情迸发，却也沉博绝丽、旷古无两，于名家林立、高手如云的唐朝诗界，依然如天光破晓，其才华诚不负诗人"海内名士"之美誉。

古来诗人吟咏九疑山及九疑白猿、九疑鸣鸟的诗句数不胜数，李涉就曾有诗云"苍梧九疑在何处，斑斑竹泪连潇湘"，元好问也有诗句"九疑山高猿夜啼，竹枝无声堕残露"，崔峒的《越中送王使君赴江华》中有"万里相思在何处，九疑残雪白猿啼"。李郃更有对九疑鸟篆穿碑及九疑圣景和圣贤典故之咏赋《九疑山赋》"舜居蒲阪，本属乎冀之北，舜卒鸣条，不在乎夷之西"，这篇600字的美赋将九疑灵山仙境及舜帝驾崩描写得细致入微，无愧为大唐湖广首位状元公之笔墨。继而楷书四大家之一的柳公权（778—865）再擎状元之笔［唐宪宗元和三年（808）戊子科状元及第，官至太子太保］书写了著名的楷书传世之作《九疑山赋》。

中晚唐诗坛上最为戏剧性的一次名家打"擂台"就是张祜引发的。唐穆宗年间，白居易时任杭州刺史，张祜和徐凝俱携诗投谒其门下以求举荐。或许由于徐凝诗深受白居易的影响，故而也更被其喜爱，所以尽管张祜有两首五律《题润州金山寺》和《入潼关》，而徐凝却以《庐山瀑布》一首而胜出。然而，张祜的才华当时已颇为众人所推崇，时任宰执的令狐楚就极为赏识他，并将张祜的300余首诗抄录，又以其"诗文追求意象，诗风罕见，包含六艺"的高评向唐宪宗李纯推举。然而在宪宗召元稹询问时，或因文人相轻，更或因受挚友白居易之前对张祜的判评的影响，元稹对张祜的诗未褒反诋，斥为"雕虫小技不可奖掖"，这使得张祜从此终身与庙堂无缘。继此，张祜则游历山水、拜谒寺院，自称"钓鳌客"。而张祜的忘年交、晚辈诗人杜牧事后力挺张祜，并诗云："睫在眼前长不见，道非身外更何求。谁人得似张公子，千首诗轻万户侯。"显然有向前辈白居易发难之嫌。时间到了北宋神宗元丰七年（1084），苏东坡又旧事重提，并以诗句"帝遣银河一派垂，古来惟有谪仙词。飞流溅沫知多少，不与徐凝洗恶诗"将徐凝的《庐山瀑布》贬为"丑陋"，还意犹未尽地写了一首范本诗，这就是与李白的《望庐山瀑布》被后世合称为"咏庐山诗双璧"的《题西林壁》："横看成岭侧成峰，远近高低各不同。不识庐山真面目，只缘身在此山中。"

【雅赏】

琴曲歌辞·司马相如琴歌（张祜）

凤兮凤兮非无凰，山重水阔不可量。
梧桐结阴在朝阳，濯羽弱水鸣高翔。

听颖师琴歌
李贺

别浦云归桂花渚，蜀国弦中双凤语。
芙蓉叶落秋鸾离，越王夜起游天姥。
暗佩清臣敲水玉，渡海蛾眉牵白鹿。
谁看挟剑赴长桥，谁看浸发题春竹。
竺僧前立当吾门，梵宫真相眉棱尊。
古琴大轸长八尺，峄阳老树非桐孙。
凉馆闻弦惊病客，药囊暂别龙须席。
请歌直请卿相歌，奉礼官卑复何益。

【作者】

李贺（790—816），字长吉，唐中期著名诗人。福昌（今河南省宜阳县）人，出身唐朝宗室，史称其才思聪颖，7岁能诗，尤擅长"疾书"，18岁时便名扬京洛，后凭门荫入仕授奉礼郎。因仕途失意，而多有慨叹生不逢时、无以实现理想抱负、痛恨藩镇割据、宦官专权之社会现实的诗作，开创了长吉体诗歌一派。与李白、李商隐并称"唐诗三李"，诗名比肩"李、杜"和王维，世称"李昌谷"。

后世评价李贺是继屈原、李白之后中国文学史上最优秀的浪漫主义诗人之一，其诗作想象力极为丰富，作品空灵奇谲，常引用神话传说及仙鬼入诗，辞采诡丽变幻，托古寓今，故后人有"太白仙才、长吉鬼才"

之说。李贺的名字足以彪炳诗史，盖因除其诗才外，其27岁而英年早逝是最令人扼腕的。然就是这样，李贺依然为我们留下了近300首诗篇，《全唐诗》收录294首，另有《昌谷集》四卷存世。李贺在他27年的生命历程中为后人留下了无数的名诗警句，其中最著名的如"黑云压城城欲摧，甲光向日金鳞开""男儿何不带吴钩，收取关山五十州。请君暂上凌烟阁，若个书生万户侯""我有迷魂招不得，雄鸡一唱天下白"等。尤其是他24岁时咏出的"天若有情天亦老"这一千古名句，无数次被后世诗家直接套用，其中就包括欧阳修、元好问、石延年、万俟咏、孙洙、贺铸等。

【诗文大意】

琴声淡远，如那天河彩云飘浮在开满了桂花的洲渚，又似蜀中相如用琴声对文君诉说。琴声悲婉，如秋风摇落的芙蓉花，浅吟着离鸾别鹤操，诉说那越王夜起游于天姥山间。琴声清泠，如清白士子佩玉叮咚，无不彰显彬彬君子之风，神似长眉仙翁牵白鹿过海般的缥缈。琴声激越，如昔日周处长桥斩蛟，剑气如虹波涛翻涌，更似张旭披发为笔，淋漓画春竹。琴声止息，琴家颖师就近在眼前，颧骨隆起浓重的眉，异于凡人的气度显露出梵宫尊相。膝上古琴，是苍古润透的伏羲式，独立千年峄山孤桐，取其树干斫制成古琴大轸长八尺。闻见琴音，在这凄冷的寂旅馆舍，罔顾自己病疾缠身，暂时移开席上的药囊请君上前坐。颖师坦言，请我为他琴曲赋新辞，我自知位卑官轻，请歌君何不拜托当朝高官与公卿。

【品读】

　　李贺的诗，想象极为丰富，常以神鬼为题。这首乐府诗的上半部分以仙境般的画面和神异的笔法描述了弹琴人高超的琴技、美妙的琴声及展现在作者眼前一幅幅若神若仙的画面，下半部分则是分别写颖师的琴、颖师的竺僧身份、诗人自己的病态以及颖师求诗等内容。

　　颖师此人被唐代很多诗人提及，有人称其是来自印度的僧侣。笔者认为，唐中期思想开放，儒释道并行，而僧人事琴十分普遍，且多以琴开悟，又隐居山林，与青灯古佛、松林泉水为伴，形成了一种脱俗、静雅、不沾凡尘的古琴演奏风格，所以这位颖师应该是个中高手，他与众多的著名诗人都有交集，且以琴声索诗，这或可理解为他请这些著名诗人为自己扬名的一种途径。

　　这首《听颖师琴歌》中，诗人盛赞琴师的琴技高超，特别是颖师所弹之琴声音之美，这美轮美奂的琴声反复演变，伴随着颖师超人的琴技幻化而出。在诗中，李贺的笔下令神鬼往来、飘忽若仙。开篇便用天水之际、乘云归来，落在桂花洲渚，形容琴声自天外飘来，落在诗人和颖师身边。而此时窗外的琴声正如同蜀中司马相如琴挑文君似的呢喃细语，这种描写夸张大胆，一改其他诗人以音自琴中出、声自指下流的描写，而是独树一帜、另辟蹊径，极具浪漫色彩地将这优美的琴声比作自天际云端而来，琴声似风穿过树梢令芙蓉叶瓣飘落，而落叶沙沙似乎又在唱着末秋鸾离，又如越王夜游天姥乘风而去。其琴声泠泠，似文士佩戴的水晶相撞，细碎之声直抵心扉，颖师神情自若如仙人乘白鹿渡海赴梵境。古时称水晶为水玉，唐代诗人温庭筠有"水玉簪头白角巾，瑶琴寂历拂轻尘"（《题李处士幽居》），司马相如的《上林赋》中也有"水玉磊砢"之句，俄而，琴声激荡如西晋大将周处少年时挥剑斩蛟，又现张旭以发为笔泼墨淋漓，张旭的草书、李白的诗歌、裴旻的剑舞为唐文宗诏定的"三绝",书界有"颠张醉素(怀素)"之说,《新唐书·艺文传》中说:"旭,苏州吴人。嗜酒,每大醉,呼叫狂走,乃下笔,或以头濡墨而书,既醒自视,以为神,不可复得也,世呼'张颠'。"颖师端坐门前抚琴,如同一位来自梵宫的尊神,诗人继而再赞这张古琴。传说伏羲斫琴的材料为峄阳之桐(峄阳桐在古文中记载颇多,其地名所指也多有不同,有邹山、下邳、东海郡等说法),是用峄山阳坡的千年老桐所制,琴声传到了旁边的凉亭,久病之人闻声抛下药罐从凉席上惊起。诗中一句"古琴大轸长八尺"今人似乎难以理解,是因为唐代诗人鉴于格律字数及平仄关系,大凡以数字入诗者多取其整数。东汉著名琴家、天文学家桓谭在其名作《新论》中有曰"神农之琴,以纯丝做弦,刻桐木为琴。至五帝时,始改为八尺六寸。虞舜改为五弦,文王武王改为七弦",而三国时张揖撰《广雅》则曰:"琴,伏羲所造,长七尺二寸而有五弦。"宋人吴仪在《琴当序》有记:"太古之琴七尺有二寸而一弦。后世圣人裁为八尺六寸。而虞舜益之以五弦,至周武王复增以变宫变徵而为七。"又言:"伏羲之琴,一弦,长七尺二寸。"所以笔者认为,"琴长八尺"应是诗人对"上古之琴"的尺寸做的一个概述,其意还是要将古琴与上古先贤关联起来,另外"轸"既是琴的调弦之处,又指古时车厢底部的横木,时常泛指车,同时"轸"又是二十八星宿之一,为雀尾,故而古人将"天轸"比喻成上古时期神仙所乘坐的天车,所以此句应是指古圣驾天车携琴遨游于天宫,十分符合李贺诗风的表述。

  诗人将琴声、琴制和琴者进行了全方位、多层次的描写,最终讲到了颖师"请歌"即颖师向李贺求诗(或求歌词)一事,而这首《听颖师琴歌》或许就是李贺应请写给颖师的诗,但诗人于诗尾不无落寞地言道,自己哪敢承如此的礼遇,颖师既然求诗何妨不去求那些位高权重的人呢?笔者尝言,古人谓"琴歌"与"弦歌"意不同,前者是为有歌词的古琴曲目（名词属性），而后者是表述边弹琴边吟咏的古琴演奏形式（动词属性）。由是李贺的这首《听颖师琴歌》，也就可以理解为"听颖师弹奏了一首有歌词的古琴曲目"，而且颖师极有可能是久慕李贺诗名，请他为此曲赋新词。再有《唐才子传·李贺》所言："乐府诸诗，云韶众工，皆谐之律吕。"这种可能性就更大了。

读此诗，只感觉词句华美、用典颇丰，然美之美矣，格调与诗人的一众名篇相比却落居下乘。相传，当李贺名句"天若有情天亦老"成了千古绝对之上联，有唐一代，再无人能为其和出下联，直到宋初石延年作出"月如无恨月长圆"之句后，此公案方告收场。后有多事者将李贺、石延年上下两句与苏轼的词套裁，作出"把酒问青天，天若有情天亦老；举杯邀明月，月如无恨月长圆"一副对联，虽仍称不上"绝对"，但也算是成就了这一段诗词佳话。

【雅赏】

金铜仙人辞汉歌（李贺）

茂陵刘郎秋风客，夜闻马嘶晓无迹。
画栏桂树悬秋香，三十六宫土花碧。
魏官牵车指千里，东关酸风射眸子。
空将汉月出宫门，忆君清泪如铅水。
衰兰送客咸阳道，天若有情天亦老。
携盘独出月荒凉，渭城已远波声小。

风中琴
卢仝

五音六律十三徽,龙吟鹤响思庖羲。
一弹流水一弹月,水月风生松树枝。

【作者】

卢仝(约775—835),自号玉川子,祖籍范阳(今河北省涿州市),出生于河南济源,中唐著名诗人。卢仝自幼家境贫寒,破屋数间却图书满架,终日苦读,早年隐居少室山茶仙泉,后迁居洛阳,韩愈在《寄卢仝》一诗曰:"玉川先生洛城里,破屋数间而已矣。"他工诗文、通经史,朝廷曾两度召其任谏议大夫,均被其推辞,终生未曾入仕,史称其"高古介僻,所见不凡近",好友贾岛有诗曰"平生四十年,唯著白布衣"(《哭卢仝》)。卢仝的诗风属"韩孟(郊)"一派,多有咏琴、咏茶之作,他的《茶论》《茶谱》等论著,与茶圣陆羽的《茶经》齐名,世人称其为"茶仙"。卢仝存诗近90首,其最著名的有乐府诗《有所思》:"湘江两岸花木深,美人不见愁人心。含愁更奏绿绮琴,调高弦绝无知音。"《四库全书》于"别集存目类"中著录《玉川子诗集注》5卷。

【诗文大意】

合五音，应六律，古琴自有十三徽，如龙吟，似鹤鸣，心向远古怀伏羲。指尖跃，琴声起，洋洋兮意在流水，皎皎兮明月高悬。琴韵飘摇水月天，伴随着清风漫向远处的松树枝间。

【品读】

少室山又名"九鼎莲花山"，始建于北魏的少林寺就坐落在这里，卢仝曾在此隐居。史载他曾贫困交加，常靠周边的僧人接济粥食度日，故而在卢仝的诗中时常会有佛心禅意。明末文学家李渔曾有《庐山绝顶联》"足下起祥云，到此者，应带几分仙气；眼前无俗障，坐定后，宜生一点禅心"，此联若放在早李渔800年前的卢仝身上或许最合适不过了。

在这首七言古诗《风中琴》中，卢仝在开篇就以古琴入五音、应六律来将琴的高古旷远赋予诗中。"五音"即宫、商、角、徵、羽，而六律在诗中则泛指律吕，即十二律吕，其中单数六律又称为六阳律，而偶数为六吕属阴律，是古代音律和历法的基础。《宋书·律历志》载："制十二管，以听凤鸣，以定律吕……昔先王之作乐也，以振风荡俗，飨神佐贤，必协律吕之和，以节八音之用……讲肆弹击，必合律吕。"可见，上文所言礼乐即面对天下纷扰当遵循制度和规则，泛言社会生活必须遵守一定的礼教和法度，可见诗人于诗中首开即言当下朝堂党争、权宦纷扰、藩镇兵乱的天下形势，应当尊崇五音的传统法礼，即宫、商、角、徵、羽所引申而代表着的古琴五弦对应君、臣、民、事、物，也就是说强调君权，希望天下各安其命、各就其位，以求海晏河清、天下大治，而古琴的十三徽，通常又被解释为一年十二个月加一个闰月，有周而复始、岁月绵长之意。

综上，诗人在首句就将自己理想化的社会诉求，借古琴的文化理念而完整地表达了出来，也是诗人以古琴来言明他对这个时代，尤其是对大唐的礼法教化、国祚绵延的期盼。

接下来，诗人继续以琴声、琴制、琴理来表述他对国家兴亡之意犹未尽的理想，那就是以龙吟为代表的皇权及以鹤鸣为代表的相权，应该发出合鸣之声。其中"庖羲"即伏羲，在众多古圣先贤中，诗人独引典于伏羲，盖因"古者包牺氏之王天下也，仰则观象于天，俯则观法于地，观鸟兽之文，与地之宜"（《周易·系辞》）。因为伏羲出于上古，观文于天，察理于地，俯仰二仪，经纶万象，德备于冥昧，神通于精粹，变太素之质，改淳远之化，以图书著其迹，以河洛表其文，是创礼乐文物之大成者，这也是诗人心目中的古圣先贤。至此，诗人又将古琴与伏羲相关联，伏羲削桐为琴，以礼乐教化天下，东汉蔡邕著《琴操》曰"昔伏羲氏之作琴，所以御邪僻，防心淫，修身理性，反其天真也"，"伏羲氏作琴，弦有五者，象五行也"。《诗经·大雅·卷阿》有曰"凤凰鸣矣，于彼高冈。梧桐生矣，于彼朝阳"，由《诗经·大雅·卷阿》所歌唱的伏羲制琴，有凤凰高鸣于梧桐之上，而卢仝将梧桐制成的琴声和凤凰高鸣化用为"龙吟""鹤响"，言外之意，他向往着伏羲治下的盛世，同时也比喻只有圣明的君主才能有贤德的能臣干吏。在对朝政和社会现实发表完感叹和议论之后，诗人转而进入了他固有的禅化意境之中：琴声中似有流水，又见明月，一派安逸祥和，随着徐徐飘来的清风飘向山间的松林宛转于松枝之间。在充满禅意的诗句间，将古琴如风似月的淡远以暗合于《风中琴》的诗名之中。

卢仝生于社会底层，他见惯贫寒且忧国忧民又不入俗流，在他的诗中不仅充满了对朝堂倾轧、兵火纷乱的不满，更期望盛世再现、国泰民安，希望百姓能过上安逸祥和的生活。

综观全诗，诗人借琴言事，以琴怀古，乍一看描述琴事，细品之，则是诗人拳拳的赤子之心和佛家悲悯众生、天地轮回的禅意。笔者认为，在唐代诗人无数的琴诗中，卢仝的这首《风中琴》是将古琴的琴制、琴理、音律、五行最形象、最具体地上升到社会结构、人伦法度等思想层面上，最隐秘、最含蓄也是最完整的一首。诗中既有感怀古代圣贤，又有对今世的抨击，更有对未来的期许，诗人借古琴的法理而言世事，又依古琴的文化和审美而扬发情致，而能将这一切尽揽于古琴之中、收束于区区28个字内，不禁令人感慨诗人的凝词炼句之功力，故而卢仝的这首《风中琴》，堪为研究唐代古琴文化流脉的珍贵素材。

关于卢仝是卢照邻嫡孙的这种说法见诸今世各种文章，卢照邻虽然出生年月不详，但《唐才子传》及《旧唐书》都曾记载卢照邻曾任唐高祖李渊第十七子、唐初藏书家邓王李元裕（624—665）典签一职，卢照邻当时应与邓王年龄相仿。而卢仝比卢照邻晚了近150年，故笔者认为卢照邻之孙此说不实，若言卢照邻后世子孙或可有之。另外，关于卢仝之死因众口一词，皆言其死于"甘露之变"，然未见有正史记载，而卢仝此时早已是诗名颇著，如此一个人物死于事变的乱兵之手而未见诸史籍中，当不正常。

卢仝对中国的茶文化的研究有着奠基之功，他不仅著有《茶谱》，还享有"茶仙"之美称，他著名的《七碗茶诗》是将茶推向思想和文化层面的不朽之作，并且对日本的"茶道"产生了重大的影响，卢仝也由此在日本广为人知和尊重。与卢仝同时期的白居易也是一位精于以琴、茶入诗的诗人，白居易的《山泉煎茶有怀》："坐酌泠泠水，看煎瑟瑟尘。无由持一碗，寄与爱茶人。"当可佐茶雅琴。

【雅赏】

七碗茶诗（卢仝）

一碗喉吻润，二碗破孤闷。

三碗搜枯肠，唯有文字五千卷。

四碗发轻汗，平生不平事，尽向毛孔散。

五碗肌骨清，六碗通仙灵。

七碗吃不得也，唯觉两腋习习清风生。

自问

刘叉

自问彭城子，何人授汝颠。
酒肠宽似海，诗胆大于天。
断剑徒劳匣，枯琴无复弦。
相逢不多合，赖是向林泉。

【作者】

刘叉，生卒年不详，河朔人士，年少好行侠仗义，因路见不平酒后伤人而逃亡，逢大赦乃复出，而后改志从学，尤工诗歌，诗意多含讽刺、造句僻冷奇险。大约存诗30首，其中最著名的莫过于《偶书》"日出扶桑一丈高，人间万事细如毛。野夫怒见不平处，磨损胸中万古刀"，以及《作诗》中的"作诗无知音，作不如不作"。刘叉诗风怪诞、谐趣，以五、七言居多，尤工五言、善绝句，多以时事时人入诗，磊落而不世故，后人评价其诗名时在卢仝、孟郊二人之上。

【诗文大意】

我为彭城子，扪心反自问，何人许你如此癫，又有这般狂？心宽好酒纵情饮，酒后诗胆比天大。剑已断，空匣何用，琴已枯，无复朱弦。相逢无语意不合，不如往山林隐处。

【品读】

　　刘叉在他生活的那个年代不是一个很有影响的人,他草根出身,自幼顽劣,又生性侠义,年轻时好勇斗狠。元代辛文房辑《唐才子传》惜字如金,却依然用了近两百字来为刘叉立传,《新唐书》也在韩愈的传中专门提到了他,可见他虽不是一个大人物,但在当时确有一定的诗名,所以史书对他附缀几笔,虽不多但尚可窥见一斑。

　　至今他的生卒年月依然是个谜,但从史书上对他与卢仝、孟郊、韩愈、樊宗师等人交集的记载,大体可以判断出他应该生活在770—830年这段时间。鉴于他出身市井、游历颇广,所以在他的诗中体现得更多的是一种嬉笑怒骂,敢为人之不敢为、敢言人之不敢言的豪侠气及烟火气,在众多出身士族、颇有门第以及饱学之士的唐代诗人里面,他更为引人注目。

　　这首《自问》,诗风极其大胆,貌似自问实则敢问天下。诗中刘叉以"彭城子"自居,彭城在唐代天宝年间为彭城郡治所,今江苏省徐州市,此地为黄帝初都,彭祖故国。开篇诗人便自称为"子",已使诗中开篇即显"癫"状,诗人自问凭什么能如此亦疯亦癫,而以诗酒结交天下人呢?继而自作其解:因酒后壮胆,诗胆大于天。刘叉生活的年代,李白应该已经去世了,而谪仙人诗酒浪漫、持剑游历的高名,想必是对刘叉有着极其重大的影响。他酒量或大于诗仙,但才却不及,或许在刘叉的心中,李白就是他所仰慕的高山,无形中他在试图模仿着李白,像李白一样去快意人生。接下来,诗人似乎在回忆自己年少时为不平而拔剑,而今时过境迁,曾经的少年已不复再现,犹如长剑已断,而断剑又何须留恋往日的剑匣,如同久已不弹的老琴,孤落中琴弦已断,佳音难再现。由这两句我们似乎看到了诗人的落寞,往日的豪情也只在回忆中,尤其是用枯琴来比喻自己豪情已不复当年，所剩的诗胆不过是酒后狂言罢了。诗尾处的"赖是向林泉"一句，使诗情转向遁世的情绪，我们有理由相信，作此诗时诗人应该年过四十，已经开始了对往事的回忆，以及对自己人生经历的反思，前半生的仗义执剑如今已成"胸中万古刀"，而后的嬉笑怒骂、饮酒而歌，也不过是浪得狂人诗名，当他可以沉静下来反思的时候已人过中年，他或许突然明白了他不是李白，也永远成不了李白，自己的狂言天问不过是酒后壮胆，付之癫狂罢了。时间斩断了他青春的利剑，岁月使他变成难再奏出美乐的无弦枯琴，此时的诗人已参透了人生，也已经读懂了自己，然而他无法做到"万里征程，归来仍是少年"，此时的他，更多是"回首向来萧瑟处，也无风雨也无晴"的意趣阑珊，向"林泉"而隐遁，抛开世间的繁杂，抛开毫无意义的人间是非，不再去做一个愤懑之人，向着那山间野趣，向着那诗酒田园。

综观此诗，我们既可以把它当成一篇诗人觉醒的自白又可以把它当成一个浪子回头的自述，更可以将其视为在一个特定的历史时期，一个被生活和岁月打磨得没有了锐气和棱角，身心俱疲的非主流诗人，厌倦了尘世而欲向"林泉"的心理状态写实。

古人多有以枯琴入诗者，如北宋刘子翚《次韵致明听琴》中的"病翁不咄咄，琅然寄枯琴。倘无枯琴寄，孰表吾之心"，南宋洪咨夔《山行纪事》中的"老帖不容搨，枯琴尚堪弦"。"枯琴"在诗中并不是指琴的老旧，而是诗人暗喻的历尽沧桑、人琴俱老之意，如同唐代书学大家孙过庭在其《书谱》中曾说的"人书俱老"，更多的是指艺术境界，如同我们今天评价一位耄耋之年的琴家，其指尖灵动或远不及其少年之时，其琴意飞扬，或也不复青年之状，然而老而弥坚不坠青云之精神意象兼之更加成熟的文化审美却尤为珍贵，故多赞其为"人琴俱老"。

提到刘叉就不得不言及唐代著名的散文家、诗人樊宗师，史称其

"为文力主诙奇险奥，刻意求奇，喜用生僻词语，流于艰涩怪僻，时号'涩体'"。韩愈在为樊宗师所作的墓志铭中说他一生写有专著75卷，文、赋521篇，诗719首，并言："多矣哉，古未尝有也！然而必出于己，不袭蹈前人一言一句，又何其难也。"但就是这样一位诗文大家却对刘叉十分尊崇，据《唐才子传·刘叉》载："时樊宗师文亦尚怪，见而独拜之。恃故时所负，自顾俯仰，不能与世合，常破履穿结，筑环堵而居休焉。"想必樊宗师与刘叉意气相投，樊宗师以其文涩著称，而当时的刘叉则以幽蹇狂癫著称，二人惺惺相惜，均为时下诗坛奇葩。刘叉与韩愈亦师亦友，据史书记载，曾经有一次刘叉赴韩愈家做客，在时任吏部侍郎的韩昌黎书房见到书案中放有不少黄白之物，于是随手拿走了些金子并对韩愈说：你这钱财不过是书写墓志铭时对那些死人的谀谄之言所得，我帮你花一花，权当为你延寿。言外之意，讽刺这些钱财不过是赞颂亡者而得来的（"此谀墓中人所得耳，不若与刘君为寿"《唐才子传·刘叉》）。但就是这样的一个怪人，却让很多当时的名人诗家甘愿与之交往还乐此不疲。如著名的诗人姚合就有《赠刘叉》"自君离海上，垂钓更何人。独宿空堂雨，闲行九陌尘。避时曾变姓，救难似嫌身。何处相期宿，咸阳酒市春"，充满了思念之情。著名诗人李商隐少有的散文居然写的是刘叉，在《齐鲁二生》中还专门评述刘叉以及他的诗。

刘叉有一首与孟郊的答和诗《答孟东野》，是足以将诗人诗风、文笔、性情以及处世特点展现得淋漓尽致的一首诗，更像诗人自己的一幅自画像。

【雅赏】

答孟东野（刘叉）

酸寒孟夫子，苦爱老叉诗。
生涩有百篇，谓是琼瑶辞。
百篇非所长，忧来豁穷悲。
唯有刚肠铁，百炼不柔亏。
退之何可骂，东野何可欺。
文王已云没，谁顾好爵縻。
生死守一丘，宁计饱与饥。
万事付杯酒，从人笑狂痴。

听段处士弹琴
方干

几年调弄七条丝,元化分功十指知。
泉迸幽音离石底,松含细韵在霜枝。
窗中顾兔初圆夜,竹上寒蝉尽散时。
唯有此时心更静,声声可作后人师。

【作者】

方干(?—约888),字雄飞,睦州青溪(今浙江省淳安县)人。晚唐著名诗人、隐士,史称其"自幼颖悟,及长有清才,喜吟咏",因其为人礼数有加,见人时多以三拜敬之,故时人称为"方三拜"。又因其集中心思炼字琢句,不小心摔倒,嘴唇被跌破造成缺唇,由是咸通年间数次赴京参加科考,虽才学倾倒所有官员,但有司奏曰:"干虽有才,但科名不可与缺唇人,使四夷闻之,谓中原鲜士矣。"方干终其一生未能登第,同时也断了他的入仕之途。方干于诗以苦吟著称,其炼字琢句,煞费苦心,他曾自嘲曰:"吟成五字句,用破一生心。"他长于律诗,文字清新,多成警句,最著名的一句莫过于出其《山中》的"松月水烟千古在,未知终久属谁家"。《全唐诗》收录其诗六卷共359篇,一首《题君山》被收录于《唐诗三百首》,后人赞其"身无一寸禄,名扬千万里"。他多年隐居镜湖,醉卧行吟,虽一生不得志,却于晚唐诗风的一派纤靡中脱颖而出。他的诗有盛唐时代之恢宏气象,时而高坚峻拔,时而冰莹清丽,他属意江南风貌,诗中意象丰满,结构奇巧灵动,情趣意境澄明。其中多以酬赠诗、山水诗为主,兼有禅院诗及送别诗。

方干大才,深得师长徐凝的器重。唐僖宗文德元年(888),方干老死于会稽,葬于桐江,其门人旧故,以其德行私谥为"玄英先生"。方干虽然未能登第,但他以诗文传世,其后代更以文章立身,其后方氏一族前后出了18名进士,可谓"一县繁花香送雨,五株垂柳绿牵风"。后北宋范仲淹任睦州太守,还令人绘方干绣像,供于严陵祠并发出了如下感慨:"风雅先生旧隐存,子陵台下白云村。唐朝三百年冠盖,谁聚诗书到远孙。"

【诗文大意】

每每操琴抚七弦,天地精华蕴含十指间。琴声骤起,如泉水从深幽的石间迸发,琴声凛冽,似附满晨霜的松枝在摇动。琴声泛起,若清风朗月轻轻拂弄窗前,琴声止息,恰幽竹上的寒蝉随声散去。至此,身心俱宁静,只有余音徘徊着,一声声,化作后人无尽的深思。

【品读】

方干虽一生清贫,却爱琴、善琴且尤爱收藏古琴,经常诗酒弄琴,以扬情怀。这首《听段处士弹琴》既体现了他对琴学的理解,又表现了他以古琴来衬托他不着凡尘的隐士风格,貌似听琴有感,并赞段处士弹琴之高妙,而笔者认为,此诗更像诗人自己的自画像。诗中对琴理的表述,并由此引发对文脉流传的思考。

晚唐的镜湖地区有着优美风雅的自然环境,又因隐士们有追寻心灵解脱的需要以及佛、道的兴盛,逐渐以方干为中心形成了一系列活跃的文化交流和隐逸文学的创作。此时在镜湖周边，既有隐士与官僚、文人与权贵的文学交往，又有诗歌、古琴、绘画的艺术交融。

唐人诗中的"处士"多是指从未涉入仕途且深孚才德的隐居之人。诗人开篇明示多年来一直以古琴为伴，多年来的天地造化在琴家的指间有了更高的琴技和对琴意更深切的理解。颔联，诗人用泉水从石缝间暗涌奔出来比喻琴声骤起时的惊心动魄，在用诗的语言描摹琴意方面以泉水为喻体，化抽象为形象，写琴声之动人，可谓形神兼备，也可以理解为描写琴家运用古琴的"滚拂"技法。继而再喻琴声悠长，如同霜覆松枝，百转缠绵。突出琴意幽远，琴声绵长动人，借以表现鼓琴者的琴艺，也使抽象的音乐形象有了丰富的视觉形象，又似乎在摹画古琴大弦"散音"的震荡。诗人巧妙地用"松含细韵"来比喻琴声散漫开来，在松枝和松叶间余音飘荡，这种对古琴音韵和琴境的描写，堪称经典。颈联处，诗人用月宫的玉兔趴在窗前窥顾来表现琴声的灵动细腻抑或在言及琴家指下的泛音，又借以表明时间已是明月高悬，配合着这娴静的风清月夜，当曲终时，万籁俱静，似乎竹枝上静卧的寒蝉也随之散去。此情此景，不仅是诗人自己，也令每一个读者的身心都会被带入这静谧的时光和惬意沉寂的意境之中。诗尾联的"声声可作后人师"，笔者认为这一句应是一句反问，诗人在这里似乎要表达这样的思考：这样的情操难道不能够为后人之师吗？难道不应被后人效仿吗？也有此曲、此景、此情、此等古意堪为后人效仿之意。

读此诗颇感其结构的精巧用心，移步易景间貌似漫不经心地娓娓道来，引领着读者将心情随琴声而变，依景致而移，只用最后一句彰明心意阐发情致却又格调不低。诗人重在谋篇，遣词布句灵机巧妙，并非引经据典，却又引人入胜，正可谓词若未至意已独往。唐人言咏古琴之诗颇多，然精细微妙形象生动，如方干这首《听段处士弹琴》者不多，特别是诗中传达出的安于清贫、乐道现实、精于琴理，深于思考的高士情怀尤为令人艳羡。笔者认为，从琴学的角度而言，诗人深谙琴道，特别是悟得琴学中一个"静"字，诗人并不着意于描写琴的高古，咏赋琴的情怀，而是以精妙的文字勾画出了一个静谧的场景，又将琴声幽静描述得恰到好处，故认为此诗应为唐人琴诗中的上品。

昔嵇康在《琴赋》有云："然非夫旷远者，不能与之嬉游；非夫渊静者，不能与之闲止……若论其体势，详其风声，器和故响逸，张急故声清，间辽故音痹，弦长故徽鸣。性洁静以端理，含至德之和平。诚可以感荡心志，而发泄幽情矣！"读方干的诗，颇能感觉到嵇康言中的渊静质朴和清逸旷远，正如唐末著名隐士孙郃赞其曰："其秀也，仙蕊于常花；其鸣也，灵鼍于众响。"

方干长期隐居在白云源、镜湖一带。江南清丽灵秀的山水以其冰莹霞绚的独特韵味而著称，在熏陶感染着诗人性情气质的同时，更成为诗人歌咏吟唱天地的乐园，因此，他的诗歌具有江南优雅清丽的特质。如"竿底紫鳞输钓伴，花边白犬吠流莺"和"白云晓湿寒山寺，红叶夜飞明月村"等佳句，无不给人以色彩灵跳、清澈恬静的感受。

方干曾为名士所推赏，也为方镇大员所举荐，然而运乖命蹇，终身因貌陋之累而终老于浙东山水之间。然其诗品之高，诗名之大，可由唐中晚期越州诗人吴融在其《赠方干处士歌》一诗中的"把笔尽为诗，何人敌夫子？句满天下口，名聒天下耳"的赞美而见一斑。

古代诗人常借"修桐"以喻琴，间或有许多吟咏修桐的诗句，如魏晋孙统的《兰亭诗》"回沼激中逵，疏竹间修桐。因流转轻觞，冷风飘落松"，唐代钱起的"雀栖高窗静，日出修桐阴"，又如南宋释文珦《秋夜月下独吟》中的"看月倚修桐，寥寥夜正中"等，在方干的众多诗作中，也有一首以"修桐"论琴事的诗，读起来显然比宋人更有诗意。

【雅赏】

废宅（方干）

主人何处独裴回，流水自流花自开。
若见故交皆散去，即应新燕不归来。
入门缭绕穿荒竹，坐石逡巡染绿苔。
应是曾经恶风雨，修桐半折损琴材。

题李处士幽居

温庭筠

水玉簪头白角巾,瑶琴寂历拂轻尘。
浓阴似帐红薇晚,细雨如烟碧草春。
隔竹见笼疑有鹤,卷帘看画静无人。
南山自是忘年友,谷口徒称郑子真。

【作者】

温庭筠(810—866),字飞卿,唐末著名诗人、词人,山西祁县(今属山西省晋中市)人。史称其少儿敏悟、天才雄赡、鼓琴吹笛、风姿绰约,曾放言"有弦即弹,有孔即吹,不必爨桐与柯亭也",然恃才不受拘束,又因纵酒放浪得罪权贵,屡试不第,但又因其在一次科举考试中,考试要求文章有"八韵",温庭筠叉一次手的功夫便能吟一韵,叉八次手便作出"八韵",故后人对其有"温八叉"或"温八吟"之称。初入相国令狐书馆,曾为国子助教。他精通音律,于诗与李商隐被时人并称"温李",于词与韦庄并称"温韦",被誉为花间词派的鼻祖。温庭筠诗词存世约440首,有集众多但大都散佚,仅《温飞卿集》七卷及别集一卷存世。《全唐诗》编其诗九卷收录353首,其中有4首收录于《唐诗三百首》,他的《望江南》被选入中学语文教材中,另外一首《菩萨蛮·小山重叠金明灭》被选入高中语文教材中。他存世词约70首收于《花间集》和《金荃词》中。温庭筠的著名词句如:"梳洗罢,独倚望江楼。过尽千帆皆不是,斜晖脉脉水悠悠。肠断白蘋洲。"他是将词这一文学形式从民间推向诗词殿堂的关键性人物，在词史上为词的发展做出了决定性的贡献。

【诗文大意】

头戴水晶簪头，角巾束发。琴声起，划破寂静轻尘。雾霭浓阴障目，唯见晚来红薇几簇。如烟细雨，洗得春草碧绿。竹篱围院，窥见笼中似鹤，屋帘半卷画尤静。不见南山处士，与君同是忘年交，君乃当世郑子真。

【品读】

温庭筠是晚唐极有故事性的诗人和词人，负有大才、深谙音律，因性格所致难于仕途，更兼交友不慎晚年竟流落致死。世人评其诗词为侧词艳曲、才情风流、尤工律赋、辞采绮丽。

温庭筠这首《题李处士幽居》意在赞美友人李处士独处幽居、隐逸世外的散淡情致，借以抒发自己厌倦江湖，意欲林泉之心意，诗中不乏对李处士的赞美与对其生活现状的羡慕之情。此诗是典型的温庭筠笔法，即重在白描、刻画细腻，而且韵律整齐、对偶工整。于诗的首联以"水玉簪头白角巾"起笔，便是对李处士淡雅风流形象的描摹，同时也是对他才子形象的一个定位。其中"白角巾"又称"林宗巾"，据《后汉书·郭泰传》所载：学子领袖郭泰才高识广，宽衣大带、身材魁梧，善于举荐士人，在游历各郡国时于陈梁途中遇雨，遂头巾垫起一角，时人多效仿他，故意也将头巾折起一角，时称"林宗巾"。又说他42岁去世，四方士人千余人来送葬，蔡邕为他作碑文。诗人笔下的李处士不仅有着和郭泰一样的绰约身姿及风雅气质，而且善抚琴，其弄弦之声能够划破寂静阴霾的雾霭，让人心中的积郁顿然消失，这是对李处士琴技的赞美，也是诗人在为其相对灰暗的内心寻求一丝慰藉和光亮的心灵寄托。

在颔、颈联中，诗人以排偶的形式对李处士的幽居进行了由远及近的全景式描写：山间浓云阴霭，宛如一个巨大的雾帐，而被这雾帐笼罩着的院外，却有数枝红色的蔷薇在春风中摇曳，这一句与李贺的"薇帐逗烟生绿尘"有异曲同工之妙。而如烟的细雨将春草洗刷得更加碧绿。古来凡自诩为隐士的高人多圈养仙鹤以彰显自己的仙风道骨。诗中"隔竹见笼"应是隔着院墙的竹篱笆向墙内窥望，"疑有鹤"笔者认为未必是鹤，也许是鸡或鹅一类，但终归是诗人笔下的一抹田园雅趣。而"卷帘看画静无人"则是诗人眼中的茅屋，竹帘半卷，墙上书画依旧，而只听得琴声未见琴人。用这种比赋方法不仅体现了李处士悠然自得、尽享田园、超脱世外、仙风道骨的隐士形象，更可令人领略隐中高士神龙见首不见尾的仙人气派。诗尾处的一联全在抒情，诗人明言"南山"，盖有乘陶渊明"采菊东篱下，悠然见南山"的隐逸之情，又有赞李处士择仙山而居，并附会寿比南山之意，若与前面的笼中之鹤相联想则会产生松鹤延年的诗画意象。最后的"谷口徒称郑子真"则是取典于昔西汉著名隐士郑子真隐居于谷口，借以赞美李处士仙逸之情和高古之品。

综观全诗，温庭筠在这首七言律诗中对人物的刻画之栩栩如生，对场景的描摹之细腻严谨，尤其是万籁俱寂中见鹤见屋不见人，尽显诗人之文辞机巧、取意脱俗的大家手笔。整首诗的节奏十分明快，在修辞布章上颇下了一番心思，初读"浓阴似帐红薇晚"会给人一种于乌云细雨的压迫感，然若复读之：摇曳的红薇与笼中之仙鹤相得益彰，则顿生一种空灵清畅的动感，使得此诗在寂静中增加了一番鲜活的生动。此时再品"瑶琴寂历拂轻尘"一句，则不禁使人眼前一亮，因为琴或琴声在这首诗中变成了诗魂，是将所吟咏对象之情操格调能够极度提升的关键一拍，使诗人笔下的山中隐士不似南山陶令公之居其意在田园，意在无弦之琴，而是比照郑子真，如西汉扬雄所言："谷口郑子真，不屈其志而耕乎岩石之下，名震于京师，岂其卿？岂其卿？"(《法言·问神》)李白曾有《赠韦秘书子春二首》诗曰："谷口郑子真，躬耕在岩石。高名动京师，天下皆籍籍。"而元代舒頔则更有"抱琴疑是林和靖，谷口又类郑子真"的诗句，不过元人舒頔这句诗虽是言"梅妻鹤子"的北宋隐逸诗人林逋，但也难避化用温庭筠诗句之嫌。

古琴之意境求其"逸"，凡逸者无累方能大道至简。明人徐上瀛在《溪山琴况》中言道："以无累之神，合有道之器，非有逸致者则不能也。"温庭筠以琴之逸境言李处士之隐逸，以琴之淡远喻李处士之恬淡，此拟甚妙，也正是因为有了这弦上的一声，使温庭筠这首诗立意陡然提升。

言到温庭筠就不得不言及他科考作弊一事，今人多言其作弊是为了得人钱财，此大谬也。温庭筠屡试不第，种种过往使得他对科考由急于求成到后来的心灰意冷，甚至产生了对抗的情绪，而他所采用的对抗方法则是"有意为他人作弊"，史称其可一气书就万言，这无疑是在向世人展示他真正的科考实力及满腹才华。据《唐才子传·温庭筠》载："(温庭筠)每试，押官韵，烛下未尝起草，但笼袖凭几，每一韵一吟而已，场中曰：温八吟。又谓八叉手成八韵，名温八叉。多为邻铺假手。"他最夸张的时候居然直面考官而坐完成答卷，同时还顺便帮着周边八个人解题，此作弊方法真不知是考官故意放水还是温庭筠另有奇法。

温庭筠涉嫌科考舞弊大案，虽未被入刑，但也对他的科考及仕途造成了终身的影响。然而瑕不掩瑜，正是由于温庭筠在科考上的屡屡挫败，却让他更加沉浸于文学创作，使得他诗词盛名传世。后世经常拿他的名句"鸡声茅店月，人迹板桥霜"来举例，十字之内已将鸡鸣之声、茅屋客店、月朗星稀、人迹罕至、板桥铺霜等多种情景和意象并列在一起，中间并无动词、介词勾连呼应，可见其排章布句、遣词雕磨之功力。虽然今人也对其作品，尤其是词作有所谓"柔弱浓艳、辞藻迤逦"的诟病，但笔者认为"词"之雏形本滥觞于晚唐市井、淹留于五代宋初，其早期更多的是与花前月下、男女情事、坊间传闻、楼台馆舍相勾连，作为将词这一文学形式提升、提炼、发扬、辅正的一个历史性人物，温庭筠所能做到的已经是承历史之势，举迭代之功。他为词这一艺术形式在中国文学史上的进化，做出了不可磨灭的贡献。

鱼幼微（约844—868）被称为唐代"四大才女"之一，而有着"玲珑骰子安红豆，入骨相思知不知"心结的温庭筠于鱼幼微而言，既是恩人又是师长，年长鱼幼微三十多岁的温庭筠不顾鱼幼微炙热的爱恋，将她嫁给了青年才俊李亿为妾。14岁的鱼幼微在李亿家中备受长房欺辱，最终归入道观成为一名女冠，从此易名"鱼玄机"，并有怨李诗云"易求无价宝，难得有心郎"，然笔者认为既然未见于正史则恐多为后世小说家言。

在温庭筠的词中虽不乏长调，但以小令居多，其中最著名的一首《菩萨蛮·小山重叠金明灭》实为其经典之作。

【雅赏】

菩萨蛮·小山重叠金明灭（温庭筠）

小山重叠金明灭，鬓云欲度香腮雪。
懒起画蛾眉，弄妆梳洗迟。
照花前后镜，花面交相映。
新帖绣罗襦，双双金鹧鸪。

自归山

陈陶

海岳南归远,天门北望深。
暂为青琐客,难换白云心。
富贵老闲事,猿猱思旧林。
清平无乐志,尊酒有瑶琴。

【作者】

陈陶(约812—约885),字嵩伯,岭南建水(今福建省南平市)人,祖籍江西。40岁左右开始隐居洪州西山(今江西省南昌市新建区),后人不知其所终,故卒年不详。陈陶举进士不第,遂游历名川大河,因其儒释道皆通,故自号"三教布衣"。他一生经历唐中后期八朝(宪宗李纯至僖宗李儇),终身未仕,行为散逸。《全唐诗》收录其诗110余首,《唐诗三百首》中仅收录其诗1首,这就是著名的《陇西行四首·其二》,此诗被选入人教版初中语文教材。

【诗文大意】

南望山海,那是我遥远的家乡,北望帝都,是高不可攀的深门。可悲啊,那些窃居庙堂的众人,哪如我这般愉悦,欢愉着与白云为伴。人生的富贵不过是一场梦,猿猴尚且思念自己出生的密林。心若清平,世便安好。莫言我辈无志向，我心中执念着的不过是眼前的美酒和膝上的瑶琴。

【品读】

陈陶生活在晚唐时期，他一生以豁达安逸之心面世，对老庄之学颇有领悟。观其一生只做了三件事：其一是游历山水；其二是研究诗文及佛、道；其三是安于清贫、享乐人生。所以后人相传其在洪州西山隐居后"羽化升天"而去。有这样一则趣事，唐咸通（唐懿宗李漼）年间，镇南军节度使检校工部尚书严撰（见李漼《赐严撰自尽敕》）经常去西山与陈陶饮酒畅谈，见其身只影孤，则遣一美妓前去服侍，后美妓见诗人无意于己，则向其请求离去并赋诗一首曰"莲花为号玉为腮，珍重尚书遣妾来。处士不生巫峡梦，虚劳神女下阳台"，陈陶遣其归且回诗道："近来诗思清于水，老去风情薄似云。已向升天得门户，锦衾深愧卓文君。"此事真伪不知，莲花美妓此诗句也不便评说，然诗人之情志所向可见一斑。

在这首五律《自归山》中，诗人以其所隐居之地洪州西山为中心，向南翘首故乡的山川碧海，北望则是帝都长安的庙堂之深，想那些在朝堂上挣扎、奔波之人，不过都是庙堂过客。这里"青琐"本指装饰皇宫门窗的花纹，在诗中喻指朝堂。《汉书注》："青琐者，刻为连琐纹，而以青涂之也。"杜甫有诗云："晓漏追趋青琐闼，晴窗点检白云篇。扬雄更有河东赋，唯待吹嘘送上天。"这里之所以引用"追趋"而非多见于文字的"追飞"，是源自南宋书法家张即之绢本长卷"户外昭容紫袖垂"中所书。陈陶在开篇便充分显示了对庙堂之事的洞悉和淡泊，后面"难换白云心"一句则是将诗人的价值观阐释得更加明了。诗人想表达的意思是：我今天的悠然隐居，与青山白云为伴，就是用高官厚禄也不与之交换。在这里我们似乎可以看到诗人不同于归隐前的开悟,如果说当年诗人还对没能入仕心存遗憾,如其诗曾言"中原莫道无麟凤,自是皇家结网疏",而今诗人则坦言:"消磨世上名利心,澹若岩间一流水。"接下来,诗人感叹人间富贵不过是俗人每每言及的话题,而自己犹如倦鸟归林、白猿还家,这美好的大自然就是自己的归宿。诗人曾称建水(福建南平)之山水为"家山",可见,以山水为家,视大自然为自己的命中归宿,是诗人的终极向往乃心灵的放逐地,古人在诗文中常用"家山"一词代言自己的家乡乃至故国,宋徽宗《在北题壁》中有"家山回首三千里,目断天南无雁飞",梅尧臣也曾有诗句"旧市越溪阴,家山镜湖畔"。在诗的尾联,诗人似乎从这种论说的情绪中突然跳出来,笔势一转,以"清平无乐志,尊酒有瑶琴"将自己此时此刻的状态完整地展现在读者面前,"清平"我们可以理解为盛世清平,也可以理解为世间凡事与自己无关,此处的"乐"笔者更倾向于理解为老子之乐,即"得道之乐""观物之乐""清闲之乐",抑或兼有"启期三乐"(为人之乐、为男之乐、人活九十之乐),诗人或许感悟了孔子谓子期曰:"善乎!能自宽者也。"陈陶在自己的诗《春归去》就有:"九十春光在何处,古人今人留不住。年年白眼向黔娄,唯放蜻蜓飞上树。"诗人最终将所有的志向、追求、人生感悟,甚至自己的学问,全部把它放到了其引以为最尊崇和重要的两件事中,即酒事和琴事。一个"尊"字将诗人眼中的一切乃至自己的人生释意为尽托琴上、尽付酒中。

陈陶的诗咏琴的不多,但观全唐虽名家如云,然将琴作为自己毕生托付的并不多。他以琴托古,以酒论今,他"归隐"则隐于无踪,以至于后世皆谓其"羽化升天",在他的世界观中对琴的领悟不仅远高于今人,就是在一千多年前也可谓登峰造极。十分可惜的是,陈陶大量的作品散佚,我们很难去考究他关于琴的思想理论及相关文献。

对于陈陶,后世一直有一种说法,即"唐代的三流诗人写出了一首一流的诗"(指《陇西行》),但笔者却认为,仅一句"清平无乐志,尊酒有瑶琴"足以使陈陶在唐宋"琴诗""琴词"中(《全唐诗》中有1000余首,《全宋词》中近600首)占有重要的历史地位。相比其脍炙人口的《陇西行四首·其二》:"誓扫匈奴不顾身,五千貂锦丧胡尘。可怜无定河边骨,犹是春闺梦里人。"笔者认为,其另一首《水调词·其七》不遑多让,似可为其"上篇"。

【雅赏】

水调词·其七(陈陶)

长夜孤眠倦锦衾,
秦楼霜月苦边心。
征衣一倍装绵厚,
犹虑交河雪冻深。

听僧弹琴
贯休

家近吴王古战城,海风终日打墙声。
今朝乡思浑堆积,琴上闻师大蟹行。

【作者】

贯休(832—912),俗姓姜,字德隐,婺州兰溪(今浙江省兰溪市)人。唐末至五代初期著名的诗僧、书画僧。贯休自幼出家,天资聪慧,读经书过目不忘,其一生清廉坚毅、云游四方,唐末黄巢起义时为避兵祸曾试图安于吴越钱镠王僚下,后终不得志于迟暮之年入蜀,得名"得得和尚",被封为"禅月大师"。贯休工书画,时人评价颇高,北宋黄休复编撰的《益州名画录》有载曰"善草书图画,时人比诸怀素,师阎立本",又评其画作曰:"画罗汉十六帧,庞眉大目者,朵颐隆鼻者,倚松石者,坐山水者,胡貌梵像,曲尽其态,或问之,云:'休自梦中所睹尔。'"南宋计有功编著的《唐诗纪事》中也言其"休工篆隶",可见时人对其书画之追崇。贯休一生诗作颇多,《全唐诗》收录其诗718首,有两首被收录于《唐诗三百首》,其中《春晚书山家屋壁二首》(其二)被选入高中语文教材中。此外有《禅月集》存世,大约收录其作品25卷。

除诗、书、画外,贯休善琴、善茶,与齐己交厚,更有茶诗应和。

【诗文大意】

旅居吴越争战地，横琴端坐城头上。听海风，鼓起滔天浪，浪花拍击城垣，堆起层层如雪，如诉我心中积郁已久的思乡情。听僧师弹琴，轮指兼半轮，正应蟹行技法。琴声中惊现浪花飞溅、跳跃涌动。

【品读】

有唐一代，提到最著名的诗僧莫过于贯休、皎然、齐己、寒山、灵澈、虚中、拾得等，他们存诗数量众多，直接原因或也与他们的长寿有关。此外，他们修身礼佛，又有很高的艺术天分及大量的创作时间，所以就唐代而言，诗僧是作为诗坛一个重要的文化群体独立存在的，而且他们对文学的贡献也是不可忽视的。

贯休的这首《听僧弹琴》秉承他一贯直白、凌厉、大气、刚劲的诗风，毫不拖泥带水，更是开篇有章、直抒胸臆。一首七绝既有对吴越争霸古战场的缅怀，又有以白浪滔天、惊涛拍岸的险峻奇绝为场景的铺排，更饱含了对故乡的思念，以及对弹琴的僧人技法的赞叹。然而，这一切均是表面现象，究其实质则别有洞天。

唐僖宗李儇乾符五年至中和四年（878—884），为避黄巢起义之兵乱，诗人只身去往吴越武肃王钱镠的钱塘（今杭州）。在这里贯休写下了那首让他声名鹊起的著名赞美诗（后人称为史上第一"马屁诗"）《献钱尚父》："贵逼人来不自由，龙骧凤翥势难收。满堂花醉三千客，一剑霜寒十四州。鼓角揭天嘉气冷，风涛动地海山秋。东南永作金天柱，谁羡当时万户侯。"而钱镠王在高兴之余既十分享受诗人对他"春申门下三千客"的吹捧，又不满足于诗中所指的所领十四州，要贯休将其改为四十州，以彰显钱镠王的王霸决心及预示着他的霸主事业之前景，而贯休则秉承自己的耿介性格断然拒绝，遂又赋一首绝句："不羡荣华不惧威，添州改字总难依。闲云野鹤无常住，何处江天不可飞？"仅凭这一首小诗，在彻底得罪钱镠王的同时，也在世人眼里彻底改变了贯休诗谄钱镠王的负面形象，以至于后世李清照在其经典的《题八咏楼》中写道："水通南国三千里，气压江城十四州。"用以嘲讽当时的宋庭，言其气节风骨还不如晚唐的一个和尚。不久后贯休便离开了吴地，而这首《听僧弹琴》也就是在此时此情之下作就的。

  诗首句"家近吴王古战城"交代了自己为避战祸羁旅吴地，二句则将拍击城墙的滔天巨浪化作自己久积于心的不满和怨愤，借钱塘大潮之白浪翻滚拍击古城城垣而吟情咏志。诗人用前两句完成了对时间、地点、场景的描画，同时已经表明了对吴越王的失望以及不满，还在某种程度上表露出对自己所处的境遇颇为担忧，这样就在第三句以无尽的思乡为借口表明了自己去意已决。诗人本身是诗僧，他懂琴、善琴，精于古琴之妙，所以笔者认为一首《听僧弹琴》实际弹琴者应为诗人自己而并无他人，于是我们似乎可以还原这样一个历史的画面：诗人独自端坐城垣、横琴膝上，望远处排排浊浪，拍击着古城旧墙卷起浪花无数，犹如千堆白雪，诗人抚琴而歌无比怅怀，遂于此高台抚琴慨古。多少沧桑历历在目，不过是无休止的兵伐相争。贯休幼年家贫，出家后游历四方，看惯了底层民众的悲苦生活，所以他厌倦战争，更有着佛家的悲悯之心。所以，他用一种关乡之情来诠释自己希望动乱早日结束，家国恢复安宁的期望。终于最后在诗尾处，诗人将所有的情感付之琴中，将古琴所蕴含的旷古达远、圣明修德与当下的社会环境形成鲜明的对比，他希望能够横空出现圣贤的明君，使天下由大乱变为大治，他通过琴向古圣先贤述说自己希望及祈祷着和谐安宁的生活。

贯休此诗中的"琴上闻师大蟹行"何解？南宋田芝翁所辑《太古遗音》是琴界较早的琴论古籍，后世经过增补遂有了明代朱权的《神奇秘谱》及明代版的《太古遗音》。在明代的《太古遗音》彩绘本中有"蟹行势"指法的专门记载，并有词曰："蟹合离象，赋性则行；内柔外刚，螯举目瞠；观其连翩之势，似夫轮历之声。"顾梅羹的《琴学备要》中则将其式称为"蟹行郭索势"。而贯休诗中的"大蟹行"是说古琴的这一演奏技法（轮指及半轮），诗中在"蟹行"前加上一个"大"字，体现了诗人此时的情绪更加激荡，情怀更加高扬，同时也是作为诗境的一种夸张、拟喻的写法，使得诗在此处场景更加生动，情致更加丰富。然在实际的古琴演奏中，此法务求清泠干净、间断分明，或轻或重或间有变化，但总求于清雅而无浊戾之气。由此可见，在早于田芝翁200年前，于贯休笔下可见此法应已流行于世，而诗人专择此法入诗应是借此法发出的声效与涌流浪花、惊涛拍岸之声响相融合，使其诗在声、情、貌、意诸方面相互之间更加吻合，这也恰恰体现了诗人心思缜密、循章遣句之间文辞考究的写作特点。

正因为贯休的博学多才及骨气刚正，他的诗于后世被评价颇高。元朝诗人辛文房评价说："（贯）休一条直气，海内无双……乐府古律，当时所宗。虽尚崛奇，每得神助，余人走下风者多矣。"更有那位咏出"滚滚长江东逝水，浪花淘尽英雄"的明朝状元杨慎评价贯休："贯休诗中多新句，超出晚唐。"

贯休晚年入蜀，受到前蜀主王建的优待及供养，在蜀地贯休故技重演地写下了一首为今世之人诟病的赞美诗《陈情献蜀皇帝》，其中"河北江东处处灾，唯闻全蜀勿尘埃"一句深得前蜀主王建欢心。不过就当时唐入五代的社会现实而言，王建治理下的蜀地确实是于百乱之中而得求安宁的一方净土，称得上是雨顺风调、天府之国。所以，如果正面地去理解贯休的这首诗，除了世人眼中的谄媚、逢迎以外，也真实地体现出了诗人期国泰民安，盼早日结束纷乱的良好愿望。

【雅赏】

陈情献蜀皇帝（贯休）

河北江东处处灾，唯闻全蜀勿尘埃。
一瓶一钵垂垂老，千水千山得得来，
奈苑幽栖多胜景，巴猷陈贡愧非才。
自惭林薮龙钟者，亦得亲登郭隗台。

明代《太古遗音》

听琴

罗隐

寒雨萧萧落井梧,夜深何处怨啼乌。
不知一盏临邛酒,救得相如渴病无。

【作者】

罗隐(833—910),原名罗横、字昭谏,杭州新城(今浙江省杭州市富阳区)人,唐末著名的文学家、诗人。罗隐幼少孤贫,与母亲相依为命,然少聪慧,诗文同名。青年时游历长安,于唐懿宗李漼咸通八年(867)完成了他著名的《谗书》共五卷。因前后十次进士科考均未果,故史称"十上不第"。

唐末的黄巢起义爆发后,为避乱隐居于池州九华山,并改名为罗隐。唐僖宗李儇光启三年(887)赴江东,归仕吴越,深得吴越王钱镠倚重,拜著作郎遂正式开始了他的仕途,后任钱塘令,又擢至给事中,故后人亦称"罗给事"。罗隐长寿,享年78岁,其著作颇丰且深得当世重视,尤其是他的《谗书》《太平两同书》颇有影响。

罗隐卷集大部分散佚,现仅存《谗书》五卷,《甲乙集》三卷,《太平两同书》二卷,另有文集《罗昭谏集》及《文苑英华》存世。罗隐存诗约500首,《全唐诗》共收录500余首,其中最著名的诗句有"今朝有酒今朝醉,明日愁来明日愁"与"采得百花成蜜后,为谁辛苦为谁甜",此外"我未成名卿未嫁,可能俱是不如人"与"时来天地皆同力,运去英雄不自由"等诗句也脍炙人口,他的《蜂》被选入小学语文教材中。罗隐的诗文多有讽刺时弊、咏念世事之风,其杂文在晚唐颇有影响。他的文风多重正廉之洁,鄙视靡曼骄崇,在他的《说天鸡》等杂文中弹劾时政、笔锋犀利、嬉笑怒骂、涉文成趣,后人又戏称其"半是诗人半是仙"。罗隐尊崇儒家思想,感怀天下兴亡,在他的小品文《辨害》中曾有"顺大道而行者,救天下者也;尽规矩而进者,全礼义者也"的论说。

【诗文大意】

寒风又兼细雨,井边梧桐,更吹落萧萧叶下。不知深夜何处,风吹梧叶起琴声,犹有《乌夜啼》。昔临邛王孙宴上,一杯暖酒,可解相如饥渴?琴挑文君,遂成就千秋功名。

【品读】

罗隐的这首《听琴》于诗中只字未提"琴",然而在诗中我们仿佛听到了那矗立在井边的高桐在冷风凄雨中发出的幽幽鸣响。这首七绝的开篇就十分精彩,诗人只"寒雨萧萧落井梧"一句就将所有的场景、时空及位置关系交代清楚,可谓简之又简、铺白明了,且又意义深切,着实不失为上上好句。既然是寒雨则必定是深秋,萧萧落叶,尤其是梧叶则更添一派萧瑟、愁怨的诗意。古来诗人多咏井桐,此题材当是诗、词的一个重要的意象表彰。诗中"井梧"二字顾名思义是指井边的桐树,古来水井是人们生活聚集的一个重要标志,世上有一句赞美柳永的话"凡有井水处,即能歌柳词"(南宋叶梦得《避暑录话》),其意是赞柳永的词作风靡于世。正因为井和人们的生活息息相关,古人们便对水井有着一种乡情观念,所以才会有"背井离乡"这个成语。同样,人们对梧桐的热爱古来有之,在《国风·鄘风·定之方中》中有"树之榛栗,椅桐梓漆,爰伐琴瑟",可见"椅桐"是周朝时举国迁徙的卫国人所必种的树种。而将梧桐与水井放在一起,桐树枝繁叶茂而躯干高,既可遮阴亦可成为水井辨识度极高的地理标识,就连许多皇宫的建筑中也常有梧桐、金井、银床(其中"银床"是指井水上的辘轳,"金井"则是指井边的围栏)之说。而文人墨客就更加醉心于梧桐所带来的文人气象及高古的立意。历史上从西周至汉代,梧桐已被广泛植于皇家宫苑,到唐宋时已经开始变成士大夫文化中的一种审美取向。明代陈继儒的《小窗幽记》就有"凡静室,须前栽碧梧,后种翠竹……然碧梧之趣,春冬落叶,以舒负暄融和之乐;夏秋交荫,以蔽炎烁蒸烈之气",所以在《听琴》一诗中,诗人是用井梧形容家乡以引发关乡之议论和情绪。

接下来,诗人将梧桐化意为古琴,言秋风细雨的深夜似乎那首著名的古琴曲《乌夜啼》在凄风冷雨中回响。古琴名曲《乌夜啼》,本取材于南北朝时期表现爱情的民歌,而作为琴谱则初见于《神奇秘谱》,曲意取《乐府诗集·琴曲歌辞·乌夜啼引》记:"李勉《琴说》曰:《乌夜啼》者,何晏之女所造也。初,晏系狱,有二乌止于舍上。女曰:'乌有喜声,父必免。'遂撰此操。"这是《乌夜啼》"抬头见喜"的寓意。后两句诗人借司马相如于临邛之地,一曲《凤求凰》琴挑文君,继而得宠于汉武帝而功成名就的经历来舒张自己的期望。这是诗人借梧桐连带出古琴,又由《乌夜啼》引出一个好的运势兆头(更多的是诗人对前途的心理暗示),而最终他更希望能够像司马相如那样在琴中找到知己,同时改变自己的命运。其中临邛的这杯酒是取司马相如与卓文君在卓王孙设宴时,通过琴声相识相知的典故,所以"救得"两字意欲为命运的反转,而"渴病"并非饥渴之病,而是司马相如渴望一展抱负、建功立业的期望,如今这种期望不恰恰正是诗人毕生所追求的吗？

综观罗隐这首七绝并未言及古琴，然而却始终以古琴为一条主线并未旁顾。读罢此诗掩卷细思，其实诗人所听之琴声并非人为操弄，而是他心中之琴所鸣心中之曲，是源于对梧桐的抽象化审美，更难能可贵的是诗人巧妙地将这种意象化喻为自己毕生的追求，即儒家思想中贯穿始终的"修身、齐家、治国、平天下"的思想。孤独地站在自己人生的转折点，诗人毫不隐讳地描述了自己犹如那凄风冷夜、秋雨萧瑟的不遇现状，自己背井离乡游历长安，而今终于要回到那阔别已久的家乡，而家乡的井、家乡的桐，以及雨夜中的风吹落叶沙沙作响，似乎正有人弹起了《乌夜啼》曲，这是否预示着自己的人生将在这个历史的关头发生重大改变呢？而面对着即将到来的改变，他希望能够像司马相如那样得知己而归、受君王赏识、成一世文名、就万世功业，他已将自己所有的抱负及一身的才华都寄托于琴曲《乌夜啼》中。

借梧桐而咏琴的诗众多，其中最著名的当数王安石的那首《孤桐》，诗曰："天质自森森，孤高几百寻。凌霄不屈己，得地本虚心。岁老根弥壮，阳骄叶更阴。明时思解愠，愿斫五弦琴。"言及井桐的好句自有唐代王昌龄的《长信秋词》中的"金井梧桐秋叶黄，珠帘不卷夜来霜"，而细品欧阳修的《井桐》中的那句"半留残月照啼乌"，颇有取意罗隐的《听琴》之嫌。

在罗隐身上发生的故事不胜枚举，甚至有许多被后人演绎成神怪化的民间故事，今天，在罗隐的故乡浙江省富阳区新登境内，建有"罗隐碑林"，碑石镌刻有刘海粟先生等人题写的书法，并立有一座两米多高的罗隐石雕像。

后世赞罗隐为继李商隐、温庭筠之后唐入五代时期最伟大的诗词大家。罗隐的一生都在与命运进行着顽强的抗争，然而现实中他又不得不任由命运戏弄及臣服于命运的安排，在他的《筹笔驿》一诗中就充满着面对世事弄人的千般哀怨及万般无奈。

【雅赏】

筹笔驿（罗隐）

抛掷南阳为主忧，北征东讨尽良筹。
时来天地皆同力，运去英雄不自由。
千里山河轻孺子，两朝冠剑恨谯周。
唯余岩下多情水，犹解年年傍驿流。

听赵秀才弹琴

韦庄

满匣冰泉咽又鸣,玉音闲澹入神清。
巫山夜雨弦中起,湘水清波指下生。
蜂簇野花吟细韵,蝉移高柳迸残声。
不须更奏幽兰曲,卓氏门前月正明。

【作者】

韦庄(约836—910),字端己,长安杜陵(今陕西省西安市)人,唐末著名的诗人及词人,出身世家,与温庭筠并称"温韦",是诗词"花间派"的重要代表人之一。花甲之年终于进士及第,天复元年(901)入蜀地仕任蜀王王建的掌书记,入五代后官至前蜀宰相,谥号文靖。其著名长诗《秦妇吟》与乐府双璧《孔雀东南飞》《木兰诗》并称"乐府三绝"。韦庄一生诗词作品众多,《全唐诗》收录其316首,辑有《浣花集》十卷,《唐诗三百首》收录其2首,其中的《章台夜思》被选入高中语文教材中。韦庄在文学创作上的最大贡献是打开了唐诗向宋词过渡的大门,其所引领着的"花间派"的产生可以看作"词"这一文学形式步入一定规模并被世人瞩目的一个重要标志。

【诗文大意】

打开琴匣,冰泉琴似乎充盈着无尽的苍幽,它奏出的金石之声,入耳便令人神清淡远。赵秀才的琴技如此高妙:右手弹弦,如巫山夜雨之簌簌,左手抚按,似湘水清波之悠悠。细吟急吟,如蜂逐花蕊之震颤,进猱退猱,似夏蝉枝鸣之低回。在《幽兰》曲中万籁俱寂,一轮明月下又弹起《凤求凰》。

【品读】

韦庄家世殷实,通音律尤善琴,这也是他能够在音乐的土壤中汲取精华,为其诗词赋予韵律的基本特征并异于他人之处。这首《听赵秀才弹琴》中,将诗作者眼中这位琴人,从古琴弹奏的风采技巧到对音乐的演绎联想乃至情致张扬,都一一描摹且细腻地表现出来。

古来诗人大凡以琴入诗者,多分为"听琴诗"以琴意为重,和"听弹琴诗"多描摹琴技两类,而韦庄这首七律则是兼而有之。诗人皎然有诗云"年少足诗情,西江楚月清。书囊山翠湿,琴匣雪花轻"(《送邬傪之洪州觐兄弟》),而白居易则诗曰"西窗明且暖,晚坐卷书帷。琴匣拂开后,酒瓶添满时"(《对琴酒》),在北宋诗人王禹偁(同"称")的《寄献翰林宋舍人》一诗中也有"宫墙月上开琴匣,道院风清响药罗"的铺述,可见将琴置于琴匣中古来有之,且诗人多善于吟咏匣中"遗音"。

在韦庄的诗中,"冰泉"是指匣中之古琴的名字,据清代学者吴允嘉所著《天水冰山录》中记载,在查抄明代巨贪严嵩家财时有"古今名琴五十四床",其中就有一床名曰"冰泉"。然韦庄诗中所指"冰泉"是不是后世从严家抄没出的"冰泉"并无考,但"冰泉"作为古琴之名,在诗中是显而易见的。韦庄在诗中开篇便将琴匣中的冰泉琴之幽婉咽抑的音色特点，以及其独有的金石音质描写出来，并将这种声音幻化成淡远凝神的意象表现加以格外的叙述，其意在言琴之清也。明代琴学理论家徐上瀛在《溪山琴况》中曾言："弹琴不清，不如弹筝……故清者，大雅之原本，而为声音之主宰……而指上之清尤为最。"这就为诗人接下来对赵秀才弹琴的情韵及指间技法的赞美奠定了一个主旨，并做了一番十分严谨认真的铺垫。在诗的颔联韦庄用诗情画意般的语言将赵秀才弹琴时的演奏技术分别详细地描述和比喻，其中用"巫山夜雨"的"叮咚细碎"来描写琴人的右手指法，用"湘水清波"来比喻琴人左手按泛之声深沉干净，夜雨之急谓右手之急促，湘水之清谓左手之朴实静谧。

韦庄谙熟音律尤善琴，在其诗中对琴意及琴法的表述更是循序渐进前后关联的，其中"玉音闲澹入神清"一句就是与诗的颔联相互呼应的。明代徐青山言："音渐入妙，必有次第。左右手指既造就清实，出有金石声，然后拟一'亮'字。故清后取亮，亮发清中。"可见诗人铺白"玉音闲澹"其意先在取"亮"而后求"清"之入神，正如北宋朱长文在《琴史·论音》中所论："盖雅琴之音，以导养神气、调和情志、摅发幽愤、感动善心。而人之听之者亦皆然也，岂如他乐以蹈心堙耳，佐欢悦听。"

接下来在诗的颈联根据律诗颔、颈联对偶的原则，继而用蜜蜂在花间采蜜时细腻的嗡嗡声来比喻古琴的声韵处理，或急吟、或少吟、或飞吟、或游吟，又以柳树之上的蝉鸣表示进猱或退猱之声，递进不绝于耳。在数千首以琴入诗的诗作中，能够如此细腻、精准，而且十分形象地来形容和描绘演奏者的琴技，韦庄堪为翘楚，尤其是其所选择的比喻对象不仅生动有趣而且十分形象。从古琴演奏技法而言，猱其振动略大于吟，它是对所得弦音的持续性修饰，使之产生颤动、迂回的物理效果，以图悠远之感及无尽之意。所以吟、猱、绰、注便成为构建古琴演奏左手技巧的一个核心内容，更是琴意表达的主要途径。《琴诀》（唐薛易简著）有云："琴之妙趣，半在吟猱。"并言："当吟则吟，当猱则猱。"又《溪山琴况》有言："五音活泼之趣半在吟猱，而吟猱之妙处全在圆满。"而吟猱之声多是通过技术的处理，使琴的声韵与人的心理感受相吻合，甚至产生激动、惊悚、兴奋、悲伤，或急或慢的颤动感。这种颤动本源于人们对大自然的观察及与自己内心的对照。晚唐时的著名琴家陈拙已经开始用"沉吟之意，春风雷电"来形容吟猱，而明代的徐上瀛则以"水滴荷心"来比喻吟猱，可见古人常用湖水微澜、春风拂柳、寒蝉吟秋以及蜂悬花蕊等词汇来阐释吟猱之法，故而对于晚唐的韦庄能出此句并不为怪，他以"蜂""蝉"作比，将古琴"弦音断而意不断之声韵之妙"的意韵表现得惟妙惟肖。当然，吟猱之法唯古琴独有，其贵在"意象"与技巧的结合，顾梅羹先生在《琴学备要》中就曾将吟猱分别罗列出许多种不同形式，可见其在古琴演奏中的重要性。

  韦庄依其花间派的细腻笔法尤擅长于情感深处的精确描写和多层次的剖析，而花间诗派所固有的清丽婉约、刻画工细、迷离幽深、意象繁多的写作特点在颔联、颈联得以充分的表现，这较之其他的诗人对琴师于琴之演奏技法，或一带而过或浮于表象的描写大不相同，这在此诗中虽略显烦冗，但仍不失至情至性。与宋代词人不同，唐代诗人以琴入诗多以抒发自己的情怀，张扬自己的志向，将自己旷古高远之追求、不入俗流之格调、淡泊名利之情操、育化万众之境界加以模式化的彰显。所以，韦庄也不能免俗，他的情志发挥是依琴曲《幽兰操》而咏其志。在月下高门，他慨咏的对象是司马相如，他希望像司马相如被汉武帝倚重那样入朝堂而成就事业，也希望像司马相如那样才名千古。后来的事实也足以证明韦庄是有着入仕决心的，他屡试不第仍不懈怠，花甲之年及第，入蜀后身居高位，可见其志不在小，颇有王勃所言"老当益壮，宁移白首之心？穷且益坚，不坠青云之志"之政治抱负。

诗尾处"不须更奏幽兰曲"中的"更"字是这首诗的诗眼，用得十分的机巧，后世常常把它解读成更替的意思显然是不合适的，诗人的抒怀更像是在感叹，感叹自己空有相如之才而无施展之门，其志不在隐而在于庙堂，他似乎是行走在暗夜中的求索者，最渴望的是得遇一位像汉武帝一样的明主，能够像一轮明月照亮自己的前程。

韦庄最为脍炙人口的莫过于那首五言律诗《章台夜思》，此诗不言琴而言瑟，可见韦庄对于器乐、音律的熟知与热爱。诗中以"清瑟""孤灯""楚角""残月""章台"表达了长夜漫漫，诗人怅惘孤寂、无可奈何的思乡之情，诗人以景喻情、依物咏叹，将无尽的凄凉和哀愁尽付诗中。

【雅赏】

章台夜思（韦庄）

清瑟怨遥夜，绕弦风雨哀。
孤灯闻楚角，残月下章台。
芳草已云暮，故人殊未来。
乡书不可寄，秋雁又南回。

席间咏琴客

崔珏

七条弦上五音寒,
此艺知音自古难。
唯有河南房次律,
始终怜得董庭兰。

【作者】

崔珏(生卒年不详),字梦之,出身于唐朝高门崔氏家族,清河武城(今河北省清河县)人,唐中后期著名诗人,与李商隐颇有交谊,唐宣宗李忱大中年间登进士第,初任校书郎,后任淇县(今河南省鹤壁市淇县)县令,累官至侍御史(殿中侍御史)。崔珏存诗数量不多,现今存诗约有20首,《全唐诗》收录其11首,其中最著名的是《哭李商隐》两首与《和友人鸳鸯之什》,后人评其诗为"华美异常,笔意酣畅,如鸾羽凤尾,似行云流水"。

【诗文大意】

琴声出自七弦中,五音宫商角徵羽,而今听来心中寒,只为琴中知音自古难。唯有当年房次律,又有深谙琴技的董庭兰,引为知音相怜惜,更有佳话今犹传。

【品读】

这首《席间咏琴客》是崔珏官拜芸阁雠校时所作,"芸阁"则是唐代秘书省(图书管理机构,或藏书、校雠的馆阁)的别称,也称芸台、芸省等。有唐一代,许多著名的诗人都曾任校书郎,其中包括杨炯、张九龄、钱起、卢纶、元稹、白居易、杜牧、刘禹锡、韦庄、陈子昂、张说、王绩等。据唐末王定保编纂的《唐摭言》记载:"崔珏佐大魏公幕,与副车袁充常侍不叶,公俱荐之于朝。玉科芸阁雠校,纵舟江浒。会有客以丝桐诣公,公喜之,而欲振其名;命以乘马迎珏,共赏绝艺。珏应召而至,公从容为客请一篇,珏方怀怫郁。因此发泄所蓄……公大惭恚。"上文就是这首诗的来历背景。崔珏认为魏国公对自己的推举不如副车袁充,遂心生不满。一次有位魏国公十分喜爱的琴师来府做客,就派人接崔珏来府中雅聚,席间魏国公请崔珏为琴师作诗一首,而此时崔珏仍因魏国公当初的举荐不力而心怀幽怨,所以将情绪发泄在诗中,于是便有了这首《席间咏琴客》。一首诗罢,魏国公崔铉也为当初荐举之事感到十分的惭愧和后悔。

五音为"宫、商、角、徵、羽",暗合"君、臣、民、事、物",诗人是用五音关系来比喻自己和位高权重的魏国公之间的等级差别。在国公府那场其乐融融的文人雅集中,诗人耳中的琴声非但没有旷古之声,也无君子之义,反而是满满的令他心寒及不快。诗的第二句是回忆当初自己在魏国公府上时侍从左右尽心竭力,本以为应与魏国公引以为知己和知音,然而巨大的地位差别,此时看来不过是自己十分幼稚的一厢情愿罢了。换言之,古琴中伯牙子期的那种不论社会地位,不论出身才学,而能够引以为知音的传说不过是文人评话罢了。于诗的后两句,诗人将唐肃宗李亨初期的宰相房琯(字次律,今河南偃师人)与堂上魏国公崔铉相比,将房琯对唐代著名琴家董庭兰的知遇之恩及君子之交来对照魏国公崔铉对自己的举荐不力。

此诗在意境及情调上都不高，尤其是以琴来泄愤使得其诗意落居下乘，也在一定程度上落寞了崔珏的诗才，然而诗人凭借着高超的凝字炼句功力，硬是将这样一个完全拿不上台面且略显冲动又有损自己人文格调的事情，信手拈来写出了让人赞不绝口的一首名诗，并且其中每一句都可作为诗中经典，也真是令人咂舌。如果不考虑诗的立意以及此诗的背景，这首诗当属七绝里的上品之作，放在唐代琴诗中，也属佳作。尤其是开篇的"七条弦上五音寒"一句中的一个"寒"字用得甚妙，使得全诗陡然有了神韵，堪称天作之诗眼。全诗省略了铺白、描摹，依"寒"而赋一气呵成而全无拖沓。虽然此诗令魏国公崔铉颇为惭愧，相比之下崔珏则显得心胸狭隘而缺少感恩之心，这或许也是崔珏终生未有很大成就的原因之一。

观有唐一代，以琴入诗者多以歌颂、赞誉、奉扬、怀古为立意，以琴来泄愤甚至出口伤人，崔珏则首屈一指。武则天时期的董庭兰已经名满天下，他与当时的几乎所有著名诗人均有交往，而且时常出入于王公贵族的府邸，著名诗人高适曾在其《别董大》中有"莫愁前路无知己，天下谁人不识君"之句，然而在董庭兰最破落时，只有房琯将他收为门下清客，此时董庭兰已经是60岁的老人，后董庭兰获罪，此时贵为当朝宰相的房琯不惜罢官而力保董庭兰。显然房琯对他的维护可以被理解为视其为知己或引为知音。如果史料记载是真实的话，相比之下魏国公崔铉也应是一个极有气量的人，既能够容忍崔珏的当众放肆，还能够因这首诗而感到惭愧和内疚，也可谓是厚道之人。

在唐代历史上还有一个崔珏，甘肃正宁人，今人经常将这两个相距近两百年的崔珏混为一谈。唐初的崔珏与魏徵、钟馗、陆之道被后世神化为四大判官，崔珏主阴律司。贞观时期的崔珏曾留下了著名的《百字铭》遗言，其开篇的两句"无道人之短，无说己之长。施人慎勿念，受施慎勿忘"，不知两百年后的崔珏是否读到过？是否自愧不如他同名同姓前辈的为人。

古今对崔珏诗才的评价很高，多称其思路清晰、文才荡漾，对仗工整、用词旖旎，特别是他对美丽女性的描写，更是细致入微、描摹入画、呼之欲出、风情万种，这在其《有赠》一诗中表现得淋漓尽致，其中对美人之描摹"烟分顶上三层绿，剑截眸中一寸光"和"两脸夭桃从镜发，一眸春水照人寒"的诗句引得后人争相传唱，被称为"镂月裁风"的天作神品。另外他的《哭李商隐》两首，在哀悼诗中当属佳篇。

可能是"诗仙""诗圣""诗佛""诗鬼""诗奴"一类的雅号已被前人占尽的缘故，晚唐有以著名诗人的一首极具特点又负有盛名的诗来称谓雅号之例。崔珏的一首《和友人鸳鸯之什》与唐末诗人郑谷的《鹧鸪诗》颇有异曲同工之妙，时人对他们一位雅称"崔鸳鸯"，一位赞称"郑鹧鸪"。无独有偶，古琴界也有此例，如查阜西先生善弹《潇湘水云》，时人称"查潇湘"；彭祉卿先生善弹《渔歌》，即有"彭渔歌"之誉；张子谦尤工《龙翔操》，则被誉为"张龙翔"。

【雅赏】

哭李商隐·其二（崔珏）

虚负凌云万丈才，一生襟抱未曾开。
鸟啼花落人何在，竹死桐枯凤不来。
良马足因无主踠，旧交心为绝弦哀。
九泉莫叹三光隔，又送文星入夜台。

秋夜听业上人弹琴

齐己

万物都寂寂,堪闻弹正声。
人心尽如此,天下自和平。
湘水泻秋碧,古风吹太清。
往年庐岳奏,今夕更分明。

【作者】

齐己(860—约937),唐晚期著名诗僧,潭州益阳(今湖南省宁乡市)人,本名胡得生,因出身贫寒少年时于同庆寺出家,宗禅宗,自号"衡岳沙门"。齐己一生遍游天下,晚年常驻江陵龙兴寺,被封为僧正。他历经唐懿宗、僖宗、昭宗、哀帝及五代后梁、后唐、后晋多个朝代。

齐己以诗文著称于世,被后世尊称为"诗僧",与贯休、皎然、尚颜共称晚唐"四大诗僧"。《全唐诗》收录其诗作826首,有《白莲集》十卷及《风骚旨格》一卷存世。齐己皈依佛门,然不懈吟咏,诗风清和古雅,诗格淳润平淡又冷峻高远。《四库全书总目提要》卷一五一说他:"惟五言律诗居全集十分之六。虽颇沿武功一派,而风格独造。如《剑客》《听琴》《祝融峰》诸篇,犹有大历以还遗意。"清纪昀曾盛赞唐诗僧以齐己为第一。

【诗文大意】

秋夜，万籁俱寂，琴声，从上人的指间流出，却这般古雅纯正。但愿人心正雅淡定，如此方能领略这天地间的太元和气。琴声如潇湘之水清寒碧澈，又似远古的长风曳过天穹。昔日在庐山听上人鼓琴，今夜愈觉上人的琴声淡远冲和。

【品读】

唐人善于诗中咏琴，经常不言琴，而以景喻琴，将环境作为引出琴意的发端，似乎不经意提及，实则严谨细密，而齐己则是个中高手。齐己善琴好酒，与琴家隐士交集颇多，元人辛文房在《唐才子传》中说他"性放逸，不滞土木形骸，颇任琴樽之好"。"上人"是唐宋时期对有修为的僧、道、隐士、名士的尊称，诗人在诗名中将所要表现的时间（秋夜）、人物（诗人自己及业上人）、事由（弹琴和听琴）予以简明阐述。以至于在开篇就将读者带入了一个秋夜，无繁杂以乱耳、无旁骛以扰怀的境况之中，继而十分郑重又略显惬意地道出：这才是聆听雅正琴声应有的环境。晚唐诗人尚颜在其《读齐己上人集》一诗中赞齐己曰："诗为儒者禅，此格的惟仙。古雅如周颂，清和甚舜弦。"可见，在齐己的古琴"意象审美"中，首先强调环境及氛围的"禅"意，继而希望兼富儒雅之气，这种空间审美正和于禅宗"明心见性、顿悟成佛"的自性自度的思想主旨。接下来诗人以琴之正声希望"雅正"的琴声以其"流美"，得以使人心"禁邪"而万物和顺，正如西汉刘向的《琴说》所言："凡鼓琴有七例：一曰明道德，二曰感鬼神，三曰美风俗，四曰妙心察，五曰制声调，六曰流文雅，七曰善传授。"

《乐记》是我国最早的一部体系完整的音乐理论著作，包含有中国古代丰富的美学思想，收辑于西汉戴圣所辑《礼记》。《礼记·乐记》载："乐者，天地之和也；礼者，天地之序也。和，故百物皆化；序，故群物皆别。"又说："琴可以通万物，可以禁止邪心。"可见，齐己在诗中的前两联正是借业上人琴中之"正声"，传达自己的禅修思想和儒家精神，即如荀子所说的"正声感人而顺气应之"（《荀子·乐论》）。诗人以琴之正声言太和之意，取《淮南子·天文训》中"姑洗生应钟，比于正音，故为和"所求冲和平正之气，必见于表正淡远之声，而上人指下弹出的方为诗人所求之"正声"。

　　读至诗的三联，诗人以工整对仗的词句将情绪递进展开，用潇湘之水的湍流清湛比喻琴声的激越徘徊，如上人指下的"滚拂"（古琴右手指法），似寒玉破碎。再以古琴的"泛音"来形容源自太古之声划过无尽的天穹。"湘水"在诗中是为传达诗情而并非定指，自古"潇湘夜雨"或"潇湘水云"，常为文人墨客借以寄情的意象选材，《水经注》载"潇者，水清深也"，在诗中，诗人以琴声立题，为湘水赋予了无尽的纯情涟净和足以濯洗心灵的清澈凛冽，使诗中的意境和神韵陡然提升。而"古风吹太清"更是对琴声的旷古予以飘洒虚化，仿佛它源于亘古又有如天风般地遁向虚无。此时诗人从琴声中所感受到的是那出自上古淳朴清正的古调遗风，继而不禁发出"此声含太古，谁听到无心"的感慨。与首联的铺排及二、三联的比赋相比，诗的尾联则稍显势弱，只是简言较之前次庐山弄琴，上人的琴技更加臻于至善，而诗人自己对琴的理解也有了更高的境界，然细思之以此收束全诗，留有令人回味的深思余韵，也不失为跌宕奇险之举。

　　齐己善琴、工诗、好茶，琴诗、茶诗众多，他为诗尚求锻炼、吟物融情、寓景含蓄，风格清润、修辞简淡，诗意新颖、取材独特，史称其

"欲吟杳不可得，徘徊久之"。唐人以琴入诗的名章很多，盛名之下自有李白的《听蜀僧浚弹琴》，孤芳清雅的又有刘长卿的《听弹琴》，近光遗法的当数王维的名篇《竹里馆》，但像齐己这首诗由禅意琴境而向裨补人心的诗作可谓独树一帜。嵇康有诗曰"目送归鸿，手挥五弦，俯仰自得，游心太玄"，又云"众器之中，琴德最优"。古代文人持之以恒地将儒、释、道家思想潜移默化地浸染于古琴的意境审美中，使古琴更向着含蓄文雅的方向发展，在道德和情怀的润泽中便逐渐有了带着书卷气的思想性，这就是心外无物、清净虚无的理想状态和天人合一、返璞归真的哲学表述。

诗人齐己本佛门正派，盖因其诗作数量之巨，又兼善吟咏琴境且颇具禅意，尤在借琴达意、以琴抒情方面，于唐代诗人中有着鲜明的特点。在齐己众多的琴诗中笔者最喜欢"琴棋怀客远，风雪闭门深"与"一室贮琴尊，诗皆大雅言"等佳句，正如清代沈德潜在《唐诗别裁》中言齐己的琴诗时所言："太和元气，从来咏琴诗俱未写到。渊灏之气，应在李颀、常建之间。"

"诗僧"齐己是无我而诙谐的，他长于格律尤善五言，诗思敏捷、多有佳句，每每文辞灵巧，时常语出惊人。史载其"来长安数载，遍览终南、条、华之胜。归过豫章，时陈陶近仙去，（齐）己留题有云：夜过修竹寺，醉打老僧门"(《唐才子传》)。诗人齐己又是谦谦君子，他有一首《早梅》被选入中学语文教材，还有个著名的"一字师"典故源于此诗，史载齐己将这首《早梅》请教郑谷，郑谷改其原诗"昨夜数枝开"为"昨夜一枝开"，一字之差诗意顿现，齐己遂拜郑谷为一字师。

晚唐好茶、咏茶的诗人以齐己、贯休、皎然、皮日休、陆龟蒙为最，皎然以首开"以茶供佛"的禅茶一味著称，而齐己则以初创"岳茶文脉"的诗篇名世。诗人的"茶诗"亦茶亦禅，既有"石鼎秋涛静，禅回有岳茶"的静谧禅意，又有"竹径青苔合，茶轩白鸟还"的茶寮雅趣，诗僧们用他们的诗告诉我们,远在唐中晚期已经有了"以茶供佛"的礼佛及专门供人品茶的"茶轩"。在齐己的《谢中上人寄茶》一诗中,诗人的一句"清和易晚天",更是诗人集茶间雅事寓于禅修之中的一番"色后群芳拆,香殊百和燃。谁知不染性,一片好心田"的见性箴言。

【雅赏】

谢中上人寄茶(齐己)

春山谷雨前,并手摘芳烟。
绿嫩难盈笼,清和易晚天。
且招邻院客,试煮落花泉。
地远劳相寄,无来又隔年。

古乐府

邵谒

对酒弹古琴，弦中发新音。
新音不可辨，十指幽怨深。
妾颜不自保，四时如车轮。
不知今夜月，曾照几时人。
露滴芙蓉香，香销心亦死。
良时无可留，残红谢池水。

【作者】

邵谒，晚唐诗人，唐懿宗李漼咸通元年（860）前后在世，韶州翁源（今属广东）人，与张九龄等岭南名士一起被誉为"岭南五才子"。邵谒出生在粤北的一个客家山村，家境贫寒，但少有大志，他博通经史百家，长于乐府，尤其精通古音律。年轻时在罗江水（即今翁江）江心小岛上隐居攻读三年，学业大进，于唐懿宗咸通七年（866）赴长安求学，入国子监后蒙著名诗人、时任国子监助教的温庭筠的赏识力举，并将其诗公榜示众，称赞其诗曰"前件进士，识略精微，堪裨教化，声词激切，曲备风谣，标题命篇，时所难著，灯烛之下，雄词卓然"（《榜国子监》），后诗名大振并登进士第。邵谒师法孟郊，内容多有谈古论今、讥讽时弊、体恤民情之作，也有不少表达"竹死不变节，花落有余香"与"愿君似尧舜，能使天下平"的政治抱负和文士风骨的诗篇。邵谒有诗十集（已佚），《全唐诗》收录其诗32首,编为一卷,这在当时的岭南诗人中,有此殊荣者不多。知名诗篇有《自叹》《寒女行》等,均以疾世的思想为主。明代广东名士黄佐在对岭南诗文发展的脉络进行梳理时曾言:"五岭以南,当开元盛时,以诗文鸣者,曲江公(张九龄)一人而已……后世所录唐诗以传者,独谒与曲江公岿然并存。"

【诗文大意】

酒入愁肠,横琴膝上,指间愁怨暗涌,欲赋新词。琴鸣清音,心绪云谲波诡。四季轮回,年复一年,自知韶华不再。今时明月,曾几何时,也照壮志少年遥想当年。芙蓉含露,今已香销心死。良辰苦短,残花池榭,何以再朝宫阙。

【品读】

邵谒一生仕途无名,以至于在史料中也少有记载,《唐才子传》只简记曰:"韶州翁源县人……发愤读书。书堂距县十余里,隐起水心。谒平居如里中儿未冠者,发髽髻,野服。苦吟,工古调。咸通七年抵京师,隶国子监……后赴官,不知所终。"

邵谒有《览镜》一诗:"一照一回悲,再照颜色衰。日月自流水,不知身老时。昨日照红颜,今朝照白丝。白丝与红颜,相去咫尺间。"对比之下,本诗与这首《古乐府》之诗意则不言自明。诗人使用"代言"的方式,自诩"妾身",他对酒而弹琴,不觉幽怨之情涌上心头,指间弹出的已不知是何琴曲,不过大体应是同多数怀才不遇、仕途不济的晚唐诗人一样,面对唐晚期糜烂的政治生态,对自己抱负无以施展、才华无以托付的遗憾及对朝堂的种种期待与不满。

邵谒的这首琴诗,妙在开篇。由对酒鼓琴、琴声即兴而起,随着心绪曲调变化繁杂,仿佛心中不尽的幽怨由十指间涌出。诗人省略了繁复的铺陈,只以琴为主线,将此时幽怨的诗情杂糅在琴、弦、琴意和指下,用"新音"暗喻即兴之声并非固定的曲目,继而又以"新音不可辨"来为后面接踵而来的"十指幽怨深"略做铺垫,以达到把自己难以名状的复杂心情归结在一个"深"字上,逻辑关系严谨合理,情感表达蓄势待发,这也是每令读者眼前一亮的佳句。

诗的腰部则略显势弱,"妾颜不自保,四时如车轮"一有屈原《离骚》"惟草木之零落兮,恐美人之迟暮"之意境,但接下来的"不知今夜月,曾照几时人"一句则是明显有李白"今人不见古时月,今月曾经照古人"和张若虚"江畔何人初见月,江月何年初照人"的痕迹。诗尾处大有化用其恩师温庭筠《芙蓉》诗的嫌疑,又与杜牧的"日暮东风怨啼鸟,落花犹似坠楼人"异曲同工。

读邵谒的这首琴诗,抛开诗的结构和笔法及诗意,仅究其依琴而咏叹的深沉和真挚以及一气呵成的诗情,在众多琴诗中也足以令人心动,也足以让诗人的琴声撩动读者的情感不由得对诗人顿生怜悯和同情。就古琴曲而言,没有哪首琴曲不是先人们感怀而出、依情而弄、即兴而来的,"即兴"是古琴艺术的思想特质,更是古琴音乐的文化属性,笔者认为,古琴的古典曲目之产生和繁衍,正是一代代琴家之人文思想和历史发展赋予之时代精神的研磨与积淀,而这一切都有赖于最初的那一次由"依琴而歌"的"即兴之弹",所以对今世而言,"即兴弦歌"是考量一位琴人之琴性的终极法尺。

时至唐宋,岭南还是边远流配之地,尽管有对其赞美有加者如柳子厚等,终究也是在"瘴江南去入云烟,望尽黄茆是海边。山腹雨晴添象迹，潭心日暖长蛟涎"（柳宗元《岭南江行》）的意象中。有唐一代"岭南山川之气独钟于物，不钟于人"，榜上有名的岭南诗人少之又少，而入选清康熙版《全唐诗》者唯有张九龄与邵谒两位，所以邵谒在其家乡几乎被奉若神明，甚至流传着这样一则传说：邵谒多年后化成仙人荣归故里，对乡众曰："今者辱来，能强为我赋诗乎？"巫即书一绝云："青山山下少年郎，失意当时别故乡。惆怅不堪回首望，隔溪遥见旧书堂。"词咏凄苦，虽椽笔不逮，乡老中晓声病者，至为感泣咨嗟。尽管历史上他远赴长安就再未归乡，然而，时光荏苒岁月悠悠，邵谒当年披发苦读的书堂遗址，至今仍然屹立在清波浩渺中的罗江江中心的一个小岛之上，那足以令岭南为之骄傲的唐代文化遗址——书堂石，无疑是为晚唐岭南诗坛树立起的一座历史丰碑。

邵谒诗词卓然，后世多表其诗收放随性、刚直真切、细腻感人、直抒胸臆，敢于言辞激烈地针砭时弊，多方面地表现出对晚唐社会积极关注和对国家未来的思考，对底层民众尤其是对妇女有着深切的关注及同情，他咏出的"为刀若不利，焉得宰牛名。为丝若不直，焉得琴上声。好去立高节，重来振羽翎"及"皇天降丰年，本忧贫士食，贫士无良畴，安能得稼穑"就是他耿介直言的代表。中国封建科举史上的最后一位"榜眼"朱汝珍先生在其《邵太学逸诗集序》中对邵谒有如此评价："靡不绵邈寸衷，流行腕底。可谓高下在心，洪纤合度。"

【雅赏】

寒女行（邵谒）

寒女命自薄，生来多贱微。
家贫人不聘，一身无所归。
养蚕多苦心，茧熟他人丝。
织素徒苦力，素成他人衣。
青楼富家女，才生便有主。
终日著罗绮，何曾识机杼。
清夜闻歌声，听之泪如雨。
他人如何欢，我意又何苦。
所以问皇天，皇天竟无语。

独坐幽篁里,弹琴复长啸。
深林人不知,明月来相照。

松風詩話

李劍非 著

下

文化藝術出版社
Culture and Art Publishing House

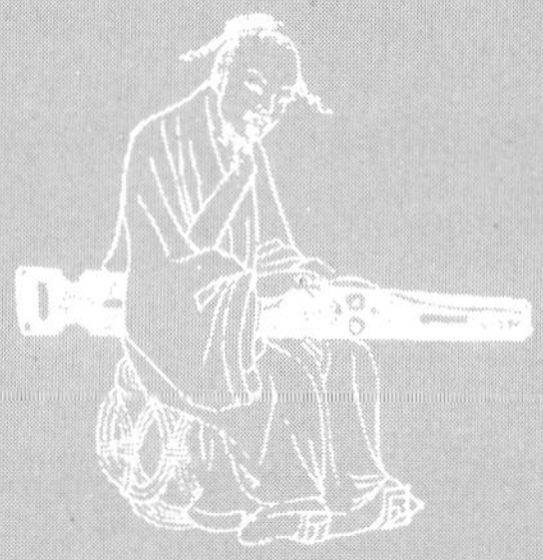

【宋】

清夜无尘，月色如银。酒斟时、须满十分。浮名浮利，虚苦劳神。叹隙中驹，石中火，梦中身。

虽抱文章，开口谁亲。且陶陶、乐尽天真。几时归去，作个闲人。对一张琴，一壶酒，一溪云。

庐山
寇准

江南到处佳山水，庐阜丹霞是胜游。
独抱古琴携竹杖，若逢绝境莫归休。

【作者】

寇准（961—1023），字平仲，华州下邽（今陕西省渭南市北）人。北宋名相，杰出的政治家及诗人。宋太宗赵光义太平兴国五年（980）进士（即太宗年间著名的"飞龙榜"登第），太宗淳化五年（994）除参知政事。宋真宗赵恒景德元年（1004），辽侵入中原，以同中书门下平章事职，力排众议，谏促真宗御驾亲征，与辽国订立澶渊之盟。后为王钦若等所谮，罢相。天禧三年（1019）复相，封莱国公，又受丁谓排挤，再降官，后贬为雷州司户参军。宋仁宗赵祯天圣元年（1023），病逝于雷州贬所。皇祐四年（1052），宋仁宗下诏为其立神道碑，并亲于碑首撰"旌忠"二字，复爵莱国公，追赠中书令，谥号"忠愍"，故后世多称寇忠愍或寇莱公。

寇准为人刚直耿介，情操高洁，有文士气节，多谋、善断、好酒，他一生三次罢相，却始终忠君体国、勤政爱民，《宋史》为其长篇立传，其中有载："准少年富贵，性豪侈，喜剧饮，每宴宾客，多阖扉脱骖。家未尝爇油灯，虽庖匽所在，必然炬烛。"可以说"奢华饮宴、不蓄私产"是寇准一生最大的特点之一。寇准诗、词俱佳，于诗他深受"晚唐体"的影响，擅长五律，有苦吟派的创作精神，又兼善七绝，讲求韵味，共有300余首诗词存世，与白居易、张仁愿并称"渭南三贤"。寇准少年时有一首著名的《咏华山》："只有天在上，更无山与齐。举头红日近，回首白云低。"他的《六悔铭》"官行私曲，失时悔。富不俭用，贫时悔。艺不少学，过时悔。见事不学，用时悔。醉发狂言，醒时悔。安不将息，病时悔"，更是为后世广为传唱。此外，寇准另有《寇莱公集》七卷、《寇忠愍公诗集》三卷传世。

【诗文大意】

江南美，处处佳山水。庐山红霞晚照，尽兴胜日游。抱古琴，竹杖与芒鞋。踏遍山云揽翠，绝处始归程。

【品读】

今人对寇准的熟知多源自明代嘉靖年间熊大木的英雄传记小说《北宋志传》，其中"杨家将"的故事感动了千万人，也使寇准的形象深入人心。寇氏先世曾居太原太谷昌平乡，后移居冯翊，最后迁至华州下邽，这也是寇准被称为"寇老西"的缘故。寇准出身名门望族且家学渊源，其远祖曾在西周武王时任司寇，因屡建大功，赐以官职为姓，父亲寇湘是后晋开运年间状元，后封国公。寇准天资聪颖，15岁时就能精习《春秋》。《宋史·寇准传》载："准少英迈，通《春秋》三传。年十九，举进士。"

这首七绝《庐山》，精致机巧又诙谐坦荡，既有北宋文人名士的情致及浪漫，又不失一位政治家的襟怀与思考。绝句起句平平，不过是交代了事发地点以及泛泛地写江南的山川秀美，此时的寇准离开朝廷中枢，被贬南方，但他并未因此而沉沦，依旧为这江南风光而感慨万千。颔联的"庐阜"即指庐山，南朝梁刘孝绰《酬陆长史倕》有诗句"庐阜擅高名，岩岩凌太清"，唐孟浩然也有"江路经庐阜，松门入虎溪"（《夜泊庐江闻故人在东林寺以诗寄之》）之句。"丹霞"指"红霞"，而非地理名词"丹霞地貌"，曹丕在其《丹霞蔽日行》中有"丹霞蔽日，彩虹垂天"之句，唐代元稹的《青云驿》诗中也有"丹霞烂成绮，景云轻若绨"之说。山峰叠峦，红霞晚照，诗人居庐山胜境，眼界开阔一扫心胸块垒，于是略发感慨，即"胜日游山，意犹未尽"。

诗至颈联，诗人突然发力，将视线由极目远眺中拉回眼前，也将自己置身于情景中，于是完成了这幅北宋版的"仙人携琴游山图"。图中的老者，携琴（也极有可能是由随员抱琴）竹杖芒鞋拾阶而上，诗人不言琴意亦不言琴声，而是以前两句所营造的诗境化喻为琴境，独一个"抱"字，将琴代入诗中，不由得令人想起唐代"大历十才子"之一的诗人李端那首《题崔端公园林》，其中"上士爱清辉，开门向翠微。抱琴看鹤去，枕石待云归"，或许对寇准有一定的影响。此外李白也有诗云："我醉欲眠卿且去，明朝有意抱琴来"（《山中与幽人对酌》），于是"抱琴"就成了寇准诗中体现诗人雅趣和文人士大夫精神的象征。结句处，诗人横发议论，将自己至死不渝的奋斗精神以及心系家国鞠躬尽瘁的人生抱负尽显出来，它也是寇准一生不达目的决不罢休以至绝处逢生经历的总结。

北宋名臣辈出，但若论可以耿介到直面皇权甚至不顾君颜的，恐怕也只有包拯和寇准了。包拯与仁宗皇帝面争于朝堂，虽不见于正史，但在南宋朱弁的《曲洧旧闻》中有"反覆数百言，音吐愤激，唾溅帝面"的描写，而寇准青年时的"犯上"，则是面对宋太宗。据《宋史·寇准传》载："尝奏事殿中，语不合，帝怒起，准辄引帝衣，令帝复坐，事决乃退。上由是嘉之，曰：'朕得寇准，犹文皇之得魏徵也。'"后世对寇准的评价不一，倒是陆游的一阕《诉衷情》比较准确地勾勒了寇准的一生："青衫初入九重城，结友尽豪英。蜡封夜半传檄，驰骑谕幽并。时易失，志难城，鬓丝生。平章风月，弹压江山，别是功名。"

词牌《阳关引》始度曲于寇准《阳关引·塞草烟光阔》(南宋胡仔《苕溪渔隐丛话》)，因词中有"听取《阳关》彻"之句，故取作词调名。此调为双调，前、后片各八句，均用仄声韵。共七十八字。前片第一、二、五、七、八句，以景喻情，以塞外苦寒的枯草烟光和渭水波声荡荡如咽来叙辞行时的故人依依难舍，而后片第二、五、七、八句押韵，抒写惜别之情，更是加入了歌唱和别易聚难的感叹。道尽故人情谊，深言惜别之苦，感情浓郁颇有化用王维《渭城曲》的意味及辞句，也就有了一番古琴曲《阳关三叠》的意境。

【雅赏】

阳关引（寇准）

塞草烟光阔，渭水波声咽。春朝雨霁轻尘歇。征鞍发。指青青杨柳，又是轻攀折。动黯然，知有后会甚时节？

更尽一杯酒，歌一阕。叹人生，最难欢聚易离别。且莫辞沉醉，听取阳关彻。念故人，千里自此共明月。

古琴诗
释智圆

良工采峄桐，斲为绿绮琴。
一奏还淳风，再奏和人心。
君子不暂去，所贵禁奢淫。
后世惑郑声，此道遂陆沈。
朱丝鼠潜齧，金徽尘暗侵。
冷落横闲窗，弃置岁已深。
安得师襄弹，重闻大古音。

【作者】

释智圆（976—1022），字无外，自号中庸子，或称潜夫，北宋初期天台宗"山外派"的重要僧人，俗家姓徐，钱塘（今浙江省杭州市）人。他隐居西湖孤山多年而卒，故后人亦称其为"孤山法师"。智圆法师虽为佛家，但颇爱好儒学，喜为诗文，是唐中叶至宋初在儒、释、道三家学说相互渗透的时代潮流下，致力于儒、释相通的学者。宋真宗赵恒乾兴元年（1022），他自作祭文、挽词，越二日示寂，终年47岁。临终前了脱世事，并预戒其门人曰："无厚葬以罪我，无建塔以诬我，无谒有位求铭以虚美我。"至宋徽宗崇宁三年（1104），赐谥号为"法慧大师"。有传记见于《补续高僧传》卷二。另据《中庸子传》载："中庸子，智圆、名也，无外、字也。既学西圣之教，故姓则随乎师也。尝砥砺言行，以庶乎中庸，虑造次颠沛忽忘之……因以中庸自号，故人亦从而称之。"

后世对智圆法师累有高评，如南宋释志磐言道："孤山以高世之才，弥天之笔，著十疏以通经，述诸钞以解疏，其于翼赞教门，厥功茂矣。"元代释善住《孤山法师塔》诗称颂智圆法师是"身藏陶器见遗文，千载孤高独有君"，更有现代学者认为他是继唐代诗僧释皎然、齐己之后，开宋代僧人能诗文、善持论之先河者。后人以"四明知礼"一系为天台宗的山家派，以钱塘晤恩、源清一系为天台宗的"山外派"，而智圆为山外派中著述最为宏富的学者，曾以《文殊般若经疏》《般若心经疏》《遗教经疏》《四十二章经注》等十部经文的疏注，被后世称为"十本疏主"（其中仅《般若心经疏》现存），另有《请观音经疏阐义钞》三卷（现行本作四卷）、《维摩经略疏垂裕记》十卷、《涅槃玄义发源机要》二卷（现行本作四卷）、《涅槃经疏三德指归》二十卷（现存十九卷）、《涅槃经治定疏科》十卷、《金刚錍显性录》四卷和《般若心经疏诒谋钞》一卷等著作存世。据《宋史·艺文志》载，"僧智圆《闲居编》五十一卷"多收杂述及诗文。智圆法师存世诗作450余首，其中名诗、句有"门外沧洲阔，闲中白日长"（《草堂书怀》）以及《落花》诗"花开花落尽由风，数日荣衰事不同。庭下晚来犹可玩，绿苔芳草缀残红"等。

【诗文大意】

峄阳老桐精工斫，良材制琴称绿绮。琴声自可归淳朴，琴中更有平和心。君子流连不忍弃，古琴最贵拒淫靡。郑音迷惑今人耳，旷古之音渐沉沦。虫蛀鼠咬琴弦毁，金徽也被尘土封。横置闲窗遭冷落，不鸣已久无人弹。若得师襄挥五弦，世间重温太古音。

【品读】

　　智圆法师的这首七古《古琴诗》，以琴喻世又以琴明志，将古琴的文化精神作为审美准则，强调人们的社会生活应该去奢靡而留朴素，精神世界需要废淫邪而求高雅。在诗的发句处诗人即以古琴的选材及斫制，将"琴"定位在"道器"的思想高度上，又以司马相如的"绿绮"琴将古琴跨越千年的历史观和沧桑感与旷古之音、古圣先贤相关联。这种对古琴文化及思想理论的传承与宣示，在智圆法师圆寂50年后，由北宋书学、琴学理论家朱长文在其《琴史·尽美》中有了理论性的系统论说："琴有四美：一曰良质，二曰善斫，三曰妙指，四曰正心。四美既备，则为天下之善琴，而可以感格幽冥，充被万物，而况于人乎？况于己乎？"又说："当其援琴而鼓之也，其视也必专，其听也必切，其容也必恭，其思也必和，调之不乱，醳之甚愉，不使放声邪气得奸其间，发于心，应于手，而后可与言妙也。是故君子之于琴也，非徒取其声音而已。达则于以观政焉，穷则于以守命焉……夫丝与梧桐皆至清之物也，而可以见人心者，至诚之所动也。"

　　在诗中，智圆法师将喻指的这床绿绮琴细加描摹，先言它是取材自峄山的南坡梧桐即"峄阳孤桐"，又说它是由好的工匠精斫。轻轻地一弹，就可以发出醇厚的声音，再弹便能听到平和、入心的韵味，君子们趋之若鹜，争相珍藏。诗中的"不暂去"原意为不忍离去或舍不得抛弃，宋代曾巩有"游蜂不暂去，啼鸟时独下"（《青青间青青》）之句。而"陆沈"即"陆沉"，出自《庄子·则阳》"方且与世违而心不屑与之俱，是陆沉者也"；后又指隐逸之士，如白居易有诗《送张南简入蜀》中的"昨日诏书下，求贤访陆沉"；还可比喻被埋没而不为人知，如王维《送从弟蕃游淮南》诗中就有"高义难自隐，明时宁陆沉"之句。而之所以令君子们崇尚古琴且爱不释手，皆因古琴贵在朴实无华而绝无奢靡淫逸。然而，后世的人越来越喜欢"郑声"（即"郑卫之音"，春秋战国时期郑、卫地区的民间音乐），于是乎古琴渐渐被人们遗忘，古琴的精神内涵正在消失。"朱丝"即古琴的琴弦（丝弦），长久不弹被虫蛀鼠咬，古琴的金徽玉轸也蒙上了暗尘，甚至被人们冷落地闲置在屋角孤窗前的琴桌之上，在独自感伤中留下的只是尘封的记忆。诗中的这个桥段明显有化用白居易《废琴》之嫌，白居易诗中有"古声淡无味，不称今人情。玉徽光彩灭，朱弦尘土生。废弃来已久，遗音尚泠泠"之妙喻和诗境，韦庄在《三用韵》中也有"地覆青袍草，窗横绿绮琴。烟霄难自致，岁月易相侵"之句，都是在感慨世风日下、今不如古，也都是在叹咏古琴之殇。结句处，诗人将情致从感叹中转向希望，希望世间能再有师襄这样的大师出现，让指下之琴重响太古之音，以达社会生活重归清明，人人再现君子之风的理想境界，这无疑是僧家诗人的普世理想以及大德高僧的悯怀世事。诗中的"师襄"即师襄子，是春秋时期的音乐家，鲁国宫廷乐官，据《史记·孔子世家》记载，孔子曾向他学琴。智圆法师用虚拟的笔法，以"绿绮"琴所历经的世间百态和起伏沉沦，诠释了自己对儒、释、道文化高度融合的理解，表达了自己对高尚文化的崇仰以及对高雅审美的追求。

　　智圆法师居孤山以终，对西湖有深厚的情感和别样的感受，在他的《湖西杂感诗》中，我们感受到的是冷淡的光景和天真的意韵："湖波冷淡绝纤尘，满目云山是四邻。一径草深人不到，竹床蒲扇养天真。"他尤善于以琴入诗，对古琴琴境的铺排无不诠释着有宋一代的主流审美意趣，如他的《幽居》"尘迹不能到，衡门藓色侵。古杉秋韵冷，幽径月华深。窗静猿窥砚，轩闲鹤听琴。东邻有真隐，荷策夜相寻"，就极为精致地在读者眼前展现着宋代名士的风貌，又仿佛是在耳畔回响着静谧的琴音。

【雅赏】

听琴（释智圆）

自得南风旨，虚堂此夕弹。
正声传不易，俗耳听终难。
峭壁虫音绝，乔枝鹤梦残。
坐来消万虑，斜月上危栏。

赠琴僧
释重显

太古清音发指端,
月当松顶夜堂寒。
悲风流水多呜咽,
不听希声不用弹。

【作者】

释重显(980—1052),字隐之,俗姓李,号明觉,遂宁(今四川省遂宁市)人。北宋仁宗时期"云门宗"中兴之人,在浙江奉化溪口的名寺"雪窦寺"任住持二十九年,被后人尊称为"雪窦禅师"。早年于益州普安寺出家,真宗天禧中至灵隐(兼《三宝赞》自序),滞留数年,后住持明州雪窦寺。宋仁宗赵祯皇祐四年(1052)卒,享年73岁,《禅林僧宝传》有传。

释重显语录及诗文偈语颇多,最著名的莫过于《颂古百则》,后经克勤圆悟禅师评唱并编为千古流传的《碧岩集》(全称为《佛果圆悟禅师碧岩录》)十卷,并被后人称为禅门第一书。释重显的诗文承继云门文偃的禅风,融不解"禅机"于诗境,举百则公案于《颂古》,尽显智慧及才华。有校以影印文渊阁《四库全书》本《祖英集》两卷,《瀑泉集》《拈古集》各一卷,《颂古集》校以元至正二年(1342)大明寺住持释海岛刊本编为三卷。释重显有450余首诗存世。

【诗文大意】

指尖轻弹，琴中自有太古声，月映松梢，厅堂入夜备觉寒。琴中悲响，风随流水声呜咽，琴趣希声，不求音韵罔弹琴。

【品读】

有宋一代禅宗日兴，诗僧、琴僧众多，并成为一个十分有代表性的文化群体，这其中尤以江浙为多，释重显则是其中的代表性人物。他工诗通琴，善于将古琴的意韵化用于禅宗的"见性成佛、直达人心"，这就更彰显他究理穷玄的儒雅风度。

这首七绝《赠琴僧》，颇有白居易的意韵，文辞直白无奢、叙事娓娓道来。由首联至颔联似乎都是在赞"琴僧"的琴技，将琴人指下流出的琴声，以及给听者带来的身心感受用诗的语言加以艺术的描述：仿佛遥远的太古雅音，初发于琴家指端，这时已是月上松枝头，夜寒满厅堂，清越的琴声中带有悲切之意，似乎流水的声响也为之呜咽，悲悯感怀的音韵环绕在周身。于尾联处，诗人发出了肯定性的问句：如果不是为了这静旋不繁的天寂之音，弹琴抑或听琴还有什么意义呢？

有一名琴"太古遗音琴"据传为唐贞观年间制，龙池上方有"太古遗音"及"清和"琴铭。诗人借琴言事，似乎是在感慨琴之清音发乎指端，而"大音希声"贵在由心，如同一切修行需艰苦卓绝，当以"无我执"及"无法执"的平常心面之，即凡人尽可不苦修，以平常之心对平常之事。

雪窦禅师释重显有著名的《颂古百则》，其中有一则曰："三界无法，何处求心。白云为盖，流泉作琴。一曲两曲无人会，雨过夜堂秋水深。"

就诗文而言，读来已极具画意禅境，尤其是"一曲两曲无人会，雨过夜堂秋水深"堪称意韵兼备的上佳偈语。诗中禅师将白云作屋，推而广至以天地为修行所在，又以流水为琴，已有"流水无弦万古琴"之禅意，而秋雨与秋风犹如绵绵不绝的琴声，也在秋夜中的禅堂外汇聚徘徊着。佛教将众生世间的生灭流转之变化，按其欲念和色欲存在的程度而分为欲界、色界、无色界三种，统称为"三界"。而道教也讲"三界"，指的是整个世界或是宇宙范围，天界是天堂，人界即人间，地界谓之阴间，也有以天、地、水三元作为三界的划分。东晋高僧慧远在《沙门不敬王者论·求宗不顺化》中有云："三界流动，以罪苦为场。化尽则因缘永息，流动则受苦无穷。"后有唐寒山《诗三百三首·二一四》"可畏三界轮，念念未曾息"之论，正如老子在《道德经》中言道："人法地，地法天，天法道，道法自然。"这是道教思想的精华所在，是阐明道教顺应自然，天人合一之本源。诗人将儒、释、道的文化精髓融于一首诗中，充分体现了诗人才学的广博及对禅理领悟的精深，他以诗的形式对心中之"法"宣示禅机：三界中的一切境界和事物都是由心所造的，法在心中，法是山、是水、是白云、是流泉、是万古之琴、是如逝之秋。

唐宋两朝诗词鼎盛、释道繁荣，也产生了众多的僧、道诗词大家，后人有罗列"唐宋诗僧"凡八位，分别是唐代的灵澈、寒山、齐己、贯休和皎然，宋代的仲殊（即僧挥）、志南以及无门慧开禅师。在宋代诗僧中，北宋的仲殊与苏轼交厚，也是词作唯一被选入《宋词三百首》的僧人，他的《南柯子·忆旧》中一句"数声啼鸟怨年华。又是凄凉时候、在天涯"颇为世人激赏，笔者更是喜爱他《京口怀古》中的"万岁楼边谁唱月，千秋桥上自吹箫"；而南宋僧志南的一首《绝句》："古木阴中系短篷，杖藜扶我过桥东。沾衣欲湿杏花雨，吹面不寒杨柳风"则是句句经典；最为僧众及后人津津乐道的莫过于南宋钱塘诗僧无门慧开禅师的《无关门》：

"春有百花秋有月,夏有凉风冬有雪,若无闲事挂心头,便是人间好时节。"他在《偈颂·八十七》中更有"动弦别曲,叶落知秋"的琴禅意境。

在这些僧人诗词中,雪窦禅师的琴诗显得尤为突出,他将古琴的古意和淡远与佛学思想相融合,将古琴的意境与技法上升到具有禅意的审美高度,这在他的《送文政禅者》一诗中表现得淋漓尽致,尤其是"听寡不在弹""未极离微根"之句愈显他对古琴文化精髓的理解和思考。

【雅赏】

送文政禅者（释重显）

古有焦桐音,听寡不在弹。
古有阳春曲,和寡不在言。
言兮牙齿寒,未极离微根。
弹兮岁月阑,未尽升沉源。
少林几坐花木落,庾岭独行天地宽。
因笑仲尼温伯雪,倾盖同途不同辙。
麟兮凤兮安可论,许兮巢兮复何说。
秋光澄澄蟾印水,秋风萧萧叶初坠。
送君高蹈谁不知,如曰不知则为贵。

少年游

柳永

参差烟树灞陵桥，风物尽前朝。衰杨古柳，几经攀折，憔悴楚宫腰。

夕阳闲淡秋光老，离思满蘅皋。一曲阳关，断肠声尽，独自凭兰桡。

【作者】

柳永（约987—约1053），字耆卿（原名三变，字景庄），因排行第七，又称柳七，崇安（今福建省武夷山市）人，生于沂州费县（今山东省临沂市费县），北宋著名的婉约派代表性词人。后世对其有"一代词宗"之美誉，同时也有"宁立千人碑，不做柳永传"之说，于是正史中少见其传。

柳永出身官宦世家，先祖为中古士族河东柳氏，少时习诗文，10岁便作《劝学文》，虽有功名用世之志，却潦倒一生，曾经他踌躇满志，自信"定然魁甲登高第"，然宋真宗认为他"属辞浮糜"并严厉谴责，致使柳永四次落榜且仕途坎坷。宋真宗赵恒咸平五年（1002）至真宗大中祥符元年（1008），柳永流寓苏、杭，沉醉于莺歌燕舞的浪漫生活之中，屡试不中，遂一心填词。宋仁宗赵祯景祐元年（1034），柳永以50岁恩科及第，历任睦州团练推官、余杭县令、晓峰盐监、泗州判官等职，以屯田员外郎致仕，故世称"柳屯田"。

柳永是一位对宋词的发展与革新有着极其重要意义的词人，也是两宋词坛上创用词调最多的词人。有学者统计，在宋词的880多个词调中，由柳永首作的就有100多个。现代学者普遍认为，词至柳永方体制始备，得以"令、引、近、慢、单调、双调、三叠、四叠"等长调短令日趋丰富，为宋词在内容和形制上的发展拓展了空间、奠定了基础。柳永大力创作慢词（依慢曲所填写的调长拍缓的词），将敷陈其事的赋法移植于词，同时更多地加入俚词俗语，以及更加市井化的风貌、精雕细琢的叙述、求朴袪奢的描摹，柳永以他独有的艺术风格，对宋词的发展产生了深远影响。

柳永一生写词无数，但因多年流连于"勾栏瓦舍"造成大量散佚，仅有200余篇存世且其中也不排除伪托之作。有一种说法是"凡有井水处，皆能歌柳词"（南宋词家叶梦得《避暑录话》卷三），足见柳词在当时的影响。一句"衣带渐宽终不悔，为伊消得人憔悴"感动着千百年来无数痴情男女，一阕《雨霖铃》"多情自古伤离别，更那堪、冷落清秋节！今宵酒醒何处？杨柳岸、晓风残月"醉了人间多少别怨离愁，柳永的词就是他的人生写照。咸平六年（1003），19岁的柳永一阕《望海潮·东南形胜》，惊动词坛广为传诵，柳永由此一鸣惊人。他虽接连落第却意气不改，作《鹤冲天》，狂称"才子词人，自是白衣卿相"，不过是"忍把浮名，换了浅斟低唱"。宋仁宗天圣二年（1024），柳永第四次落第，愤而离开京师，与情人虫娘离别，作词《雨霖铃》，叹出了"便纵有千种风情，更与何人说"的无奈与愤懑。之后他以填词为生且名声日盛，终为宋朝情词魁首，直至暮年的一阕《少年游·长安古道马迟迟》，写尽一生的蹉跎和怀念，方知"狎兴生疏，酒徒萧索，不似少年时"。

【诗文大意】

错落垂柳处如烟似雾,掩映灞州桥,风物依旧。折柳相送老树枝稀落,犹见楚宫女,细腰如柳。夕阳西下怎奈秋渐逝,河岸杜蘅草,无尽离愁。弦歌阳关一曲断人肠,倚船栏行远,空留惆怅。

【品读】

"少年游"为词牌名,又名"小阑干""玉腊梅枝"等。以晏殊《少年游·芙蓉花发去年枝》为正体,双调五十字,前段五句三平韵,后段五句两平韵。另有两平韵等十余种变体。代表词作有苏轼的《少年游·润州作代人寄远》以及姜夔的《少年游·戏平甫》等。

柳永的这阕小令,是典型的送别词,是屡试不第的词人作为"西征客"漫游汉唐旧都长安时,在古灞桥这一个传统的送别之地与友人辞别而作。

灞桥始建于隋朝,两岸杨柳成荫,唐代在此设立驿站,故此形成了亲朋相送,至灞桥而别,并且十分具有仪式感地在灞桥桥头折下柳枝相赠,"灞桥折柳赠别"的极具浪漫色彩和文学象征意义的习俗。李白曾有"此夜曲中闻折柳,何人不起故园情"之句,王之涣在《凉州词》中也曾有"羌笛何须怨杨柳,春风不度玉门关",追溯至《诗经·小雅·采薇》有"昔我往矣,杨柳依依。今我来思,雨雪霏霏"之典。直至近代,因"柳"与"留"谐音,有挽留深情之意,"折柳赠别"这一习俗已扩展至各地,白居易在《青门柳》中诗曰:"为近都门多送别,长条折尽减春风。"周邦彦在《兰陵王》中也写道:"柳阴直,烟里丝丝弄碧。隋堤上、曾见几番,拂水飘绵送行色。"在2022年北京冬季奥运会闭幕式上,专门设置了大型舞蹈"折柳送别"。唐代王昌龄曾有《灞桥赋》，南宋程大昌撰《雍录》载："此地最为长安冲要，凡自西东两方而入出崤、潼两关者，路必由之。"

柳永擅长细腻情感的描写，但在这首词中却更多地体现了他全景式的语言把控能力，一句"参差烟树灞陵桥"就将事件发生的景致由近及远地描写出来，尤其是一个"烟"字为整阕词奠定了虚幻和凄婉的灰色色调。接下来追忆古昔，多少风流人物在此依依话别，多少感人的悲歌离愁在此一幕幕上演。俱往矣，时光荏苒，当年的青柳已成老树，如楚宫瘦女，怎堪今人攀折。"楚王好细腰"典出《墨子·兼爱中》，又《后汉书·马廖传》曰："吴王好剑客，百姓多创瘢；楚王好细腰，宫中多饿死"，以至于春秋时期流传着人们对各国女子地域性的评价：楚女细腰、赵女多姿、魏女歌甜、韩女文静、齐女多情、秦女刚烈、燕女体贴、中山女子擅舞。此处，词人一方面是在继续景致的铺陈以及情绪的准备，另一方面也是以楚女瘦腰来发泄自己几番落第的怨愤。曾经宋仁宗赵祯在看到柳永的试卷后不无戏谑地说"且去浅斟低唱，何要浮名"（吴曾《能改斋漫录》卷十六）。此话一出便几乎断绝了柳永的入仕之路，同时也给他留下了奉旨填词的无奈以及放浪无羁的漂游。

下片依旧是送别场地的一个远景以及词人的情感铺垫：夕阳下，微风起，秋光渐逝，天气已凉，在这种已近萧瑟的景致下，此时的离情别思就显得是那样的凄凉和沉重。词人不禁联想到自己在一抹夕阳残照下的游子飘零、羁旅异地。"蘅皋"（长有香草的沼泽）已泛起轻雾，与如烟的暗柳合为一体，将驶离的小船掩映在虚无中，又比喻自己的离愁漫浸在这烟柳蘅皋之中。此时，词人想到了王维的《送元二使安西》："劝君更尽一杯酒，西出阳关无故人"，抑或此时身旁另有送别的人士真的弹起了古琴曲《阳关三叠》。那一阵断人愁肠的琴声更令词人心生凄戚，由此归结为结句"独自凭兰桡","兰桡"是指带有装饰的小船,也指画舫一类的供人游玩荡舟的舫船。凭此一句便令今人泪盈眼眶,也使词人的高明之处展露无疑,整阕词所有的铺陈比喻、环境以及情致的描写最终答案揭晓,原来词人所感叹者不过是自己不遇的境地,词人所悲伤的却是一场无人送行的别离。这时再回过头去看那折柳送别的人们,听那离别伤感的《阳关曲》,词人独倚船栏,渐行渐远地隐在雾障之中,而那断肠的琴曲《阳关三叠》却仿佛依旧在耳畔回响。词人用反转的方式超乎常理地颠覆了送别的固定模式,演绎了一场最为凄凉、最为无奈,最令人为之伤心的无人送别的别离。无怪晚清词家冯煦在其《宋六十一家词选例言》中言:"状难状之景,达难达之情,而出之以自然。"

柳永字三变,或出自《论语》中子夏所曰之"君子有三变,望之俨然,即之也温,听其言也厉"。在柳永词的评价上,自古争论不止,更有人以柳永与苏轼为代表将宋词划分为"婉约"和"豪放"两大主流方向。柳永出生较苏轼早了半个世纪,某种意义上应该说包括苏轼、黄庭坚、秦观以及后世词人大都有在柳永词中汲取经验的历程,柳永《雨霖铃·寒蝉凄切》一句"多情自古伤离别"便引得后世争相效仿,就连苏轼也作《雨霖铃》欲与之一较高下。南宋俞文豹在《吹剑录》中记载:"东坡在玉堂,有幕士善讴,因问:我词比柳词何如?对曰:柳郎中词,只好十七八女孩儿,执红牙拍板,唱'杨柳岸,晓风残月'。学士词,须关西大汉,执铁板,唱'大江东去'。公为之绝倒。"此外,"苏门四学士"之一的晁补之也曾说:"世言柳耆卿曲俗,非也。如《八声甘州》云:'渐霜风凄紧,关河冷落,残照当楼。'此真唐人语,不减高处矣。"苏轼自己也在称赞秦观时戏言:"山抹微云秦学士,露花倒影柳屯田。"可见苏轼或许不苟同柳永的词风意象,但也确实钦佩他的妙笔秀口。

面对千百年来的各方争论,余无力评价,但柳词之细微入怀、<u>丝丝</u>

相扣、撬动人心、动人肝肠应是不争的事实。至于古琴曲《阳关三叠》（又名《渭城曲》《阳关曲》）在上卷唐代王维篇有记，不再赘述。柳永不仅擅精致小令，更擅长词慢调，也擅长以琴境入词，他在《瑞鹧鸪（南吕调）》中言《阳春》而喻情缘，感叹"缘情寄意，别有知音"，可见，他并不想做一个登徒浪子，即便是流连瓦肆，也要体现自己的文人清高及才子情怀。

【雅赏】

《瑞鹧鸪（南吕调）》（柳永）

宝髻瑶簪。严妆巧，天然绿媚红深。绮罗丛里，独逞讴吟。一曲阳春定价，何啻值千金。倾听处，王孙帝子，鹤盖成阴。

凝态掩霞襟。动象板声声，怨思难任。嘹亮处，回厌弦管低沈。时恁回眸敛黛，空役五陵心。须信道，缘情寄意，别有知音。

千秋岁

张先

数声䴕鸪,又报芳菲歇。惜春更把残红折。雨轻风色暴,梅子青时节。永丰柳,无人尽日花飞雪。

莫把幺弦拨,怨极弦能说。天不老,情难绝。心似双丝网,中有千千结。夜过也,东窗未白凝残月。

【作者】

张先(990—1078),字子野,乌程(今浙江省湖州市)人。北宋婉约派词人。宋仁宗天圣八年(1030)进士。历任宿州掾、吴江知县、嘉禾(今浙江省嘉兴市)判官。皇祐二年(1050),晏殊知永兴军(今陕西省西安市),辟为通判。后以屯田员外郎知渝州,又知虢州,再知安陆,故人称"张安陆"。宋英宗治平元年(1064)以尚书都官郎中致仕,宋神宗元丰元年(1078)卒,终年高寿88岁。

张先得晏殊提携,历北宋仁、英、神三朝,仕途波澜不惊,世称其"能诗及乐府,至老不衰"(宋叶梦得《石林诗话》卷下)。其词追求恬淡的意韵、丰富的画面感并突出核心内容,对两宋婉约词影响巨大。后世认为他是使词由小令转向慢词的过渡中一位不可或缺的重要人物,清末词学理论家陈廷焯在其《白雨斋词话》中评张先词曰:"张子野词,古今一大转移也……子野适得其中,有含蓄处,亦有发越处。但含蓄不似温、韦,发越亦不似豪苏腻柳。规模虽隘,气格却近古。"又称:"才不大而情有

余,别于秦、柳、晏、欧诸家,独开妙境,词坛中不可无此一家。"(《词坛丛话》)

善以工巧之笔表现朦胧的美是张先在词的意象表现上的重要特征,尤以善用"影"字著称,他的"云破月来花弄影""娇柔懒起,帘幕卷花影""柳径无人,堕絮飞无影"三句最是脍炙人口,故而时人称其为"张三影",北宋史学家宋祁更称其为"弄影郎中"(《苕溪渔隐丛话》)。

张先的词多反映士大夫的诗酒生活和都市社会中的男女之情,他登山临水,作词以自娱,词作含蓄工巧、清新深婉、情韵浓郁。张先词与柳永齐名,尤擅小令,兼有慢词。张先一生词作颇丰,但留存仅200余首,《宋词三百首》收录7首,其中《千秋岁·数声鶗鴂》中的"天不老,情难绝。心似双丝网,中有千千结"及《庆佳节·双调》中的"莫风流,莫风流,风流后,有闲愁"等最为今人熟知。

【诗文大意】

杜鹃鸣啼,又报春将逝。惜春人急欲折花枝。春花怎禁得雨打风吹,暮春梅子发青时。整日无人的永丰坊里,风吹柳絮飘如雪。莫将琴弦弹,细弦幽鸣尽悲怨。天若有情,天不老,不老深情难决绝。双丝交织两情网,心中自留千万结。夜深沉,东方未白,独留一弯残月。

【品读】

"千秋岁"系古词牌名,又名"千秋节"或"千秋万岁"。据《唐会要·卷二十九·节日》载:"开元十七年八月五日,左丞相源乾曜、右丞相张说等,上表请以是日为千秋节。著之甲令,布于天下,咸令休假。"

即盛唐时将玄宗的诞辰定为"千秋节"以祈长寿。词界以秦观《千秋岁·柳边沙外》为正体，双调七十一字，前后段各八句、五仄韵。另有双调七十二字，前段七句五仄韵，后段八句五仄韵等变体，代表作品是张先的《千秋岁·数声鶗鴂》。

这阕词是张先以物喻情，极尽幽曲含蓄之描摹，尽言人间悲欢之情愫的杰作。上阕以鶗鴂鸣啼起句，将梅子尚青的暮春时节，以疾风细雨中的春花零落和爱花人惜花折枝的情景加以对比铺叙，在营造戚惜伤情的环境氛围的同时，写出了"爱花人"（抑或是词人自己）对春天的留恋或对感情的难舍。其中鶗鴂即杜鹃（布谷鸟），因其声哀，故《离骚》有"恐鹈（鶗）鴂之先鸣兮，使夫百草为之不芳"之说，白居易也有"残芳悲鶗鴂，暮节感茱萸"之句，多取其"恨此际芳菲都歇"（秋瑾《满江红·鹃》）之意。而一个"折"字则含有美好的爱情总会饱受磨难之意，但多少有化用唐末女诗人杜秋娘《金缕衣》中的"花开堪折直须折，莫待无花空折枝"之嫌。上阕小结于"永丰坊"内无人问津的杨柳，春日尽头徒留白絮随风飞荡，也比喻人生苦短转眼已是白头。"永丰坊"本是洛阳里坊，因白居易《杨柳枝词》中的一句"永丰西角荒园里，尽日无人属阿谁"而闻名，后世多有愁情怨怀的吟咏，如"若过洛阳风景地，含情重问永丰坊"（清王士禛《秋柳》）等。反观词的上阕，词人将话题提出，即惜人惜情如惜春，莫等风雨之后花零落，莫待时光匆匆满头白发孤独老去。

过片的一句"莫把幺弦拨，怨极弦能说"是张先这首词的意境表达的关键所在，今人通常将"幺弦"解释为琵琶的四弦，应源自白居易《琵琶行》中的名句"大弦嘈嘈如急雨，小弦切切如私语"，但白居易在诗中未提及"幺弦"，反倒是刘禹锡在《奉和淮南李相公早秋即事，寄成都武相公》中有"聆音还窃抃，不觉抚幺弦"之句。"抚琴"古来专指弹古琴，李白的《早秋赠裴十七仲堪》中就有"功业若梦里，抚琴发长嗟"；南宋女词人张玉娘的《春晓谣》中也有"徘徊吟不就,婢子整瑶琴。抚弦不堪弹,调别无好音。一弦肠一断,断尽几回心"之佳句。北宋晏几道的《清平乐·幺弦写意》也写道,"幺弦写意。意密弦声碎。书得凤笺无限事。犹恨春心难寄。卧听疏雨梧桐。雨余淡月朦胧。一夜梦魂何处,那回杨叶楼中";北宋舒亶的《菩萨蛮·香波绿暖浮鹦鹉》更有"黄金捍拨幺弦语。小雨落梧桐。帘栊残烛红",寄情于梧桐细雨已是典型的古琴意象。

下阕抒叙兼行,词人借古琴道出了那句千古绝唱"天不老,情难绝。心似双丝网,中有千千结",两颗心的交织千丝万缕为结,这就是词人绵绵无极的爱情宣言,也入李贺"天若有情天亦老"之妙境。最后以夜未尽而孤灯熄煞尾,有入感情深渊及感叹人生苦短的多重寓意和空灵的意象,仿佛词人的嗟叹随着古琴的幽鸣在暗夜中飘向远方。

观张先的感情经历或许能更好地理解他对爱情的执着:据说他年轻时,与一年少女尼相好,怎奈庵中老尼发现后竟将小尼关在池塘中一小岛的阁楼上。于是每当夜深人静,张先悄悄划船登岛,小尼悄悄放下梯子,让张先上楼。后二人被迫分手,张先不胜眷恋,写下《一丛花令》"……离愁正引千丝乱,更东陌、飞絮蒙蒙……沉恨细思,不如桃杏,犹解嫁东风"以寄心意。范仲淹玄孙范公偁在《过庭录》中记言:"子野《一丛花令》一时盛传,永叔(欧阳修)尤爱之,恨未识其人,子野家南地。以故圣都,谒永叔,问者以通,永叔倒履迎之曰:此乃'桃杏嫁东风'郎中。"

"暮年纳妾"也是张先最为今人乐道的诗坛佳话。据说张先在80岁时娶18岁的女子为妾。喜宴上张先得意赋诗曰:"我年八十卿十八,卿是红颜我白发。与卿颠倒本同庚,只隔中间一花甲。"好友苏轼遂即兴和诗打趣,于是就有了众所周知的"一树梨花压海棠"。当然这只是民间传说,伪托张先和苏轼之名而凑趣罢了,但苏轼也确实写过《张子野年八十五,尚闻买妾，述古令作诗》以赠张先，其中的一句"诗人老去莺莺在，公子归来燕燕忙"，却真实地道出了张先一生安逸富贵、诗酒风流的长寿生活。

张先善于借琴言情，以琴入词之作很多，如《惜双双》词曰："城上层楼天边路，残照里、平芜绿树。伤远更惜春暮，有人还在高高处。断梦归云经日去，无计使、哀弦寄语。相望恨不相遇，倚桥临水谁家住。"其中的"哀弦寄语"与《千秋岁》中的"怨极弦能说"有相同的词情词意。

【雅赏】

塞垣春·寄子山（张先）

野树秋声满。对雨壁、风灯乱。云低翠帐，烟销素被，签动重幔。甚客怀、先自无消遣。更篱落、秋虫叹。叹樊川、风流减。旧欢难得重见。

停酒说扬州，平山月、应照棋观。绿绮为谁弹，空传广陵散。但光纱短帽，窄袖轻衫，犹记竹西庭院。老鹤何时去，认琼花一面。

木兰花

晏殊

燕鸿过后莺归去，细算浮生千万绪。长于春梦几多时，散似秋云无觅处。

闻琴解佩神仙侣，挽断罗衣留不住。劝君莫作独醒人，烂醉花间应有数。

【作者】

晏殊（991—1055），字同叔，江南西路抚州临川县（今江西省抚州市）人。北宋著名的政治家、文学家，14岁以神童入试，赐同进士出身，初为秘书省正字，宋真宗天禧二年（1018）为升王府僚，后迁太子舍人，历任知制诰、翰林学士，颇受宋真宗赏识。宋仁宗即位后，擢升枢密副使，后因得罪刘太后而出知应天府。晏殊在主政地方时，兴建学校，广育人才，仁宗亲政后拜晏殊为集贤殿大学士、同平章事兼枢密使（等同宰相）。晚年出知陈州、许州、永兴军等地，封临淄公。至和二年（1055），晏殊病逝于开封，享年65岁，赠司空兼侍中，谥号"元献"。

晏殊的文名足以领袖北宋文坛，宋史称其"文章赡丽，应用不穷。尤工诗，闲雅有情思，晚岁笃学不倦"。他的文字温婉柔和又不失坦荡清健，于诗被后称属"西昆体"，承晚唐李商隐的情思闲雅，言辞婉丽，讲求音韵；于词他尤擅小令闲词，风格婉约质朴、风流蕴藉，与其第七子晏几道被称为"大晏"和"小晏"，又与欧阳修并称"晏欧"，被世人尊为

"北宋倚声家初祖"，对宋词起到重要的推动作用，有着"导宋词之先路"之功。晏殊文章堪为"天下所宗"，但文集大都散佚，存世仅有《珠玉词》《晏元献遗文》《类要》等残本。晏殊今存诗420余首，有11首被收入《宋词三百首》，其中最著名的词句有"昨夜西风凋碧树，独上高楼，望尽天涯路"（《蝶恋花·槛菊愁烟兰泣露》），"天涯地角有穷时，只有相思无尽处"（《玉楼春·春恨》），以及"无可奈何花落去，似曾相识燕归来。小园香径独徘徊"（《浣溪沙·一曲新词酒一杯》），等等。他的《破阵子·春景》《采桑子·时光只解催人老》《清平乐·金风细细》《蝶恋花·槛菊愁烟兰泣露》等词入选初、高中语文教材。

【诗文大意】

天鹅乘风而去黄莺倦鸟归林，人生漂浮如万绪千头。莺歌燕舞仿佛一场新春大梦，醒来时已是秋云散尽。梦中有文君闻琴而知音，也有汉水江妃温柔多情，有偶遇郑交甫解佩相赠，仙伴离去纵使挽断罗裙。劝君莫作独醒人。举世皆醉，不如花间饮酒，心存清明。

【品读】

《木兰花》，原为唐教坊曲名，后用为词牌名，又名《木兰花令》。据宋初《金奁集》注为"林钟商调"，明初朱权所撰北曲《太和正音谱》注为"高平调"。此调以唐末韦庄的《木兰花·独上小楼春欲暮》为正体，双调五十五字，前后片各三仄韵，不同部换叶。

晏殊仕途上曾及人臣高位，他任人唯贤不避亲仇，包括名臣范仲淹、孔道辅、富弼、欧阳修、韩琦和词人张先等均出其门。宋仁宗庆历四年

（1044），晏殊遭弹劾罢相，韩琦先被放出为外官，范仲淹、富弼、欧阳修也相继被外放，此词正是在这种背景下所作。

起句"燕鸿过后莺归去"表面写春光的短暂，由鸿雁北飞、黄莺鸣柳表现春天的季节，实则是形容朝堂之上的官员们莺莺燕燕、来来往往，不过都是匆匆过客。由此也就有了"细算浮生千万绪"，言物及人，宦海沉浮如春光易逝，细细想来千头万绪各有因果。词人继而首发议论："长于春梦几多时，散似秋云无觅处"，人生得意时的繁华不过是一场春梦，梦不久矣，醒来时早已春光不在时入深秋。此处有化用白居易《花非花》中的"来如春梦几多时，去似朝云无觅处"之诗意，但更多的是指政坛上的人事纷争。下片的"闻琴解佩神仙侣，挽断罗衣留不住"则承前意，比喻美好的过往犹如甜美的爱情和深厚的情义，一旦逝去就很难挽留。在此，词人频频用典，暗喻政治的无情及君王的"寡恩"。其中"闻琴"，典出西汉司马相如"琴挑文君"；"解佩"典出西汉刘向的《列仙传·江妃二女》"江妃二女者，不知何所人也，出游于江汉之湄，逢郑交甫，见而悦之，不知其神人也，谓其仆曰：'我欲下请其佩。'……遂手解佩与交甫"，尤指传说中的神女，曾解玉佩赠给情人。词人表面说像卓文君、神女这样的神仙伴侣若要离开时，即便是挽断她们的罗裙也无法留住，实则是感叹"帝王之心"难测，朝堂之上一旦失宠就很难挽回。最后，词人大发感慨道出"劝君莫作独醒人，烂醉花间应有数"，化用屈原《楚辞·渔父》中的"举世皆浊我独清，众人皆醉我独醒"之意，使整首词的格调陡然升高。字面上的意思仿佛是劝人要趁好花尚开的时候，在花间痛饮消愁，莫效屈子"独清独醒"，实则是将自己比作屈原，言自己正是这独醒之人，至于花间醉酒不过是词人无奈的发泄罢了。联系晏殊的生平来看，其词意中应该是别有寄托，并非真写男女诀别。宋仁宗庆历三年（1043），晏殊任同中书门下平章事，兼枢密使，手握军政大权。其时范仲淹为参知政事（副宰相），韩琦、富弼为枢密副使，欧阳修、蔡襄为谏官，朝堂一时人才济济。可惜宋仁宗不能果断明察，又偏听偏信反对派的构陷之言，则有了韩琦先被放出为外官，而后范仲淹、富弼、欧阳修也相继被外放，晏殊则罢相。对于贤才相继离开朝堂，晏殊惋惜不已，于是把他们的被贬比作"挽断罗衣"而留不住的"神仙侣"，如此情绪之下，词中的不宜"独醒"、只宜"烂醉"，更当是一种愤慨之声。

这首词借春光和爱情的转瞬即逝，以感叹人生的无常，铺排与议论杂糅其间，真实而含蓄地表达了作者的无奈与感慨。词中大胆用典及议古论今，仿佛信手拈来般毫无滞涩，既表达了词人于困境中的复杂心理，也彰显了词人特有的人生态度和思想境界。

晏殊有一首《渔家傲》，词曰："画鼓声中昏又晓。时光只解催人老。求得浅欢风日好。齐揭调。神仙一曲渔家傲。绿水悠悠天杳杳。浮生岂得长年少。莫惜醉来开口笑。须信道。人间万事何时了。"写作时间大体也是这一时期，两阕词都有着感叹时光匆匆老去，不如早去诗酒田园的表面意义和厌倦朝堂争斗的内在含义，事实上，他晚年的称疾求出守就是这种心态的长期发酵所致。《宋史·晏殊传》载："以疾，请归京师访医药。既平，复求出守……"

晏殊一生宦海沉浮，他"性刚简，奉养清俭"，屡遭弹劾，却始终坚持自己的政治操守而不入俗流，故而对知音的渴求愈甚，也有许多借琴言情的咏叹知音之词，如《山亭柳·赠歌者》："家住西秦。赌博艺随身。花柳上、斗尖新。偶学念奴声调，有时高遏行云。蜀锦缠头无数，不负辛勤。数年来往咸京道，残杯冷炙漫消魂。衷肠事、托何人。若有知音见采，不辞遍唱阳春。一曲当筵落泪，重掩罗巾。"大有名利场中少知音，更何况只唱"阳春白雪"的调高者和"独醒者"之感慨。

【雅赏】

喜迁莺（晏殊）

花不尽，柳无穷。应与我情同。觥船一棹百分空。何处不相逢。
朱弦悄，知音少。天若有情应老。劝君看取利名场。今古梦茫茫。

依韵和普上人古琴见赠

梅尧臣

独蠒丝为弦,九窍珥为珍。
弹风松飕飕,听水流泯泯。
欣者举袖舞,悲者欲涕陨。
若此辄动人,干时固能准。
虞舜今在上,南薰思无尽。

【作者】

梅尧臣(1002—1060),字圣俞,汉族,宣州宣城(今安徽省宣城市)人。北宋著名现实主义诗人,世称宛陵先生。梅尧臣是宋仁宗时翰林侍读学士梅询之从子,初以恩荫补桐城主簿,历镇安军节度判官,于皇祐三年(1051)得宋仁宗召试,赐同进士出身,为太常博士,后由欧阳修举荐,为国子监直讲,累迁尚书都官员外郎,故世称"梅直讲""梅都官"。他少即能诗,与苏舜钦齐名,时号"苏梅",《宋史》称他:"工为诗,以深远古淡为意,间出奇巧,初未为人所知,用询荫为河南主簿,钱惟演留西京,特嗟赏之,为忘年交,引与酬倡,一府尽倾,欧阳修与为诗文,自以为不及。尧臣益刻厉,精思苦学,由是知名于时。宋兴,以诗名家为世所传如尧臣者,盖少也……"

梅尧臣喜饮酒,史称贤士大夫多从之游,时载酒过门,又善谈笑,与物无忤,诙嘲刺讥托于诗,晚益工,为诗主张写实反对"西昆体",是宋诗的开山鼻祖，所作力求平淡、含蓄。传说远在西南夷都有他的拥趸，并将他的诗织绣在衣服上，可见名重于时。梅尧臣有诗近3000首及词2首存世，曾参与编撰《新唐书》，注《孙子》13篇，撰《唐载记》26卷、《毛诗小传》20卷、《宛陵集》40卷。他的名句"淮阔州多忽有村，棘篱疏败漫为门""寒鸡得食自呼伴，老叟无衣犹抱孙""翠管江潭竹，斑斑红泪滋"等至今仍广为传诵。

梅尧臣大胆尝试咏物组诗等新题材，主张"以故为新""以俗为雅"，倡导"平淡"的诗风，黄庭坚《跋雷太简梅圣俞诗》中曾赞曰："用字稳实，句法刻厉而有和气。"

【诗文大意】

独茧抽丝为琴弦，玉珥为轸六合天地。琴中有松风飕飕，又有流水潺潺寂静。琴中有轻歌曼舞，又有悲情令人垂泪。既能融悲欢离合，又能化育万民。上古虞舜在天上，《南风》一曲万年追思。

【品读】

北宋的梅尧臣，是"宋诗"走出"唐诗"的体系，形成宋诗特有文化审美的先驱，其诗在蕴含民族精神的同时，更能体现出民族深厚的文化传统，这对欧阳修、王安石、苏轼等一代文宗的诗歌创作有着一定的影响。南宋诗人刘克庄在《后村诗话前集·卷二》中评价梅尧臣说："本朝诗惟宛陵为开山祖师。宛陵出，然后桑濮之哇淫稍熄，风雅之气脉复续，其功不在欧、尹下。"梅尧臣通晓音律，对古琴的文化及有宋一代的古琴思想理论发展有着重大的影响，他将宋人古琴的意趣审美与宋诗的平淡风格结合在一起,在诗歌创作中更纯粹、更深入地发掘古琴的"古典"内涵,并将古琴审美的"平和淡远"转化为诗学的追求。

这首《依韵和普上人古琴见赠》应是梅尧臣与一位高僧的答和诗,由琴制、琴境、琴理论至治世育民,可谓以琴入诗、以文为诗的一篇琴学专论。诗中"独蠒"是指壮硕的蚕茧,以此制成琴弦,"九窍"本指人体"耳、眼、口、鼻"等九大窍穴,在诗中泛指天地精华、六合之气,典出《黄帝内经·素问·生气通天论》:"天地之间,六合之内,其气九州、九窍、五脏十二节,皆通乎天气。""珥"为融天地灵气的玉石,而"珍"则是指琴轸。诗人开篇就将古琴定位在"受天地、日月、万物之精华"于一身的"道器",所以才有音蕴高山流水、松风寒暑,意涵人间冷暖、悲欢离合,继而方能感格幽冥、充被万物、化育众生、求合于天下。诗中的"干时"有治世、用世、求合于当时之意,西晋文学家潘安《西征赋》中有"讦望之以求直,亦余心之所恶。思夫人之政术,实干时之良具"之句,《宋书·颜竣传》有"竣,自谓才足干时,恩旧莫比,当赞务居中,永执朝政",《管子·小匡》中也有"寡人欲修政以干时于天下,其可乎"。由此,便引出了诗人于诗尾处的感慨及议论:"虞舜今在上,南薰思无尽。"上古舜(姓姚,名重华),因建国于虞,故称为"虞舜",性至孝,尧用之,使摄位三十年,后受禅为天子,都于蒲阪(今山西省永济县)。在位四十八年,南巡,崩于苍梧,传位于禹。《南风曲》相传为虞舜所作,歌中有"南风之薰兮,可以解吾民之愠兮。南风之时兮,可以阜吾民之财兮"(《礼记·乐记》)。唐代王维有诗《大同殿柱产玉芝龙池上有庆云神光照殿百官共睹圣恩便赐宴乐敢书即事》曰:"陌上尧樽倾北斗,楼前舜乐动南薰。"诗人用《南风歌》比喻心中所畅想的太平盛世,在感怀古圣先贤的同时希望有治世明君降临,正如《尚书》所载:"舜弹五弦之琴,歌南国之诗,而天下治。"诗里用了一个"南薰"概括地将衮衮天机与怡和气象浑然一体地表现出来，它承载着诗人的希望和理想，也是诗人在温和的诗文掩饰下的一声声呐喊。

梅尧臣"尝语人曰：'凡诗，意新语工，得前人所未道者，斯为善矣；必能状难写之景如在目前，含不尽之意见于言外，然后为至也。'世以为知言"（《宋史·梅尧臣传》），但以梅尧臣为始的宋诗走出"西昆诗派"后依然有唐诗色彩，宋代诗家几乎无一例外地更爱使用叠字修辞言物，诗中的"飕飕"一直沿用到今天。如唐代诗人郑谷的《鹭鸶》中就有"闲立春塘烟淡淡，静眠寒苇雨飕飕"之句，寒山《诗三百三首》中也有"松月飕飕冷，云霞片片起"之说，杜牧在《洛中送冀处士东游》中有"论今星璨璨，考古寒飕飕"，岑参则有"僧房云濛濛，夏月寒飕飕"之句；而宋代苏轼在《试院煎茶》中则有"蟹眼已过鱼眼生，飕飕欲作松风鸣"，陆游更有"轻沤元泛泛，破屋已飕飕"的诗句。在欧阳修眼中，陶渊明的"君子笃自信"是对于君子节操的坚守，而在梅尧臣的眼中，却是陶渊明的"全身衰弊时"，即对生命的珍惜。

观梅尧臣此诗，以琴论理、以古论今，集天地人和于琴制、充人间百态于琴境，以旷古之琴慨古，借《南风》之歌明义，尽显诗人凝气静雅的君子之风。梅尧臣科举不利，初只以门荫入仕，之后一生仕途不畅，这对于想要"奋见于事业"并在政治上有所建树的梅尧臣来说，无疑是极其痛苦的，所以他的理想抱负和欲言之志也只能在诗中有所表露。

梅尧臣与欧阳修交情匪浅、引为知音，两人又都深谙古琴之理，诗文答和也常因古琴而起。欧阳修曾作《夜坐弹琴有感二首呈圣俞》诗。当时，梅尧臣在汴京任屯田员外郎、国子监直讲和《唐书》的编修官，欧阳修任京兆尹，作为结识二十余年的挚友，二人又同在汴京任职，但梅尧臣秉持自己一贯的"不登权门"之原则，连欧阳修家都不愿意去拜访。有一次欧阳修到梅尧臣家访友，特意询问个中缘由，梅尧臣赋诗曰："固非傲不往，心实厌扰扰。"梅尧臣性本喜静，不是因为傲慢不去拜访欧阳修，而是想避开人来人往嘈杂的环境。这也是梅尧臣得以将古琴的"中正、清微"化入诗中的一个重要原因。梅尧臣读过欧阳修的《夜坐弹琴有感二首呈圣俞》后，也作了和诗《次韵和永叔夜坐鼓琴有感二首·其一》与欧阳修探讨对古琴的理解。

【雅赏】

次韵和永叔夜坐鼓琴有感二首·其一（梅尧臣）

夜坐弹玉琴，琴韵与指随。
不辞再三弹，但恨世少知。
知公爱陶潜，全身衰弊时。
有琴不安弦，与俗异所为。
寂然得真趣，乃至无言期。

江上弹琴

欧阳修

江水深无声,江云夜不明。抱琴舟上弹,栖鸟林中惊。
游鱼为跳跃,山风助清泠。境寂听愈真,弦舒心已平。
用兹有道器,寄此无景情。经纬文章合,谐和雌雄鸣。
飒飒骤风雨,隆隆隐雷霆。无射变凛冽,黄锺催发生。
咏歌文王雅,怨刺离骚经。二典意澹薄,三盘语丁宁。
琴声虽可状,琴意谁可听。

【作者】

欧阳修(1007—1072),字永叔,号醉翁,晚年又号六一居士,江南西路吉州庐陵永丰(今江西省吉安市永丰县)人,出生于绵州(今四川省绵阳市),北宋著名政治家、文学家。史称其"四岁而孤,母郑,亲诲之学,家贫,至以荻画地学书(即成语画荻教子)",宋仁宗赵祯天圣八年(1030)以进士及第,"始从尹洙游,为古文,议论当世事,迭相师友,与梅尧臣游,为歌诗相倡和,遂以文章名冠天下"(《宋史·欧阳修传》)。历仕仁宗、英宗、神宗三朝,因刚劲正直见义勇为,故而宦海沉浮三度遭贬,累官至翰林学士、枢密副使、参知政事,曾任刑部尚书、兵部尚书等职。逝后赠太师、楚国公,谥号"文忠",故世称欧阳文忠公。

欧阳修是宋代文学史上最早开创一代文风的文坛领袖,堪称"百世之文豪,千古之醉翁","唐宋八大家"之一,又与韩愈、柳宗元、苏轼被后人合称"千古文章四大家"。他导引了北宋诗文革新运动，并以其散文成就与古文理论，对当下的文风、诗风、词风进行了创新性的发展。在史学方面，他曾主修《新唐书》，并独撰《新五代史》，又编《集古录》，有《欧阳文忠公集》传世。欧阳修一生创作诗词1300余首，《宋词三百首》收录其11首词。欧阳修有大量的名言警句，如"月上柳梢头，人约黄昏后""醉翁之意不在酒，在乎山水之间也""君子以同道为朋，小人以同利为朋""遥知湖上一樽酒，能忆天涯万里人""君子之修身也，内正其身，外正其容"等无不脍炙人口。

欧阳修在中国文学史上有重要的地位，他于宋代的文宗地位类似于唐代之韩愈，不同的是，欧阳修以其特有的眼光和博大的胸怀对凡有真才实学的后进晚生极尽扶持和推荐，使得一大批青年才俊脱颖而出，堪称千古伯乐。其中就有苏轼、苏辙、曾巩、王安石等文坛巨匠，以及张载、程颢、吕大钧等旷世大儒。他一生桃李天下，司马光、包拯、韩琦、文彦博等文史及政坛大家，都曾以布衣之身得到过他的扶持与推荐。他堪为人师的道德文章，后继传承者有"苏门四学士"黄庭坚、秦观、晁补之、张耒，以及曾巩、曾布等衮衮诸公，"一时名卿贤士，出修门下者甚众"。可以说，欧阳修奠定了宋代文化盛世的基础。

欧阳修平实朴素的文风，一直影响到今世。他工诗文词赋，善琴棋书画，尤好藏琴，其自传散文《六一居士传》曾云："吾家藏书一万卷，集录三代以来金石遗文一千卷，有琴一张，有棋一局，而常置酒一壶……以吾一翁，老于此五物间。"他淡泊名利，为官清廉，被后世赞为"恺悌君子"，如今在河南新郑保存有欧阳修陵园，安徽滁州和江西吉安永丰县分别建有欧阳修纪念馆。

【诗文大意】

江水深静无声，江面的雾气半遮月光。江舟上的琴声，惊起岸边林中的倦鸟。游鱼随弦跃动，清风掠过琴有泠泠声。一切如此寂静，已觉心境平和在弦中。视琴为有道者，方可寄寓这无景之情。如文章之经纬，和天地阴阳义理之规。泛音疾风骤雨，散音更似那春雷阵阵。无射调尤清冽，黄钟调是为律吕之本。琴颂文王礼乐，也有《离骚》的讥讽怨怒，旷古尧舜二典，三皇之书至今在怀。琴声可以名状，琴意深远则难于晓喻。

【品读】

欧阳修既是文学大家，也是史上少有的一位见诸史料的爱琴、懂琴、善琴、藏琴的文化名人，他以琴入诗入词的作品数量有宋一代位居第一，此外还有许多关于琴理、琴法的论说和散文。他将琴、文、书、棋、酒视为人生五友，加上自己是为"六一居士"。他首创以琴法疗愈（欧阳修曾患有抑郁症），并从好友孙道滋学琴，又《琴说》中写道："予尝有幽忧之疾，退而闲居，不能治也。既而学琴于友人孙道滋，受宫声数引，久而乐之，不知疾之在其体也。"从琴声中受惠的欧阳修后来将这种音乐疗疾的方法推荐给了好友杨寘，后者由于屡试不中，抑郁成疾，欧阳修特地送给他一张琴，称用药物治疗不如以琴曲来排遣忧思的效果好，并将其亲身经历及体会撰写成那篇脍炙人口的《送杨寘序》。在《三琴记》中他曾说道："吾家三琴，其一传为张越琴，其一传为楼则琴，其一传为雷氏琴，其制作皆精而有法，然皆不知是否。"一般人收藏琴，关注的是琴的出身与音质，而欧阳修到晚年因目疾而视力渐衰，所以更关注琴徽的质地，他更喜欢的是比较普通的石徽（有结晶的材料）。因为金玉宝石乃至象牙质地的琴徽虽名贵，但不如普通的石徽更加分明。

在这首《江上弹琴》中，诗人先对弹琴的环境做了远近相济的描述，他写江水波澜不惊，江上雾气缭绕，琴声惊起林中倦鸟，似乎鱼儿也在随琴声欢悦跳动，两岸的山风徐徐吹来，使琴声更为飘摇婉转。后转而写弹琴人，即诗人自己，在这万籁俱寂的江面上，诗人的思绪随着琴声向天边飘去。诗人以一句"用兹有道器，寄此无景情"将自己对古琴的思想性认识提了出来，这就是以琴为乐器者，或悦人、悦己，以琴为道器者，琴中即有无限风情。接着以递进和对偶的笔法将琴的思想地位进一步抬高，言道琴曲中有纵情万古经纶之文章，有谐和阴阳万物之寓意。之后笔锋一转，描写弹琴的技法，他形容指下泛音如瑟瑟疾风骤雨，泠泠叮咚，而散音如隐隐滚动的雷霆。进而谈到古琴的调式，他喻"无射"调为清冽之音，而将黄钟之宫调视为律吕之首，典出《吕氏春秋·仲夏·古乐篇》："黄钟之宫，律吕之本。"之后又以对偶的笔法连下两联，以琴为道器，上可赞颂古圣先贤的文治武功，下可针砭时弊，又可修身养性，如《离骚》之讽刺讥怨，又以二典三坟比喻自己以琴与古人对话，以示承继圣贤思想。其中"二典"是指《尚书》中的《尧典》和《舜典》，而"三坟"则既可以指"天地人"所代表的《易经》中的"三盘"，又可以指"三坟"，典出西汉经学家孔安国的《书经序》："伏羲、神农、黄帝之书，谓之三坟，言大道也。"南朝梁刘勰《文心雕龙》也说："炎皞遗事，纪在三坟，而年世渺邈，声采靡追。"此典广为后世直引或化用，如南宋诗人陈郁就有《听杨君弹古操》曰："年来雅道类聋瘖，到处笙歌只劝淫。肯抱焦桐闲访隐，应思尘世少知音。离鸾别鹄皆风月，二典三坟不古今。闻子细弹千载事，吟夫已见圣人心。"诗中的"丁宁"即叮嘱，有承载圣贤思想之意。至诗尾处，诗人以他的历史观、文化观以及对琴学的思考，将天地人和、世事万物、阴阳两极、仰古俯今概括为"琴声虽可状，琴意谁可听"。

表现出他对古琴思想的高度认识，同时也显示出他站在历史的高度去看世事变迁，感慨泱泱历史可载于史家笔下，如古琴之声可记于琴谱或文章。而天下万千变化之缘由，犹如古琴琴理、琴境之莫测，往往是可意会而难以言表的！他提出既要保留古琴传统的味道借以与古人对话，又再度申明琴之乐在道不在器的思想主张，这或许也值得今世古琴"修谱"诸公参考吧。

欧阳修的诗多拟唐人风采，词则沿袭晚唐五代，但始终在图求新变。作为北宋开创风气的一代文宗，他更注重扩大词的抒情功能，汲取李煜词所代表的抒发内心深处的自感，强调自我的人生感受，在提高了词的审美趣味的同时，力求遣词造句和表达方式的普世化。

欧阳修对古琴传统的维护和古琴思想的进步做出了巨大的贡献，《书琴阮记后》中言："官愈高，琴愈贵，而意愈不乐。在夷陵时，青山绿水，日在目前，无复俗累，琴虽不佳，意则萧然自释。及作舍人、学士，日奔走于尘土中，声利扰扰盈前，无复清思，琴虽佳，意则昏杂，何由有乐？乃知在人不在器，若有以自适，无弦可也。"文中强调琴之美意、琴之意境均在人不在琴，强调了心中有弦何妨指下无弦的意趣（尤赞陶令公），他在《夜坐弹琴有感二首呈圣俞》中写道："吾爱陶靖节，有琴常自随。无弦人莫听，此乐有谁知。"欧阳公不仅对琴意、琴理、琴境颇有思考，对琴制及藏琴也有建树，如他在《三琴记》中叙曰："余自少不喜郑卫，独爱琴声，尤爱《小流水》曲，平生患难，南北奔驰，琴曲率皆废忘，独《流水》一曲，梦寐不忘。今老矣，犹时时能作之，其他不过数小调弄，足以自娱。琴曲不必多学，要于自适。琴亦不必多藏，然业已有之，亦不必以患多而弃也。"通过此文我们可以看到欧阳公向世人展示了不喜郑卫之音而独好琴声的高雅审美，同时也对藏琴者有所劝诫，又言"世人多用金玉蚌琴徽，此数物者，夜置之烛下炫耀有光，老人目昏，视徽难准，惟石无光，置之烛下黑白分明，故为老者之所宜也"，从中可见其对琴材的辨考之广博和朴素真性。他在《奉答原甫见过宠示之作》中曾写道："偶欣日色曝书画，试拂尘埃张断弦。娇儿痴女绕翁膝，争欲强翁聊一弹。紫微阁老适我过，爱我指下声泠然。戏君此是伯牙曲，自古常叹知音难。"欧阳公是名副其实的智者，他在被贬滁州时，感怀世事而纵情山水，于是写下了著名的《醉翁亭记》，也留下了《奉答原甫见过宠示之作》："飞帆洞庭入白浪，堕泪三峡听流泉。援琴写得入此曲，聊以自慰穷山间。"在诗中我们或许更容易解读他的"醉翁之意不在酒"及"自古常叹知音难"。时太常博士沈遵读《醉翁亭记》后便创作了琴曲《太守操》（即《醉翁吟》），时隔数年二人再度相逢，沈遵弄琴弹《醉翁吟》，琴声触动了欧阳修对滁州山水的思念，遂欣然题诗《赠沈遵》："醉翁吟，以我名，我初闻之喜且惊……有如风轻日暖好鸟语，夜静山响春泉鸣"，继而又赋《赠沈博士歌》："沈夫子，胡为醉翁吟，醉翁岂能知尔琴……子有三尺徽黄金，写我幽思穷崎嵚。"北宋时以琴为集合的品茗、赋诗、对弈的雅集已十分流行，欧阳公在他的《于役志》中记载了数次雅集的情景和趣事，其中就有"辛卯，饮僧于资福寺。移舟溶溶亭，处士谢去华援琴，待凉以入客舟"的记述。

　　欧阳修认为，琴蕴含天地之元音，内藏中和之德性，足以感人善心，颐养正气而灭淫邪。因此，无论是弹琴、听琴还是观琴、藏琴，都能培养人的高尚情操，陶冶性情并提升修养。通过琴乐来感通精神，影响行为，端正品性，从而达到养德养生之目的，今天看来的确颇有道理。

　　欧阳修自称年少时就开始习琴。在宋仁宗赵祯天圣五年（1027），20岁的他就写出了"挥手嵇琴空堕睫，开樽鲁酒不忘忧"的诗句。欧阳修入仕初期，在任西京（即洛阳）留守推官时，与洛阳的文人名士频繁地游园唱酬，徘徊于钟灵毓秀的古寺名泉之间，时以诗酒琴书雅聚，并在当时形成了以欧阳修、梅尧臣为中心的洛阳名流文人集团，也就是在这时他写下了千古名词《临江仙》："柳外轻雷池上雨，雨声滴碎荷声。小楼西角断虹明。阑干倚处，待得月华生。燕子飞来窥画栋，玉钩垂下帘旌。凉波不动簟纹平。水精双枕，傍有堕钗横。"

欧阳修敢于在传统文化的桎梏中挣扎着表现自我。他淡视名利，无欲则刚，他既能守常又善图新，虽身居高位，仍坚守大节，强调人格尊严和自我的人生价值体现，对庸俗无聊的生存状态进行着抵拒，对社会责任自觉地担当。他一生以琴为伴，其所结交的文人雅士、僧人道客也多为善琴之人。宝元二年（1039），欧阳修与梅尧臣相逢于襄城，梅尧臣奏琴曲《平戎操》，恰二人都十分推崇僧人知白的琴技和隐士风范，并都写过《赠琴僧知白》的诗，后欧阳修又作《听平戎操》："西戎负固稽天诛，勇夫战死智士谟。上人知白何为者，年力壮逃浮屠。自言平戎有古操，抱琴欲进为我娱……"他与梅尧臣既为诗友又为琴友，梅尧臣曾有诗《次韵和永叔夜坐鼓琴有感二首·其一》赠欧阳修："夜坐弹玉琴，琴韵与指随。不辞再三弹，但恨世少知。知公爱陶潜，全身衰弊时。有琴不安弦，与俗异所为。寂然得真趣，乃至无言期。"

【雅赏】

送琴僧知白（欧阳修）

吾闻夷中琴已久，常恐老死无其传。
夷中未识不得见，岂谓今逢知白弹。
遗音仿佛尚可爱，何况之子传其全。
孤禽晓警秋野露，空涧夜落春岩泉。

二年迁谪寓三峡,江流无底山侵天。
登临探赏久不厌,每欲图画存于前。
岂知山高水深意,久以写此朱丝弦。
酒酣耳热神气王,听之为子心肃然。
嵩阳山高雪三尺,有客拥鼻吟苦寒。
负琴北走乞其赠,持我此句为之先。

古琴吟

邵雍

长随书与棋，贫亦久藏之。
碧玉琢为轸，黄金拍作徽。
典多因待客，弹少为求知。
近日僮奴恶，须防煮鹤时。

【作者】

邵雍（1011—1077），字尧夫，号安乐先生、伊川翁等，别号百源先生，范阳（今河北省涿州市）人，北宋著名学者、算学家、道士、理学家、诗人。邵雍年少有志，读书刻苦，交游颇广，与张载、程颢、程颐、周敦颐并称"北宋五子"。研学《伏羲八卦》《河图》《洛书》，著有《观物内外篇》《先天图》《皇极经世》，特别是传世之经典《梅花诗》及古琴曲《渔樵问答》的原型文作《渔樵问对》。宋仁宗嘉祐及神宗熙宁年间都曾被荐举入朝，邵雍托病婉拒，终年67岁，后谥"康节"，后人也称其"邵康节"。邵雍年轻时不仅才智出众，而且读书极为刻苦，后人说他无书不读、冬不取暖、夏不乘凉、夜而不寐、崇尚古圣，励志读古人书，且逐古人之迹游历。常年的游历为邵雍的一生奠定了坚实强大的思想基础和人生阅历，其自言"道在是矣"。邵雍潜心经典，其智慧及德行广为人颂，他在算学方面颇有建树，对天地变化、阴阳互生乃至飞禽走兽、植物花草都予以关注。近40岁时邵雍迁居洛阳，以打柴为生，侍奉父母，却怡然自得，且与富弼、司马光、吕公著等人交往密切，后司马光等人见其生活过于清苦，出资为其建了园宅。邵雍在园内自耕，起名为"安乐窝"，也自诩"安乐先生"，在他的《安乐窝中吟》中就有"美酒饮教微醉后，好花看到半开时"的怡然自得。邵雍与司马光交厚，二人品行相当、互慕才学，以兄弟相称，乡邻常以其二人的名字教导子孙，在他们的影响下，洛阳负才学者纷至，忠厚之风盛行。其病危时，程颢、程颐、司马光、张载等名儒大家轮番在其榻前照料，程颢在为他所作的墓志铭里称他"学问纯正统一而不杂乱……安且成矣"。

邵雍一生不参加科举，也未曾入仕，但他心怀天下苍生。他著作等身、德感世人，留世诗作近1700首，一首《山村咏怀》"一去二三里，烟村四五家。亭台六七座，八九十枝花"可谓家喻户晓。邵雍善浅吟，在不经意间道出至理名言，如《清夜吟》中的"月到天心处，风来水面时"，又如《自况三首》中的"人生三万六千日，二万日来身却闲"，与李白的《襄阳歌》异曲同工。邵雍名言警句颇多，如"心无妄思，足无妄走，人无妄交，物无妄受""不作风波于世间，自无冰炭到胸中""心安身自安，身安屋自宽""君子改过，小人饰非；改过终悟，饰非终迷；终悟福至，终迷祸归"，等等。邵雍以诗言情可以归纳于他的一句"曲尽人情莫若诗"中，故而南宋严羽在其《沧浪诗话》中，将邵雍以说理为主的诗誉为"康节体"，并与苏轼、黄庭坚相并列。

【诗文大意】

这张古琴常年伴随着我以及我的书和棋，哪怕贫苦迁徙也依然珍藏有加。它以碧玉做琴轸，以金箔做琴徽，偶尔拿出来是因为待客，若没有知音则很少弹起。最近书童心情不太好，我要谨防他做出焚琴煮鹤之事。

【品读】

因邵雍才学于北宋时期地位相当高，朱熹把邵雍、周敦颐、程颢、程颐、司马光、张载并称为"六先生"。

邵雍这首五律《古琴吟》，言简意赅且情趣盎然，字面十分工整。所使用的诗词语言极为平和、直白。首联主要描述了这张古琴和自己长相随伴，且表达了自己对这张古琴的珍爱，在最贫穷潦倒的时候都从未想过去变卖它，同时把琴、棋、书三个重要的文化艺术表象集于一身地在自己身上彰显了出来。颔联部分对自己珍藏的古琴进行了高调的描写，古琴自古在琴制和外形装饰上是有着一定的阶级标志的，诗中的金徽玉轸应是古琴使用级别的最高等级，甚至是帝王级。颈联部分，诗人陡转笔锋，先抛出了一个"典多"，此处是指典礼活动、应酬，即上述场合下，有的时候会拿来展示给大家，但是很少去弹，因为诗人希望能够遇到懂琴（懂自己）的知音。来到诗尾，诗人大发童真，以谐趣的口吻将对此琴的珍爱推到了极致。"僮奴"应指书童或琴童，以"僮奴之恶"来自我调侃和幽默了一番，又以"焚琴煮鹤"的典故将自己对琴的喜爱上联高古。其中"煮鹤"出自唐代李商隐的《义山杂纂》中的"大杀风景之事"，即于清泉濯足（此正与春秋战国时《沧浪之水歌》"沧浪之水清兮，可以濯我缨；沧浪之水浊兮，可以濯我足"互为反义，却有异曲同工之妙），于花丛上晒裈裤，于山阴处建房，赏花时无酒，置美酒不饮，独品茗，幽静松林处，官车骑呼喝而过，以琴为柴、以鸭为鹤，故为焚琴煮鹤。宋胡仔在《苕溪渔隐丛话》卷二二引《西清诗话》曰："《义山杂纂》品目数十，盖以文滑稽者。其一曰杀风景，谓清泉濯足，花上晒裈，背山起楼。烧琴煮鹤，对花啜茶，松下喝道。"

品读此诗，心中备觉甘冽，诙谐中带着一种凝重，朴素中蕴含着华美，一方面展现着诗人清贫乐道的文人风骨，另一方面又彰显出作者的士大夫情怀，尤其是如邻家老叟的温和亲切。诗人通过对古琴的珍爱，表现出对知己者的渴求，言明心爱的古琴和意中的知音同样弥足珍贵。而其所使用的白描式笔法和顽童似的口吻，更显出一位理学大家、旷世之才所独有的平和心态。他拒入庙堂、安贫乐道，探求不辍、孜孜耕读、著书立说，品德高尚、情趣清雅，交游广善、游历天下，这样一种高士风采，在《古琴吟》这首小诗中得到了最完美的诠释。

邵雍深通琴理，一生写了大量的琴诗，他在《听琴》中将毕生所追求的琴境描绘得令人如醉如痴："琴宜入夜听，别起一般清。才觉哀猿绝，还闻离凤鸣。青山无限好，白发不须惊。会取坐忘意，方知太古情。"并将由琴而引发的人生思考融汇于碧山清音之中。又在他的《又旋风吟二首其一》中，一反前人感慨世间知音难觅的咏叹，而是强调审视自身是否有君子之德及"是否善琴"。诗曰："自是尧夫不善琴，非关天下少知音。老年难做少年事，年少不知年老心。将养精神便静坐，调停意思喜清吟。如何医药不寻访，近日衰躯有病侵。"字里行间无不蕴藏着晶灿的人生哲理。

邵雍学问大家及忠厚长者的形象是深入人心的，据《宋史·邵雍传》载："雍德气粹然，望之知其贤，然不事表襮，不设防畛，群居燕笑终日，不为甚异。与人言，乐道其善而隐其恶。有就问学则答之，未尝强以语人。人无贵贱少长，一接以诚，故贤者悦其德，不贤者服其化。一时洛中人才特盛，而忠厚之风闻天下。"

谈到邵雍，我们就不得不提到他的旷世雄文《渔樵问对》。后人评邵雍为"学贯易理，儒道兼通"，作为宋初大儒，邵雍本着"天地之道备于人，万物之道备于身，众妙之道备于神，天下之能事毕矣"的思想，以"渔樵问对"的形式论述了阴阳相生、生命伦常、天地万物、道德易理，以道为化身将自己比喻为"渔父"，而将他所研究的一个个哲学问题以樵夫之口逐一提出，并由渔父逐一答对。在文中不仅有今古兴亡、天人一统这样的大话题，也有阴阳易术、治国安邦的理念，更有求学问道、化悟万民，以及物物相生、因果祸福、纲常伦理、利害善恶、君子小人等众多与世人息息相关的内容，以其涉及之深、涵盖之广、立意之高、言语之朴堪称绝世佳作。后人因其文名创作了古琴曲《渔樵问答》，并被列入古琴十大名曲之一，据不完全统计，此曲有数十种版本，有些版本还附有歌词。

古琴曲《渔樵问答》曲谱最早见于明代。清光绪二十年（1894）的《琴学初津》中言此曲："曲意深长，神情洒脱，而山之巍巍，水之洋洋，斧伐之丁丁，橹声之欸乃，隐隐现于指下。"清代琴谱的题解似乎与宋人的隐士思想和理学道义相去甚远，笔者认为倒是明人萧鸾的《杏庄太音续谱》（1560）似乎与原文相对接近些："古今兴废有若反掌，青山绿水则固无恙。千载得失是非，尽付渔樵一话而已。"

笔者认为，在邵雍的身上完整地体现了中国士大夫阶层那种崇尚自由、思想丰满，既有贵族精神，又有平民意识的隐士风范。集琴棋诗书史、儒道农墨杂各家于一身的邵雍，真正做到了大隐隐于朝，中隐隐于市，小隐隐于野。这种"士"和"隐"的精神，是这些士大夫经过刻苦的研修突破了原始宗教的束缚，而向中国的思想启蒙及人生哲学迈进的一大步。故而在《渔樵问对》里面充斥着作者的哲学智慧，并通过理论和日常所见、亲身经历、众人所知的现象来诠释他的思想和学问。所以，在古琴曲《渔樵问答》的曲意中更应该体现这种尚古精神之追求，"隐""士"文化之表象。

中国几千年的文化进程，无不与士大夫精神息息相关，而"渔"作为这一思想脉络的重要集合体被大家津津乐道。先有吕望渭水之"渔"，后有庄周之"三条鱼"，再有东汉之严子陵，唐代的柳宗元、皮日休、陆龟蒙，北宋的欧阳修……这些人均可为渔父之化身，他们都有着超人的见识、过人的才华、隐忍的精神、士人的理想，更有着隐者的心胸和文人的风骨。他们对天、地、人，都有着自己的主观认识，所以我们似乎透过邵雍及其《渔樵问对》可以对古琴曲《渔樵问答》的曲意及演奏有一些更深的理解。

【雅赏】

洗心吟（邵雍）

人多求洗身，殊不求洗心。
洗身去尘垢，洗心去邪淫。
尘垢用水洗，邪淫非能淋。
必欲去心垢，须弹无弦琴。

【渔翁】

孤桐

王安石

天质自森森，孤高几百寻。
凌霄不屈己，得地本虚心。
岁老根弥壮，阳骄叶更阴。
明时思解愠，愿斫五弦琴。

【作者】

王安石（1021—1086），字介甫，号半山。抚州临川（今江西省抚州市）人。中国历史上著名的政治家、文学家、教育家、思想家、改革家，历北宋仁宗、英宗、神宗三朝。

宋仁宗景祐四年（1037），17岁的王安石随父入京，以文结识好友曾巩，曾巩遂将其文荐与欧阳修，即大获赞赏。五年后，年仅22岁的王安石进士及第。初任扬州签判、鄞县知县、舒州通判等职，宋神宗熙宁二年（1069），升任参知政事，又拜相，主持"熙宁变法"，推行"青苗法""均输法""保甲法"等，改革科举制度，恢复以《春秋》为首的"三明经"取士。后因"旧党"反对，于熙宁七年（1074）罢相。一年后，被神宗再次起用，旋即又罢相，退居江宁（今江苏省南京市），因其任上少谙人情且性情执拗又不拘小节，故时人称其为"拗相公"。宋哲宗赵煦元祐元年（1086），王安石病逝于钟山，享年66岁。累赠为太傅、舒王，谥号"文"，后世尊称王文公。

王安石在文学上名列"唐宋八大家"之一，他的散文多以政论为主，间有小品、游记，特点是简洁峻切，逻辑严密，见识高远，有丰富的哲学思想，如著名的《答司马谏议书》及《读孟尝君传》《上仁宗皇帝言事书》《本朝百年无事札子》《伤仲永》等。王安石工诗善词，有1800多首诗、词存世，其中佳句不胜枚举，如五言绝句《梅花》"墙角数枝梅，凌寒独自开。遥知不是雪，为有暗香来"，又如"一水护田将绿绕，两山排闼送青来""爆竹声中一岁除，春风送暖入屠苏""春风又绿江南岸，明月何时照我还""不畏浮云遮望眼，自缘身在最高层""往事悠悠君莫问，回头。槛外长江空自流"。其诗词尤以丰神远韵的风格在北宋文坛自成一家，世称为"王荆公体"，晚年更是人诗俱老、含蓄深婉，从容不迫、淡远纯朴，其词作甚众，在描物咏怀吊古中自有旷远苍茫之意境。有《临川集》《临川集拾遗》等著作存世。

王安石一生潜心研究经学不辍，创"荆公新学"，著作等身。他以"五行"论宇宙生成变化，颇具中国古代朴素唯物主义思想，他的"新故相除"之说堪称中国古代辩证唯物主义的哲学命题。

【诗文大意】

梧桐自有君子品德，孤傲巍然高耸数百丈。直冲云霄其志不屈，根植大地受日月精华。岁月使它根茎粗壮，骄阳下越发枝繁叶茂。为奏那盛世《南风曲》，甘愿被斫制为五弦琴。

【品读】

王安石自视甚高，在他的这首《孤桐》中，始终贯穿着他孤傲坚韧的性格及以梧桐自诩的揽天下于胸中，即所谓"天质自森森"的旷古情怀。"寻"是中国古代的一种长度单位，两臂展长为一寻，汉唐不甚相同，大约七尺至八尺为一寻。诗人描写孤桐茂盛高耸，比喻自己在朝堂之上面对一片反对改革之声，孤傲地藐视群雄，体现了诗人在人格上的自信和对变法新政的坚持。

颔联、颈联对仗递进、叙议兼具，先以"凌霄不屈己，得地本虚心"首发议论，孤桐伸向云霄，心高意远本不是凡人可以睥睨，比喻诗人纵然树大招风也决不屈服于"旧党"围攻之志，又言梧桐扎根大地，有着坚实的基础（暗喻神宗的支持和百姓对富民之法的拥护）以及对"新政"容纳天下人心和希望的政治自信。这里的"虚心"与谦虚无关，而是多指新政包含着巨大的民生潜力和国家发展空间，也可以理解为诗人为实施变法的坚定信念，以及为国家图发展、为百姓谋福祉的渴望。继而递进为"岁老根弥壮，阳骄叶更阴"，表面看是言孤桐虽经年岁久，但是根系越发强壮，在骄阳下愈显枝叶浓密，实则是将二联的议论引申为诗人年老愈坚，更是有"愿为天下抗骄阳，一己之力庇万众"的情感表达，大有王勃"老当益壮，宁移白首之心。穷且益坚，不坠青云之志"之情致。

尾联"明时思解愠，愿斫五弦琴"中的"解愠"典出《孔子家语·辩乐》："舜作《五弦琴歌》曰'南风之薰兮，可以解吾民之愠兮。南风之时兮，可以阜吾民之财兮。'"其意为南风和煦可以解怨怒，相传舜有孝行，作《南风》诗，而以五弦琴和以歌之，是以教育天下恭行孝道，后多以"南风解愠"为恭孝之典。结句是诗人对全诗的总结性发挥，表达了诗人为图天下大治为求民心所向，愿意像梧桐被斫做古琴，为奏响那盛世的《南风曲》而献出自己的一切。综观《孤桐》一诗，毫无一般文人的矫揉卖弄，也没有普通士大夫的长吁短叹，全诗展现出的是一位政治家的胸怀和气魄，尤以晚唐的拟人化诗风贯于诗脉，以古琴及琴曲《南风》点化为最高诉求，醇厚中愈显刚劲，沉稳中不失质朴，正是后世所谓其诗"瘦硬刚健、遒劲有力"的风格特点。欧阳修曾赞王安石曰："翰林风月三千首，吏部文章二百年。老去自怜心尚在，后来谁与子争先。"黄庭坚赞王安石晚年诗曰："雅丽精绝，脱去流俗，每讽味之，便觉沉瀯生牙颊间。"

王安石被人称为"拗相公"，他的确就是这样一个不管人情世故，性情执拗的人。在推行变法的进程中，他本着"顺我者昌，逆我者亡"的原则，即便是那些曾经的故旧如富弼、欧阳修、司马光、苏轼等也都被赶出了权力中枢。轰轰烈烈的"变法"前后历时十六年，始终遭到了旧党的强烈反对。随着宋神宗的驾崩，变法最大的支柱轰然倒塌，变法至此以失败而告终。王安石作为千百年来极具争议的人物最终以他的悲壮践行了他"明时思解愠，愿斫五弦琴"的政治承诺。然而后人却更加尊重他的人格和情怀，黄庭坚就曾说："予尝熟视其风度，真视富贵如浮云，不溺于财利酒色，一世之伟人也。"《宋史·王安石传》载："安石性强忮，遇事无可否，自信所见，执意不回。至议变法，而在廷交执不可，安石傅经义，出己意，辩论辄数百言，众不能诎。甚者谓'天变不足畏，祖宗不足法，人言不足恤'。"作为王安石变法的重要反对派领袖，司马光也对其有公正评价："介甫文章节义，过人处甚多。但性不晓事，而喜遂非。致忠直疏远，谗佞辐辏"，并极力上言朝廷厚葬王安石，足见二人之私德甚高，所争者无非施政观点耳。

一千年来，王安石以他的人格魅力和士大夫精神征得了一代代人的尊重，当苏轼身陷"乌台诗案"性命攸关时，已罢相在家的王安石公然上书神宗："安有圣世而杀才士乎。"在王安石晚年，苏轼赴汝州任上途中，专门前往金陵看望王安石，两位文学巨匠"相逢一笑泯恩仇"，苏轼遂作《次荆公韵四绝》："骑驴渺渺入荒陂，想见先生未病时。劝我试求三亩宅，从公已觉十年迟。"读来不禁令人唏嘘。

北宋诗人崔公度，字伯易，江苏高邮人，史称其"博览群书，过目不忘。欧阳修得其所作《感山赋》，示韩琦，琦上之英宗，授国子直讲，不就。王安石当国，献《熙宁稽古一法百利论》，后历兵、礼部郎中，知颍、润、宣、通四州"。王安石有《和崔公度家风琴八首》，诗中体现出其对古琴之琴境和琴学的审美意趣，如其一诗曰："疏铁檐间挂作琴，清风才到遽成音。伊人欲问无真意，向道从来不博金。"诗人不求动指而代以清风穿弦之声，却将琴的意境之雅致渲染得极具文人气，似乎"风琴"中更有万千意象。

【雅赏】

《和崔公度家风琴八首·其四、其五》（王安石）

风铁相敲固可鸣，朔兵行夜响行营。
如何清世容高卧，翻作幽窗枕上声。
南风屋角响萧萧，白日帘垂坐寂寥。
爱此宫商有真意，与君倾耳尽今朝。

琴枕

苏轼

高情闲处任君弹，幽梦来时与子眠。
彭泽漫知琴上趣，邯郸深得枕中仙。
试寻玉轸抛何处，闲唤香云在那边。
平素不须烦按抑，秦娥自解语如弦。

【作者】

苏轼（1037—1101），字子瞻（一字和仲），号铁冠道人、东坡居士，世称苏东坡、坡仙，北宋伟大的文学家、书画家，祖籍河北栾城（今河北省石家庄市），出生于四川眉州眉山县，初唐宰相兼诗人苏味道之后人。苏轼一生历经北宋的仁、英、神、哲、徽五朝，两起两落两次科考。宋仁宗赵祯嘉祐二年（1057）进京应试，乙科赐进士及第。宋神宗时曾在杭州、密州、徐州、湖州等地任职，嘉祐六年（1061），应中制科入第三等，授大理评事、签书凤翔府判官。宋神宗赵顼元丰三年（1080），因"乌台诗案"被贬为黄州团练副使。宋哲宗赵煦时期任翰林学士、侍读学士、礼部尚书等职，并出知杭州、颍州、扬州、定州等地，晚年再次被贬惠州、儋州。宋徽宗时获大赦复任朝奉郎，未及上任不幸于建中靖国元年七月二十八日（1101年8月24日）在北归途中于常州病逝，享年65岁，后葬于汝州郏城县（今河南省平顶山市郏县）钩台乡上瑞里。宋高宗赵构时追赠太师，宋孝宗赵昚时追谥"文忠"。

苏轼是北宋中期文坛领袖，与父洵、弟辙，合称"三苏"。在诗、词、散文、书、画、音乐等方面取得极高成就。其文才纵横恣肆、质性明理，如《进策》《思治论》《留侯论》等；散文不落窠臼、豪放自如，与欧阳修并称"欧苏"，位列"唐宋八大家"，名篇有如《赤壁赋》《后赤壁赋》《潮州韩文公庙碑》《喜雨亭记》《石钟山记》等；杂文笔记信手拈来、挥洒自如，如《东坡志林》《上梅直讲书》《与李公择书》《南行前集叙》《书吴道子画后》《日喻》等。于诗则清新豪健、感格幽冥，与黄庭坚并称"苏黄"，有3400余首存世，如《春宵》《饮湖上初晴后雨》《题西林壁》《惠崇春江晚景》等；于词则情致洒脱、承前启后，与辛弃疾并称"苏辛"，有300多首词存世，如《水调歌头·明月几时有》《念奴娇·赤壁怀古》《定风波·莫听穿林打叶声》《江城子·乙卯正月二十日夜记梦》等；于书道则立"宋四家"之一、行书圣手，有行书名作《寒食帖》《洞庭春色赋》《醉翁亭记》等；于画则尤擅墨竹、枯木怪石，如《雨竹图》《潇湘竹石图》《枯木怪石图》等；于音乐他善琴能啸，有琴歌留世，为琴歌《醉翁吟》填词流传至今。此外，苏轼通禅入道、治水农耕、茶酒美食、专精涉猎，是杂家中的大家，千年不遇的艺术巨匠。《宋史》中苏轼的传用了近万字，实属少见。元人所辑苏轼词集《东坡乐府》今存。

【诗文大意】

闲情逸致抚琴而歌，余音化境枕琴而眠。陶令深谙无弦之乐，邯郸卢生一枕仙梦。忽而琴轸若有失缺，急询朝云人已不在。如今古琴少有弹起，我之心弦独你可知。

【品读】

　　苏轼似乎与古琴有着与生俱来的关联。有一种说法是，苏轼的父亲苏洵，因家中存有一张名为"老泉"的古琴，而号"老泉"，也就有了《三字经》中的"苏老泉，二十七，始发愤，读书籍"。苏轼从小就听父亲弹琴，在他的《舟中听大人弹琴》诗中有"弹琴江浦夜漏永，敛衽窃听独激昂"一句，他还说家中藏有一张"雷琴"，对琴上的蛇腹断纹有清晰的记忆。

　　在唐代就有文士枕琴而眠的记载，如白居易诗中就有"移床就日檐间卧，卧咏闲诗侧枕琴"之句，张籍诗中也有"就石安琴枕，穿松压酒槽"的吟咏，司空图《二十四诗品》中将"眠琴绿阴，上有飞瀑"列为诗意典雅的范畴。自宋代以后，古琴在文人士大夫心目中由思想及道德层面向志趣及意象表现形式转变，"琴枕"入诗词者更是不胜枚举。在苏轼的这首《琴枕》中，诗人以诙谐轻松的语境表达着睿智超然的思考，将琴比作自己生活的伴侣，白天弄弦而歌，夜晚枕琴而眠。在梦中诗人看到了桃花源以及陶令弄无弦琴而知雅意，又似乎如卢生的邯郸一梦看尽了人间美好。于是诗人调弦抚琴以扬情致，却发现琴上的琴轸不见了踪影，情急之下遂从梦中醒来，恍惚间方才在梦中习惯地问话朝云知不知道琴轸丢在哪里，这大概也是诗人对爱妾朝云的怀念之切，以致日有所思、梦有所想的又一体现。当他反应过来原来是梦中虚惊，于是就有了诗尾处的议论：人生如弹琴，所有的演绎不过是上天的安排，表面意思又有如今已不似曾经的每每弹琴，因为能够听懂我弦中心意的爱人今已不在。诗中的"秦娥"典出南朝宋鲍照的《升天行》："凤台无还驾，箫管有遗声"，唐李善注引《列仙传》则曰："箫史者，秦缪公时人也，善吹箫。缪公有女号弄玉，好之，公遂以妻之。遂教弄玉作凤鸣。居数十年，吹似凤声，凤皇来止其屋，为作凤台，夫妇止其上，不下数年，一旦皆随凤皇飞去。故秦氏作凤女词，有箫声。"诗人明显地意欲表达梦中的繁华终究是梦，人生当如陶渊明悠然南山，又言命运之弦并不在自己指下，人生的琴歌不过都是上天谱就，这也似乎有些唐代罗隐的"时来天地皆同力，运去英雄不自由"之诗意，当然在苏轼《西江月》中也有"世事一场大梦，人生几度秋凉"的感叹。苏轼有着博大的襟怀，他所关注者为国家之存亡，道德之浅深，风俗之薄厚，民生之富贫，故而在诗中借"琴轸"丢失而比喻现今的朝堂如失柱石，又希望自己的一片赤子之心能被天子垂青。

苏轼的《琴枕》为姊妹二篇，相互或可为另一首旁解，其另篇诗曰："清眸作金徽，素齿为玉轸。响泉竟何用，金带常苦窘。斓斑渍珠泪，宛转堆云鬓。君若安七弦，应弹卓氏引。"诗中意思或可解析为：明亮的琴徽，犹如你清莹的双眸，洁白的玉轸，仿佛你动人的皓齿。"响泉"古琴也已不复往日的神韵和风采，只有我思念你的泪渍，留在琴面上，慢慢化开来宛若你美丽的云鬓。如果你在天上有知，就请再弹我们的那首《卓氏引》吧。

与苏轼的诗一样，在他的词中也常常表现他对人生及命运的思考，他历经宦海沉浮，深切地感到人生如梦，因而以顽强乐观的信念和超然自适的人生态度来自我超脱。如他的一阕单调《减字木兰花》，词曰："神闲意定。万籁收声天地静。玉指冰弦。未动宫商意已传。悲风流水。写出寥寥千古意。归去无眠。一夜余音在耳边"，将世间悲欢集于指间，引千古风流融入琴音。又如他的双调《行香子·述怀》，更被后世琴人奉若神明，词曰："清夜无尘，月色如银。酒斟时、须满十分。浮名浮利，虚苦劳神。叹隙中驹，石中火，梦中身。虽抱文章，开口谁亲。且陶陶、乐尽天真。几时归去，作个闲人。对一张琴，一壶酒，一溪云。"酒斟满，望月夜无声，心中清静无尘又何因繁名浮利而虚苦劳神。人生不过是白驹过隙，岁月似电光火石犹如梦中春秋，重归朴素乐享天真，"一张琴，一壶酒，一溪云，一位闲人"，明月挂中天，清风渡琴声。大美如歌、大盈若冲，无一不尽显无以言表的"东坡意象"。

苏轼开创"以诗为词"的语境，某种意义上突破了音乐对词体的制约和束缚，所依赖者无疑是基于他对音乐的领悟，即尊重词的音律规范但不拘泥于音律，强调抒情及言志的自由度，从而使词从音乐的附属品变为一种独立的文学形式，即"抒情诗体"。于是，词终于摆脱了专门供人演唱的尴尬，进而转向了既可以依乐而吟唱更可以供人阅读，使词得以登上文学的"大雅之堂"而绵延千年流传下来。正因如此，苏轼作词时挥洒如意，但有情致或有好句即使偶尔不协音律规范也多以篇、句为要。所以苏轼的词如其诗一样，无处不彰显出他那豪迈的激情、丰富的想象、万般的变化和独有的语言风格。在苏轼现存的300多首词中，不仅有婉约柔美的言情叙事、磊落旷达的人生感悟，更有如天风海雨般的超迈豪言，如《念奴娇·赤壁怀古》《水调歌头·明月几时有》等。清代文学理论家刘熙载曾言："东坡词颇似老杜诗，以其无意不可入，无事不可言也。若其豪放之致，则时与太白为近。"

苏轼对宋代的古琴艺术发展有重要意义，尤其是对宋人重形式而轻琴品的现象不吝评判，对那些"抚琴无韵、粗俗寡音、炫弄技巧者"或"快作数曲，拂历铿然"的琴人琴风嗤之以鼻。他认为琴人必须注重意境和体味琴韵，若仅凭借无心的指间技巧和卖弄的触弦发声，是很难演绎出丰富的琴境及美妙之琴韵的。在苏轼那首著名的《琴诗》中，他站在琴学理论的高度认真地提出了这样一个哲学命题："若言琴上有琴声，放在匣中何不鸣？若言声在指头上，何不于君指上听。"在苏轼《破琴诗（并引）》中也言道"新琴空高张，丝声不附木。宛然七弦筝，动与世好逐"，明为议论古琴的新、老之别，抑或在言"琴筝之辩"，实则在强调当世古琴文化中越来越缺少了宋人引以为傲的"文雅"意韵。此等议论同样再现于他的《听贤师琴》中:"大弦春温和且平,小弦廉折亮以清。平生未识宫与角,但闻牛鸣盎中雉登木。门前剥啄谁叩门,山僧未闲君勿嗔。归家且觅千斛水,净洗从前筝笛耳。"在苏轼近乎戏谑的文辞中,似乎饱含着与白居易的《废琴》中"何物使之然,羌笛与秦筝"的雷同感叹,同样表达着对当下古琴审美意趣之忧虑,以及对日益翻新的俗流琴风更为激烈的讽刺。

作为千年不遇的文化巨匠,苏轼将文化艺术的审美观提升到了一个理论的高度。北宋学者李昭玘在《乐静集》中有苏轼与著名文士舒尧文讨论"学养"问题的一段记述:"昔东坡守彭门,尝语舒尧文曰'作字之法,识浅、见狭、学不足三者,终不能尽妙,我则心目手俱得之矣'。"其言虽为言及书学,但此论尽可涵盖所有文艺门径矣。

苏轼为我们留下了古琴琴歌《醉翁操》。当年欧阳修在滁州游琅琊幽谷写下了脍炙人口的《醉翁亭记》,琴家沈遵则在琅琊山水中以琴达意,作琴曲《醉翁吟》,欧阳修听后欣然又为该曲作了词,后沈遵的《醉翁吟》琴曲连同欧阳修所作《醉翁吟》歌词广为流传。欧阳修、沈遵去世后,曾拜沈遵为师的庐山玉涧道人崔闲,曾拜求于东坡先生,并憾言道:"然有其声而无其辞。翁虽为作歌,而与琴声不合。又依《楚词》作《醉翁引》,好事者亦倚其辞以制曲。虽粗合韵度而琴声为词所绳约,非天成也",故"恨此曲无词,乃谱其声,请于东坡居士以补之"。时苏轼贬谪黄州,崔闲由庐山携《醉翁吟》曲谱登门拜访,求请东坡填词。随着崔闲的一曲《醉翁吟》悠然响起,深通音律的苏轼笔下一首琴史上著名的双调式长调歌词欣然而就:"琅然,清圆,谁弹,响空山。无言,惟翁醉中知其天。月明风露娟娟,人未眠。荷蒉过山前,曰有心也哉此贤。醉翁啸咏,声和流泉。醉翁去后,空有朝吟夜怨。山有时而童颠,水有时而回川。思翁无岁年,翁今为飞仙。此意在人间,试听徽外三两弦。"余音袅袅,琴声仿佛幽谷的落泉跌宕若仙，醉翁一去不再回还，只留下对碧山的吟咏、对月夜的清歌，留下这美妙的乐曲，请君驻足倾听，指间弦外，若有两三声直抵心扉。这似乎就是苏轼笔下的琴思和琴境。

宋哲宗赵煦元祐七年（1092）苏轼曾经在写给《醉翁吟》原曲作者沈遵之子本觉禅师法真的信中写道："二水同器，有不相入；二琴同声，有不相应。今沈君信手弹琴，而与泉合，居士纵笔，而与琴会，此必有真同者矣。"由此言可见苏轼对辞曲妙契的琴理之深解，故后世辛弃疾等人也多有依此而填词者。

苏轼的辞赋前承欧阳修，又注入了诗歌的情致扬发和兼融了古文的疏宕萧散，从而青出于蓝而胜于蓝地创作出《赤壁赋》《后赤壁赋》等一众的名篇。无怪曾巩在《跋〈醉翁操〉后》中曰："余与子瞻皆欧阳公门下士也。公作《醉翁引》，既获见之矣。公没后，子瞻复按谱成《醉翁操》，不徒调与琴协，即公之流风余韵，亦于此可想焉。后人展此，庶尚见公与子瞻之相契者深也。"《醉翁吟》历经了有曲无辞到有辞（苏轼作）而失曲的岁月沧桑，现存曲谱首见于明初的《风宣玄品》，琴歌《醉翁操》在如今琴界也十分流行。

林语堂曾说："苏东坡是一个无可救药的乐天派、一个伟大的人道主义者、一个百姓的朋友、一个大文豪、大书法家、创新的画家、造酒试验家、一个工程师、一个憎恨清教徒主义的人、一位瑜伽修行者佛教徒、巨儒政治家、一个皇帝的秘书、酒仙、厚道的法官、一位在政治上专唱反调的人。一个月夜徘徊者、一个诗人、一个小丑。但是这还不足以道出苏东坡的全部……苏东坡比中国其他的诗人更具有多面性天才的丰富感、变化感和幽默感，智能优异，心灵却像天真的小孩。"正如《宋史·苏轼传》载："仁宗初读轼、辙制策，退而喜曰：'朕今日为子孙得两宰相矣。'神宗尤爱其文，宫中读之，膳进忘食，称为天下奇才。二君皆有以知轼，而轼卒不得大用。一欧阳修先识之，其名遂与之齐，岂非轼之所长不可掩抑者，天下之至公也，相不相有命焉，呜呼！轼不得相，又岂非幸欤？或谓：'轼稍自韬戢，虽不获柄用，亦当免祸。'虽然，假令轼以是而易其所为，尚得为轼哉。"

词序以及词题，虽不是苏轼首创，但在苏轼的词作中被大量使用，因后人少有苏轼的散文手笔，反而使用不多，于是也就成为苏词的一大特点，这种散文式的文字表述既便于交代词作在写作时的时空背景和创作缘起，也可以丰富和深化词的审美内涵，此种形式可以在方便读者解读苏词意喻的同时，尽量将词作控制在小令的篇幅内，使之更为精致可爱也更易于传播。于词中大量用典抑或始于苏轼，观苏词中的用典，既增强了因韵律所需的替代性也使叙事语言更加浓缩，从而形成了曲折深婉的抒情方式，而词序又在一定程度上诠释了苏轼在词中大量出现的典故，丰富和拓展了词的表现手法，此法对词的后进者曾经产生过重大影响。

【雅赏】

《醉翁操·琅然》词序（苏轼）

琅琊幽谷，山水奇丽，泉鸣空涧，若中音会，醉翁喜之，把酒临听，辄欣然忘归。既去十余年，而好奇之士沈遵闻之往游，以琴写其声，曰《醉翁操》，节奏疏宕而音指华畅，知琴者以为绝伦。然有其声而无其辞。翁虽为作歌，而与琴声不合。又依《楚词》作《醉翁引》，好事者亦倚其辞以制曲。虽粗合韵度而琴声为词所绳约，非天成也。后三十余年，翁既捐馆舍，遵亦没久矣。有庐山玉涧道人崔闲，特妙于琴，恨此曲之无词，乃谱其声，而请于东坡居士以补之云。

河满子·绿绮琴中心事
晏几道

绿绮琴中心事,齐纨扇上时光。五陵年少浑薄幸,轻如曲水飘香。夜夜魂消梦峡,年年泪尽啼湘。

归雁行边远字,惊莺舞处离肠。蕙楼多少铅华在,从来错倚红妆。可羡邻姬十五,金钗早嫁王昌。

【作者】

晏几道(1038—1110),字叔原,号小山,抚州临川文港沙河(今江西省南昌市进贤县)人,北宋著名词人。后世多言其"开寓微痛纤悲、言寂寞孤寒"之门径。清末冯煦《宋六十一家词选例言》有言:"淮海(秦观)、小山,古之伤心人也。其淡语皆有味,浅语皆有致,求之两宋,实罕其匹。"

晏几道是晏殊之子,因少有才名,14岁被宋真宗赐同进士,后家境中落又性孤傲,故终其一生仕途平平,历任颍昌府许田镇监、乾宁军通判、开封府判官等。其词风似父晏殊而造诣有过之,有"大、小晏"之称。他工于言情,其小令语言清丽,感情深挚,尤负盛名,表达情感直率,多写爱情生活,是婉约派的重要作家。有《小山词》留世,存诗词420余首,以小调居多,《宋词三百首》收录其词作18首。

晏几道的著名词作有《临江仙·梦后楼台高锁》,其中的"落花人独立,微雨燕双飞"以及"琵琶弦上说相思。当时明月在,曾照彩云归"为千古名句。晏几道耿介自守，独持清节，不愿依仗父兄余荫谋求个人仕途，黄庭坚曾言晏几道为"四痴"："仕宦连蹇，而不能一傍贵人之门，是一痴也；论文自有体，不肯作一新进士语，此又一痴也；费资千百万，家人寒饥而面有孺子之色，此又一痴也；人百负之而不恨，己信人终不疑其欺己，此又一痴也。"

【诗文大意】

绿绮古琴弹奏着过往的情感，手中的纨扇道尽往事如烟。世间少有真情在，留下的不过是流水中的落红一片。巫峡夜雨如梦，醒来泪洒湘竹。遥想当年鸿雁传书，也曾有翩翩起舞诉离伤。自古多少红颜泪，倚楼空等断思肠。深羡邻家小女子，早嫁王昌出画堂。

【品读】

中唐诗人张祜的一首五绝《宫词·何满子》："故国三千里，深宫二十年。一声何满子，双泪落君前"，成千古绝唱。《乐府诗集》引白居易《何满子》诗的自注说："何满子，开元中沧州歌者，临刑进此曲以赎死，上竟不得免。"诗曰："世传满子是人名，临就刑时曲始成。一曲四词歌八叠，从头便是断肠声。"故后世多认为"何满子"声调哀婉，又有南宋计有功《唐诗纪事》所述：唐武宗李炎病重，有孟才人于榻前唱张祜的《何满子》，其声调凄恻令闻者涕零，一曲唱罢后即肝肠已经寸断、悲哀气绝。

词牌"何满子"（又"河满子"），唐晚期为单调三十六字，六句三平韵，后以五代时期宰相词人和凝的《何满子·写得鱼笺无限》为正体，双调七十三字，前后段各六句。变体较多，有双调七十四字，前后片各六句，代表作品有苏轼《河满子·湖州作寄益守冯当世》，其中有"试问当垆人在否，空教是处闻名"之句。

晏几道被今世人们称为宋代的"贾宝玉"，他才华盈满六艺俱佳，性情清傲不入俗流，他的小令中多以古琴和琵琶入词，又多有感怀世事和体恤女子的词作。在这首《何满子》中，晏几道开片就以绿绮琴怀古，以"琴挑文君"的典故来缅怀和歌颂卓文君与司马相如的千古爱情，继而又将理想化的情感与残酷的人生现实进行形象化的对比，从而提出了一个令人唏嘘的社会问题，也彰显了词人慨古怀远的文士感怀。"齐纨扇"，又是古代妇女命运的象征。典出西汉才女班婕妤的《怨歌行》（又名《团扇歌》），诗曰："新裂齐纨素，皎洁如霜雪。裁为合欢扇，团团似明月。出入君怀袖，动摇微风发。常恐秋节至，凉飚夺炎热。弃捐箧笥中，恩情中道绝。"诗中所言即便是贵为嫔御也不能长享宠幸，如同曾经华美精致的团扇，夏去秋来便被弃掷一旁。"扇上时光"正是词人感叹痴情的女子，在对美好人生的期待中，不知不觉间光阴飞逝。接下来又以纨绔子弟的薄情寡义如香风飘过而不复，将"扇上时光"加以画面感的描摹。其中"五陵"原系西汉皇家的陵寝，后泛指贵族豪门的聚居地，尤指纨绔子弟，如李白曾有诗句"五陵年少金市东，银鞍白马度春风"，他们可以曲水流觞、征歌逐酒，他们可以一掷千金、风流倜傥，他们更可以虚情假意、始乱终弃，惊喜和希望，每每都像曲水中落红，在期待中漂流而去。接下来的"魂销梦峡"典出宋玉《高唐赋》："妾在巫山之阳，高丘之阻。且为朝云，暮为行雨，朝朝暮暮，阳台之下。"而"泪尽啼湘"则典出《述异记》："舜南巡不返，殁葬于苍梧之野，尧之二女娥皇、女英追之不及，相思恸哭，泪下沾竹，文悉为之斑斑然。"后世广为引用，如"九疑泪竹""湘君""湘妃怨""苍梧恨"等。

词人似乎想表达：人生如梦，越是美好的梦境，醒来后越是失望莫名的词意。

下阕以"归雁行边远字，惊莺舞处离肠"换片，抒发了对当初"情感"的回顾及质疑，当初的鸿雁传书，当初的翩若惊鸿，这一切的种种美好，换来的不过是红妆空对镜，独倚楼台流过多少时光。最后词人代这些多情女子发出了无数泪水和年华换来的一声长叹：早知如此，何不像邻家小女那样早早嫁人。此处词人化用盛唐诗人崔颢的《王家少妇》："十五嫁王昌，盈盈入画堂。自矜年最少，复倚婿为郎。舞爱前溪绿，歌怜子夜长。闲来斗百草，度日不成妆。"至此又与起句的绿绮古琴之"凤求凰"，形成了首尾呼应，为读者留下了无尽的遐想和思考空间。

晏几道是北宋少有的才华横溢的"官二代"，他的独立人格使他在文学尤其是词的创作上，对北宋的小令词发展起到了重大的推动作用。他将文人的清秀和士子的情怀杂糅于他的诗词艺术中，继承了晏殊词中的典雅富贵与柳永词中的旖旎流俗之特性，追求歌词合乐的典型音律属性，痴情地歌咏着人间情事，细腻地讲述着一段段爱恨悲愁，更以其清傲的悲悯玩味着"睡里销魂无说处，觉来惆怅佳期误"的人生感悟。

【雅赏】

采桑子（晏几道）

金风玉露初凉夜，秋草窗前。浅醉闲眠。一枕江风梦不圆。
长情短恨难凭寄，枉费红笺。试拂么弦。却恐琴心可暗传。

听崇德君鼓琴

黄庭坚

月明江静寂寥中，大家敛袂抚孤桐。
古人已矣古乐在，彷佛雅颂之遗风。
妙手不易得，善听良独难。
犹如优昙华，时一出世间。
两忘琴意与己意，乃似不著十指弹。
禅心默默三渊静，幽谷清风淡相应。
丝声谁道不如竹，我已忘言得真性。
罢琴窗外月沈江，万籁俱空七弦定。

【作者】

黄庭坚（1045—1105），字鲁直，号山谷道人，晚号涪翁，世称豫章黄先生。北宋著名的诗词家、书法家，著名孝子。洪州分宁（今江西省九江市修水县）人。为盛极一时的江西诗派开山之祖，后世称杜甫与黄庭坚、陈师道、陈与义为"一祖三宗"。北宋英宗赵曙治平四年（1067）进士。历官叶县县尉、北京国子监教授、校书郎、著作佐郎、秘书丞、涪州别驾、黔州安置等。诗歌方面，他与苏轼并称为"苏黄"；书法方面，他则与苏轼、米芾、蔡襄并称为"宋代四大家"；词作方面，与秦观、晁补之、张耒并称"苏门四学士"。《宋史·黄庭坚传》称其："幼警悟，读书数过辄成诵。舅李常过其家，取架上书问之，无不通，常惊，以为一日千里……苏轼尝见其诗文，以为超轶绝尘，独立万物之表，世久无此作，由是声名始震。"又称："庭坚性笃孝，母病弥年，昼夜视颜色，衣不解带，及亡，庐墓下，哀毁得疾几殆。"元代郭氏所撰《二十四孝》中的"涤亲溺器"成就黄庭坚百世孝名。

黄庭坚是北宋诗人黄庶之子，南宋中奉大夫黄相之父。黄庭坚一生文学成就丰硕，其道德文章延续至今，有《豫章黄先生文集》《山谷琴趣外篇》《《山谷词》》存世，他的散文和诗词对后世影响深远，苏轼称其诗为"山谷体"，在"诗家总爱西昆好，独恨无人作郑笺"（金元好问《论诗三十首·十二》）的时代，他即言"随人作计终后人"，坚持"点铁成金、夺胎换骨"和"以俗为雅、以故为新"的诗词创作理念，以特有的"用字""句法""章法"独立于世，有2400余首诗词传世，一句"桃李春风一杯酒，江湖夜雨十年灯"（《寄黄几复》）被后人唱得如醉如痴，而"多少长安名利客，机关用尽不如君"（《牧童诗》）不知又让多少人为之深思。

黄庭坚的学问文章，天成性得。宋英宗治平三年（1066）乡试荣登榜首，主考官李询看到黄庭坚的诗文，击节称绝，谓"此人不惟文理冠扬，异日当以诗名擅四海"。宋哲宗元祐二年（1087）苏轼为翰林侍读学士时，曾上《举黄庭坚自代状》，并言："蒙恩除臣翰林学士。伏见某官黄某，孝友之行，追配古人；瑰玮之文，妙绝当世。举以自代，实允公议。"可见其对黄庭坚才学及人品的推崇。

黄庭坚遗墨均为传世珍品，他的大行书《松风阁诗》现藏于台北故宫博物院，小行书《王长者墓志铭稿》现存于东京博物馆，草书《诸上座帖》现藏于故宫博物院。

【诗文大意】

月明江清寂静旷远,听琴家正襟危坐抚鸣琴。古人已逝古音犹在,琴中自有曾经《雅》《颂》遗风。琴家妙手难见,善听者更是难求。高人少如昙花,偶尔现出在世间。琴意深远己思亦淡,雅音仿佛不是出自十指间。禅心沉默静如三渊,幽谷中更有清风恬淡相应。谁道琴声不如笛笙,吾则却其表象而悟得真性。曲终窗外月沉江水,万籁俱寂中唯有琴韵缥缈。

【品读】

黄庭坚的这首杂言诗,借琴怀古,以琴意琴境来书自己"物我两忘"和"禅心静默"的人生态度,将佛、道思想杂糅于琴中,充分体现了诗人参禅及悟道的心性和将古琴视为修身之"道器"的身心体会,读者也多会自此诗中感受到诗人深慕林泉之胜的隐遁之意,虽身不能往之,然终不虚"山谷道人"之自号。

以听弹琴入诗古来有之,时至北宋,古琴及其所代表的文化内涵在文人士大夫的文化生活中越发向意象性审美发展。黄庭坚的这首诗在开篇就将诗境营造于"月明、江静、寂寥"的环境中,而与琴家"正襟、危坐、抚琴"形成意趣上的完美契合,此时由琴家指下流出的古曲之旷远如古圣再现,高雅如唱咏《诗经》,使人感慨圣人虽逝久矣而古韵犹存。继而又赞琴家的琴性和琴境,如昙花一现世间少有,技艺精绝难以一遇,恍惚间诗人仿佛心入化境,此时的琴声也仿佛不再是琴家所弹,而是由远古飘然而至。

接下来的"禅心默默三渊静,幽谷清风淡相应"一句是诗中的转折点。"三渊",是指水的三种形态,多为比喻深水,"水出地而不流命曰渊"(《管子·度地》),而《庄子·应帝王》则说"鲵桓之审为渊,止水之审为渊,流水之审为渊",即言大鱼盘桓逗留处、静止的河水聚积处、流动的河水滞留处是为深渊。而此时听琴的诗人在琴声中通感禅意,心静如临"三渊",又有幽谷清风阵阵袭来,更使琴声淡远而琴意渐入虚无。诗人在言罢听琴时的自身感受之后,在诗尾略发议论:虽说琴声远不及竹笛竹笙来得喧繁热烈,但它却以清微淡远而令我忘怀己身而悟得佛、道真性。至结句处则凸显大家风范,笔下慨然之情抑而不发,平淡舒缓地道出:一夜凝神听大家抚琴,此时愈显夜静江清,旷古的琴声仿佛使时空停滞,又仿佛自己的心绪也随着琴声而入禅定。

此时如果再读黄庭坚的另一首七律《登快阁》,则会对诗人"江琴月晚舟,俱空七弦定"的诗情琴意有更深的体会,其诗曰"痴儿了却公家事,快阁东西倚晚晴。落木千山天远大,澄江一道月分明。朱弦已为佳人绝,青眼聊因美酒横。万里归船弄长笛,此心吾与白鸥盟",似乎又有了几许《鸥鹭忘机》(古琴曲)的高古辨思。

杜甫诗兼备诸体,为百代之宗,"江西诗派"尤学诗老杜,南宋文学家胡仔在其《苕溪渔隐丛话·卷四十九》中有言:"近世学诗者,率宗江西。然殊不知江西本亦学少陵(杜甫)者也。"陈师道曰:"豫章(指黄庭坚)之学博矣,而得法于少陵,故其诗近之。今少陵之诗,后生少年,不复过目,抑亦江西之意乎?江西平日语学者为诗旨趣,亦独宗少陵一人而已。"元代诗人方回则言"山谷法老杜,后山(陈师道)弃其学而学焉,遂名黄陈,号江西派,非自为一家也,老杜实初祖也",又说"余平生持所见,以老杜为祖,老杜同时诸人,皆可伯仲。宋以后,山谷一也、后山(陈师道)二也、简斋(陈与义)为三",可见"一祖三宗"的提法应出于元人方回。

南宋无门慧开禅师在评释古代禅门公案的《无门关》中录有禅诗"春有百花秋有月,夏有凉风冬有雪,若无闲事挂心头,便是人间好时节"。黄庭坚善以含蓄的禅机入诗,在诗词中蕴藏着大量的禅悟理趣,对此《四库全书总目提要》卷一有叙曰"顾其佳者则妙脱蹊径,迥出慧心",而钱锺书先生则评价为:"唯禅宗公案揭语,句不停意,用不停机,口角灵活,远迈道士之金丹诗诀。词章家隽语,每本禅人话头。"此外,他由衷崇尚道家思想,也明显地表现于他的以琴入诗词及其书法作品中,他一生羡慕陶渊明的世外隐处,在他的一首《渔家傲》中写道:"三十年来无孔窍,几回得眼还迷照。一见桃花参学了。呈法要,无弦琴上单于调。摘叶寻枝虚半老,看花特地重年少。今后水云人欲晓。非玄妙,灵云合被桃花笑。"词中颇有道家因任自然兼游于物外的意趣表现,这种对道家思想的追求在他的书法中体现得更是淋漓尽致,他强调忌俗而求韵,便自有一副仙风道骨,正如他所言"余尝为诸子弟言,士生于世可以百为,唯不可俗,俗便不可医也",强调"凡书画当观韵"以达"韵者,美之极"的艺术境界,反观他的诗词也是这种审美追求的另类体现。

【雅赏】

水调歌头(黄庭坚)

瑶草一何碧,春入武陵溪。溪上桃花无数,枝上有黄鹂。我欲穿花寻路,直入白云深处,浩气展虹霓。只恐花深里,红露湿人衣。

坐玉石,倚玉枕,拂金徽。谪仙何处?无人伴我白螺杯。我为灵芝仙草,不为朱唇丹脸,长啸亦何为?醉舞下山去,明月逐人归。

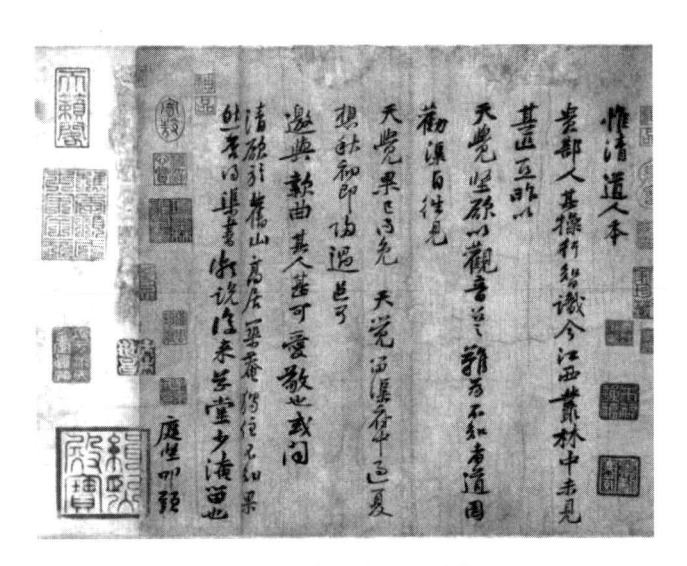

黄庭坚《惟清道人帖》

桃源忆故人
秦观

玉楼深锁薄情种,清夜悠悠谁共?羞见枕衾鸳凤,闷则和衣拥。

无端画角严城动,惊破一番新梦。窗外月华霜重,听彻《梅花弄》。

【作者】

秦观(1049—1100),字少游,又字太虚,别号邗沟居士,世称淮海居士,扬州高邮(今江苏省扬州市高邮市)人。北宋极具盛名的婉约派词人。据《宋史》载:"(秦观)少豪隽,慷慨溢于文词,举进士不中。强志盛气,好大而见奇,读兵家书与己意合。见苏轼于徐,为赋《黄楼》,轼以为有屈、宋才。又介其诗于王安石,安石亦谓清新似鲍、谢,轼勉以应举为亲养,始登第。"北宋神宗赵顼元丰八年(1085)登进士第,次年,即宋哲宗赵煦元祐元年,经苏轼举荐,任太学博士又迁秘书省正字兼国史院编修官。绍圣元年(1094),受元祐党籍(即旧党)株连,被苏轼的反对派、右谏议大夫朱光庭诬为"索号薄徒、恶行非一",遂出通判杭州,继而又被劾以"影附苏轼,增损《实录》",贬监处州酒税,继迭遭贬谪,编管雷州。宋徽宗即位后(1100年),命为宣德郎,放还横州(今广西南宁下辖横州市),在赴任的途中卒于藤州(今广西梧州市藤县)。

秦观善诗赋策论尤工词,为北宋婉约派重要词家,与黄庭坚、晁补之、张耒合称"苏门四学士"。秦观所写诗词高古沉重,寄托身世,感人至深，他长于议论，文丽思深，兼有诗、词、文赋和书法多方面的艺术造诣，尤以婉约词风驰名于世。他一生著作颇丰，有《淮海集》49卷存世，其中词集3卷词100余首，诗集14卷诗430余首，文集32卷共250余篇，另有《劝善录》《逆旅集》等。史称"观长于议论，文丽而思深"，最为后人称道的当是《鹊桥仙》中的名句"金风玉露一相逢，便胜却人间无数""两情若是久长时，又岂在朝朝暮暮"；而《如梦令》中的"依旧，依旧，人与绿杨俱瘦"以及《八六子》中的"无端天与娉婷"以至"夜月一帘幽梦，春风十里柔情"更是被现代文学作品大加化用；他的"春去也，飞红万点愁如海"与"便作春江都是泪，流不尽，许多愁"，为他柔情似水的文士风采做了最好的描画，也与同时期的词家在格调上泾渭分明。秦观有11首词被收入《宋词三百首》。而"苏小妹三难新郎"的故事，虽为小说家言（见冯梦龙的《警世恒言》），但也传唱千年不衰。

秦观的词高古凝深、以事言情，又委婉含蓄、清丽雅淡、气骨不衰、久而知味，于雅致中不断意蕴，兼东坡柳七之辞情，当其时已在北宋极具影响力。苏轼曾在写给欧阳修的信中感慨道："当今文人第一流，岂可复得。此人在，必大用于世，不用，必有所论著以晓后人。前此所著，已足不朽，然未尽也。哀哉！哀哉！"晚期词家陈廷焯在《白雨斋词话》中说："他人之词，词才也；少游，词心也。得之于内，不可以传。"

秦观一生坎坷，足迹所至多有遗迹，杭州、无锡、丽水、青田、郴州、横县等地均有其碑、亭、祠、像及书院等。

【诗文大意】

空守孤楼待归人，清夜辗转反侧。枕刺鸳鸯被绣凤凰，不忍看，宁愿和衣眠。黎明吹角动街城，惊破梦中相会。月星稀似晨霜凝重，抚幽琴,一夜《梅花弄》。

【品读】

"桃源忆故人"为词牌名,又名"虞美人影""胡捣练""杏花风"等,以欧阳修《桃源忆故人·梅梢弄粉香犹嫩》为正体,双调四十八字,前后片各四句、四仄。另有双调四十九字,前后段各四句、四仄韵变体。

秦观的《桃源忆故人》是这一词牌的言情咏殇的代表之作。整首词围绕着一位新婚不久的少妇,思念自己外出许久的丈夫,深夜辗转反侧、睹物思人的寂寞情怀展开描写,恰到好处地将少妇无言的幽怨及深切的思念展露出来。词的上片"玉楼"一句即发嗔怨之情,丈夫外出,她独处于与外界隔绝小楼之中,犹如深锁孤楼。而"薄情种"系泛指,也有传统意义上指负心男子而言,但在此处更多的是表现少妇的嗔怪和新婚分别的不舍。"衾"在此专指被子,少妇看到枕上绣着的鸳鸯和被面上绣着的凤凰图案,不禁回想起和丈夫"红烛昏罗帐"的新婚缠绵,此为"羞见"之本意,继而更加嗔恼,我们可以想象少妇嘟起小嘴,气哼哼地和衣而眠的生动情景。过片之后,词人在下片将场景带到了黎明,随着军队早操的画角声声,仿佛城墙都在震动,当然也惊醒了少妇的浅梦。词人用"无端"一词替少妇愤愤不平,借言画角吹响得实在不是时候,从而引出词人为少妇所勾勒出的"一场好梦"。在梦中那少妇似乎梦到了与外出归来的夫婿相拥在一起,互诉衷肠,又似乎挽手踱步在月华如练的冬夜庭院,相互倾诉着别后的思念种种,再仿佛二人在月下抚琴吟唱,她静静地听着夫君弹奏《梅花弄》,琴声泠泠又久久萦绕在覆满夜霜的阶前。至此,词人将女主人公长夜难眠、寂寞幽怨、梦中相见、思念尤甚的情感表达得清婉精细、生动停妥。正如明中期文学家李攀龙在《草堂诗余隽》卷四中对此所批"不解衣而睡，梦又不成，声声恼杀人"，即言睹物思人，梦寐不成，又被角声恼，其忆故人之情，亦辗转反侧矣。

古琴名曲《梅花三弄》又称《梅花引》《梅花曲》《玉妃引》，据《太音补遗》和《蕉庵琴谱》题解，其本是东晋"善音乐，尽一时之妙，为江左第一"（《晋书》）的名士及战将桓伊所作的一首笛曲，相传唐代琴人颜师古将其改编为同名琴曲，从此《梅花三弄》便在古琴音乐中流传了下来，并伴随着古琴文化的发展，被赋予了不同时期的思想内涵和艺术表现。琴曲的乐谱最早见于明仁宗洪熙元年（1425）的《神奇秘谱》。乐曲主要是以图表现梅花傲雪的精神及高洁品质，故而在音乐的结构及延展上就将相同的旋律在不同的段落和上、中、下准重复出现三次，故而取曲名为《梅花三弄》，当然这也是符合中国古代音乐中的曲式结构方式，即有"高、低声弄"及"游弄"之别。

秦观的诗词中不乏以琴入诗词者，但与唐代诗人"以琴喻情、旷古达远"的情致彰显不同，而是更多地趋于晋代文士的内息意韵，更强调个体化情感的诠释及代言，尤其是他重意言情的词风，每每将一段爱情故事吟咏得荡气回肠、动人心弦，但又不失文人的古雅。他善于依循古典，正如他在《沁园春》中追忆古人风流时曰："锦里繁华，峨眉佳丽，远客初来。忆那处园林，旧家桃李，知他别后，几度花开。月下金罍，花间玉珮，都化相思一寸灰。愁绝处，又香销宝鸭，灯晕兰煤。东风杜宇声哀，叹万里、何由便得回。但日日登高，眼穿剑阁，时时怀古，泪洒琴台。尺素书沈，偷香人远，驿使何时为寄梅。对落日，因凝思此意，立遍苍苔。"词中的"峨眉佳丽""花间玉珮""尺素书沈""偷香人远"分别指"张敞画眉""相如窃玉""沈约瘦腰""韩寿偷香"，即中国古代文人心目中的"四大风流雅韵"，而词人自己只能是"时时怀古，泪洒琴台"，此时的古琴以至"古琴台"则变成追思古人的精神象征和情感寄托。

　　秦少游的诗词玲珑细腻，每有动人的情感线索及感人唯美的故事，他遣词朴素，用情真挚，尤其是对人和物的描摹不求写实，反而给读者留下了极大的想象空间，从而更加具有文化和艺术魅力，也更为文人士大夫所喜爱。南宋学者孙兢在《竹坡老人词序》中就说："苏东坡辞胜乎情，柳耆卿情胜乎辞，辞情兼称者，唯秦少游而已。"而金朝"一代文宗"元好问有《论诗绝句》，其中评秦观诗云："有情芍药含春泪，无力蔷薇卧晚枝。拈出退之山石句，始知渠是女郎诗。"秦观的诗词不尚空谈、引古证今，章法考究、结构严谨，陈廷焯在《白雨斋词话》中说："秦少游自是作手，近开美成，导其先路。远祖温、韦，取其神不袭其貌，词至是乃一变焉。然变而不失其正，遂令议者不病其变，而转觉有不得不变者。"又言"少游词寄慨身世，闲情有情思"。而李清照在她的《词论》中对秦观的评价最为直白："专主情致，而少故实，譬如贫家美女，虽极妍丽丰逸，而中乏富贵态。"但与秦少游同为"苏门学士"的张耒曾有言在先地说："世之文章，多出于穷人，故后之为文者，喜为穷人之辞。秦子无忧而为忧者之辞，殆出此耶！"晁补之更是一语道破秦观的词广为流传之奥秘："虽不识字人，亦知是天生好言语。"

　　秦观诗词文论俱佳，他宁愿一生辗转被贬也绝不向苏轼泼污水，这是他的文士节操；他说"我独不愿万户侯，惟愿一识苏徐州"（《别子瞻》），这是他对人生偶像的倾慕和忠诚，故而《宋史》载："观长于议论，文丽而思深。及死，轼闻之叹曰：'少游不幸死道路，哀哉！世岂复有斯人乎？'"可见苏轼对秦观的看重和情感，这也是对秦观高尚情操的公正评价。

【雅赏】

八六子（秦观）

倚危亭。恨如芳草，萋萋刬尽还生。念柳外青骢别后，水边红袂分时，怆然暗惊。

无端天与娉婷。夜月一帘幽梦，春风十里柔情。怎奈向、欢娱渐随流水，素弦声断，翠绡香减，那堪片片飞花弄晚，蒙蒙残雨笼晴。正销凝。黄鹂又啼数声。

木兰花·清琴再鼓求凰弄

贺铸

清琴再鼓求凰弄,紫陌屡盘骄马鞚。
远山眉样认心期,流水车音牵目送。
归来翠被和衣拥,醉解寒生钟鼓动。
此欢只许梦相亲,每向梦中还说梦。

【作者】

贺铸(1052—1125),字方回,又名贺三愁,北宋著名词人,世称贺梅子。祖居山阴(今山西省朔州市山阴县),卫州(今河南省卫辉市)人。宋太祖贺皇后族孙,自称是贺知章后裔,自号庆湖遗老(因贺知章居镜湖,是故)。《宋史·贺铸传》载:"初,娶宗女,隶籍右选,监太原工作……竟以尚气使酒不得美官,悒悒不得志,食宫祠禄,退居吴下,稍务引远世故,亦无复轩轾如平日。家藏书万余卷,手自校雠,无一字误,以是杜门将遂其老。家贫,贷子钱自给,有负者,辄折券与之,秋毫不以丐人。"

贺铸性情耿介豪侠,入仕后喜论当今世事,又不愿向权贵屈节,因而一生郁郁不得志。晚年退居苏州,"杜门"(闭门谢客)校书,藏书以万计,他能诗文,尤长于词并著有《东山词》,存诗词约1150首,有14阕词被收录于《宋词三百首》中。他的名词《青玉案》中"若问闲情都几许。一川烟草,满城风絮。梅子黄时雨"句,使他得名"贺梅子";他的《江城子》中的"暮雨不来春又去，花满地，月朦胧"被后人多方化用；他不输苏轼"十年生死两茫茫"的悼亡妻词，《江城子》中有"空床卧听南窗雨，谁复挑灯夜补衣"之句，更是流传千古。他的词雍容妙丽、幽闲思怨、视角新奇、不失于理、托物言志、奇峻精妙。史称贺铸身高七尺、相貌丑陋，面青如铁、眉目耸拔，世称"贺鬼头"，他为人豪爽精悍，任侠孔武，"少时侠气盖一座，驰马走狗，饮酒如长鲸"。他博闻强记，于书无所不读，亲自校雠。

贺铸诗、词、文皆善，成就诗词高于文，而词又高于诗。其词兼有豪放、婉约、谐和并用，既有春花秋月之作，求意境高旷，语言清丽哀婉，又不乏爱国忧时之作，悲壮激昂，以至于南宋爱国词人辛弃疾也对其词有续作，足见其影响之深。贺铸英雄豪气与儿女柔情并存，宋末元初词家张炎曾言其："词中一个生硬字用不得，须是深加煅炼，字字敲打得响，歌诵妥溜，方为本色语。如贺方回、吴梦窗，皆善于炼字面，多于温庭筠、李长吉诗中来。"

【诗文大意】

鼓清琴效相如琴挑文君，佳人香车屡过繁城大街。眉目间似对我若现钟情，急纵马盘桓却无缘亲近。目送香车远，空留轮声如水。心中沮丧归家和衣眠，醉醒身冷已闻晨钟声响。梦中相拥一夜梦中情，梦中之情还得梦中倾诉。

【品读】

"木兰花"，又名"木兰花令"，唐教坊曲名，后用为词牌名，林钟商调(《金奁集》注)。此调以唐末五代韦庄《木兰花·独上小楼春欲暮》为正体及代表作,双调五十五字,前后片各三仄韵,不同部换叶。

贺铸的这阕《木兰花》只为歌咏一多情男子以及其情未能如愿时的苦闷,颇有化用《诗经·周南·关雎》故事内容和表现结构之嫌。其词上片写对他所倾慕之女子的追求无果,下片则写事不遂人愿时男子的情绪表现,以强调他对女子单相思的执着,同样是一厢情愿的情爱,只是比《关雎》更多了大胆直白的描述而少了些可以会心一笑的含蓄罢了。

词的起句以司马相如琴挑文君而将题材内容定性在"求爱"上,以"清琴再鼓求凰弄,紫陌屡盘骄马鞚"交代了事由、场景、地点、对象。其中的"紫陌"泛指繁华的连通京城郊野之大道,又有紫陌寻春、风流佳韵的意味,刘禹锡就以"紫陌红尘拂面来,无人不道看花回"的诗句来描写都市春游的热闹景象。"盘马",来回掉转马头,而"鞚"即为马的笼头,旧有"纵鞚则行,揽鞚则止"之说。想来词中的男子或许在某个场合邂逅那位心仪的女子,或许也效仿相如鼓琴,希望以一曲《凤求凰》赢得女子的青睐,又或许女子的莞尔一笑,引得男子多情而发生了以后的种种。繁华的街道上,男子见到昼思夜想的美人乘车而过,希望再次引起女子的注意,于是就有了策马尾随欲得姑娘掀帘一顾的那有些唐突的一幕。

以远山如黛之颜色形容女子的美眉乃至美貌古来有之,如"眉如远山含黛,肤若桃花含笑,发如浮云,眼眸宛若星辰"等,西汉刘歆的《西京杂记》卷二曰:"文君姣好,眉色如望远山,脸际常若芙蓉,肌肤柔滑如脂,十七而寡,为人放诞风流,故悦长卿之才而越礼焉。"而后的"流水车"形容车如流水、多而迅疾,"牵目送"则指人车俱去,却又仿佛牵动着自己久久地目送。至下片,词家将情节转入男子的情感纠结,他心烦气躁，失落中独饮闷酒，拥衣而眠，辗转反侧中又被钟鼓之声惊醒，其中"寒生"二字，多是表明男子心绪的凄凉、寂寞，再听到那凄凉的钟鼓声，使人心绪也越发凄凉。于是就有了结句的疑惑和感慨，即"此欢只许梦相亲，每向梦中还说梦"。白居易《读禅经》诗曾有"梦中说梦两重虚"之说。词中对这位多情男子的一系列行为及内心活动的描写，既有细节又有概括和总结。仿佛是在感叹自己的人生，不过是一厢情愿的追逐，换得"世事一场大梦，人生几度秋凉"，而像司马相如那样，既可如愿平生鸿志又能琴挑美人归的，世间又有几人？

贺铸出身于士大夫家庭，曾抱有重整家业报效国家的愿望，却一生仕途多舛，坎坷失意，以至于后来豪气内敛、折锐藏颖，心中容纳了更多的世故和落拓失意的感慨。《宋史·贺铸传》也言其："竟以尚气使酒，不得美官，悒悒不得志。"贺铸于诗也颇有成就，只是为词名所掩，他7岁学诗，日以章句自课，至宋哲宗元祐三年（1088），在近30年间，作诗五六千首。然以为妄作，三数年一阅，屡焚之。以后，拾其余而缮写之，可见其写作之勤、苛求之甚和数量之巨，远胜于词，后几经删汰，至哲宗绍圣三年（1096）撰编《庆湖遗老诗集》时只存9卷。贺铸属意于诗词中的谋篇布局，强调时间的完整性，曾自述学诗于前辈得八句，云："平澹不流于浅俗；奇古不邻于怪僻；题咏不窘于物象；叙事不病于声律；比兴深者通物理；用事工者如己出；格见于成篇，浑然不可镌；气出于言外，浩然不可屈。"（《苕溪渔隐丛话·前集》卷三十七）

贺铸对亡妻赵氏的怀念之情深切伤婉，他的《鹧鸪天》和苏轼的《江城子》甚至被后世誉为"南北两宋悼亡词双璧"。

【雅赏】

鹧鸪天（贺铸）

重过阊门万事非。同来何事不同归。梧桐半死清霜后，头白鸳鸯失伴飞。

原上草，露初晞。旧栖新垅两依依。空床卧听南窗雨，谁复挑灯夜补衣。

李成季得阎子常古琴作

晁补之

昔人流水高山手,此意宁从弦上有。
阎侯卷舌卧闾里,意向是中留不朽。
似闻绿绮置床头,暑雨东城无麦秋。
赵传和氏斋五日,吴得湛卢当两州。
李侯得意夸题柱,成诗欲使邀诸路。
自有桓山石室弹,深屋时闻茧抽绪。
无琴尚可何独弦,要识精微非度数。
人生有累无非失,我欲心灰木为质。
懒从徽的自凝尘,老向诗书逾爱日。
自言结习久难除,犹理断编寻止息。
焦城卜筑近连轸,归约阎侯亦萧瑟。
旧闻君祖课木奴,试买瑕丘百株栗。

【作者】

晁补之(1053—1110),字无咎,晚号归来子,济州钜野(今山东省菏泽市巨野县)人,北宋时期著名文学家,与北宋诗人黄庭坚、秦观、张耒世称"苏门四学士"。青年时曾以解、省两试第一的成绩登第,入仕后曾任吏部员外郎、礼部郎中。他工书画,善诗词,尤以语言凝练、简明流畅而长于散文。其文近柳宗元峭刻峻洁、凝练简朴的风格,山水游记擅长描绘山林景物，名篇有《照碧堂记》《拱翠堂记》《有竹堂记》等，而以《新城游北山记》最为脍炙人口。其诗学陶渊明，史称其"自号归来子，忘情仕进，慕陶潜为人"；词追苏轼而格调豪爽、以词言志，但含有厌世思隐的情绪。

晁补之的作品大都因"党禁"而失传，今存有《鸡肋集》70卷，其中诗赋23卷，杂著散文47卷；《晁氏琴趣外篇》6卷。苏轼称赞其："于文无所不能，博辩俊伟，绝人远甚。"对于晁补之在诗、文、词诸方面的建树，《四库全书总目·卷一百五十四·鸡肋集》提要中说："今观其集，古文波澜壮阔，与苏氏父子相驰聚，诸体诗俱风骨高骞，一往逡迈，并驾于张、秦之间，亦未知孰为先后。"陈师道曾赞其为"今代王摩诘"，《宋史·晁补之传》载："补之才气飘逸，嗜学不知倦，文章温润典缛，其凌丽奇卓出于天成。尤精《楚词》，论集屈、宋以来赋咏为《变离骚》等三书。"

晁补之存诗、词约940首，《宋词三百首》收录其词4首。作品中以诗《村居即事》"十载京尘化客衣，故园榆柳识春归。深村芳物无由觅，蝴蝶双寻麦陇飞"，以及词《浣溪沙》"江上秋高风怒号。江声不断雁嗷嗷。别魂迢递为君销。一夜不眠孤客耳，耳边愁听雨萧萧。碧纱窗外有芭蕉"最为著名。

【诗文大意】

古人弹琴奏高山流水，知音未必一定弦中寻。阎公不语卧于村舍中，心中仍有琴意称不朽。屋内似有绿绮琴声起，犹如酷暑中一场好雨。赵得和氏璧斋戒五日，吴获湛卢剑价值连城。李公得琴乘兴题诗句，诗邀诸君共赏此佳琴。去到恒山岩洞试弹琴，音回韵转绵延久不绝。心中有琴无论琴与弦，其中的奥妙岂能言尽。人生的物累无非得失，唯愿将心化为一古琴。纵是无人问津徽蒙尘，我自一生快意读诗书。一切不过习惯使之然，犹如文字有章曲有息。焦城与君的居所毗邻，深秋归来与阎君相见。早闻君的先祖是木奴，我送君瑕丘栗树百棵。

【品读】

晁补之这首排律诗是因李成季得阎子常的古琴而作，与此事相关联的有晁补之的《阎子常携琴入村》"阎夫子，通古今。家徒四壁犹一琴，今年二月雨霖霪……煮豆然萁穷奈何，人谓君琴语辛苦。此曲无乃伤天和，君不见夫子宋围不糁犹弦歌"，《阎子常求琴弦》"先生三尺琴，断绝弦上音。欲求凤喙胶，弱水毛犹沈"，以及黄庭坚的《次韵无咎阎子常携琴入村》"士寒饿，古犹今，向来亦有子桑琴。倚楹啸歌非寓淫，伯牙山高水深深，万世丘垄一知音。阎君七弦抱幽独，晁子为之梁父吟。天寒洛纬悲向壁，秋高风露声入林。冷丝枯木拂蛛网，十指乃能写人心……阎夫子，勿谓知人难，使琴抑怨久不和。明光昼开九门肃，不令高才牛下歌"。

由上述的诗句中，我们大体知道阎子常祖上为富户，后家道中落，孤贫中唯善琴即"家徒四壁犹一琴"。北宋时"官家制琴"盛起，在技术和审美上明显优于"野斫（琢）"，南宋琴家姜夔在《昔游诗》中有云"老烹茶味苦，野琢琴形丑"，然而由于古琴制作中严重的随机性，民间制琴间或有好琴则必在名家名士圈中被辗转收藏。

晁补之在诗的开篇就盛赞阎君为琴寻知音，以及他置琴于心且在意不在形，虽身居闾里却有不朽古意的高士风范，借以言琴则琴如其人，所以赵君得此琴定当欣喜庆幸。诗的中段是过渡，诗人描写了一个特定的情节，即赵君邀一众好友于"石室"试琴，石室本是指墓穴或石洞，后泛指藏书或珍品的石屋，而古琴为丝桐合精，唯少金石之玉振，故而古人考量琴的音质时多求含金石磬磬之声，故以"石室"测试之，在此声场下，琴声若有如"茧抽绪"的声效则是为善琴。

过渡之后诗人借琴而抒发议论，表明自己无欲于得失，也"不为物累"，宁愿做一古琴，任凭岁月蒙尘无人问津，但心向古圣意在诗书，养浩然之正气，看人生之起落，如古琴的扬抑止息。"物累心役"是个古老的哲学命题，《管子》中有"君子使物，不为物使"，而陶渊明在《归去来兮辞》中则有"既自以心为形役，奚惆怅而独悲"之说。诗人一生羡慕陶渊明的归隐，并深谙老庄之学，在诗中借琴言情以古论今，也是在表明自己无意于朝堂争斗而取向山林之意。

诗尾处，表现出诗人对友人晁子常的友情中又多了些关爱，"瑕丘"即负夏，位于山东省兖州市，突兀而起周环绿水，旧有"舜就时于负夏""曾子吊于负夏"之说，而"木奴"本指拥有大片果树的富人，陈师道《和苏公洞庭春色》中有"洞庭千木奴，寸丝不挂手"之句，"连轸"指两地交通联络通达方便，诗人为了不使好友尴尬，用诙谐幽默的口吻表达着对友人窘境的同情与关心。

苏轼对晁补之的才华十分推赞，据《宋史·晁补之传》载："（晁补之）十七岁从父官杭州……著《七述》以谒州通判苏轼。轼先欲有所赋，读之叹曰：'吾可以阁笔矣！'又称其文博辩隽伟，绝人远甚，必显于世。由是知名。举进士，试开封及礼部别院，皆第一。神宗阅其文曰'是深于经术者，可革浮薄'。"

【雅赏】

调笑（晁补之）

　　高无乃饥。琴弹秋思明心素。女为客歌客无语。冠缨定挂翡翠钗，心乱谁知几将暮。

　　将暮。乱心素。上客风流名重楚。临街下马当窗户。饭煮雕胡留住。瑶琴促轸传深语。万曲梁尘不顾。

大酺·春雨

周邦彦

对宿烟收，春禽静，飞雨时鸣高屋。墙头青玉旆，洗铅霜都尽，嫩梢相触。润逼琴丝，寒侵枕障，虫网吹黏帘竹。邮亭无人处，听檐声不断，困眠初熟。奈愁极顿惊，梦轻难记，自怜幽独。

行人归意速。最先念、流潦妨车毂。怎奈向、兰成憔悴，卫玠清羸，等闲时、易伤心目。未怪平阳客，双泪落、笛中哀曲。况萧索、青芜国。红糁铺地，门外荆桃如菽。夜游共谁秉烛。

【作者】

周邦彦（1056—1121），字美成，号清真居士，杭州钱塘（今浙江省杭州市）人，北宋文学家、音乐家、著名词家、"婉约派"代表词人之一。据《宋史·周邦彦传》载："（周邦彦）疏隽少检，不为州里推重，而博涉百家之书。元丰初，游京师，献《汴都赋》万余言，神宗异之，命侍臣读于迩英阁，召赴政事堂，自太学诸生一命为正，居五岁不迁，益尽力于辞章。"自此，周邦彦名动天下并以一赋而得宋神宗、哲宗、徽宗三朝之眷，由太学生直升为试太学正，《汴都赋》也因收录于《皇朝文鉴》中，得以流传至今。后至国子监主簿、校书郎，宋徽宗崇宁三年（1104）入"大晟府"，负责谱制词曲主持"古音审是"，后因不屑与宰相蔡京一党合作而被逐出朝廷。方腊起义爆发后，周邦彦避难于扬州，辛于南京应天府，享年66岁，获赠宣奉大夫。

周邦彦一生仕途平平，但在词坛上却声名显赫。他精通音律，创作了许多新的词调，在词风上他讲求格律谨严、语言精雅，于长调尤善铺叙，作品多写闺情、羁旅，也有咏物之作，为后来格律词派词人所宗，其作品在婉约词人中长期被尊为"正宗"，对当世以至后代都有很大影响。虽缺乏苏轼"大江东去"的豪情气派，类同于柳永式的"浅斟低唱"，但旧时词论也依然称他为"词家之冠"。周邦彦的诗词大都散佚，仅存250余阕，却有24阕词被收入《宋词三百首》，并位列入选作品数量之前三甲。周邦彦著名的词有如《苏幕遮·燎沉香》《兰陵王·柳》以及被后世反复演绎的有关宋徽宗、李师师的那首《少年游·并刀如水》，词中"低声问向谁行宿，城上已三更。马滑霜浓，不如休去，直是少人行"的欲言又止，令后世平添各种想象。周邦彦有《清真居士集》（已佚），今存《片玉集》。南宋藏书家陈振孙《直斋书录解题》著录周邦彦的著述《清真集》24卷，《清真杂著》3卷，《操缦集》5卷，均已散佚。陈振孙在著录《清真词》时所作的解题中曾言："（周词）多用唐人诗语括入律，浑然天成。长调尤善铺叙，富艳精工，词人之甲乙也。"南宋词家楼钥的《清真先生文集序》中也说他由诸生擢为学官，声名一日震耀海内。

【诗文大意】

夜雾散尽，喧闹的鸟儿安睡，唯有细雨洒落高屋。墙头翠竹，粉霜尽被雨冲净，梢头嫩叶摇曳风中。琴弦着湿气，秋寒入枕帐，吹落蛛网粘在竹帘上。客舍静无人，听檐上雨滴，始生深深睡意。怎奈愁极常被惊醒，浅梦朦胧，自怜独幽处。远行思归甚。最担心路上泥泞阻车毂。无奈的我，似庾信憔悴，如卫玠病弱，平日时，最伤愁苦。难怪马融客平阳，思乡泪，闻笛曲顿生悲怆。更兼庭院萧索，不似初春，落花片片，门外樱桃如豆。今夜神游谁人共秉烛。

【品读】

"大酺"为词牌名，"大酺"本意是指聚饮，旧指帝王为表示欢庆，赐大酺特许民间举行聚饮三天，后用以表示大规模庆贺。唐代杜审言有《大酺》诗曰"毗陵震泽九州通，士女欢娱万国同"，唐教坊曲有《大酺乐》，宋代借旧曲以制新调，以周邦彦的词《大酺·春雨》为正体，双调一百三十三字，前段十五句五仄韵，后段十一句七仄韵。另有双调一百三十三字，前段十五句五仄韵，后段十一句七仄韵的变体。代表词作还有吴文英《大酺·荷塘小隐》等。

周邦彦的这阕词以写驿馆春雨阻客，来表现羁旅的行客思归之情。词人以细致的笔法描摹暮春雨景，从雨声、景色、环境以至古琴、翠竹、春鸟、冷风、蛛网等多方面铺叙，让雨随着词家的视角不断变换意境，极力渲染春雨幽寒带来的凄凉气氛，抒写旅途的寂寞愁闷之情。全词情景交融，意境深婉，堪为以琴入词的咏雨佳作。

上片写春雨中的凄冷愁思，春雨初歇、黎明将至，在雨中一直喧叫的鸟儿也在巢中入睡了，窗外可见墙头露出的雨后春竹，青嫩的竹梢在风中摇动，使画面逐渐地生动起来。身处村野孤馆的词人，本想取来随身携带的古琴，希望用琴声打发这难挨的时光和烦乱的心境，怎奈"润逼琴丝"，潮湿的空气浸入丝弦使得琴弦失去张力。在这样凄冷孤寂的氛围中，词人只能在阴冷的寝帐中辗转反侧地浅睡，一阵冷风吹得蛛网粘在竹帘上。词人忍受着"邮亭无人处"的孤独与游子愁思，"听檐声不断"轻梦几醒而"自怜幽独"，词的上片将词人自己此时的孤独凄凉的处境细致入微地刻画了出来。

下片由被大雨阻滞了行程写到暮春落红满地的残景，一方面寄寓了自己惜春的感慨，又将"行人归意速"的急切思归刻画出来，进而又担心这样的雨天，会不会导致道路泥泞，车辆难行，使自己归期未卜。接下来，词人连引数典，进一步详细地写自己被春雨所阻，不能早日归返的愁绪，词人用兰成（即庾信）的羁旅北方和卫玠（字叔宝，中国古代四大美男之一，自幼体弱多病）来表现客居异乡的不尽愁思和种种无奈，其中也有对朝堂不满的宣泄。继而又以平阳客马融代指游人，依稀点滴阶前的春雨似乎化成了马融所闻的洛阳游子哀婉的笛声，于是主人公如马融一样黯然泪下。最后词人陡转笔锋，发出了惜花伤春的一番感慨。曾经繁花似锦的"青芜国"庭院被春雨摧残得面目全非，风雨中红糁（花骨朵）零落满地，愈显得萧索荒芜，而门外荆桃（樱桃）已如菽（豆子）大小。春天真的已经逝去了，于是词人愁苦中又带着焦虑，最终发出了"夜游共谁秉烛"的一声感叹，同时也将上片的"自怜幽独"演绎成对流水落花及人间冷暖的感慨。

弹琴不成、假寐惊梦、孤愁焦躁、触景生情，词人将羁旅的无奈和糟糕的心境杂糅一处，又用庾信滞留北地而思乡、卫玠清瘦而感伤、汉末大儒马融也因客居而愁闻笛声等一系列典故着力渲染自己触景伤心的心情和词境，尽得愁肠百转之窘态，尽显羁旅春雨之凄清。

古人以柘蚕丝弦为古琴琴弦，其历史至少可以追溯至三千年以前，相比于今天的"钢弦"，丝弦以其特有的醇厚音质及独特的振动频率，与人体形成最佳的共振模式，尤其是它的低频振动更是现今的"钢弦"所无法比拟的。但其物理上的缺陷也是显而易见的，这就是随着温度和湿度的提高，丝弦的张力会发生明显异于"钢弦"的变化，应力会随之降低，平均音高的降低，使得音质更会有较大的变化，在泛音上也会明显变"暗"。

这也就是为什么自古以来的古琴禁忌中都会有"遇风雨雷电不弹"的一个重要原因。又由于古琴适配钢弦始于20世纪中叶，故而在以前的古琴文献中几乎没有专门提到上述问题，究其原因是几千年来人们对这一现象习以为常，于是毋庸专论，只是古人们一直在致力于造出拉力更强、在气候条件变化下更稳定的丝弦。所以说，周邦彦词中的一句"润逼琴丝"就显得如此这般生动和富有现实意义。周邦彦善古琴，通音律，曾著有《操缦集》5卷，可惜未能流传至今。

周邦彦生活在神宗元丰至徽宗宣和年间（1078—1125），这正是北宋"太平日久，人物繁阜，垂髫之童但习鼓舞，班白之老不识干戈"（南宋孟元老《东京梦华录》）的时期，故而周邦彦的词中少有金戈铁马之声，更多的是他个人的长吁短叹和咏物寓情。但他在将词这一文学形式艺术化上的超然成就，足令其在词坛上占有一席之地，可以说他在词的艺术形式、技巧方面都堪称北宋词坛的又一个集大成者，以至于被南宋的姜夔、张炎、周密、吴文英等人推重，南宋诗人陈郁甚至赞其为"二百年来以乐府独步"。《宋史》称："邦彦好音乐，能自度曲，制乐府长短句、词韵清蔚，传于世。"王国维也曾赞其为"词中老杜"。周邦彦重视语言的锤炼，浑成自然，精致工巧，尤其善于化用典故和前人词句，而且天衣无缝，不着痕迹，所以南宋词家张炎在《词源》中说他"善于融化诗句"又"采唐诗，融化如自己者，乃其所长"。周邦彦文、赋、词、书俱佳，同时期的北宋诗人陈师道曾说："美成笺奏、杂著俱善，惜为词掩。"

【雅赏】

玉楼春·仙吕惆怅（周邦彦）

玉琴虚下伤心泪。只有文君知曲意。帘烘楼迫月宜人，酒暖香融春有味。

萋萋芳草迷千里。惆怅王孙行未已。天涯回首一销魂，二十四桥歌舞地。

浣溪沙

李清照

小院闲窗春色深，重帘未卷影沉沉。倚楼无语理瑶琴。
远岫出云催薄暮，细风吹雨弄轻阴。梨花欲谢恐难禁。

【作者】

李清照（1084—1151），齐州章丘（今山东省济南市章丘区）人，后居济南，号易安居士。宋代著名女词人，后世公认的"第一才女"，并将她与辛弃疾并称"济南二安"。李清照出身书香门第，从小就生活在优裕的家庭条件及良好的家庭教养下，其父李格非藏书颇丰，使得李清照从小就接受到文学艺术的熏陶。出嫁后的李清照与丈夫赵明诚热衷于书画金石的收集、甄别和整理。金兵入据中原时，李清照只身一人携带画册书注流寓南方，赵明诚病死后其生活境遇更加孤苦。李清照留有诗词百余篇，其中早期多为其悠闲生活写照，后期多有悲叹身世、感伤事之作，有描摹细腻、精致典雅、言语清婉、道尽难表之愁的特点，提倡词法"别是一家"，反对诗词同法，强调"诗言志，歌咏言"的艺术审美。她兼善诗，虽作品不多但不失感时咏史情辞慷慨之作，如著名的《夏日绝句》："生当作人杰，死亦为鬼雄。至今思项羽，不肯过江东。"有《李易安集》《易安词》等，已散佚。后人辑有《漱玉集》《漱玉词》。

【诗文大意】

小窗外的院落春色将逝，厚重的门帘遮住春光，更令楼上闺阁昏暗。闲倚栏杆无心弄古琴。近黄昏望远山云霭雾绕，若有细雨轻风变阴晴，小心院内一树梨花。伤心将谢怎禁冷风起。

【品读】

"浣溪沙"为唐教坊曲名，因昔春秋时西施浣纱于若耶溪而得名，后用作词牌名，又名"小庭花"。李清照的这首小令《浣溪沙·小院闲窗春色深》为双调四十二字，是一首典型的惜春词，而"小、闲、深"更和闺怨之词境。

词中的女主人公应就是词人自己，她感叹着将逝去的春色，叹惜满树的梨花将在冷雨中飘零，也感叹着自己逝去的青春。至黄昏，她倚楼上悬栏，望远山云岫，听微风细雨，无聊地拨弄着膝上的古琴，仿佛万般的戚惜和寥落只能对言古琴，又仿佛将无尽的期许尽付指下的琴中。

李清照的词妙在"不言尽"的韵味和意趣之中，在于无声胜有声，像极了古琴的琴意，求"大音希声"，于无形处尤显琴意。故而词人上片的"无语理瑶琴"就显得尤有深意，有过片之效，将全词上片描写环境、下片刻画景物，以一种戚戚婉婉的情绪无言地贯穿在一起，从而形成笔断意不断的整体脉络。词中的"远岫"通常理解为远山峰峦，如陶渊明《归去来辞》中就有"云无心以出岫，鸟倦飞而知还"的名句。

这首小令从风格和内容上看，当为李清照前期作品。词人似乎始终在描摹环境及景观，而情致的表达在于对"落花"的惋惜以及少女见景生情的闺怨，用周边景致来烘托词人惆怅的思绪，而结句在风雨摧花中，平添几许少女难言的羞涩和忧思。

明代杨慎曾评价词中"远岫出云催薄暮"一句为丽语，董其昌也说"写出闺妇心情，在此数语"。然笔者以为，词中最妙当"倚楼无语理瑶琴"一句莫属，此时的女主人公既不似"倚阑无语摇轻扇"的若有所思，更不是"泪眼倚楼频独语"的泪眼呢喃，在我们眼中看到的是她"欲将心事付瑶琴"的理性思考和对情绪的准确把握，这才是李清照，是那位集才华、智慧、勇气、多情、教养于一身的词家，尽管此时她还是未出阁的少女，尤其是借琴达意，更使这首词越发得体和雅致。

纵观南宋时期，岳飞有"驾长车，踏破贺兰山缺"的雄壮，辛弃疾有"醉里挑灯看剑，梦回吹角连营"的激越，陆游有"独卧僵村不自哀，尚思为国戍轮台"的豪情，李清照也有不让须眉的"至今思项羽，不肯过江东"之悲怆。

宋史未为李清照立传，只在《宋史·李格非》中有记曰："妻王氏，拱辰孙女，亦善文。女清照，诗文尤有称于时，嫁赵挺之之子明诚，自号易安居士。"明末清初的沈谦在其《填词杂说》中则高赞曰："易安在宋诸媛中，自卓然一家，不在秦七黄九之下。词无一首不工。其炼处可夺梦窗之席，其丽处直参片玉之班。盖不徒俯视巾帼，直欲压倒须眉。"

李清照的词可以南渡为界分为前后两期。前期词主要描写伤春怨别和闺阁生活的题材，表现了女词人多情善感的个性。而后期词人的词风则是忧苦沉重、深郁悲凉，更多的是以敏锐的情感和健举的笔触表现背井离乡、两处相思的浓愁。

李清照的词独具一家风貌，被后人称为"易安体"。李词的主要特点有：一是以其女性身份和特殊经历写词，塑造了前所未有的个性鲜明的女性形象，从而扩大了传统婉约词的情感深度和思想内涵。二是善于从书面语言和日常口语里提炼出生动晓畅的语言；善于运用白描和铺叙手法，构成浑然一体的境界。

南宋名家洪迈则在其《容斋四笔·赵德甫金石录》中有言："易安居士，京东路提刑李格非文叔之女，建康守赵明诚德甫之妻。自少年便有诗名，才力华赡，逼近前辈，在士大夫中已不多得。若本朝妇人，当推文采第一。赵死，再嫁某氏，讼而离之。晚节流荡无归。作长短句，能曲折尽人意。轻巧尖新，姿态百出。闾巷荒淫之语，肆意落笔。自古缙绅之家能文妇女，未见如此无顾籍也。"之所以又有洪迈后面的议论，盖由于李清照十分不幸的晚年。李清照46岁时丈夫赵明诚病逝，她49岁时又嫁给了小吏张汝舟，然而张汝舟图李清照书画古籍不得，遂时常凌辱李清照，不得已李清照于一年后上诉官府要求离婚，按大宋《刑统》"妻告夫，虽属实，仍须徒刑二年"，好在在亲朋故友的奔走下，李清照虽被投进大狱但不久就得以出狱。此后的22年中李清照形单影只地生活着，最让她痛苦的是当年收集整理的书画、典籍、古器在逃避战乱中丢失殆尽，回想赵明诚临终前曾嘱托若遇到战乱"先弃辎重，次衣被，次书册，次卷轴，次古器，独所谓宗器者可自负抱，与身俱存亡，勿忘之"，李清照每每心痛不已，于是就有了词人一杯淡酒，立于凄风冷雨的傍晚望落叶黄花，于是就有了那首千古绝唱《声声慢》："寻寻觅觅，冷冷清清，凄凄惨惨戚戚。乍暖还寒时候，最难将息。三杯两盏淡酒，怎敌他、晚来风急。雁过也，正伤心，却是旧时相识。满地黄花堆积。憔悴损，如今有谁堪摘。守着窗儿，独自怎生得黑？梧桐更兼细雨，到黄昏、点点滴滴。这次第，怎一个愁字了得？"在孤独寂寞中李清照为赵明诚遗作《金石录》写过一篇后序（即《金石录后序》），并言："三十四年之间，忧患得失，何其多矣！然而有有必有无，有聚必有散，乃理之常。人亡弓，人得之，又胡足道。"

晚年，孤居临安（今杭州）的词人喜欢上"打马"（当时的一种赌博），她自己曾说："予性喜博，凡所谓博者皆耽之昼夜，每忘寝食。"这可能就是洪迈笔下的"晚节流荡无归"吧。李清照一生无子女，这位在文学史上最杰出的女词人，72岁时在悲忧与愁苦中去逝。

李清照的词作以小令为主，但也偶有长调大作，如《永遇乐·落日熔金》，词中将北宋汴京与南宋临安的元宵佳节进行对比，时空不同、心境不同，同是佳节但物是人非，表达了词人对北方故国的思念以及对南宋当朝偏安一隅的不满。南宋爱国词人刘辰翁在《须溪词·卷二》中言道："余自乙亥上元诵李易安《永遇乐》，为之涕下。今三年矣，每闻此词，辄不自堪。遂依其声，又托之易安自喻，虽辞情不及，而悲苦过之。"

【雅赏】

永遇乐（李清照）

落日熔金，暮云合璧，人在何处。染柳烟浓，吹梅笛怨，春意知几许。元宵佳节，融和天气，次第岂无风雨。来相召、香车宝马，谢他酒朋诗侣。

中州盛日，闺门多暇，记得偏重三五。铺翠冠儿，捻金雪柳，簇带争济楚。如今憔悴，风鬟霜鬓，怕见夜间出去。不如向、帘儿底下，听人笑语。

次韵致明听琴

刘子翚

病翁不呫呫,琅然寄枯琴。
倘无枯琴寄,孰表吾之心。
形忘岂知病,道在宁复今。
龙蟠老樟下,鬋发摇长音。

【作者】

刘子翚(1101—1147),字彦冲,号屏山,另号病翁,建州崇安(今属福建省武夷山市)人,宋朝著名的理学家、文学家,世称屏山先生。刘子翚之父刘韐在靖康之难时奉命出使金营,拒绝金人诱降自缢而死,后刘子翚以父荫补承务郎,辟为真定府幕属。宋高宗建炎四年(1130),通判兴化军后因疾辞归武夷山,在五夫里屏山麓创建"屏山书院",讲学传道。宋高宗绍兴十七年(1147)病逝,追谥"文靖公"。

刘子翚精《周易》,朱松对刘子翚的学问及人品极为推崇,他临终时把子朱熹托付刘子翚教养,并对朱熹说:"籍溪胡原仲、白水刘致中、屏山刘彦冲,此三人者,吾友也。其学皆有渊源,吾所敬畏。吾即死,汝往父事之,而唯其言之听,则吾死不恨矣。"史载:"子翚……辞归武夷山,不出者凡十七年……与籍溪胡宪、白水刘勉之交相得,每见,讲学外无杂言。它所与游,皆海内知名士,而期以任重致远者,惟新安朱熹而已。初,熹父松且死,以熹托子翚。及熹请益,子翚告以《易》之'不远复'

三言,俾佩之终身,熹后卒为儒宗。子翚少喜佛氏说,归而读《易》,即涣然有得。其说以为学《易》当先《复》,故以是告熹焉。"(《宋史·列传·第一百九十三·儒林四》)

刘子翚著有《屏山集》20卷,胡宪为之序,朱熹跋。刘子翚存诗词673首,其中词197阕,其诗以五、七律为主,兼有绝句、排律及古风。刘子翚诗词以明正德七年(1512)刘泽刻本为底本,校以影印文渊阁《四库全书》本、清道光十八年(1838)李廷钰秋柯草堂刊本(即李本,现藏北京大学图书馆)。

北宋开创话头禅的大慧宗杲禅师(1089—1163)曾作《刘子翚像赞》,称其"财色功名,一刀两断。立地成佛,须是这汉";朱熹在《屏山集跋》中评价曰"先生文辞之伟,固足以惊一世之耳目,然其精微之学、静退之风,形于文墨,有足以发蒙蔽而销鄙吝之心者,尤览者所宜尽心也";清人吴之振的《宋诗钞·屏山集钞序》中言其五言诗感慨含思有"幽淡卓练,及陶、谢之胜,而无康乐繁缛细涩之态"的妙处,钱锺书称朱熹是"道学家中间的大诗人",而称刘子翚是"诗人里的一位道学家",《四库全书总目提要》称其"风格高秀,不袭陈因"。

【诗文大意】

- 年老多病,诸事不惊,朗然清音,情寄琴中。幸有枯琴能相伴,方可抒表我心忧。挥五弦、忘顽疾,感世事、追往昔。定如盘龙兮踞樟树之下,寒风拂面兮琴自发长音。

【品读】

刘子翚是朱熹的老师，宋代著名理学家、文学家。在宋代诸多道学和诗歌兼习的文学家中，他是少染"头巾气"和"讲义语录"习气的代表人物，具有很高的诗歌造诣，其诗风清爽明快，佳句频出，尤善写景抒情及以琴入诗，笔力扎实但不加冗重，构思机巧而不失深邃，处处表现着一位理学大家特有的格物至知和精准描刻。

刘子翚受家父爱国思想影响很深，早年游秦、洛、赵、魏时，就注意搜访古迹，了解历史，以体会国家兴衰规律，北宋亡国士人南渡后虽隐居乡里，但无时不忧国，唯因病魔缠身，无力请缨，壮志难酬，因而他的诗中，多以长篇或组诗全景式地反映社会时事，如《望京谣》《谕俗十二首》等。在其《汴京纪事》的二十首中均为忆往日繁华、悲故都沦陷，追怀中见犹添感愤，洋洋乎殆若"诗史"。在他的诗词中，有名句"明月不知君已去，夜深还照读书窗"（《绝句送巨山》）的风雅，有"辇毂繁华事可伤，师师重老过湖湘"（《汴京纪事》）的叹伤和"缕衣檀板无颜色，一曲当时动帝王"的悲恸，也有"时危运作高城炮，犹解捐躯立战功"的血性和"寒鸦散乱知多少，飞向江头一树栖"（《天迥》）的无奈，有对奸佞"空嗟覆鼎误前朝，骨朽人间骂未销"的痛斥和自己"盘石曾闻受国封，承恩不与幸臣同"的坚贞，更有"犹有太平遗老在，时时洒泪向南云"的凄楚和"唐虞盛事今寥落，尽卷清风入圣朝"（《汴京纪事二十首》）的追忆。

刘子翚早逝，在其不足 50 年的生命中其身体一直多病，是故其自号"病翁"，但病体和老迈从未泯灭过他的家国情怀和治学精神，这首《次韵致明听琴》诗，就是刘子翚以病弱之身借古琴以言自己不平之志的佳作，且以其极为擅长的五律写就。诗中的"咄咄"多比喻人们在惊惧或惊讶时所发感叹之声，诗人意在表明自己年迈体衰又饱经世故，已没有什么可令其惊诧之事了，而今只有在琴声中回忆及思考。"琅然"本指声音的清朗明亮，初见于欧阳修《归田录》卷二中"讽诵之声，琅然闻于远近"之句，后有元代同恕诗《良夜》之"琅然一曲发清商，门外跟跄舞山鬼"，以及清代吴炽昌在《客窗闲话·张慧仙寄外诗记》中"琅然对答，声若洞箫"的比喻，最著名的还是苏轼的名词《醉翁操》："琅然，清圆，谁弹，响空山。无言，惟翁醉中知其天。月明风露娟娟，人未眠。荷蒉过山前，曰有心也哉此贤……此意在人间，试听徽外三两弦。"

接下来是诗人的一番感慨：假如没有"枯琴"（取其琴声苍古之意）相伴，又有什么可以用来抒发自己对山河破碎的悲愤和对奸佞宵小的痛恨之情呢？于是乎他自己每每忘却病痛，坚守着自己的道德底线和一如既往的精神世界。诗中的"宁复"本有愿使如前之意，见于骆宾王《与博昌父老书》中"宁复惠存旧好，追思昔游？"于诗的尾联，随着一阵寒风袭来，诗人的心绪重回听琴的主题上来，此时的弹琴者和诗人一样，有如虎踞龙盘端坐于樟树之下，一任冷风拂面而过，挟着凄越的琴声荡去远方，而疾风掠过琴面又使琴弦共振而发出长久的金玉之声。"觱发"典出《诗·豳风·七月》"一之日觱发，二之日栗烈，无衣无褐，何以卒岁"，故毛公解曰："觱发，风寒也"。

刘子翚善于以琴铭心言志，他大量的以琴入诗之句多是恰到好处，绝无跳脱突兀，他有七律《次韵六四叔兰诗》一首："疏疏绿发覆清浔，漠漠微香起夕阴。无复风流追九畹，空余烟雨暗深林。谁分秀色来幽室，独写遗声入素琴。还似高人远尘俗，争辉玉树亦何心。"其中"谁分秀色来幽室，独写遗声入素琴"一句，端的是琴诗佳句，正如钟嵘《诗品》所言："气之动物，物之感人，故摇荡性情，形诸舞咏。"

曾几何时，当朱熹向刘子翚请教入道门径和次第时，刘子翚直言道从《易经》而入，并以"不远复"三字告诫朱熹，而他自己更是在琴理、琴意和琴境中感悟"一气之清浊,两曜之晦明,山河之结融,雷霆风雨之震惊",他在思想上将古琴的文化传统上升到"一鼓万象春,开阖化人心"的高度。他在琴中努力珍藏着自己"更历千万古,此意不灭丝桐间"的精神信念,在琴声中体味"涤除浮虑清,荡摩愁襟开"的畅怀淋漓,更坚守着他那"梦跨冰轮出瑶海,一笑碌碌瀛洲仙"的名士风范。

【雅赏】

听詹温之弹琴歌(刘子翚)

鸣琴艺精非小道,可惜温之今已老。玲琅一鼓万象春,铁面霜髯不枯槁。自言寡和音,求我为作歌。号宫韵角可听不可状,锦肠绣舌空吟哦。吾意其一气之清浊,两曜之晦明,山河之结融,雷霆风雨之震惊。包罗具七弦,开阖造化由人心。又疑夫尧禹之躬行,丘轲之立言,瞿聃之同归,百家诸子之纷然,更历千万古,此意不灭丝桐间。涤除浮虑清,荡摩愁襟开。琴之气象广广如如此,欲媚俗耳知难哉。寒缸烧涸夜向阑,罢琴归矣我欲眠。梦跨冰轮出瑶海,一笑碌碌瀛洲仙。

小重山

岳飞

昨夜寒蛩不住鸣。惊回千里梦,已三更。起来独自绕阶行。人悄悄,帘外月胧明。

白首为功名。旧山松竹老,阻归程。欲将心事付瑶琴。知音少,弦断有谁听?

【作者】

岳飞(1103—1142),字鹏举,相州汤阴(今河南省汤阴县)人。南宋抗金名将、民族英雄、书法家、诗人,位列南宋"中兴四将"之首。岳飞从20岁起从军,自建炎二年(1128)至绍兴十一年(1141),先后参与、指挥大小战斗数百次。他力主抗金,率师北伐,宋高宗赵构和宰相秦桧却一意求和,以十二道"金字牌"催令班师。在宋金议和过程中,岳飞遭受秦桧、张俊等人诬陷入狱,1142年1月,以莫须有的罪名,与长子岳云、部将张宪等一同遇害。绍兴三十二年(1162)宋孝宗赵昚为岳飞平反昭雪,改葬于西湖畔栖霞岭,追谥"武穆"。宋宁宗嘉泰四年(1204),岳飞被追封为鄂王,追赠太师,宋理宗宝庆元年(1225),改谥"忠武"。岳飞三子岳霖委托国子博士顾杞整理出一部岳飞传记的初稿,岳霖之子岳珂在此基础上编成《鄂国金佗稡编》28卷、《鄂国金佗续编》30卷,今存。

岳飞虽出身寒微,但一生手不释卷,存世诗词近20首,最著名的有《满江红·怒发冲冠》《小重山·昨夜寒蛩不住鸣》,甚为后世熟知。南宋学者杨湜在其《古今词话》中评价岳飞的词为"悲凉悱恻之至",而岳飞的《题鄱阳龙居寺》中"潭水寒生月,松风夜带秋"之句,后世则有"不减唐人"之赞誉。岳飞善书,书迹传世有《书谢朓诗》《前后出师表》《吊古战场文》《凤墅帖》等。

【诗文大意】

寒秋入夜。蟋蟀哀鸣,累年征战回首如梦,入夜已三更。踱步台阶行。寂静门帘外,独有淡月正朦胧。创建功业。青山依旧,松竹老去,何以金阙面圣。满腹心事付于琴中一曲。曲高和寡,纵然弦弹断,又有谁能懂?

【品读】

"小重山"是词牌名,又名"小重山令""小冲山""柳色新"。宋《金奁集》言其入"双调"前后片五十八字。中晚唐后唐人用以写"宫怨",故其调悲。

岳飞的这首《小重山》出自《岳武穆遗文》。绍兴六年(1136)至绍兴七年(1137),岳飞连续指挥"岳家军"收复黄河以南大片国土,形成西起川陕东到淮北的抗金军事态势,正在他踌躇满志地准备大举收复中原,北上灭金之时,宋高宗赵构起用秦桧为相,并且多方阻挠岳飞再与金国作战,众多主战派人士被罢免、迫害,大好的抗金复国形势,眼看着付诸东流,《小重山》一词正是此时岳飞极度愤懑又极为无奈的心情写照。

词的上片借景喻情,寓情于景,忧国忧民使词人愁怀难遣,在凄清的月色下独自徘徊。寒蛩的鸣叫、浮云笼罩的月色、夜至三更,踽踽独行，无不衬托着词人壮志难张的孤愤之情。下片写壮志受阻，首句直抒心志，又以"旧山松竹老"喻中原国土沦丧已久，表达了词人收复中原的迫切心情。作者用曲折含蓄之笔，顿挫出之。最后以高山流水、知音难觅的比喻，抒写自己的抗金主张，曲高和寡，战略诉求无人问津。全词情景描摹清晰沉郁、情致扬发跌宕起伏、词境意蕴含婉曲折，富有令人惋惜的冷郁之美。词中的"寒蛩"是指秋天的蟋蟀，而"旧山"是指被金人占领的故国河山。读此词，上片着重写景：用"寒蛩"表明了季节是深秋又借喻山河飘摇，国家残破，更加深了悲忧萧瑟情绪的代入感，在深秋凄清冷淡的月夜中，独自在台阶前徘徊，又正和作者"举世皆浊我独清，众人皆醉我独醒"的孤独与凄凉心境。至结拍处的"人悄悄，帘外月胧明"，是以一派萧瑟孤冷之景收束上片。全词简洁有力，朴素真切的文风并无文辞延宕，但求以简洁的语言和平淡的叙述，质朴地展现出作者所处的窘境，真实地展现出一代英雄的真性情和其所面对的历史情景的复杂性。

词的下片重在抒情，用比兴手法，其中"白首为功名"道出了词人终其一生为国建功立业的不改痴心。"旧山松竹老"比喻中原父老多少年来盼望王师渴望早日复国的期待，而投降派一再阻挡收复中原。几十年的求索身心俱老、已见白发，多年的等待、多年的期盼、多年的征战，都是为了某一天的"归程"。然而英雄的壮志难酬、忧愤难平，最终化为"欲将心事付瑶琴。知音少，弦断有谁听"的一腔愤懑和无处言说的沉痛以及悲凉悱恻情思。全词所展现的沉郁悲怆情怀，节制且深重，忧闷且压抑。从写作手法上看，这阕《小重山》曲折地道出心事，含蓄委婉，抑扬顿挫，情景交融，欲言又止。此词虽然短小但含蓄隽永，深切地表达了作者壮志难酬和忧国忧民的悲苦心境，这与其著名的《满江红·怒发冲冠》在思想主题上是完全统一的，但更多了些无奈和孤寂。

《小重山》与岳飞多用赋体慷慨激昂的《满江红》风格有所不同，或许是所处的时间和历史背景不同所致吧。南宋中后期著名诗词家陈郁所著《话腴》中有言："武穆贺讲和赦表云：'莫守金石之约，难充溪壑之求。'故作词云：'欲将心事付瑶琴。知音少，弦断有谁听。'盖指和议之事也。又作《满江红》，忠愤可见，其不欲'等闲白了少年头'，足以明其心事。"清代王弈清在其《历代词话》卷七中也引《古今词话》曰："岳侯，忠孝人也。其《小重山》词，梦想旧山，悲凉悱恻之至。"

【雅赏】

满江红·登黄鹤楼有感（岳飞）

遥望中原，荒烟外，许多城郭。想当年、花遮柳护，凤楼龙阁。万岁山前珠翠绕，蓬壶殿里笙歌作。到而今、铁骑满郊畿，风尘恶。

兵安在？膏锋锷。民安在？填沟壑。叹江山如故，千村寥落。何日请缨提锐旅，一鞭直渡清河洛。却归来、再续汉阳游，骑黄鹤。

山行

陆游

南出柴门即是山，青鞋踏破白云间。
旋偿酒券何时足，罢诺僧碑尽日闲。
三尺古琴余爨迹，一枝禅杖带湘斑。
吾庐北望云烟里，又伴纷纷宿鸟还。

【作者】

陆游（1125—1210），字务观，号放翁，南宋文学家、史学家，著名的爱国诗人，越州山阴（今浙江省绍兴市）人，南宋"中兴四大诗人"之首。

陆游生逢北宋灭亡的动乱时期，从小就饱受战乱的颠簸和见惯了民间的疾苦。他是尚书右丞陆佃之孙，自幼就受到来自家庭的爱国思想熏陶，少年起就习文练武立志收复中原。陆游青年时在亲贵荐送及礼部考试中均名列第一，却因秦桧而无缘问第，入仕初只进至大理寺司直兼宗正簿，据《宋史·陆游传》载："（陆游）年十二能诗文，荫补登仕郎。锁厅荐送第一，秦桧孙埙适居其次，桧怒，至罪主司。明年，试礼部，主事复置游前列，桧显黜之，由是为所嫉。桧死，始赴福州宁德簿……孝宗即位，迁枢密院编修官兼编类圣政所检讨官……遂赐进士出身。"他因力主抗金，屡遭主和派排挤，宋孝宗赵昚乾道七年（1171），投身军旅就职于南郑幕府，后陆游奉诏入蜀，与四川制置使范成大相识相知。宋光宗赵惇即位后，升为礼部郎中兼实录院检讨官，不久即因"嘲咏风月"被罢官，归居故里。宋宁宗赵扩嘉泰二年（1202），奉诏入京主持编修孝宗、光宗《两朝实录》和《三朝史》，官至宝章阁待制，书成后退居山阴，终年85岁，以一首《示儿》"死去元知万事空，但悲不见九州同。王师北定中原日，家祭无忘告乃翁"绝笔。

陆游一生笔耕不辍，著作颇丰，有《剑南诗稿》85卷、《渭南文集》50卷、《老学庵笔记》10卷等。陆游是文史大家，在史、诗、词、散文、书法诸多方面皆有建树，其中尤以诗词为最，名列史上存诗最多的诗人之前茅，曾自言"六十年间万首诗"，陆游今存诗9300余首、词140余首，其中有《卜算子·咏梅》及《水龙吟·春恨》收入《宋词三百首》中。此外，他的书法遒劲奔放，存世墨迹有《苦寒帖》等，史书《南唐书》被后世评为"简核有法"。

陆游的诗中有大量的抒发爱国主义情怀的名篇，如《十一月四日风雨大作》中的"僵卧孤村不自哀，尚思为国戍轮台"之句，又如《秋夜将晓出篱门迎凉有感》中的"遗民泪尽胡尘里，南望王师又一年"等沉郁悲壮、激情奔涌的诗句，还有"山重水复疑无路，柳暗花明又一村""小楼一夜听春雨，深巷明朝卖杏花"等隽永晓畅、脍炙人口的千古名句。陆游的词则是深情婉转、感人肺腑，如《钗头凤》的"错、错、错"和"莫、莫、莫"等，南宋诗词家刘克庄在《后村诗话续集》中谓其词"激昂慷慨者，稼轩（辛弃疾）不能过"。他的诗词成就斐然，当世即有"小李白"之称，不仅成为南宋一代诗坛领袖，而且在中国文学史上享有崇高地位。他与唐琬的爱情悲剧，更为后世的人们同情并被改写成各类戏剧传唱至今。

【诗文大意】

推开柴扉信步上南山，不觉已见白云绕身边。还清酒钱替僧写碑文，无债一身轻即是闲情。一琴在手见夔文琴铭，竹杖斑斑犹闻湘妃怨。回首北望云雾遮家园，宿鸟归巢我孤独下山。

【品读】

陆游可以说是南宋最杰出的诗人，尤善以琴入诗。他一生历北宋徽宗、钦宗，南宋高宗、孝宗、光宗、宁宗各朝，仕途及婚姻皆坎坷。他的人生经历大体可分为三个阶段：少读诗书、科举失意、初仕罢归、与唐琬的婚姻悲剧，此为青壮年时期（1125—1170）；入蜀从军、东归宦游、再遭免职、入南郑幕府，此为中老年时期（1171—1189）；退居故里、一度入朝主持修史，大多数时间一直闲居在家，此为晚年时期（1190—1210）。这首《山行》就是陆游在隐退后的晚年所作。

古人惯以《山行》吟咏，其中尤以中晚唐诗人杜牧的《山行》之"停车坐爱枫林晚，霜叶红于二月花"最为著名，而陆游的这首七律貌似闲情逸致信手拈来，细品却别有洞天如草蛇灰线伏脉千里，诗中既有对自己晚年幽居南山之下以效陶令的僧道琴酒之野趣，又有遥望北方而未尽收复河山志愿的遗憾，小到还酒账、还承诺僧人之书，大到以琴喻情，以湘妃泪言自己未竟之功，既有周到细致的工笔描摹又有宏观隐逸的泼墨写意，诙谐中尽带苦涩，洒脱中饱含苍凉。

开篇的"柴扉"，前有刘长卿的"柴门闻犬吠"，后有南宋叶绍翁的"小扣柴扉久不开"，于是在诗的首联，就向读者展现了一位着青鞋戴草帽挂竹杖的老者推开柴门向南山沿山径而行，逐渐隐在白云缭绕的半山腰。颔联则是谐趣和幽默的自嘲，偿酒券是陆游常用的自嘲形式，在他的许多诗中都有体现，如《北窗闲咏》中的"得禄仅偿赊酒券，思归新草乞祠章"，以及他的另一首《自嘲》中的"身卧孤村日，年当大耋时。贫忧偿酒券，懒悔许僧碑"，似乎和这首《山行》所描述的情景、时间几乎是雷同的。古人言老者耄耋，其中耄指70岁，耋指80岁，可见此诗是描写诗人退居生活的一个侧面，诗人喝酒多以山中闲事与僧侣共饮，而官员出身的诗人虽好赊酒账，但从不赖账，此次进山不仅清还了旧时酒券，也了却了僧人提请书写的碑文，我们甚至有理由相信诗人陆游在晚年经常以润笔费来清酒账，了却人情的诗人备感身心舒畅，余下来的时间他闲在惬意地与僧人们论道抚琴。至诗颈处，诗人则以琴入诗。古琴三尺进一步表明至南宋，经宋徽宗赵佶推动的古琴琴制改革，已形成成例，三尺六寸五的琴制已十分盛行，而古来诗人们在诗中因字数和音韵的关系多取数字整数故得三尺琴。"爨迹"是指"爨书"，是书法中一种古老的书体，它出于隶篆，有独特的书写风格，由诗中可见，在宋朝时爨书依旧较为流行，只是没有很好地流传下来。爨书体发祥于山西的爨氏，以晋朝的"二爨碑"《爨龙颜碑》《爨宝子碑》为代表，直至现代，随着"二爨碑"的出土，爨书才得以彰显于天下。而陆游所听的琴旧有琴铭，是依爨书体来镌刻的，古人在琴腹镌刻琴铭始盛于唐末至北宋年间，可见，诗人所听赏的这张古琴应是有一定历史流传的。而后的"一枝禅杖带湘斑"与上一句的"三尺古琴余爨迹"形成严格的对偶且十分工整，足见诗人对格律诗的高端把握。而此时的一支禅杖，笔者认为未必真的是指竹杖，极有可能是指洞箫，洞箫上如洒泪点点的竹斑被诗人化喻为湘妃泪，这管竹箫应是用湘妃竹制成。《湘妃怨》是古琴名曲，唐代孟郊曾有琴曲歌辞《湘妃怨》，白居易曾有《听弹湘妃怨》的著名诗篇，古琴曲《湘妃怨》是一首琴歌，最早见于1590年的《琴书大全》，琴曲描写了娥皇和女英对禹舜的忠贞爱情。诗颈处的这一句意义非同一般，联想到陆游和唐琬的悲剧婚姻，尤其是陆游对唐琬心怀的愧疚以及一生的爱恋，使人们不禁想起了他们曾双双出入的沈园以及"城南小陌又逢春，只见梅花不见人"的凄婉，陆游每次游沈园所留下的都是一幕幕催人泪下的画面，如"伤心桥下春波绿，曾是惊鸿照影来""梦断香消四十年"等，仿佛字里行间都如子规啼血。所以在这首《山行》中，诗人听着琴曲《湘妃怨》，抚摸着手中的权作竹杖的洞箫，沈园的一幕幕仿佛又回到了眼前。至诗尾处，诗人则为我们留下了双重的思考，其一是站在山间，透过层层雾霭，回望山脚下自己的草庐，似乎也在烟云缥缈中，仿佛自己的一生也如同这烟云一样捉摸不定。无奈是此时的诗人心中最大的感慨，而年老的诗人伴着西垂的落日如同归巢的倦鸟一样徐徐下山，孤独地回到自己的山下庭院，此时的主题便是无尽的孤独。他多么希望唐琬能够在这个时候出现，相互搀扶着走下山来。其二是诗人倚山北望者并非具象的自己的宅庐，而是那北方的河山，毕其一生所追求的抗击金人收复河山的志向仿佛被眼前的缥缈云雾遮挡，似乎一切是那么的真实又已经是那么的遥远。年老的诗人已感到力所不逮，而自己的志向仍然未能实现。倦鸟尚有可以栖息的归巢，而北方故国的百姓们此时此刻他们又何以遮蔽风寒，在金人的铁蹄下是否可以有苟安之地呢？这也使我们不禁联想到他的绝笔诗句"王师北定中原日，家祭无忘告乃翁"，这是陆游一生爱国情怀的一声长啸，是他念念不忘的人生理想，然而此刻，老去的诗人却感到前所未有的无力、孤独和凄凉。

陆游以琴入诗的名篇很多，其中有一首《北窗》系列中的《闲咏》，将诗人对古琴的理解、对书法的精通清晰地表现出来，诗曰："阴阴绿树雨余香，半卷疏帘置一床。得禄仅偿赊酒券，思归新草乞祠章。古琴百衲弹清散，名帖双钩榻硬黄。夜出灞亭虽跌宕，也胜归作老冯唐。"与前面的《山行》如出一辙，既有偿还酒账、代写祠章，又有百衲古琴弹清散，以及双钩榻帖的艺术表现，更有冯唐易老的人生感叹。其中"冯唐易老，李广难封"出于王勃的《滕王阁序》，道出了诗人难平屡受主和派排挤的悲愤，感叹人生短暂旋至耄耋，而之所以选择百衲古琴，是诗人大智慧和体国忧民之情的集中表现。百衲琴是古琴的一种制作方法，相传百衲琴的制作是由唐代李勉（唐肃宗时期宰相）发明的，以两百多块两三寸的小块桐木（古人称桐孙）拼接而成，取其僧人"百衲衣"的说法命名为"百衲琴"。而此种制作方法所斫制的古琴通常声音会更加松散清透，而诗人则以百姓为百衲，体现了诗人心怀家国、情系民众的思想，当然，诗中依旧是以润笔付酒账，展现了诗人清雅不入俗流的文士气质和超越世人的沉雅清俊。

陆游自幼习武，小说家言其曾短刃刺虎，真实的陆游的确有着剑胆琴心，这在他的一首《琴剑》中有慷慨悲歌的表现。

【雅赏】

琴剑（陆游）

流尘冉冉琴谁鼓，渍血斑斑剑不磨。
俱是人间感怀事，岂无壮士为悲歌？

浣溪沙
范成大

白玉堂前绿绮疏。烛残歌罢困相扶。问人春思肯浓无。
梦里粉香浮枕簟,觉来烟月满琴书。个侬情分更何如。

【作者】

范成大(1126—1193),字至能(宋史谓"致能")、幼元,号此山居士,晚年又号石湖居士。平江府吴县(今江苏省苏州市)人。南宋名臣、文学家。史称其"年十二遍读经史,十四能文词"。宋高宗绍兴二十四年(1154)登进士第,历经南宋高宗、孝宗、光宗三朝。由礼部员外郎累官至兼参知政事(副宰相),后知明州、建康府,均颇著政绩。宋孝宗乾道六年(1170),范成大出使金国,索求北宋诸帝陵寝之地,并争求改定受书之仪,他大义凛然,不辱使命全节而归返。晚年退居石湖(太湖的支流),加资政殿大学士。宋光宗绍熙四年(1193)逝世,享年68岁。累赠少师、崇国公,谥号"文穆",故后世多称"范文穆"。

范成大素有文名,尤工于诗。他继承白居易、王建、张籍等诗人新乐府的现实主义精神,诗风平白简素、清新晓畅,自成一家。诗题材广泛,以反映农村社会生活内容的作品成就最高,与杨万里、陆游、尤袤合称南宋"中兴四大诗人"(又称"南宋四大家")。其作品集《石湖居士诗集》在南宋时已有了较大的影响,与陆游的《剑南诗稿》被时人称为"家剑南而户石湖",另有《揽辔录》《吴船录》《吴郡志》《桂海虞衡志》等著作传世。

范成大存诗词2300余首,《宋词三百首》收录其词3首。最著名的有凄凉如"细数十年事,十处过中秋"(《水调歌头》)、专情如"欲凭江水寄离愁,江已东流那肯更西流"(《南柯子》)、恬淡如"脉脉花疏天淡,云来去、数枝雪"(《霜天晓角》)、怅伤如"石马立当道,纸鸢鸣半空。墦间人散后,乌鸟正西东"(《清明日》)等,其最为后人耳熟能详的莫过于那首《四时田园杂兴》:"昼出耘田夜绩麻,村庄儿女各当家。童孙未解供耕织,也傍桑阴学种瓜。"

【诗文大意】

白玉堂前少有司马才子。不过是偏安一隅歌舞升平。有几人祈盼春风北渡?醉生梦死在香黛枕席间,醒来还是月下书对云抚琴。我的心境又有谁知晓。

【品读】

"浣溪沙"为词牌名,又名"浣纱溪""小庭花""满院春"等。平仄两体,字数以四十二字居多(另有四十四字和四十六字两种),通常以晚唐五代韩偓的《浣溪沙·宿醉离愁慢髻鬟》为正体,另有四种变体。正体双调四十二字,上片三句三平韵,下片三句两平韵。此调音节明快,为婉约、豪放两派词人所常用,初兴晚唐,流行于宋代,代表作有晏殊的《浣溪沙·一曲新词酒一杯》和秦观的《浣溪沙·漠漠轻寒上小楼》等。

范成大一世为官,最为后人称道的是他执节金国时所表现出的宋代文人之胆略和气节,在出使金国期间,范成大目睹了山河破碎民不聊生,写下了"永夜阑干千嶂月,清风挥尘七州春"和"不须击水三千里,已压中天十二楼"(《浙东参政寄示会稽蓬莱阁诗轴，次韵寄题》)等忧愤的诗篇，并将其在使金途中于沦陷区的见闻感触融于组诗"七十二首绝句"中。

这首《浣溪沙》是范成大面对南宋王朝偏安一隅的忧愤之作，此时"中兴四将"都已过世，士人陶醉于纸醉金迷之中，放眼望去，朝堂之上皆是尸位素餐之徒。"白玉堂"本是指神仙居处或喻指富人宅邸。王安石《送吴显道》中有"白玉堂前一树梅，为谁零落为谁开"之句。在范成大的词中应是指翰林院，杜甫《八哀诗·故右仆射相国张公九龄》中有"上君白玉堂，倚君金华省"之句。此处的"绿绮疏"并非指琴，而是比喻朝堂之上像司马相如那样保境安国的能臣太少了（司马相如出使安定西南夷），人们相互逢迎着，沉湎于枕席香黛，谁还记惦着沦陷区的百姓？北伐的春风何时能够吹渡江北？

下片的"觉来烟月满琴书"一句颇有深意，表面上是说当朝者夜夜笙歌醉中繁华入梦，醒来乔装君子对月而琴对云而咏，实则是词人意欲表达在衮衮诸公中绝世而独醒，心向圣贤书指向孔子琴的万般无奈。从而也就有了最后结句的"个侬情分更何如"之反问，"侬"古语为"我"的代称，今多是指"你"，词人是表达了对于那些"暖风熏得游人醉，直把杭州作汴州"的人们完全无法苟同的立场及观点，更何谈"情分"。范成大在哀戚与无奈中坚守着自己的爱国爱民之抱负，这在他众多的诗词中常常有饱含深情的流露，如他的一首《州桥》："南望朱雀门，北望宣德楼，皆旧御路也。州桥南北是天街，父老年年等驾回。忍泪失声询使者，几时真有六军来？"读来无不催人泪下。

范成大是南宋诗词领军人物，他在退隐石湖的十年中，写出了著名的春夏秋冬四卷组诗《四时田园杂兴六十首》。此外，其书法也颇为后世推崇。范成大的书法出自家学（其母蔡夫人，是"宋四家"之一蔡襄的孙女），元末书学理论家陶宗仪在《书史会要》中称赞范成大"字宗黄庭坚、米芾，虽韵胜不逮，而遒劲可观"。在成都时范成大与陆游饮酒赋诗，落纸墨迹未干，坊间已万人传诵，可见当时人们对范成大的追捧。

【雅赏】

水乡酌别但能之主管，能之将过石康（范成大）

南郭河桥市井喧，绿荷香处有江天。
一帘梅雨炉烟外，三叠阳关烛泪前。
马耳西风君并海，船头北渚我归田。
后期只恐参商似，且醉金槽四十弦。

题刘朝英进斋

杨万里

灯火三更雨，诗书一古琴。
惟愁脚力软，未必圣门深。
莫笑云端树，初如涧底针。
不应将一第，用破半生心。

【作者】

杨万里（1127—1206），字廷秀，号诚斋，吉州吉水（今江西省吉安市）人。宋高宗赵构绍兴二十四年（1154）进士，入仕初为赣州司户参军，宋孝宗赵昚乾道六年（1170），召为国子博士，迁太常博士、将作少监，后出知漳州、常州。累擢至东宫侍读，迁秘书少监，贬出知筠州。宋光宗赵惇即位，召为秘书监后出知赣州，未赴。宋宁宗赵扩即位，屡召屡辞，庆元五年（1199）致仕，于开禧二年（1206）80岁卒，谥"文节"。有《诚斋集》《诚斋易传》等传世，诗文全集133卷。诗42卷，以宋端平间刊本（原书藏日本东京宫内厅书陵部），宋递刻本（今藏北京图书馆）共63卷，今残存60卷，明末毛氏汲古阁本（今藏上海图书馆）。

杨万里性情刚正，不附权奸，历高宗、孝宗、光宗、宁宗四朝，终其一生官位不显，数度进出，但拳拳爱国忧民之心不改。他的文学成就极高，尝言"学而不化，非学也"，以正心诚意之学名其书斋为"诚斋"并自号。他文兼众体，于散文步趋韩柳，颇有柳宗元密栗深邃、雅健幽峭之风。他有大量凸显爱国情怀的诗词，如著名的《初入淮河四绝句》，其一曰"船离洪泽岸头沙，人到淮河意不佳。何必桑乾方是远，中流以北即天涯"等，在诗人深沉愤郁的情感宣泄中，有思国忧民的感叹，有恢复中原的呐喊，有对民族英雄的歌颂，有对卖国权奸的怒斥，每每抒发着诗人的爱国主义情怀。

杨万里可能是史上写诗最多的诗人，有人统计他一生写诗有2万多首，今存诗4200余首。他是南宋时所推崇的"中兴四大诗人"（尤袤、杨万里、范成大和陆游）之一，其中尤以杨、陆之名为盛。杨万里以其新鲜泼辣的诗法成为诗歌由唐宋向元明清转变的重要节点，南宋严羽在《沧浪诗话》中谓之为"杨诚斋体"。

杨万里的诗词脍炙人口，如《晓出净慈寺送林子方》"毕竟西湖六月中，风光不与四时同。接天莲叶无穷碧，映日荷花别样红"，又如《竹枝歌》"月子弯弯照九州，几家欢乐几家愁。愁杀人来关月事，得休休处且休休"，再如《小池》"泉眼无声惜细流，树阴照水爱晴柔。小荷才露尖尖角，早有蜻蜓立上头"等不胜枚举。

【诗文大意】

灯花跳动听西窗细雨，读圣贤书更抚古人琴。书山有路尚需勤行路，学海无涯更要早行舟。莫叹高树繁茂入云端，安知也曾是涧底幼枝。谁说读书只为求登第，半生心血参拜圣人经。

【品读】

杨万里的这首五律《题刘朝英进斋》是一首典型的劝学诗，诗中内容可视为对荀子的《劝学》的部分化用。与一众劝学诗文不同的是，他并未在诗中大加说教，而是将书与古琴喻示古圣先贤的文化和思想，用诙谐质朴又不无哲理的形象比喻，道出了读书的方法和目的，同时在读者面前展示了一幅南宋学者浸满文人意象的"夜雨琴书图"，更是借刘朝英的"进斋"书斋，将琴与书和灯与雨相互承托的思想境界及文化思考融合在一起，以期达到言古不说古、言情不繁复的不落窠臼之诗意。

诗名中的"进斋"应是刘朝英的书斋名字。古人有以"进"为书斋名之例，如曾言"圣人之道与天地同大，故其世泽亦与天地相为悠久"的明初经学家林弼在其《书高仲晖进斋卷后》中有："进之名有二义焉：勇往直前、循序有渐之谓也。君子之学固当力于进，然不容于骤进也。勇往而不知循序，则锐而易退；循序而不能勇往，则将半途而废矣。"又明正德年间翰林编修王立道有《进斋铭》曰："予姻丈沈君谦退士也，而以进名斋。盖有崇德之志焉。"

诗人在开篇即以臆想的方式描述了刘朝英的书斋的文气和雅致，"西窗夜雨""秉烛夜读"是古人所崇尚的夜读意象，李商隐的"何当共剪西窗烛，却话巴山夜雨时"为这一情景深深地打下了文士情怀之烙印。千百年来"东窗"有阴谋之嫌，"南窗"被陶令公引为悠然田园，"北窗"似乎被陆游一人独揽（陆放翁有北窗系列诗词50余首），时至宋代有韩元吉、吴文英、汪元亮、王沂孙等一众词中大家为"西窗"赋予了愁别、倾诉、相思等词境，西窗的晚雨疏疏也一直影响到蒲松龄和曹雪芹等诸家。

"左琴右书"既是古代典型的文士象征又是君子修身养德之必由。西汉刘向《列女传》中有"左琴右书，乐亦在其中矣"；东晋陶渊明《答庞参军》中有"衡门之下，有琴有书。载弹载咏，爰得我娱"；南北朝教育家颜之推的《颜氏家训》中有"士君子之处世，贵能有益于物耳，不徒高谈虚论，左琴右书，以费人君禄位也"；南北朝刘禹锡的《陋室铭》也有"谈笑有鸿儒，往来无白丁。可以调素琴，阅金经"；北宋诗人郭祥正《古思归引》中有"左琴右书兮，助为娱而养真"；南宋陆游《北窗》中有"草木扶疏春已去，琴书萧散日初长"等大量的正论及泛议。

由此，诗人杨万里只字未提主人书斋内外面貌，而是着手于情致的引导，在读者眼前描绘出一位文士琴书相伴、雨夜攻读的高格调画面，也为书斋的清简古朴及主人的刻苦不懈乃至德才双修的境界予以概括性的表述。紧接着诗人毫无拖沓地将笔锋转到哲学性的论说：是古圣先贤的学问太过深奥，还是今人的学习能力不强？并言只要足够努力，终会越发接近古圣学问的大门。如《礼记·中庸》曰："君子遵道而行，半途而废，吾弗能已矣。君子依乎中庸，遁世不见知而不悔，唯圣者能之。"继而又发感慨道，哪一棵参天大树不是从幼苗嫩枝成长起来的呢？此深合《周易·象传下·升》中的"地中生木，升。君子以顺德，积小以高大。允升大吉，上合志也"。颔、颈两联对仗工整情绪递进，比喻诙谐质朴，内涵囊括多方。至尾联处，诗人跳跃性地发出关于读圣贤书之目的的议论：难道学子们倾其半生心血读书之目的，就是为了博取功名而登第入仕吗？这无疑是诗人对"学而优则仕"的大胆反思。

杨万里对读圣贤之书有着勤奋的追求和忘我的精神，对于后进学子的读书又有着方法性的解析，更有高屋建瓴的自觉，即"兴来忽开卷，径到百圣源""自笑终未是，拨书枕头眠"的洒脱和学者风范。杨万里是激情的爱国者和有觉悟的政治家，更是极具特点的诗人，钱锺书曾评说："放翁善写景，而诚斋善写生。放翁如图画之工笔，诚斋则如摄影之快镜，兔起鹘落，鸢飞鱼跃，稍纵即逝而及其未逝，转瞬即改而当其未改，眼明手捷，踪矢蹑风，此诚斋之所独也。"

【雅赏】

读书（杨万里）

读书不厌勤，勤甚倦且昏。
不如卷书坐，人书两忘言。
兴来忽开卷，径到百圣源。
说悟本无悟，谈玄初未玄。
当其会心处，只有一欣然。
此乐谁为者，非我亦非天。
自笑终未是，拨书枕头眠。

斋居感兴二十首·其十二

朱熹

大易图象隐，诗书简编讹。
礼乐翙交丧，春秋鱼鲁多。
瑶琴空宝匣，弦绝将如何。
兴言理余韵，龙门有遗歌。

【作者】

朱熹（1130—1200），字元晦、仲晦，号晦庵，晚年号晦翁（又有紫阳先生、考亭先生、沧州病叟、云谷老人等号），祖籍徽州府婺源（今江西省婺源市），生于南剑州尤溪（今属福建省尤溪县）。生活在南宋时期，是中国著名的理学家、思想家、哲学家、教育家、诗人，世称朱子，是继孔、孟之后最伟大的儒学集大成者。

朱子于宋高宗绍兴十八年（1148）中进士，历任江西南康、福建漳州知府、浙东巡抚，曾为宋宁宗赵扩侍讲。朱子一生"反和主战"，他廉政爱民，清简晏如，学问严谨，尤重教育。晚年受外戚排挤，在"庆元党"中被列为"伪学魁首"，削官奉祠。庆元六年（1200）逝世，享年71岁。后被追赠为太师，追封信国公后改徽国公，赐谥号"文"，故世称朱文公。

朱子门出北宋"二程"（程颢、程颐），史上合称"程朱学派"，大成殿十二哲者之一，也是唯一非孔子亲传弟子而享祀孔庙者。朱子是理学集大成者，他的理学思想对后世影响很大，成为元、明、清三朝的官学，

《宋史·朱熹传》称"熹没，朝廷以其《大学》《语》《孟》《中庸》训说立于学官。又有《仪礼经传通解》未脱稿，亦在学官。平生为文凡一百卷，生徒问答凡八十卷，别录十卷"。

朱子著述宏富，今流存有600余卷，25种，约2000万字，其中有《四书章句集注》《太极图说解》《通书解说》《周易读本》《楚辞集注》，后人辑有《朱子大全》《朱子集语象》等。他的"四书学"是毕其一生的学问精华，更是成为后世钦定的教科书和科举考试的标准，此外有《朱子家训》《通鉴纲目》《宋名臣言行录》《家礼》等大量的散文、议论文流传至今且深入人心。

朱子兼善诗、词，今存诗词1400余首，其中广为人知的如《春日》"胜日寻芳泗水滨，无边光景一时新。等闲识得东风面，万紫千红总是春"，以及《观书有感·其一》"半亩方塘一鉴开，天光云影共徘徊。问渠那得清如许，为有源头活水来"，又如《劝学诗》"少年易老学难成，一寸光阴不可轻。未觉池塘春草梦，阶前梧叶已秋声"等。朱子对读书和学问的论言诸如"业精于勤而荒于嬉，行成于思而毁于随"以及"活到老、学到老""读书有三到，谓心到，眼到，口到""有则改之，无则加勉"等大量立言、立学、立身的警句影响着一代又一代人。

朱子与古琴有着寓于教化的贡献，据今世学者考证，古琴名曲《碧涧流泉》以及琴歌《招隐》《反招隐》是为朱子所作，又有两床藏琴今存，还对一些琴曲的出处做过考究。

【诗文大意】

《周易》隐晦的内容很多，《诗》《书》的简略又使误解频出。《礼》《乐》应该正本清源，《春秋》久传至今也有失本意。如同名琴藏于宝匣之中，断绝了它的旷古之音。梳理古圣思想需建言立说，如同延续琴中余韵，为莘莘学子留下千古圣人的学问。

【品读】

宋孝宗赵昚乾道八年（1172），时年朱子43岁，几辞诏进，此时他完成了《论孟精义》和《资治通鉴纲目》以及《西铭解义》的修订，又作《仁说》《巧言令色说》《八朝名臣言行录》，编《论性答稿》和《中和旧说》。将潭溪（今武夷山辖内）旧楼命名"紫阳楼"并以为自号（朱子一生在这里生活了近50年），楼中听事堂刻名为"紫阳书堂"，东偏室名"韦斋"，燕居堂名"晦堂"，东斋名"敬斋"，西斋名"义斋"，是年《大学章句》《中庸章句》初稿成，故作《斋居感兴》组诗。

这首《斋居感兴二十首·其十二》是朱子对自己著书立说之初衷的解说和对自己文作的高度概括以及历史性的定位。朱子著《太极图说解》《通书解说》及《周易读本》，是在对北宋周敦颐的《太极图·易说》和简述儒家理论的《通说》进行理论化及思想性的全面解说，对《四书》(《大学》《中庸》《论语》《孟子》)及《五经》(《诗经》《礼记》《尚书》《春秋》《周易》)等儒学经典，在历经一千多年来所产生的曲解、误读进行了历史性的梳理以求正本清源。继而感慨这些古圣先贤的思想精华犹如绝世名琴，本应发出跨越时代的旷古余韵，但却被空置于琴匣之中，而自己最多就是让其再鸣千古之余韵，为后世留下太古遗音，也即"为往圣继绝学"（出自北宋张载的"横渠四句"）之愿望。诗中化用西晋左思《三都赋·魏都赋》中"揽《大易》与《春秋》，判殊隐而一致"之意，结句处既表达了作者弘扬理学，以立儒法正途之志，又有效法太史公严谨求实传承儒家思想余脉的理想。"龙门"系司马迁出生地，后指科举考场的大门，泛指学问和学子。在诗中朱圣人自问"弦绝将如何"？旋即自答曰，只有"兴言理余韵"方可使得"龙门有遗歌"。

朱子爱琴善琴，故而以琴入诗句甚多，有的是感怀时光逝去，如《寄山中旧知七首·其四》中的"潺湲流水思，萧索早秋声。尽向琴中写，焉知离恨情"以及《秋怀二首·其二》中的"端居兴方澹，沉默自成趣。羽觞欢独持，瑶琴谁与晤"；有呼朋引友之间的琴觞理论，如《刘德明彦集祝弟以夏云多奇峰为韵赋诗戏成五绝·其三》中的"闭门事幽讨，岁月忽已多。客来无可问，与君共弦歌"，又如《题沈公雅卜居图》中的"胜日宾友来，琴觞共舒忧。言论核幽妙，理乱穷端由"和《次韵题平父兄重建一枝堂》中的"命驾宾朋千里近，放怀琴酒百忧宽。遗编却好传孙子，莫遣因循学宴安"。

在朱子的诗中，有"远宦去乡井，终日无一欢。援琴不能操，临觞起长叹"（《寄黄子衡》）的感怀世事，有"琴书写尘虑，菽水怡亲颜。忆在中林日，秋来长掩关"（《秋夕二首·其二》）的自我解读，有"误落尘中岁序惊，归来犹幸此身轻。便将旧友寻山去，更喜新诗取意成。暖翠乍看浑欲滴，寒流重听不胜清。个中有趣无人会，琴罢尊空月四更"（《游密庵分韵赋诗得清字》）中所体现出的闲情逸致和取象老庄的散淡，有"幽卧寒岩不记年，饱看山月听风泉。舒忧正得琴三叠，玩意惟凭易一编"（《再用前韵示诸同游》）的风月琴思。

朱子在《秋夜听雨奉怀子厚》中写他读书写作之余的静夜鸣琴、乐道闲居的惬意，诗曰："悄悄窗户暗，青灯读残书。忽听疏雨落，稍知凉气初……鸣琴爱静夜，乐道今闲居。岑岑空山中，此夕知焉如。"朱子在他的《怀子厚》中表现出对柳宗元"琅然抚枯桐，幽韵泉谷虚"之情怀的追崇，在七绝《崇寿客舍夜闻子规得三绝句写呈平父兄烦为转寄彦集兄及两县间诸亲友·其一》中通过"空山初夜子规鸣，静对琴书百虑清。唤得形神两超越，不知底是断肠声"来描摹夜静山空、子规断肠的琴书意境，诗中也将身形俱清的圣人气质，仙逸飘洒地展现在后人眼前。

有宋一代是对中国传统文化及思想理论的全面整理时期，其中当然也包括了古琴文化。经过北宋尤其是徽宗时期官方对古琴由形制到义理的全面发展，至南宋时古琴在斫制及琴学理论以至修谱和古琴的音乐审美等方面，都有了历史性的进步，为始于元明的古琴"谱学"奠定了文化引导和理论基础，这其中就有《碧落子斫琴法》及朱子的《琴律说》《定律》和诸多琴论、琴铭，也有北宋政和年间（1111—1118）成玉磵关于古琴"意象"审美的艺术表达理论《琴论》，从而使古琴的制作、律法与古琴乐曲和艺术呈现等，在理论层面有了学术性的突破。在《琴律说》中朱子曰"但自有琴以来，通儒名师未有为此说者。余乃独以荒浅之学、聋聩之耳，一旦臆度而诵言之，宜子之骇于听闻而莫之信也"，继而又以琴律而理论琴学道统："为小人而在远，以一君而御二臣，能亲贤臣远小人则顺此理，而国以兴隆。"最后又曰："其背时而忤俗者，自当退伏无人之境。"

朱子以其特有的文化地位和超然的思想境界，在文化的历史节点上维护着古琴的文化精神，他曾有诗曰"山城夜寥阒，虚堂杳沉沉。王孙有高趣，挈榼来相寻。喜兹烦抱舒，未觉杯酒深。一为尘外想，再抚丘中琴。余音殷雷动，爽籁悲龙吟。寄谢筝笛耳，宁知山水音"（《赵君泽携琴载酒见访分韵得琴字》），在这首五古中朱子表露出有同于白居易《废琴》中所言的"何物使之然？羌笛与秦筝"之感叹。

宋代琴铭尤盛，先有东坡、山谷先生，后有爱国诗人王庭珪、文天祥，最著名的当数朱子的《紫阳琴铭》"养君中和之正性，禁尔忿欲之邪心；乾坤无言物有则，我独与子钩其深"，《黄子厚琴铭》"无名之朴，子所琴兮。扣之而鸣，获我心兮。杳而弗默，丽弗淫兮。维我知子，山高而水深兮"，以及《冰磬琴铭》"宫应商鸣，击玉敲金，怡情养性，中和且平"，这无疑也是朱子哲学思想在琴学理论中的具体显现。

【雅赏】

次秀野韵题卧云庵（朱熹）

君家丘壑本圆成，何意寻荒入翠屏。
为爱晴云荐孤枕，故将闲日付新亭。
梦魂寂寂衣裳冷，心事悠悠简策青。
更把枯桐写奇趣，鹍弦寒夜独泠泠。

听琴

白玉蟾

十指生秋水,数声弹夕阳。
不知君此曲,曾断几人肠?

【作者】

白玉蟾(约1134—1229),原名葛长庚,北宋时期琼管安抚司琼山县(今海南省海口市秀英区)人,乳名玉蟾,字白叟、如晦、以阅等,号海琼子、海蟾、云外子、琼山道人,世称紫清先生。南宋著名的诗词家、道教人物。

白玉蟾少能赋诗,12岁应童子科落第后对科举失望并无意仕途。南宋高宗赵构绍兴十九年(1149),16岁的白玉蟾开始离家云游,初养真于儋州松林岭,20岁起渡海到大陆各地求师问道,其间曾入驻武夷山"止止庵",师从道教南宗四世祖陈楠,尽得其道术。之后又在黎母山遇真人授"上注法箓洞法玄累诀",创立道教南宗宗派。他身归化外却不忘忧国,宋宁宗赵扩嘉定年间(1208—1224),奉诏入太乙宫为皇帝讲道,被封为紫清明道真人。在此期间,面对国土沦陷、生灵涂炭,以及奸相贾似道等权臣朝纲独揽,南宋朝廷苟安江南,而他自己又谏言受阻,于是在临安愤然写下了"三分天下二分亡,犹把江山寸寸量。纵使一丘添一亩,也应不似旧封疆"(《嘲贾似道》)的著名诗篇,以抨击当朝的横征暴敛和腐败无能。此后便遁迹名山,超然世外。他在云游途中"四方学者,来如牛毛",

传徒留元长、彭耜、陈守默、詹继瑞等四人以开枝散叶，自此打破了南宗的单传历史，创立金丹派南宗传说。传说宋理宗赵昀绍定二年（1229）冬，这位"南宗五祖"之末，羽化于今海南省定安县文笔峰，享年96岁。

白玉蟾平生博览群经，无书不读。于书他熔铸百家兼善诸体，有《仙庐峰六咏卷》和《天朗气清诗》传世，被清康熙帝称为"有龙翔凤翥之势"；于画他意属竹石尤善人物，有《月下梅花》诗画传世；于诗、词他尤善绝句，文词清峻高雅，有1300余首诗词存世，特别是他善于将"琴、棋、剑、书、茶、酒、花、鹤、松、烟"等元素及意象入诗，数量之多为有宋一代之翘楚。如他的《卧云》："满室天香仙子家，一琴一剑一杯茶。羽衣常带烟霞色，不惹人间桃李花。"他的一首七绝诗《早春》被收入清代曹寅的蒙学经典《千家诗》："南枝才放两三花，雪里吟香弄粉些。淡淡著烟浓著月，深深笼水浅笼沙。"白玉蟾一生著作颇丰，有《道德宝章》《海琼问道集》《海琼传道集》《金华冲碧丹经秘旨》《海琼白真人语录》《罗浮山志》《海琼白玉蟾先生文集》等传世。他是海南历史上第一位在全国有影响的历史文化名人，今天位于海南省定安县文笔峰山麓的玉蟾宫，被道教奉为"南宗宗坛"。

【诗文大意】

伴着夕阳，淡远的琴声如清冽的秋水，从先生指间流出。虽仅数声，先生的琴声已足以令人心伤，不知曾断几人肠？

【品读】

白玉蟾琴棋书画无所不能。其诗、词、歌流传甚广，格式多样，尤其是作为道教南宗派的领袖人物，在他的琴诗中不仅有着对古琴文化独特的理解，更有着将琴作为修身养性之道器的诠释。

白玉蟾有多首"听琴诗"，在这首仅二十个字的《听琴》中，诗人首发妙句，即令人拍案叫绝。"十指生秋水，数声弹夕阳"两句遂成经典，诗人以琴为抒发胸臆的对象，琴音数声，淡如秋水、远似夕阳，而琴声婉转、断人心肠，诗人感受到的已非琴家指下流出的琴音，而是出于虚无又入虚无的意念，它循环在诗人体内又游离于气象万千之中。而诗人此时是悲伤的，不只因为这琴声还因为这离乱的世界，以至于诗人最后发问此曲"曾断几人肠"？道不尽的是"琴家"之怨还是"诗家"之悲？此诗有诗人原序曰："去琴惨舒，即心喜忧，心逸琴逸，心戚琴戚。琴感诸心，心寓乎琴。心乎山则琴亦山，心乎水则琴亦水。心乎风月，琴亦倚之，而于弦外求之，斯道也已。《黄庭》三叠，可舞胎仙；《紫经》九灵，可谐造化。瓠巴死人，非钟子期。呜呼！琴在人亡，世无琴矣。庐山杏溪高人吴唐英，延帝一于绛宫，召太和于丹府，浏其所传而养，而嫁之于琴也。予过听之，弦指相忘，声徽相化，其若无弦者也。故作是诗以美之。"由序中可见诗人"以琴见性"的理念，正是"琴感诸心，心寓乎琴"从而达到"心逸琴逸，心戚琴戚"之境，可见诗中所言之百转悲肠，非琴曲之悲实乃诗人心中之悲悯。《礼记·乐记第十九》中说："礼乐之说，管乎人情矣……礼乐负天地之情，达神明之德，降兴上下之神，而凝是精粗之体，领父子君臣之节。"故而古人以操琴以求心之"内发外动"，形式上仿佛无我无求，而内心终怀对天地万物的敬畏之心，故有"志于道，据于德，依于仁，游于艺"（《论语·述而》）之说，唯有如此，方可"天人合一、返璞归真"以达"抱冲守虚、见相非相"之境。

白玉蟾的"十指生秋水，数声弹夕阳"，体现出古琴文化历经南北朝及唐代一众缁流羽客的研磨，至南宋时期已形成了十分完备的具有明显道家思想色彩的琴学理论体系。"古乐虽不可得而见，但诚实人弹琴，便雍容平淡。故当先养其琴度，而次养其手指，则形神并洁，逸气渐来。"（明徐上瀛《溪山琴况·逸》）这也就有了徐青山的两句经典妙论，即"道人弹琴，琴不清亦清"及"以无累之神合有道之器，非有逸致志者，则不能也"。

白玉蟾《听琴·其二》"心造虚无外，弦鸣指甲间。夜来宫调罢，明月满空山"，以及《听琴·其三》"声出五音表，弹超十指外。鸟啼花落处，曲罢对春风"，表现出南宋道家琴人"以琴为道器"，在琴中"悟化道法"的觉悟。弦鸣指间、望明月空山、五音表外、看春风落花，这是在诗人听琴时的自我冥想还是琴家用琴声营造的一个清虚曼妙、微波缥缈的世界，或许已不得而知。但如若将思绪拉回到现实，那清音幻妙琴声，泠泠间，鸟啼、花落、春风、夕阳、秋水、明月、空山如在眼前，这或许就是诗人所传承和代表的道家南宗派的向往和追求。

白玉蟾十分善于将多种仙风道骨的内心逸动与外在感知的意象罗织于一首诗中，可贵之处就是这种杂糅非但没有丝毫的违和感，反而使他的诗词如一幅动态的画面栩栩如生、引人入胜。如他的一首《怡斋》"逸士幽居松竹林，小堂偃枕北山阴。夜深冷月寒蓬户，晓起清风爽楮衾。把剑更餐杯面酒，收书破动壁头琴。自从一见羲皇面，千古谁知养浩心"，就将松竹、琴剑、清风、冷月、诗酒完美地融为一体；又如他的《劣隐》"世态炎凉觉鼻酸，洞门空掩绿烟寒。仗三尺剑临风舞，把一张琴对月弹。斫竹数竿容水过，倚松半日执经看。山林心绪得闲处，好炼长生不死丹"，则是将寒烟、琴剑、水月、松竹、山林，与自己因世态炎凉而悲悯，唯向山林求仙音的隐逸心怀交织在一起。可见诗人的"隐"与他对世事的灰心及失望有着必然的关联，其中也有着一份"位卑未敢忘忧国"的文士情怀。

有宋一代，道家"对月听弹琴，看鹤舞松烟"的精神审美，被白玉蟾诠释得淋漓尽致，他有《赠慵庵卢副官》一首："山色凝云翠几重，鸟声惊落夕阳红。要携琴去弹秋月，且掇棋来著晚风。一度醉眠知事少，数番吟畅觉心空。慵庵不与人相与，关上柴门滋味浓。"每每读来，都可品味出不尽相同的诗境，堪称琴人"抚琴意象"的典范，也是琴家梦寐以求的琴境。

白玉蟾有一首长诗《琴歌》，其中一句"人间如梦只如此，三万六千一弹指"也多被后世文墨之士化用为"人生如梦、弹指一挥间"。

【雅赏】

琴歌（白玉蟾）

月华飞下海棠枝，楼头春风鼓角悲。
玉杯吸乾漏声转，金剑舞罢花影移。
蕊珠仙子笑移烛，唤起苍潭老龙哭。
一片高山流水心，三奏霓裳羽衣曲。
初如古涧寒泉鸣，转入哀猿凄切声。
吟猱撚抹无尽意，似语如愁不可听。
神霄宫中归未得，天上此夕知何夕。
琼楼冷落琪花空，更作胡笳十八拍。
君琴妙甚素所悭，知我知音为我弹。
瑶簪琅佩不易得，渺渺清飙吹广寒。
人间如梦只如此，三万六千一弹指。

蓬莱清浅欲桑田,君亦辍琴我隐几。
为君歌此几操琴,琴不在曲而在心。
半鬈如苦万绿缕,一笑不博千黄金。
我琴无徽亦无轸,瓠巴之外余可哂。
指下方尔春露晞,弦中陡觉和风紧。
琴意高远而飘飘,一奏令人万虑消。
凄凉孤月照梧桐,断续夜雨鸣芭蕉。
我琴是谓造化柄,时乎一弹混沌听。
见君曾是蕊珠人,欲君琴与造化并。
昔在神霄莫见君,蕊珠殿上如曾闻。
天上人间已如隔,极目霭霭春空云。

题孟东野听琴图因次其韵
楼钥

谁欤住前溪，夜深以琴鸣。
天高颢气肃，月斜映疏星。
橡林助萧瑟，泉声激琮琤。
弹者人定佳，能使东野听。
束带不立朝，遥夜甘空庭。
龙眠发妙思，神交穷杳冥。
不见弹琴人，画出琴外声。
郊寒凛如封，作诗太瘦生。
恨不从之游，抚卷空含情。

【作者】

楼钥（1137—1213），字大防、启伯，号攻媿主人，明州鄞县（今浙江省宁波市鄞州区）人。南宋文学家、诗词家、书家。南宋孝宗赵昚隆兴元年（1163）进士及第，授温州教授，后迁起居郎兼中书舍人。韩侂胄被诛后，起为翰林学士，拜吏部尚书，迁端明殿学士。南宋宁宗赵扩嘉定初年，领同知枢密院事，升参知政事，授资政殿大学士，提举万寿观。嘉定六年（1213）卒，享年77岁，谥号宣献，赠少师。

楼钥于宋孝宗乾道五年（金大定九年，1169），随时任刑部侍郎兼给事中的舅父汪大猷出使金朝，按日记叙述途中所闻，写成《北行日录》。楼钥被后世称为"守正不阿的学政廉君子",传世有《攻媿集》一百一十二卷,据《四库全书总目提要》卷一五九记载:"钥有《范文正年谱》……钥居官持正有守,而学问赅博,文章淹雅,尤多为世所传述……有'虽丧纪自行于宫中,而礼文难示于天下'二语,为海内所称……盖宋自南渡而后,士大夫多求胜于空言,而不甚究心于实学。钥独综贯今古,折衷考较,凡所论辨,悉能洞澈源流,可谓有本之文,不同浮议。"楼钥存诗词近1400首,他的"行入春山紫翠中,入山深处更桃红,一百五日麦秋冷,二十四番花信风"(《山行》),以及"江汉至鄂始合流,黄鹤楼前鹦鹉洲"(《题董亨道八景图》)等都是千古名句。

【诗文大意】

知谁住前溪,夜深弹鸣琴?天高爽,秋肃杀,月映星辰点点。秋萧瑟风穿橡林,泉琮琤琴声激越。猜高士琴技超群,独孟郊盛装聆听,月夜空庭,琴声曼妙,画出奇意,神情渺茫。画中无琴人,琴声绕画卷。孟郊凛然凝画中,似在琴中苦吟。憾不与彼生同时,至今抚卷追情。

【品读】

楼钥的这首五古题画诗《题孟东野听琴图因次其韵》,是就为北宋著名画家李公麟(号龙眠居士)的《孟东野听琴图》而作,其中的孟东野即唐代有"诗囚"之称,并被苏轼称为"元轻白俗,郊寒岛瘦"的苦吟派诗人孟郊。孟郊屡试不第,46岁方中进士,仕途乏善可陈而一生放迹林泉。孟郊懂琴爱琴,有许多以琴入诗的名篇名句,如《秋怀十五首·其二》中的"疑虑无所凭,虚听多无端。梧桐枯峥嵘,声响如哀弹",集中表达了

"忍古不失古，失古志易摧。失古剑亦折，失古琴亦哀"的理性思考，又如《答韩愈、李观别，因献张徐州》中的"愿为直草木，永向君地列。愿为古琴瑟，永向君听发"等。而孟郊那首著名的《听琴》诗"飒飒微雨收，翻翻橡叶鸣。月沉乱峰西，寥落三四星。前溪忽调琴，隔林寒琤琤。闻弹正弄声，不敢枕上听。回烛整头簪，漱泉立中庭。定步履齿深，貌禅目冥冥。微风吹衣襟，亦认宫徵声。学道三十年，未免忧死生。闻弹一夜中，会尽天地情"，或许就是李公麟创作《孟东野听琴图》的依据。

楼钥善于化用前人诗词，这首《题孟东野听琴图因次其韵》名为"次韵"实则"化用"孟郊的《听琴》，正如清末陈衍所说："全从东野落想，是谓语无泛设。"(《宋诗精华录》卷三)

开篇的"欤"是表示疑问的语气助词，李公麟的画中并没有画出弹琴之人，故楼钥首发疑问：是谁在月朗星稀的萧瑟清秋寂静的月夜中弹奏着古琴，琴声穿过橡树林飘然而至，就连清洌的泉水也随着琴声发出激越的声响。其中"颢气"指清正鲜明之气，"萧瑟"在诗中有清秋寂寞凄凉之意。而"琮琤"本指玉石碰击或金属撞击之声，在诗词中多指水流跳跃跌宕，尤以描述古琴的清越之声。南宋词人刘子寰《满江红·风泉峡观泉》就有"听泠泠、清响泻琮琤，胜丝竹"之句。继而诗人大胆断言，这位清夜中的琴者一定是个高手，所以引得孟郊凝神聆听，而且孟东野正冠束带颇为庄重，其意不在朝堂而在于立在空荡荡的庭院中听琴。俄而又赞画家的立意精巧及画风脱俗，下笔入神求意于画外，这也正是始于北宋的"文人意象画"之"求意在不言尽"的审美取向。"杳冥"在诗中有缥缈高远之意，仿佛观者能够在画中感受到旷远的琴声在耳畔回响缭绕。至此，诗人完成了"诗中有琴，琴中有声，声中有画"的演绎过程，以题画诗的视角，对画作的语言化描摹以及画作的意境进行了主旨诠释，又最大限度地通过孟郊原诗的精神和意蕴，激赏画作者，使原诗、题诗、画作完美地结合在一起并得到了同步的提升，达到了元人岑安卿《次韩明善题推篷图》一诗中所言的"无声诗生有声画，吟咏工夫见挥洒"之效。最后诗人陡发议论：画作中的诗人孟郊，凛凛然栩栩如生，仿佛依旧在琴声中苦吟诗作，唯只恨自己不能与孟东野生在同时代，不能与之携手共游山水之间，如今只能掩卷长叹，唏嘘不已。

一首《题孟东野听琴图因次其韵》，虽说是旧题旧体次韵化用，但也足见诗人笔下功力，尤其是"画出琴外声"一句点睛之笔，诗人用诗的语言将视觉体验转换成人们的意象思维，以达到更深一层的审美效果和更广泛的思考边界，尤其是楼钥用诗的语言对画作以至孟郊的原诗诗境，进行了更丰富、更准确的诠释，将李公麟画中的意趣及画外的意境拓展开来，为该画作赋予了更多的想象空间，这或许也是画家本人所未曾始料的。

楼钥学宗朱熹，尤好藏书，筑藏书楼于月湖畔，名"东楼"。他精研不倦，自六经至百家传记，无所不读，藏书万卷，手抄居半。他贯通经史，酷嗜典籍，如诸子百家、音训小学诸书。凡精椠著本、刻本、抄本，必一一收藏，亲手校雠，其中称善本者颇多。至晚年为得潘景宪的八十二篇《春秋繁露》一书，仍辗转访求，得之而后快，是以传世。楼钥著作宏富，如其随使金时所撰《北行日录》和深得世人推崇的《攻媿集》。时"东楼"经常接待读者，后世称"客有愿传者，辄欣然启帙以授"（清光绪《鄞县志》）。楼钥有《句》一诗曰"门前莫约频来客，坐上同观未见书"。当世其"东楼"藏书，与藏书家史守之称为"南楼北史"。

"东楼"有藏书印。古代藏书家为辨明图书的归属，征信于人，常在自己的藏书上盖上印章。藏书印随着篆刻在文人中的普及，从北宋开始在藏书家和士大夫中使用，如苏耆（苏易简之子，苏舜钦之父）有"佩六相印之裔"等印，南宋贾似道有"秋壑图书"印，之后的明清时期更是在文人中广为普及。故而楼钥的"四明楼钥"也在某种程度上印证了宋代文人篆刻的发展史。

楼钥有一阕《醉翁操》，为依韵苏东坡，虽有些许套用坡仙词之嫌，但也不失为一阕琴词佳曲。醉翁操为词牌名，也有正宫调琴曲，以苏轼《醉翁操·琅然》为定格，双调九十一字，前段十句十平韵，后段十句八平韵。另有代表作品如辛弃疾的《醉翁操·长松》。

【雅赏】

醉翁操·和东坡韵咏风琴（楼钥）

泠然。轻圆。谁弹。向屋山。何言。清风至阴德之天。悠飏余响婵娟。方昼眠。迥立八风前。八韵相宣知孰贤。

有时悲壮，铿若龙泉。有时幽杳，仿佛猿吟鹤怨。忽若巍巍山巅，荡荡几如流川。聊将娱暮年，听之身欲仙。弦索满人间，未有逸韵如此弦。

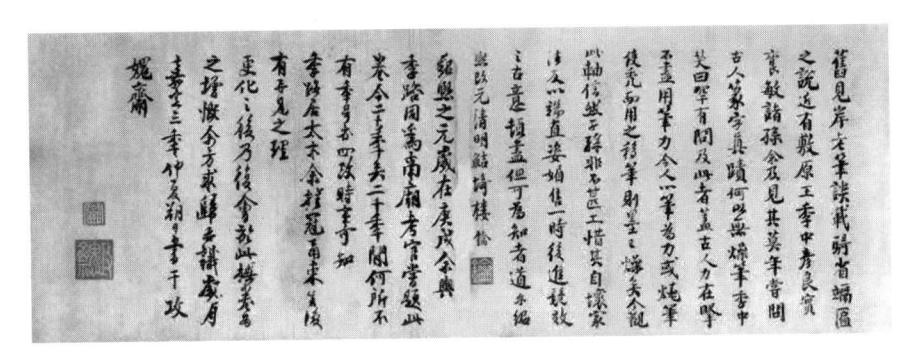

楼钥《题徐铉篆书帖》

鹧鸪天·徐仲惠琴不受
辛弃疾

千丈阴崖百丈溪。孤桐枝上凤偏宜。玉音落落虽难合，横理庚庚定自奇。

人散后，月明时。试弹幽愤泪空垂。不如却付骚人手，留和南风解愠诗。

【作者】

辛弃疾（1140—1207），原字坦夫，后改为幼安，别号稼轩，山东东路济南府历城县（今山东省济南市历城区）人。南宋著名的豪放派词人、抗金名将，有"词中之龙"的誉称。与苏轼合称"苏辛"，与李清照并称"济南二安"。辛弃疾出生时山东已被金人占据，他青年时参与耿京起义，擒杀叛徒张安国，回归南宋，献《美芹十论》《九议》等，条陈战守之策。先后在江西、湖南、福建等地为守臣，曾创建飞虎军，因屡遭主和派的劾奏，数次起落，最终退隐山居。开禧北伐前后，宰臣韩侂胄接连起用辛弃疾知绍兴、镇江二府，并征他入朝任枢密都承旨等官，均遭辞免。开禧三年（1207），辛弃疾抱憾病逝，享年68岁。宋恭帝赵㬎时追赠少师，谥号"忠敏"。

辛弃疾一生命运多舛，壮志难酬，但他始终没有动摇恢复中原的信念，更是把满腔激情和对国家兴亡、民族命运的关切、忧虑，全部寄寓诗词之中。其词艺术风格多样，沉雄豪迈又不乏细腻柔媚之处，题材广泛多样尤善用典故，抒怀英雄的爱国热情，倾诉壮士的内心悲愤，吟咏祖国的大好河山,抨击投降派的误国误民。辛弃疾是有宋一代豪放派词人的代表,存世诗词600余首,其中多有"气吞万里如虎"的英雄豪迈,如"醉里挑灯看剑,梦回吹角连营""举头西北浮云,倚天万里须长剑";壮志未酬的壮怀悲歌,如"了却君王天下事,赢得生前身后名。可怜白发生""听我尊前醉后歌,人生亡奈别离何""若教眼底无离恨,不信人间有白头";发乎于心的百转柔肠,如"众里寻他千百度。蓦然回首,那人却在,灯火阑珊处""明月别枝惊鹊,清风半夜鸣蝉""千金纵买相如赋,脉脉此情谁诉""少年不识愁滋味,爱上层楼。爱上层楼,为赋新词强说愁";见景而发词兴的,如"稻花香里说丰年,听取蛙声一片""梦回人远许多愁,只在梨花风雨处""山远近,路横斜,青旗沽酒有人家"等名句无数。

【诗文大意】

伫立在高崖深涧旁的孤桐,正是凤凰栖息的嘉树。嘉木成琴、琴声清亮,更有断纹无数。待众人散去,月下独鸣琴。琴声中百般悲愤上心头,空垂泪。不如赠予迁客骚人,弹那解怨的《南风》曲,隔江吟唱后庭花。

【品读】

辛弃疾的这首《鹧鸪天》是典型的以琴明志、借琴讽刺之作。"鹧鸪天"是词牌名,又名"思佳客""思越人""醉梅花""半死梧""剪朝霞"等。定格为晏几道《鹧鸪天·彩袖殷勤捧玉钟》,此调双调五十五字。代表作有北宋夏竦《鹧鸪天·镇日无心扫黛眉》、苏轼《鹧鸪天·林断山明竹隐墙》、柳永《鹧鸪天·吹破残烟入夜风》。

　　词中上片描述友人徐仲惠（徐安国字衡仲，号西窗。南宋有名孝子，幼年被龚氏抚育长大，后改本姓"徐"姓，江西诗派诗人。"惠琴"，是指别人将琴赠送给自己）欲相赠的古琴之材质、音色、断纹等细节，而下片则借琴来暗喻自己对时事的不满和内心的忧愤。开篇词人用凤栖孤桐这一传统的古琴意象来彰显自己于险恶的世事中孤立无援，暗示着朝堂之上在一片主和派的喧哗中自己如屹立于悬崖之边、深渊之上的政治生态环境以及十分孤立的危险境遇。又用凤栖梧桐来比喻良禽择木而栖，彰显自己不愿与主和派苟同，更不愿与之为伍的政治立场。自己的抗金主张如同琴中所发出来的清亮玉音，与周边的氛围极难融合，"玉音"代指琴音，"落落难合"比喻独特及与众不同，《后汉书·耿弇传》："帝谓弇曰：'将军前在南阳，建此大策，常以为落落难合，有志者事竟成也。'""横理庚庚"，是指琴身的木质呈现横向的纹理，此处的"横理"本指古琴的年代久远所产生的漆面断纹，而词人引来借以表明自己与主和派泾渭分明的政治主张。总观上片，词人貌似在称赞琴的材质精良，音色奇越，断纹奇特，似乎无处不在赞美这张古琴，实则以琴喻人喻事，通过将琴作为自己人格化的象征，而达到"语带双关、弦外有音"之效。

　　词的下片，词人用"人散后，月明时"来表现繁华尽去。冷月独照，一种悲忧跃然纸上，为后面的"泪空垂"做了情绪上的铺垫。孤寂清冷的琴声在月下独照一人，忧愤之情陡然而起，词人垂泪，是为心中的不平和无尽的惆怅，于是乎便有了词尾处：不如将琴送给那些迷途者，让他们在表面的浮华下去弹着那所谓的盛世南风，去吟诵着那偏安一隅的靡靡诗词。此处已有明显的讽刺意味，所刺者正是当朝的主和派，正是在这偏安王朝治下的歌舞升平，同时也是作者"众人皆醉我独醒"以及"道不同不相为谋"的低沉呐喊。"南风"也可释义为古代乐曲名，古曲《南风》相传为虞舜所作。"愠"本意为怨恨或含怒,在此处词人以愠诗来比喻主战之声,又指民众收复河山的呼吁,与所谓的南风形成了明显的对比。

纵观辛弃疾仕途跌宕、数次起落、始终未被任以大用的一生,这首词正是诗人积郁于内心已久的情绪爆发,而古琴在这里面既是拟人化的自我描摹,又是借以比喻两种截然不同的政治态度的代言,更是诗人家国情怀的重要体现。辛弃疾以琴入词、入诗的作品很多,其中有一首七绝《送剑与傅岩叟》写得荡气回肠,足令无数英雄扼腕,是辛诗中的上品。诗中表达了诗人的胸中壮志和家国情怀。从诗中,我们似乎看到了诗人于灯下手持三尺长剑而感怀长啸的壮怀激烈,又于万般不舍中挥泪将杀敌宝剑赠予友人的不甘。

诗中的"莫邪"(古代宝剑名)典出《吴越春秋·阖闾内传第四》,相传春秋时吴人干将与妻莫邪善铸剑。尝铸二剑,分别命名为干将、莫邪,献与吴王,后世多以代称宝剑,"楼兰"见《汉书·傅介子传》,又拟王昌龄《从军行》中的"黄沙百战穿金甲,不破楼兰终不还"之句,诗中抒发了辛弃疾感叹不能赴边杀敌,以及空有报国之心却难酬报国志的悲愤之情,更言手中斩敌利剑如今只能挂于空斋与古琴为伴的无奈和遗憾。

【雅赏】

送剑与傅岩叟(辛弃疾)

莫邪三尺照人寒,试与挑灯仔细看。
且挂空斋作琴伴,未须携去斩楼兰。

忆江南

丘处机

山中好,长夏正相宜。修竹万竿金琐碎,飞流千尺玉帘垂。何处有炎曦。

松影下,散诞更无拘。沉李浮瓜供枕簟,苍松白石伴琴棋。一醉任风吹。

【作者】

丘处机(1148—1227),字通密,号长春子,登州栖霞(今属山东省烟台市)人,南宋道教全真道掌教真人,文学家、养生学家和医药学家。丘处机身处南宋末年、金朝、蒙古帝国政权交替的特殊历史时期,他以其精深的道义,尤其是他以74岁高龄率弟子18人从莱州出发,历时两年辗转跋涉35000里远赴西域大雪山,匡扶道教并劝说成吉思汗"敬天、止杀、爱民"而闻世,并深得各族民众的共同敬重。丘处机19岁时在宁海拜王重阳为师出家为全真,王重阳死后,他潜修于龙门山并建立全真道的主要流派"龙门派"。明昌元年(1190),金章宗完颜璟以"惑众乱民"为借口,下诏禁罢道教,丘处机于是东归栖霞。金宣宗完颜珣贞祐二年(1214)秋季,请命成功招安山东杨安儿义军,金庭与南宋先后派遣使者召请他,皆不应诏。据其弟子李志常所撰《长春真人西游记》载,成吉思汗曾尊丘处机为神仙,爵"大宗师",总领道教,后元世祖忽必烈褒赠"长春演道主教真人"封号,世号"长春真人",并赐以虎符、玺书,命他掌管天下道教，同时下诏免除道院、道士一切赋税差役。丘处机返归燕京（今北京）后，赐居于太极宫，广发度牒，建立平等、长春、灵宝等八个教会，大量建立宫观，设坛作醮，一时教门四辟，道侣云集，全真道获得很大发展。后成吉思汗敕改太极宫为"长春观"，为道教全真龙门派祖庭，享有"全真第一丛林"之誉，明朝初年改名为"白云观"，并有丘处机遗骨埋葬处。丘处机掌教时间长达24年，在元庭支持下，他积极发挥自己在政治和社会上的影响力，使全真道乃至整个道教的发展都进入了兴盛时期。

丘处机在继承王重阳思想的同时，主张清心寡欲为修道之本，撰有《大丹直指》二卷，系统阐述内丹修炼的理论和方法，另著有《磻溪集》六卷以及《摄生消息论》等经论著作，他善诗词，有约200首诗词存世。

【诗文大意】

山中静好，长夏时节。阳光穿过茂密的竹林，飞瀑直泻如玉帘垂旌。一派清凉世界。松如伞盖，无拘无束。席上冷泉冰镇的瓜果，石上有琴棋伴苍松。风中几分醉意。

【品读】

关于丘处机，今人多是从金庸先生的武侠小说《射雕英雄传》中得知。而民间也一直流传着他不辞万里觐见成吉思汗，成为成吉思汗眼中的"神仙"，"一言止杀"救宋朝北方金廷占领区数十万人免遭杀戮的故事。当然"一言止杀"之说或许更多的是出自全真道后辈的赞美之辞，有着扩大全真道的社会影响、提高其政治地位、树立丘处机宗教领袖形象之目的，至于成吉思汗后来是否因丘处机之言而收敛杀心、减少杀戮，则无从考据。反之，出于振兴道教的需要，丘处机在政治态度及行为上，并没有表现出多少对宋朝的忠心和维护，但这并不能掩盖他在传承道教思想和道家文化上做出的杰出贡献。

丘处机诗、词俱佳，尤惯于构画道家所崇尚的清静淡泊、虚幻闲性的意境，又十分善于以琴入词，用琴境渲染无为的清心化境。这阕《忆江南》就是将琴棋、泉石、松风等诸多元素融于盛夏山中的一场淡逸无拘的醉梦中。

《忆江南》本为唐教坊曲名，后用作词牌名，又有"望江南""梦江南""江南好""望江梅""春去也""梦游仙""步虚声""望蓬莱""江南柳"等词牌名，入"南吕宫"（《金奁集》）。原为单调，二十七字，三平韵，中间七言两句，多以对偶出现，宋人多作双调。

词中的"金琐碎"是古代文人专指穿透树木或植物叶丛阳光的线束及光斑，韩愈与孟郊的《城南联句》中就有"竹影金琐碎，泉音玉淙琤"之句，元代袁桷在《赋文子方笃簹亭竹影·之二》一诗中也有"日映黄离金琐碎，云开白贲玉珑松"的描写。而"炎曦"是指炽烈的日光，如唐诗僧皎然在其《苦热行》诗中有"炎曦曝肌肤，毒雾昏檐楹"之句，陆游也有诗句"炎曦赫赫尚余威，冷雨萧萧故解围"（《秋雨初晴有感》）。丘处机在词的上片将时间、地点、环境逐一加以铺排叙述，尽可能地将炎炎夏日里，山中的那份清凉恬静描写得细致入微又别有一番仙逸。

下片是词人的情致舒张，着意强调道家散淡朴素、不拘形式的化外隐修。词中"沉李浮瓜"出自《文选·与朝歌令吴质》中的"弹棋间设，终以六博，高谈娱心，哀筝顺耳。驰骋北场，旅食南馆，浮甘瓜于清泉，沉朱李于寒水"。五代时素有"作诗万余首，为百卷"之称的名臣王仁裕在《开元天宝遗事》中也有"唐都人，伏天于风亭水榭，雪槛冰盘，浮瓜沉李，流杯曲沼，通夕而罢"的记述。所以丘处机这阕《忆江南》中的"沉李浮瓜"当为化用前人意境及言辞之举。词人最终将道家最常用的仙逸意象，即"松、鹤、琴、棋"等元素杂糅一处，于是便有了结句处的"醉意"，松风吹过，词人在似醉非醉之间，在流泉伴着的琴声中，心游意荡于这江南暑热中的清凉世界。

宋明两代道家琴脉不绝，以琴为修身之道已具有相当的理论基础和广泛实践。丘处机作为南宋入元时期全真道掌教真人，对古琴的理解就更有着十分重要的学术意义了。从他的组诗《青天歌八章》中，我们可以清晰地窥察到他在古琴意象择取方面的自然性追求，在诗中他有弃荣辱求高雅的情感表达："纵横自在无拘束，心不贪荣身不辱。闲唱壶中《白雪歌》，静调世外《阳春曲》。"又有归返天真、清音朴素的意趣追求："吾家此曲皆自然，管无孔兮琴无弦。得来惊觉浮生梦，昼夜清音满洞天。"在他的《贺圣朝·静夜》一词中，他构画出一派充满诗情画意的人间仙境："夕阳沉后，陇收残照，柏锁寒烟。向南溪独坐，顺风长听，一派鸣泉。迢迢永夜，事忘闲性，琴弄无弦。待云中、青鸟降祥时，证陆地神仙。"

丘处机的诗词有着生动鲜明的特点，总能给人以清新隽永、灵秀异常的感觉，虽有许多作品不免落入谈教论道的范畴，但仍不失超凡脱俗的气质。词人所撷取的歌咏对象如琴、棋、松、竹、风、酒等，往往是他内在性情与艺术审美的表征，也总会用一种浩气清英、仙材卓荦的景物晕染画面，呈现清拔去俗的风格特色，更凸显词人自身的道骨仙风。

丘处机的诗词少见于后世集撰家的诗词集中，究其原因，一方面掺杂了编写者自己的好恶评判以及避讳之类的因素，往往不惜删掉他的一些篇作。另一方面自明、清两朝大兴文字狱尤以清朝更甚，前人的某些诗词极易引起"反清复明"的误解，这也会使其某些佳篇被舍去。他的一阕《无俗念·灵虚宫梨花词》读来尤感冷清脱俗，其中的"白锦无纹香烂漫，玉树琼葩堆雪。静夜沉沉，浮光霭霭，冷浸溶溶月”之句，虽是咏叹梨花，却无端使人联想到曹雪芹的“冷月葬花魂”，而展现在读者眼前的终是一片清高傲骨、超尘拔世的清凉境界。其中的“姑射”典出《庄子·逍遥游》“藐姑射之山，有神人居焉，肌肤若冰雪，绰约若处子”。

中国古典音乐调式中有“姑射调”，明徽恭王朱厚爝所辑《风宣玄品》记中有该古琴曲“神品姑射意（姑射调）”。《风宣玄品》为明嘉靖十八年（1539）十卷刊本，内含琴论、指法释义、斫琴法度、造弦法、琴徽琴弦论、鼓琴要则、上弦法、历代琴式图样、弹琴手势图等资料，收录101首琴曲，其中有32首琴歌，与汪芝所辑25卷本《西麓堂琴统》为同一时期的著名琴谱，最近唐宋古意。

【雅赏】

无俗念·灵虚宫梨花词（丘处机）

春游浩荡，是年年、寒食梨花时节。白锦无纹香烂漫，玉树琼葩堆雪。静夜沉沉，浮光霭霭，冷浸溶溶月。人间天上，烂银霞照通彻。

浑似姑射真人，天姿灵秀，意气舒高洁。万化参差谁信道，不与群芳同列。浩气清英，仙材卓荦，下土难分别。瑶台归去，洞天方看清绝。

湘月·五湖旧约

姜夔

五湖旧约，问经年底事，长负清景？暝入西山，渐唤我，一叶夷犹乘兴。倦网都收，归禽时度，月上汀洲冷。中流容与，画桡不点清镜。

谁解唤起湘灵，烟鬟雾鬓，理哀弦鸿阵。玉麈谈玄，叹坐客、多少风流名胜。暗柳萧萧，飞星冉冉，夜久知秋信。鲈鱼应好，旧家乐事谁省。

【作者】

姜夔（约1155—1209），字尧章，号白石道人，江西德兴人，南宋著名音乐家、文学家，被誉为中国古代十大音乐家之一。史称他精通音律，能自度曲调，虽少孤贫又屡试不第而终生未仕，一生清苦，但心思灵秀，对诗词、散文、书法、音乐，无不精善，是宋代继苏轼之后难得的艺术全才。姜夔寻求音乐"动象美"的理论对古琴文化有重大的时代意义，对琴理、琴境有独到的见地，尤其是在古琴的音乐表现上做出了巨大的贡献。他曾向朝廷献《圣宋铙歌鼓吹十二章》，并因此得以破格参加礼部进士考试，然仍不第。宋宁宗赵扩庆元三年（1197），43岁的姜夔曾向朝廷献《大乐议》《琴瑟考古图》，他所创作的琴曲《古怨》流传至今。姜夔在诗词方面也颇有造诣，其自度的词牌有《扬州慢》《暗香》《疏影》《高溪梅令》及《杏花天影》等。他的作品题材广泛，涉及感怀咏物、写景记游、情恋酬赠等。他虽流落江湖，但不忘君国，虽命运不济，但始终坚持超凡脱俗、飘然不群，有如孤云野鹤般的个性。姜夔晚居杭州西湖，辛葬杭州钱塘门外西马塍。

姜夔有《白石道人诗集》《续书谱》《绛帖平》等书传世，另有《白石道人歌曲》，内有附谱（律吕字谱、减字谱和工尺谱）的歌曲17首。姜夔今存诗词近400首，其中有16首词被收入《宋词三百首》，最著名的如"过春风十里，尽荠麦青青"（《扬州慢》）、"人间别久不成悲。谁教岁岁红莲夜，两处沉吟各自知"（《鹧鸪天》）、"淮南皓月冷千山，冥冥归去无人管"（《踏莎行》）以及"念桥边红药，年年知为谁生"（《扬州慢》）等。

宋孝宗赵昚淳熙十三年（1186），姜夔随妻子的叔父萧德藻调官湖州，经萧德藻介绍姜夔认识了著名诗人杨万里。杨万里对姜夔的诗词赞赏备至，称他"为文无所不工"，酷似唐代著名诗人陆龟蒙，也和他结为忘年之交。之后杨万里还专门写信，把他推荐给另一著名诗人范成大。范成大也极为喜欢姜夔的高雅脱俗，称他翰墨人品酷肖魏晋间人物。

姜夔苦旅一生，布衣终身，与辛弃疾共称南宋"词坛领袖"，最值得一提的是他毕生注重琴学研究，如其所撰《七弦琴图说》就在古琴宫调的定弦立一家之说，树立了南宋时期的古琴核心理论，也一直影响至今天。此外，他提出了古琴"三准"的概念，即一至四徽为"上准"，四至七徽为"中准"，七徽以下为"下准"（此三准各具十二律），还作"转弦合调图"，讲解了古琴"应声"之法等，这些无疑为琴学理论的发展做出了历史性的贡献。

【诗文大意】

回想太湖相约，自问一年寒来暑往，未曾辜负了这良辰美景。晚游西山，渐渐唤起我，一叶孤舟的情致。疲累的渔家收网而回，倦鸟也归巢，圆月沙洲一派萧冷。船至中流，放舟闲适只有湖水如镜。

似见湘水女神，长发飘飘如烟似雾，指下的琴声含幽怨阵阵。高谈阔论，有尘世达人，终究是风景名胜。岸柳萧萧在风中摇曳，稀星也坠落，夜冷时方觉秋天到。鲈鱼肥美，曾经家乡乐事谁能知晓。

【品读】

"湘月"为词牌名，即"念奴娇"。又名"百字令""酹江月""大江东去""壶中天"。双调一百字，上下片各十句四仄韵，一韵到底，不甚拘平仄。

"七月既望"应是指农历七月十七日。"望"是指十五，"既望"则指刚过了十五，即小月的农历十六日或大月的农历十七日，亦即满月后一天。据此，姜夔此词应作于宋孝宗淳熙十三年（1186）初秋，姜夔好友杨声伯任职于长沙，邀众文人雅士前往湘江泛舟，游兴所致，于是姜夔自度"湘月"词牌，遂作此词。

这首词表面像一篇清婉凄美的江舟夜游记，极具画面感，又饱含着浓重的关乡之情，实则是姜夔见景生情的一番自愈式的遐想和内心独白。鲈鱼又称花鲈、寨花、鲈板、四肋鱼等，俗称鲈鲛，与鳜鱼、黄河鲤鱼及黑龙江兴凯湖大白鱼并列为"中国四大淡水名鱼"，范仲淹有《江上渔者》："江上往来人，但爱鲈鱼美。君看一叶舟，出没风波里。"

自苏轼开词序之先河，至南宋已十分普遍，在词序中姜夔就已将与这首词写作相关的时间、地点、人物、由头乃至情绪都一一做了详尽的表述，使词的正文得以去繁从简，以达尽情抒怀之目的。词的上片开篇就写朋友旧约太湖揽胜，一直未能成行，词人感慨自己长久以来为科举和仕途奔波，却辜负了山川美景，继而写景，以"暝入西山，渐唤我，一叶夷犹乘兴"来表达与朋友们喧兴不同的是希望有一天自己可以独舟而尽游兴，自此句之后皆是作者的臆想和自我陶醉以及顾影自怜。作者希望的景象应当是夕阳西下，暮色苍茫，乘舟出游，尽悠闲雅致。江面上劳碌了一天的渔家都收网归家，水面上飞掠的水鸟也倦鸟归巢。一轮明月升上晚空，一切都回归万籁寂静。画船在沙洲旁悠闲地漂浮，似乎唯恐打破这时光静好和旎静的画面，又以"画桡不点清镜"为过片，转到下片。

下片将词人心中的臆想继续现实化和情绪化。换头三句重在湘灵抚琴，既有湘灵的美鬓如云似雾，宛若云中仙子般婀娜多姿，又言曲中悲思缠绵，引得词人思绪万般。"湘灵鼓瑟"之典出自《楚辞·远游》"使湘灵鼓瑟兮，令海若舞冯夷"，唐人李贤注："湘灵，舜妃，溺于湘水，为湘夫人。"鲁迅先生《湘灵歌》中有"湘灵妆成照湘水，皎如皓月窥彤云"之句。在姜夔的词中应是指与诗人白居易思念终身的恋人湘灵，年轻时的白居易曾作著名的《长相思》，其中有"妾住洛桥北，君住洛桥南。十五即相识，今年二十三"之句。

词人以古论今，所言当下风流名士，玉柄拂尘高谈阔论，犹不知琴中的悲哀正如此时的家国沦陷、山河破碎，思虑及此，词人愈感"暗柳萧萧，飞星冉冉，夜久知秋信"，夜已沉，星渐稀，满眼尽是萧瑟秋风，已有南宋琴家郭沔《潇湘水云》的意象。结句的"鲈鱼应好，旧家乐事谁省"则是以"旧家乐事"引出关乡之情更赋词人的家国情怀，而这种压制于内心的情愫在姜夔的词中常有体现，如他的《惜红衣·吴兴荷花》"簟枕邀凉，琴书换日，睡余无力。细洒冰泉，并刀破甘碧。墙头唤酒，谁问讯、城南诗客。岑寂，高柳晚蝉，说西风消息。虹梁水陌，鱼浪吹香，红衣半狼藉。维舟试望，故国眇天北。可惜渚边沙外，不共美人游历。问甚时同赋，三十六陂秋色"。在姜夔的琴曲《古怨》中也有："岂不犹有春兮？妾自伤兮迟暮。发将素。欢有穷兮恨无数，弦欲绝兮声苦。满目江山兮泪沾屡。君不见年年汾水上兮，惟秋雁飞去。"

在南宋，词坛首推姜夔与辛弃疾，浙西派词人把姜夔奉为宋词中的第一家，甚至比为词中"老杜"。不同于柳永的变雅为俗，姜夔的彻底去俗为雅，迎合了南宋后期士人弃俗尚雅的审美情趣，而令姜夔词别立一宗独成一派。近代对姜夔的评价不一，晚清文艺理论家刘熙载说："白石才子之词……姜白石词幽韵冷香，令人挹之无尽。拟诸形容，在乐则琴，在花则梅也。"而王国维则在《人间词话》中评其词作为"虽格调高绝，然如雾里看花，终隔一层"。

【雅赏】

春日书怀四首·其三（姜夔）

垂杨大别寺，春草郎官湖。家巷有石友，合并不待呼。
瘦藤倚花树，花片藉玉壶。老郑谈绝妙，辛杨句敷腴。
平生子姚子，貌古心甚儒。时邀野僧语，间与琴工俱。
酒阑兴未了，左转城南隅。大江围楚碧，烟水入元虚。
留落不自恨，惟嗟故人疏。一月三见梦，梦中相与娱。
日日潮风起，怅望武昌鱼。

清平乐·丹阳舟中作

刘克庄

休弹别鹤。泪与弦俱落。欢事中年如水薄。怀抱那堪作恶。昨宵月露高楼。今朝烟雨孤舟。除是无身方了,有身长有闲愁。

【作者】

刘克庄(1187—1269),初名刘灼,字潜夫,号后村,福建莆田县(今福建省莆田市)人。南宋理学家,豪放派词人,江湖诗派诗人。

宋宁宗嘉定二年(1209),刘克庄因其父在朝中受赠少师而荫补散官将仕郎入仕,后历任靖安主簿、真州录事、建阳县知县、帅司参议官、枢密院编修官。宋理宗赵昀宝庆元年(1225),刘克庄投于理学大家真德秀门下"以师事,自此学问益新矣"。淳祐六年(1246),理宗因赏识他"文名久著,史学尤精",特赐同进士出身,后任秘书少监,官居工部尚书、建宁府知府。景定五年(1264),以焕章阁学士之职致仕。宋度宗咸淳五年(1269)逝世,享年83岁,谥"文定"。

刘克庄是宋代江湖诗派的重要人物之一,作品数量丰富,内容开阔,多言谈时政,反映民生之作,早年学晚唐体,晚年诗风趋向江西诗派。刘克庄是宋末文坛领袖,辛派词人的重要代表,其词风豪迈慷慨,其中的散文化、议论化倾向也较突出。他在江湖诗人中年寿最长、官位最高、成就也最大,晚年致力于辞赋创作,提出了许多革新理论。作品收录在《后村先生大全集》中,有诗5000余首、词200余阕存世,其中有"咏梅诗词"100余首，其中《落梅》"东风谬掌花权柄，却忌孤高不主张"之句，因被认为对当道权臣有所讪谤，使得刘克庄在权相史弥远发起的"江湖诗祸"中被弹劾免官并废弃十年。他志气天纵，恃才傲物，又抱负不凡，直言敢谏，不合于当世而屡遭谗毁，后来数度起用又数度罢职。他的《老子出关图》一诗为今人尤其是画界所熟知，此外其"丹心事国忠无二，白首尊师诅在三"以及"小窗对客开新煮，爇罢沈香看牡丹"均为名句，另有《贺新郎·端午》等四阕词被选入《宋词三百首》。他的诗词中警句颇多，如在堪称"后村词"中压卷之作的《沁园春》中的"叹年光过尽，功名未立；书生老去，机会方来"，以及《玉楼春》中的"男儿西北有神州，莫滴水西桥畔泪"、《清平乐》中的"消得几多风露，变教人世清凉"、《三月二十五日饮方校书园》中的"何必雍门弹一曲，蝉声极意说凄凉"等均在后世广为传唱。

统观刘克庄的生平及诗词作品，其中大量表现了对国家、民族命运的关心，对北方故土的怀念，以及感慨个人理想抱负不能实现的内容。虽因刘克庄与"权奸"贾似道有交结，相互还多有诗词唱和，而令后世颇有微词，但依旧不能改变他是一位值得赞誉的爱国词人的事实。

【诗文大意】

莫再弹那《别鹤操》。悲离的泪水随着琴声落在琴弦上。半生悲欢平庸事，心中志向消磨。昨日高朋满座一夜声歌舞。今朝江湖流落只影伴孤舟。唯有了却此终此身，否则世间忧愁难少。

【品读】

"清平乐"原为唐教坊曲名，后用作词牌名，又有"清平乐令""醉东风""忆萝月"之名，为宋词中常用的词调，同时又是曲牌名，属南曲羽调。作为词牌，正体双调八句四十六字，前片四仄韵，后片三平韵。晏几道尤多用此调，代表作为李煜《清平乐·别来春半》。

刘克庄一生历南宋孝、光、宁、理、度宗五朝，出自名门望族，身为贵胄子弟，23岁时以荫补官而踏上仕途之路。他一生数度起落，看惯朝堂倾轧但"平生痼疾是轻狂"，虽屡遭陷贬却坚守初心，更是始终怀有爱国情怀以至成为宋末"心有正气"的文坛领袖。这阕《清平乐》就是他再度被排挤出朝堂时过湖北丹阳时所作。

烟雨孤舟中，词人鼓琴而歌，一曲《别鹤操》令词人悲从心起，怨愤满腔，不禁潸然泪下，回想自己半生劳顿往复朝堂，忧君忧国为民请命，到头来一事无成，虽心如水一样清澈，君恩也如水一样寡薄。曾经的志向和抱负如今想来也不过是青年时的"狂妄"罢了。在《别鹤操》悲戚的琴声中，词人的泪水洒落在琴弦上，使得沾满了泪水的琴弦受潮而变得更加低沉以至无法再弹。词人用古琴曲《别鹤操》的曲意来渲染悲离苍凉的词境，又用"泪水湿弦"的夸张手法，将这种氛围强化，为下半阕的"昨宵月露高楼。今朝烟雨孤舟"两句议论，做了情绪上的充分铺垫。

下片的"昨宵""今朝"两句对仗工整，既是今昔的强大反差对照，又是词人的反思，更是对南宋朝堂虽已风雨飘摇孤悬一线，却依旧偏安一隅纸醉金迷的抨击。于是在词尾处词人发出"除是无身方了，有身长有闲愁"的无奈感叹，人生在世愁苦百般唯至死方休，而这无尽的愁苦无不是源自词人那忧国忧民的初心和爱国情怀的坚守。由是也回应了上片弹《别鹤操》而泪水沾弦的发句。

"江湖诗派"是有宋一代最大的诗歌流派,"江湖诗人"又大多是政治上失意的官员或社会地位不高、浪迹江湖、隐遁山林的文人,所以就其在朝廷上的地位而言,刘克庄是很特别也是很重要的存在。"江湖诗祸"的直接起因是嘉定十七年(1224)的"济王废立"之事,由一部诗集《江湖集》演变成为如同北宋"乌台诗案"的一起"文字狱",受迫害和株连的江湖诗人乃至朝中大臣众多,此后的几十年间,此案一直被重新提起,诗祸的余波绵绵不绝,也使刘克庄的仕途深受影响,屡起屡废。

　　辛弃疾之后,形成以豪放词风为特色的辛派词人中,以"三刘"(刘过、刘克庄、刘辰翁)为主,其中尤以刘克庄成就最高。清末谢章铤在其《赌棋山庄词话》中曾断言:"稼轩是极有性情人。学稼轩者,胸中须先具一段真气、奇气,否则虽纸上奔腾,其中俄空焉,亦萧萧索索,如牖下风耳。"刘克庄曾经为《稼轩词》作序,称赞辛弃疾的词作"大声苏鞳鞳,小声铿鍧,横绝六合,扫空万古,自有苍生以来所未见",十分具象地概括了辛词的特质。自南宋始习效辛弃疾的词人很多,但历来诗词界公认学辛词者,必须先在胸中有一股浩然之气,如一味"东施效颦",便容易流于粗豪叫嚣。清代词评家冯煦曾言刘克庄堪与辛弃疾、陆游鼎足三立,并言"其生丁南渡,拳拳君国,似放翁;志在有为,不欲以词人自域,似稼轩",尤可为一家之说。

　　刘克庄的妻子是福清人林氏,20岁时与刘克庄结婚,夫妇19年情深意笃。在刘克庄做建阳县令的任上,39岁的林夫人病逝,刘克庄亲撰墓志铭,曾言"江湖岭海,行路万里,君不以远近必俱"。他们夫妻患难与共,无论在何等窘迫境地,林夫人都是泰然处之,刘克庄一再黜免贫居,林夫人陪同他节衣缩食从无抱怨。刘克庄罢归莆田时,路过亡妻的故里,抚昔伤今,哀痛绵绵,作悼亡词《风入松》。词中以"橐泉梦断"(唐朝沈亚之《秦梦记》)及"人琴俱亡"(《世说新语·伤逝》)的典故,来表明妻子既是患难与共的伴侣，更是灵犀相通的知己。刘克庄是宋代词人中少有的长寿者，林夫人死后他独居42年，其用情之专之深令人称道。而他也将自己的孤独余生，都投入对国家民族的关忧和诗词创作中，以至于后世赞他为"宅心忠厚"。

【雅赏】

风入松（刘克庄）

橐泉梦断夜初长，别馆凄凉。细思二十年中事，叹人琴、已矣俱亡。改尽潘郎鬓发，销残荀令衣香。

多年布被冷如霜，到处同床。箫声一去无消息，但回首、天海茫茫。旧日风烟草树，而今总断人肠。

闲居寄友

严羽

萧条遗世心，江海坐来深。
拥褐闲窥沼，思山欲借琴。
有幡烟际寺，无叶水边林。
不见同袍友，凭谁伴苦吟。

【作者】

严羽，生卒年月不详，大致生活在南宋中后期（1192—1197年间出生，卒年在1245年左右），字仪卿，一字丹丘，自号沧浪逋客，邵武莒溪（今福建省邵武市）人，世称严沧浪。严羽是南宋诗人，也是诗史上著名的诗论家。早年就学于包恢门下，而包恢之父包扬曾受学于朱熹。严羽主要生活在南宋宁宗、理宗两朝，一生未曾出仕，30多岁时为避乱离家远游，足迹涉及江西、湖北、湖南、江苏、浙江、四川等地，他久客异乡，风雨飘零，到了老年仍未还乡，而且困窘潦倒。

严羽一生最重要的贡献，在于诗歌理论。他的《沧浪诗话》是继钟嵘《诗品》、司空图《二十四诗品》之后最重要的诗歌理论专著。全书由《诗辨》《诗体》《诗法》《诗评》《考证》五部分组成，几乎涉及诗歌创作的各个重要方面。他在《诗话》中以禅喻诗，对诗歌创作却有许多颇为精到的独创性见解。他论诗的一个中心问题，是所谓"妙悟"即"惟悟乃为当行，乃为本色"，就是要领略汉魏、盛唐之诗的超妙之处，他所推崇汉魏、盛唐之诗的气象不凡、得意妙悟、兴趣超诣、天然本色，他从唐宋诗的比较中，得出诗歌应有自己的特点和规律的观点，还针对当时江西诗派以议论、文字为诗的倾向，及宋诗较普遍不够重视形象思维的现象，提出诗应有"别材""别趣"之说。在对历代诗人、作品的评论上，严羽也有其独到的见地，他的许多论点对研究诗歌的艺术创作规律具有积极的意义。明代胡震亨曾经说，南宋的诗话比北宋好，《沧浪诗话》又高出一切南宋诗话。

严羽工诗，其七言歌行仿效李白，五律还兼学杜甫、韦应物，思想上追随王维、孟浩然的冲淡空灵。严羽有评点《李太白诗集》22卷。王琦在《李太白全集跋》中说："李诗全集之有评，自沧浪严氏始也，世人多尊尚之。"严羽开创评点"李诗全集"之举，并为世人所"尊尚"，其功劳至伟。

严羽半生漂泊却始终致力于诗歌的创作及理论研究，其诗作散佚甚多，有诗集《沧浪先生吟卷》(或名《沧浪吟》《沧浪集》)2卷，共收录古、近体诗146首。有《邵武徐氏丛书·樵川二家诗》本。《沧浪诗话》则附于诗集之后。这些富于写实精神的诗作，在反映他思想活动和所处时代的社会风貌的同时，也大体描绘出诗人一生的行踪，他的诗中多有心系世事及忧心百姓的内容，对重大事件都态度鲜明地提出自己的看法。南宋后期，蒙古崛起，连年攻南宋，普通老百姓流离失所，严羽对此痛心疾首，面对满目疮痍，他写道："巴蜀连年哭，江淮几郡疮。襄阳根本地，回首一悲伤。"他有过"本无匡济略，叹息谩伤神"的自惭，更有着"向来经济士，本是碌碌人"的报国之情。

严羽认为为诗必熟读《楚辞》，及至于盛唐名家之作，他称苏轼、黄庭坚的诗风为诗虽工，"盖于一唱三叹之音有所歉焉"，同时对四灵派和江湖派也有批评。他的《沧浪诗话》中关于诗歌创作的名言警句颇多，如

"羚羊挂角，无迹可求""言有尽而意无穷""诗者，吟咏情性也"，以及"夫学诗者以识为主，入门须正，立志须高，以汉、魏、晋、盛唐为师，不作开元、天宝以下人物"，等等。

《四库全书总目提要》评价严羽的创作："志在天宝以前，而格实不能超大历之上"，"止能摹王孟之余响，不能追李杜之巨观也"。

【诗文大意】

穷且志坚，尚存济世之心，深居幽处，犹念江海风云。位卑布衣，闲来点评圣贤，思绪万千，怀古复向琴中。墙内幡烟绕宫阙，水边无叶已成林。志同道合友难见，心中苦，向谁诉。

【品读】

严羽的这首《闲居寄友》今人读起来略显晦涩，诗人过于求取立意高古，使得诗中议论过早发出且繁复叠加，反而使得结句势弱，如鲠在喉。在诗中，诗人表达了"位卑未敢忘忧国"的家国情怀，自己虽一介布衣但敢于抨击朝堂，怀古察今思古圣先贤，他将古琴及其所代表的文化流脉视为正统，并将忧国忧民的情感赋于琴中。严羽善五律，十分注重颔、颈二联的对偶关系，在诗中他将"借琴"与"窥沼"相呼应，以彰显自己尚古的思想基础和高洁的精神追求。"窥沼"出自《孟子》："孟子见梁惠王，王立于沼上，顾鸿雁麋鹿，曰：'贤者亦乐此乎？'孟子对曰：'贤者而后乐此；不贤者，虽有此，不乐也。'"韩愈《春雪》有"入镜鸾窥沼，行天马度桥"之句，唐代刘象也有"知音新句苦，窥沼醉颜酡。万虑从相拟，今朝欲奈何"(《早春池亭独游三首》)的诗句。用"借琴"属意"借琴抒怀"古来有之，元代的耶律楚材甚至有以《借琴》为名的诗作，诗曰："龙冈居士本知音，参透渊明得趣心。暂借桐君休吝惜，玉泉习气未忘琴。"

严羽大胆地将南宋朝堂的腐化淫靡、权臣当道比作寺院的烟火和幡帜，又将社会的动荡和"大厦将倾"的岌岌可危暗喻为"无叶"：最早见于西汉东方朔的《神异经》，据《太平广记》引："东南荒中有邪木焉，高三千丈……一名无叶，世人后生，不见叶，谓之无叶也。一名绮绡"，在诗中取其大荒之地的邪木之意。在严羽之前，有南宋袁去华"画图中，烟际寺，水边楼"（《水调歌头·次黄舜举登姑苏台韵》）和王铚《溪上观雪》中的"山际疏钟烟际寺，林边微径水边村"等诗词佳句。

严羽善于从禅、道中参悟诗境，又多将情致化喻入古琴之中，《赠吕仲祥》一诗中就有"云中诵招隐，高卧闲琴尊"和"忽觉此身去，万里如空云"的归隐林泉之情致表达，又有《游临江慧力寺》中"舟中望古刹，川上移琴樽。隐隐林阁见，迢迢钟梵闻"将古刹、山川、琴酒等汇于一处的描写。

【雅赏】

游仙六首·其三（严羽）

五老出东南，崔嵬相间隔。清晨登绝顶，处处仙人迹。
朱霞散九光，岩谷好颜色。回首空澄湖，黄涛正喧击。
石上弦素琴，神欢心自清。仙童三四人，忽来左右听。
嘐嘐诵金章，劝我餐瑶琼。赠我一玉麈，邀我凌云行。
舍琴与之去，恍惚在蓬瀛。

高山流水·素弦一一起秋风

吴文英

素弦一一起秋风。写柔情、多在春葱。徽外断肠声，霜霄暗落惊鸿。低颦处、剪绿裁红。仙郎伴、新制还赓旧曲，映月帘栊。似名花并蒂，日日醉春浓。

吴中。空传有西子，应不解、换徵移宫。兰蕙满襟怀，唾碧总喷花茸。后堂深、想费春工。客愁重、时听蕉寒雨碎，泪湿琼钟。恁风流也称，金屋贮娇慵。

【作者】

吴文英（约1212—1272），字君特，自号梦窗，晚年又号觉翁，四明（今浙江省宁波市）人。南宋著名词人，吴文英游幕一生、终身未第，久居苏、杭、越三地，游踪所至每有题咏。宋理宗时期曾任吴潜浙东安抚使幕僚，复为荣王府门客，也曾出入贾似道、史宅之（史弥远之子）门下。史称其知音律能自度曲，词名极重，以绵丽为尚，思深语丽，多从李贺诗中来。晚年吴文英一度客居越州，困踬而终。

吴文英作为南宋词坛大家，在词坛流派的开创和发展上有较高的地位，有《梦窗词甲乙丙丁稿》传世。吴文英词作丰沃，流传下来的诗词近400首，对后世词坛有较大的影响，多酬答、伤时与忆悼之作，被后世高评者称为"词中李商隐"。

【诗文大意】

琴起弦中似有秋风阵阵，一派柔情出自青葱指下。徽外的低音犹自多伤心，如秋霜暗降又惊起飞鸿。攒眉低首处，如绿叶红花。皎月映照帘帐内，有佳士相伴，旧曲续新词。恩爱如沐春并蒂花，日日弦歌如醉。吴中西施虽美，终不晓宫徵音律。而丁妾蕙质兰心，香口唱出如花诗句。深藏后堂，费尽青春时光。琴声令我平添愁怀，尤闻碎打芭蕉冷雨声，泪湿潸潸美乐中。更羡金屋藏娇，堪称风流至极。

【品读】

该词有题注："丁基仲（题注：丁基仲侧室，善丝桐赋咏，晓达音吕，备歌舞之妙）。"丁宥，字基仲，南宋词人，吴文英好友，其侧室善丝桐赋咏，晓达音律，备歌舞之妙。宋末元初周密的《绝妙好词》录其《水龙吟》一首，为悼其侧室之作，甚是凄艳，词云"未更深，早是梧桐泫露，那更度、兰宵永……葱指冰弦，蕙怀春锦，楚梅风韵"。

"高山流水"为词牌名，又名"锦瑟清商引"。定格为双调一百一十字，前段十句六平韵；后段十一句六平韵，以吴文英词《高山流水·素弦一一起秋风》为代表。另有屈大均词《高山流水·王惠州生日》等。据清代词人叶申芗《本事词》考述："丁宥基仲之侧室，解吟咏，善丝桐。梦窗为制《高山流水》赠之。"吴文英与丁宥交游颇深，其集中有赠丁宥词多首，故此词应为专咏丁妾才艺以赠之。

吴文英的《高山流水》在结构上迂回曲折，将画面的描写、对丁宥小妾琴艺的赞美以及自己的感受和兴叹杂糅其间，将侧面的渲染与正面的描摹相结合，既有层次又不失跳跃。

词中上片中的"素弦"泛指古琴,"春葱"是赞丁宥小妾洁白纤细的手指。"徽外"是古琴第十三徽至龙龈的区域,"新制还赓旧曲"是为旧曲填写新词。

有宋一代自苏轼开"词序"之先河,后人多有效法,吴文英的这首酬赠词,题注"丁基仲侧室,善丝桐赋咏,晓达音吕,备歌舞之妙"简单明了,交代清晰完整。上片起于"素弦——起秋风"一句,紧扣小序写丁妾善弹琴通音律,演奏时或凝神若思,或柔情似水,婉转琴声如霜霄暗落,尽由那春葱玉指下流出。"徽外断肠声"一句是言古琴与徽外大幅揉猱之时所发出的低回之声,深沉且悲怆,而"霜霄暗落惊鸿"则在描写悲哀旋律的同时又有赞许丁妾琴姿轻盈美妙。接下来,是描摹琴者的情绪和神态,随乐曲旋律变化,她时而攒眉若思,似含悲意,时而柔情若水,如沐春风。"剪绿裁红"句颇有王安石《咏石榴花》中"浓绿万枝红一点,动人春色不须多"的意境。词人借琴喻人又依人喻曲,杂糅间相得益彰,既描写了丁妾红情绿意的缠绵之态,又勾勒出琴曲的变化莫测及赞美了琴者的才貌双全。继而转笔写丁基仲与爱妾"檀郎谢女"共谱新词而"映月帘栊"情景,于是就有了歌拍"似名花并蒂,日日醉春浓"那并蒂迎春的羡煞旁人之柔情蜜意。

过片承继发端,一改直叙笔法,以美女西施为反例,言西施美则美矣然不通音律,更不解"换徵移宫"(古琴演奏中的调式转换),继而着力将词中琴者的品位格调提高,以"兰蕙满襟怀"强调琴者蕙质兰心的高雅情致。而"唾碧总喷花茸"一句,或依前情而化用李煜《一斛珠》中"烂嚼红茸,笑向檀郎唾",多有赞写丁宥夫妻嬉戏恩爱之意,也为后面称赞夫妇二人在后堂内,工于心力的弹琴修谱、填词吟诗之"后堂深、想费春工"一句做了极好的铺垫。在词人的兴致抒发中只以"客愁重、时听蕉寒雨碎,泪湿琼钟"一言而尽,即一个"愁"字,而其愁莫不源自琴声如"蕉寒雨碎"。之后大发感慨用典"金屋贮娇",典出东汉班固《汉武故事》:"数岁,长公主嫖抱置膝上,问曰:'儿欲得妇不?'胶东王曰:'欲得妇。'长公主指左右长御百余人,皆云不用。末指其女问曰:'阿娇好不?'于是乃笑对曰:'好!若得阿娇作妇,当作金屋贮之也。'"观其结句之感叹多有羡慕赏赞之情。

古今对吴文英的词褒贬不一,王国维在《人间词话》中曰:"梦窗砌字,玉田垒句,一雕琢,一敷衍""梦窗之词,吾得取其词中一语以评之,曰:'映梦窗,凌乱碧。'"胡适在《评唐宋词人》中又说:"清朝词人之中,张惠言不喜梦窗;周济却把梦窗抬得很高,列为宋四大家之一。近年的词人多中梦窗之毒,没有情感,没有意境,只在套语和古典中讨生活。"而《四库全书总目提要》则曰:"词家之有文英,亦如诗家之有李商隐。"

清代词人周济的《宋四家词选目录序论》中更是高赞曰:"梦窗奇思壮采,腾天潜渊,返南宋之清泚,为北宋之秾挚。……梦窗立意高,取径远,皆非余子所及。"

吴文英《梦窗词》留词340阕,就数量而言,在两宋词家中仅次于辛弃疾、苏轼、刘辰翁。自编词集以自度曲《霜花腴》为名,今已不存。词人一生以琴入词之作颇多,如他的《朝中措·题陆桂山诗集》,词曰"殷云凋叶晚晴初。篱落认奚奴。才近西窗灯火,旋收残夜琴书。秋深露重,天空海阔,玉界香浮。木落秦山清瘦,西风几许工夫",端的是情趣盎然,诙谐不失雅致,山瘦、风清、秋深、霜重,琴书中,人生几许工夫?

【雅赏】

风入松·为友人放琴客赋（吴文英）

春风吴柳几番黄。欢事小蛮窗。梅花正结双头梦，被玉龙、吹散幽香。昨夜灯前歌黛，今朝陌上啼妆。

最怜无侣伴雏莺。桃叶已春江。曲屏先暖鸳衾惯，夜寒深、都是思量。莫道蓝桥路远，行云只隔幽坊。

八六子·扫芳林

王沂孙

扫芳林。几番风雨,匆匆老尽春禽。渐薄润侵衣不断,嫩凉随扇初生。晚窗自吟。

沈沈。幽径芳寻。晻霭苔香帘净,萧疏竹影庭深。谩淡却蛾眉,晨妆慵扫,宝钗虫散,绣屏鸾破,当时暗水和云泛酒,空山留月听琴。料如今。门前数重翠阴。

【作者】

王沂孙(约1230—1290),字圣与,号碧山,又号中仙,南宋会稽(今浙江省绍兴市)人,因居住玉笥山,故亦号玉笥山人。宋亡入元后,约在元世祖至元(1264—1294)中,一度出为庆元路学正(治所在今浙江省鄞县),晚年往来杭州、绍兴间。王沂孙在两宋词坛颇具影响,他与周密、张炎、蒋捷并称为"宋末词坛四大家",清代周济撰《宋四家词选》之《序论》中甚至提出以周邦彦、辛弃疾、王沂孙、吴文英四家各分领一代,称为"词家四宗"的词选主张,此观点虽词界多有争议,但也可见王沂孙的词坛地位。王沂孙词多咏物且描摹精致,又间寓家国之恸,代表作有《齐天乐·蝉》《水龙吟·白莲》等体会物象以寄托感慨之词,他的词讲求章法、结构缜密,有着明显的艺术个性,作为同时代的词家及王沂孙的密友周密称其"结客千金,醉春双玉"。王沂孙词风接近周邦彦,多含蓄深婉之作,然其清峭之处,又颇似姜夔,故张炎赞他"琢语峭拔,有白石意度",他虽仅存120余首诗词,却多有精品,《宋词三百首》收录其词《长亭怨慢》《高阳台·和周草窗寄越中诸友韵》等六阕,其中"但凄然,满树幽香,满地横斜"对偶"更消他,几度东风,几度飞花"两句令无数人为之倾倒。有词集《碧山乐府》收词60余阕,其中《眉妩·新月》《水龙吟·落叶》《齐天乐·蝉》及《高阳台·和周草窗寄越中诸友韵》等均为名篇。

【诗文大意】

扫林下落花。再经几番春雨急,终将花残鸟儿老。身上春衣侵水汽,罗扇初生凉意。晚窗独吟。夜沉沉。林境幽处寻芳。云集雾暗苔香入帘,庭院竹影摇曳。遥想佳人蛾眉,懒化晨妆,珠钗分离,镜破离鸾,曾经欢酒云水间,空山月下听琴。岂料如今,只有门前树影重。

【品读】

南宋的遗民词,在宋词中是有着特殊意义和明确分类的存在,有《南宋遗民词选》集词37阕。1285年,元兵入会稽(今浙江省绍兴市),元"妖僧"杨琏真迦掘宋帝六陵,劫掠珍宝,大施暴虐,富于家国情怀的遗民词人无不为之悲恸,于是王沂孙与唐珏、周密等结吟社,赋《乐府补题》,托意莲、蝉、龙涎香等诸物,寄托亡国之恸,所以清代朱彝尊在《乐府补题跋》中言道:"诵其词,可以观志意所存。虽有山林友朋之娱,而身世之感,别有凄然言外者。其骚人《橘颂》之遗音乎?"而王沂孙被后世诟病的是他入仕元廷,虽然晚年辞微官而尽情杭州、绍兴的山水之间,却也是词人心中的块垒。

"八六子"是词牌名,又名"感黄鹂",以杜牧《八六子·洞房深》为正体。双调九十字,前段九句四平韵,后段八句三平韵,另有双调八十八字等变体。代表作品有秦观《八六子·倚危亭》等。

王沂孙的这阕《八六子》以昔日爱恋为代言,以春逝夏来的落花和庭院深深的情愫与对往昔的追忆为故事,意在感怀世事,言自己内心的酸楚。词人用清缓细润的描摹,温言细语地诉说绵绵的相思,这是王沂孙词作中特有的韵致,正如清代词评家戈载《宋七家词选·碧山词跋》中评论王沂孙的词作时所言:"(中仙)其词运意高远,吐韵妍和。其气清,故无沾滞之音;其笔超,故有宕往之趣;是真白石(姜夔号白石道人)之入室弟子也。"

上片铺陈,词家以一次次的清扫落花开篇,继而感叹春光早逝,几番风雨摧折之后,原本的"芳林"已失去了往日的绚丽,就连栖息其中的春禽也衰老了几许,初夏已悄悄地走来,似乎酷暑也就不远了。此处化用了辛弃疾"更能消、几番风雨,匆匆春又归去"(《摸鱼儿》)之词意,也有周邦彦"风老莺雏,雨肥梅子"(《满庭芳》)中的风物。继而诗人晚来临窗独吟,罗扇轻摇,不觉间暮春的湿润侵入了衣襟。此时庭院幽深,浓沉的雾霭中,一阵苔花的幽香传入帘栊,词人心中的不尽感慨油然而生。在一番孤寂怅怀的环境铺垫和暗伤悲戚的情绪准备后,园中摇曳的萧疏竹影又勾起了词人对往昔的追忆。

下片直叙相思之情。将暮霭深深与词人沉重的心绪相呼应。再往"幽径芳寻",凸显惜春之情深,正如李商隐"寻芳不觉醉流霞",于是"更持红烛赏残花"的诗境。词人再以"晻霭苔香帘净,萧疏竹影庭深"两句工稳的对仗,写出寂静的庭院中挥之不去的孤寂,营造出一种寥落的意韵。词人遥想佳人轻扫蛾眉,慵化晨妆,而今"宝钗虫散,绣屏鸾破"。词中的"晻霭"指云雾密集而沉暗不明,"宝钗虫散"又指情人间之分离，其中玉虫即钗上点缀的小饰物，如韩愈就有"黄里排金粟，钗头缀玉虫"之句。"绣屏鸾破"取典于"破镜重圆"（唐孟棨《本事诗·情感》），"鸾"即指鸾镜。经过几番雕风刻雾的描写，词人在读者眼前摹画出那位一任玉虫散破，绣屏破损，心灰意懒、忧伤憔悴的忧郁佳人，而这位佳人其实就是词人心心念念的曾经蟓首蛾眉、盛颜仙姿的故国。写到词眼之处，往日"暗水和云泛酒，空山留月听琴"的泱泱繁荣变成如今的"门前数重翠阴"，化作词家尽力保留在心中的点点惜时记忆。

抛开王沂孙"遗民词人"的家国情结，后世也有将王沂孙的这阕词完全归为情爱，及至过片，词人的思绪回到与恋人暌隔的现实，于是揣度对方的现况：或许她已嫁作人妇，时光流逝相见无期，唯有对"数重翠阴"，在独自回忆中黯然神伤，所谓"晚窗自吟"，不过是追忆过往罢了。如此视角显然过于跳脱和牵强附会了，因此当代学者普遍认为鉴于王沂孙的遗民身份和他所处的年代，他的词往往有着有广阔的审美空间及隐晦的意寓内涵。

王沂孙的这阕《八六子》宛雅幽怨、殊耐人思、自然雅逸、余韵不尽，尤其是"暗水和云泛酒，空山留月听琴"之句最是耐人涵泳，正如晚清著名词家陈廷焯所言："碧山词自是取法白石，风流飘洒，如春云秋月。令人爱不忍释手。"王沂孙通音律尤善于以琴入词，他在《齐天乐·蝉》一词中将秋蝉的振翅之鸣比喻成古琴的滚拂之声，并以秋蝉的生命绝响即"已绝余音，尚遗枯蜕"来引发更深层的人生思考。

【雅赏】

齐天乐·蝉（王沂孙）

绿槐千树西窗悄，厌厌昼眠惊起。饮露身轻，吟风翅薄，半剪冰笺谁寄。凄凉倦耳。漫重拂琴丝，怕寻冠珥。短梦深宫，向人犹自诉憔悴。

残虹收尽过雨，晚来频断续，都是秋意。病叶难留，纤柯易老，空忆斜阳身世。窗明月碎。甚已绝余音，尚遗枯蜕。鬓影参差，断魂青镜里。

浣溪沙·题紫清道院

周密

竹色苔香小院深。蒲团茶鼎掩山扃。松风吹净世间尘。
静养金芽文武火,时调玉轸短长清。石床闲卧看秋云。

【作者】

周密(约1232—1298或1308),字公谨,号草窗,又号霄斋、蘋洲、萧斋,晚年号弁阳老人、四水潜夫。祖籍济南,流寓吴兴(今浙江省湖州市)。宋末元初词人、文学家、书法家、书画鉴赏家,雅好医药。

周密出身于官宦世家,早年随父周晋游历四地,后因门荫入仕,宋理宗赵昀景定四年(1263)因得罪权相贾似道而被迫辞官。宋度宗赵禥咸淳年间(1265—1274),先后出任两浙运司掾属、丰储仓检查等微官。其间,他广泛交游,参加吟诗结社活动。宋恭帝赵㬎德祐年间任义乌县令(今浙江省义乌市)。南宋覆灭后,周密坚决不仕元廷,自号四水潜夫,专心著述。元成宗大德二年(1298)去世(一说1308年),享年67岁。

周密诗、词、文颇有成就,兼工书、画善音律,尤好藏弆校书,一生著述甚丰。著有笔记体史学著作《齐东野语》《武林旧事》《癸辛杂识》《志雅堂杂钞》等数十种,大多记载当朝史事传闻、杏林逸事、民俗风情,是研究宋代文化史尤其是京师杭州的风情、文艺、社会的珍贵史料。周密曾在吴兴建"书种堂""志雅堂""浩然斋"等藏书楼,集祖上三代以来藏书42000余卷,及金石篆刻1500余种,著《齐东野语》以简介唐宋历代藏书故实，编纂《书种堂书目》《志雅堂书目》(已佚)，另集撰《绝妙好词》，收录词家100多人。于词他远绍周邦彦又近法姜夔，是为南宋末年雅词词派之领袖，与张炎、王沂孙、蒋捷并称"宋末四大词家"。其词风清雅秀润、俊逸多情，作品典雅浓丽、格律严谨，常有时感之作，又与吴文英（号梦窗）齐名，时人合称为"二窗"。周密传有词集《蘋洲渔笛谱》《草窗词》等，其中描绘西湖十景的组词《木兰花慢》，尤以文笔清丽而著称，存世词作共有600余阕，其中《高阳台》《玉京秋》等五阕收录于清代朱孝臧所辑《宋词三百首》中。

【诗文大意】

幽竹、苔香、院落深深。坐蒲团、焚茶鼎、道观掩在山间。松风掠过，涤世间尘俗。山茶、淳绵、几经烹煮。调冰弦、弄琴声、听取长清短清。澹卧石床，看秋云缱绻。

【品读】

"浣溪沙"原为唐教坊曲名，后用为词牌名。平仄两体，字数以四十二字居多，上片三句三平韵，下片三句两平韵，另有四十四字和四十六字等变体。最早用此调的是晚唐诗人韩偓，通常以其词《浣溪沙·宿醉离愁慢髻鬟》为正体。此调音节明快，婉约、豪放两派词人均以常用。

周密这阕《浣溪沙》十分清雅恬淡，自古诗家词家没有不善言秋者，秋风、秋雨、秋思、秋怨几乎成了诗词家笔下永恒的主题，其中秋的萧索、寂寥也是最为常见的意境。笔者认为有宋一代，将秋天写出豪迈之情的无出苏轼《行香子·述怀》其右者，"且陶陶、乐尽天真。几时归去，作个闲人。对一张琴，一壶酒，一溪云"，整阕词虽未只字言秋，却自有秋云舒卷如松风拂面。而将道观中的亲临感受，加之以琴事入词、以茶事入境，又能将松风涤荡俗尘、秋云辽籁天际等诸多意境杂糅在一阕小令中，还不失清闲淡雅、脱俗至性，更兼彰显南宋名士萧散情致的好词，当数周密这阕《浣溪沙·题紫清道院》。

"茶鼎"即煮茶的形状类似于鼎的器皿，有铜制、铁制及陶制等，其历史至少可以追溯至先秦。在晚唐诗人皮日休和陆龟蒙的茶诗唱和中就有皮日休的《茶中杂咏·茶鼎》"龙舒有良匠，铸此佳样成。立作菌蠢势，煎为潺湲声"之句，以及陆龟蒙的《和茶具十咏·茶鼎》"新泉气味良，古铁形状丑。那堪风雪夜，更值烟霞友"之言。词中的"山扃"指山中，多以南朝齐骈文家孔稚珪《北山移文》中的"虽情投于魏阙，或假步于山扃"为出处。词人于上片中寥寥数笔就勾勒出幽竹清翠、苔花清香，身处松山掩映的紫清道院中，坐在蒲团上，身旁的茶鼎中正煮着山茶，我们似乎可以听到茶鼎中山泉水的沸腾声，似乎可以身临其境地感受到一阵秋风吹拂而过，而这松风也吹却了尘世间的烦恼和一应俗事，只剩下道观的清静淡雅和身心的返璞归真。

此后有注释"长清、短清皆琴曲名"，应为后人所注，而《长清》《短清》是为古琴曲，与琴曲《长侧》《短侧》合称《嵇氏四弄》，史称魏晋时期名士嵇康所作，与东汉蔡邕的古琴曲《蔡氏五弄》共称《九弄》。"长清、短清"作为古琴曲最早出现于琴谱典籍《神奇秘谱》，其时已具十分规制的乐段及提要，如《短清》有"琼林风味，满头风雪，一蓑江表，冻云残雪，江山雪霁，晴日当空，一壶天地老，万籁尽知春"凡八段，而《长清》则有"乾坤清气，雪天清晓，雪霰交飞，山河一色，日丽中天，风鼓琼林，江山如画，雪消崖谷，万壑回春"共九段。《长清》曲谱中题解为："是曲者，汉蔡邕所作也。有长清、短清二曲，取兴于雪，言其清洁而无尘滓之志,厌世途超空明之趣也。志在高古,其趣深远,若寒潭之澄深也,意高在冲漠之表,游览千古,有紫虚大罗之想,恍若生羽翰飞谒玉京者也。"明嘉靖年间古琴家汪芝所辑撰的《西麓堂琴统》中则记文曰"《长清》《短清》《长侧》《短侧》,本嵇中散所作四弄也,后人讹之以前为蔡中郎作",又有同时期萧鸾继编撰的《杏庄太音补遗》题解曰"《长清》《短清》二曲,以雪自况。盖言,士之高明,不为俗染。若雪之体与色,俱莹润洁白,而略不为尘滓所侵也"。脱胎于明代戏曲作家高濂《玉簪记·弦里传情》的昆曲《玉簪记·琴挑·朝元歌》中唱道:"长清短清,那管人离恨?云心水心,有甚闲愁闷?一度春来,一番花褪,怎生上我眉痕。"显然,时至明代,《长清》《短清》的曲意已扩展至厌俗超迈的意象审美层面并淹留至今。

周密在自己的词中,以《长清》《短清》的琴曲为词境用"文武火"(煎茶时讲求急火与慢火的时机把握)来寓意生活的磨难和岁月的沧桑,而"静养"的"金芽"本指精心制作的香茗,实则是暗喻自己涵养圣洁的精神世界。在琴曲声中,在这化外之境,词人的心再次回归到天真之域,于是才有了结句处的名句"石床闲卧看秋云",更生出"一壶天地老"的兴致,同时也在读者眼前展现了一幅意境深远的南宋名士"听琴品茗秋山图"。词境中主要突出词人的名士气质,兼而有之的是意境之旷美和神韵之隽逸,其实也是宋人所追求的最具典型意义的集大成之琴境。

周密在词中将《长清》《短清》两曲入词,还有更深层的寓意。"竹林七贤"中的嵇康和阮籍等人,在曹魏入西晋的特殊历史时期,表现出来的士大夫精神和文人气节被千古传唱,他们面对司马氏集团或以死抗争如嵇康,或"非暴力不合作"如阮籍,这与周密在南宋入元廷时的精神世界十分契合。而《长清》《短清》两首琴曲又是嵇康所作,是故在周密的这阕词中就注入了词人以魏晋先贤为楷模的精神崇拜和思想诠释。

明代琴学理论家徐上瀛曾言："如道人弹琴，琴不清亦清。"故而周密词中的意境也就更趋于雍容平淡的琴德及逸气渐来的琴度，也就更显得紫清道院的琴者形神并洁、韵达妙境。琴音通性、清和雅静、琴音写心、以示大道，正是道家用来"穷理尽性"的妙象，而自古缁流仙客琴家与文人名士过从甚密，所以道家琴在古琴的文化源流中就有了相当重要的地位，道家琴的"清、虚、玄、真"自有一派山林风气，更有"清虚以自守，卑弱以自恃"的思想属性，这与佛家的以琴音辅修行入定，破孽障而发菩提心的琴理虽异曲同工却又门径各异。

周密的另一首以琴入词的《浣溪沙》将琴与棋共镶一处，虽意境逊于《题紫清道院》，但也是言辞细腻、心思缜密，颇有寓意。词云："浅色初裁试暖衣。画帘斜日看花飞。柳摇蛾绿妒春眉。象局懒拈双陆子，宝弦愁按十三徽。试凭新燕问归期。"

元灭宋后，周密的词以抒发亡国之痛、悲世之思的苍凉凄咽之作为主，最有代表性的《一萼红·登蓬莱阁有感》被称为《草窗集》的压卷之作，无论是王粲《登楼赋》中的"虽信美而非吾土兮，曾何足以少留"还是周密的一句"故国山川，故园心眼，还似王粲登楼"皆令无数后人倾倒，清道光年间的词家周济在其《宋四家词选》中评道："草窗长于赋物，然惟此词及'琼花'二阕一意盘旋，毫无渣滓。"

作为南宋遗臣，周密誓不仕元，以书卷相伴终身。此时年过半百的词人已不似昔日的萧散飘逸，而是悲愤郁积。他在《绣鸾凤花犯·赋水仙》一词中，自诩楚客屈子，与"岁寒三友"为伴，思故国风味，叹沉烟染翠，回首恍如隔世，唯感"幽梦觉，涓涓清露，一枝灯影里"，读来句句令人"无言洒清泪"。

【雅赏】

绣鸾凤花犯·赋水仙（周密）

楚江湄，湘娥乍见，无言洒清泪。淡然春意。空独倚东风，芳思谁寄。凌波路冷秋无际，香云随步起。谩记得、汉宫仙掌，亭亭明月底。

冰弦写怨更多情，骚人恨，枉赋芳兰幽芷。春思远，谁叹赏、国香风味。相将共、岁寒伴侣，小窗净、沉烟熏翠袂。幽梦觉，涓涓清露，一枝灯影里。

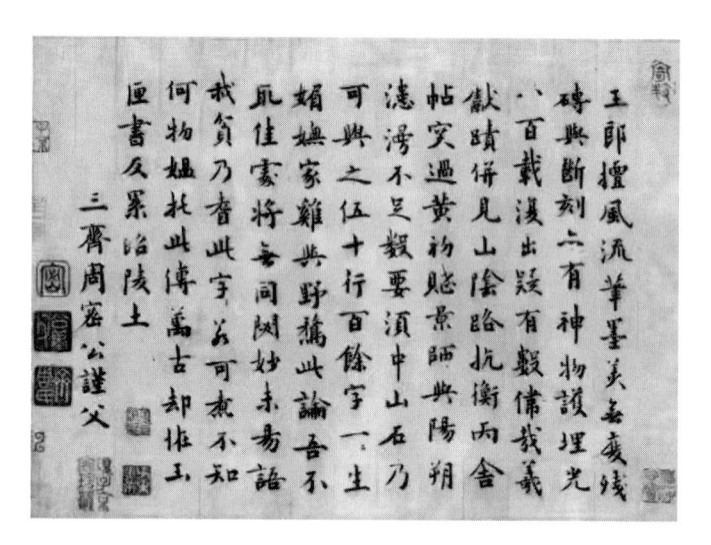

周密《跋晋王大令保母帖》

听罗道士琴·其一
文天祥

断崖千仞碧,下有寒泉落。
道人挥丝桐,清风转寥廓。
飘飘襟袂举,冰纨不禁薄。
紫烟护丹露,双舞天外鹤。

【作者】

文天祥(1236—1283),初名云孙,字宋瑞、履善,自号文山、浮休道人。宋江南西路吉州庐陵县(今江西省吉安市)人,南宋末年政治家、文学家、诗人,史上著名的抗元名臣,与陆秀夫、张世杰并称为"宋末三杰",后世敬称文忠烈或文丞相。

宋理宗赵昀宝祐四年(1256),21岁的文天祥中状元,入仕后掌理军器监兼权直学士院,因直言斥责宦官董宋臣、讥讽权相贾似道而遭到贬斥,宦海沉浮数度起落,37岁时遭排挤被迫自请致仕。宋恭帝赵㬎德祐元年(1275),元军南下攻宋,文天祥散尽家财,招募士卒勤王,被任命为浙西、江东制置使兼知平江府,随后升任右丞相兼枢密使。在奉命与元军议和中,他慷慨激昂面斥元主帅被拘留,于押解北上途中逃归。不久后在福州参与拥立益王赵昰为帝,又自赴南剑州聚兵抗元。南宋末帝赵昺祥兴元年(1278),文天祥被拜为少保,封信国公。后在五坡岭被元军俘获,押至大都囚禁三年,屡经威逼利诱仍誓死不屈。元世祖至元二十年

（1283）十二月，文天祥从容就义，终年48岁。明代时追赐谥号"忠烈"。

文天祥多有慷慨忠愤之文，其诗风至德祐年间后一变，越发气势豪放，后世有"诗史"之称。他的"人生自古谁无死？留取丹心照汗青"（《过零丁洋》）以及"孔曰成仁，孟曰取义，唯其义尽，所以仁至。读圣贤书，所学何事？而今而后，庶几无愧"（《绝命词》），以气势高亢、格调激越，被后世百代传颂，更激励着千千万万为追求理想信念而奋斗的仁人志士。文天祥有近1200首诗词存世，他的《满江红·代王夫人作》成为朱孝臧所集《宋词三百首》的压卷之作，其中"想男儿慷慨，嚼穿龈血。回首昭阳离落日，伤心铜雀迎新月"更是文天祥啼血的心声。另其在囚牢中独创《集杜诗》的诗歌形式，共200首五绝，又有"臣心一片磁针石，不指南方不肯休"的180首诗集为《指南录》，其大量著作被辑为《文山先生全集》存世。

元朝丞相脱脱和阿鲁图先后主持修撰的《宋史》，以洋洋近4000字为文天祥立传，并载："文天祥……体貌丰伟，美皙如玉，秀眉而长目，顾盼烨然。自为童子时，见学宫所祠乡先生欧阳修、杨邦乂、胡铨像，皆谥'忠'，即欣然慕之……宋三百余年，取士之科，莫盛于进士，进士莫盛于伦魁。自天祥死，世之好为高论者，谓科目不足以得伟人，岂其然乎！"

【诗文大意】

群峰远叠翠，寒泉近如练。仙道指下琴弦动，清音传天廊。韵如雅风起，吹动衣襟落，手中纨扇犹摇动，半在风中住。弦振紫烟升，飘摇映晚晖，但由仙人琴中意，云外舞双鹤。

【品读】

　　文天祥少年扬名，21岁科考中状元，他也曾才华冠世倜傥风流，也曾书生意气挥斥方遒，他以他的慷慨就义为之后数百年来的中华文化树立了典范，他以他不长而多彩的生命彰显着文人气节，维护着儒家思想的道统地位，也为大宋王朝画上了令人垂泪的历史句号。他的诗文一改南宋后期的用典繁复、低迷文弱的诗风，代以慷慨悲歌、豪情激越书写着南宋诗坛的一抹绝笔，更以他经天纬地的家国情怀激励和感召着无数后人。

　　文天祥爱琴能琴且有着很高的琴学修养，他追求的是"太古遗音存正气，孤臣心韵自昭昭"的琴况。据传他旧藏一床"蕉雨"琴，后辗转为谭嗣同所珍藏并视如己命，上有琴铭曰："海沉沉，天寂寂，芭蕉雨，声何急，孤臣泪，不敢泣。"

　　文天祥的《听罗道士琴》共有两首，此为其中的一首五律。诗中开篇即以远近景观描摹琴境，借以衬托罗道士的仙风道骨以及诗人此时所处的环境，并为全诗的意境表达设定了明显的意蕴基础。文天祥身处南宋道教繁荣的时期，自身又与道家关系颇深，以至于他被囚于元大都时曾要求元廷放自己归隐林泉去做一名道士，后元朝当局担心放虎归山而未允。在诗人文天祥的笔下，罗道士指间弦动清远，如有仙风缓缓涤荡周身，以至于诗人的衣襟也随之抖动，清雅的琴声更是令诗人手中的纨扇摇动着，似一层层冷冽的凉风拂面。琴声远去，伴着道观内袅袅的青烟，与落日余晖相得益彰，宛若一双飞鹤翱鸣天际出入云端，此时诗人的内心也随着这青烟、这落霞、这琴声、这飞鹤若有所思，诗人笔墨中颇有唐代诗人李端的《题崔端公园林》"上士爱清辉，开门向翠微。抱琴看鹤去，枕石待云归。野坐苔生席，高眠竹挂衣。旧山东望远，惆怅暮花飞"的诗境，只是文天祥此时的心境中绝少那位"大历十才子"的怅怀和寥落，而是充满着对复兴家国的憧憬与期寄。

文天祥以琴入诗之作很多，与前辈诗人所不同的是他将儒家的家国天下与理学的修心养性融于琴中又糅入诗中。他以"我善养吾浩然之气"（孟子语）的心怀修养着属于他刚烈不屈的艺术气质，用他啼血的生命之花诠释着自己的精神审美。他作《断雁》诗以寄托自己深沉的爱国情思，诗曰："断雁西江远，无家寄万金。乾坤风月老，沙漠岁年深。白日去如梦，青天知此心。素琴弦已绝，不绝是南音。"南方家国被千山阻隔，虽无鸿雁可传书，却有琴音不绝于耳，祖国之"南音"总是萦绕于心中。

文天祥的一生始终与琴相交相知，曾几何时，他在面对权奸持柄、朝堂倾轧时，也曾萌发效北宋隐居孤山的诗人林逋逐山林以归，他徘徊于山水之间、属意于琴中旎境，却无法泯灭自己的忧国忧民之情，于是他作七律《用萧敬夫韵》："庭院芭蕉碎绿阴，高山一曲寄瑶琴。西风游子万山影，明月故乡千里心。江上断鸿随我老，天涯芳草为谁深。雪中若作梅花梦，约莫孤山人姓林。"他以《高山流水》来感叹知音难觅，又以一曲《梅花》以明心志。文天祥好琴，也善于借琴来言事喻情。他时常在诗中对于历史上与琴有缘者深情缅怀，他在《寄题琴高台》诗中写道："泾水绀以深，古有神人潜。灵鲔煦春藻，微波漾幽澜。朝岑翳长岚，暮泛暖苍烟。回首宋康王，子今定何年？飞仙已高迈，遗踪落清渊。至今空山夜，泠泠琴上弦。西瞻暗霭中，霞光辉远天。何当驾长风，一眺泾水涟。"在诗中，他借先秦时仙人琴高之传说来抒发自己"驾长风，剑指泾水之滨"的豪情壮志，据《水经注》卷二十三载："赵人有琴高者，以善鼓琴，为康王舍人，行彭、涓之术，浮游砀郡间二百余年，后入砀水中取龙子，与弟子期曰：'皆洁斋待于水旁，设屋祠。'果乘赤鲤鱼出，入坐祠中，砀中有可万人观之，留月余，复入水也。"在文天祥整军抗元处于最危难时，他作《夜宿青原寺感怀》诗曰："松风一榻雨萧萧，万里封疆不寂寥。独坐瑶琴悲世虑，君恩犹恐壮怀消。"在诗中，我们似乎见到他手挥五弦夜听松风凄雨，又明白地感受到他情之所系乃是复国大业、心中所念乃是报答君恩。

文天祥好琴，常以琴明志，其身边也聚集着一大批爱琴能琴的文人名士。陈文龙（1232—1276）是宋度宗赵禥咸淳四年（1268）状元，元至元十三年（1276）被俘殉国。文天祥在福安（今福州）行都任枢密使期间，曾吊访陈府，并写下了《题陈正献公六梅亭》一首，其诗曰："相府亭前梅六株，四围香影护琴书。月华犹带玉堂色，风味曾分金鼎馀。五柳门前空寂寞，三槐堂上竟萧疏。惟渠不变凌霜操，千古风标只自如。"在诗中，他对这位曾经的同僚和名士给予了"傲雪梅花，琴书月华，凌霜节操，千古风标"的衷心赞扬。

南宋诗人胡日宣（字德昭，号琴窗），多与文天祥有诗词唱和，在《跋胡琴窗诗卷》中，文天祥强调了自己琴中有诗和寓琴于诗的审美意趣："琴窗善鼓琴，高山流水，非知音不能听，然则观琴窗诗，必如听琴窗琴。"琴、诗相辅，诗达琴意，韵律相融，何其妙也。又医者朱松坡好弹琴，与文天祥有诗文之交，文天祥《和朱松坡》一诗中有"细参不语禅三昧，静对无弦琴一张"之句，在赞美友人品性的同时，于"不语"中却道尽了琴心禅意。文天祥为友人钱新班送别，留有"送君天上去，当户理瑶琴"的临行赠言；在赠别琴友谢爱山的《别谢爱山二首》中也有诗句"绿绮知音早，青灯对语迟"；当听闻遭贾似道排挤而罢相的吴西林（即吴潜）殁于循州（今广东省龙川县），文天祥作挽诗"素壁琴犹在，中桥鹤不归"；邓剡（字光荐，号中斋），国难当头挺身而出，一直转徙于南海坚持抗元，崖山兵败被俘，后从黄冠放还。文天祥在柴市就义后，邓剡写下了《挽文文山》《文文山画像赞》《文丞相督府忠义传》等赞美英雄的诗文。文天祥生前与邓剡的唱和诗颇多，其中就有《又送前人琴棋书画四首》以诗雅论"琴棋书画"，诗曰："不知甲子定何年，题满柴桑日醉眠。意不在言君解否，壁间琴本是无弦。我爱商山茹紫芝，逍遥胜似橘中时。纷纷玄白方龙战，世事从他一局棋。蔡邕去后右军死，谁是风流入品题。只少蛟龙大师字，至今风骨在浯溪。欲觅龙眠旧时事，相传此本世间无。黄金不买昭君本，只买严陵归钓图。"

值得一提的是，文天祥与南宋著名诗词家、琴家汪元量的牢狱之交。在临安陷落后，汪元量被掳随三宫北去燕京，常往监中探视被囚禁的文天祥，二人以诗词唱和成为莫逆之交。元至元十七年（1280）中秋，汪元量入狱探视文天祥，两人相互勉励之余，汪元量为文天祥弹奏《胡笳十八拍》，于是文天祥在其《集杜诗》中就有了"罢琴惆怅月照席，人生有情泪沾臆。离别不堪无限意，更为后会知何地"（《胡笳曲·十三拍》）的悲愤和无奈，诗中拟效杜甫《送孔巢父谢病归游江东兼呈李白》中"罢琴惆怅月照席，几岁寄我空中书？南寻禹穴见李白，道甫问讯今何如"之句，又兼有苏轼《重游终南子由以诗见寄次韵》中"古琴弹罢风吹座，山阁醒时月照杯。懒不作诗君错料，旧逋应许过时陪"的诗境。曲罢，汪元量勉励文天祥"君当立高节，杀身以为忠。岂无春秋笔，为君纪其功"（《妾薄命呈文山道人》）并弹奏《拘幽》十操，以周文王被幽身而不屈志来激励文天祥。文天祥为之深深感动，并在汪元量的诗集后题跋曰："吴人汪水云，羽扇纶巾，访予于幽燕之国，袖出《行吟》一卷。读之如风樯阵马，快逸奔放。询其故，得于子长之游。嗟夫异哉！乃为之歌曰：南风之薰兮琴无弦，北风其凉兮诗无传，云之汉兮水之渊，佳哉斯人兮水云之仙。"文天祥还以悲壮的豪情为汪元量作组诗《汪水云援琴访予缧绁弹而作十绝以送上》，其中有诗《文王思舜》曰"文王思舜意悠悠，一曲南音慰楚囚。解秭从他喧羯鼓，请君为我作《拘幽》";又有《昭君出塞》曰"三尺孤坟青草深,琵琶流恨到如今。君能续响为奇弄,从此朱弦不是琴";《蔡琰胡笳》曰:"蔡琰思归臂欲飞,援琴奏曲不胜悲。悠悠十八拍中意,弹到关山月落时"。

文天祥以琴寄情的诗文,为后世了解文天祥的内心世界及人格特质提供了一个精准的门径,如清代文人吴锡麒就在《文丞相琴歌》中赞言"哀哉丞相琴,即是丞相心",又说"当时一弹再鼓处,山石欲裂天为惊"。

南齐建武二年(495),在文学史上有"继汉开唐之功"之誉的南北朝诗人谢朓(史称小谢),登上位于安徽省宣城的号称江南四大名楼之一"谢朓楼",于楼上写下"已有池上酌,复此风中琴"的旷世名句。曾几何时,杜甫慨言"诗接谢宣城",李白更是"一生低首谢宣城",而文天祥在知宁国府任上时,慕名江山胜景,登谢朓楼咏怀,赋诗"物理有屈伸,流峙岂云变。寥寥南楼月,至今有遐音"以遥寄谢朓,表达出欲与之"千年一邂逅,共调风中琴"的极具浪漫色彩的情怀。

笔者认为,文天祥的琴学修养和艺术造诣,多为其足以标榜千秋的气节之盛名所障,以致他的诗文及琴学的名气反而不甚为人所注重,使其在琴史上名不见经传。事实上在他的诗中流露出的于琴之修为觉悟及清逸高远的琴思琴境,足以让我们看到深植于英雄内心的古琴世界有着多么丰富的精神内涵。

《宋史》载:"我世祖皇帝以天地有容之量,既壮其节,又惜其才,留之数年,如虎兕在柙,百计驯之,终不可得。观其从容伏质,就死如归,是其所欲有甚于生者,可不谓之'仁'哉。"

【雅赏】

听罗道士琴·其二（文天祥）

吾闻泗滨磬，暗合角与徵。
又闻天乐泉，净洗筝笛耳。
如何碧一泓，乃此并二美。
蓝田沧海意，请问玉溪子。

水龙吟·淮河舟中夜闻宫人琴声

汪元量

鼓鼙惊破霓裳，海棠亭北多风雨。歌阑酒罢，玉啼金泣，此行良苦。驼背模糊，马头匼匝，朝朝暮暮。自都门燕别，龙艘锦缆，空载得、春归去。

目断东南半壁，怅长淮已非吾土。受降城下，草如霜白，凄凉酸楚。粉阵红围，夜深人静，谁宾谁主？对渔灯一点，羁愁一搦，谱琴中语。

【作者】

汪元量（1241—1317），字大有，自号水云子，钱塘（今浙江省杭州市）人，南宋宫廷著名琴师，宋末元初诗人兼词人。宋度宗赵禥当朝时以晓音律、善鼓琴而供奉内廷，至宋恭帝赵㬎德祐二年（1276）元军攻陷临安，南宋三宫俱被俘北迁，汪元量被迫随三宫迁往元大都，又因其乐师身份得以出入宫中、侍奉元主，他曾多次往监中探视被囚禁的文天祥，并相互以诗唱和形同莫逆。元世祖忽必烈至元二十五年（1288），汪元量出家为道士，获准南归，次年抵钱塘。后往来江西、湖北、四川等地，终老湖山。

汪元量亲历亡国惨状，故其诗词中多有慷慨悲歌、思国忧民的爱国主义情怀，如"君看长城中，尽是骷髅骨"（《长城外》）、"受降城下草离离，寒食清明只自悲"（《湖州歌九十八首》）、"悲歌曲尽故人去，笛响长江月正明"（《临川水驿》）、"避难不知寒食，和愁又过清明"（《清明》）、"烟雨楼台僧占了，西湖风月属吾侬"（《西湖旧梦·南高峰对北高峰》）等。而其词格调凄恻哀怨、更充满了面对家国沦丧的悲愤，如《忆秦娥》中的"水悠悠。长江望断无归舟。无归舟。欲携斗酒，怕上高楼"、《忆王孙》中的"七夕何人望斗牛，一登楼，水远山长步步愁"等。汪元量著有《水云词》，有近640首诗词存世。作为南宋最后一段历史的亲历者，汪元量以诗人及词人的独特视角，记录下了由宋入元时期所发生的真实事件。汪元量曾以宫廷琴师身份随太皇太后北行，他目睹了南宋奉表降元的悲惨一幕，也亲身经历了三宫北上的艰辛屈辱及燕京寄人篱下的生活，由此他写下了《醉歌》《越州歌》《湖州歌》等具有强烈纪实性的诗史作品。他以宋朝文士特有的细腻笔法和深切情感，用他的诗词充实了这一时期的历史，甚至弥补了史书的不足，故而后世也有将他比作唐代有"诗史"之誉的杜甫。

汪元量的友人李珏跋所撰《湖山类稿》，称元量"亡国之戚，去国之苦，艰关愁叹之状，备见于诗"。汪元量在《醉歌》10首中"声声骂杀贾平章"，以揭露贾似道之流荒废政事、贻误国家的罪恶，以及"侍臣已写归降表，臣妾签名谢道清"，他直呼太皇太后谢氏之名，痛斥她率先投降的可耻行径，诗中满腔悲愤，不愧史笔。他作《越州歌》20首，描述了元兵南下时半壁河山遭受蹂躏的惨象，亡国之痛，悲歌当哭，他又作《湖州歌》98首，以七绝联章的形式，依次记述"杭州万里到幽州"的所历所感、所见所闻，此等真实描述，非有切身感受者不能道。

汪元量南归后，又有许多反映普通百姓在元朝统治下所过的痛苦生活的诗篇，如《钱塘》《兴元府》等。

【诗文大意】

战鼓声声惊破霓裳曼舞，凄风苦雨扰醒海棠春梦。浮华俱已矣，换作一片玉啼金哭，北掳此去遥遥满悲苦。泪眼垂骆驼，一路艰辛铁骑呵斥，惊悸不定从朝到暮。忆都门冷酒，仓皇别过故国亲朋，锦帆龙舟，空载残春色归去。望断江南如画，叹江淮两岸今已沦陷。受降城下，秋霜枯草茫茫，北望余生多少凄凉。舟中粉拥红围，哪辨得高低贵贱，一夜无言凄寂。唯有举一怀羁愁、对一盏渔灯，多少凄哀只可对琴叙。

【品读】

"水龙吟"，词牌名，又名"水龙吟令""水龙吟慢""鼓笛慢""小楼连苑"等。此调以苏轼《水龙吟·露寒烟冷兼葭老》为正体，双调一百零二字，前段十一句四仄韵，后段十一句五仄韵。另有双调一百零二字，前段十一句五仄韵，后段十句四仄韵等二十四种变体。代表作品有苏轼《水龙吟·次韵章质夫杨花词》及辛弃疾《水龙吟·登建康赏心亭》等。

有学者考据，"水龙吟"最早是南北朝时北齐的一组古琴曲，据《北齐书·郑述祖传》载："述祖能鼓琴，自造《龙吟十弄》，云尝梦人弹琴，寤而写得。当时以为绝妙。"此外又有"笛曲"之说，如东汉经学家马融《长笛赋》中就有述说："近世羌笛从羌起，羌人伐竹未及已。龙吟水中不见已，截竹吹之声相似。"古人也以龙吟喻笛声，如南朝梁刘孝先《咏竹诗》中就有"谁能制长笛，当为吐龙吟"之句，南北朝诗人庾信在其《对酒诗》中也说"惟有龙吟笛，桓伊能独吹"。

入唐之后，唐代君王出行有仪仗鼓吹，所奏乐曲已有《龙吟声》。据《新唐书·仪卫下》载："大驾卤簿鼓吹，分前后二部……长鸣一曲三声：一《龙吟声》，二《彪吼声》，三《河声》。"李白《宫中行乐词八首》中有"笛奏龙吟水，箫鸣凤下空"，杜甫也有"晚来横吹好，泓下亦龙吟"（《刘九法曹、郑瑕丘石门宴集》）。

汪元量的这阕长调作于帝后、妃嫔及宫人、官员三千多人被押北上燕京途中，在途经淮河时，舟中后宫不分贵贱相拥，词人悲愤抚琴，无尽的痛苦溢满这阕《水龙吟》词章中。

上片"鼓鞞惊破霓裳，海棠亭北多风雨"起笔即点出德祐之难，词人用形象的语言，写亡国的巨变。当朝廷还沉浸在欢歌乐舞之中时，却突然被城外惊天动地的战鼓声惊醒，战争的血雨腥风骤然降落在皇城深宫。这里，词人借唐天宝之变写本朝之事，借历史来喻今，批判朝廷的败落。"玉啼金泣"兼用金人滴泪的典故，写易代被遣的悲哀，颇为贴切。"驼背模糊，马头匼匝，朝朝暮暮"则是化用杜甫"马头金匼匝，驼背锦模糊"的诗句，承上"此行良苦"，又设想到敌国之地的亡国奴生活。"自都门燕别，龙艘锦缆，空载得、春归去"三句，极言其"苦"。南下和北上都是亡国之事这三句，即是舟载北行的实况写照，意谓国运已尽、无力回天。"春"是押解出发的季节，象征南宋国运。"春归去"指南宋王朝的国亡如春天一样匆匆终结。"空"字浸透了徒唤奈何的深悲。

下片转写舟船经淮河时的感受。"长淮"点题"淮河舟中"。"非吾土"用王粲《登楼赋》中"虽信美而非吾土兮"之意。望断长淮，美景色已非昔日色调，盖心情不同之故，凄婉之情赫然墨上。"受降城下，草如霜白，凄凉酸楚"三句借用唐李益《夜上受降城闻笛》之"受降城外月如霜"之意，再以设想之辞，想起以后的生活，心中泛起阵阵酸楚。汉、唐均有受降城，多在西北边塞但非一地。这里仅借用而已，并非实指。"粉阵红围，夜深人静，谁宾谁主？"词人的目光又从远方回到近旁，帝王、侍臣、后妃、宫女，原本是等级森严，而今"粉阵红围"皆为囚徒，主奴难辨、不分宾主。在狭窄的小舟中拥挤着入眠。唯独那位满怀愁绪、多愁善感的宫女，在孤灯下弹拨着琴弦，也撩拨着词人幽伤的心绪。最后以"对渔灯一点，羁愁一搦，谱琴中语"一句直应词题之"淮河舟中夜闻宫人琴声",如此收束全篇,更显含蕴悠长。

上片重在铺陈背景,下片围绕题面抒情。全词着重展示被掳北上、舟行淮河的见闻和感受,同时又将眼前实景及行程的记叙与回忆及设想结合起来,将时间和空间大为拓展。此时幽痛悲婉的琴声,更将"惊""苦""愁"及凄凉酸楚相交杂的感情加以孕化,成为词人情绪的代言,尤显得跌宕起伏而又真切感人。

【雅赏】

月夜听琴(汪元量)

如此良夜,秋空月圆。
君弹山鬼,我拊水仙。

浪淘沙·重九

蒋捷

明露浴疏桐。秋满帘栊。掩琴无语意忡忡。掐破东窗窥皓月,早上芙蓉。

前事渺茫中。烟水孤鸿。一尊重九又成空。不解吹愁吹帽落,恨杀西风。

【作者】

蒋捷(约1245—1305),字胜欲,号竹山,世称"竹山先生",阳羡(今江苏省宜兴市)人。宋末元初著名词人。宜兴望族出身,南宋度宗赵禥咸淳十年(1274)进士。南宋覆灭,蒋捷倍感亡国之痛,隐居不愿仕元,其气节为时人所重。蒋捷长于词,与周密、王沂孙、张炎并称"宋末四大家"。其词多抒发故国之思、山河之恸、风格多样,而以悲凉清俊、萧寥疏爽为主,尤以其造语奇巧之作,在宋词坛上独标一格,又因《一剪梅·舟过吴江》中有句"流光容易把人抛,红了樱桃,绿了芭蕉",故后人又称其为"樱桃进士"。有《竹山词》1卷,被收入明末毛晋的《宋六十名家词》及清末朱孝臧的《彊村丛书》。蒋捷有100余首诗词存世,他的《贺新郎·甚矣君狂》《一剪梅·舟过吴江》等都是脍炙人口的佳作。蒋捷的《瑞鹤仙·乡城见月》《虞美人·听雨》《贺新郎·梦冷黄金屋》《女冠子·元夕》四阕词被收入《宋词三百首》,在宋末元初的特殊历史时期有着重要的文化意义。

清代文学评论家刘熙载在他的著作《艺概》中说："蒋竹山词未极流动自然，然洗炼缜密，语多创获。其志视梅溪（史达祖）较贞，视梦窗（吴文英）较清。刘文房（刘长卿）为五言长城，竹山其亦长短句之长城欤！"蒋捷的词作，被古人认为是填词的法度和标准。许多词作都表现出作者怀念故国的心情，抒发了丧失山河之恸。如"此恨难平君知否？似琼台、涌起弹棋局""彩扇红牙今都在，恨无人、解听开元曲"等无不带有鲜明的时代特点。

【诗文大意】

叶落稀疏，夜露满梧桐。帘栊外一派萧索。掩琴无言忧心重。透过东窗待月明，月下有芙蓉。遥想当年之志，渺若江烟孤鸿。又到重九登高日，万事仍空。风不吹愁掀帽落，不解意，恨西风。

【品读】

"浪淘沙"，原为唐教坊曲名，后用为词牌名。唐代刘禹锡、白居易依小调《浪淘沙》唱和而首创乐府歌辞《浪淘沙》，单调四句，为七言绝句体，至五代时南唐后主李煜衍化为小令《浪淘沙》（又称《浪淘沙令》）"帘外雨潺潺，春意阑珊。罗衾不耐五更寒。梦里不知身是客，一晌贪欢。独自莫凭栏，无限江山。别时容易见时难。流水落花春去也，天上人间"，双片，上下各二十七字。再至北宋时柳永创作长调慢曲《浪淘沙》（又称《浪淘沙慢》），已去原词《浪淘沙》甚远。此调代表作有刘禹锡《浪淘沙九首》等。

唐诗宋词中所涉及的"浪淘沙"，辞意均有与水边或水浪相关的意象，或吟咏淘金之劳作，或借滔滔江水以寄情遥深，或由眼前景致而联想人生浮沉，无论是创调新词还是衍此调为令词慢曲，均蕴水意。刘禹锡、白居易首创乐府歌辞《浪淘沙》，与宋人《浪淘沙令》《浪淘沙慢》不同，盖宋人借旧曲名，另以新腔。

蒋捷的这阕《浪淘沙·重九》是以李煜的"天上人间"调式而作，同样是感怀世事，同样是忧国悲切，但蒋捷之悲叹与李后主大不相同。李后主是自怜于自己的命运，是亡国之君的屈辱，而蒋捷所悲者是家国沦丧，所叹者是一年又一年的空悲切。开篇的"明露浴疏桐"及"秋满帘栊"即将词情引入到琴境之中，自古就有以梧桐来彰显古琴意境的描写手法，而"梧桐""霜晨""清秋"更增添了秋的萧瑟、霜的凄清及琴声的深远，窗外一轮皓月下只见荷花早开，也就有了词人自诩清高和出污泥而不染的文人情操。时值九九重阳，本应登高远望，然故国河山被金人铁蹄践踏，遥想北方家园和被奴役的百姓，词人只能叹怨一年一度西风又至，而此时的西风只会吹掉词人的帽子，却无法吹去词人内心深处的阴霾和哀叹。词人夜不能寐，"掩琴无言"，此时的古琴仿佛就是词人的化身，词人的哀伤以及掩面而泣俱在无声的琴意之中。他以琴喻情，似乎心中块垒无人与述，唯有对琴而言，颇似岳飞《小重山》中"欲将心事付瑶琴"的意境和"知音少"的兴叹以及无以言表的忧心忡忡。

清人陈廷焯在《白雨斋词话》卷一中言道："刘改之、蒋竹山，皆学稼轩者。然仅得稼轩糟粕，既不沉郁，又多支蔓。词之衰，刘、蒋为之也。板桥论词云：'少年学秦、柳，中年学苏、辛，老年学刘、蒋。'真是盲人道黑白，令我捧腹不禁。"又言："蒋竹山，至元大德间，臧陆辈交荐其才，卒不肯起。词不必足法，人品却高绝。"(《白雨斋词话》卷五)

后世对蒋捷的爱国情怀及文士节操均有极高的评价。1276年，南宋都城临安陷落，五岁的南宋恭帝赵㬎降元退位，而寒窗苦读数十载已中年的蒋捷，刚刚考中进士没多久，就经历了江山易主、国破家亡，一心思图报效的南宋朝廷在元军的金戈铁马之下灰飞烟灭。蒋捷虽未来得及入仕宋朝，但他坚守着"富贵不能淫，贫贱不能移，威武不能屈，此之谓大丈夫"（《孟子·滕文公下》）的圣人教诲，为了不被裹挟仕元廷，宁愿离开临安到处漂泊，即使颠沛流离、穷困潦倒，甚至仅能靠帮人抄书度日。蒋捷在南宋末期已颇具词名，但是他选择断绝了既有的生活圈子，所以后世的我们难见他和当时文士的诗词唱和之作。而后的时光里，随着元朝的建立，蒋捷毅然决然地在太湖的竹山隐居，元成宗大德九年（1305），"诏求山林间有德行、文学、识治道者"（《续资治通鉴》）时，肃政廉访使臧梦解和陆垕"交荐其才"，但蒋捷始终志节不移，诏征不赴。他伴竹而居，选择抱节取义孤独终生，终不负"竹山先生"名号。蒋捷虽没有像文天祥那样直面元廷舍生取义和以死明志，但也不齿于赵孟𫖯、方回、臧梦解、张伯淳等仕元为官，他在用其自己的方式来践行着一个文人的节操，这也是他的词被后世广为传唱的原因之一。

蒋捷有一阕被今人称为"宋词里最苍凉的一场雨"的词，它就是《虞美人·听雨》，那一句"悲欢离合总无情，一任阶前，点滴到天明"道尽了人生倥偬的无奈和数不清的悲欢离合。

【雅赏】

虞美人·听雨（蒋捷）

少年听雨歌楼上，红烛昏罗帐。壮年听雨客舟中，江阔云低、断雁叫西风。

而今听雨僧庐下，鬓已星星也。悲欢离合总无情，一任阶前、点滴到天明。

暗香·送杜景斋归永嘉

张炎

猗兰声歇。抱孤琴思远,几番弹彻。洗耳无人,寂寂行歌古时月。一笑东风又急。黯销凝、恨听啼鴂。想少陵、还叹飘零,遣兴在吟箧。

愁绝。更离别。待款语迟留,赋归心切。故园梦接。花暗闲门掩春蝶。重访山中旧隐,有羁怀、未须轻说。莫相忘,堤上柳、此时共折。

【作者】

张炎(1248—1314后),字叔夏,号玉田,晚年又号乐笑翁,祖籍成纪(今甘肃省天水市),几辈寓居临安(今浙江省杭州市)。张炎的六世祖为宋朝著名"中兴四将"之一的张俊,张炎的曾祖张镃是南宋文学家,也是刘光世的外孙,而张炎的祖父乃是扼独松关之险以拒元兵的张濡。据《宋史·本纪第四十七》所载:"……(德祐元年)两浙转运司准备差遣罗林、浙西安抚司参议官张濡戍独松关……张濡部曲害大元行人严忠范于独松关,执廉希贤至临安,重创死。"又《元史》有记:"(使者)为守关者张濡袭而杀之。"次年,南宋德祐二年(1276)元兵攻破临安,南宋亡,张炎祖父张濡被元人以磔刑杀害,家财尽被抄没,幸而张炎死里逃生,其父张枢("西湖吟社"的重要成员)也下落不明,国仇家恨使他甘为南宋遗民终不与元廷合作。

张炎颇通音律,词风工巧典雅,与著名词人周密交厚,著有《山中白云词》,存世词作350余阕,其中的《渡江云》《解连环》等五阕收录于

《宋词三百首》中，他的名篇《高阳台》中的"万绿西泠，一抹荒烟"堪称千古名句，又其"烟水茫茫无处说，冷却西湖风月"（《清平乐·兰曰国香》）、"今古事，古今嗟。西湖流水响琵琶"（《思佳客·题周草窗武林旧事》）、"写不成书，只寄得、相思一点"（《解连环·孤雁》）等俱为名句，尤其是他早年所作《南浦·春水》一词驰誉词坛，被誉为"张春水"，其中的"波暖绿粼粼，燕飞来、好是苏堤才晓。鱼没浪痕圆，流红去、翻笑东风难扫。荒桥断浦，柳阴撑出扁舟小"被周密赞为"赋春水如画"。

张炎是一位词论家，为构建词学理论做出了重要贡献。他所著的《词源》是中国最早的一部颇具权威性的词论专著，其中除总结整理了宋末雅词一派的主要艺术思想与成就外，还强调了以"清空"和"骚雅"为核心主张的词学思想。张炎的一生襟怀空狂又恃才傲物，于词风他十分倾慕周邦彦和姜夔，故后世在评论宋代文学史时多将他与姜夔并称"姜张"，有"北夔南炎"之说，并将他与宋末著名词人蒋捷、王沂孙、周密并称"宋末四大词家"。他对词学的造诣亦深，著有词集《山中白云词》（又名《玉田词》）。

【诗文大意】

琴奏《猗兰操》，曲尽意未消，独抱孤琴思悠远，几番心中空落。无许由洗耳，独自弹寂寥，只对古时圆月。笑叹东风又起时。暗自神伤，感时光飞逝，又闻鸠鸟啼。遥想杜甫，多咏飘零，感伤留诗中。愁绝处。最是离别。款语温言相留，赋中已有归心切。思故园唯有春梦。蝶舞莺飞园中趣。归来再访山中友，别来羁旅愁情，自当一扫而空。君莫忘，堤边青柳，与君相折。

【品读】

张炎在南宋度过了前半生的30年,入元后他用生命的后40多年,几乎挨过了元朝的一半时间。前30年他是贵胄公子,风流潇洒,在文坛虽并不出类拔萃却也小有薄名。而后40多年国破家亡沦落无依的生活,成为他人生中最重要的历程,也是奠定他成为词坛名家的重要环境因素。正可谓"国家不幸诗家幸"。张炎的主要词作多出于宋入元之后,若以创作高峰期来划代他或应属元代词人,然而后世却始终都将他归为南宋词人,甚至有举其为"两宋三百年间词家殿军"之说,盖因后世更看重他特有的"南宋遗民身份"。张炎在南宋诗词史上地位非常特殊,堪称南宋最后一位重要的词人,也是宋词这一曲柔丽繁华与悲哀凄婉相交的历史长歌中最后一个音节、一声唱响,从此之后便是元曲的盛装登场。张炎有名词《解连环·孤雁》,仅凭其中"写不成书,只寄得、相思一点"一句,便博得"张孤雁"之名,可见张炎的词在当时被追捧的程度。由小令而得别号,似乎只有北宋张先可与之相比,然而从早年的"张春水"到后来的"张孤雁",由明鲜妍美之风雅,变化为失侣亡群之悲切,王朝的更迭,也更替着词家张炎的词风和词境。

"暗香"为词牌名,是姜夔自度仙吕宫曲,又名"红情""绿意""红香"或"晚香"。以姜夔《暗香·旧时月色》为正体,双调九十七字,前段九句五仄韵,后段十句七仄韵。以吴文英的《暗香·县花谁葺》为代表作。

张炎的这阕《暗香》是为友人杜景斋归永嘉而作的送别词(方回也有《送杜景斋归平阳二首》),在词中,张炎史、典并用,先以许由之"洗耳"明志、又以杜甫之"愁吟"自喻,感慨世间难得情操高洁之士,兴叹自己的情志无人理解,在赞誉杜景斋归隐之志的同时也表达出对这位志同道合的友人的怀恋之情。

　　开篇的"抱孤琴思远"即不同凡响，仅此一句就足以惊世骇俗。词中的"猗兰"即古琴名曲《猗兰操》，又称《幽兰操》，相传是孔子所作，意喻兰草虽混杂于杂草之中却不失君子之德。蔡邕在其《琴操·猗兰操》中言："《猗兰操》者，孔子所作也。孔子历聘诸侯，诸侯莫能任。自卫反鲁，过隐谷之中，见芎兰独茂，喟然叹曰'夫兰当为王者香，今乃独茂，与众草为伍，譬犹贤者不逢时，与鄙夫为伦也。'乃止车援琴鼓之……"又词中"弹彻"多被古人用于诗词之中，其滥觞于宋代琴诗琴词淹留至清代，如宋代楼钥有"弹彻悲风更广陵，沧浪一为濯尘缨"（《昼寝》），王沂孙有"哀弦重听，都是凄凉，未须弹彻"（《庆宫春》），何梦桂有"深处人闲，谁识闲中趣。弹彻瑶琴移玉柱。苍苔满地花阴午"（《蝶恋花·即景》），戴表元有"湖园日暖百花叹，弹彻满树春风生。我不识琴识琴理，为君悲酸为君喜"（《听琴行赠沈秀才》）等，清代诗人孙原湘的《知己》中有"弹彻峨眉响雪琴，三生石上少知音"，熊琏的《眼儿媚·弹琴美人》也有"落花流水总关情。明月满空庭。轻笼翠袖，频舒玉指，弹彻春冰"之句。盖其所喻大体为尽情伤感的琴境和兴致淋漓的琴思。

　　"许由洗耳"典出多处，据传许由曾做过尧、舜、禹的老师，也因此被称为"三代宗师"，是上古时代高尚清节之士，也是古代最负盛名的隐士。相传尧帝知其贤德要把君位让给他，他推辞不受，逃于箕山，尧帝又让他做九州长官，他便到颍水边洗耳，表示愿耳根清净不为俗事所扰，词中借典来赞美友人杜景斋不愿趋附蒙元的高风亮节。"吟箧"是指文人收藏诗笺的小箱子，在词中有借杜甫之"一生愁"，来比喻词人自己和友人共将忧家国运势、愁民生世事的情感尽付词中。"折柳"则是古人亲友送别时的一种寄怀形式。"鹈鸠"即杜鹃鸟，啼鸣于春末夏初，古人多用"啼鸩"来吟咏时令转换，又感叹落花时节。苏轼《蝶恋花·春事阑珊芳草歌》就有"小院黄昏人忆别,落红处处闻啼鸠"之句,以鹧鸪的啼叫来渲染春天逝去、客里无聊的伤感气氛。张炎的曾祖父张镃也有词句"语笑杂歌弦。向啼鸠声中,落红影里,忍负芳年"(《木兰花慢》),借啼鸠声声来感怀大好春光的消逝。

张炎在《暗香》一词中,以琴喻事又借琴言情,一方面感伤友人的归隐别离,空留自己"抱孤琴思远",又激赏友人宁遁去山林而不愿仕元的气节。宋亡遗民和明亡遗民是中国历史上两次最具典型意义的遗民现象,二者的亡国之痛相似,其中文人士大夫不与新朝合作的气节同出一辙,代表人物及主要事件更有着极为对应的类似。这个被称为"前朝遗民"的特殊群体,集中特点就是明知无力回天而不甘心接受现实,他们坚守着自己最后的精神田园,在看似不合时宜中却表现出令人钦服的孤勇,涌现出许多令人肃然起敬的人物和事迹。张炎在亡国前是"承平故家贵游子弟",游走于风雅繁华之中。而亡国之后,他同万千普通百姓一样流离失所,甚至饥寒交迫,留给他的只有无尽的思忆和深植于内心的精神乐园,这就是他的低吟曼歌和缠绵思致,故而张炎的词在写景咏物、纤巧轻婉的清畅之外,别有一番苍凉激楚之气显露其间。

张炎惯于以琴入词,他曾作有《风入松·听琴中弹樵歌》,词云:"松风掩昼隐深清。流水自泠泠。一从柯烂归来后,爱弦声、不爱枰声。颇笑山中散木,翻怜爨下劳薪。透云远响正丁丁。孤凤划然鸣。疑行岭上千秋雪,语高寒、相应何人。回首更无寻处,一江风雨潮生。"其中的"爨下劳薪"本意系出南朝宋刘义庆《世说新语·术解》:"荀勖尝在晋武帝坐上食笋进饭,谓在坐人曰:'此是劳薪炊也。'坐者未之信,密遣问之,实用故车脚。"在以琴入诗词中多指东汉蔡邕的"焦尾琴"之传说,如南宋诗人俞德邻就在其《古琴一张徽弦不具持赠刘汉卿经历因赋》一诗中有"枯桐三尺蹙龙纹,爨下薪焦偶未焚"之句。

【雅赏】

徵招·听袁伯长琴（张炎）

秋风吹碎江南树，石床自听流水。别鹤不归来，引悲风千里。余音犹在耳。有谁识、醉翁深意。去国情怀，草枯沙远，尚鸣山鬼。

客里。可消忧，人间世、寥寥几年无此。杏老古坛荒，把凄凉空指。心尘聊更洗。傍何处、竹边松底。共良夜，白月纷纷，领一天清气。

山居·其二

胡仲弓

山扉风自掩,地僻少将迎。
奇字挑灯看,新吟击钵成。
凤花开自落,萤草腐还生。
静听邻琴响,疑调慢角声。

【作者】

胡仲弓,生卒年不详,约宋度宗赵禥咸淳二年(1266)前后在世,字希圣,南宋末期诗人,生平事迹不入史传。清源(今福建省泉州市)人,南宋诗人胡仲参之弟。登进士第,曾为会稽令,后浪迹江湖以终。胡仲弓工诗、词,兼善琴乐,诗中多有人生感悟及富于哲理之句,如其诗《卧听》中的"清和时节如寒食,昨日街头人卖饧",《和刘后村杂兴·几年待漏趣朝班》中的"公论尽归恩怨外,清谈不落是非间",以及《快倚亭》中的"著身高处不知快,多少池台在下风"和《不碍云山》中的"白云本是无心物,才得身高便可攀"等。胡仲弓著有《苇航漫游稿》4卷,约有750余篇诗文存世。

【诗文大意】

山居柴扉,风吹自掩。所处偏僻,少人造访。观奇书挑灯夜读,赋新词击钵吟咏。昙花一现,转瞬即逝。萤草纷飞,籽落又生。闲坐静听邻家琴,犹弹旧曲《凤求凰》。

【品读】

胡仲弓的诗词有着独特的雅致情趣和隐士意味,又满怀感怀世事的情怀和对人生来去的思考。在南宋末期面对国破家亡的重大历史变迁时,特别是选择归隐山林的一大批文人士大夫中,他有着十分明显的代表性。他善于以琴入诗,借琴明志扬性、依琴言事喻理兼善于精巧用典,于乱世中自有一番不失清雅的凝重。

在这首《山居》中,诗人将一幅山居琴书图饶有趣味地徐徐展现在读者面前。山中雅居风掩柴扉,因幽僻偏远而少有宾朋造访,诗人自己却乐得如此,他秉烛夜读吟诗作赋,在静旎的闲散生活中感悟着世事和人生。诗中的"凤花"即指昙花,而"萤草"是蒲公英的别称,诗人取意往日的繁华不过是昙花一现,而如今隐居的自己却像蒲公英一样,虽然花不艳丽味不芬芳,却有着强大的生命力且乐得飘忽自由,其种子在花朵的随风飘落中四散生根。于诗尾处,诗人将诗境拽入闲静如水的听琴中,仿佛邻家的才子在弹起古琴,琴声飘入诗人的书斋,引得他凝神静听。"慢角调"本为古琴的调式名称,又称林钟调或黄钟宫调等,如今通常的定弦方法是以正调为基础而慢三弦,得以令五弦九徽之泛音与三弦十徽之泛音等高,最具代表性的琴曲为《凤求凰》《风雷引》等。诗人在无心的散淡中做着有意的思考,或许邻家的某位才子真的是在弹奏那首著名的源于司马相如的《凤求凰》,于是,诗人会心一笑,仿佛看到又一代文雅之士在琴诗书画中走上了属于他们自己这一时代的人生旅途。由此,听琴一事就成为全诗的主旨,很显然诗人的"浪迹江湖"是在不断的思考中度过的,他希望做一位隐者，更希望能够遇到志同道合的知己。

胡仲弓的琴诗很多，他有一首《寄朱静佳明府》："十载江湖叹不遭，识君岁月漫蹉跎。文书南去静边省，山水西来佳处多。琴调本高缘抚字，诗逋未了欠催科。骚人标致清如许，制锦机中制芰荷。"在诗中，诗人以"琴调本高缘抚字，诗逋未了欠催科"来赞誉朱静的文雅风范。在他的《次韵答王东墅》一诗中，他也曾感叹世间少知音，诗曰："元龙湖海分栖迟，懒把琴心累子期。不是三生曾有旧，如何一见便论诗。春行谷外莺求友，月在吟边鹊绕枝。甚欲买舟寻隐处，悔将名姓与人知。"

胡仲弓咏歌古琴以怀古，将家国民生与南风之歌相关联，将古琴的文化属性及其思想内涵上升到"审音知政惟丝桐"和"治世之音安以乐"的理想高度，以舒扬自己希望通过古琴来追寻古圣先贤之足迹的期望，即"古人不可得而见，见琴如见当时面"，其诗曰："南风之歌久绝响，生民不作声希想。声音之道与政通，审音知政惟丝桐。堪嗟世道多翻覆，几度桑田变陵谷。摩挲古物忆当年，人在春风和气天。治世之音安以乐，斯琴当年羽衣作。物换星移阅几周，不图今日为君留。袖来赠与无弦客，得之何啻如珪璧。籀文篆古未为奇，我思古人珍秘时。古人不可得而见，见琴如见当时面。安得寻声问爨人，为吾一洗琴上尘。"(《题叶山甫见惠古琴走笔以谢》)

胡仲弓的胞兄胡仲参也是位好琴的诗人，他在《月夜听琴效渔父辞》一诗中，简明地阐述了自己的琴学认识，即"节奏如松风""琴声泉琮琤""弹意不弹声""滚拂落灯芯""泛音清魂梦"等一系列的古琴音乐审美和弹奏技巧的理解。

【雅赏】

月夜听琴效渔父辞（胡仲参）

风入古松成节奏，泉奔幽磴响琮琤。
琴中弹意不弹声，猛拂朱弦灯焰落。
细敲玉版梦魂清，啼乌枝上月三更。

【元】

一曲悲风为子弹,
穹庐聊复助清欢。
自惭未尽桐君趣,
老境方知道愈难。

琴道喻五十韵以勉忘忧进道
耶律楚材

昔吾学鼓琴，豪气凌青天。轻笑此小技，何必师成连。
宝架翻旧谱，对谱寻冰弦。自弹数十弄，以谓无差肩。
有客来劝余，因举庄生篇。时君方诵书，轮扁居其前。
释椎而入请，何故读残编。上古已久矣，不得见圣贤。
遗书糟粕馀，与道云泥悬。臣年七十秋，双鬓如垂绵。
斫轮固小巧，巧性非方圆。心手两相应，不能语子焉。
是知圣人道，安得形言诠。至今千载间，此论不可迁。
琴书纸上语，妙趣焉能传？不学妄穿凿，是为谁之愆。
余方谒祢君，服膺乃拳拳。相对授指诀，初请歌水仙。
吟猱不逾矩，节奏能平平。起伏与神会，态状如云烟。
朝夕从之游，琴事得大全。小艺尚如此，大道宁不然。
当年嗜佛书，经论穷疏笺。公案助谈柄，卖弄猾头禅。
一遇万松师，驽骀蒙策鞭。委身事洒扫，抠衣且三年。
圆教摄万法，始觉担板偏。回视平昔学，尚未及埃涓。
渐能入堂奥，稍稍穷高坚。疑团一旦碎，桶底七八穿。
洪炉片雪飞，石上栽白莲。佛祖立下风，俯视威音先。
忘忧西域时，师我求真筌。经今十五春，进退犹迁延。
望涯自退缩，甘心嗟无缘。将来无价宝，未肯酬一钱。
未启半篑土，欲酌九仞泉。美玉付良工，良工得雕镌。
良金不受冶，徒费炉韛煽。闻君近好琴，停烛夜不眠。

弹之未期月，曲调能相联。君初未弹时，曾不知勾蠲。
学道亦如此，惟患无精专。谁无摩尼珠，谁无般若船。
立志勿犹豫，叩参宜勉旃。他时大彻悟，沛然如决川。
毛端吞巨海，芥子含大千。瞬息一世过，生死相萦缠。
此生不得觉，旷劫徒悲煎。吾言真药石，疗子沉疴痊。

【作者】

耶律楚材（1190—1244），字晋卿，号玉泉老人，法号湛然居士，契丹人，是辽太祖耶律阿保机的九世孙，父亲是蒙古帝国时期杰出的政治家、宰相，金国尚书右丞耶律履。金章宗明昌元年（1190）耶律楚材生于燕京（今北京）。据说其名及字取典自《左传》中的"楚虽有材，晋实用之"。1215年，成吉思汗的蒙古大军攻占燕京的时候，转投成吉思汗帐下，耶律楚材早已对金朝失去信心，他的政治思想及满腹才学对成吉思汗尤其是对其子孙产生了很大的影响，他采取的各种措施为元朝的建立奠定了基础，并成为元朝的一代名相。史上有"妖后"之称的乃马真后摄政时，耶律楚材被排挤，抑郁而卒，享年55岁。据《元史·耶律楚材传》载："皇后哀悼，赙赠甚厚……至顺元年，赠经国议制寅亮佐运功臣、太师、上柱国，追封广宁王，谥文正。"又载："后有谮楚材者，言其在相位日久，天下贡赋，半入其家。后命近臣玛尔结覆视之，唯琴阮十余，及古今书画、金石、遗文数千卷。"

耶律楚材多才多艺，精通天文地理，有着极高的文化艺术修养。他是中国最早提出经度概念的人，编有《西征庚午元历》，还主持修订了《大明历》。他工诗善词，有大约600首诗词存世，集入《湛然居士文集》14卷。他曾随蒙古大军西征万里，多有描写西域风土人情、山川景物之作，如他的《西域河中十咏》等西域诗篇为后世研究西域历史提供了重要参考。作为契丹后裔的耶律楚材，对契丹文化的传承做出了卓越的贡献，由他译为汉文的契丹语七言歌行体长诗《醉义歌》，是现存辽代篇幅最长的诗篇。耶律楚材擅写律诗尤以七律为善，如"清明时节过边城，远客临风几许情……遥想故园今好在，梨花深院鹧鸪声"（《庚辰西域清明》），又如"渐惊白发宁辞老，未济苍生曷敢归。去国迟迟情几许，倚楼空望白云飞"（《和移剌继先韵》）。他的诗既有北诗雄健豪放之气势，又不失南诗晓畅清徐之韵律，他的诗词境界开阔、情调苍凉、雅致深沉、富于联想，如其《鹧鸪天·题七真洞》"横翠嶂，架寒烟。野花平碧怨啼鹃。不知何限人间梦，并触沉思到酒边"，在饱含对世事变迁之感慨的同时又保留着足够的文气和静雅，并自带一种深邃的禅意。清初诗词理论家王士禛在《池北偶谈》中评耶律楚材诗说："中多禅悦之语。其诗亦质率，间有可采者。"耶律楚材多才多艺，《元史·耶律楚材传》载："楚材生三岁而孤，母杨氏教之学。及长，博极群书，旁通天文、地理、律历、术数及释老、医卜之说，下笔为文，若宿构者。"又称其"善书，晚年所作字画尤劲健，如铸铁所成，刚毅之气，至老不衰"。

【诗文大意】

余初学琴时，曾意气豪迈，视琴学为小技，大言无须拜投名家。于是乎寻几册老旧琴谱始习操缦。数十曲习就，自觉不逊琴界诸家，君访至遂欣然弹奏一曲《逍遥游》。遥想齐桓公堂上读书，轮扁弃椎凿之器上堂问对，言圣人既去所读之书不过是前人糟粕罢了，虽桓公与匠人地位有云泥之别，然轮扁言说：我今已年逾七十，斫制轮子得心应手，内中经验往往只可意会难以言，古圣和他们所不能言传的思想都（一起）已逝去，故您所读之书不过就是古人留下的难以意会之词耳，故琴书中所言之博大精深其妙亦难言尽。这与轮扁之子难于学会斫轮之妙同理，所幸遇到祢大家，令我彻底拜服，他耳提面命悉心相授"指诀"，最先教我《水仙操》，自此方懂得技法之规矩，节奏也日渐平淡，起伏跌宕有如神会，旷古悠远有如云烟。与祢大家朝夕相处，琴事终得大全。小艺之学尚如此，天下大道宁不然乎？想当年沉浸于佛学，也曾尽览佛家经、论，今天想来不过是引为谈资的卖弄而已，直到遇到"万松法师"，才知佛法精深，于是三年谦恭求教，甘为佛门扫地僧。学益精进方觉昔时之呆板，回顾往日之学，不过是尘埃细涓。渐入门径始研精深，然悟道之后便可凿穿桶底、洪炉飞雪、石上栽莲，一发而不可收。佛祖威音普照，法师与我真诚以待，游历西域已经十五个春秋，至今我依旧谦恭自省诚惶诚恐。多少人欲求无价宝却未肯酬一钱，未挖半筐土却冀图百丈深泉。美玉出自良工雕镌，真金尚需洪炉冶炼。近闻君亦好琴，入夜仍秉烛不眠，弹琴不足一年已能弹奏长操大曲，想君当初从不曾知晓指法，盖无论研习何道，唯有精专刻苦一途。谁无慈悲念？谁无智慧心？人生当立志，再得师勉励，经几必可有大彻大悟之时，则可情开若山川，集大海于毛发，汇万千于芥子。人生在世不过是生死转换，此生不得觉悟，岂不空受世事煎熬，吾之良言或可为药石，疗愈子之沉疾。

【品读】

耶律楚材堪称一代古琴大家，他好琴、善琴、藏琴兼能自度琴曲并自称有"琴癖"。元代鲜于枢所著《困学斋杂录》中有"京师名琴"之记载，内称经由耶律楚材收藏并流传下来的名琴有"春雷""玉振""寒玉""不出户"和"石上流泉"等，其中"春雷"一琴颇有故事，据南宋词家周密《云烟过眼录》载："……琴则'雷'为第一，向为宣和殿百琴堂称最，遂为章宗御府第一琴，章宗挟之以殉葬，凡十八年，复出人间，略无毫发动，今又为诸琴之冠，盖天地间尤物也。"后世普遍认为，周密所称"雷"之琴应为"春雷"古琴，它本来是宋徽宗宣和殿中"镇殿"之宝琴。靖康之变后，随北宋皇室宝物被掠往金国，甚为金章宗喜爱，后为耶律楚材所藏并诗言："有我春雷子，岂惮食无肉，旦夕饱纯音，便是平生足。"耶律楚材一世清廉，虽位高权重但性情清淡唯愿与琴为伴。在古琴的琴理和琴技上，耶律楚材多有自己的见解，并深受祢大用和苗秀实这两位当时著名琴家的影响，故而他的琴中既有"文人琴"的传统又不失"艺人琴"的技法，其一生属意于自己"湛然有琴癖，不好凡丝竹。儿时已存心，壮年学愈笃……五旬记新声，十朝温已熟。高山壮意气，秋水清心目"（《冬夜弹琴颇有所得乱道拙语三十韵以遗犹子兰》）的古琴世界。

耶律楚材将琴与诗、词融汇一处，堪称诗词家中琴诗、琴词字数之最多者之一（后有清代词家朱彝尊《风怀二百韵》），他以诗、词的形式和语言将其对古琴的感悟和理论优雅地表述出来，他善弹《水仙》曲，尝在诗中说"几时重会燕山道，一曲临风奏水仙"，他擅弹《离骚》曲则诗曰"一曲《离骚》一碗茶，个中真味更何加，香销烛烬穹庐冷，星斗阑干山月斜"（《夜坐弹离骚》）。他对《广陵散》情有独钟，并写出《弹〈广陵散〉终日而成，因赋诗五十韵并序》，成为史上琴诗中少有的气势恢宏的长篇，在诗中他言琴意"忘身志慷慨，别姊情惨戚。冲冠气何壮，投剑声如掷。呼幽达穹苍，长虹如玉立"，言琴境"将弹发怒篇，寒风自瑟瑟。琼珠落玉器，雹坠渔人笠。别鹤唳苍松，哀猿啼怪柏。数声如怨诉，寒泉古涧涩。几折变轩昂，奔流禹门急"，继而又言琴技"大弦忽一捻，应弦如破的。云烟速变灭，风雷恣呼吸，数作拨拉声，指旁轰霹雳。一鼓息万动，再弄鬼神泣"，因此他的琴诗琴词堪称一篇篇琴学论著。

这首名为《琴道喻五十韵以勉忘忧进道》的古体诗，是耶律楚材就自己的习琴、学佛的经历而阐述的长篇论述，其意可总结为：读万卷书不如行万里路，行万里路不如名师指路，且人生当立志，而成大志者必经刻苦的努力。耶律楚材自幼由"母杨氏教之学。及长，博极群书，旁通天文、地理、律历、术数及释老、医卜之说，下笔为文，若宿构者"。在他的《思亲二首》中也有"老母琴书老自娱，吾山侧近结蘧庐"之句，可见他的琴缘与他的母亲有着直接的关系。在《冬夜弹琴颇有所得乱道拙语三十韵以遗犹子兰》中，他坦言自己"湛然有琴癖，不好凡丝竹。儿时已存心，壮年学愈笃"，可见其习琴之愿已始发于儿时。诗中的"成连"传说是春秋时期著名的琴师，也是伯牙的老师，古有"成连入海"的成语，典出《文选》卷十八。诗中又引用"轮扁斫轮"的典故表述既要从书本而来又不能泥古不化的道理。在诗中，耶律楚材盛赞自己的琴学老师弥大用和佛性的开悟者万松法师，并强调弹琴须"吟猱不逾矩，节奏能平平"，学佛当以"愿求真实语，莫作猾头禅"（宋代傅察《同七史寄二李》）互为借鉴之准则，言皆须精研刻苦方可成功。诗中所提及的"勾、蠲"分别是古琴的右手技法，其中"蠲"本有祛除之意，在古琴中蠲一根弦的弹法为于同一弦上急速抹勾，连续出二声，又有蠲两根弦之法，即在急速连抹相邻的两根弦后，再勾前弦的连续三声，还有抹勾相邻两弦得四声者，此外古有蠲两根弦时，急速连抹相邻的两根弦后，无名指随即捂住前一弦的余音之法，今已不多用。"摩尼珠"泛指海底龙宫的珠宝，而"般若船"则是佛学术语喻指智慧如船能渡人出生死之海。

耶律楚材有着自己独立的琴学思想理论，他认为，古琴所追求的最高境界应当是平易自然，提倡古雅，反对俗艳，崇尚的是"叩弦声自无中出，得句诗从天外还"的审美境界，以达"元来底许真消息，不在弦边与指边"的意韵神采和精神高度，他十分鄙视专事雕琢、哗众取宠、谄媚世俗的琴风，提出"须信希声是大音，猱多则乱吟多淫。世人不识栖岩意，只爱时宜热闹琴。多著吟猱热客耳，强生取与媚俗情。纯音简易谁能识，却道栖岩无木声"的操缦原则，并从儒家思想角度出发，指出只有古雅之乐才能与儒家思想相契合以达化育情操涤净心灵之效。

耶律楚材在感受着以琴修身的妙处的同时，将人生的喜怒哀乐化入琴中，他言道"碧玉声中步月歌，弹来弹去不嫌多。从教人笑成琴癖，老子佯呆不管他"（《弹秋宵步月秋夜步月二曲》）；又有"参叩松轩积有年，光尘融泄一愚贤。视民每羡如刍狗，治国常思烹小鲜。只道牛边休执杖，谁知琴上亦忘弦。湛然稍异香山老，不学空门不学仙"（《用刘正叔韵》）的治世感悟；他也有"绕垣乔木碧天参，松竹萧萧翳镜潭。他日携琴来隐此，林间乞我一禅庵"（《过济源登裴公亭用闲闲老人韵四绝·其三》）的携琴归隐之念；又有"昔年平水便相寻，握手临风话素心。刻烛赋成无字句，按徽弹彻没弦琴。风来远渡晚潮急，雨过寒塘秋水深。此乐莫教儿辈觉，又成公案满丛林"（《寄平阳净名院润老》）中弹彻无弦的快乐；他理想中的琴境或许是"我爱嵩山堂，山堂秋寂寂。苍烟自摇荡，白云风出入。冷冷溪水寒，细细琴丝湿。离尘欲无事，又有闲踪迹"（《和少林和尚英粹中山堂诗韵》），又或许是"寄语龙溪老古锥，西岩风韵我长思。香钱缓发鸣琴后，瓦鼎浓薰入定时。比拟梅魂祇独步，品量龙脑可同驰。湛然鼻孔撩天大，穿过多时不自知"（《寄龙溪老人乞西岩香》）；他渴望世间知音，于是在其《赠景贤玉涧鸣泉琴》中咏出"玉泉珍惜玉泉琴，不遇高人不许心。素轸四三排碧玉，明徽六七粲黄金。临风好奏朝飞曲，对月宜弹清夜吟。赠与龙冈老居士，须教下指便知音"。诗人曾言："碧玉作素轸七组，黄金明徽十三颗，抚膝上之玉泉琴，在玉泉边临风对月、静夜清吟，将心许高士，指下得知音。"由此可见，耶律楚材所藏之名琴，应不仅仅有周密所言之"春雷"，"玉泉琴"也应为其所藏。

耶律楚材逢世事动乱却毕生追求精神上的自我纯净并以琴来修养身心，如其所作《鼓琴》诗曰："……呼童炷梅魂，索我春雷琴。何止消我忧，还能禁邪淫……清声鸣鹤鸾，古意锵石金。秋水洗尘耳，秋风振高林……"他十分反对"弹死谱"，指出："良夜沈沈人未眠，桐君横膝叩朱弦。千山皓月和烟静，一曲悲风对谱传。故纸且教遮具眼，声尘何碍污幽禅。元来底许真消息，不在弦边与指边"（《万松老人琴谱诗一首》），明言古琴所大成者当"横膝叩弦、对千山皓月，将一世悲风寓于一曲，盖后世者凡对所见琴谱应悟其幽禅而不为几卷故纸遮眼"。显然，在耶律楚材的琴学思想中，将古琴的文化审美和精神自觉放在了一个十分显要的高度。

在《湛然居士集》中，有他的古体诗《冬夜弹琴颇有所得乱道拙语三十韵以遗犹子兰》，长篇记述自己"五旬记新声，十朝温已熟"的琴学之路。

【雅赏】

弹《广陵散》终日而成，因赋诗五十韵（耶律楚材）

湛然数从军，十稔苦行役。而今近衰老，足疾困卑湿。
岁暮懒出门，不欲为无益。穹庐何所有，只有琴三尺。
时复一弦歌，不犹贤博弈。信能禁邪念，闲愁破堆积。
清旦炷幽香，澄心弹止息。薄暮已得意，焚膏达中夕。
古谱成巨轴，无虑声千百。大意分五节，四十有四拍。
品弦欲终调，六弦一时划。初讶似破竹，不止如裂帛。
忘身志慷慨，别姊情惨戚。冲冠气何壮，投剑声如掷。
呼幽达穹苍，长虹如玉立。将弹发怒篇，寒风自瑟瑟。

琼珠落玉器，雹坠渔人笠。别鹤唳苍松，哀猿啼怪柏。
数声如怨诉，寒泉古涧涩。几折变轩昂，奔流禹门急。
大弦忽一捻，应弦如破的。云烟速变灭，风雷恣呼吸。
数作拨拉声，指边轰霹雳。一鼓息万动，再弄鬼神泣。
叔夜志豪迈，声名动蛮貊。洪炉煅神剑，自觉乾坤窄。
钟会来相过，箕踞方袒裼。一旦谮杀之，始知襟度厄。
新声东市绝，孝尼无所获。密传迨王邀，曾为山甫客。
近代有张研，妙指莫能及。琴道震汴洛，屡陪光禄席。
器之虽有声，炼此头垂白。中间另起意，沉思至峻迹。
节奏似支离，美玉成破璧。为山亏一篑，未精诚可惜。
我爱栖岩翁，翻声从旧格。始终成一贯，雅趣超今昔。
三引入五序，始作意如翕。从之果纯如，将终皦而绎。
嵇生能作此，史臣书简策。又谓神所授，传自华阳驿。
韩皋破是说，以为避晋隙。张崇作谱序，似是未为得。
我今通此道，是非自悬隔。商与宫同声，断知臣道逆。
权臣侔人主，不啻韩相贼。安得聂政徒，元恶诛君侧。
上欲悟天子，下则有所激。惜哉中散意，千古无人识。

鹧鸪天
元好问

一日春光一日深。眼看芳树绿成阴。娉婷卢女娇无奈，流落秋娘瘦不禁。

霜塞阔，海烟沉。燕鸿何地更相寻。早教会得琴心了，醉尽长门买赋金。

【作者】

元好问（1190—1257），字裕之，号遗山或遗山先生，山西太原秀容（今山西省忻州市）人，北魏鲜卑族拓跋氏血统。元好问生活在金末元初时期，是著名的文学家、诗词家、史学家，宋金对峙时期北方文学的主要代表，被尊为"北方文雄""一代词宗"，金元之际文坛承前启后的纽带。他7岁能诗，金哀宗正大元年（1224），中博学宏词科，授儒林郎，充国史院编修，历镇平、内乡、南阳县令。后受诏入都，任尚书省掾，又除左司都事，转员外郎。元朝攻破金国都城，金国灭亡，元好问也被囚禁，过着十分艰苦的生活。元好问因为憎恨奸臣误国，痛心国家的灭亡，决定以诗记史，开始收集金国历代官员君主所作诗歌，并将其汇编成册。元好问作著名的"丧乱诗"，广泛而深刻地反映了国破家亡的现实，具有诗史的意义，其诗无论是艺术之水准还是情感之丰沛，后世认为都是杜甫以来少有的。

忽必烈曾经希望元好问能入元朝为官，但被元好问拒绝了，由此可见，元好问心中认为自己是金国人，其所忠者乃金国也。元宪宗七年（1257），元好问卒于获鹿寓舍，享年68岁。

  元好问的诗文，在金元之际颇负名望，其风格沉郁，多伤时感事之作。其28岁时作《论诗》绝句30首，在中国文学批评史上具有特殊的地位。他自称"诗中疏凿手"，一生写诗5000余首，居金代之最，今存诗近1400首，词384阕，集成《遗山乐府》，另有散曲6首、散文200余篇、小说4卷200余篇，编有《中州集》10卷、文论《唐诗鼓吹》10卷。就诗词而言，其题材之丰富足以令世人惊叹，其中抒怀咏史、山水田园、言情咏物、赠别酬答、悲叹兴亡、吊古伤时等无不涉及。元代文学家徐世隆曾评价曰："（元好问）作为诗文，皆有法度可观，文体粹然为之一变。大较遗山诗祖李、杜，律切精深，而有豪放迈往之气；文宗韩、欧，正大明达，而无奇纤晦涩之语；乐府则清新顿挫，闲婉浏亮，体制最备。又能用俗为雅，变故作新，得前辈不传之妙，东坡、稼轩而下不论也。"一阕《摸鱼儿》以及其中的"问世间，情是何物？直教生死相许"，遂使他世代传名，一句"诗家总爱西昆好，独恨无人作郑笺"（《论诗三十首·十二》）使他振臂诗坛，今存有《遗山集》（又名《遗山先生文集》）40卷、《遗山乐府》5卷、《续夷坚志》4卷。今天在位于山西省忻州市城南韩岩村西北仍有元好问墓，为省级文物保护单位。《金史·元好问传》载："为文有绳尺，备众体。其诗奇崛而绝雕刿，巧缛而谢绮丽。五言高古沉郁。七言乐府不用古题，特出新意。歌谣慷慨挟幽、并之气。其长短句，揄扬新声，以写恩怨者又数百篇。兵后，故老皆尽，好问蔚为一代宗工，四方碑板铭志尽趋其门……凡金源君臣遗言往行，采撷所闻，有所得辄以寸纸细字为记录，至百余万言。今所传者有《中州集》及《壬辰杂编》若干卷。年六十八卒。纂修《金史》，多本其所著云。"

【诗文大意】

春天一日复一日地走远。眼看着春花落尽绿叶生。卢姬的琴声中留它不住,更何况秋娘的瘦腰曼舞。莽原有霜风辽远,云沉似海江无边。劳燕分飞难相见。总将心事付琴中,酒醉欲买《长门赋》。

【品读】

金朝(1115—1234)是中国历史上由女真族完颜阿骨打所建立的统治中国北方及东北地区的封建王朝,定都于上京会宁府(今黑龙江省哈尔滨市阿城区)、中都(今北京)、南京(今河南省开封市)。元好问历经金末亡国之痛,隐居不仕元。晚年他与古琴、山水为伴,选择了超然世外的生活,他交游广泛,包括古琴待诏、善琴的金元名臣、隐士、高僧乃至宋朝遗民等。家国的沧桑巨变,使元好问饱尝离乱之苦,也使他的诗词和琴境,糅入了大量的黍离之悲和故国之思,使其在古琴的审美主张上,亦呈现出有别于一般传统文士的独特之处。通过元好问的著作,今人可一定程度地发掘出金、元之际古琴思想及文化的沿革。

"鹧鸪天"为词牌名,又名"思佳客""思越人""醉梅花""半死梧"等。定格为晏几道《鹧鸪天·彩袖殷勤捧玉钟》,双调五十五字,前段四句三平韵,后段五句三平韵。代表作有苏轼《鹧鸪天·林断山明竹隐墙》。

元好问的这阕小令是其以琴入词中的精品之作,词人元好问写过许多阕《鹧鸪天》,其中大部分为五十四字,即煞尾的最后一句为六个字,如其词《鹧鸪天·白白红红小树花》《鹧鸪天·玉立芙蓉镜里看》《鹧鸪天·百啭娇莺出画笼》《鹧鸪天·偃蹇苍山卧北冈》等,后人为和词牌试图补一字,但多不入韵或不合词意。

在这阕词中元好问将琴作为叙事的主线,以春光逝去百花凋落,比喻世事变迁,以"芳树绿成阴"的"绿肥红瘦"比喻朝代的更迭,再以"娉婷卢女"的无奈和"流落秋娘"的忧苦分别比喻如士大夫阶层的自己及动乱下的普通百姓,"卢女"亦称"卢姬",相传为三国魏武帝时宫女,善鼓琴,"秋娘"在唐代泛指歌伎,后为善歌貌美的歌伎的通称。词人用"霜塞阔,海烟沉"暗喻动乱下的北方,大地有无尽的寒霜,天空更是乌云密布,百姓在元人的铁蹄下妻离子散,如劳燕分飞、南北暌隔。

《长门赋》最早见于南朝梁萧统编著的《昭明文选》,据其序言,这是汉赋大家司马相如,受被汉武帝幽禁黄金屋的皇后陈阿娇千金所托,作就的一篇骚体名赋,后有凄婉哀怨中饱含着不屈和倔强情感的古琴名曲《长门怨》,李白曾有《长门怨》诗两首,其二曰:"桂殿长愁不记春,黄金四屋起秋尘。夜悬明镜青天上,独照长门宫里人。"对于携亡国之痛、负遗民之屈的元好问而言,唯有将心中的悲愤付于琴中,将一番无奈化作一场大醉,将对故国河山的满腔怀念寄寓在《长门赋》中,可惜的是相如已不在,名赋无处买。

元好问似乎十分倾慕司马相如,他有一首七绝琴诗《王子文琴斋》:"天上秋风月底霜,求凰一曲鬓丝长。相如四壁消何物?直要文君典鸂鶒。"诗中以琴喻情,借琴达意,貌似在议论司马相如"琴挑文君"之典故,实则表达诗人自己的离乱之苦。萧瑟秋风又起,月夜孤光中诗人凄然怅婉,耳边传来一阵阵琴声,细辨之仿佛是那曲《凤求凰》,于是在诗人的眼前似乎再现了绿绮一曲、文君夜奔的场景。尽管相如成都故居家徒四壁,但二人依旧在琴声中相互爱怜、耳鬓厮磨,如骆宾王在《艳情代郭氏赠卢照邻》一诗中咏道:"掷果河阳君有分,货酒成都妾亦然。"

"鸂鶒"本是古代神话传说中的西方神鸟(五方神鸟即东方发明、南方焦明、西方鸂鶒、北方幽昌、中央凤凰),后多代指裘衣,晋代葛洪在

《西京杂记》曰："司马相如初与卓文君还成都，居贫愁懑，以所著鹔鹴裘就市人阳昌贳酒，与文君为欢。"北宋刘筠曾有《劝石集贤饮》，其中就有"鲁壁休分科斗字，蜀都且换鹔鹴裘"的用典，后苏轼有《次韵孔常父送张天觉河东提刑》"送君应典鹔鹴裘，凭仗千钟洗别愁"之句，陆游也有《题湖边旗亭》"春色初回杜若洲，佳人又典鹔鹴裘"，元好问自有《南冠行》"无人重典鹔鹴裘，展转空床卧秋月"的诗句。

元好问宁愿落魄也不愿仕元，表现出一位前朝遗民文化巨匠的文士气节和道统思想。为了自己所坚守的道统和家国情怀，他晏如清贫且以诗明志兼而自嘲，在困苦中依然秉持着宽广的襟怀和幽默的精神，仍不失其大家风范。他有诗《洛阳》云："千年河岳控喉襟，一日神州见陆沉。已为操琴感衰涕，更须同辇梦秋衾。城头大匠论蒸土，地底中郎待摸金。拟就天公问翻覆，蒿莱丹碧果何心？"又有《智仲可月下弹琴图》，诗曰："暮春舞雩鼓瑟希，琴语解吐胸中奇。谁言手挥七弦易，大笑虎头真绝痴。北风萧萧路何永，流波汤汤君自知。三尺丝桐尽堪老，儿童休讶鹤书迟。"特别是他在《论诗三十首·二十》中所体现出的旷古达今的琴思和琴意，让人在感佩他的诗学造诣之余不禁诱发对于琴、诗（词）相互关系的思考，他于琴中怀古思情追访谢灵运和柳宗元，并诗曰："谢客风容映古今，发源谁似柳州深？朱弦一拂遗音在，却是当年寂寞心。"正如《礼记·乐记》载"《清庙》之瑟，朱弦而疏越，一倡而三叹，有遗音者矣"，元好问有与谢灵运感同身受的"萱苏始无慰，寂寞终可求"之孤寂，更期望能追寻柳宗元的足迹，畅翔于"欸乃一声山水绿""岩上无心云相逐"的精神世界。然而对于此时的元好问而言，虽琴中遗音犹在，但他所感知的不过是一派眼前的苟且和无奈。

金哀宗正大三年至八年（1226—1231），元好问曾先后任河南镇平县令、内乡县令、南阳县令，任上他大力改革成绩斐然，其间他专门到鲁山元德秀琴台拜谒古迹，登临琴台，抚今忆昔，感慨万千，于是就写下了这一不朽的篇章以歌颂唐玄宗时期的著名骞士元德秀。

【雅赏】

元鲁县琴台（元好问）

荒城草木合，破屋风雨侵。千年一琴台，眷焉涕盈襟。
遗爱食县社，公宁不堪任。此台即甘棠，忍使无余阴。
旁舍高以华，大豪日捐金。苍云玄武暮，鬼物凭阴岑。
尚德抑玄虚，坠典谁当寻？我兴荐寒泉，百拜公来临。
公来不能知，落日下饥禽。怀哉空山里，鹤飞猿与吟。
当年于芳歌，补衮一何深。承平示得意，独能正哇淫。
君相此一时，又复悟良箴。谀臣坐废黜，盍亦起幽沈。
蒲轮竟颓毂，香草空深林。寂寞授书室，孤甥举遗衾。
生平谅已然，薄俗矧来今。千山为公台，万籁为公琴。
夔旷不并世，月露为知音。人间蹄涔耳，已矣非公心。

赠吴琴士会龙

方回

古琴口歌兮手弦,今琴何为兮不然。
今人作诗动千篇,不弦不歌兮无传。
关雎麟趾留遗编,离骚以来诸吟仙。
我每见之月在渊。
请君携琴诣我古梅前,君弦其后兮我歌以先。
君如夜寒不来旃昌黎之十操兮,将独歌之泪潺湲。

【作者】

方回(1227—1307),字万里(或渊甫),号虚谷,别号紫阳山人,徽州歙县(今属安徽省黄山市)人。宋元时期诗人、诗论家。宋理宗景定三年(1262)进士,廷试原为甲科第一,后为贾似道抑置乙科首。入仕初调随州教授,历江淮都大司干官、沿江制干,迁通判安吉州。时贾似道鲁港兵败,上书劾贾,召为太常簿再出知建德府。方回诗词数量为宋末元初诗人之最,有3000余首诗词存世,后世称其为"江西诗派殿军"。入元后任建德路总管,后遭讦罢官,即往还于杭州、歙县一带,以诗游食元朝新贵间20余年,也与宋遗民往还,长期寓居钱塘,徜徉于钱塘湖山之间。他豁达轻财,喜接引后进,嗜学至老不厌,经史百氏靡不研究,而议论平实,一宗朱文公,元成宗大德十一年(1307)卒,享年81岁。方回晚年致力于唐、宋近体诗的评论,有《读易释疑》《易中正考》《皇极经世考》

《古今考》《历象考》《衣裳考》《玉考》《先觉年谱》《瀛奎律髓》《名僧诗话》等若干卷。方回诗学张耒，晚慕陈师道、黄庭坚，不屑晚唐而自比陆游，有《桐江集》65卷（已佚）。又有《桐江续集》（仕元罢官后所作）、《续古今考》及《千顷堂书目》50卷，今残存36卷。方回诗，以影印文渊阁《四库全书》本为底本，校以清抄《虚谷桐江续集》（48卷，简称清抄本，藏北京图书馆）。

方回是宋末元初之际的诗坛名家，他的诗学思想对后世颇有影响，他诗学造诣颇深，推崇杜甫的诗为江西诗派之祖，其诗具有相当的时代色彩和艺术价值，其诗被《全宋诗》录29卷，其文收入《全元文》。由于特殊的历史原因，后世对他的人品和节操颇有争议，评价毁誉参半，使其在文学上也遭遇冷落。方回正史不列传，事迹见其同乡弟子洪焱祖的《方总管回传》（《新安文献志》卷九五），《元诗纪事》卷五）有记："回幼孤，从叔父霖学，颖悟过人，读书一目数行下。少长，倜傥不羁，赋诗为文，天才杰出……景定三年，以别院省元登第……独与贾似道不偶，尝一再除国子正、太学博士，辄遭诬。……似道鲁港丧师之后，犹在扬州，众皆惧其复入，莫敢论列。回独首上书，数其罪有十可斩，中外快之……出知建德府……至元丙子春，奉宋太后及嗣君诏书，举城内附，改授嘉议大夫、建德路总管兼府尹。己卯入觐，迁通议大夫，依旧任。在郡七年，无丝发为利意，至卖寓屋犹不足以偿逋代。归不复仕……"

【诗文大意】

古来吟诵复抚琴，今人颇不以为然。扬口动辄诗百篇，无琴无歌诗不传。《关雎》《麟趾》流传万代，《离骚》之后出诗篇。每思及此如月入深渊。请君鼓琴来我的古梅前，我吟诗罢君复弹。夜孤寒，盼君来，韩昌黎公有遗篇。琴歌十操待君弹，莫让空泪等潸然。

【品读】

　　方回一生的中后期是在元朝统治下度过的，这既是他诗文的创作高峰期，也是他饱受争议内心苦楚的时期，抛开历来颇有争议的方回携城降元，抑或"奉宋太后及嗣君诏书，举城内附"的真实缘由不议，方回始终难以被南宋有气节的文人士大夫及遗民原谅，故而方回应划归为元朝诗人。

　　方回的这首赠答诗，从诗歌与古琴的关系之相辅相成论起，以至古琴文化的流传沿袭与诗文一脉的发扬推动，进行了独特和精辟的概述，这也是以往在以琴入诗（词）的历代作品中极为少见的。在诗中，他以古人琴、歌的高度相融来发言，正如"三百五篇，孔子皆弦歌之"（《史记·孔子世家》）和朱熹"诗，古之乐也，亦如今之歌曲"（《御纂朱子全书·诗纲领》）的理论叙述，继而论述楚辞与诗词的关系，今天学界普遍认为楚辞汉赋奠定了后来诗词的基础，楚辞中的《九歌》之原型就是楚地的巫歌。汉魏乐府经过南北朝至唐初多还有被歌唱，随着"徒歌"（无曲调不能演唱的诗）被可以歌唱的五、七言近体诗即"声歌"的取代，以李白、杜甫、白居易、王昌龄、李贺、王维为代表的一众名家，完美地将诗与乐结合，使之更易于传唱而形成了诗词的创作高峰期。所以方回批评当时的诗词创作不考虑"弦而歌之"的艺术表达，每每读来犹如望一轮明月坠入潭渊。

　　之后是诗人的身体力行，请君为我而鼓琴，更期待在寒夜中能够共同吟咏弹奏韩愈的《琴操十首》，韩愈的这一篇组诗，共有《将归操》《猗兰操》《龟山操》《越裳操》《拘幽操》《岐山操》《履霜操》《雉朝飞操》《别鹄操》《残形操》十首。古琴的琴曲既可一言以蔽之为"操"，又可以其所表达的思想境界和情感描述大体分为"操、引、畅、弄"的曲例题材，其中"操"多有悲忧愤然之作，有以为仰古察今、扬发情志之意。方回引经据典地表明自己在诗词创作上的理论观点和尚古的审美诉求，强调诗词可以"弦而歌之"的创作原则，这不仅是对诗词，也是对古琴与诗歌的传播发展关系，以及古琴的艺术表现形式提出了发人深省的命题。方回不论是入仕还是罢回，始终保留着对普通民众的悲悯及忧心，他曾有名句"自古有治乱，谁家无是非。晓床听邻语，琐琐诉寒饥"，读来无不令人唏嘘。他在《诗思十首》中有"大雅嗟麟笔，离骚叹凤弦。猗那谁与敌，羌塞尚堪传。步仰曹刘独，名歆李杜专。无时吾不梦，携酒访斜川"的嗟叹；而他在《四月二十日客言兵所不至麦有黑虫食之》曰："望望遥峰外，行行茂树中。愁添诗鬓白，旱觉战尘红。已叹桑无茧，何期麦有虫。南薰元不改，千古舜弦风。"在诗中将其对百姓的悯怀及心中的无奈，期寄与曾经的盛世"南薰"及代表作尧舜之圣贤的琴声中。他也曾希望归隐田园，归心于尘世之外，只与琴诗为伴以消长日，此情可见于他的"岂不亦分符，圭田靡宅无。一楼栖僦寓，百费仰家租。琴韵消长日，诗盟许老夫。用心自尘外，未觉与同途"（《送陆君重五首》）。

【雅赏】

丹青歌赠王春阳用其神丹歌韵·节选（方回）

世上若无钟子期，破琴勿为俗子嗤。
人间亦有王昭君，奈何众女嫉蛾眉。
我粗能诗子能画，笔力岂不山可移。
希声绝色识者少，妾妇嘀嘀仍嘻嘻。

宣和画史我尝读，山水王诜并郭熙。
儋州秃翁早题品，元祐文章众首推。
坡诗一句不收拾，熙丰孽党遗群儿。
大坡小坡俱写竹，黜不登载无一枝。
河东颛征领节度，贼贯时实筹兵帷。
谓此昏椓亦善画，缪取人主玉色怡。
画之是非且不辨，国势竟随阉宦痿。
花光墨梅方盛行，乃坐山谷屏斥为。
简斋五诗动万乘，此等佳作亦弃之。

普天乐·崔张十六事·隔墙听琴
关汉卿

月明中,琴之弄,闲愁万种,自诉情衷。要知音耳朵,听得他芳心动。司马文君情偏重,他每也曾理结丝桐。

又不是《黄鹤醉翁》,又不是《泣麟悲凤》,又不是《清夜闻钟》。

【作者】

关汉卿(约1234—约1300),号已斋叟(又作一斋),解州(今山西省运城市)人[另有籍贯大都(今北京市)和祁州(今河北省安国市)等说]。元杂剧的奠基人,居"元曲四大家"之首(关汉卿、马致远、白朴、郑光祖),也是我国文学史上作品最多、成就最大的戏剧作家之一。他一生致力于戏剧创作,剧目有60多部(剧本大多散佚),他的杂剧题材广阔,敢于揭露元代腐朽黑暗的社会现实。他尤善悲剧,其中最为今人熟知的莫过于元剧中最优秀的剧目《窦娥冤》,该剧也成为一篇声讨元代统治者的檄文,它通过纯洁、善良的窦娥之悲剧,鞭挞了元代社会的混乱、畸形和统治者的丑恶本质。

关汉卿的杂剧具有主题深刻尖锐、结构严谨完整、人物活泼鲜明、语言质朴泼辣的特点,作品中的人物和故事大多流传至今、家喻户晓,他的许多名言警句也成了今天的日常用语,如"花有重开日,人无再少年""儿孙自有儿孙福,莫为儿孙做远忧"等。

关汉卿出生于金末,元统一全国以后,按照关汉卿行医世家的出身,被编为"医户"（一说曾任太医院尹），社会地位和生活条件优越于一般文人，然而金入元时期连年战事以及社会动荡，使得他有着更多接近普通下层民众的机会，尤其是随着元代大都逐渐成为闻名世界的商业中心，其市井繁华、华屋巨室列布，四方异域之人会聚，为风流才子关汉卿提供了戏剧创作的天然土壤。他入元不仕以金朝遗民自居，倾心于杂剧创作，甚至亲自登场。他主持玉京书会时，与当时著名的曲家王和卿、杨显之、费君祥、梁进之等人交往密切，他留恋于勾栏瓦肆，与许多名噪一时的当红艺人也相当熟悉。

南宋亡国后，关汉卿随着大批北方剧作家和表演艺人南下，他在扬州、杭州等地继续从事艺术创作，他在杭州演出、游历，曾以"普天下锦绣乡，寰海内风流地"之语盛赞杭州，他在扬州见到了被后辈艺人尊称为"朱娘娘"的元代早期杂剧女艺人珠帘秀，关汉卿的一句"富贵似侯家紫帐，风流如谢府红莲"既是对珠帘秀的溢美之词，也是对当时南方女艺人这一群体的总体概括。他还写下了《赠珠帘秀》，有"十里扬州风物妍，出落着神仙"之句，并在另一首写给珠帘秀的诗中自称："我是个普天下的郎君领袖，盖世界浪子班头。"在这里他演绎了属于自己的才子佳人故事，写出了《望江亭》《救风尘》等旷世之作。此外，关汉卿还有《拜月亭》《鲁斋郎》《单刀会》《调风月》等代表作，他所作散曲现存套曲10余套、小令50余阕，诗作600余首。

元代钟嗣成在《录鬼簿》中重推关汉卿，并称他为"驱梨园领袖，总编修师首，捻杂剧班头"，关汉卿自己也曾言"我是个蒸不烂、煮不熟、捶不扁、炒不爆、响当当一粒铜豌豆"（《南吕·一枝花·不伏老》）。

【诗文大意】

月静风疏夜，闻弄琴泠泠，倾万般愁怨，诉于琴声中。有知音侧耳，琴意动芳心。效那汉代相如，绿绮琴中情重。不弹《黄鹤醉翁》，不弹《泣麟悲凤》，不弹《清夜闻钟》（你弹我听仿佛总是那一曲《凤求凰》）。

【品读】

由唐代元稹《莺莺传》为始发的爱情故事，至金代董解元的《西厢记诸宫调》孕育出了王实甫的名剧《崔莺莺待月西厢记》，和关汉卿的《普天乐·崔张十六事》，他们以不同的文学形式演绎着这个流传已久的动人传说。其中集美丽与才情于一身的少女崔莺莺出身名门，父亲崔相国生前已将她许配给郑尚书的儿子。张生（即张君瑞）生于书香门第，父亲是礼部尚书，然时运不济，造化弄人，多次应举，均名落孙山，因此他"书剑飘零，游于四方"。崔、张相遇于普救寺中，于是就有了西厢寄寓、酬和情诗、封书退贼、母亲变卦、待月听琴，直至远寄寒衣、夫妇团圆等一系列西厢记往事。

关汉卿用《普天乐》一组散曲、十六个小令，分篇节地将崔莺莺和张生的故事，以时间顺序和不同的场景及人物分叙。

在前一篇《母亲变卦》中，崔莺莺怨母亲因贼去而变卦并明确表达出对张生的感激与爱慕："若不是张解元识人多，怎生救咱全家祸？你则合有恩便报，倒教我拜做哥哥。母亲你忒虑过，怕我赔钱货，眼睁睁把比目鱼分破。知他是命福如何？我这里软摊做一垛，咫尺间如同间阔，其实都伸不起我这肩窝。"

张生怀着满满的失落，在莺莺月夜焚香之时，隔墙抚琴，于琴中消遣着心中"闲愁万种"，也效司马相如"琴挑文君"，用琴声向崔莺莺倾诉着无限衷情。这便是《崔张十六事》中的《隔墙听琴》一篇。这个桥段在王实甫的《西厢记·第二本·第五折》中是如此叙述："（做理琴科）琴呵，小生与足下湖海相随数年，今夜这一场大功，都在你这神品、金徽、玉轸、蛇腹、断纹、峄阳、焦尾、冰弦之上。……莫不是漏声长滴响壶铜？潜身再听在墙角东，原来是近西厢理连结丝桐。【秃厮儿】其声壮，似铁骑刀枪冗冗；其声幽，似落花流水溶溶；其声高，似风清月朗鹤唳空；其声低，似听儿女语，小窗中，喁喁。【圣药王】他那里思不穷，我这里意已通，娇鸾雏凤失雌雄；他曲未终，我意转浓，争奈伯劳飞燕各西东：尽在不言中。我近书窗听咱。……我将弦改过，弹一曲，就歌一篇，名曰《凤求凰》。昔日司马相如得此曲成事，我虽不及相如，愿小姐有文君之意。……又不是《清夜闻钟》，又不是《黄鹤醉翁》，又不是《泣麟悲凤》。"

张生以琴代语，这琴曲不是《黄鹤醉翁》，不是《泣麟悲凤》，也不是《清夜闻钟》，关汉卿此处笔墨与王实甫的《西厢记·第二本·第五折》除琴曲顺序外几乎完全一致，张生所弹的琴曲想来极可能正是《凤求凰》。古琴曲《泣麟悲凤》收录于明代嘉靖三十九年（1560）萧鸾（杏庄老人）所撰辑的《杏庄太音续谱》内，而古琴曲《清夜闻钟》最早见于明万历十七年（1589）张进朝撰辑的《玉梧琴谱》中，至于古琴曲《黄鹤醉翁》不见于谱集，南宋诗人王九龄有《听鼓琴》"至音不传徒按谱，不传之妙心自许。手挥五弦目飞鸿，千载流风如接武。……醉翁已作黄鹤举，君独何为在尘土。琅然清图请更弹，使我三叹首屡俯"，倒是可借鉴为曲意题解。

关汉卿在《普天乐·崔张十六事·其九》中有云："开书染病寄简帖又无成，相思病今番甚。只为你倚门待月，侧耳听琴，便有那扁鹊来，委实难医怹。止把酸醋当归浸，这方儿到处难寻。要知是知母未寝，红娘心沁，使君子难禁。"继而在《普天乐·崔张十六事·其十》又道："莺花配偶春意透酥胸，春色横眉黛，新婚燕尔，苦尽甘来。也不索将琴操弹，也不索西厢和月待，尽老今生同欢爱，恰便似刘阮天台。只恐怕母亲做猜，侍妾假乖，小姐难挨。"他在《大德歌·其一》中将自己比喻成张生说：

"粉墙低，景凄凄，正是那西厢月上时。会得琴中意，我是个香闺里钟子期。好教人暗想张君瑞，敢则是爱月夜眠迟。"

关汉卿有《双调·碧玉箫》十阕，其中第七阕更是字字珠玑，读来一气呵成，将琴事、琴境、琴意融汇一体，虽是散曲小令，却颇有宋人风气。王国维赞曰："元代曲家，自明以来，称关、马、郑、白，然以其年代及造诣论之，宁称关、白、马、郑为妥也。关汉卿一空倚傍，字铸伟词，而其言曲尽人情，字字本色，故当为元人第一。"（《宋元戏曲史》）

【雅赏】

碧玉箫（关汉卿）

膝上琴横，哀愁动离情。指下风生，潇洒弄清声。
锁窗前月色明，雕阑外夜气清。指法轻，助起骚人兴。听，正漏断人初静。

四块玉·美貌娘

马致远

美貌娘,名家子,自驾着个私奔车儿。
汉相如便做文章士,爱他那一操儿琴,共他那两句儿诗。
也有改嫁时。

【作者】

马致远(约1251—1321),字千里,号东篱(一说字致远,晚号"东篱"以示效陶渊明之志),元大都(今北京)人(一说河北省东光县马祠堂村人)。与关汉卿、郑光祖、白朴并称"元曲四大家",是元代著名的戏剧家、散曲家。被后世赞誉为"姓名香贯满梨园"。其所作杂剧已知的有15种,最著名的莫过于《汉宫秋》和《黄粱梦》,作品内容多以神话仙道为主,剧本大都涉及全真教的故事,元末明初的杂剧作家贾仲明曾诗赞其"万花丛中马神仙,百世集中说致远",作有散曲120多首,有辑本《东篱乐府》1卷,收录小令104首。

马致远青年时期仕途坎坷,中年及进士第,出仕任浙江省官吏,后在大都任工部主事。马致远晚年不满时政,隐居田园,以衔杯击缶自娱,死后葬于祖茔。他的作品见诸录者有16种,今存《汉宫秋》《荐福碑》《岳阳楼》《青衫泪》《陈抟高卧》《任风子》等6种,另有《黄粱梦》,为他和李时中、红字李二、花李郎合作而成。

马致远是元代散曲大家,时人有"曲状元"之称。今存散曲130余阕，他的散曲小令《天净沙·秋思》最为今人耳熟能详，词曰："枯藤老树昏鸦，小桥流水人家，古道西风瘦马。夕阳西下，断肠人在天涯。"马致远也因此被元代周德清在其音韵学名著《中原音韵》中赞为"秋思之祖"。在元代散曲作家中，他被看作"豪放"派的主将，王国维的《人间词话》也说他"寥寥数语，深得唐人绝句妙境"。

【诗文大意】

文君美娘子，临邛望族家，驾车与郎私奔赴成都。相如汉名士，文赋名天下，最是那指下的绿绮琴，《凤求凰》一曲传百代，谁不愿嫁如此俊卿。

【品读】

"四块玉"，元曲牌名，入"南吕宫"，是元代曲家常用曲牌。可用于剧曲、散曲套数和小令。马致远、关汉卿都有大量的《四块玉》小令。曲中马致远以诙谐的口吻、简洁的笔墨、轻松的叙事，高度浓缩地将视角聚焦在琴及琴曲上，将司马相如和卓文君那段以琴为纽带的旷古爱情画龙点睛地回顾一番。他充分运用了元曲虽有固定格式，但并不生硬死板，甚至有些曲牌还可以增句（同一首曲牌中，以字数最少的一首为标准定格），押韵上也允许平仄通押的灵活特点，以市井人士的视角紧扣"私奔"这一话题，将司马相如的风流骚雅与卓文君的名门美貌娘这两大市井间最为人所追捧的传统话题交织在曲中，使之在生动之余又极易产生群体性共鸣。

王国维在《宋元戏曲史·自序》中言道："凡一代有一代之文学：楚之骚，汉之赋，六代之骈语，唐之诗，宋之词，元之曲，皆所谓一代之文学。而后世莫能继焉者也。"时运交移，质文代变，蒙古贵族入主中原后对汉族知识分子进行打压控制（曾中断科举达 78 年之久），知识分子的社会地位低下。而由蒙古贵族的聚集而形成城市经济发达，加之蒙汉文化的对撞，使得这一时期的市民文学迅速发展起来，以诗文为主的正统文学地位逐渐下降。杂剧作家们往往身居下层，他们在思想上更加开放，其作品也更能反映社会现象，加之文人社会地位的变化带来他们价值观的变化，既然不能"学而优则仕"，于是文人们或追求"耳目声色口腹"之乐，或"书会才人"与优伶为伍，或遁入林泉纵情山水。这种文化价值观逐渐根植于市民文化土壤之中，于是就催生出"元曲"这一具有市俗化审美且兼具博杂、诙谐、直白等艺术特征的文化产物。然而以马致远为代表的一大批传统文人，努力将元曲这一下可达勾栏瓦舍、上可至王公贵族的文学形式变成了一个时代的文化表现，并最大限度地引领着它的审美方向。他们的作品或以神道鬼怪为表相，但却始终坚守着儒家思想规范。

马致远深通音律，堪称当世大家，对于传统礼乐也有着自己的独到见解，他始终尊重和维护着古琴修身养性、怀古察今的道统地位，在他的《中吕·喜春来·六艺》中完整地阐述了他对儒家六艺的理解和尊崇。于"礼"他强调尊师行、绝浮浪、诗礼陶情；于"乐"他唯论古琴："宫商律吕随时奏，散虑焚香理素琴，人和神悦在佳音。不关心，玉漏滴残淋。"在他心中琴当伴随左右，焚香理琴、人和神悦，在佳音中忘却了漏尽更深；他言书则"笔尖落纸生云雾，扫出龙蛇惊四筵，蛮书写毕动君颜。酒中仙，一恁醉长安"，颇似太白神情。

在马致远的《般涉调·哨遍》中，他心底那种厌倦了人世间的假面纷闹，慕陶潜悠然南山的情愫跃然纸上："半世逢场作戏，险些儿误了终焉计。白发劝东篱，西村最好幽栖，老正宜。茅庐竹径，药井蔬畦，自减风云气。嚼蜡光阴无味，旁观世态，静掩柴扉。虽无诸葛卧龙冈，原有严陵钓鱼矶，成趣南园，对榻青山，绕门绿水"；继而他又在曲中剖白心迹："有一片冻不死衣，有一口饿不死食。贫无烦恼知闲贵，譬如风浪乘舟去，争似田园拂袖归？本不爱争名利。嫌贫污耳，与鸟忘机"，其中的"与鸟忘机"典出《列子·黄帝篇》："海上之人有好沤鸟者，每旦之海上，从沤鸟游。沤鸟之至者，百住而不止。其父曰：'吾闻沤鸟皆从汝游，汝取来，吾玩之。'明日之海上，沤鸟舞而不下者也。故曰：至言去言，至为无为；齐智之所知，则浅矣。"列子又名御寇，春秋战国时黄老道家，"忘机"本为道家语，有古琴曲《鸥鹭忘机》，《神奇秘谱》中其题解为："臞仙曰：是曲也，宋天台刘公志方之所制也。或谓按列子海翁忘机，鸥鸟不飞之意。以指下取之，大概与坐忘意趣同耳。"可见马致远所向往的不过是"成趣南园""与鸟忘机"，其所追求者不外乎"老子留风月"和"僧来笋蕨，客至琴棋"的精神境界。

【雅赏】

般涉调·哨遍·耍孩儿（马致远）

穷则穷落觉囫囵睡，消甚奴耕婢织？
荷花二亩养鱼池，百泉通一道青溪。
安排老子留风月，准备闲人洗是非，乐亦在其中矣。
僧来笋蕨，客至琴棋。

题洞阳徐真人万壑松风图

赵孟頫

谡谡松下风，悠悠尘外心。
以我清净耳，听此太古音。
逍遥万物表，不受世故侵。
何年从此老，辟谷隐云林。

【作者】

赵孟頫（1254—1322），字子昂，号松雪道人，又号水精宫道人，吴兴（今浙江省湖州市）人，原籍婺州兰溪。生活在南宋晚期至元朝初期，宋太祖赵匡胤第十一世孙、秦王赵德芳嫡系子孙，中国历史上最著名的书画家之一。

赵孟頫于南宋末年曾任真州司户参军。宋亡后隐居不仕。至元二十三年（1286），赵孟頫经行台侍御史程钜夫举荐，赶赴大都，受元世祖赏识，授兵部郎中。此后历任集贤直学士、济南路总管府事、江浙等处儒学提举、翰林侍读学士等职，累官至翰林学士承旨、荣禄大夫。历经元世祖、武宗、仁宗、英宗四朝，皆受礼敬。晚年逐渐隐退，元仁宗延祐六年（1319）借病乞归。元英宗至治二年（1322）卒，享年69岁。赠魏国公，谥号"文敏"，故后世也称"赵文敏"。

赵孟頫博学多才，能诗善文，通经济之学，工书法，精绘艺，擅金石，通律吕，精鉴赏。其书取法钟繇、"二王"、李邕、赵构等，其书风道媚、秀逸，结体严整、笔法圆熟，创"赵体"书，与欧阳询、颜真卿、柳公权并称"楷书四大家"。在绘画方面，他创有元一代新风，被誉为"元人冠冕"，其绘画特点是取材广泛、技法全面，山水、人物、花鸟无不擅长。此外，赵孟頫倡导师法古人，强调"书画同源"，其书、画思想理论对后代影响深远。

赵孟頫集篆（小篆）、籀（大篆）、隶、楷、行、草书于一家，尤以楷书、行书造诣最深、影响最广。据明人宋濂记述，赵氏书法早岁学"妙悟八法，留神古雅"的思陵（即宋高宗赵构）书，中年学"钟繇及羲献诸家"，晚年师法李北海。明代王世贞胞弟王世懋称："赵文敏公书多从二王（王羲之、王献之）中来，其体势紧密，则得之右军；姿态朗逸，则得之大令（王献之）；至书碑则酷仿李北海《岳麓》《娑罗》体。"此外，他还临效虞世南、褚遂良等人，于篆书，他学石鼓文、诅楚文，于隶书学梁鹄、钟繇；他是集晋、唐书法之大成的书法家，为之后历代书家所推崇。与赵孟頫同时代的虞集评价他说："大德、延祐之间，称善书者，必归巴西（邓文原）、渔阳（鲜于枢）、吴兴（赵孟頫）。魏晋以来善书者，未尝不通六书之义，吴兴赵公之书冠天下，以其深究六书也。"

赵孟頫不仅在书法、绘画、金石上成就斐然，其在诗文、音律、琴学方面的造诣也是有目共睹的，其一生唯一的缺憾就是"仕元"，清代纪昀曾言："孟頫以宋朝皇族，改节事元，故不谐于物论。观其《和姚子敬韵诗》，有'同学故人今已稀，重嗟出处寸心违'句，是其晚年亦不免于自悔。然论其才艺，则风流文采，冠绝当时。不但翰墨为元代第一，即其文章亦揖让于虞、杨、范、揭之间，不甚出其后也。"赵孟頫存诗530余首，著有《松雪斋文集》等，并喜爱收藏古琴，其中就有著名的"松雪"琴。

赵孟頫集诸才、艺于一身，为不世出之大家，由于其在书学的造诣盖世，以至于其他诸学之成就为之所掩，正如欧阳玄（元代"四学士"之一）撰文的《赵孟頫碑》记曰："公治《尚书》，有《书注》于礼乐，度数甚明，知音律幽眇，有《琴原》《乐原》各一篇，号松雪道人，有《松雪斋文集》若干卷，《谈录》一卷，为文清约典要，诸体诗造次天成，不为奇崛，格律高古不可及，尺牍能以数语曲畅事情，鉴定古器物名书画，望而知之，百不失一，精篆隶、小楷、行、草书，惟其意所欲为，皆能伯仲古人，画入逸品，高者诣神，四方贵游及方外士，远而天竺、日本诸外国，咸知宝藏公翰墨为贵，故世知之浅者，好称公书画。识者论公，则其该洽之学，经济之才，与夫妙解绝艺，自当并附古人，人多有之，何至相掩也？"

赵孟頫对于中国书法艺术的贡献，不仅在于他留下的大量书法珍品，还在于他精辟准确的书学理论，他提出的"学书有二，一曰笔法，二曰字形。笔法弗精，虽善犹恶；字形弗妙，虽熟犹生。学书能解此，始可以语书也"以及"学书在玩味古人法帖，悉知其用笔之意，乃为有益"等经典论述堪称旷世之谈。

据《元史·赵孟頫传》载："帝眷之甚厚，以字呼之而不名。帝尝与侍臣论文学之士，以孟頫比唐李白、宋苏子瞻。又尝称孟頫操履纯正，博学多闻，书画绝伦，旁通佛、老之旨，皆人所不及。……孟頫所著，有《尚书注》，有《琴原》《乐原》，得律吕不传之妙。诗文清邃奇逸，读之使人有飘飘出尘之想。篆、籀、分、隶、真、行、草书，无不冠绝古今，遂以书名天下。天竺有僧，数万里来求其书归，国中宝之。其画山水、木石、花竹、人马，尤精致。前史官杨载称孟頫之才颇为书画所掩，知其书画者，不知其文章，知其文章者，不知其经济之学。人以为知言云。"

【诗文大意】

强劲如松下疾风，悠然涤世间尘心。入清静坦荡意境，领略这太古之音。学老庄逍遥而为，避开那俗事尘埃。时光停滞不觉老，隐却在云林深处。

【品读】

《万壑松风图》是宋代画家李唐的一幅绢本设色山水画作品，也是南宋初期的山水画的开派之作，并与郭熙的《早春图》、范宽的《溪山行旅图》合称为"宋画三大精品"，现藏于台北故宫博物院。

赵孟頫则有《松荫会琴图》，其承北宋之青绿山水画风，有山石嶙峋水溪潺潺之野趣，有虬曲偃蹇之古松成林，有名士于松下临风抚琴之高古，有会琴者凝神聚思之悠然，仿佛闻风入松之琴声，莫不是天上人间。时赵孟頫任官济南，他一直十分向往鲜于枢"吏隐"的境界，曾有言曰："之子称吏隐，才高非众邻。脱身轩冕场，筑屋西湖滨。开轩弄玉琴，临池书练裙。雷文粲周鼎，鹿鸣娱嘉宾。图书左右列，花竹自清新。赋诗凌鲍谢，往往绝埃尘。"而鲜于枢工诗能画尤善弹琴，二人志趣相投，所以《松荫会琴图》极可能是二人交游会琴的描摹。

这首《题洞阳徐真人万壑松风图》诗，虽是一首题画诗，但更是赵孟頫精神世界和艺术人生的诠释。诗中"谡谡"多用来形容挺拔强劲，南朝宋刘义庆《世说新语·赏誉》中就有"世目李元礼，谡谡如劲松下风"，苏轼也有"卧听谡谡碎龙鳞，俯看苍苍立玉身"的诗句。在诗中赵孟頫借"以我清净耳，听此太古音"之句形容松风劲吹在千山万壑，犹如古琴奏出的太古之音，而"逍遥万物表"是言老庄的思想正是言尽万物存在规律。元代贬儒而崇道，以至于大部分文士和艺术家也就不可避免地受到道家的精神审美和思想意趣的影响。虽然赵孟𫖯在爱妻管道升去世后皈依了佛教，但纵观其一生，他或为官或闲赋，但其内在的主观意识始终围绕着"至简、清远"这一蕴含着道家美学思想的范畴。在此诗中，他借笔抒情，借古琴的太古之音表达自己清静、淡远的精神追求和艺术反思，同时也将自己希望抛却世事纷杂、遁入逍遥境界的愿望，借于耳清心净中独享回荡于万壑松风间的琴声表达出来。他官居一品，但以宋宗室正朔的身份而仕元，不仅颇为世人诟病也始终成为他自己内心挥之不去的痛点，所以他更希望在道教的避世归隐的思想中得到解脱。作为"全能型的大艺术家"，他将老子"少则得，多则惑"的思想融会贯通于他的艺术世界之中，以其丰厚的文化底蕴将文人艺术的表现形式推向一个全新的高度。明代王世贞曾言："文人画起自东坡，至松雪敞开大门。"

赵孟𫖯与古琴有不解之缘，他有《春后多阴偶成三首用复无逸来贶》二首，诗中的思想表达正是赵孟𫖯一贯的"向古而歌，习效圣贤"，其诗曰："卧起向北窗，一室可栖迟。取诗三百篇，一一弦歌之。古道岂为远，先师不吾欺。嘉我有良朋，所志共在兹。适意聊娱乐，过此非所知。"在其《听姜伯惠父弹琴擘阮》一诗中他咏道："姜子早闻道，淡然遗世荣。艺花有生意，焚香无俗情。时抱琴与阮，弹作松风声……愿子石泉上，为鼓一再行。因之洗吾耳，遂欲濯尘缨。"诗中赵孟𫖯将前人"许由洗耳"之典以及"沧浪之水清兮，可以濯我缨"，与琴鼓松风之声相交织，以体现"体绝尘俗，故濯缨者高其迹"的自我认知。

有学者考证，赵孟𫖯藏"文武双琴"，其中"武琴"是指"龙吟虎啸"，琴上有金徽，嵌古玉，为赵孟𫖯携琴访友之用；"文琴"是名为"钧天雅奏"的仲尼式，是其逸然独弹的自用之琴。近年也偶有号称是

赵孟頫《松荫会琴图》

"赵孟頫藏琴"显现于世,抛开赵孟頫藏琴的实物考究不谈,至少赵孟頫善琴能琴当是不争的事实,这也从他的诗文中可以窥见一斑。在他的《寄题右之此静轩》一诗中就有"好风从何来,吹子庭前松。清琴时一弹,浊酒尊不空"之句,正是展现了他的风雅情调和与文士终日琴酒诗文的生活状态。在他的另一首《谢鲜于伯几惠震余琴云是许旌阳手植桐所斫》中,则是表现出诗人对友情的怀恋及对琴材的通晓以至对琴理的高级理解。诗中的"鲜于伯几"应是鲜于枢(元代著名书法家,与赵孟頫是"奇文既同赏,疑义或共析"的密友,赵孟頫曾有《哀鲜于伯几》诗追忆二人的友情),诗曰:"仙人已归白云中,空余手植青枝桐。根柯盘郁如蛟龙,一朝辟历驱雷公,烈火半爇随狂风。箕子之裔多髯翁,才气迈俗惊愚蒙。抱持来归寻国工,斫为二琴含商宫。我来自北欣相逢,持一赠我为我容。自吾得此不敢寐,终夜起坐弹孤鸿。下弦清泠上黄钟,转弦更张涕满胸。黄虞已远将无同,恨君不识牙与钟。恨我不识瞽与蒙,《周南》《大雅》当谁从。"在诗中,赵孟頫不仅对赠琴的友人的逝去表达了极度的哀痛,也对琴的材质及制作进行了详细的表述,足见其对琴事的精通。诗中言明琴材为"青枝桐"(古籍有称"桐孙"),斫制乃"寻国工",斫为宫商二琴,显然诗人获赠的是其中一琴,诗人最大的遗憾就是不能再与老友一起《周南》《大雅》共同弦而歌之。在赵孟頫的一首《次韵观复表兄见简·其二》则曰"载酒无人到,山园昼掩门。泥深妨步屦,雨暗只空村。每忆文园渴,难忘北海尊。何当来就饮,听我抚桐孙",诗人以其充满浪漫主义色彩的想象邀司马相如和李北海来谈书论赋,并请他们听自己抚琴,这也说明赵孟頫的琴技应是具有相当水准且是时常以琴会友的。从赵孟頫的一首《弁山佑圣宫次孟君复韵》中可见他览美景、饮美酒、赏春花,唯憾琴不在身边,只得对潺潺静水而独思的情景,诗曰:"意行骑马到林间,晴雾都沉远近山。琼树著花春自卑，翠禽双语意相关。一杯到手先成醉，万事无心触处闲。犹欠抱琴来托宿，静中规写水潺潺。"

可以说，琴承载了赵孟頫一生的悲欢离合及情思意趣，也从一个极为重要的方面涵养着他的艺术品质。在他的一首送别兼和答诗《奉和帅初兄将归见简·其一》中就是用"朱弦非众听"赞友人的高雅不群，诗曰："戴子文章伯，不为时所知。朱弦非众听，白璧易群疑。海树生秋早，江船度越迟。莫愁千里别，要作百年期。"

赵孟頫和夫人管道升堪称史上与司马相如、卓文君以及秦嘉、徐淑夫妇齐名的艺术家伉俪。管道升（1262—1319），字仲姬，出身于江南大户，笃信佛教，是中国历史上著名的女性书法家、画家、诗词创作家，嫁与赵孟頫后先封吴兴郡夫人后加封魏国夫人，与东晋的女书法家卫铄（卫夫人）被后世并称为"书坛两夫人"。管道升的一句"再捻一个你，再塑一个我。我泥中有你，你泥中有我"(《我侬词》)使她贤德之名百世流芳。她的《渔父词四首》大气不失清雅，极具名士风采，全然不似女子所为，其中"人生贵极是王侯，浮利浮名不自由。争得似，一扁舟。弄月吟风归去休"更像是对丈夫的开解。

管道升书、画双绝，赵孟頫赞她"不学诗而能诗，不学画而能画，得于天然者也"，她的墨竹超逸绝尘、笔法洒脱，已入"侍儿不用频挥扇，修竹萧萧生微凉"之化境，又有托物言志以墨比兴的湖州"文同"之风范。她与赵孟頫如神仙眷侣琴瑟和鸣，对此赵孟頫曾有诗曰："山妻对饮唱渔歌，唱罢渔歌道气多。风定云收中夜静，满天明月浸寒波。"

元管道升《竹》(局部)

【雅赏】

题杨司农宅刘伯熙画山水图(赵孟頫)

移得山川胜,坐来烟雾空。
窗中列远岫,堂上见青枫。
岩树参差绿,林花掩冉红。
鸟飞天路迥,人去野桥通。
村晚留迟日,楼高纳快风。
琴尊会仙侣,几杖从儿童。
疑听孙登啸,将无顾恺同。
微茫看不足,潇洒兴难穷。
碧瓦开莲宇,丹楼耸竹宫。

乱泉鸣石上，孤屿出江中。
藉甚丹青誉，益知书画功。
烦渠添钓艇，着我一渔翁。

越调·斗鹌鹑

王实甫

闲对着绿树青山,消遣我烦心倦目。
潜入那水国渔乡,早跳出龙潭虎窟。
披着领箬笠蓑衣,堤防他斜风细雨。
长则是琴一张,酒一壶。
自饮自斟,自歌自舞。

【作者】

　　王实甫(1260—1336),名德信,元大都(今北京)人,祖籍河北省保定市定兴(今定兴县)。元代著名的杂剧作家,是著名杂剧《西厢记》的作者,中国戏剧史上"文采派"最杰出的代表人物之一。其父王逖勋从元质子军,跟随成吉思汗西征至西域,后赠通议大夫、礼部尚书、太原郡侯。据《元史》记载,王实甫早年以县官入仕,因治县有声提为陕西行台监察御史,但因"与台臣议不合,四十岁即弃官不复仕"。回到大都后,王实甫一头扎进关汉卿的"玉京书会",常出入于歌台舞榭与勾栏瓦舍之间,从此开始了他的戏剧创作生涯。王实甫的作品全面继承了唐诗、宋词精美的语言艺术,同时吸收了元代民间生动活泼的口语化语言特点,他一生著作颇丰,所作杂剧流传到今天的共有13种,今存《崔莺莺待月西厢记》《吕蒙正风雪破窑记》《四大王歌舞丽春堂》三种,另外《韩彩云丝竹芙蓉亭》《苏小卿月夜贩茶船》为残篇佚曲,其余则仅存名目于元代钟嗣成的《录鬼簿》，这其中就包括《东海郡于公高门》《孝父母明达卖子》《曹子建七步成章》《才子佳人多月亭》《赵光普进梅谏》《诗酒丽春园》《陆绩怀橘》《双蕖怨》《娇红记》等。王实甫的《西厢记》是元代杂剧创作中最优秀的作品之一，被明初杂剧作家贾仲明在《录鬼簿续编》中评价为"天下夺魁"之作，元代文学家兼音韵学家周德清曾评价《西厢记》说"诸公已矣，后学莫及"，明代朱权在《太和正音谱》中更是盛赞《西厢记》曰："如花间美人，铺叙委婉，深得骚人之趣。极有佳句，若玉环之浴华清，绿珠之采莲洛浦。"

王实甫不仅在杂剧上有着极高的成就，而且还有为数不少的散曲、小令流传下来，散见于后人的诸如《中原音韵》《雍熙乐府》《北宫词纪》《九宫大成》等文学和音韵论著之中，其中尤以小令《中吕·十二月过尧民歌》和《别情》最为出色，它兼具词采绮丽、情思深婉、描摹细腻的特点，与《西厢记》的曲词风格颇为相近，王实甫的《长亭送别》中"碧云天，黄花地，西风紧，北雁南飞。晓来谁染霜林醉？总是离人泪"更为今人们所熟知。

【诗文大意】

赋闲情、望对青山绿树，消却我心目疲惫倦懒。拥一派水泽渔乡，跳出那纷乱的尔虞我诈。戴斗笠、披蓑衣，一任他斜风细雨。且陶陶，对一张琴，对一壶酒。笑世事，自斟自饮，且歌且舞。

【品读】

"斗鹌鹑"系元曲牌名，有二调，一属"中吕宫"，一属越调，多用于剧曲和散曲。王实甫的小令《越调·斗鹌鹑》出自他的杂剧《丽春堂》（全名《四丞相高会丽春堂》或《四大王高宴丽春堂》，个别也有题作《李监军大闹香山会》）中的第三折，剧中讲述了为金朝统一立过汗马功劳的右丞相完颜乐善与右副统军使李圭因"射柳相戏"而获罪，被贬至济南，终日饮酒钓鱼，后因"草寇"作乱复被召回，李圭负荆请罪，两人重归于好的故事。在《丽春堂》第三折中，完颜乐善由右丞相被贬至济南府赋闲，孤愤郁闷之余所幸济南府风景秀丽、湖光潋美，于是"闲对着绿树青山，消遣我烦心倦目"，昔日的右丞相面对着这样的山水风光心情豁然开朗，他常常于湖边饮酒垂钓，暂时抛却心烦意乱和世事纷杂，潜心于山水渔乡，学做一位钓翁斗笠蓑衣，于细雨斜风中独钓，颇有柳宗元《江雪》"孤舟蓑笠翁，独钓寒江雪"的诗境。不问世事，自在逍遥，愁婉时唯愿对一张琴诉说心思、对一壶酒自斟自饮，豪迈时弦而歌之、舞而蹈之。

王实甫之子王结，《元史》中对其有述："以宿卫入仕，官至中书左丞、中书参知政事，地位显赫。"身为统治阶级的官员，王结自然对这样一位父亲心有不满，曾劝解父亲不要涉足"歌吹之地"，在家颐养天年，然而王实甫还是一如既往地穿梭于勾栏瓦肆之间从事创作杂剧。

王实甫善于将故事与琴境相关联，这也充分体现了古琴从元代开始，尤其是在多民族文化艺术以及音乐表现的融合中，逐渐向平民化演变，正是"教坊司趋跄妓女，仙音院整理丝桐"，尤其是通过《西厢记》等戏剧作品的广泛流传，古琴也逐渐被赋予了"才子佳人"的审美标签。王实甫借西汉司马相如以琴中一曲《凤求凰》定情卓文君之典故，成功复制出《西厢记》中崔莺莺与张生借琴传情达意的故事，将古琴的普世审美拓展至一个更宽的范围。自此，后学无数，如明万历年间著名戏曲作家高濂在其《玉簪记》第十六出《弦里传情》中就有道姑陈妙常与书生潘必正以琴相约等故事线索。

《西厢记》是我国文学史和戏曲史上的一部杰作，与《红楼梦》合称为"中国古典文艺双璧"。《西厢记》的故事最早见于唐代元稹的《莺莺传》，讲述了唐贞元间的书生张生，在普救寺邂逅已故崔相国之女崔莺莺后所发生一连串曲折跌宕的爱情故事。其中《西厢记》的第二本名为"听琴"，张生在因老夫人"赖婚"而极度苦闷之际，幸有红娘的机巧安排，于崔莺莺在花园月夜烧香之时，隔墙操琴弹一曲《凤求凰》。于是一个对月长吁，一个临窗鼓琴，二人借着琴音传递情愫，彼此虽未谋面，却借着这首传世琴曲互通情意，至此琴曲、琴声、琴境与二人的情感景况高度契合，此时的琴声便化为比言语更真切、更细腻、更丰富的拳拳情爱，也以此成为《西厢记》中最经典、最感人、最生动的一幕。张生抚琴轻言："琴呵，小生与足下（即指古琴）湖海相随数年，今夜这一场大功，都在你这神品、金轸、玉轸、蛇腹、断纹、峄阳、焦尾、冰弦之上。天哪！却怎生借得一阵顺风，将小生这琴声吹入俺那小姐玉琢成、粉捏就、知音的耳朵里去者！"继而又有："……窗外有人，已定是小姐，我将弦改过，弹一曲，就歌一篇，名曰《凤求凰》。昔日司马相如得此曲成事，我虽不及相如，愿小姐有文君之意……"稀风朗月中泠泠之音回荡，就连读者的心似乎也都随着琴声飘荡着。《西厢记》中"以琴为媒"表达爱意，完美地延续了司马相如"琴挑文君"的千古爱情佳话，使卓文君"愿得一人心，白首不相离"的爱情宣言演化成为崔莺莺"年少呵轻远别，情薄呵易弃掷。全不想腿儿相挨，脸儿相偎，手儿相携。你与俺崔相国做女婿，妻荣夫贵，但得一个并头莲，煞强如状元及第"的"长亭送别"。

　　在《西厢记》中，古琴作为一条极为重要的结构性线索贯穿始终，这也是历史上众多类似的文艺作品中不多见的。例如，除了最具故事性的"月下听琴"的桥段，在《张君瑞害相思》第三本第一折中就有："憔悴潘郎鬓有丝；杜韦娘不似旧时，带围宽清减了瘦腰肢。一个睡昏昏不待观经史，一个意悬悬懒去拈针指；一个丝桐上调弄出离恨谱，一个花笺上删抹成断肠诗；一个笔下写幽情，一个弦上传心事：两下里都一样害相思"。又有《张君瑞庆团园》第五本第一折中的"当日五言诗紧趁逐，后来因七弦琴成配偶。他怎旨冷落了诗中意，我则怕生疏了弦上手"以及"小姐寄来这几件东西，都有缘故，一件件我都猜着了。这琴，他教我闭门学禁指，留意谱声诗，调养圣贤心，洗荡巢由耳"（第五本第二折）等大量的以琴为媒介而串联起来的故事线索及对话和描写。

《西厢记》流传广泛，有众多版本的卷轴画和版画插页传世，最著名的有张深之本、闵齐伋本、刘龙田本和弘治刊本。在其中一些刊本中，描写琴音的原文所对应的画像并没有出现古琴图像，只描绘了无人无琴的庭院夜景，画中却似飘有阵阵琴音，取"在意不在琴"之意境。清乾隆年间的蒙古族画论家布颜图在其《画学心法问答》中说，境界是"隐显叵测"的，亦是"无穷"的。画中万物皆在变化，画中之意境也变幻无端，有无相生，在有人有琴之意境中，插入一幅无人无琴之画面，"笔外有笔，墨外有墨"，画中景象所渲染也就有了更深和更生动的意境，观者所见不仅是画中有限的描绘，更重要的是为观者提供了更为宽泛的画外之思和笔外之意，仿佛崔莺莺与张生间缱绻的爱意，伴着若有若无的琴声充斥在清寂幽怨的庭院之中。

《西厢记》在700多年的岁月长河中，无数次地被演绎和改编，几乎涉及所有的文艺领域和艺术表现形式，其中流传最广、辐射面最宽、影响最大的莫过于王叔晖先生笔下的16幅彩绘本《西厢记》（1953年）和128幅本的连环画《西厢记》（1957年）白描本，以及4幅《西厢记》（1983年）纪念邮票（即名为《惊艳》《听琴》《佳期》《长亭》4幅）。当年英国的《集邮周刊》以全套《西厢记》邮票作为该期的封面，英国《外国邮票》在封面显著位置刊登了《听琴》这枚邮票，日本的集邮杂志也将其评选为1983年中国最佳邮票，而一年后的国内"最佳邮票评选"更是将《西厢

【元】 639

王叔晖《听琴》(上)和邮票版《听琴》(下)

记》评为 1983 年最佳特种邮票。

十分有趣的是，16 幅彩绘本《西厢记》发行后，一位音乐家曾向画家王叔晖先生指出《听琴》一幅中的一个古琴指法错误：画中张生弹琴时用右手食指勾弦（应用中指），基于这一提醒，王叔晖先生在邮票的再度创作中予以改正（事实上这一版的改正也涉及了"张生"抚琴的左手之手型和手势），王叔晖先生对作品的严谨态度令人敬佩。《西厢记》纪念邮票发行这一年，王叔晖先生已 71 岁高龄，老先生为这 4 幅作品付出了巨大的心血。

【雅赏】

四丞相高会丽春堂·第一折·混江龙（王实甫）

端的是走轮飞鞚，车如流水马如龙。

绮罗香里，箫鼓声中，盛世黎民歌岁稔，太平圣主庆年丰。正遇着蕤宾节届，今日个宴赏群公。

光禄寺酝江酿海，尚食局炮凤烹龙，

教坊司趋跄妓女，仙音院整理丝桐。

都一时向御苑来供奉。恰便似众星拱北。

万水朝东。

蝶恋花

虞集

昨日得卿黄菊赋。细剪金英，题作多情句。冷落西风吹不去。袖中犹有余香度。

沧海尘生秋日暮。玉砌雕阑，木叶鸣疏雨。江总白头心更苦。素琴犹写幽兰谱。

【作者】

虞集（1272—1348），字伯生，号道园，人称邵庵先生，虞集祖籍成都仁寿（今四川省眉山市仁寿县）。元代中期最负盛名的文学家、诗人。其五世祖即南宋初绍兴三十一年（1161）"采石之战"中大败金军的著名爱国将领虞允文（世称虞雍公，累官至丞相、赠太师，谥忠肃）。其父虞汲，曾任黄冈尉，宋亡后客居临川崇仁（今属江西省抚州市）。虞集自幼学习程朱理学，深受儒家正统观念的影响，但其思想比较开通、不拘成法，元成宗大德元年（1297），虞集至元大都（今北京），荐授大都路儒学教授，元仁宗时期，为集贤修撰，元泰定帝时，升翰林直学士兼国子祭酒，元文宗即位后授奎章阁侍书学士，进翰林侍讲学士，元顺帝即位后，虞集谢病回临川，不再出仕，卒年77岁，追赠仁寿郡公，谥文靖。虞集在元文宗时，与平章事赵世延同任总裁，仿效"唐、宋会要"，采辑本朝典章制度编修《经世大典》共计880卷，成为后世研究元朝历史的重要资料。有《道园学古录》50卷、《道园类稿》50卷，以及《伯生诗续编》《翰林珠玉》《道园遗稿》等。

虞集诗、文俱为当世大家，《虞雍公神道碑》载："皇元混一天下三十余年，虞雍公赫然以文鸣于朝著之间，天下之士翕然谓公之文当代之巨擘也。"虞集的诗词体裁广泛、典雅精切、讲求格律、深婉含蓄，其存诗、词1500余首。与揭傒斯、范梈、杨载，并称"元诗四大家"，又因颇负文名堪引元代文风，后世将其与揭傒斯、柳贯、黄溍并称"元儒四家"，也有将他与欧阳玄、吴澄、揭傒斯并称"元四学士"。他主张宗唐宗古，以李白、杜甫为正宗，尤其赏慕陶渊明、王维、韦应物、柳宗元等人，提倡"舒迟而淡泊"的审美观。诗文风格谨严善于模拟前人。

虞集曾与赵孟頫同在翰林院共事，其书法深受赵孟頫影响，时人赞其"清朗蕴藉之气不减赵氏且深得晋人韵味"，元末明初的陶宗仪在《书史会要》中称他"真行草篆皆有法度。古隶为当代第一"，明代书家李东阳也说："书家者流，所谓人品高、师法古者，伯生殆兼有之。"他的传世作品为大字真书《刘垓神道碑铭》墨迹本（上海博物馆藏）。此外，虞集善篆刻，曾为奎章阁篆"奎章阁宝""天历之宝"印两方。

"明初诗文三大家"中的宋濂在《柳待制文集·序》曾言："天历以来，海内之所宗者，唯雍虞公伯生、豫章揭公曼硕、乌伤黄公晋卿及公（柳贯）四人而已。识者以为名言。"明代文史学家王世贞也说："元诗人，元右丞好问、赵承旨孟頫、姚学士燧、刘学士因、马中丞祖常、范应奉德机、杨员外仲弘、虞学士集、揭应奉傒斯、张句曲雨、杨提举廉夫而已……虞颇健利。"

今有学者认为，著名的唐诗美学论著《二十四诗品》的作者乃后人伪托司空图之名，而其真实的出处应是包括了"三造""十科""四则"（其中有关于两宋的西昆体和江西诗派的讨论）和"二十四品"的《诗家一指》，而这部具有严谨内在体系的论作，其作者就是虞集。

【诗文大意】

昨日得卿《黄菊赋》，如金花剪碎，纸上多少情愫。纵被西风吹拂，仍有余香留袖。沧海桑田又秋暮，水榭歌台，总被秋雨秋叶愁。江总归时已白头，心中苦，幽兰一曲只向瑶琴诉。

【品读】

"蝶恋花"，词牌名，原是唐教坊曲，后用作词牌，本名"鹊踏枝"，又名"黄金缕""卷珠帘""凤栖梧""明月生南浦""鱼水同欢""转调蝶恋花"等。以南唐冯延巳《蝶恋花·六曲阑干偎碧树》（一作晏殊词）为正体，此体为双调六十字，前后段各五句四仄韵，另有变体二种。代表作有李煜的《蝶恋花·遥夜亭皋闲信步》、柳永的《蝶恋花·伫倚危楼风细细》和苏轼《蝶恋花·春景》等。

《黄菊赋》的原作者是辽相李俨，他能诗善赋，颇得辽国皇帝辽道宗耶律洪基（1055—1101年在位）宠信，累官至知枢密院事并赐姓耶律，故辽史亦称耶律俨。李俨作《黄菊赋》呈献于耶律洪基，而辽道宗则在其诗后作《题李俨黄菊赋》诗以赐和曰："昨日得卿黄菊赋，碎剪金英填作句。袖中犹觉有余香，冷落西风吹不去。"这高洁雅致且比喻新奇超迈，充满诗情画意的精巧赞美诗，既是赞菊也是赞人，同时成就了耶律洪基最著名的一首诗。诗中最为人称道的是"碎剪金英填作句，袖中犹觉有余香"两句，字面上是在赞誉李俨《黄菊赋》的诗意，仿佛诗句不是用笔墨写就的，而是把金黄色的菊花（即所谓"金英"）剪碎填入诗句之中，之后又进一层，以"袖中犹觉有余香"再赞诗句留香如袖中至今仍有菊花的余香，而且"冷落西风吹不去"可见"袖中余香"之长久，使得耶律洪基的诗风雅机巧直达化境。古来赞颂菊花的诗词佳作累篇，先有元稹的"不是花中偏爱菊，此花开尽更无花"，后有黄巢的"通天香阵透长安，满城尽带黄金甲"等不胜枚举。

在虞集的《蝶恋花》词序中，有词序言明此词是与杨庭镇、陈众仲等人在城东赏杏，座中有客诵耶律洪基的《题李俨黄菊赋》，故而檃栝归腔而作，并令佐酒者歌之。词中言菊花虽然傲霜开放，但不久就将在"冷落西风"中凋谢，而卿（你）的《黄菊赋》却可名传久远，然而李俨的《黄菊赋》至今名不见经传，但耶律洪基的《题李俨黄菊赋》却已经留名后世了。

词的下片才是虞集的情致发挥，以"江总白头心更苦"引出多少雕栏玉砌的繁华总在世事变迁中经受岁月的冲刷，在如今的凄风冷雨中，自己的内心感受犹如南朝的江总一样，所有的无奈尽付于一曲《幽兰操》中。江总，字总持，是南北朝时期著名的南朝重臣和著名的文学家，因"侯景之乱"寄居岭南多年，因曾有《于长安归还扬州九月九日行薇山亭赋韵》"心逐南云逝，形随北雁来。故乡篱下菊，今日几花开"而开咏菊以言离愁别怨之先河。后世多以"江总白头"隐喻面对故国沦丧或山河破碎时的无奈，最著名的莫过于杜甫的《春望》，诗曰："国破山河在，城春草木深。感时花溅泪，恨别鸟惊心。烽火连三月，家书抵万金。白头搔更短，浑欲不胜簪。"又如宋代杨备在其《台城》诗中有云"六朝遗迹好山川，宫阙灰寒草树烟。江令白头归故国，多情合赋黍离篇"，清代洪亮吉的《吴梅村祠题壁》中也有"兴亡忍话前朝事，江总归来已白头"之句。

虞集善于将复杂多样的情感表述镶契于琴诗之中，如他在《为燮玄圃题鳌溪春晓图》中的"援琴不鼓书牒稀，弹铗无鱼宾客集"，以及《题旦景初仝司画》中的"旦公弹琴古桧下，郁郁窗户生晴岚。春雨时来鹤鸣谷，秋声夜作龙吟潭"之句，都将画卷所呈现的景象以诗的语言加以人格化的提炼和升华，在他《题郑秀才隐居》一诗中的"陶翁昔好菊，荒径不暇锄。素琴初无弦，名酒亦屡虚。……有子挥五弦，凉风在庭除"也同样勾画出陶令公悠然自得的高隐风范。

虞集的一阕《苏武慢》中，同样是以"归去来兮，昨非今是，惆怅独悲奚语"的伤情，寄怀于"琴书情话，寻壑经丘，倦鸟岫云容与"的归隐情愫之中。"苏武慢"为词牌名，又名"选冠子""选官子""惜余春慢"。此调共有十六体，以周邦彦词为正体。正体双调一百十一字，前段十二句四仄韵，后段十一句四仄韵。词分上下两片，属于慢词。代表作有《苏武慢·雁落平沙》等。

【雅赏】

苏武慢（虞集）

归去来兮，昨非今是，惆怅独悲奚语。迷途未远，晨景熹微，乃命导夫先路。风扬舟轻，候门童稚，此日载瞻衡宇。酒盈樽、三径虽荒，松菊宛然如故。

聊寄傲、与世相违，旧交俱息，更复驾言焉取。琴书情话，寻壑经丘，倦鸟岫云容与。农人告我，有事西畴，孤风情棹赋诗春雨。但乐夫、天命何疑，乘化任渠留去。

风树吟为李生作

黄溍

返照入深林,牛羊在丘垄。
风吹白杨树,叶叶各自动。
如何当此时,孤子万里归。
有琴未成声,遽欲弦吾诗。
吾懒言诗子姑去。
抱琴听子风中树。

【作者】

黄溍(1277—1357),字晋卿(一字文潜),婺州路义乌乌伤(今浙江省义乌金华)人,元代著名的理学家、史学家、文学家、教育家、书画家。黄溍出身官宦世家,其曾祖黄梦炎为南宋淳祐十年(1250)进士,官至行太常丞兼枢密院编修官,后辈俱以荫补官而为地方缙绅。黄溍学闻广博尤工文辞,元仁宗延祐二年(1315)登进士第,授台州宁海丞,后迁两浙都转运盐铁使司石堰西场监运,延祐七年(1320),升为诸暨州判官。元明宗至顺二年(1331),因荐入京为应奉翰林文字,同知制诰,兼国史院编修,后转国子博士,元顺帝元统元年(1333),外补江浙等处儒学提举,至正八年(1348)除翰林直学士、知制诰同修国史,寻兼经筵事,至正十年(1350)南还乡,至正十七年(1357)卒于绣湖私第,享年81岁,追封江夏郡公,谥号"文献",《元史》有列传。

黄溍是名垂史册的元代之一代文星,他一生著作颇丰,诗、词、文、赋及书法、绘画无所不精,与浦江的柳贯、临川的虞集、豫章的揭傒斯,被后世并称为元代"儒林四杰"。

黄溍之先祖黄中辅是抗金名将宗泽的外甥,一生刚正耿直,曾有诗句"快磨三尺剑,欲斩佞臣头"。黄溍天资聪颖且相貌俊秀,20岁时游学杭州,受教于一众南宋的遗老饱学之士,自此一生勤奋好学,笔耕不辍,著作颇丰,有《日损斋稿》33卷、在《四库全书》收录有《黄文献集》10卷,今存其门人宋濂、王袆编《金华黄先生文集》43卷,其中初稿3卷为其尚未及第时所作,续集40卷为其登第后所作,集中有行状、碑铭、墓志、世谱、家传达22卷之多,许多可补史传之阙,对研究元代中后期政治文化史有较高的史料价值。清代咸丰元年(1851)重印的《黄文献公全集》中,卷一为五言古诗219首,卷二为七言古诗221首。"明初诗文三大家"的宋濂在《黄文献公文集序》中介评黄溍说:"以文字为职业者,殆三十年,精明俊朗,雄盖一世,可谓大雅弗群者矣。今之论者,徒知先生之文,清圆切密,动中法度,如孙吴用兵,神出鬼没,而部伍整然不乱。至先生之独得者,焉能察其端倪哉?"据《元史》本传称:"溍之学,博极天下之书而约之于至精,剖析经史,疑难及古今,因革制度名物之属,旁引曲证,多先儒所未发。文辞布置谨严,援据精切,俯仰雍容,不大声色,譬之澄湖不波,一碧万顷,鱼鳖蛟龙,潜伏不动,而渊然之光,自不可犯。"黄溍的诗文,不论说理记事还是抒情扬性,都文采斐然,备受当代和后世文士的赞颂,更被明代学者王袆称为"一代之儒宗,百世之师表"。

【诗文大意】

日落斜阳照深林,田垄归牛,山坡有群羊。清风掠过杨树梢,树枝轻摇，树叶沙沙响。好一番惬意田园，心似游子，如万里归来。此景此情当有诗，君欲鼓琴，与我弦歌赋。我诗未成君且待，风吹树林，似君琴中意。

【品读】

风树吟，北宋诗人唐庚曾作《风树吟》，诗中有"树欲静兮风不止，子欲养兮亲不待。归飞反哺八九子，我曾不如毕逋尾"之句。黄滔的这首《风树吟为李生作》当是诗人访归隐田园的旧友时，深受静美惬意的田园风情所感召而作。

诗中的"返照"是指落日余晖，黄滔在诗中对友人所处的田园景色进行了十分细致的描绘，如同将一幅生动的田园晚照图展现在读者面前。画作中有山坡悠闲的羊群，有田垄间准备收工的农家和耕牛，似乎不远处的村庄已是炊烟袅袅，而一阵阵清风吹动着树叶在斜阳下摇晃。诗人就是在这样的景色中走来，并融入在这份诗情画意之中，此情此景令诗人陶醉，神情恍如隔世，仿佛自己是浪迹万里归来的游子，终于回到魂牵梦绕的家乡。友人欢迎诗人的到来，急欲与诗人琴诗和对，但是此时的诗人依旧沉浸在眼前梦幻般的美景中，此时的他似乎懒于作诗，也请友人的琴声姑且稍待，二人不如就这样静静地将心放开，听那清风穿过树的枝叶，领略那风、那树、那枝叶奏出的美妙"琴声"。诗中的"丘垄"亦作"丘陇"，出于《汉书·刘向传》"黄帝葬于桥山，尧葬济阴，丘垄皆小"，本泛指坟茔，而黄滔则是取陶渊明《归园田居》一诗中的"徘徊丘垄间，依依昔人居"之句意，表达出诗人羡慕陶令"开荒南野际，守拙归园田。方宅十余亩，草屋八九间。榆柳荫后园，桃李罗堂前。暧暧远人村，依依墟里烟。狗吠深巷中，鸡鸣桑树颠"的田园惬意。

黄滔的《风树吟为李生作》颇显大家之手笔，铺叙流畅言语质朴，清雅的文人气中又不失诙谐的烟火气，他以风树比喻琴声，似乎正是这大自然的和谐方才奏出这样动人的乐曲，相比之下所有人为谱就的曲目都落了下乘，于是就有了"抱琴听子风中树"这一绝佳之句。

黄滔诗惯于拟古用典尤善于以琴入诗，他作有《煌煌明月珠》，诗曰："煌煌明月珠，未害居浊水。君看黄河黄，岂解污清济。我方遗吾形，宠辱齐一指。悬知破琴戴，未若掺挝祢。"诗中的"明月珠"即今人所说的夜明珠，诗人以明月珠自比，哪怕是置于浑浊的污水中它也自会发光。黄河之水清浊兼济，而诗人自己则是"遗形藏志，与道相得"，视宠辱为身外之物，谁能说"戴逵破琴"不如祢衡的"渔阳参挝"。诗中用典沉着稳重，其中"戴逵破琴"典出《晋书·戴逵传》，相传晋代戴逵自幼博学，工于书画尤善鼓琴，武陵王司马曦派人去请，戴逵不愿与权贵交往，当着使者的面将琴摔破，并言道："戴安道（戴逵的字）不为王门伶人！"后又拒绝了晋孝武帝召他为散骑常侍。而"渔阳参挝"亦称"渔阳掺挝"，本是鼓曲名，后世多用于形容狂傲不逊之士，也有形容击鼓作乐。《后汉书·祢衡传》载："次至衡，衡方为渔阳参挝，踥蹀而前，容态有异，声节悲壮，听者莫不慷慨。"祢衡年轻气傲，不谄权贵，崇尚清谈，其舌枪唇剑当世无人可及，他三骂曹操又骂刘表，后为黄祖所杀。苏轼在《兴龙节集英殿宴教坊词·问女童队》中有"掺挝屡作，旌旆前临，顾游女之何能，造彤庭而献计"之句，梅尧臣也在《送晁殿丞郑州金判》诗中有"共被方为乐，军中莫掺挝"之句，清代陈维崧在其《水龙吟·春夜听邻闺击鼓》有"倩邻娃暂歌，掺挝待我，作《渔阳操》"的词句。诗中充分表现出黄滔超脱形骸、舍弃心性，追求遗形藏志的人生境界，深合唐末五代时的道家学者杜光庭之逸句"返朴还淳皆至理，遗形忘性尽真铨"中所传达的精神。

【雅赏】

抱琴（黄潜）

三尺枯桐树，相随年岁深。
此行端有意，何处托知音？
隐隐青山夜，寥寥太古心。
空携水仙曲，更向海中岑。

【明】

庭树团团作翠阴,
夜凉清话坐更深。
无端感起闲愁思,
弹到梅花月满琴。

忆知

宋濂

春风行乐且年年，勿使游尘上五弦。
燕子堂前多旧土，莫栽黄檗只栽莲。

【作者】

宋濂（1310—1381），字景濂，号潜溪，别号玄真子、玄真道士、玄真遁叟。浦江（今浙江省义乌市）人，元末明初文学家，曾被明太祖朱元璋誉为"开国文臣之首"。明初宋濂就任江南儒学提举，与刘基、章溢、叶琛同受朱元璋礼聘，尊为"五经"师，为太子（朱标）讲经。洪武二年（1369）奉命主修《元史》，又预修日历，累官至翰林院学士承旨、知制诰。洪武十年以年老辞官还乡。后因其长孙宋慎牵连胡惟庸党案，朱元璋本欲杀戮，经皇后、太子力劝，改为全家流放茂州（今四川省茂县），途中病死于夔州（今重庆奉节县），正德年间追谥"文宪"。

宋濂崇尚"必有其实，而后文随之"的崇实务本之文学主张，强调"随物赋形""人能养气则情深文明，气盛而化神"（《文原》）的文学创作原则。宋濂著作颇丰，有《孝经新说》《周礼集说》《诸子辨》，有《龙门子凝道记》24篇、《潜溪内外集》30卷、《銮坡集》25卷、《萝山吟稿》2卷、《浦阳人物记》2卷、《翰苑集》40卷、《芝园集》45卷、《洪武圣政记》2卷、《朝京稿》5卷等以及《篇海类编》20卷、《洪武正韵》16卷。他曾主编《元史》210卷。主要作品合为《宋学士全集》75卷。宋濂存世诗词有500多首。

宋濂是"道统"文学的集中代表，其文多有美赞明初政权及表彰贞节妇女的作品。宋濂擅长散文，其特点是言辞质朴、雍容典雅、清新简洁、各具特色，文中夹杂着适当的描写，秀美而不僵板，强调道德规范的同时，也具有较高的语言修养和技巧，成为明初文学风尚的典范。最为今人熟悉的是其勉励后学的名篇《送东阳马生序》（收录于人教版语文九年级下学期文言文单元），这篇690字的文章是宋濂在建康（今南京市）做官时，写给就读于"太学"的同乡才俊马生的一篇赠文。

宋濂少时勤苦好学，元时曾受业于文豪吴莱、柳贯、黄溍之门。他于书无所不窥，自少至老未尝一日释卷，故学识、文才俱登峰造极。明太祖时期，凡国家祭祀、朝会、诏谕、封赐之文多出自其手。刘基曾对朱元璋说："当今文章第一，舆论所属，实在翰林学士臣濂，华夷无间言者。其次臣基，不敢他有所让。"（《跋张孟兼文稿序后》）当时日本、高丽使臣来京朝贡者，每问"宋先生安否"且以重金购其文集而归。宋濂与高启、刘基被后世并称为"明初诗文三大家"。

《四库全书总目提要》载："濂文雍容浑穆，如天闲良骥，鱼鱼雅雅，自中节度。"另据《明史·宋濂传》载："宋濂，字景濂，其先金华之潜溪人，至濂乃迁浦江。幼英敏强记，就学于闻人梦吉，通《五经》……元至正中，荐授翰林编修，以亲老辞不行，入龙门山著书……为文醇深演迤，与古作者并……四方学者悉称为'太史公'，不以姓氏……卒于夔，年七十二。……追谥文宪。"

【诗文大意】

盛世春风、行乐且陶陶，勿忘圣贤琴、敢使五弦蒙游尘。燕子归来、见堂前旧土，效莲之高洁、莫学黄檗苦在心。

【品读】

在宋濂的七绝《忆知》中，诗人以"春风""年年"比喻明朝新建，百废待兴却又生机勃勃，并盛赞大明将会千秋永固，这十分符合宋濂一贯的"美赞"风格。然而，接下来却打开了一个十分严肃的话题：盛世承平，勿忘圣贤教诲且勿忘前朝之鉴。他以"五弦"（指古琴）追怀古圣，强调儒家思想的道统地位，继而又以"游尘"斥指当下的浮华谄媚之风，诗意颇有白居易《废琴》中"玉徽光彩灭，朱弦尘土生"的意境。至第三句，诗人巧妙地以"春燕衔泥"和"堂前旧土"比喻新兴的王朝毕竟是建立在旧代王朝的瓦砾之上，新旧迭代之时如何破旧立新，应该也必须遵循效法古圣先贤的治国理念。于是，就有了末句的"黄檗"与"莲花"之议论。

黄檗又名檗木（《神农本草经》称）、黄檗木（《本草纲目》称）、元柏（东北各地称）、黄柏（南方各地称），生汉中山谷及永昌。南朝齐、梁时道教学者、炼丹家、医药学家陶弘景说："（黄檗）今出邵陵者，轻薄色深为胜。出东山者，厚而色浅，其根于道家入木芝品，今人不知取服之。"状如石榴，其皮黄而苦，俗呼为子檗，亦主口疮。有一首出自南北朝的佚名诗《子夜四时歌·自从别欢后》："自从别欢后，叹音不绝响。黄檗向春生，苦心随日长。"盖古人多取其心中苦涩外表丑陋之意，喻生活艰难世道纷乱。诗人继前句以厅堂比喻朝堂之后，又以庭院种树暗喻朝堂的施政，他希望新兴的王朝应以儒家思想为施政基础，兴君子之风，效圣贤之法，养高洁之士，举千秋功业，而不要种下祸患之根、留苦难之源。

北宋周敦颐作《爱莲说》："予独爱莲之出淤泥而不染，濯清涟而不妖……予谓菊，花之隐逸者也；牡丹，花之富贵者也；莲，花之君子者也。"而宋濂在诗的结句处强调"莫栽黄檗只栽莲"，可见在宋濂的思想深处也是将莲视为君子。我们今天回望历史的长河,更有理由相信当时的宋濂是有先见之明的,也更尊敬这位谦谦君子、敬佩他的饱学之识。

韩愈曾作《琴操十首》,将古琴十首名操尽揽其中,而宋濂则有两组《琴操二首》,其中一组有《哀海东》,序曰:"客有吏于海东者,以能击贪暴闻,然终用是受诬呕血死。予友胡征君为著哀辞一通,予读之甚悲,窃取其意,作《哀海东》《伤姝女》二操,使善琴者弹而和之。客之鬼或有知,则其郁郁之气,庶几少伸矣乎!"真实的宋濂是十分温和的文士,他久居庙堂高位又是太子坐师,但却从未"攻讦"过其他同僚,在他的堂前悬挂"温树"二字,足见其为人之忠厚。唐代诗人贯休在其《和韦相公见示闲卧》诗也有"只闻温树誉,堪鄙竹林贤"之句。"温树"之典出自汉代孔光的"不言温树",后庾信《周上柱国普屯威神道碑》有曰:"允袭峻德,钦明审谕,不吝车茵,谁言温树?"

宋濂有一篇关于古琴的散文《琴谕》,文辞幽默诙谐又颇具深意。文曰:

客有为予言,楚越之交恒多山。山民齐氏者,不识琴。问人曰:"何谓琴?"或告之曰:"琴之为制,广前狭后,圆上方下,岳首而越底,被之以丝,则铿铿然泠泠然可听也。"齐悦曰:"是知琴也。"

一日,适通都大邑,见负筑来者,亟趋视之,惊曰:"是不类广前狭后、圆上方下者耶?"反侧视之,良久又曰:"是不类岳首而越底者耶?"以指横度之,则亦有声出丝间,复曰:"是又不类铿铿泠泠之可听耶?"遂力致其人而归,师之三年,早晚不辍,自以为尽其技也。

乡之告者偶过焉。闻其声辄瞿然曰:"子习者筑也,非琴也。不然,何若是嘈杂淫哇也?"因出琴鼓一再行。齐民闻之,麑额曰："子绐我矣！子绐我矣！澹乎如大羹玄酒，朴乎若蒉桴土鼓，不足乐也。予所嗜者异乎是，若鸾凤之鸣，若笙箫之间作，若燕赵美人之善讴。吾不知子琴之为筑，吾筑之为琴也。请终乐之。"

嗟夫！琴之为器，人所易识。山民乃以筑当之。则夫误指乡愿为君子，日爱之而不知厌者，尚何怪乎？感斯言，作《琴谕》。

【雅赏】

琴操二首（宋濂）

（其一）

有窎者霞，其色楚楚。
朝宜弋于林，暮汕于渚。
役车骎骎，胡弗之休。
视彼江水，彭然东流。

（其二）

有洞者林，其色阴阴。
可以乐饥，可以洗心。
中有白云，蔼其承宇。
我亲之思，我心之苦。

旅兴

刘基

寒灯耿幽暮,虫鸣清夜阑。
起行望青天,明月在云端。
美人隔千里,山河淼漫漫。
玄云翳崇冈,白露雕芳兰。
愿以绿绮琴,写作行路难。
忧来无和声,弦绝空长叹。

【作者】

刘基(1311—1375),字伯温,青田县南田乡(今浙江省文成县)人,故世称刘青田,明初著名的军事家、政治家、文学家,明朝开国元勋。他崇尚儒家思想,主张以民为本及施德政、得民心的治国理念。明洪武三年(1370)授弘文馆学士、开国翊运守正文臣、资善大夫、上护军,封诚意伯,故后世又称其刘诚意。武宗正德九年(1514)追赠太师,谥号文成,后人也称刘文成、文成公,明世宗嘉靖十年(1531)赐配享太庙。刘基被世人尊为"立德、立功、立言"的伟人并将其与诸葛亮作比,有"三分天下诸葛亮,一统江山刘伯温"之说。他通经史、晓天文、精兵法,与宋濂、叶琛、章溢合称"浙东四大名士",又与宋濂、高启合称"明初诗文三大家"。他一生最可称道的就是辅佐朱元璋完成帝业、开创明朝,朱元璋多次称刘基为"吾之子房"。

刘基23岁(元至顺元年,即1333年)中进士,据《明史·刘基传》

记载:"基博通经史,于书无不窥,尤精象纬之学。西蜀赵天泽论江左人物,首称基,以为诸葛孔明俦也。"刘基有《诚意伯文集》20卷传世,收有赋、骚、诗、词1600余首,其中诗词600余首、文200余篇,主要作品有《郁离子》《复瓿集》《写情集》《犁眉公集》《春秋明经》《百战奇略》《时务十八策》及诗词《春蚕》《五月十九日大雨》《旅兴》《蜀国弦》等。刘基是元明鼎革之际举足轻重的诗文大家,其诗文理论力主讽喻之说,重视文学的社会作用,其经世致用的文学思想对于扫荡元季文坛纤弱之风,提振明初新一代文风有着重要的理论意义。他善寓言及讽刺,开明代"寓言文学"之先河,也奠定了明代讽刺小品的基础。刘基耳熟能详的名言警句众多,最为今人熟知的当数其政治寓言"金玉其外,败絮其中"(《卖柑者言》)和"人生无百岁,百岁复如何"(《薤露歌》),以及"为君更奏蜀国弦,一弹一声飞上天"(《蜀国弦》)等。

清代学者沈德潜在《明诗别裁》中说:"元代诗都尚辞华,文成独标高格,时欲追韩杜,故超然独胜,允为一代之冠。"据《明史》载记:"基虬髯,貌修伟,慷慨有大节,论天下安危,义形于色。帝每恭己以听,常呼为老先生而不名,曰:'吾子房也。'又曰:'数以孔子之言导予。'顾帷幄语秘莫能详,而世所传为神奇,多阴阳风角之说,非其至也。所为文章,气昌而奇,与宋濂并为一代之宗。"

【诗文大意】

时暮掌孤灯,微寒,秋虫阑夜鸣,清寂。踱出馆舍望青天,明月独悬云际。美人已逝隔生死,山河漫漫无归。薄云掩月山岗暗,白露凋落芳兰。鼓绿绮、赋心意,人世间、行路难。天涯何处觅知音,曲终弦断,化作一声长叹。

【品读】

　　刘基自元至正十九年（1359）在应天投奔朱元璋，八年间参与军机呕心沥血，终于迎来了大明洪武开国，也迎来了自己在明朝的第一次去官，此时的他与朱元璋之间已生罅隙，又正赶上妻子病逝，于是刘基借故辞官，怀着失落的心情返乡。一路上他时常触景生情，也在反思和回顾着自己近五十年的坎坷人生，于是就写下了著名的组诗《旅兴》五十首。

　　这首是刘基《旅兴》五十首中极有代表性的一首。时值中秋，风雨漂泊多年的游子在事业的最高峰时被迫离去，又遇每逢佳节倍思亲的时候，想到刚刚离世的妻子以及自己坎坷的仕途，尤其是面对朱元璋无端的猜疑和不解，百感交集的诗人想必是心情寥落到了极点。夜幕降临孤馆，已是掌灯时分，四周一派萧索，唯有秋虫做着最后的鸣叫，诗人难掩心中的压抑，步出馆舍，抬望眼，月悬青天又被浮云遮。经过环境的描写及情绪的准备，诗人开始此时内心的诉说：首先是对亡妻的怀念，已有苏轼"十年生死两茫茫"的诗境；继而是发泄自己心中的委屈，本来一轮明月下应尽显山岗之俊秀，而今却是乌云遮月，寒霜也使兰芳凋落。诗人以俊美的山岗自比，又以云遮明月比喻天子被蒙蔽，再以兰花自诩，却被无情如寒霜的朝堂派系倾轧。诗中的"翳"字有遮掩之意，"崇冈"即指高山，嵇康《琴赋》开篇就言："惟椅梧之所生兮，托峻岳之崇冈。披重壤以诞载兮，参辰极而高骧。含天地之醇和兮，吸日月之休光。""芳兰"多喻指兰花，李世民曾作《芳兰》诗，其中就有"日丽参差影，风传轻重香。会须君子折，佩里作芬芳"；晋代陆机的《拟涉江采芙蓉》诗也有"上山采琼蕊，穿谷饶芳兰"之句；南朝梁沈约在《齐故安陆昭王碑文》中更有"我有芳兰，民胥攸咏"之喻。可见刘基所怨是君子为小人所污，所悲是圣贤之道为世俗所掩。之后诗人将这种情绪继续放大，依名琴绿绮而咏，以感叹自己空有司马相如之才，却未能得遇汉武帝那样的激赏名士之君，最终只落得同李太白一样，表面是不得已"辞朝岂归"而被"赐金放还"，实则是逐出朝堂的下场。唐天宝三载（744）李白在无奈中离开长安，并写下著名的组诗《行路难》，此时的刘基心中或许有李白"停杯投箸不能食，拔剑四顾心茫然"的无助，或许有李白"淮阴市井笑韩信，汉朝公卿忌贾生"的悲叹，或许有李白"吾观自古贤达人，功成不退皆殒身"的反思，但刘基毕竟不是李白，在他的内心世界里唯独没有李白"长风破浪会有时，直挂云帆济沧海"的万丈豪情与潇洒。于是，刘基只能面对现实，在"忧来无和声"的感叹中也自悯着自己的命运多舛，自己人生的奋斗之路犹如曲终人散，所有努力换来的，不过是"弦绝"后的一声空叹。

刘基精于古琴的制作工艺、弹奏技巧和琴曲创作，在其功成身退后，曾作琴曲《客窗夜话》以抒发情致怀古追今。据明代吴之振《德音堂琴谱·历代圣贤名录》记载，诚意伯能琴，有《客窗夜话曲》；又谢琳的《太古遗音》载有琴谱《客窗夜话曲序》云："是曲乃诚意伯刘公伯温所作。运策定鼎，功成身退，希迹赤松之游，悠涣蓬窗之下，日与同志之士怀今忆古，以伤英雄之图王霸业者，皆如是寥寥矣！因作是曲，附之音律，以畅其怀云。"此外在许多关于琴制记载的典籍中多有"刘伯温蕉叶琴"之载记，言其琴体造型形似蕉叶，相传为刘基所使用，琴首无凫掌而有一叶柄，琴底仿蕉叶之茎，造型精妙秀美，琴音圆润雅致。

刘基有寓言小品文《工之侨献琴》，文中对该琴的音质、髹漆、断纹、工匠、琴铭以及做旧处理都描述甚详，讽刺了当时人们盲目追古的世风，也从一个侧面说明刘基一生与古琴的不解之缘。《工之侨献琴》曰："工之侨得良桐焉，斫而为琴，弦而鼓之，金声而玉应。自以为天下之美也，献之太常。使国工视之，曰：'弗古。'还之。工之侨以归，谋诸漆工，作断纹焉；又谋诸篆工，作古窾焉。匣而埋诸土，期年出之，抱以适市。贵人过而见之，易之以百金，献诸朝。乐官传视，皆曰：'希世之珍也。'工之侨闻之，叹曰：'悲哉世也！岂独一琴哉？莫不然矣！而不早图之，其与亡矣。'遂去，入于宕冥之山，不知其所终。"

琴箫和鸣，这是琴界经过百年的实践所达成的基本共识，而刘基已用"掩瑶琴，闲玉箫"之句，形象地将琴、箫作为佳配留于他的诗作中。

【雅赏】

思美人（刘基）

雨欲来，风萧萧。披桂枝，拂陵苕。
繁英陨，鲜叶飘。扬烟埃，靡招摇。
激房帷，发绮绡。中发肤，慴寂寥。
思美人，隔青霄。水渺茫，山岧峣。
云中鸟，何翛翛。欲寄书，天路遥。
东逝川，不可邀。芳兰花，日夜凋。
掩瑶琴，闲玉箫。魂畏畏，心摇摇。
望明月，歌且谣。聊逍遥，永今宵。

北风辞送余舜容之京

乌斯道

北风其凉,吹子之衣裳。

我有古琴为子弹,慨慷群爵飞舞云低昂。

猗兰在畹天雨霜,天门九重兮虎豹在傍,

子之去兮道路长。

北风其凄,吹子之裳衣。

我有参差为子写,所思乾坤莽莽烟雨霏。

商鼎剥落售有谁,轩车颉颃兮富贵是依,

子之去兮慎所之。

【作者】

乌斯道(1314—1390),字继善,浙江慈溪人,元明间书画家、琴家、诗人。洪武初为奉化县令又调永新,后坐事谪戍定远。放还返乡77岁卒。著有《秋吟稿》《春草斋集》和《明画录》,存世诗词300余首,其中著名的有五言排律《默斋诗五十韵为黄仁则赋》、组诗《徐梅涧先生授余琴予写曲调之意赋诗九章修禊》及《江上逢春二首》等。乌斯道的诗大气不失精致,飘洒不失考究,语言上诙谐与严谨相糅,形式上诗、词、辞、赋相融,题材多以赠和送别为主,犹善于以琴入诗。他的《尝桔徐子实家》"竹下围棋送夕阳,野云飞尽水风凉。已收残局看花饮,更唤佳儿剪桔尝。蒂湿尚含清晓露,味甘何待满林霜。谁知又食家山果,旧岁兹辰在异乡",颇为后世赏评。

乌斯道善琴,师学明初浙派琴家"四明徐和仲",在其《春草斋集》中有文《春江引》,专门记载了徐氏四代琴学传承体系,是今世研究古琴浙派传承的重要文献。乌斯道爱琴,即使"饥窘劳苦"依然"抱琴自适",他有传文《三世雷记》记录了他藏"三世雷琴"的经过,乌斯道是明代"文人琴"历史地位的维护者和践行者,也是研究古琴文化传承的一位重要历史人物。乌斯道事迹略见于《明史·列传》及《明史稿》。

【诗文大意】

寒冷的北风,吹起君的衣裳。请让我为君鼓琴一曲,燕雀飞舞也伴那风卷云舒。君若猗兰经霜雨,高门显贵也有凶险环伺。君之前途道阻且长。凄凉的北风,吹起君的衣裳。请让我为君赋诗一首,思绪飘向历史的风雨烟霏。权势滔天终有尽,鲜车怒马不过富贵一时。君之前途行且慎之。

【品读】

这首《北风辞送余舜容之京》依古辞体分为上下两阕,也是乌斯道诗词中最为常见的题材。诗人依北风而咏,以凄凉冷冽的北风吹起友人的衣裳,就将送别的场景和依依惜别的诗境交融在一起。诗人以琴曲相送,面对即将分别的友人,此时此刻仿佛万语千言尽在古琴一曲之中。群燕伴着琴曲上下飞舞,而琴声飘荡似舒卷的云际,诗中的"群爵"泛指燕雀,"爵"通"雀",是一种赤黑色的鸟,《易·中孚》有"我有好爵,吾与尔靡之"之句,又如有"爵跃",以雀之跳跃表示欣喜之极。诗人弹奏琴曲

《猗兰操》，琴声似兰草依依经霜雨而芬芳满园。想君之此行赴京为官，要小心朝堂之上的尔虞我诈如虎豹环伺、危机四伏，望君且行且珍重。在下半阕中，"参差"指诗体，一曲弹罢，诗人为友人赋诗，诗中所思乾坤，以古论今，多少名利富贵莫不是过眼云烟，深望友人此去京城，要坚守如兰的君子之道。

乌斯道这首词颇有刘勰《文心雕龙·辩骚》中所言的"名儒辞赋莫不如拟其仪表"之风范，诗人以琴曲诗歌为友人赠别，他以"天门九重""轩车颉颃"来形容朝堂之显贵浮华，又将"猗兰在畹"与"商鼎剥落"比喻此次赴京为官可能出现的两种结局：权势滔天，荣华富贵往往犹如"商鼎剥落"，不过是过眼烟云耳，而"猗兰在畹"，虽须饱经风霜却可流芳百世。上下两阕相互对偶，前后呼应，以古琴的高古对"天门九重"之权势，以"参差之笔"对应"轩车颉颃"之富贵，以"猗兰在畹"之高洁对"商鼎剥落"之腐朽。最后殷殷嘱咐，"子之去兮道路长""子之去兮慎所之"。诗人以暗喻、对偶，尤其是古琴曲《猗兰操》与腐败浮华的对比为诗的意境重重地加上一笔。

乌斯道精于琴道，一生结交几乎包括了当时所有著名琴家，他师学明初浙派琴家"四明徐和仲"（四明属今浙江省宁波市）。徐和仲原籍钱塘，祖上四代琴人，其先祖徐天民是南宋著名琴家，从刘志方学习"浙派祖师"郭楚望之传谱。元时，徐天民与毛敏仲同为司农卿杨缵门客，三人共同编撰《紫霞洞谱》，形成了影响至今的古琴门派即"浙派"。徐家家学渊源，经徐天民、徐秋山、徐梦吉，到了徐和仲时已成名立派。史称徐和仲的演奏是"得心应手，趣自天成"，曾被姚广孝推为三大能琴者之一，得明成祖朱棣召见。徐和仲曾作《文王思舜》，并编纂《梅雪窝删润琴谱》，明代刊传的《杏庄太音补遗》《琴谱正传》等琴谱皆继承其传统。

乌斯道撰文《春江引》，成为记载徐氏四代琴学传承的珍贵史料，其中载:"徐氏四世均以琴闻名海内,雪江、秋山、晓山皆闻而知之。晓山之子和仲与予交则见而知之也,和仲性乐易,尤博览群书,每一见必鼓琴,余必索春江之曲。"徐和仲弟子众多,培养出一大批当时的著名琴家,乌斯道更以其诗文之才作《徐梅涧(即徐和仲)先生授余琴予写曲调之意赋诗九章》,将徐和仲所授琴曲之曲意以及自己的领悟以组诗的形式予以记录。据后世琴家考证,经徐和仲传授与乌斯道的曲目至少有《修禊》《忘机》《碧桃》《玉树临风》《泽畔》《皎月》《白雪》《春江》《潇湘水云》等九曲,另由乌斯道《春草斋集》中有关著述分析,乌斯道至少还会弹奏《春江引》《乌夜啼》《猗兰》《佩兰》《大雅》《秋风》《归樵》等曲。

另一位与乌斯道过从甚密的琴家是明代诗僧蒲庵禅师,他俗家姓黄名来复,字见心,号蒲庵,江西丰城人。他通儒术,能诗善文,遗世著作颇丰,乌斯道作组诗《病中兴感因成七诗寄蒲庵老禅》,其第七首曰:"相别无一语,相见无一言。如何忘形者,远情复相牵。我持江上风,遗公吹法筵。公以竹间月,照我调素弦。风比锦绣段,月比青琅玕。"

冷谦也是与乌斯道亦师亦友的琴中知己。冷谦,字起敬,道号龙阳子,今浙江杭州人,曾著《太古遗音》(已佚)及《琴声十六法》。冷谦善琴尤通制琴,在其《琴声十六法》中将古琴的琴声及琴意上升到一个完整的美学高度,归纳为"轻、松、脆、滑、高、洁、清、虚、幽、奇、古、淡、中、和、疾、徐"十六法则。据《明史·乐志》记载:"元末有冷谦者,知音,善鼓瑟,以黄冠隐吴山。召为协律郎,令协乐章声谱,俾乐生习之。取石灵壁以制磬,采桐梓湖州以制琴瑟。"元朝末年,战事连连,民不聊生,乌斯道心怀天下忧国忧民,只能与冷谦等人一起潜于琴中排遣心中郁闷,乌斯道在《大雅歌为冷起敬先生(先生名谦元至正十五年作)》中曾有"冷先生,鼓大雅,乌生听之双泪下。双桧堂前良夜深,霜华照月发好音",又有"十载风尘暗关塞,满城戎马苦乱离。吴山深处一茅宇，五弦独对天门挥"以及"一人唱于万人和，天下尽荷雍熙风。乌生有泪不复洒，融融泄泄无声中"等既有发自肺腑的溢美之词，又有其在世态多变之下的忧心忡忡。

乌斯道在友人任云翰回家省亲前携琴拜访，弹《秋风》一曲以送别并作《送任云翰归省》，诗中有"江上茅斋春草深，苍头抱琴来见寻。手弄秋风未终曲，推琴且说南来心"之句。

张庸，字维中，慈溪人，与乌斯道、揭傒斯之子揭法等人游山，乌斯道作《游梅溪赠张维中》，诗中有"远寻隐者胜采玉，曾与故人如断金。安得比邻有闲屋，君歌古调我弹琴"之句。此外乌斯道与友人余舜容、叶国谅、胡舜咨、吴公选等人，以琴入诗的诗词赠对有如《北风辞送余舜容之京》《叶国谅赴兰亭书院山长》《山斋歌为义兴吴公选作》等，在《寄友胡舜咨九首》中有"我有弦上音，寄君托清风，一曲邈高怀，于以写幽衷"的以琴寄情，在《醉歌行赠定海守卫江将军》中有"我虽官事日如坌，有琴只为将军弹"的深情流露。

乌斯道收藏三世雷琴之事至今为琴人津津乐道。乌斯道作《晚年病目诗》，诗中"我常忆雷琴，一去难再得"一句可以印证他曾收藏过三世雷琴，另在其《春草斋集》的《三世雷记》中也记录了他藏三世雷琴的经过："三世雷者，名琴也。唐渝州雷震所制，后震之子某尝修之，至孙某再修，侧视腹中，其识具存。得之者以一器而出雷氏三世，异之，因以名焉以小篆刻诸底。或谓震之制琴，始于祖，至震为三世也。质虽桐梓，尾则海藤，其膝玄玉，其断纹蛇腹，其制宣尼，修不及五尺，而声若金石，清越悠远……然是琴之得失可怪也，有不可忘也，特记之。"文中详细记录了三世雷琴的流转和传承历程，三世雷琴由宋室之后得于内府，袁桷以宝马换得，后经史君礼氏、方国珍、倪晋斋、沈仲芳等迭藏，终归入乌斯道，乌斯道对此琴珍爱有加，"水陆行数千里至京师，不损毫发"，就职永新临行前嘱托其子乌缉之要好好保存切勿遗失，但事与愿违，乌斯道被贬谪期间，此琴为浮屠氏保定师所得，又辗转被好古之人售入河洛而不知所踪。乌斯道一直牵挂雷琴，到了晚年也时常惦记。三世雷琴的再次出现是在清代，清代浙东学派文史学大家全祖望在《句余土音》中叙述了三世雷琴的迭藏经过，并写道："予在京师，或持琴见售，曰：此所谓三世雷者也，余力未能得，而甚惜之。"

观乌斯道诗文，琴作为一个十分重要的线索贯穿始终，他崇尚松风雅趣，甚至以苍松自诩，似乎他一生所求者不过是"刁刁松上风，萧萧濯灵襟。皎皎松上月，悠悠照鸣琴"（《松轩》）的诗情画意。

【雅赏】

倪克受惠药（乌斯道）

野旷林烟薄，人稀径草深。
感时多病客，遗药故人心。
江树移寒影，城云结暮阴。
五湖千里思，一曲夜分琴。

琴台

姚广孝

崇台起云岑，夫差日游宴。
七弦石上弹，闲花落余片。
风清松答响，烟茸草成荐。
至今想余音，泠泠散秋院。

【作者】

姚广孝（1335—1418），字斯道，幼名天禧。苏州府长洲（今江苏省苏州市）人，14岁出家为僧，法名道衍。洪武中从燕王至北平，住持庆寿寺，建文时劝朱棣举兵靖难。他策划战守机宜，又辅世子居守，成祖即位论功第一，拜太子少师，复其姓赐名广孝。姚广孝不肯蓄发，常居僧寺监修《太祖实录》，参与修纂《永乐大典》，84岁圆寂，谥恭靖。

姚广孝工诗，有40余首存世，另有《逃虚子集》（亦名《姚少师集》）存世。道衍禅师是一位改写明朝历史的人物，其在明初的历史地位也是十分特殊的。他的一生以辅佐圣主为最高追求，有关这位"黑衣宰相"，流传着许多传奇的故事。他是明初伟大的政治家、军事家，成祖靖难成功后，他位极人臣，却不愿做官，宁愿归心禅院。

《明史·姚广孝传》："道衍未尝临战阵，然帝用兵有天下，道衍力为多，论功以为第一。永乐二年四月，拜资善大夫、太子少师。复其姓，赐名广孝，赠祖父如其官。帝与语，呼少师而不名。命蓄发，不肯。赐第及两宫人,皆不受。常居僧寺,冠带而朝,退仍缁衣。出振苏、湖。至长洲,以所赐金帛散宗族乡人。重修《太祖实录》,广孝为监修。又与解缙等纂修《永乐大典》。书成,帝褒美之……十六年三月,入觐,年八十有四矣,病甚……以僧礼葬。追赠推诚辅国协谋宣力文臣、特进荣禄大夫、上柱国、荣国公,谥恭靖……广孝少好学,工诗。与王宾、高启、杨孟载友善。宋濂、苏伯衡亦推奖之。"

【诗文大意】

踱步上琴台,烟云绕,犹是灵宫,曾经夫差游宴。登石上临风,鼓七弦,金声玉振,飘下闲花落瓣。掠过林枝响,风入松,摇曳春秋,茸茸如烟似甸。余音未曾绝,到如今,泠泠琴声,散漫初秋禅院。

【品读】

姚广孝的这首五律《琴台》仿佛是生动的自述,作为前半生制造杀戮而后半生归心向佛的一代著名禅师,作者描述了一幅颇具禅意的"松风琴台秋院抚琴图"。远处的崇台众宇,掩映在烟云雾霭中,不禁使人想起了那遥远的岁月,如同看到夫差和西施在云间游宴,而我坐在寺院的石板上抚着七弦古琴,身边的野花随着秋风飘落下点点花瓣。轻风穿过松枝,发出的声响如同在和我彼此应和,禅院茸茸的香烟缭绕在我身下,用蒲草织成的草席上,一曲弹罢,余音尚存,泠泠琴声依然在秋日的禅院缓缓飘摇。

关于西施与夫差的传说大体是说:越王勾践在对吴国战争中失利后,采纳文种"伐吴九术"之四,即"遗美女以惑其心,而乱其谋",于苎萝山下得西施、郑旦二人，并于土城山建美女宫，教以歌舞礼仪、容步。三年学成，使范蠡献于吴王，吴王夫差大悦，筑姑苏台，建馆娃宫，置二女于椒花之房，沉溺酒色，荒于国政，而宠嬖西施尤甚。勾践灭吴后，西施随范蠡泛五湖而去，不知所终（一说沉江而死，一说复归浣江终老山林）。

  这首诗首联更像是作者对自己的往昔的回忆。对于堪称帝师的他见惯了血雨腥风，见惯了权力争斗，他也曾左右着千百万人的生命，也阅尽了人世间的悲欢离合。所以，他用夫差这样一个毁誉参半的王者，用西施这样一个人间最美好的形象化身比喻人世叵测、变化无常，天地之间不过覆手耳。颔联部分，把话题一步到位地拉到了现实，用琴、石、落花来反衬前面的宏大浮华，似乎这一切正是他所寤寐追求的，也是他一生的真实写照。颈联承前启后，用风入松声来应和琴声。用一缕缕飘来的香火，烟尘落在草席上，来比喻自己一心向佛，参悟入定的不渝之志。尾联并没有像普通诗人一样去拉高立意，抒怀感叹，而是把前面的所有甚至把自己的一生轻轻地融入在这琴声之余韵，让琴声随着晨钟暮鼓，弥散飘落，就这样散落在禅院并相伴老去。

  于笔者而言，道衍禅师是谜一样的存在，他的故事于正史、民间野史层出不穷。但是，这样一位极富神秘色彩的人物，在他晚年的诗中所表现出来的脱俗、恬淡，所表现出的举重若轻、信手拈来，着实令人赞叹。其磅礴气概及缜密心思，均融于这首小诗之中，特别是禅师以琴为伴，与松风对答，视世人评说为闲花落片，将半生荣名换作一缕烟茸，一领草席。这种大气魄、大智慧着实令人赞叹不已。他晚年作《且停寺》，其中有："老年落魄犹非昔，破帽遮头谁识得。不问水郭与山村，杖藜到处寻陈迹。"从诗句中可以窥见他那"万里归来仍是少年"的诙谐洒脱和无欲无我的精神境界。

  就诗文而言，"泠泠"作为形容古琴发出的清乐之声，在诗文中时常被诗人使用。如唐代诗人刘长卿所作的五言绝句《听弹琴》中写道："泠泠七弦上，静听松风寒。"而白居易的《寄崔少监》中则有"弹为古宫调，玉水寒泠泠"之诗境，"泠泠""历历"之喻，于历代诗人笔下之琴诗中不胜枚举。由此我们也看出这些名士大家理想中的古琴之妙音应为清澈高远，旷古含情，同时，又都无一例外地渲染山间清溪，叮咚散落、顺流而下，似乎流走的是岁月无痕，留下的是泠历清音。

以"崇台"入诗古来有之，如元代许有壬在其一阕《渔家傲》中就有"落日崇台寒力悄。登临恰似寻安道。有竹何人能径造。吾不诮"。此外"茸茸"也多入诗中，如杨万里《红锦带花》就有"节节生花花点点，茸茸晒日日迟迟"之句，王安石《将次洺州憩漳上》中则有"漠漠春风里，茸茸绿未齐"之喻，梅尧臣《送韩八太祝归京师求医》中也有"少年絮而腴，茸茸颔有须"之妙言，而唐代张籍更道"宛宛清风起，茸茸丽日斜"，似乎与道衍大师的诗句有异曲同工之妙。

在姚广孝的诗中，多以孤灯、残花、秋雨、琴声为情绪表现，其实，旷古奇人的内心岂是常人可以揣度的呢！

【雅赏】

访道权上人宿城南（姚广孝）

远寻应不惮，况尔祇同城。
一榻留人处，孤灯照雨明。
藁添新觅句，琴变旧弹声。
此夕谐欢笑，元非徇俗情。

夜访苕蟾二释子因宿西涧听琴

高启

清夜独幽寻,岩扉落叶深。
许携陶令酒,来听颖师琴。
人醉月沉阁,乌啼风满林。
应留西涧水,千载写余音。

【作者】

高启(1336—1374),字季迪,号槎轩,长洲(今江苏省苏州市)人。因元末隐居于吴淞青丘,又自号青丘子。元末明初文学家、著名诗人。明洪武初,参与修撰《元史》,授翰林院国史编修并受命教授功臣子弟,后擢户部右侍郎,力辞不受赐金放还。苏州知府魏观在张士诚宫址改修府治,请高启为之作《郡治上梁文》,文中有"龙蟠虎踞"四字,被疑为歌颂张士诚,受魏观案牵连被腰斩,年仅39岁。高启才华高逸,学问渊博,能文,尤精于诗,与刘基、宋濂并称"明初诗文三大家",又与杨基、张羽、徐贲被誉为"吴中四杰",当时论者效"初唐四杰"把他们比作"初明四杰",又与王行等合号"北郭十友"。高启诗善拟效古人,兼采众家之长,常有哀时愤世之作,风格雄劲奔放、文辞质朴真切,极具生活气息。有诗集《高太史大全集》,文集《凫藻集》,词集《扣舷集》。

高启有诗2000余首,后自编选为《缶鸣集》12卷诗900余首。景泰元年(1450)徐庸搜集遗篇,编为《高太史大全集》18卷。高启的词编为

《扣舷集》，文编为《凫藻集》。《凤台集序》保存在《珊瑚木难》中，是现存唯一评论高启在金陵的诗歌论文。

高启所作名诗《梅花九首》，其中"雪满山中高士卧，月明林下美人来"是为名句，此外"春风江上路，不觉到君家"（《寻胡隐君》）、"大树无枝向北风，十年遗恨泣英雄"（《吊岳王墓》）等也为今人所熟知。

明初翰林学士王祎在高启的《缶鸣集》序中写道："季迪身长七尺，有文武才，无书不读，而尤邃于群史。其诗有《凤台》《吹台》《江馆》《青丘》《南楼》《槎轩》《姑苏杂咏》诸集，文曰《凫藻》，词曰《扣舷》。《凤台集》，则洪武初为史官时作也，诗凡二千余篇。自选得《缶鸣集》十二卷，九百余首。"时人评价他的诗："隽逸而清丽，如秋空飞隼，盘旋百折招之不肯下，又如碧水芙蕖，不假雕饰翛然尘外。其体制雅醇，则冠裳委蛇，佩玉而长裾；其文采缛丽，如春花翘英，蜀锦新濯；其思致清远，则秋空素鹤，回翔欲下，而轻云霁月之连娟；其才气俊逸，如泰华秋隼之孤骞，昆仑八骏追风蹑电而驰。"李东阳曾言："国初称高、杨、张、徐，高才力声调过三人远甚，百余年来，亦未见有卓然过之者。"《四库全书总目提要》评价高启："天才高逸，实据明一代诗人之上，其于诗，拟汉魏似汉魏，拟六朝似六朝，拟唐似唐，拟宋似宋，凡古人之所长无不兼之。振元末纤秾缛丽之习而返之于正，启实有力。"清人赵翼在《瓯北诗话》中推崇他为"（明代）开国诗人第一"。

【诗文大意】

独往寻幽处，夜清寂，高士门前落叶。先尝陶令酒，复弹琴，恍若颖师降临。月沉阁、人渐醉、琴声起、乌夜啼，穿林绕树滞西涧，千载续写知音。

【品读】

　　高启的诗缘情随事、因物赋形、横从百出、开合变化，这首五律《夜访苣蟾二释子因宿西涧听琴》就是他极具代表性的一首琴诗。

　　诗人拜访友人苣、蟾两位幽隐清修的佛家弟子，这二位也是琴家妙手。他来到两位高人的山中居所时已月上西山，在清幽的夜晚，作者携壶载酒，循着幽深静旎的山路，踏着厚厚的落叶而来。诗人用"陶令酒""颖师琴"分别来形容自己和两位友人，"岩扉"其意是指山居的门，也借指隐士的住处，如唐浩然有"岩扉松径长寂寥，惟有幽人自来去"（《夜归鹿门歌》）之句，李商隐在《重过圣女祠》中也有"白石岩扉碧藓滋，上清沦谪得归迟"的描写。"陶令酒"典出刘长卿的五律《九日登李明府北楼》，其中有"霜降鸿声切，秋深客思迷。无劳白衣酒，陶令自相携"的佳句。据《五柳先生传》记："（陶潜）性嗜酒，家贫不能常得。亲旧知其如此，或置酒而招之。造饮辄尽，期在必醉；既醉而退，曾不吝情去留。"后因以"陶令酒"为嗜酒好饮之意，唐代的韩翃有诗句"家贫陶令酒，月俸沈郎钱"（《送金华王明府》）。诗人携酒赴约，自有陶令不醉不归的豪放与"不吝情去留"的闲散和洒脱。"颖师"原是唐元和年间来自天竺的僧人，名颖，因善弹古琴享誉长安而被尊称为师。韩愈有著名的《听颖师弹琴》被后世多方拟效，结尾的一句"颖乎尔诚能，无以冰炭置我肠"遂使这位琴僧扬名之后的数百年间。高启以颖师比喻两位僧友，并将他们的琴技与颖师等同比对，故而就有了来听颖师琴的高赞。月明夜静，诗人已微醺，而《乌夜啼》的琴曲依旧随着清风充斥在林间枝头。颔、颈二联，诗人以"陶令酒"对偶"颖师琴"，又以"人醉"和"乌啼"，"月沉阁"和"风满林"在完成精致的对偶的同时，为情绪发扬蓄力，于是就有了尾联的琴声飘向西涧，并久久徘徊，似乎在雕风刻月中契写着吟诵千古的"知音"传奇。

高启善拟古，他的好友李志光撰《高太史传》赞其曰："上窥建安，下逮开元，大历以后则藐之。天资秀敏，故其发越特超诣。拟鲍、谢，则似之；法李、杜，则似之。庖丁解牛，肯綮迎刃，千汇万类，规模同一轨。"

他有一首效魏武的《短歌行》，不论是神采还是音韵，虽不及曹操的雄浑跌宕，却也有着怀古感今的慷慨壮烈，尤其是联想到他短暂可悲的一生，再读其诗中"鼓丝拊石，以永今日"之句，更加令人扼腕唏嘘。

【雅赏】

短歌行（高启）

置酒高台，乐极哀来。人生处世，能几何哉。
日西月东，百龄易终。可嗟仲尼，不见周公。
鼓丝拊石，以永今日。欢以别亏，忧因会释。
燕鸿载鸣，兰无故荣。子如不乐，白发其盈。
执子之手，以酌我酒。式咏《短歌》，爰祝长寿。

长相思·寄友

解缙

吴山深，越山深，空谷佳人金玉音。
有谁知此心。
夜沉沉，漏沉沉，闲却梅花一曲琴。
高松对竹林。

【作者】

解缙（1369—1415），字大绅，一字缙绅，号春雨、喜易，江西吉安府吉水（今江西省吉安市吉水县）人，祖籍代州雁门（今山西省忻州市代县），明代著名的文学家、明初内阁首辅。洪武二十一年（1388）进士，洪武二十四年（1391）罢官，归乡进学。建文年间，被谪河州。永乐初，与黄淮、杨士奇、胡广、金幼孜、杨荣、胡俨并直文渊阁，曾奉命总裁《太祖实录》，纂修《永乐大典》。永乐五年（1407）因立储等事被贬为广西布政司右参议，旋改交趾，督化州。永乐九年（1411）以"无人臣礼"的罪名被捕入狱。永乐十三年（1415）正月，解缙被锦衣卫埋在雪中致死，终年47岁。南明弘光元年（1645）九月，赠礼部侍郎，赐谥号"文毅"。

主持纂修《永乐大典》是解缙一生最辉煌的功业。《永乐大典》全书收古今图书达7000余种，总计约3.7亿字，其内容浩繁，巨细并蓄，被《不列颠百科全书》称为"世界有史以来最大的百科全书"。解缙不仅在学术上取得了卓越的成就，而且在诗歌、书法、散文等方面也很有成就。

他才气横溢,下笔不能自休。尤工五言诗,现存诗500余首。他的古体歌行,气势奔放,想象丰富,逼似李白,而律诗绝句亦近唐人。解缙之文章雅劲奇古极具个性特色,政论文直抒胸臆气势充沛,人物传记叙事简洁描摹生动。他又擅长书法,小楷精绝,行草皆佳,用笔之精妙出人意表。他的著作有《白云稿》《东山集》《太平奏疏》等。现存有《解文毅公集》16卷及《春雨杂述》1卷、《古今列女传》3卷。后人对他一生的评价是:"义节千秋壮,文章百代尊。"(邹元标《解春雨学士旧墓》)

解缙是公认的"明代三大才子"之一,他冗散自恣、恃才傲物、言辞犀利、机巧过人,他的打油诗很多,一首自嘲诗"春雨贵如油,下得满街流。跌倒解学士,笑煞一群牛"(《春雨》),几百年来家喻户晓。他少年成名。极善讥讽笑骂,如他的"墙上芦苇,头重脚轻根底浅;山间竹笋,嘴尖皮厚腹中空"等句都颇为今人所熟知。朱元璋十分看重解缙并称他"是子大才,其以归教训,十年而用之"。朱棣曾言:"天下不可一日无我,我则不可一日少解缙。"明代"三杨"之一的杨士奇评价他"人谓缙狂士,缙非狂士也",又说他"平生重义轻利,遇人忧患疾苦,辄隐于心,尽意为之。笃于旧故及名贤世家后裔,而襟宇阔略,不屑细故,表里洞达,绝无崖岸,虽野夫稚子,皆乐亲之。故求文与书者日辏辐。独不畏强御"。朱高炽也说他:"言缙狂,观所论列,皆有定见,不狂也!"探花黄谏赞曰:"呜呼!西江山川所钟,前乎公而有欧阳修、文天祥,数百年后复于先生见焉。使先生久于其位,其匡君泽民不在二公下。使在德佑、景炎之日,其精忠大节,凛然不可夺,又未必不与文山相颉颃也。"钱谦益在《列朝诗集小传》中说他"才名煊赫,倾动海内"。《四库全书总目提要》载:"缙才气放逸,下笔不能自休,当时有才子之目。迄今委巷流传,其少年凤慧诸事,率多鄙诞不经。"

《明史·解缙传》载:"永乐八年,缙奏事入京,值帝北征,缙谒皇太子而还。汉王言缙伺上出，私觐太子，径归，无人臣礼，帝震怒。缙时方偕检讨王偁道广东，览山川，上疏请凿赣江通南北。奏至，缙下诏狱，拷掠备至。……十三年（1415），锦衣卫帅纪纲上囚籍，帝见缙姓名曰：'缙犹在耶？'纲遂醉缙酒，埋积雪中，立死，年四十七。籍其家，妻子宗族徙辽东。"

【诗文大意】

吴越青山深远，听闻金玉歌声，空谷幽幽，佳人心意谁知。夜来更漏沉沉，横琴对月闲弹梅花一曲，独对高松竹林。

【品读】

长相思，词牌名，又名"吴山青""山渐青""相思令""越山青"等。以白居易词《长相思·汴水流》为正体，双调三十六字，前后段各四句三平韵一叠韵。另有三十六字前段四句三平韵一叠韵，后段四句三平韵，三十六字前后段各四句四平韵等变体。代表作有纳兰性德《长相思·山一程》等。

这阕《长相思》系寄友人之作，应是解缙将遥念的友人化喻成一位幽隐于吴越山中品性高洁、建言立说的高士。开篇的"吴山深，越山深"应是化用北宋"梅妻鹤子"的林逋之词《长相思》："吴山青，越山青。两岸青山相送迎，谁知离别情？"友人或许就幽隐在吴越地区群峰耸立、层峦叠翠、幽邃深秀的山中。《孟子·万章下》有曰："集大成者也，金声而玉振之也。"而杜甫在《佳人》中有"绝代有佳人，幽居在空谷"之句，故而，解缙词中的"空谷佳人金玉音，有谁知此心"一句，当是强调友人的才学言论如同从空谷中传出的金玉之声,尽管金玉良言振聋发聩,但也如"阳春白雪"一样"曲高和寡",友人的心声似乎也只有解缙这样的知音才能知晓。过片,紧承上阕的意脉,赋写词人所处的环境背景,为情绪的抒发做出铺垫。"夜沉沉,漏沉沉"一句中的"漏"为古代计时之器,词中是指更漏。换头两句以"沉沉"的重叠复沓,试图加以强调、点染夜色正深,而在深山之中,夜色就更加幽深沉寂,不免使人神情凄怆,顿生孤愁冷寂。面对空山夜谷,孤独的友人横琴膝上,孤芳自赏,月下弹一曲《梅花三弄》,无人听,更无知音,只希望"松、竹、梅"这"岁寒三友"能够理解友人的心声,故曰"闲却梅花一曲琴,高松对竹林"词人由"以形喻乐"至"以典喻乐",高大的松树、坚挺的修竹和仿佛摇曳在琴曲中的梅枝,都有着凌霜傲雪的性格,都有着威武不能屈、富贵不能淫的君子风范,词中以它们的物态来强化音乐形象,借以赞美友人的高风亮节。词人将上片"金玉音"与下片的"一曲琴"相互呼应,又将"金声玉振"与"琴声泠泠"相关联,从而在意蕴上达到远近交替的效果,使赋写和抒情紧密结合、浑然一体,尤其是词意彰显婉曲含蓄,比兴手法巧妙得当,所以更加耐人寻味,为读者留有极大的想象空间。解缙为人刚直敢言,一生多次被贬,先是被朱元璋"雪藏"多年,后为永乐重臣继而又屡遭陷害,最终竟死于狱中。这首词或许也是解缙对自己失意情怀的寓托。

解缙襟宇阔略,尽显才子本色,为诗文皆豪放,其文雄劲奇古、笔力遒劲,其诗辞义奇古、豪宕丰赡。仕途的数度起落,使解缙也越发崇尚道家的避世和修隐,他曾作七绝《过新淦寄胡能定》两首,诗中他以琴作为道家的一个标志性精神符号,将古琴乃至琴曲植入诗中,并借咏怀净明道派的祖师许逊(东晋道士,授封神功妙济真君),对友人倾诉自己内心的不满和郁闷,《过新淦寄胡能定》其一诗曰:"紫淦提封十万家,市南多见使君车。凭将旧日阳春曲,散作侯官棠棣花。"其二诗曰:"许逊山林紫淀边，弹琴耽酒过年年。信知伴鹤游诸洞，何用攀龙上碧天。"在他的人生中，也有"弹琴耽酒过余年"的消极，也有"一曲阳春曲尤在，侯官棠棣久飘零"的无奈。

明初，古琴文化进入了一个社会结构搭建时期的新高度，以皇家为重要推动力的古琴艺术成果纷纷涌现，其中就包括朱元璋集江南著名琴家而设立的"文华堂"和宁王朱权的《神奇秘谱》，继之有朱棣主持《永乐琴书集成二十卷》的编纂以及建"琴清轩"。当时解缙、李昌祺、胡俨各作一首《琴清轩》，此三人皆是当时天子近臣和饱学之士，也都参与了修撰《永乐大典》。其中，解缙的《琴清轩》诗曰："大瀛海上三神洲，飞仙挟我同遨游。银台金阙丽霄汉，琪花瑶草凉如秋。中有神人粲霞绮，脸若丹砂玉为指。遥持三尺爨下之枯桐，凤喙龙唇半焦尾。芙蓉隐褥青石床，博山垆薰沉木香。珊瑚雁足水晶轸，吴丝絙弦冰缕长。一弦初试韵殊绝，松梢轻缕鸣骚屑。二弦再鼓声琅琅，石上寒泉洒晴雪。弹之再三沉且幽，空谷猗兰香雾浮。祥云捧月海底出，海色含光凝不流。移宫变徵逾五六，凤飞冥冥秋气肃。神栖贝阙凛乎不可留，离鸾翔飞鹤惊宿。泠泠抚遍七弦终，方壶员峤来天风。神鱼跃出九渊浪，潜蛟腾舞冯夷宫。神仙惊骇揽衣起，毛发萧骚飒如水。恍然不知天宇皆清肃，只疑身在冰壶里。我亦与之渡海堧，仙凡间隔三千年。几回梦寐想丰采，妙音落落无由传。近登群玉峰，遍踏丹崖石。望见紫兰溪，涓涓湛沉碧。路逢当日岛中仙，谪降尘寰人不识。玉童犹抱一张琴，囊封古锦徽黄金。开怀为我奏一曲，坐令万木含幽阴。群雄杳渺迥高迈，似就钧天破聋聩。万斛烦襟欻扫除，目旷神怡绝纤芥。君莫是攀龙曾上九天飞，学得轩辕数曲之所为。又莫是早年出入宫禁侍虞舜，记得五弦琴上南风诗。不然何事列仙籍，复向人间寄踪迹。收琴且莫寻旧游，共展飙车跨鳌极。跨鳌极，登玉京。君弹山水调，我续升天行。与君唱和永终日，尽写乾坤万古情。"

解缙还作多首《听琴歌》，其中有："有美人兮弹素琴，天风落指生徽音。大弦泠泠小弦作，九皋仿佛闻唳鹤。初拟石间泻出泉，又似松飙鸣万壑。有时雪里对玉梅，还将三弄相裴裹。数行吹度听不见，捲入仙阙金银台。仙人闻之应叹息，乘云便欲来相识。手持一束白鸾纸，与君扫却瑶坛石。请君便弹天上谱，天香满袖天花舞。归来不记海生田，世事凄凉半尘土。殷勤便待人间曲，清韵琳琅少能续。市桥太守那得知，时时击碎昆山玉。"

时人也多有相关诗词如黄润玉的《南吕一枝花·题琴清轩》，以及明代女诗人朱妙瑞《题琴清轩》："独坐幽轩理玉琴，泠泠清磬发禅林。高山流水闲中趣，白雪阳春太古心。商调一声惊鹤泪，朱弦三弄和潮音。曲中拂拂南薰起，回首西岩日未沉。"

【雅赏】

听琴歌（解缙）

君是洪都人，文采何彬彬。

一生节操冰霜励，十载交游湖海春。有才不肯事生业，往来惯作侯门客。

楼船海上钓金鳌，车马门前攒绣轭。行囊只载书与琴，秋来冬去寻知音。

文弦弹出白鹤舞，武弦调出苍龙吟。一声小盘内，明珠走未了。
梅花落地听无声，云淡风轻天杳杳。一声高狂风，大海翻波涛。
梧桐叶落敲窗响，半空灵籁声嘈嘈。一声缓松篁，戛玉潇湘畔。
水声呜咽下寒川，猿啸青萝夜将半。初弦急切二弦迟，鹤鸣华表风凄凄。

少陵无人谪仙死，黄金难铸钟子期。三弦四弦间徵羽，美人帘下低低语。

清风明月不等闲，白雪阳春奚足比。五弦音韵谐宫商，将军剑佩鸣锵锵。

游鱼跃波侧耳听，五马仰秣思腾骧。个中希声谁晓会，伯牙志在千山外。

一似仙人蓬岛归，云路天风响环佩。琴中之乐乐孔多，琴中之趣当如何。

琴调能使妻子合，琴调能使君臣和。琴兮琴兮有深意，三尺枯桐托交契。

龙唇凤沼擅嘉名，玉轸金徽富精缀。君不见大舜弹五弦，又不见孔子操杏坛。

大哉圣人去已久，天风漠漠难为攀。方今圣德开光耀，九重屋下求贤诏。

正当携此造金门，律应箫韶入廊庙。

题壁间画

于谦

看山如看画，听水如听琴。
水流碧溪转，山高白云深。
俯仰天地间，万物本无心。
松风飒然来，为我涤烦襟。

【作者】

于谦（1398—1457），字廷益，号节庵，祖籍考城（今河南省商丘市民权县），浙江杭州府钱塘县（今浙江省杭州市）人，因官至少保，世称于少保。中国历史上著名的民族英雄、军事家、政治家。永乐十九年（1421），于谦登进士第。宣德元年（1426），以御史职随明宣宗朱瞻基平定汉王朱高煦之乱，因严词斥责朱高煦而受宣宗赏识，宣德五年（1430）以兵部右侍郎巡抚河南、山西等地。明英宗时，因入京觐见不向权臣王振送礼，遭诬陷下狱，后官吏以及藩王力保而复任。土木堡之变后，他力排南迁之议，坚请固守，升任兵部尚书。明代宗朱祁钰即位，于谦亲自督战，率师二十二万，列阵北京九门外，抵御瓦剌大军。瓦剌太师也先挟英宗逼和，他以"社稷为重，君为轻"不许。于谦忧国忘身、口不言功，平素俭约居所仅能遮蔽风雨，但因个性刚直，招致众人忌恨。天顺元年（1457），英宗复辟，石亨等诬陷于谦谋立襄王之子，致使其含冤遇害，时年60岁。明宪宗时，于谦被复官赐祭，弘治二年（1489），追谥"肃愍"。

明神宗时，改谥"忠肃"。《明史》称赞其"忠心义烈，与日月争光"。于谦墓祠位于杭州西湖三台山麓，与岳飞、张煌言并称"西湖三杰"。

于谦善文，有《于忠肃集》传世，并著有《于肃愍公集》8卷、《少保于公奏议》10卷等。于谦能诗，有400余首存世，其中最著名的《石灰吟》被收录于小学语文教材中，另有《除夜太原寒甚》《荒村》《平阳道中》《观书》《暮春遇雨》《入京》《咏煤炭》《岳忠武王祠》《北风吹》《望雨》《入塞》等主要作品。于谦留下的名言警句很多，今人耳熟能详的有"粉骨碎身浑不怕，要留清白在人间"（《石灰吟》）；"花不常好，月不常圆，世间万物有盛衰，人生安得常少年"（《翁莫恼》）；"名节重泰山，利欲轻鸿毛"（《无题》）；"眼前直下三千字，胸次全无一点尘"（《观书》）；等等。于谦特有的风骨遒劲、兴象深远、独抒性灵、不拘格套的诗风，广为世人赞赏，如王世贞曾说"少保负颖异之才，蓄经伦之识，诗如河朔少年儿，无论风雅，颇自奕奕快爽"，明末董其昌则说他"竭股肱之力，继之以死，独留清白在人间"。

《明史》从4000余字为其立传，其中有："及籍没，家无余资，独正室镡钥甚固。启视，则上赐蟒衣、剑器也。死之日，阴霾四合，天下冤之。"

【诗文大意】

远望山川如画，近听流水如琴。碧溪婉转，水流跳荡，山高叠峦，白云深处。仰以察古，俯以观今，天地万物，朴素归真。万古松风飒飒，为我涤尽烦襟。

【品读】

于谦的诗中不同流俗之秀句频出，他的人格与诗风交相辉映，既有别于意在"恢张皇度,粉饰太平"的"台阁体",又不似复古风气的一味模拟,他以其表里澄澈的人格风范而尽兴挥洒、扬发情致,《题壁间画》就是十分具有代表性的一首。

诗人以山之巍巍为画卷,又以水之泠泠为琴声,清代林则徐也有诗境相近之名句:"青山不墨千秋画,绿水无弦万古琴。"诗人以水流与山高成对偶,所咏赋的是流水潺潺兮落碧泉,山高巍巍乎白云深,又将古琴高山流水觅知音的传统意象置于诗句之中。而后,诗人于颈联开始抒扬情致,他观古察今,言世间万物本初良善于无心,无心则无烦恼、无悲忧,然而诗人目光所及之处尽为世间悲欢离合,于是乎唯有那圣贤思想才能如万古松风,吹净世间浮尘,涤荡人们的心灵,还世人一个朗朗乾坤。诗人以琴意为纲,借琴抒发自己救国安邦扶助万民的人生志向和"但愿苍生俱饱暖,不辞辛苦出山林"(《咏煤炭》)的理想情怀。

于谦在他的《汴城八景·其六·资圣薰风》中有"却扇顿忘三伏暑,阜财还忆五弦琴。清心最是檐前铎,响落层霄杂梵音"的诗句,意在表明自己效圣贤思想但求无愧于今世今生。他所言的"清心",犹如和檐前之铎声,伴梵音之响落,散漫于云霄殿中的琴声余韵。他凭借《秋兴用陈绣衣韵》一诗,抒旷世之志,展一代经纶,指下琴弹夜月,意间笔走龙蛇,其诗曰:"黄鹄摩云壮气增,青虹贯斗剑光腾。半生出处惭无补,一代经纶学未能。指下徽音弹夜月,笔端草圣袅秋藤。西风不尽思乡意,回首天涯忆旧朋。"诗中既有鸿鹄之志更兼妙笔生花,既感西风关乡情,又叹天涯忆旧朋。

于谦以其高洁的人格魅力和不世出的旷世奇才得到一代又一代人们的尊重和爱戴。他的一句"社稷为重,君为轻"代表了他的世界观,他所忠者,唯天下黎民、国家社稷。他以古琴彰显圣贤之德行的同时,也在洗涤着自己的灵魂,他的"清心"即是"无愧",他所求之"清白"不过是无愧于面前的万千黔首和书中的古圣先贤。他也曾期望了却身前功名，林下弹琴、花前读易，以琴养其贯满乾坤之浩然正气，一旦归去时则"心胸绝尘俗、几度梅花香，展卷题诗处、开窗对月时"，然而可悲的却是"调羹鼎鼐俱无功，却踏西湖路"。

【雅赏】

梅花图为严宪副题（于谦）

我家住在西湖曲，种得梅花绕茅屋。
雪消风暖花正开，千树珑璁缀香玉。
有时抱琴花下弹，有时展易花前读。
浩然清气满乾坤，坐觉心胸绝尘俗。
一从游宦来京师，几度梅花入梦思。
为君展卷题诗处，还忆开窗对月时。
醉墨淋漓染毫素，笔底生春若神助。
调羹鼎鼐愧无功，何时却踏西湖路。

江南送春

唐寅

细雨帘栊复送春，倦游肌骨对愁人。
一番樱笋江南节，九十光阴镜里尘。
夜与琴心争蜜烛，酒和香篆送花神。
东君类我皆行客，萍水相逢又一巡。

【作者】

唐寅（1470—1524），字伯虎，又字子畏，号六如居士，南直隶苏州府吴县（今江苏省苏州市）人，明朝著名画家、书法家、诗人。绘画与沈周、文徵明、仇英并称"吴门四家"（又称"明四家"），诗文与祝允明、文徵明、徐祯卿并称"吴中四才子"。

明宪宗朱见深成化二十一年（1485），唐寅考中苏州府试第一名，进入府学读书。明孝宗朱祐樘弘治十一年（1498），应天府乡试解元。弘治十二年（1499）入京参加会试，卷入徐经科场舞弊案，坐罪入狱，贬为浙藩小吏。从此，失意科场游荡江湖，埋没于诗画之间，终成一代名画家。代表作品有《落霞孤鹜图》《春山伴侣图》《虚阁晚凉图》《杏花茅屋图》等。山水画宗法李唐、刘松年，融汇南北画派，笔墨细秀，布局疏朗，风格秀逸清俊；人物画承唐代传统，色彩艳丽清雅，体态优美，造型准确；又工写意人物，笔简意赅，饶有意趣；花鸟画长于水墨写意，洒脱秀逸；书法奇峭俊秀，取法赵孟頫。

唐寅诗文以才情取胜。其诗多纪游、题画、感怀之作。早年作品工整妍丽，有六朝骈文气息。科考案之后，多为伤世之作，不拘成法，大量采用口语，意境清新，常含傲岸不平之气，情真意挚。有《六如居士集》传世，存诗、词有600余首，其余大都散佚，明末文学家陈继儒（小品文集《小窗幽梦》作者）在《太平清话》中说："唐伯虎有《风流遁》数千言，皆青楼中游戏语也。"唐寅晚年生活穷困，依靠朋友接济。嘉靖二年（1523）年末病逝，时年54岁。

唐寅诗文不拘成法、独有新意，有着口语化的平易直白和情致跳跃又耐人寻味的特点，其中多有历尽坎坷后对人生百态的岸傲不平和看惯世事的名言警句，如《把酒对月歌》中"我也不登天子船，我也不上长安眠。姑苏城外一茅屋，万枝桃花月满天"，又如"万事由天莫强求，何须苦苦用机谋。饱三餐饭常知足，得一帆风便可收""生事事生何时了，害人人害几时休。冤家宜解不宜结，各自回头看后头"等。除诗文外，他也能作曲，且多采用民歌形式，最为今人熟知的当数《桃花庵歌》："桃花坞里桃花庵，桃花庵下桃花仙。桃花仙人种桃树，又摘桃花换酒钱……半醉半醒日复日，花落花开年复年……别人笑我忒疯癫，我笑别人看不穿。不见五陵豪杰墓，无花无酒锄作田。"由于唐寅的诗词雅俗共赏更使其声名远播，他的《一剪梅·雨打梨花深闭门》"雨打梨花深闭门，孤负青春，虚负青春。赏心乐事共谁论？花下销魂，月下销魂。愁聚眉峰尽日颦，千点啼痕，万点啼痕。晓看天色暮看云，行也思君，坐也思君"，堪称其见心见性的词中佳作。

王世懋在其《艺圃撷余》中议论唐寅说："生平闭目摇手，不道《长庆集》。如吾吴唐伯虎，则尤《长庆》之下乘也。阎秀卿刻其《怅怅》《拥鼻》二诗，余每见之辄恨恨悲歌不已。词人云：'何物是情浓？'少年辈酷爱情诗，如此情少年那得解？"徐祯卿在诗中称"唐伯虎，真侠客。十年与尔青云交，倾心置腹无所惜"。祝允明为唐寅赋写墓志铭时，更是不吝"性绝颖利，度越千士"的赞美之词。文徵明有《题唐子畏江南烟景卷》："子畏画本笔墨兼到，理趣无穷，当为本朝丹青第一。白石翁（明代画家沈周之号）遗迹虽苍劲过之，而细润终不及也。"而正史对唐寅也是给予了充分的肯定和同情，如《明史·唐寅传》载："唐寅，字伯虎，一字子畏。吴县人。性颖利，与里狂生张灵纵酒，不事诸生业。祝允明规之，乃闭户浃岁。举弘治十一年乡试第一，座主梁储奇其文，还朝示学士程敏政，敏政亦奇之。未几，敏政总裁会试，江阴富人徐经贿其家僮，得试题。事露，言者劾敏政，语连寅，下诏狱，谪为吏。寅耻不就，归家益放浪。宁王宸濠厚币聘之，寅察其有异志，佯狂使酒，露其丑秽。宸濠不能堪，放还。筑室桃花坞，与客日般饮其中，年五十四而卒。寅诗文，初尚才情，晚年颓然自放，谓后人知我不在此，论者伤之。"

【诗文大意】

细雨润帘栊，又是一年春早。懒羁游、对窗棂、平添新愁。樱笋时光，三月江南。九十日光阴能几，匆匆岁，不过镜里尘颜。孤心对膝琴，哪堪夜与争烛。香篆结云烟、冷雨落花残酒。春风与我皆过客，萍水相逢，不如且同行。

【品读】

唐寅的这首《江南送春》言辞旖旎、取意温雅、亦诗亦歌、疾徐有度，尽显唐解元应有的才子之学和辞章功力，无愧名家手笔。

诗人从窗外的凄雨破题，仿佛是这轻轻敲打帘栊的春雨，匆匆地将又一年的阳春三月送到了江南，而这纤纤细雨却令早已厌倦了四处漂泊的诗人平添新愁。又是樱笋年光、"饧箫节候"（出自陈维崧《丁香结·咏竹菇》），多少曾经过往浮上心头，叹人生怔忪，不过是"苔生履迹外，花没镜尘中"，如同九十日春来春去，也不过只是镜上新尘。唐时有所谓"樱笋厨"，即樱桃与春笋当季，朝廷以之为馔，也泛指朝宴。以"樱笋"入诗古来有之，如白居易的《寿安歇马重吟》中有"忽忆家园须速去，樱桃欲熟笋应生"之思乡，陆游的《鹧鸪天》中有"杖屦寻春苦未迟，洛城樱笋正当时"之老迈。同样，感叹"春光九十日"的意境也不乏诗家涉猎，宋代赵必就有"九十光阴箭过，趁取芳晴追逐，春风杖屦"（《绮罗香·和百里春暮游南山》），金朝董解元的《哨遍·太皞司春》也有"九十光阴能几，早鸣鸠呼妇，乳燕携雏"之句。而由南北朝庾信的"镜尘言苦厚，虫丝定几重"到隋代薛德音的"苔生履迹外，花没镜尘中，唯余长簟月，永夜向朦胧"，再到陆游的"他时相遇知何处。冉冉年华留不住。镜里朱颜，毕竟消磨去"，在诗人词客的笔下，时光老去也不过是每每无奈的铜镜蒙尘。

诗中的唐寅感叹着年复一年的时光匆匆，感叹着早已厌倦了的精神漂泊，也感叹着灵魂的孤寂、失落与彷徨，颔联的"一番樱笋"对偶"九十光阴"，而"江南节"巧对"镜里尘"。至颈联，"夜与琴心"与"酒和香篆"、"争蜜烛"与"送花神"均是对仗工整，使颈联形成前后句的对偶，诗人将琴心与漫漫长夜相对峙所争者为"蜜烛"，此处的"琴心"应是诗人全将心事付瑶琴，灯烛将尽，孤独的阵阵琴声依旧，于是夜长无眠。"蜜烛"即蜡烛。古时蜜与蜡不能分解，故称作"蜜烛"。直至宋代，才开始有在蜡树上刮白膜制作的蜡烛，宋代惠洪有"蜜烛花光清夜阑，粉衣香翅绕团团（《鹧鸪天》）"的比喻。而"香篆"一词古来有之，宋代洪刍在《香谱·香篆》中说"（香篆）镂木以为之，以范香尘为篆文，然于饮席或佛像前，往往有至二三尺径者"，另也泛指燃香的烟气，如范成大就有"香篆结云深院静，去年今日燕来时"（《社日独坐》）的诗句。

结句是此诗最为精彩之处，诗人把情绪从落寞无奈的氛围中又拉回到洒脱诙谐和略有不羁的语境之下，将即逝的春风与自己同比作"过客"，所不同者，春风是春天的过客，而诗人自己则是人生的过客，于是形成了同是天涯沦落客，萍水相逢在江南，且送且同行的绝妙诗意，也使这首《江南送春》有了元代诗人贯云石"问东君何处天涯？落日啼鹃，流水桃花"（《双调·蟾宫曲·竹风过雨新》）的洒脱，兼具宋人毛滂《玉楼春·己卯岁元日》中"醉乡深处少相知，只与东君偏故旧"的感伤，以及贺铸"当年酒狂自负，谓东君、以春相付"（《伴云来·烟络横林》）的豪放。

唐寅的诗中常有以琴扬意的警言妙句。他十分羡慕陶渊明的"桃花源"，希望如陶渊明那样"诗酒田园"，似乎那才是他的"精神家园"。于是他画《渊明图》并自题诗曰"满地风霜菊绽金，醉来还弄不弦琴。南山多少悠悠意，千载无人会此心"，赞美这位"手挥无弦、琴酒长啸"的千古名士；他作《春游女几山图》并题诗曰"女几山前春雪消，路傍仙杏发柔条。心期此日来游赏，载酒携琴过野桥"，这轴今藏于上海博物馆的唐寅名画再现了他与友人"载酒携琴"的一次女几山踏青情景：冰雪消融、山花烂漫、长松掩映、楼阁临湖、篱落茅舍，清幽静谧，诗人与友人杖屦溪桥又有童子抱琴相随，画中充满了宋画的风神韵味及明画的文人意象。

观唐寅的一生，"颓然自放"不过是他面对无辜屈辱和坎坷不幸的一种自我解放，他内心深藏着的是苦闷与惆怅，他的精神世界也长期被孤独笼罩，他以古琴的传统思想作为自己灵魂的剖白，宣示着自己一切玩世不恭掩饰下的自尊和倔强，"十丈霜根映涧虚，五缘茅屋野人居。尘埃不到市朝远，琴趣年来只自知"（《题画十首》），正是唐寅用诗文勾勒出的一幅自画像。作为一名江南富商子弟，唐寅是怀揣着人生的抱负和家族的

唐寅《春游女几山图》局部

期望开始他的科举之路的，他 16 岁以第一名中秀才，29 岁以第一名中举人，但这一切在他 30 岁入京会试那年戛然而止，正所谓"前程两袖黄金泪，公案三生白骨禅"。唐寅以"夤缘求进"之罪名被判"赎徒"，从此他就在"惆怅"中艰难地行走着，他逢春惆怅、逢情惆怅、宴饮惆怅、离别惆怅，或许他无尽的惆怅终于化为了某种豁达，终于蜕变成率性而为的真实及无欲无求的朴素。

唐寅尝有诗名为《言志》，诗云："不炼金丹不坐禅，不为商贾不耕田。起来就写青山卖，不使人间造孽钱。"正是因为唐寅诗文的通俗及俚语化之特点，使得其诗作流传广泛，诗中的"不使人间造孽钱"之句也随着说书人的"醒木"而尽人皆知，此句释意明了，不过但求君子可以知其养矣。

【雅赏】

雪山会琴图（唐寅）

雪满空山晓会琴，耸肩驴背自长路。
乾坤千古兴亡迹，公是公非总陆沉。

赠僧怀让越人也嗜酒其居有借树轩

李梦阳

访旧来东社,焚香对病禅。
素琴真与寂,浊酒及通玄。
邻树当经牖,春花落讲筵。
不逢支遁语,谁解月中传。

【作者】

李梦阳(1473—1530),字献吉,又字天赐,号空同子,庆阳府安化县(今甘肃省庆城县)人,明代中期著名的文学家、诗人兼书家,复古派"前七子"的领袖人物。弘治六年(1493)登癸丑科乡试解元,次年登甲寅科进士。初授户部主事,他不畏权势上《应诏指陈疏》,直陈时弊并大胆地揭发了寿宁侯张延龄怙宠横甚的种种罪行,寿宁侯及诸贵戚急欲杀害李梦阳而后快,对其百般陷害,并将其解职问罪,严刑拷打,后因皇帝不许,李梦阳才得官复原职。

弘治十八年(1505),李梦阳进郎中,时明武宗朱厚照初立,宦官刘瑾等"八虎"擅权,他又毅然为户部尚书韩文写疏揭发刘瑾,几获杀身之罪。正德二年(1507),刘瑾假传圣旨贬李梦阳为山西布政司经历,又勒令其退职回家,后罗织罪名使李梦阳入狱。正德五年(1510),刘瑾被诛,李梦阳冤案平反,复官升江西按司提学副使。后又因其得罪人太多,以"欺压同列、挟制上官"之罪居家赋闲。正德十四年(1519)宁王朱宸濠谋反被诛，原衔恨之人趁机诬陷李梦阳是宁王同党，遂再次入狱，多亏大学士杨廷和、刑部尚书林俊等人力陈李梦阳无罪，才使他得以获释。嘉靖帝即位后，虽诸大臣对李梦阳相继举荐，但几十年风雨的世宦生涯，使李梦阳看透了世间之险恶，故拒不为官。他治园池、招宾客、饮酒著述、终名驰海内。嘉靖九年（1530）李梦阳卒，时年58岁。

李梦阳不阿权贵，才藻雄势，时为学界领袖，他以复古自命，倡言"文必秦汉，诗必盛唐"，以气节文章称雄一代，时文士才子多以李梦阳为首，堪称一代宗师。李梦阳著述甚丰，有《乐府古诗》36卷、《疏书碑志序集文》27卷、《空同集》8卷。李梦阳存诗歌近千首，清代沈德潜所编《明诗别裁集》及朱彝尊《明诗综》中均将李梦阳诗名列第二、三，足见其诗歌颇为后世重视。王世贞在《艺苑卮言》称他是"一代词人之冠"，并赞他"七言律自杜甫以后，善用顿挫倒插之法，惟梦阳一人"。冯时可更说他"空同歌行，纵横开阖，神于青莲"（明冯时可《元成选集》）。

他的诗题材广泛，有自然风光、怀念家乡、缅怀古圣、悯怀世事之作，也有抒发自己的政治祈愿和远大抱负等丰富内容，其间笔力凝重，气象雄浑，情感真挚，昂扬慷慨，语言生动凝练，音节格律谨严。著名的有《秋望》《汴京元夕》《朝饮马送陈子出塞》等。

【诗文大意】

古柏树下访友，焚香对禅悟道。鼓素琴悟得天地生死，饮浊酒醉晓玄妙之理。枝若户牖，讲经论道，春花飘落，禅茶经筵。若非支遁谈老庄，谁知仙境何在。

【品读】

"借树轩"指树屋或依树木而建的小轩。"东社"为古代祭祀之所,为五社之一,东汉班固《白虎通·社稷》有:"《尚书》亡篇曰'太社唯松,东社唯柏,南社唯梓,西社唯栗,北社唯槐'。"

李梦阳诗极少赘述,在这首五律中仅首联就使得寻访旧友的地点环境及所营造一番禅意跃然纸上。焚香作为一种精神图腾,在明代已兼具文人雅士的生活标志。明末"五子"之一的才子屠隆曾论香曰:"香之为用,其利最溥。物外高隐,坐语道德,焚之可以清心悦神。……更宜醉筵醒客,皓月清宵,冰弦戛指,长啸空楼,苍山极目,未残炉热,香雾隐隐绕帘。"

在诗中李梦阳直率地抒发感怀:于琴思中求"真寂",向浊酒里问"通玄"。精练的对偶精致高雅,尤其是"春花落讲筵"似乎信手拈来却又蕴含禅意,也使整首诗越发生动,可谓点睛之笔。尾联处的"支遁"是被称为"支公"的东晋高僧,魏晋时代老庄的玄学极其盛行,许多佛教僧侣也加入了清谈的行列,于是佛经也成了名士们的清谈之资,而支遁几乎是这种风气的代表人物。因而支遁一生交往的名士很多,且备受追崇,在以记载清谈家言行为主的《世说新语》中,就有大量有关他的记载。支遁是一位典型的具有清谈家情调又能杂糅道、释的僧人,他对于清谈家最为崇奉的典籍《庄子》更有独到的见解。对于《庄子》的《逍遥游》篇尤能独抒己见,曾为当时名士王羲之等所欣赏。

作为雄踞文坛的李梦阳来说,他的文士气节和他的道德文章同样为时人所尊崇,他在《儗居避隘般移之日雨乎适至厥时久燥》一诗中,借一场好雨而大发议论,他以"佳树琴书静"对"炎天雷雨低",着眼于当下的"树欲静而风不止",继而怀古"幡幡瓠叶,采之亨之。君子有酒,酌言尝之"(《诗经·小雅·鱼藻之什》)以及"麦秀黍离"之悲,再以"阮籍途穷未足啼"来诠释自己抗争的信念和决心,其诗曰:"土市子东曹门西,衡门之下聊栖栖。古堂疏豁还高榻,故国行藏有杖藜。已多佳树琴书静,复值炎天雷雨低。幡幡麦秀真堪喜,阮籍途穷未足啼。"

【雅赏】

白鹿洞遍览名迹(李梦阳)

情高忽凌厉,步健轻巉缅。
葛弱亦须扪,崖滑每独践。
涉清爱重屡,探阻遗惊眩。
始兹陟五峰,遂憩松不蠲。
岩桂纷始华,石耳翠可卷。
追想白鹿迹,伊人竟何遣。
触端绪自萦,薜荔况在眼。
慨叹意莫置,顾望日已晚。
夕湖浴岑峭,流光灭兰坂。
命酒写幽独,鸣琴且游衍。

五月二日太华寺会效韩昌黎

杨慎

雨后来更好，山水有清音。
紫霞池上酌，白雪丘中琴。
悟以千佛偈，因之九仙吟。
闻钟发深省，飒尔洒尘襟。

【作者】

杨慎（1488—1559），字用修，号升庵，四川新都（今属四川省成都市新都区）人，明代著名的文学家、诗词家，是历仕四朝、革除弊政、居二朝首辅的杨廷和之子。

杨慎位列明朝三大才子（杨慎、解缙、徐渭）之首，他天资聪颖，11岁能诗，12岁拟作《古战场文》，人皆惊叹不已，入京作《黄叶》诗，为李东阳所赞赏。明武宗正德六年（1511），殿试中状元，授翰林院修撰，他秉性刚直，敢于直书抗谏。明世宗朱厚熜即位，擢任经筵讲官，嘉靖三年（1524），在"大礼议"中率200多名高官"跪哭左顺门"，被谪戍云南永昌卫，居云南30余年，卒于戍地。杨慎存诗词约2300首，所涉的内容极为广泛，最著名的是他的长篇弹唱叙史之作《廿一史弹词》，叙三代（夏、商、周）至元季历史，其中的《临江仙·滚滚长江东逝水》《西江月·道德三皇五帝》更是今人耳熟能详的名作。他居云南30余年又往来滇蜀，所以"思乡""怀归"之诗甚多，他描写往返川滇途中感慨而作

《宿金沙江》，其中有"江声月色那堪说，肠断金沙万里楼"之句，他临终前所作《六月十四日病中感怀》（又名《七十行戍稿》），叙述自己因病归蜀，途中却被追回的憾恨，深为感人。

他的诗文敢于表现百姓疾苦，如《海口行》及《后海口行》等，他作《观刈稻纪谚》感叹农民因军饷赋敛沉重而遇丰年仍不得温饱的贫苦生活。杨慎叙写云南山河风光的写景诗颇具特色。他写《海风行》："苍山峡束沧江口，天梁中贯晴雷吼。中有不断之长风，冲破动林沙石走。咫尺颠崖迥不分，征马长嘶客低首。"他写《龙关歌》："双洱烟波似五津，渔灯点点水粼粼。月中对影遥传酒，树里闻歌不见人。"他将洱海的渔舟灯火，月映水光，描写得清新谐趣。

杨慎别张垒壁，在明弘治年间以李梦阳为首的"前七子"倡导"文必秦汉、诗必盛唐"的复古风气中另辟新径，在吸收六朝、初唐诗歌长处的同时，也形成他"浓丽婉至"的诗歌风格，他对文、诗、词、赋、散曲、杂剧、弹词都有涉猎。他的《滇海曲》12首、三峡《竹枝词》9首，描绘山川风情，颇得乐府遗韵。他擅长叙史，且以文笔畅达、语词流利而广为传诵。他的散文古朴高逸，笔力奔放，其中《新都县八阵图记》《碧峣精舍记》等俱是记叙散文的佳品。另外他还著有《宴清都洞天玄记》《太和记》《割肉遗细君》等杂剧。

杨慎的著述甚丰，在整个中国文学史、学术史上也属罕见。他生平著作有400余种，涉猎文学、历史、哲学、书画、音乐、戏剧、宗教、语言、民俗、天文、地理、医学、生物、金石等，几乎无所不及，令人叹为观止，几百年来虽散佚不少，但存留下来的数量依然十分可观。他记诵之博，著述之富，论古考证之广，有明一代公认为第一。杨慎考论经史、诗文、书画，以及研究训诂、文学、音韵、名物的杂著，如《丹铅总录》《谭苑醍醐》《艺林伐山》《升庵诗话》《词品》《书品》《画品》《大书索引》《金石古文》《风雅逸篇》《古今风谣》《奇字韵》《希姓录》《石鼓文音释》等，还有《全蜀艺文志》《云南山川志》《滇载记》等地方志及史料。这些著述往往有独到之见，有相当高的历史及学术价值。然而，因他久居云南，寻书核对不易，大多只凭记忆写作，所以也有一些误引、臆测等不实之处。

四川省图书馆所编《杨升庵著述目录》达298种。他的主要作品收入《升庵集》，此集为万历间四川巡抚张士佩所编订，取杨慎《丹铅录》等分类编次，附于诗文之后，包括赋及杂文11卷，诗29卷，杂著41卷。其杂著合集《升庵外集》100卷，明杨金吾辑的《升庵遗集》26卷。另有词、散曲、弹词另辑有《升庵长短句》3卷、《陶情乐府》4卷、《廿一史弹词》12卷等。近现代国学大家陈寅恪先生曾评价杨慎道："杨用修为人，才高学博，有明一代，罕有其匹。"

【诗文大意】

雨后入山中，山水潺潺，有清音绕耳。云霞映池上，半山之中，犹闻白雪曲。佛经参千篇，悟道之时，敢对众仙吟。远处钟声响，静坐深思，微风吹衣尘。

【品读】

太华寺，又名佛严寺，1300—1310年间由云南禅宗第一师玄鉴创建。因在西山的最高峰太华山的山腰，所以叫"太华寺"。寺中有明建文帝种植的银杏树。明中叶，镇守云南的沐氏将其作为自己的家庙，明末被毁。清康熙二十六年（1687）拆吴三桂王府，将木石运到太华寺作为建材以重修寺院。寺中大悲阁在咸丰年间遭战火烧毁，光绪九年（1883）又重建。

寺院建筑风格介于北京宫廷园林和苏州人工园林建筑之间，历七百年风雨驳蚀和兵燹的沧桑岁月，又经明、清两代多次扩建和修葺，主殿仍保持元代建筑风格。

杨慎的这首《五月二日太华寺会效韩昌黎》是拟效韩愈《闲游二首》而作。韩昌黎诗曰："雨后来更好，绕池遍青青。柳花闲度竹，菱叶故穿萍。独坐殊未厌，孤斟讵能醒。持竿至日暮，幽咏欲谁听。兹游苦不数，再到遂经旬。萍盖污池净，藤笼老树新。林乌鸣讶客，岸竹长遮邻。"杨慎将韩愈诗中的情绪与自己的人生体悟相对照，将韩愈的"孤斟讵能醒"和"持竿至日暮"，换成自己的"紫霞池上酌"和"白雪丘中琴"，自己读书万卷逐渐参透世事，回想当年曾敢于直面"九仙"的勇气，依韩愈"子云只自守，奚事九衢尘"的诗意咏出"闻钟发深省，飒尔洒尘襟"。韩愈以自守而远避世间烦扰，"九衢尘"本义是大道上的尘土，借指烦扰纷纷的尘世，晚唐陆龟蒙《渔具·箬笠》诗中有"不识九衢尘，终年居下洞"之句。而杨慎此时是将寺院的钟声比作半山中传来的琴曲《白雪》，又有表达自己不愿阿谀苟且的君子之志，随琴声而来飒飒清风，正可吹拂衣襟上的尘埃以及心中的烦忧。诗中的"九仙"泛指众仙，南朝梁武帝萧衍《登名山行》中有"采药逢三岛，寻真遇九仙"之句，唐太宗《望终南山》中也有"对此恬千虑，无劳访九仙"，而用在杨慎的诗中则暗指朝堂权佞。又"千佛偈"本为佛经中的唱词，引申为精晓诗文读书万卷，宋代韩淲《次韵景瑜雨中绝句一其》曰："人家蚕麦祈晴日，城郭山川断渡时。隐几正看千佛偈，敲门谁送两篇诗。"

杨慎大才，其父杨廷和又是四朝元老，所以他作为当时"太子党"魁首及文官集团的中流砥柱，在面对权臣张璁和皇帝朱厚熜时毫无惧色，并在大殿之上振臂一呼，发出了有明一代文人士大夫阶层最为振聋发聩的呐喊："国家养士百五十年，仗节义死，就在今日。"随后的"左顺门事件"虽然终结了杨慎的仕途，但却为后代文士树立了一个精神楷模，这首《五月二日太华寺会效韩昌黎》就是杨慎罪贬云南之后所作。

　　杨慎的"滚滚长江东逝水，浪花淘尽英雄"经电视剧《三国演义》得以家喻户晓，而他的"道德三皇五帝，功名夏后商周。七雄五伯闹春秋，顷刻兴亡过手"则是随着说书人的醒木走进千家万户。杨慎不仅擅长观古察今的鸿篇大作，也善于以琴入诗，将琴理融于诗意词境之中的小令，他《少年游》中的"红稠绿暗遍天涯，春色在谁家？花谢蝶稀，柳浓莺懒，烟景属蜂衙。日长睡起无情思，帘外夕阳斜。带眼频移，琴心慵理，多病负年华"，写尽豪情才子老病时的无奈与不甘，一句"琴心慵理，多病负年华"遂令多少人生往事涌上心头。他作《庆春泽·安宁元夕》："……叹他乡异节，回首魂消。今夜相思、玉人何处吹箫。锦江烟水迷归望，绿琴心愁恨慵调。梦回时、酒醒灯昏，月转梅梢。"于他乡恰逢元夕，无尽的思念跃然纸上，元夕夜无心弹绿绮，只缘再无玉人吹箫。他作组诗《和方思道毛坞之什》："愔愔灶觚桐，采自樵人坞。徽轸不得荐，樽栌亦何补。况复近庖厨，宫商委泥土。哲匠秉清规，知音慕中古。正声归雅琴，俚耳蔺簧鼓。中郎不可见，虎贲犹堪取。何时期幽寻，渌水游春渚。"在诗中杨慎希望效古圣先贤之正声，在高雅的琴声中觅得真正的知音，同时也表露出自己近庖厨、委泥土的不得已，以及期望像王维"幽寻得此地"的闲散洒脱和白居易"闻君古渌水，使我心和平"的精神境界。

　　杨慎是明代不世出的大才，堪称"文坛巨匠"，他的前半生风光无限，足以笑傲群雄，有着"清光殊窈窕，流影自徘徊"和"孤桐不须荐，锦瑟正相催"的快意风流，而他的后半生则是"华灯引琴思汉调"和"背壁抱影鼓思归"的寂寞苍凉。然而杨慎从来没有颓废，他依旧心系百姓、为民发声，他自比楚之屈原、唐之李白，并以为自勉，他没有成为叱咤宦海的名臣，却为后人留下了更加宝贵的文化财富，他丝毫无愧于上天赋予他的才华，无愧于他所生活的那个时代，更无愧于后世文人的精神榜样。

【雅赏】

幡幡中林叶别内兄黄峻卿（杨慎）

幡幡中林叶，迢迢语离别。
离别不可亲，相思隔南津。
南津首北路，莽莽入烟雾。
夙昔欣芝兰，疢体成欢颜。
只恋携手好，岂知行路难。
前有一樽酒，弦歌清商曲。
行子唱骊驹，主人弹别鹄。
别鹄影悠悠，寄音下西州。
一言展契阔，再言申绸缪。

送金广文少贲之长沙
谢榛

数卷孤琴非俗计，短亭细柳是王程。
旧从彭泽怀陶令，此日长沙吊贾生。
夜月子规乡国梦，春江杜若楚骚情。
碧湘门外风云阔，华发无劳怨不平。

【作者】

谢榛（1495—1575），字茂秦，号四溟山人、脱屣山人，山东临清人。16岁时作乐府商调，流传颇广，后折节读书，刻意为歌诗，以声律有闻于时。嘉靖间，挟诗卷游京师，与李攀龙、王世贞等结诗社，为"后七子"之一，倡导为诗摹拟盛唐，客游诸藩王间，以布衣终其身。其诗功力深厚，句响字稳，"路出大梁城，关河开晓晴"（《渡黄河》）、"天涯作客空成赋，岁杪还家未拜官"（《送赵汝中归垣曲》）等是为名句。谢榛存诗近千首，著有《四溟集》共24卷，《四溟诗话》（又题《诗家直说》）共4卷。

史称谢榛出身寒微，一生浪迹四方。谢榛长期转徙于公卿、藩王之间，过着类似乞讨的生活，所以其诗多有寄人篱下的苦情愁绪，多年的漂泊也使他的困旅诗情真意切，如《雨中宿榆林店》《春夜即事》等俱是此类佳作。他长期游历秦、晋、燕、赵之地，故而在他的诗作中塞外风光常常现于笔端，如《塞上曲四首》《榆河晓发》《胡笳曲》《九月雪》《冬夜闻笛》等，尤其是有许多诸如"吹落梅花雪满山""菊花含冻不成秋""云出三边外，风生万马间""野烧连山胡马绝，何人月下唱凉州"等优秀诗句，既展现出塞外风土人情又饱含家国情怀。谢榛擅长近体，尤以五律更优，此外其七绝多有抒发情怀，神采蕴藉之作。

谢榛认为"诗无神气，犹绘日月而无光彩"（《四溟诗话》），他有一整套较为完整的诗学理论和批评，对当时的诗风有一定的引导作用。钱谦益曾说："称诗之指要，实自茂秦发之。"朱彝尊也说："七子结社之初，李、王得名未盛，称诗选格，多取定于四溟。"

谢榛精于音律，据《明史·谢榛传》记载："万历元年冬，复游彰德，王曾孙穆王亦宾礼之。酒阑乐止，命所爱贾姬独奏琵琶，则榛所制竹枝词也。榛方倾听，王命姬出拜，光华射人，藉地而坐，竟十章。榛曰：'此山人里言耳，请更制，以备房中之奏。'诘朝上新词十四阕，姬悉按而谱之。明年元旦，便殿奏伎，酒止送客，即盛礼而归姬于榛。"

谢榛游燕、赵之间，"至大名客请赋寿诗百章，成八十余首，投笔而逝"（《明史》）。以其享年80岁而言，存诗数量着实不多，可能由于他常年的漂游致使诗作大量散佚也未可知。

【诗文大意】

数卷诗书，一床孤琴，非比世间俗事；长亭短亭，折柳相送，只为锦绣前程。望彭泽，也曾欲效陶渊明，赴长沙，今日唯愿学贾生。每逢子规月夜啼，异地犹有乡国梦，春江杜若花香时，当闻美赋领风骚。风云阔，把盏高歌城门外，怨不平，可怜又有白发生。

【品读】

　　谢榛十五六岁写的乐府曲辞，即在临清、德平一带传诵。30岁左右西游彰德，献诗于赵康王朱厚煜，成为赵王门客。不久，谢榛不耐陪宴凑趣的帮闲生活，遂开始了大河南北的浪游。20余年间，南向沿江而东，游庐山，至南京；溯江而上，观览荆襄形胜。北赴京都，登居庸关，游五峰山，写下了不少纪游诗。与其交往者，大部分是地方官吏、宗室藩王，也有僧侣、隐逸、酒家、学子，其诗也大半是友人唱酬、言情抒怀之作。其间，他曾两登嵩山，寻访禅僧；朱仙镇凭吊抗金英雄岳飞，吹台悼念李白、杜甫、高适。谢榛认为诗论唐代诸家各有所重，《明史·谢榛传》载："取李、杜十四家最胜者，熟读之以会神气，歌咏之以求声调，玩味之以裒精华。得经三要，则浩乎浑沦，不必塑谪仙而画少陵也。"

　　谢榛的这首七律赠别诗是为友人赴长沙上任而作，开篇就谈到了一个沉重的话题：是一生与诗书清琴为伴，还是入仕为官争取功名？而且诗人自己也同时给出了似乎矛盾的答案：诗书清琴就难于有世俗所认为"优越"的生活，而求取功名又要饱受亲朋别离和漂泊于异地他乡。诗人用"短亭"和"折柳"寓意别离之苦。继而又选两位古人来继续自己的叙述：彭泽县令陶渊明弃官归隐田园而"悠然见南山"，贾谊贬任长沙王太傅结局是"郁郁而终"。至颈联诗人似对友人反复叮嘱：长夜漫漫我们会相互思念，愿早日看到君的春秋文笔、挥斥方遒。"杜若"本为香草名，见于《楚辞·九歌·湘君》，多象征美好高洁的品质，在诗中显然有对友人的赞美之意。尾联处诗人横发议论：朝堂之外也有风云际会，也是无限锦绣，而多少人为了功名碌碌一生，最终只留下徒增的白发和满腹的幽怨。诗中的"碧湘门"是指古长沙的城门，北宋陶弼有七律《碧湘门》，诗中有对古长沙城"城中烟树绿波漫，几万楼台树影间。天阔鸟行疑没草，地卑江势欲沉山"的描写。

　　谢榛的五律《杨以时复游郡下》是一首感情丰沛、格调深沉的佳作，诗中将多种主要的文学元素囊括其中，如离乱、重逢、漂泊、鬓白、烟帆、鸣琴、霜重、秋寒等，读来倍觉晓畅质朴，既无繁复的用典又无多余的铺叙，颇具唐人意象，诗曰："乱后相逢日，论交半已非。谋生双鬓改，感旧十年归。帆落烟中浦，琴鸣竹里扉。重来傍燕市，霜露满秋衣。"尤其是"帆落烟中浦"一句似见晚唐崔橹"行客见来无去意，解帆烟浦为题诗"（《岸梅》）的诗意，而"琴鸣竹里扉"一句显然是将王维《竹里馆》的意境充分化用，更表现了诗人厌倦漂流意图归隐的想法。无独有偶，谢榛在他的另一首《暮秋夜集刘兵宪子礼宅赋得秋多二字·其二》中，更是将这种思想具象化，其诗曰："堂上琴樽设，门前杖屦过。垒山成地秀，种菊得秋多。佳会偏倾倒，余生几啸歌。相期共幽事，城市有烟萝。"诗人希望的幽居应当是：携琴煮酒，竹杖芒鞋，三两知己，赏菊啸歌，正如苏轼所描述的"缭绕山如涌翠波，人家一半在烟萝"。

【雅赏】

夏夜独坐披襟当风颇有秋意赋此寄怀（谢榛）

散发南楼夜，翛然披素襟。
蛩声依草际，萤火落墙阴。
老破当年梦，秋生久客心。
遥思苔石上，坐听美人琴。

袭克懋托疾不肯入试赋赠

李攀龙

白发萧萧一布衣，秋风摇落雁南飞。
如何自听朱弦绝，此调人间识者稀。

【作者】

李攀龙（1514—1570），字于鳞，号沧溟，山东济南府历城（今山东省济南市）人，明代著名文学家。李攀龙于嘉靖二十三年（1544）赐同进士出身，试政吏部文选司。嘉靖二十四年（1545）以疾告归。次年还京师，聘充顺天乡试同考试官。之后历官刑部广东司主事、员外郎、刑部山西司郎中、顺德知府、陕西按察司提学副使。嘉靖三十五年（1556）上疏乞归。隆庆元年（1567），起复出任浙江按察司副使。历官浙江布政使司左参政、河南按察使。隆庆四年（1570）卒，终年57岁。

李攀龙与李先芳、谢榛、吴维岳、王世贞、宗臣、梁有誉、徐中行、吴国伦结诗社，称"七才子"。继"前七子"之后，与谢榛、王世贞等倡导文学复古运动，为"后七子"的领袖人物，被尊为"宗工巨匠"，与王世贞并称"王李"，又与李梦阳、何景明并称"何李王李"，享誉文坛20余年，其影响及于清初。其诗多"风尘"字样，人谓之李风尘。

《明史·李攀龙传》："未几，徐中行、吴国伦亦至，乃改称七子。诸人多少年，才高气锐，互相标榜，视当世无人，七才子之名播天下。摈先芳、维岳不与，已而榛亦被摈，攀龙遂为之魁。……攀龙才思劲鸷，名最高，独心重世贞……其为诗，务以声调胜，所拟乐府，或更古数字为己作，文则聱牙戟口，读者至不能终篇。好之者推为一代宗匠，亦多受世抉摘云。"李攀龙存诗1400余首，著有《沧溟先生集》30卷，编有《古今诗删》。

李攀龙的诗歌创作体式完备，内容广泛。题材包括咏怀诗、咏物诗、咏史怀古诗、山水田园诗、边塞海防诗、叙事怀人诗、赠别诗、纪行诗、唱和酬答诗等，具有章法严整、语辞古雅的特点。

李攀龙的散文创作一向被视作诘屈聱牙的典型，在语言多迂曲缠绕、奥秘艰涩，但也形成质朴深雅、雄浑厚重、气盛语健、典则瑰丽的总体风格。他崇尚"求真"的思想追求，于文中敢于说真话，他认为"秦汉以后无文矣"，推崇汉魏古诗、盛唐近体，在其所编《古今诗删》中不见宋、元诗选录。

李攀龙善七律，尤以七绝为优。其七律以声调和谐、意境雄浑、词采俊亮、讲求章法著称，在大开大阖中不失精细描写。沈德潜评其诗曰"不著议论，而一切著议论者皆在其下"（《明诗别裁集》）。他的"长城雪色当峰尽，大漠春阴入塞多"（《崆峒·其一》以及《长相思·秋风清》中的"秋风清，秋月明。叶叶梧桐槛外声。难教归梦成。砌蛩鸣，树鸟惊。塞雁行行天际横。偏伤旅客情"等是为名句。

《四库全书总目提要》中论曰："明代文章，自前后七子而大变。前七子以李梦阳为冠，何景明附翼之。后七子以攀龙为冠，王世贞应和之。"胡应麟在《诗薮·内编》卷六有云："仲默不甚工绝句，献吉兼师李、杜及盛唐诸家，虽才力绝大而调颇纯驳。惟于鳞一以太白、龙标（王昌龄）为主，故其风神高迈，直接盛唐，而五言绝寥寥，如出二手，信兼美之难也。张助父太和七十绝，足可于鳞并驱。"

【诗文大意】

冷落凄清，布衣白发，秋风又起，望断南飞雁。独鼓琴声、孤听绝响，谁识此调，世间知音少。

【品读】

曹丕的《燕歌行二首·其一》有"秋风萧瑟天气凉，草木摇落露为霜"的诗句，陆游的《秋兴》中也有"白发萧萧欲满头，归来三见故山秋"，而李攀龙的这首七绝《袭克懋托疾不肯入试赋赠》，起句就将曹丕和陆游的诗意杂糅一处，描摹了一位白发星稀的布衣文士，在萧瑟的阵阵秋风中，望大雁南飞而鼓琴的一种典型的文人意象。

诗名中的袭克懋，名勖，明代济南章丘人。少时家境贫寒，以牧羊为生，然手不释卷，潜心研读经史、诸子百家、稗官小说等各类书籍，30岁时，已名声大振。李攀龙恃才自傲，目空四海，却对袭勖钦佩有加，两人成莫逆之交。袭勖仕途不顺，年六十始以岁贡生任江都训导。后辞官归里，有《懋卿集》《太极图解》《性命辩》诸书流传于世。

李攀龙在诗中继对人物和场景的描述铺陈之后，毫无延宕地转而扬发情致，诗人依琴而咏叹，似乎萧瑟秋风今又是，戚惜的不仅仅是诗人的诗意，还有这膝上的琴和琴中曲。诗人感叹曲高而和寡，这旷古的琴曲"不称今人情"，继而又发世上知音难求之叹，颇似戎昱《听杜山人弹胡笳》中"如今世上雅风衰，若个深知此声好。世上爱筝不爱琴，则明此调难知音。今朝促轸为君奏，不向俗流传此心"的诗意。所不同的是，李攀龙强调袭克懋自听"朱弦绝响"，就更有了一种对他孤芳自赏、不入俗流之风雅的赞美，虽然"此调人间识者稀"，但自己恰恰就是这识音晓曲的知音，从而使整首绝句陡然有了意想不到的趣味和深意。

有明一代，古琴在贵戚高官以及皇家的参与中有了规模化和扁平化的发展，同时也就不可避免地掺入了更多娱乐化和表演化的因素。李攀龙等一批饱学之士，在感叹世风日下的同时，俱以维护学问及思想的道统为己任，同时也在维护着包括古琴在内的文化审美之正统，抵制着世俗化和市井化的风气。在七律《谢魏使君题白雪楼》中，他再度借"白雪楼"之名而发感慨："白雪新题照画阑，鲍山堪此对盘桓。楚宫一送江天色，郢曲长飞海气寒。绕夜朱弦清自语，凌云彩笔老相看。使君不是元同调，千载阳春和者难。"尤其是诗中的"郢曲长飞海气寒"和"绕夜朱弦清自语"堪称经典之文字，不仅格律严谨，更是将古琴的传统思想内涵诠释得十分准确。

清代的朱彝尊在《静志居诗话》）评李攀龙的乐府诗为"止规字句而遗其神理"，也说他时有故意诘屈其词、涂饰其字的现象，过于求古，反而聱牙戟口，然而他的七律或七绝倒是铺叙精要、直抒胸臆。

【雅赏】

天官殷少宰翟淑人挽歌（李攀龙）

弱岁徵箕帚，童年托舅姑。
余光东壁驻，慈色北堂敷。
褒褐云霄度，蘋蘩日月徂。
国香堪是梦，闺秀岂为刍。
零露晞金掌，清冰涸玉壶。
珠沈知旁斗，弦断忆将雏。

凤逝泥书暗，鸾销水镜孤。
绘帷含藻落，彤管带花枯。
作楫君能事，藏舟妾敢诬。
网虫遗挂在，罗雀外家无。
杂佩传凄响，残机激壮图。
乳麋疑自爱，琴瑟讶相扶。
两鹄云当复，三鱼兆已符。
客悲来白鹤，帝宠会青乌。
河汉深难越，天门近可呼。
精灵成婺彩，千古照皇都。

严先生祠

徐渭

碧水映何深,高踪那可寻。
不知天子贵,自是故人心。
山霭消春雪,江风洒暮林。
如闻流水引,谁识伯牙琴。

【作者】

徐渭(1521—1593),字文清,后改字文长,号青藤老人、青藤道士、天池山人等,浙江绍兴府山阴(今浙江省绍兴市)人。明代著名文学家、书画家、戏曲家、军事家。曾担任胡宗宪幕僚,助其铲除徐海、汪直海盗集团。后胡宗宪被下狱,徐渭在恐惧和忧郁下自杀九次却不死,又因杀继妻被下狱论死,被囚七年后幸得张元忭等好友救免。此后游历南北,远至边塞。晚年非常贫苦,藏书数千卷被变卖殆尽,万历二十一年(1593)去世,年73岁。

徐渭自称"南腔北调人",他多才多艺,在诗文、戏剧、书画等各方面都独树一帜,与解缙、杨慎并称"明代三才子"。于诗文,徐渭被誉为"有明一代才人",他存诗1500余首,传世著作有《徐文长集》《徐文长三集》《路史分释》《徐文长逸稿》《南词叙录》,杂剧《四声猿》(其中包括《狂鼓史渔阳三弄》《玉禅师翠乡一梦》《雌木兰替父从军》《女状元辞凰得凤》四种)以及一部四出风情喜剧《歌代啸》。徐渭在狱中完成《周易参同契》，散文犹以《自为墓志铭》一篇最为出色。此外，他的许多尺牍也很有特色，泼辣机智、幽默多趣。小说《云合奇纵》（即《英烈传》）据传也是徐渭所作，近年更有学者考究名著《金瓶梅》的作者兰陵笑笑生其实就是徐渭本人。

于绘画，他是中国"泼墨大写意画派"创始人、"青藤画派"之鼻祖，他山水、人物、花鸟、竹石无所不工，尤善花卉，开创了一代画风。徐渭的画作尚求神似，表现为主观感情色彩强烈，笔墨挥洒放纵，从而将中国写意花鸟画推向了抒发强烈思想情感的最高境界，更是将随意控制笔墨以表现情感的写意花鸟画技巧提高到了前所未有的高度。以徐渭为代表的泼墨大写意画流行于明代，他本人也成为一代写意画大师，其特点是书中有画，画中有书，用墨如神助，下笔似疾风，为中国写意花鸟画树立了一个里程碑，开创了中国大写意画派的先河，更为文人画的发展提供了广阔的空间。他对后世画坛影响极大，清代的八大山人、石涛、扬州八怪以及近现代的吴昌硕、齐白石等均受其影响。徐渭传世画作有《墨葡萄图轴》《山水人物花鸟册》《牡丹蕉石图轴》，以及《墨花》九段卷和《青藤书屋图》《骑驴图》等，大都为故宫博物院珍藏。

于书法，他善行、草，尤以气势磅礴、用笔狼藉的狂草，打破了以"台阁体"为主导的明代书坛之沉寂，开启和引领了晚明"尚态"书风。徐渭在书法从卷册翰札的文房把玩转向厅堂展示审美的变革中，实现了作品创作中笔法的改造。其中的代表作有《代应制咏剑草书轴》和《代应制咏墨草书轴》，徐渭这种借鉴于绘画的点画表现方法，既是对晋唐笔法的创造性破坏，也是对书法艺术美术化倾向的改造。他曾言："非特字也，世间诸有为事，凡临摹直寄兴耳，铢而较，寸而合，岂真我面目哉？临摹《兰亭》本者多矣，然时时露己笔意者，始称高手。予阅兹本，虽不能必知其为何人，然窥其露己笔意，必高手也。优孟之似孙叔敖，岂并其须眉

躯干而似之耶？亦取诸其意气而已矣。"(《书季子微所藏摹本兰亭》)

于古琴，徐渭自幼习琴，谙音律，能自度曲，与张元忭、无弦上人、吴默泉等琴人交往甚密。琴人张岱年少时就喜欢搜集徐渭散佚诗文，并在徐渭去世30年后辑为《徐文长逸稿》，刊于卷首的《徐文长白著畸谱》中有记曰："先生善琴，便学琴。止教一曲《颜回》，便自会打谱，一月得廿二曲，即自谱《前赤壁赋》一曲。然十二三时，学琴于陈良器乡老。"徐渭爱琴，也曾将自己与古琴家钟仪相比，感叹自己未能像钟仪一样在狱中弹琴而获谅解。徐渭也深爱戏曲，所著《南词叙录》为中国第一部关于南戏的理论专著。他自称"畸人"，曾在自己七十大寿时作诗"桃花大水滨，茅屋老畸人"，并自编名为《畸谱》的年谱。

对于才子徐渭，有学者十分贴切地用《四十字歌》表述他的一生："一生坎坷，二兄早亡，三次结婚，四处帮闲，五车学富，六亲皆散，七年冤狱，八试不售，九番自杀，实堪嗟叹！"明代"公安派"主将袁宏道看到徐渭的文字惊为"明朝第一"；明末张岱说他的画"离奇超脱，苍劲中姿媚跃出"；汤显祖读其杂剧《四声猿》，称其为"词场飞将"并称"此牛有千人之力"；明末教育家黄宗羲作《青藤歌》以赞曰"岂知文章有定价，未及百年见真伪。光芒夜半惊鬼神，即无中郎岂肯坠"；郑板桥曾刻一印，自称"青藤门下走狗"；齐白石则慨言"青藤、雪个（八大山人）、大涤子（石涛）之画，能横涂纵抹，余心极服之，恨不生前三百年，为诸君磨墨理纸。诸君不纳，余于门之外，饿而不去，亦快事故"；石涛赞言"青藤笔墨人间宝，数十年来无此道"；吴昌硕则论其书说"青藤画中圣，书法逾鲁公（即颜真卿）"；黄宾虹也称其"绍兴徐青藤，用笔之健，用墨之佳，三百年来，没有人能及"。

据《明史·徐渭传》记曰："渭知兵，好奇计，宗宪禽徐海，诱王直，皆预其谋。藉宗宪势，颇横。及宗宪下狱，渭惧祸，遂发狂，引巨锥刺耳，深数寸，又以椎碎肾囊，皆不死。已，又击杀继妻，论死系狱，里人张元忭力救得免。乃游金陵，抵宣、辽，纵观诸边厄塞，善李成梁诸子。"又记："渭天才超轶，诗文绝出伦辈。善草书，工写花草竹石。尝自言：'吾书第一，诗次之，文次之，画又次之。'"

【诗文大意】

桃花潭水深千尺，高士仙踪无处寻。贵如天子同榻卧，垂钓犹系故人心。山中云气消春雪，江风吹洒晚钟林。听闻一曲《流水引》，知是伯牙琴中音。

【品读】

严光（前39—41），字子陵，浙江会稽余姚（今宁波慈溪市）人，是东汉光武帝刘秀的同学，也是历史上著名的隐士，因严光常披着羊裘在湖边钓鱼，故后世也多用羊裘比喻隐者或严光本人，古严州之地名也因严光而来。北宋明道二年（1033），范仲淹因直言进谏被贬为睦州（即严州）知州，在知州任上，范仲淹仰慕严光德行，便在此建造严先生祠。

徐渭这首五律《严先生祠》，在首、颔两联追忆了严光先生与汉光武帝刘秀的同窗情谊，据《后汉书·卷八十三·逸民列传第七十三》记载："因共偃卧，光以足加帝（光武帝刘秀）腹上。明日，太史奏客星犯御座甚急，帝笑曰：'朕故人严子陵共卧尔。'"至颈联，则是化用范仲淹传世名篇《严先生祠堂记》中的著名赞语"云山苍苍，江水泱泱。先生之风，山高水长"，又有陆游《寓叹》诗中的"人怪羊裘忘富贵，我从牛侩得贤豪"以及元代萨都剌《钓雪图》诗中的"人间富贵草头露，桐江何处觅羊裘"之寓意。诗中的"山霭"是指山间的云雾，唐岑参有"衣裳与枕席，山霭碧氤氲"（《高冠谷口招郑鄠》）之句，宋梅尧臣在其《山光寺》诗中也有"鸟啼山霭里，僧语竹林中"之说。"流水引"源于"伯牙鼓琴"，指琴曲《高山流水》，借指高雅的琴乐。唐骆宾王《咏怀》中曾有"莫将流水引，空向俗人弹"之名句。

古琴经历了宋、元两代的繁荣后，在明代仍作为文人音乐的核心，且其发展中的区域性特征愈加明显。江南一带涌现出很多有影响力的琴派和琴人，浙派、虞山派对当时江南地区的琴学流脉有着广泛的影响，而后在越地也产生了以尹尔韬、张岱为代表的绍兴琴派，虽然在规模与影响力上不及浙派与虞山派，但不难看出古琴在此时的越中地区已有着较强的生命力。徐渭正是生活在越中地区，古琴也始终是他生活中的重要组成部分。今世琴家多认为"打谱"一词应最早见于清末民初琴家杨时百的《琴学丛书·琴学问答》："按古谱照弹，俗称为打谱。打谱遇为难时，弹之不能成节族，则唯有将所弹数句数字，反复将节奏唱出，然后一弹即成，视为打谱不传之秘诀。"实际上，"打谱"源于元末戏曲文字移入唱腔中，由于地域、方言、曲牌、戏种的不尽相同，于是分别作不同的修定，俗称"打谱"。据明末清初张岱所辑《徐文长自著畸谱》，"打谱"一词在古琴上的运用已经出现，然其内涵则与今人之意会不尽相同，故而对于今天的古琴音乐而言，就其实际操作的内容而言，称为"修谱"或更为妥帖。徐渭之所谓"打谱"更像是宋元时词家的自度曲牌，更多的是有今天的"作曲"之意。

徐渭善于苦中作乐，他将古琴曲《梅花三弄》与唐代诗人皮日休、陆龟蒙的《七碗茶诗》相得益彰地融入《某伯子惠虎丘茗谢之》一诗，尽显其洒脱的文士风采，其诗曰："虎丘春茗妙烘蒸，七碗何愁不上升。青箬旧封题谷雨，紫砂新罐买宜兴。却从梅月横三弄，细搅松风炮一灯。合向吴侬彤管说,好将书上玉壶冰。"

徐渭晚年生活困窘,但始终坚守文士的节操,在其绍兴旧居青藤书屋中题有一副流传千古的对联:"几间东倒西歪屋;一个南腔北调人。"一首《题墨葡萄图》尤其道尽了他晚年的孤贫凄凉:"半生落魄已成翁,独立书斋啸晚风。笔底明珠无处卖,闲抛闲掷野藤中。"

至今,浙江省绍兴市柯桥区兰亭镇里木栅村姜婆山东北麓的徐氏家族墓地还有徐渭墓园及徐渭纪念室(为全国重点文物保护单位),门口一副对联"一腔肝胆忧天下;满腹经纬传古今"或可看作徐渭一生的概括。

【雅赏】

摩诃庵括子松下听弦上人弹琴(徐渭)

括子松,知几树,黛色遥遥入云际。
上人弹琴坐其底,十指引出七条水。
松清琴妙听者寒,松叶堆翠成高山。
流涛绕殿撼铁板,狮子欲吼复不敢。
泛声忽歇浮云住,细猱一寸猿腾去。
南园玉蝶隔花听,东海金鸡乘雾语。
颖师一曲悲昌黎,我亦闻弦别鹤悽。
悟来忽问无弦旨,指鸣弦鸣须答对。
是不是,问太史。

徐渭《清荷》

为胡元瑞题绿萝馆二十咏·其二·琴

王世贞

谁言广陵散,便逐嵇生逝。
小作三日思,归鸿渺然至。

【作者】

王世贞(1526—1590),字元美,号凤洲、弇州山人,苏州府太仓州(今江苏省太仓市)人,明代文学家、史学家。嘉靖二十六年(1547),21岁的王世贞登进士第,先后任职大理寺左寺、刑部员外郎和郎中、山东按察副使青州兵备使、浙江左参政、山西按察使,万历时期历任湖广按察使、广西右布政使、郧阳巡抚,后因与张居正交恶被罢归故里。张居正卒后,王世贞起复为应天府尹、南京兵部侍郎,累官至南京刑部尚书,卒赠太子少保。王世贞与李攀龙、徐中行、梁有誉、宗臣、谢榛、吴国伦合称明代文坛"后七子"。李攀龙故后,王世贞独持文盟牛耳二十年,著有《弇州山人四部稿》174卷[含《艺苑卮言》8卷(另附录4卷)],《弇州山人续稿》207卷,《弇山堂别集》100卷,《读书后》8卷,以及《凤洲笔记》《全明诗话》《觚不觚录》《嘉靖以来首辅传》《皇明奇事述》等。

《明史·王世贞传》载:"世贞始与李攀龙狎主文盟,攀龙殁,独操柄二十年。才最高,地望最显,声华意气笼盖海内。一时士大夫及山人、词客、衲子、羽流,莫不奔走门下。片言褒赏,声价骤起。其持论,文必西汉,诗必盛唐,大历以后书勿读,而藻饰太甚。晚年,攻者渐起,世贞顾渐造平淡。病亟时，刘凤往视，见其手苏子瞻集，讽玩不置也。"

王世贞继承"前七子"的复古理论，主张诗歌创作要不避禁纲，批评时事，他的诗歌多有感时伤世、揭露黑暗的政治诗，现实感较为强烈，如抨击严嵩父子横行不法和"负国"罪行，义正词严，气势磅礴，甚至也有对君王进行旁敲侧击的嘲讽。王世贞的咏史诗，有对"固始祠中"的许忠节公的赞叹，有对"丈夫变名难变心，此心在宋不在身"的文天祥的崇敬，一定程度上表现出自己的政治理想。王世贞诗词存世有近7000首，数量居明代诗人前列，《四库全书总目提要》载："（王世贞）才学富赡，规模终大。譬诸五部列肆，百货具陈。且曰：考自古文集之富，未有过于世贞者。……谙习掌故，则后七子不及，前七子亦不及，无论广续诸子也。"胡应麟也曾说："弇州王先生巍然崛起东海之上，以一人奄古今制作而有之。先生灵异凤根，神颖天发，环质绝抱，八斗五车，眇不足言。弱冠登朝，横行坫坛，首建旗鼓，华夏耳目固已一新。"

王世贞在诗词、文章、戏剧、史学上皆有建树。他曾受李时珍之请为《本草纲目》作序。

【诗文大意】

嵇康虽逝，《广陵散》一曲犹存万世。三日静思，挥五弦可见飞鸿归至。

【品读】

王世贞善五言诗，尤以对偶成联著称。胡应麟（1551—1602），字元瑞，号少室山人，明代中叶学者、诗人和文艺批评家、诗论家，著有诗论专著《诗薮》。胡应麟造"绿萝馆",而王世贞作组诗《为胡元瑞题绿萝馆二十咏》,依馆中的"屏、琴、剑、书、磬、图、棋、笛、茶、扇、帐、簟(湘竹簟)、胡床、石枕"等二十种物件而咏。

据《世说新语》载:"嵇中散临刑东市,神气不变。索琴弹之,奏《广陵散》。曲终,曰:'袁孝尼尝请学此散,吾靳固未与,《广陵散》于今绝矣!'太学生三千人上书,请以为师,不许。文王亦寻悔焉。"而王世贞在诗中则言道:谁说《广陵散》随着嵇康而去,在友人胡应麟的"绿萝馆"中静思三日,便可悟得嵇中散"目送归鸿,手挥五弦。俯仰自得,游心太玄。嘉彼钓叟,得鱼忘筌"的玄思妙境。在诗中王世贞不言琴器、不赞琴技,唯选"绿萝馆"的文静清雅入诗,以赞主人之高古和学问,其中"小作"是对胡应麟"绿萝馆"的昵称。这组《为胡元瑞题绿萝馆二十咏》中除这首其二《琴》之外,还有其十二《琴石》:"飒尔金飙过,嘤然冰弦响。仿佛百尺桐,仍栽峄山上。"诗人用两联对偶的修辞凝句,将在"琴石"上弹琴,琴石使得琴声更添金石之感,如金声玉振煌煌出于冰弦,又仿佛远古的疾风,穿过昂立于峄山之上的百尺孤桐,发出的旷古之声。

嵇康之后一百多年,以"迁想妙得、意在传神"著称的东晋画家顾恺之曾发出感叹说"手挥五弦易,目送归鸿难",而王世贞在诗中以辩证的思想,另辟蹊径地诠释了这一逾越一千多年的哲学命题,不愧为王阳明"心学"门徒。

王世贞在其《访李丈修撰子相考功承二君见候不值有感》一诗中,继续咏叹嵇康,并以淮南小山的《招隐士》中的"桂树丛生兮山之幽"(淮南幽桂)及放翁故居剡曲联想先贤之归隐,借以抒发自己对现实的不满,诗曰:"谁道嵇康懒,携琴载酒杯。仙舟空不见,日暮独徘徊。桂讶淮南近,帆疑剡曲来。知当动星象,不必拟三台。"诗人笔下的嵇康归隐"竹林"与琴、酒为伴,归隐避世如乘仙舟而去,却也在落日下孤独徘徊，不禁使人想到《招隐士》和陆游的"放翁白首归剡曲，寂寞衡门书满屋""剡曲稽山是故乡，人言景物似潇湘"的归隐山阴，希望效南北朝颜延之笔下的嵇中散"中散不偶世，本自餐霞人。形解验默仙，吐论知凝神。立俗迕流议，寻山洽隐沦。鸾翮有时铩，龙性谁能驯"的洒脱不群，又有着宋代方岳《水调歌头》"剡曲一篷月，乘兴到人间"的浪漫情致。

王世贞为忠臣杨继盛操办丧事而得罪严嵩父子，后父亲王忬被严党构陷而论死系狱，王世贞"与弟世懋日蒲伏嵩门，涕泣求贷。嵩阴持忬狱，而时为漫语以宽之。两人又日囚服跽道旁，遮诸贵人舆，搏颡乞救。诸贵人畏嵩不敢言，忬竟死西市"（《明史·王世贞传》）。历经朝堂黑暗且仕途坎坷的王世贞始终在入仕与出世之间徘徊，他作《渡江即事有感》诗："吴楚一江合，风烟万里开。秋天鹦鹉笔，日莫凤凰台。流落犹惊世，英雄始忌才。如何对玉轸，弦绝重徘徊。"吴江楚水，风烟万里，叹祢衡"鹦鹉高才"，惊李白凤凰台诗，才名百代、英雄折腰。诗人吊古伤今，前路漫漫只能对玉轸，重将心事付与瑶琴中。

王世贞极善于借琴言事以琴抒情，在他的《风日清美行园有怀吴峻伯率尔折简》中就有"刀笔余啸歌，诗书子徽缫"和"愿言携琴至，呼尊命所适"的描述，又其《怨朱弦·和王明佐新声慰其不遇名曰怨朱弦》词中更有"谱朱弦，一片秋声。万壑松涛，银汉初倾"和"我道高山流水，渠道香云暖雨，两语难凭。怎能勾、师涓老子，证个分明"以及"应徵飞霜，倚天雌霓，长河倒泻珠绳"等惊艳的词句。在王世贞的六十几年的蹉跎岁月里，他有着"书过目，终身不忘，年十九，进士及第"的才情，有着"宋意悲歌，匕首荆卿"的豪情，他厌倦了"挟遍侯门，沈深似海"的仕途，也体味着"感此清商曲，弦绝调弥孤"的灵魂寂寞，但他始终有着"道不如归去，归去来兮，任汝纵横"的精神向往。

【雅赏】

遣信要徐汀州入计不值声问久空言此志慨（王世贞）

客岁何郁郁，聊止太山隅。言念平生亲，踯躅鲜与娱。
使君东南来，五马不踟蹰。音尘旷无接，形影忽若殊。
昔合胶投漆，今离叶辞株。昔怜扶竹生，今愧并鸟徂。
安得乘云气，长与故人俱。恒恐猋风至，弃掷在须臾。
变态中心交，焉能测所如。感此清商曲，弦绝调弥孤。

漫书答唐观察四首
汤显祖

岭外梅残鬓欲星，孤琴摇拽越山青。
只言姓字人间有，那得题名到御屏。

【作者】

汤显祖（1550—1616），字义仍，号海若、若士、清远道人，祖籍临川县云山乡，后迁居汤家山（今江西省抚州市）。明代著名的戏曲家、文学家，被后世称为"东方的莎士比亚"。

汤显祖出身书香门第，素有才名，他不仅精通古文诗词，而且博通天文地理、医药卜筮。万历十一年（1583）中进士，在南京先后任太常寺博士、詹事府主簿和礼部祠祭司主事。明万历十九年（1591），因目睹当时官僚腐败而愤然上《论辅臣科臣疏》，触怒了明神宗朱翊钧而被贬为徐闻典史，后调任浙江遂昌知县，任上五年政绩斐然，却因压制豪强、触怒权贵而招致上司的非议和地方势力的反对，终于万历二十六年（1598）愤而弃官归里，潜心于戏剧及诗词创作。

汤显祖一生创作颇丰，而以戏曲创作为最，其中最著名的莫过于《牡丹亭》(《牡丹亭还魂记》)，并与他的《紫钗记》《南柯记》《邯郸记》合称"临川四梦"。汤显祖的戏剧作品在国内家喻户晓而且广播海外，被视为世界戏剧艺术的珍品。他论述戏剧表演的重要文献《宜黄县戏神清源师庙记》，在中国戏曲导演史上被视为拓荒开路之作。

汤显祖诗追六朝绮丽风采又兼具宋诗的艰涩，反对拟古派的"诗必盛唐"，他的诗作有《玉茗堂全集》4卷、《红泉逸草》1卷、《问棘邮草》2卷，有150余首诗词存世。他的一首《有友人怜予乏劝为黄山白岳之游》趣味中充满了讽刺，最后两句"一生痴绝处，无梦到徽州"以及《牡丹亭》中的"常羡人间万户侯，只知骑马胜骑牛"广为流传。汤显祖的古文长于议论，颇有特色，他还擅史学，修订过《宋史》，惜未完稿。汤显祖另有诗文《感事》《闻都城渴雨时苦摊税》《玉茗堂四梦》《玉茗堂文集》《玉茗堂尺牍》《红泉逸草》《问棘邮草》以及小说《续虞初新志》等。

沈德符曾赞汤显祖"才情自足不朽"，徐渭弟子、戏曲理论家王骥德也说他"可令前无作者，后鲜来哲，二百年来，一人而已"。近代戏曲研究家、文学史家、教育家赵景深先生在他的《汤显祖与莎士比亚》中，曾对比汤显祖和莎士比亚的五个相同点：一是生卒年几乎相同（莎士比亚1564—1616年）；二是同在戏曲界占有最高的地位；三是创作内容都善于取材他人著作；四是不守戏剧创作的清规戒律；五是剧作最能哀怨动人。

【诗文大意】

望岭外梅花残落，人已鬓发花白，独有孤琴声飘荡，环绕青青越山。而今才子空其名，泯落凡世人间。岂知当初愤笔时，疏传御上阶前。

【品读】

汤显祖13岁加入"泰州学派"，成为"王学（王守仁心学）门人"，他蔑视权贵，在政治上不同流合污，在文学表现上则体现为反抗性和斗争性，他是万历年间文人中著名的"硬骨头"。他的七绝组诗《漫书所闻答唐观察四首》充满了诗人对上疏被贬的耿耿于怀及心有所怨，结合组诗另外三首的诗意，可以明显感受到诗人词句中流露出的对朝堂用人偏狭的不满情绪（"也知不厌山公启，解事长亏女秀才"），对自己仕途坎坷的失落感（"兰署江南花月新，封书才上海生尘"），以及对此时官居小县五年之现状的自我开释（"一疏春浮瘴海涯，五年山县寄莲花"），同时也夹杂着对在朝高官的讥讽和失望（"心知故相嗔还得，直是当今丞相嗔"）。

又一个冬去春来，诗人在浙江丽水山区的遂昌小县当知县已经五年了，此时的他，感叹时光匆匆两鬓渐白，只有孤琴陪伴，琴声琮琤似乎也只能是对越山葱葱。诗人心中不甘与失望交织，或许自己的济世之才就这样在此埋没，恐怕很难再有直言上疏天子的机会了。果然，最终汤显祖弃官归里，大明朝失去一位敢于直言上谏的官员，而世界文学史上却诞生了才情不朽的汤显祖。

据《明史·汤显祖传》记载："显祖意气慷慨，善李化龙、李三才、梅国祯。后皆通显有建竖，而显祖蹭蹬穷老。三才督漕淮上，遣书迎之，谢不往。"其中"蹭蹬"是指他无缘仕途高位，"穷老"则应是他晚年生活窘况的真实写照。

汤显祖有一首诗名曰《相如》："相如美词赋，气侠殊缤纷。汶山凤皇下，琴心谁独闻。阳昌与成都，贵贱岂足分。子虚乃同时，飘然气凌云。卧托文园终，不受世訾氛。清晖缅难竟，遗书《封禅文》。知音偶一时，千载为欣欣。上有汉武皇，下有卓文君。"诗中盛赞了司马相如的一生以及那些足以流传千古的事迹，由"琴挑文君"的一曲《凤求凰》到旷世名赋《子虚赋》，从相如遗书《封禅文》到与汉武帝的君臣知音，林林总总道尽了诗人对司马相如的羡慕之情。汤显祖羡慕司马相如始终能够得汉武帝的赏识与信任，羡慕能有卓文君这样"贳酒成都"的终身知己，更羡慕相如"赋圣辞宗"的千古雄才，于是他拟效诗经《王凤·丘中有麻》

写下了《河林有酌》，表达他对知音和知己的渴求，诗曰："风亭移石竹，为客正开襟。宿鸟过残雨，吟虫傍积阴。故心人不浅，秋色夜方深。便合丘中去，相招鸣一琴。"用风亭、石竹、宿鸟、残雨、秋夜、吟虫这一系列的极具传统琴诗意象的元素，铺叙出一种清冷萧寂的氛围，更凸显诗人与友人之间不事繁华的真挚友情，而诗人将这种情谊上升到君子之交，无尽之言尽在《高山流水》一曲清琴中。

【雅赏】

即事寄孙世行吕玉绳二首（汤显祖）

偶来东浙系铜章，只似南都旧礼郎。
花月总随琴在席，草书都与印盛箱。
村歌晓日茶初出，社鼓春风麦始尝。
大是山中好长日，萧萧衙院隐焚香。

赠狄将军鼓琴双鬟
胡应麟

追欢连日夕,小队出霓裳。
入指朱弦媚,含情绿绮长。
新声传舞鹤,旧曲和求凰。
何似歌桃叶,盈盈在画堂。

【作者】

胡应麟(1551—1602),字元瑞,号少室山人,后又更号为石羊生,浙江金华府兰溪县城北隅(今浙江省金华市)人。明代中叶学者、诗人和文艺批评家、诗论家,学术大家。

胡应麟于明万历四年(1576)乡试中举,曾随父北上南下,沿途吟咏,所交皆海内贤士豪杰,见者多激赏。时王世贞执词坛牛耳,对其推崇备至,列为暮年所交五子之一。万历十九年(1591)加入白榆社,最终成为江南文坛盟主。胡应麟酷嗜藏书(4万余卷)、阅读和著述,广涉书史,学问渊博。虽然他一生大部分时间疾病缠身,但著述勤奋,他在文献学、史学、诗学、小说及戏剧学方面都有突出成就。于诗文他承明"前七子""后七子"余风,与李维桢、屠隆、魏允中、赵用贤合称"末五子"。胡应麟一生学无不窥、著述宏富,可考的至少有49种、1000卷以上,涉及文献学、史学、文学研究等诸多方面,其中著名的有诗论专著《诗薮》内外杂编20卷,诗文集《少室山房集》120卷,论学专著《少室山房笔丛》

48卷等，胡应麟存诗逾4000首，其中七律1300余首，五律800余首，其余为绝句、排律、古风、乐府等，另有琴操九首。据《明史·胡应麟传》载："胡应麟，幼能诗。万历四年举于乡，久不第，筑室山中，构书四万余卷，手自编次，多所撰著。"又《少室山房集》提要载："……然其诗文笔力鸿鬯又佐以雄博之才，亦颇纵横变化而不尽为风气所囿，当嘉隆之季，学者惟以模仿剽窃为事，而空疏龛陋皆所不免，应麟独能根抵基籍发为文章，虽颇伤冗杂而记诵淹博，实亦一时之翘楚矣。"

【诗文大意】

通宵达旦尽欢愉，又有霓裳舞姬。指下朱弦千般媚，绿绮犹诉长情。奏新声、舞庭鹤，弹旧曲，凤求凰。吴声桃叶歌三首，似婵娟，盈盈在画堂。

【品读】

胡应麟的诗学理论强调"体格声调"和"兴象风神"相结合的文学审美，主张因感生情与审美意象的结合，他曾作《琴操十一首》，其中包括《别鹤操》《思归引》《八公操》《猗兰操》《牧晨操》《残形操》等。

这首《赠狄将军鼓琴双鬟》应是诗人写给友人"狄将军"府中两位弹琴的侍女赞赠诗，诗中描写了将军府中一场从早至晚的歌舞，尤其是两位弹琴的年轻女子引起了诗人的关注。在她们指下，琴声仿佛更加深情娇媚，琴声与厅中的霓裳舞相互映托，如鹤舞闲庭，恍惚间诗人不禁联想起司马相如的"凤求凰"和王献之的"桃叶歌"，而弹琴二女的神情如婵娟盈盈瞰流水般的清澈淑雅。胡应麟笔下的这首五律情致格调平平，但贵在韵律严谨、文辞清新，画面感十足。通过诗人的描写，我们可以明显地感受到在明代中后期，古琴的应用场景以及古琴的发展已经具有相当的娱乐化成分，古琴文化在一定程度上正在向着大众化的普世审美情趣蔓延，因舞乐形式需求而产生的专业弹奏者中，也有女性演艺者。当然这一切还并未成为主流，否则，以胡应麟之文坛大家断不会为两位弹琴的侍女赠诗。出生晚于胡应麟约三十年的古琴理论家徐上瀛（字青山，辑著有《大还阁琴谱》《溪山琴况》），在其琴学理论中针对明代古琴文化面临着的日益严重的演艺性倾向，以及淹留于市井、徜徉于歌舞等审美情趣，大声疾呼并反复强调："弦索之行于世也，其声艳而可悦也。独琴之为器，焚香静对，不入歌舞场中；琴之为音，孤高岑寂，不杂丝竹伴内。清泉白石，皓月疏风，修修自得，使听之者游思缥缈，娱乐之心不知何去，斯之谓淡。……夫琴之元音本自淡也，制之为操，其文情冲乎淡也。吾调之以淡，合乎古人，不必谐于众也。每山居深静，林木扶苏，清风入弦，绝去炎嚣，虚徐其韵，所出皆至音，所得皆真趣，不禁怡然吟赏，喟然云：'吾爱此情，不求不竞；吾爱此味，如雪如冰；吾爱此响，松之风而竹之雨，涧之滴而波之涛也。有寤寐于淡之中而已矣。'"

无独有偶，胡应麟在其另一首《白纻歌二首·其一》中描绘了场景和意境十分相近的一场歌舞盛宴："葡萄之酒琥珀缸，金罍玉斝春茫茫。博山炉焚沉水香，翠屏朱户罗笙簧。援琴鼓瑟流清商，洞箫遏云声飞扬。珠帘不卷凝夜霜，千花万花夹华堂。明星烂烂出东方，左挟安陵右龙阳。美人翠袖娇红妆，秦城卫女纷成行。愿君一盼生辉光，清歌盈盈绕画梁，夜如何其夜未央。"诗中虽然有"援琴鼓瑟流清商，洞箫遏云声飞扬"的追古雅句，但也终是徘徊在"翠袖红妆"的"秦城卫女"那曼妙的白纻舞中。唐代诗人王建也有《白纻歌二首》，诗中的"天河漫漫北斗粲，宫中乌啼知夜半。新缝白纻舞衣成，来迟邀得吴天迎"则颇显唐人风采。

王世贞曾评论胡应麟说："余友人胡元瑞，性嗜古书籍。……时时乞月俸，不给，则脱妇簪珥而酬之，又不给，则解衣以继之。元瑞之橐无所不罄，而独其载书，陆则惠子，水则宋生。盖十余岁而尽毁其家以为书。录其余赀以治屋而藏焉。……仆尝谓，元瑞诗纪律森严则岳武穆，多多益善则韩淮阴，至年少登坛、宇内风靡，非太原公子（唐太宗）不足当之。家弟生平所推毂，仅于鳞（李攀龙）与吾元瑞。"依王世贞之才学及文名，将胡应麟的藏书与战国的惠子、宋玉作比，将其诗文的严谨及数量之多以岳飞、韩信之掌兵相喻，评价之高实为难得，就连鲁迅也推崇胡应麟为"中国古代十大文学家"之一。

胡应麟有一首赠别诗《送涂明府之龙丘》："黄金台下共留欢，独向青冥奋羽翰。雁塔乍题唐进士，鹓行仍别汉郎官。江云缥缈双凫下，海日苍茫一骑寒。白昼琴堂歌咏暇，看花还忆在长安。"在回忆友情的同时，诗人用的比喻是"江云缥缈双凫下"，当联想到有人别去时，诗人不无担心地咏出"海日苍茫一骑寒"，并殷殷叮嘱友人他日"琴堂高奏时"，万勿相忘。

古时有用"琴堂"喻指官吏，又有赞美官吏善于管理治下的意思，典出《吕氏春秋·察贤》："宓子贱治单父，弹鸣琴，身不下堂而单父治。"胡应麟的五律《秋日过王世周寓逢汪仲嘉潘景升赋赠》曰："逍遥孤客邸，邂逅二豪吟。面貌夸联璧，风期得断金。琴书云阁迥，杖屦雪房深。后夜芙蓉色，湖头次第寻。"诗中"琴书"与"杖屦"、"云阁迥"与"雪房深"工整对偶，使诗的意境颇有古意。

【雅赏】

陈长洲杨吴县访曲水园幼于携尊夜集以河阳花作县秋浦玉为人拈韵余得花字时二明府皆将入觐并以赠行（胡应麟）

茆堂烧烛散林鸦，车骑联翩夕放衙。
越峤移来闽海荔，吴天栽遍蜀城花。
朱弦和处双凌雪，玉舄翔时并带霞。
翘首黄金天阙近，尽将离思入蒹葭。

张饶州允抡山中弹琴

顾炎武

赵公化去时，一琴遗使君。
五年作太守，却反东皋耘。
有时意不惬，来蹑劳山云。
临风发宫商，二气相绷缊。
可怜成连意，空山无人闻。
我欲从君栖，山厓与海濆。

【作者】

顾炎武（1613—1682），字宁人，南直隶昆山（今江苏省昆山市）人。明末清初著名的思想家、学者。因居亭林镇，故世人尊称"亭林先生"，与黄宗羲、王夫之合称"清初三先生"，加上唐甄，合称明末清初"四大启蒙思想家"。顾炎武在明末为诸生，27岁时秋试被黜，退而读书，遍阅各地郡县志及章奏文册资料，研究疆域、形势、水利、兵防、物产、赋税等社会实际问题。清顺治二年（1645），清兵陷南京，他在昆山参加抗清活动，失败后离乡北游至鲁、燕、晋、陕、豫诸省，遍历关塞，实地考察，搜集资料，访学问友。康熙时举博学鸿儒并荐修《明史》，均不就，后卜居陕西华阴以终，葬于昆山千墩。

顾炎武一生辗转，以"读万卷书行万里路"而著称，从而创立了新的治学方法，成为明末清初继往开来的一代宗师，被誉为清学"开山始祖"。他主张"博学于文""行己有耻""博瞻贯通"以及"每事必详其始末，参以佐证"的治学精神，反对明末"空谈心性"的空疏学风，最著名的是被后人概括为"天下兴亡，匹夫有责"的绝世名言，此外他还留有"人生富贵驹过隙，唯有荣名寿金石""人之为学，不日进则日退""人之为学，不可自小，又不可自大"以及"君子之学，死而后已"等修身和治学名言警句。他于经史百家、音韵训诂、金石考古、方志舆地，以至国家典制、郡邑掌故、天文仪象、水利河漕、兵农田赋、经济贸易等都有精湛研究，为清代学术拓辟了众多门径，开清代乾嘉汉学之先河。

顾炎武著书撰文注重独创，反对因袭、盲从和依傍，他阅历深广、学问渊博，一生著述宏富，今可考见者已有50余种，其中代表作有《日知录》《天下郡国利病书》《音学五书》《韵补正》《古音表》《诗本音》《唐韵正》《音论》《金石文字记》《顾亭林诗文集》等。在音韵学上，他考订古音，离析《唐韵》，分古韵为十部，在阐明音学源流和分析古韵部目上，有承前启后之功，被誉为古音学的奠基者。

顾炎武的文学成就主要以诗见称，存各体诗400余首，诗歌创作的现实性和政治性特点十分显著，有着沉郁苍凉、刚健古朴的艺术风格和史诗特色。他也是出色的散文家，他的书信笔锋锐利，议论文简明宏伟。

明末文学家沈德符在《明诗别裁》中这样评价顾炎武："肆力于学……无不穷极根柢，韵语其余事也。然词必己出，事必精当，风霜之气，松柏之质，两者兼有。就诗品论，亦不肯作第二流人。"清初著名学者、诗人朱彝尊曾经为顾炎武作一对联以赞："入则孝，出则弟，守先王之道，以待后学；诵其诗，读其书，友天下之士，尚论古人。"清代学者汪中在《国朝六儒颂》中则言："古学之兴也，顾氏始开其端。"

【诗文大意】

赵公去世时，唯留一床古琴与使君。饶州任五年，退隐崂山诗书与耕耘。心中忧烦日，独登山顶如足逐白云。临风挥五弦，宫商二气若混元天地。叹成连琴意，对空山苍翠哪有知音。欲伴君幽隐，随君徜徉山巅与海滨。

【品读】

张允抡，字并叔，号季栎，别号栎里子，莱阳（今山东省莱阳市）人，明代官员。崇祯七年（1634）进士，曾任户部主事，四年后授江西饶州知府，故顾炎武诗中称其为张饶州。张允抡在任上廉政爱民，深受饶州百姓爱戴，他十分崇仰曾任饶州刺史的北宋诗人范仲淹，将自己的文集命名为《希范堂集》。公元1643年，莱阳被清军攻陷，上万抵抗清军的民众被杀害，包括张允抡家族17人。明亡后，张允抡入崂山隐居不仕，曾在崂山玉蕊楼、张村等处授徒十余年，晨夕樵汲，唯一老仆，70岁卒。张允抡毕生工诗、善琴、能文、兼擅书画，著作宏富。

顾炎武在这首诗的开篇，高度赞评了张允抡的饶州官声及誓不与清廷合作的士大夫精神。又将一床古琴的线索摆在显要位置，继而以琴为议论主体，表现出张允抡虽隐居山里却心系世事，心中始终装填着忧愤和不屈。诗中描绘了张允抡携琴登上山顶，似乎身旁白云缭绕的仙风道骨，又有陶渊明"登东皋以舒啸，临清流而赋诗"的潇洒豪迈，更以琴中"宫、商"来比喻"君、臣"关系相互应对，以示其对前朝的怀念。诗中的"纲缊"是指天地阴阳二气交互作用的状态，也形容云烟弥漫、气氛浓盛的景象。《易·系辞》载"天地纲缊，万物化醇；男女构精，万物化生"，而南朝梁沈约的《八咏诗·会圃临春风》有"既铿锵以动佩，又细缊而流射"之句。于诗尾处，诗人将诗的格调继续拉高，以"成连海上琴"的典故为后面的"空山无人闻"再做衬垫。唐吴兢的《乐府古题要解》卷下载："《水仙操》，右旧说伯牙学鼓琴于成连先生，三年而成，至于精神寂寞，情至专一，尚未能也。成连云：'吾师子春在海中，能移人情。'乃与伯牙延望，无人。至蓬莱山，留伯牙曰：'吾将迎吾师。'刺船而去，旬时不返，但闻海上水汩汲湖渐之声，山林窅冥，群鸟悲号，怆然叹曰：'先生将移我情。'乃援琴而歌之。曲终，成连刺船而还，伯牙遂为天下妙手。"后世多以"成连海上琴"作为咏颂学琴开悟的典实，清代丘逢甲有诗《寄怀维卿师桂林》曰："刺船人去波涛急，悽绝成连海上琴"，而今的张允抡同在东海，于崂山上、白云间抚琴怀古，心灵上的孤独和落寞可想而知，于是也就有了诗人希望与张允抡山崖海角同栖息、共相随的君子情怀之表达，当然这里的"相随"是指精神层面的相互支撑和思想趋同。

顾炎武《楚僧元瑛谈湖南三十年来事作四绝句·其二》曰："孤坟一径楚山尖，铁石心肝老孝廉。流落他方馀惠远，抚琴无语忆陶潜。"此乃诗人以琴入诗的绝句中的佳作，诗中充满了"抚琴无语"间对陶渊明的感怀及诗人自己对陶公"诗酒田园"之向往。顾炎武在其《关中杂诗·其四》中又有："徂谢良朋尽，雕伤节士空。延陵虚宝剑，中散绝丝桐。名誉荪兰并，文章日月同。今宵开敝箧，犹是旧华风。"诗中数典并用，以西汉刘向于《新序·节士》中所讲到的春秋时的延陵季子，魏晋时期之中散大夫嵇康的"广陵绝响"，南朝宋谢灵运的"徂谢易永久，松柏森已行"等一应古人情操以寄怀，抒发自己"今宵开敝箧，犹是旧华风"的研学理念。

【雅赏】

亡友潘节士之弟耒远来受学兼有投诗答之·其二（顾炎武）

十年离别未言还，楚水枫林极望间。
野雀暮归吴季庙，寒涛秋拥伍胥山。
人琴已逝增哀涕，笠屐相看失壮颜。
独有士龙年最少，一朝词笔动江关。

潘君理古琴予重而赋此

刘克治

孤桐千世后,犹出峄阳传。
莫是留清角,何如对响泉。
月明中散曲,风淡伯牙弦。
岂但馀书卷,无非手泽年。

【作者】

刘克治,生卒年不详,号群玉,广东从化籍番禺人。明神宗万历年间贡生。早工文赋,为督学郭子直、陈鸣华所称赏,后以明经科入选。有《述征草》《五芝楼稿》《绿绮堂稿》《订初学记》《许氏说文》。清雍正《从化县新志》卷三有传。存诗近40首,其中著名的为组诗《星岩二十景》,标题分别为石室龙床、沥湖渔棹、虹桥雪浪、天阁晴岚、金阙朝阳、宝陀夜月、星亭拥翠、霞岛飞琼、树德松涛、栖云榕荫、紫洞禅房、蓬壶仙径、临壑荷香、方塘鱼跃、杯峰浮玉、天柱流虹、仙掌秋风、阆岩夕照、阿坡泉涌、石洞云封。

【诗文大意】

孤桐历千年,存古意,无愧峄阳材。中有清角韵,对响泉,犹传太古音。弄琴明月下,嵇康曲,风淡思伯牙。古圣存书卷,人世间,无非盼丰年。

【品读】

　　刘克治的这首五律《潘君理古琴予重而赋此》依琴而咏，意在以琴明志。诗中"角"为古代五音之一，古人以为角音清，故曰"清角"，为悲切之调，《韩非子·十过》载："平公提觞而起，为师旷寿，反而问曰'音莫悲于清徵乎？'师旷曰：'不如清角。'"晋成公绥《啸赋》："协黄宫于清角，杂商羽于流徵。"古琴音乐中有黄帝会际诸仙，乃出琴曲名曰《清角》，在传统的五声调式中清角、变徵、闰宫（变宫）分别对应西乐中的fa、#fa和si，而清角是角音（西乐记谱的mi）上方的小二度，它比角音高一律；变徵是徵音（西乐记谱的sol）下方的小二度，它比徵音低一律；闰宫是宫音下方的小二度，它比宫音（西乐记谱的do）低一律。"响泉"为古琴名。唐李绰的《尚书故实》："李汧公取桐孙之精者，杂缀为之，谓之百纳琴，用蜗壳为徽，其间三面尤绝异。通谓之响泉、韵磬，弦一上可十年不断。"宋王谠的《唐语林·补遗二》也有记载："李汧公镇宣武，好琴、书。自造琴，取新旧桐材扣之，合律者裁而胶缀。所蓄二琴殊绝，其名'响泉''韵磬'者也。"

　　伯牙绝弦即伯牙鼓琴，典出《吕氏春秋》："伯牙鼓琴，钟子期听之。方鼓琴而志在太山，钟子期曰：'善哉乎鼓琴，巍巍乎若太山。'少选之间而志在流水，钟子期又曰：'善哉乎鼓琴，汤汤乎若流水。'钟子期死，伯牙破琴绝弦，终身不复鼓琴，以为世无足复为鼓琴者。"

　　"峄阳孤桐"典出《书经·禹贡》："厥贡惟土五色，羽畎夏翟，峄阳孤桐，泗滨浮磬，淮夷蚌珠暨鱼。"又有孔安国注曰："峄山之阳特生桐，中琴瑟也。"《太平御览》中有"峄山多孤桐"的记载，峄阳指峄山之南，峄山在今山东省邹城市，即孟子故乡，峄山又名邹山、邹峄山、邾峄山，当年秦始皇东巡留有峄山刻石，即在此山。孤桐指特生的桐树，据说是制琴的上等材料，以峄阳之桐为最。如抱朴子说"峄阳孤桐，不能无弦而激哀响；大夏孤竹，不能莫吹而吐清声"；雷威《忘味琴铭》曰"峄阳孙枝，匠成雅器"；南朝宋谢惠连《琴赞》曰"峄阳孤桐，截为鸣琴"；又如江总有《赋咏得琴诗》诗曰"可怜峄阳木，雕为绿绮琴。田文垂睫泪，卓女弄弦心"；张照《题蒋南沙画杂花诗》中有"上有蟪蛄鸣，下为萧茵林。对之怀履霜，弹我峄阳琴"之句等。李白在《琴赞》中写道："峄阳孤桐，石耸天骨，根老水泉，叶若霜月。断为绿绮，徽音粲发。秋月入松，万古奇绝。"宋王安石有《孤桐》："天质自森森，孤高几百寻。凌霄不屈己，得地本虚心。岁老根弥壮，阳骄叶更阴。明时思解愠，愿斫五弦琴。"诗中"泽年"泛指丰收之年，意喻国泰民安。诗人在风清月朗的静夜，手挥五弦，鼓"响泉"琴而思圣贤，与嵇康对话，与伯牙遥望，仰古俯今，唯愿能有书卷中所传颂的旷古明君降世，以赐天下百姓一个朗朗乾坤。

刘克治有一首诗名为《登飞云绝顶》，其中的"琴心三叠真篆成，手把芙蓉游太清"之句或是化用李白《庐山谣寄卢侍御虚舟》"早服还丹无世情，琴心三叠道初成。遥见仙人彩云里，手把芙蓉朝玉京。先期汗漫九垓上，愿接卢敖游太清"。其中的"琴心三叠"为气功术语，《黄庭内景经·上清章》曰："琴心三叠舞胎仙，九气映明出霄间。"琴为琴音，心为意识活动，三叠为"上、中、下"三丹田合一。

刘克治作《星岩二十景·其二·沥湖渔棹》，诗曰："乱藻青榆散沥湖，清歌欸乃酒仍呼。渔人亦有观鱼乐，何必风尘叹食无。"其中《欸乃》是古琴名曲，存谱初见于明代汪芝辑的《西麓堂琴统》（1549年），亦有人称其《渔歌》或《北渔歌》，有多种传谱，现琴家所奏多以《琴谱正传》（明黄献撰于1547年）的十段无词《渔歌》发展而成。其曲意历来根据唐代诗人柳宗元的《渔翁》来解释，故也有人认为此曲乃柳宗元所作。后

《天闻阁琴谱》将其记载为《欸乃》，现在琴家弹奏的多为管平湖先生演奏的节本。"欸乃"指的是桨橹之声或渔家号子声，乐曲音调悠扬，清新隽永，以山水为意象抒发感情，乃是托迹渔樵，寄情山水烟霞，颐养至静的一首名曲，体现着中华传统文化中固有的精神、气质和神韵。

【雅赏】

登飞云绝顶（刘克治）

我本冥寂士，放情事神仙。
时餐金鹅蕊，屡览化人篇。
迅足迢迢凌峻岭，一夜飞度最高顶。
夜半见日金银台，天鸡咿喔群籁静。
琴心三叠真箓成，手把芙蓉游太清。
虎鼓瑟兮螭作驾，霓为衣兮云为輧。
仙之人兮朝玉京，骑赤色龙上天行。
愿寄一书谢王母，琼笈请授东方生。

【清】

秋宵嗷嗷云间鹤，
古调泠泠松下琴。
皓月清风为契友，
高山流水是知音。

鹊桥仙·青鸾有翼

朱彝尊

青鸾有翼，飞鸿无数，消息何曾轻到。
瑶琴尘满十三徽，止记得，思归一调。

此时便去，梁间燕子，定笑画眉人老。
天涯况是少归期，又匹马，乱山残照。

【作者】

朱彝尊（1629—1709），字锡鬯，号竹垞，又号醧舫，晚号小长芦钓师，又号金风亭长。浙江秀水（今浙江省嘉兴市）人。清代词人、学者、藏书家。朱彝尊是"清词三大家"之一，开创了浙西词派。康熙十八年（1679）举博学鸿词科，以一介布衣授翰林院检讨。康熙二十二年（1683）入直南书房，曾参加纂修《明史》，二十三年（1684）谪官返乡，后屡次在无锡接驾康熙帝南巡，呈进所著书籍，被御赐匾额"研经博物"。朱彝尊通经史，尤善诗词，于诗与王士禛并称南北两大宗（世称"南朱北王"），诗名相埒；于词风格清丽，与陈维崧并称"朱陈"持词坛牛耳，为"浙西词派"鼻祖、可堪一代领袖；于金石文史、购藏古籍图书等均不遗余力，为清初著名藏书家之一。朱彝尊一生著述宏富，有《曝书亭集》80卷，《日下旧闻》42卷，《经义考》300卷，《明诗综》100卷。所辑《词综》36卷在词学理论方面有着重要意义。

朱彝尊留诗词300余首，其中"秋草六朝寒，花雨空坛""歌板酒旗零落尽，剩有渔竿""雨雪自飞千嶂外，榆林只隔数峰西"等均为佳句。

陈廷焯在《白雨斋词话》中评赞朱彝尊说："竹垞词疏中有密，独出冠时，微少沉厚之意。……惟《静志居琴趣》一卷，尽扫陈言，独出机杼，艳词有此，匪独晏、欧所不能，即李后主，牛松卿亦未尝梦见，真古今绝构也，惜托体未为大雅。"谭献则说："锡鬯、其年（陈维崧字）出，而本朝词派始成"，又言"锡鬯情深，其年笔重，固后人所难到"。

【诗文大意】

问无数青鸟飞鸿，往来可有消息到？古琴闲置久未弹，封尘一曲《思归引》。梁间燕子当笑我，镜中岁月催人老。天涯之远归亦难，独行山路残阳下。

【品读】

鹊桥仙系词牌名，又名"鹊桥仙令""忆人人""金风玉露相逢曲""广寒秋"等。以欧阳修的《鹊桥仙·月波清霁》为正体，双调五十六字，前后段各五句、两仄韵。另有双调五十六字，前后段各五句、三仄韵及双调五十八字等变体。代表作品有苏轼的《鹊桥仙·七夕》、秦观的《鹊桥仙·纤云弄巧》等。秦观的《鹊桥仙·纤云弄巧》非常有名，尤其是词中"金风玉露一相逢，便胜却人间无数""两情若是久长时，又岂在朝朝暮暮"是为千古佳句。

朱彝尊的这阕《鹊桥仙》当属词人的上佳之作，精致典雅又别开生面，词情伤婉又不失诙谐，颇具清代文人的审美意趣。词中以人去琴闲久未弹，以至于玉徽蒙尘，唯有曾经的"思归"一曲久久萦绕于词人的心间。《思归引》为古琴旧曲，据汉蔡邕的《琴操·思归引》记载："春秋时邵王聘卫侯女，未至而王死，太子留之，不听，拘于深宫，思归不得，遂援琴而曰'涓涓流水，流反而淇兮；有怀于卫，靡日不思；执节不移兮，行不诡随；坎坷何辜兮，离厥菑'曲终，自缢而死。"此曲亦名《离物操》，盖喻思念回归，其中"引"为古琴曲体裁之一，也有序奏之意。词中的"青鸾"又称苍鸾，青鸾被赋予了许多层含义，最常见的一种说法为：青鸾是常伴西王母的神鸟，也是西王母的信使，而在朱彝尊的词中也正是采其"鸿雁传书"之意。词中"梁间燕子"古来多用于诗词中，李商隐有"溧阳公主年十四，清明暖后同墙看。归来展转到五更，梁间燕子闻长叹"之句，曹雪芹《葬花吟》中也幽叹曰："三月香巢已垒成，梁间燕子太无情！明年花发虽可啄，却不道人去梁空巢也倾。一年三百六十日，风刀霜剑严相逼。明媚鲜妍能几时？一朝漂泊难寻觅。"古人多以"镜中鸾"（指铜镜背面的鸾鸟图案）谓己不如镜中鸾之频对其人倩影，词人则以镜中画眉人老比喻物是人非世事蹉跎。元代萨都刺曾有"更戏马台荒，画眉人远，燕子楼空。人生百年如寄，且开怀、一饮尽千钟"（《木兰花慢·彭城怀古》）的名句。煞尾处最为经典，"况"字意在寒水（《说文解字》），于是就有了"无归期望天远水寒，残阳下孤独嶙岣路"的词境，颇似元代马致远在《天净沙·秋思》中"古道西风瘦马。夕阳西下，断肠人在天涯"的意韵。

　　朱彝尊既有长篇大作又极善小令，尤善于将感人的故事融于凄婉的场景中，以抒发一腔不舍之痴情，进而感叹无奈之人生。他的《桂殿秋》仅寥寥四句二十七个字，却被"晚清四大词家"之一的况周颐在其《蕙风词话》中高赞为"当朝第一"，词云："思往事，渡江干，青娥低映越山看。共眠一舸听秋雨，小簟轻衾各自寒。"词人的五、七言诗也常常以古琴作为主要元素，以彰显其文人气质及怀古之情，如五律《哭王处士（翃）六首·其五》："落日明丹旐，飘风卷穗帷。途穷偏作客，身老独无儿。书籍今何托，人琴不可知。高山空有调，回首失钟期。"诗中明为哭悼晚明遗民、诗人王翃，悲叹王翃独老无子以至于学问无所托、琴诗无所付，实则是感伤自己痛失知音。朱彝尊有组诗《鸳鸯湖棹歌》，其中有诗曰："劝郎莫饮黄支犀，劝郎莫听花冠鸡。闻琴桥东海月上，乌夜村边乌未啼。"诗中数典并用，尤其是"闻琴桥东海月上"一句，使得格调与情致陡增，较之清代词人吴绮的《解红儿·忆别》"白项鸦，花冠鸡。未明都向枕边啼。为报东风太狼籍。花落尽，玉窗西"则高下立判。

朱彝尊与其妻妹冯寿常相恋，他曾以一首排律《风怀二百韵》记叙他们的爱情故事。其中依旧不乏以琴喻情、借琴言意之句。

【雅赏】

风怀二百韵·节选（朱彝尊）

乐府传西曲，佳人自北方。问年愁豕误，降日叶蛇祥。
巧笑元名寿，妍娥合唤嫦。次三蒋侯妹，第一汉宫嫱。
铁拨娴诸调，云璈按八琅。琴能师贺若，字解辨凡将。
弱絮吟偏敏，蛮笺擘最强。居连朱雀巷，里是碧鸡坊。
偶作新巢燕，何心敝笱鲂。连江驰羽檄，尽室隐村艎。
绾髻辞高阁，推篷倚峭樯。蛾眉新出茧，莺舌渐抽簧。
慧比冯双礼，娇同左蕙芳。欢惊翻震荡，密坐益徬徨。
板屋丛丛树，溪田棱棱姜。垂帘遮雁户，下榻碍蜂房。
沽鬼同时逐，祆神各自禳。乱离无乐土，漂转又横塘。

清平乐·弹琴峡题壁

纳兰性德

泠泠彻夜,谁是知音者。
如梦前朝何处也,一曲边愁难写。

极天关塞云中,人随落雁西风。
唤取红襟翠袖,莫教泪洒英雄。

【作者】

纳兰性德(1655—1685),原名纳兰成德,叶赫那拉氏,字容若,号楞伽山人,因避讳太子保成(胤礽)而改名纳兰性德。生于北京,满洲正黄旗,是有清一代最具影响力的词人之一,武英殿大学士、太子太师明珠之子。纳兰性德自幼饱读诗书且过目不忘,善骑射,文武兼修,18岁中举,康熙十五年(1676)殿试中二甲第七名,赐进士出身。曾拜礼部侍郎徐乾学为师。他的词逼真传神、清丽婉约、哀感幽艳、格高韵远,他主持编纂了1792卷的儒学汇编《通志堂经解》,颇受康熙帝的赏识,并称赞"是书荟萃诸家,典瞻赅博,实足以表彰六经"。另有《通志堂集》《侧帽集》《饮水词》等。他学识广博、意趣多样,将博读经史过程中的见闻和学友传述记录整理成文,用了近四年时间,编成四卷《渌水亭杂识》,涉及历史、地理、天文、历算、佛学、音乐、文学、考证等诸多门类。

纳兰性德现存约349首词，其词真挚自然而多凄恻哀艳，有南唐后主遗风，其悼亡词更是情真意切堪称"绝调"，每每令人痛彻肺腑、不忍卒读。王国维在《人间词话》中更是评赞他"以自然之眼观物，以自然之舌言情，北宋以来，一人而已"。近代词人兼学者谭献先生则言："以成容若之贵，而作词皆幽艳哀断，所谓别有怀抱者也。"又在其《复堂词话》中称他可与朱彝尊、陈维崧"鼎足词坛"。

纳兰性德在短短的近十五年创作生涯中，于词先有《侧帽》一集，后增补为《饮水词》，后人汇辑本则统称"纳兰词"，当时盛传"家家争唱饮水词，纳兰心事几人知"的说法。纳兰性德为人谦和而性颖敏，多愁善感，不类贵介公子，况周颐在《蕙风词话》中将他赞誉为"国初第一词手"。纳兰性德的佳句众多，其中尤以"人生若只如初见，何事秋风悲画扇"(《木兰花·拟古决绝词柬友》)、"山一程，水一程，身向榆关那畔行，夜深千帐灯。风一更，雪一更，聒碎乡心梦不成，故园无此声"(《长相思》)以及"明月多情应笑我，笑我如今。辜负春心，独自闲行独自吟"(《采桑子》)等名句广为今人流传。

《清史稿·纳兰性德传》载："性德，纳喇氏……数岁即习骑射，稍长工文翰。康熙十四年成进士，年十六。圣祖以其世家子，授三等侍卫，再迁至一等。令赋乾清门应制诗，译御制松赋，皆称旨。俄疾作，上将出塞避暑，遣中官将御医视疾，命以疾增减告。遽卒，年止三十一。"又有："性德善诗，尤长倚声。遍涉南唐、北宋诸家，穷极要眇。所著饮水、侧帽二集、清新秀隽，自然超逸。尝读赵松雪自写照诗有感，即绘小像，仿其衣冠。坐客期许过当，弗应也。乾学谓之曰：'尔何似王逸少！'则大喜。"

【诗文大意】

清夜流水如琴，彻夜鸣，知音谁是。梦回前朝征战地，边塞愁云，琴中一曲难收。极目往天边、落雁西风瘦，情系一卷尺素。何处唤红襟，翠袖添香、寄语英雄乡愁。

【品读】

纳兰性德的词不但在清代词坛享有很高的声誉，在整个中国文学史上，也以"纳兰词"占有光彩夺目的一席之地。他生活于满汉融合的时期，从小就见惯了王朝国事与勋贵家庭之兴衰，他虽侍从帝王，却向往平淡的文人雅士生活。特殊的生活环境与背景，加之他个人的超逸才华，使其诗词创作呈现独特的悲悯清婉之个性特征和意韵文雅之艺术审美。

"清平乐"，原为唐教坊曲名，后用作词牌名，又名"清平乐令""醉东风""忆萝月"等，为宋词常用词调，同时又是曲牌名，属南曲羽调。作为词牌，此调正体双调八句四十六字，前片四仄韵，后片三平韵。晏殊、晏几道、黄庭坚、辛弃疾等词人均用过此调，其中晏几道尤多。代表作有李煜的《清平乐·别来春半》等。

"弹琴峡"位于北京西北居庸关，指的是五桂头山东侧一条花岗岩峡谷，温榆河从北流入，河水在谷底乱石中流淌，发出泠泠的响声，加上峡谷的回音，远听犹如弹琴声，正如《大清一统志·顺天府》所载："弹琴峡，在昌平州西北居庸关内，两山相峙，水流石搏，声若弹琴。"弹琴峡崖壁上镌刻有清道光十九年（1839）江南河道总督麟庆宦游关沟时所题"弹琴峡"三个大字。居庸关与紫荆关、倒马关合称"内三关"，与西侧的雁门关、宁武关、偏关等"外三关"遥相呼应拱卫京师。

关于"弹琴峡"还有一个美丽的传说：早先居住在弹琴峡附近的多为从山西大槐树迁徙而来的移民，有一家夫妻没能同时迁出，只丈夫一人先来到这里落户谋生。他善弹琴，将对爱妻的深情思念融于琴声，于是千里之外的妻子感受到熟悉的琴声，历经千辛万苦循声而来，夫妻终得团圆美满，后人便将此峡谷称为"弹琴峡"。

泉水泠泠如出指下七弦，似一曲边塞长歌彻夜不息，只是千百年来知音难觅，前尘旧事皆如梦幻。极目远眺，山势高峻耸立云天，而苍劲的西风，吹落鸿雁也吹得英雄落寞。何处唤来佳人，红袖添香，一封家书足以慰藉戍边的将士，不使英雄寂寞，更无泪洒长天。纳兰性德这阕《清平乐》词大约作于康熙十五年（1676）扈驾到昌平之时，而三百多年前的"弹琴峡"之风景应是峰回路转、山清水秀、两山夹峙、石壁相磊，又有清冽溪流、淙淙潺潺，两岸石壁与之共鸣，悠扬婉转如琴声清越贯耳。

这阕词，将峡谷中的泠泠水声比喻为琴声，本就有了"苍山不染千秋画，流水无弦万古琴"的苍远古意，依水声而起兴，词人在慨叹知音难觅、前事如梦、边愁难写的同时，完成了简洁明了的铺陈，并将复杂交织的悲情感怀由这鸣琴一样的水声发起。从视听引来的愁情落笔，以边塞愁云换片，结句处则化用辛弃疾的《水龙吟·登建康赏心亭》中的"倩何人、唤取红巾翠袖，揾英雄泪"，寄怀戍边将士的思乡之情以及吟咏自古英雄皆寂寥的伤时落寞，同时又表达了词人心中"自古知音难求"的传统感叹。此情此景，又岂是琴中一曲可概言，一阕词如草蛇灰线又似惊鸟出林，一气呵成并无延宕。

词中上下片均为前景后情，从视觉的远近变化上渲染边塞愁情，又借流水琴声提升词的格调，于清越中显见雄壮，使得词意始有险绝之势。"极天关塞云中"一句化用杜甫的《秋兴·之六》中的"关塞极天唯鸟道，江湖满地一渔翁"之句,其中"极天",既言关塞山峰之高,又言关塞路遥之远,如《诗·大雅·崧高》中就有"崧高维岳,骏极于天",《孔丛子·问答》(又名《连丛》)中也曰:"今世人言高者,必以极天为称,言下者以深渊为名。"词中的"人随落雁西风"是为上乘佳句,既取苍凉萧肃之意境,言峰高入云、秋风苍劲、鸿雁低飞、独立绝顶,又含词人见景生情之感怀,似有御风而翔之势油然而生,心潮激涌如风鼓袍袖,寥寥数笔即将词人自己乃至读者都带入那过往的苍茫时空之中。

  元代诗人陈孚有效仿北宋诗人饶延年的《无弦琴》"月作金徽风作弦,清音不在指端传。有时弹罢无生曲,露滴松梢鹤未眠"而作的一首《弹琴峡》,诗曰"月作金徽风作弦,清声岂待指中弹?伯牙别有高山调,写在松风乱石边",只是不知此"弹琴峡"是否为彼"弹琴峡"?

  纳兰性德通音韵,十分推崇宋末元初的赵孟𫖯,他善琴尤擅于以琴入词,他有词《赤枣子》曰:"惊晓漏,护春眠。格外娇慵只自怜。寄语酿花风日好,绿窗来与上琴弦。"此小令以少女的形态及口吻写春愁春感,写其春晓护眠又娇慵倦怠,将少女那"推窗风日好、抚琴生自怜"的情态与一丝春心描写得活灵活现。

  词人笔起春晨,言晓漏更鼓将少女从甜梦中唤醒,此一句已有杜审言《秋夜宴临津郑明府宅》诗中"露白宵钟彻,风清晓漏闻"的意境,而"惊"字又写出了少女娇嗔恼怒的作态,似乎这一觉醒来已是春暖花开,于是乎春眠天气、倦意袭来、难以抗拒,遂有"格外娇慵只自怜"的柔弱倦怠,正如李贺《美人梳头歌》中的"春风烂熳恼娇慵,十八鬟多无气力",想必此时的女子当是满脸娇柔,辗转反侧中别有一番风韵。词人尽其能事地将这位慵懒中的女子描绘得千般柔情、楚楚动人,是故这春愁暗滋、风情难抑的少女,面对着春日美景而暗自生怜,也就十分自然了。

  晨起的小女子,或许也为错过了这春意盎然的季节而后悔不迭,于是，她推开碧纱窗，依窗外春色抚琴一曲，好让自己优雅的琴声和着少女的春情，悠远而朦胧地飘出窗外。至此，词人将描述与情绪戛然而止，可谓言尽意不尽，独留一番含蓄蕴藉。

纳兰性德另有词作《浣溪沙》："十八年来堕世间，吹花嚼蕊弄冰弦。多情情寄阿谁边。紫玉钗斜灯影背，红绵粉冷枕函偏。相看好处却无言。"这阕词或是纳兰写给曾经青梅竹马的恋人，或是写给妻子卢氏的，但大体应是纳兰与卢氏新婚之时所作。他们结婚时，卢氏正好十八岁，此与词中的"十八年来堕世间"之语正好相应。

词间温婉柔情如耳畔呢喃：你像仙子一样流转世间十八年，你能诗善词又通古琴，而今如此多情的你终于寄情于我。在朦胧迷离的灯影里，你恍若汤显祖笔下的霍小玉，轻施淡粉，拥着一副娇美的面庞斜倚在枕函边上。惴惴不安的"我"此时满眼都是你的美好，而面对这一切语言却已变得如此苍白。

词中的"吹花嚼蕊"为通晓声律、辞藻之意。"紫玉钗"原出自唐人蒋防的《霍小玉传》，汤显祖在《紫钗记》中有"烛花无赖，背银缸、暗擘瑶钗"之句。"红绵粉"在词中是指描妆的粉扑，而"枕函"即古时以木制或瓷制的中空可藏物件的枕头。纳兰性德在词中多处用典，情感表达流畅，尤其是对女主人公的描述，层层递进、若隐若现，极大地发掘了读者的想象力，读来令人回味无穷。而笔者认为这一阕词中最动人之处，在于末句的"相看好处却无言"，端的是情至深处已是无言。

一卷《饮水词》，翩翩雅公子。纳兰性德的词，如凛冽的冬日里煮一瓯热茶，细细品读余味绵绵，仿佛唇间的暖、词中的凉，恰如人世间的喜怒哀乐、冷暖离合都在时光中流淌，于是在纳兰词中，我们除了品味至美之情，也仿佛触探着词人的一世悲凉。

【雅赏】

水调歌头·题西山秋爽图（纳兰性德）

空山梵呗静，水月影俱沉。
悠然一境人外，都不许尘侵。
岁晚忆曾游处，犹记半竿斜照，一抹界疏林。
绝顶茅庵里，老衲正孤吟。

云中锡，溪头钓，涧边琴。
此生著几两屐，谁识卧游心？
准拟乘风归去，错向槐安回首，何日得投簪。
布袜青鞋约，但向画图寻。

沁园春·恨

郑燮

花亦无知，月亦无聊，酒亦无灵。

把夭桃斫断，煞他风景，鹦哥煮熟，佐我杯羹。

焚砚烧书，椎琴裂画，毁尽文章抹尽名。

荥阳郑，有慕歌家世，乞食风情。

单寒骨相难更，笑席帽青衫太瘦生。

看蓬门秋草，年年破巷，疏窗细雨，夜夜孤灯。

难道天公，还箝恨口，不许长吁一两声？

癫狂甚，取乌丝百幅，细写凄清。

【作者】

郑燮（1693—1765），字克柔，号板桥，江苏兴化人。清代著名画家、书法家，"扬州八怪"之一。郑燮出身贫寒知识分子家庭，幼年丧母，赖后母抚养，少年时从学于乡先辈陆震。他是康熙年间秀才，雍正年间举人，乾隆年间进士。入仕曾任山东范县、潍县县令，他为官体恤百姓疾苦，不愿逢迎上司，曾因擅自开仓赈济，拨款救灾，获罪罢官，后长期在扬州以卖画为生。

郑燮深受儒家思想影响，要求自己"第一要明理作个好人"，要"立功天地，字养生民"。在文学创作上也主张"理必归于圣贤，文必切于日用"，坚持"作主子文章，不可作奴才文章"。他的诗歌，很多是描写穷苦百姓生活，揭露富豪和胥吏的残暴贪婪的。郑燮存世诗词百余首，著名的有《竹石》"咬定青山不放松，立根原在破岩中。千磨万击还坚劲，任尔东西南北风"，另有《咏雪》"一片两片三四片，五六七八九十片。千片万片无数片，飞入梅花都不见"，《竹枝词》："水流曲曲树重重，树里春山一两峰。茅屋深藏人不见，数声鸡犬夕阳中"，等等。在绘画和书法上，他深感"以区区笔墨供人玩好"是可耻的"俗事"，因而提出"凡吾画兰、画竹、画石，用以慰天下之劳人，非以供天下之安享人也"创作中尽力使自己的作品具有伦理道德的意义内涵。对待传统和前人成法，主张"学一半，撇一半"，"师其意不在迹象间"，即"不泥古法，不执己见，惟活而已"。郑燮专长于画兰、竹、石、松、菊等，偶亦写梅，取法石涛，又多从徐渭、高其佩等名家画法中悟得真意。剪裁构图崇尚简洁，笔情纵逸，随意挥洒，苍劲豪迈。其题材虽然局限于传统的文人画"四君子"范围，但通过题诗、题跋寓社会伦理教于画中，能时出新意。其书法以画法入笔，折中行书和隶书之间，自称"六分半书"。其书纵横错落，整整斜斜，如乱石铺街，不落前人窠臼，别具一番风味，后人亦称为"板桥体"。一直以来人们对郑燮的书画多有不同品评，清代戏曲家、文学家蒋士铨《题画兰》曰："板桥作画如写兰，波磔奇古形翩翩，板桥写兰如作字，秀叶疏花是姿致。"而清末杨守敬在其《学书迩言》中则说："板桥行楷，冬心分隶，皆不受前人束缚，自辟蹊径。然为后学师范，或堕魔道。"清代诗家袁枚也说："板桥书法野孤禅也……乱爬蛇蚓，不足妃稀。"今人多评郑板桥为"画竹千古第一人"。

郑燮一生留下许多名言警句，常被今人悬于厅堂，其中最为脍炙人口的是"吃亏是福"和"难得糊涂"。

【诗文大意】

花无知，月无聊，酒无灵性。愤将桃花砍，又将鹦鹉煮，权佐杯羹。焚书砚，毁琴画，求甚文章浮名。昔荥阳郑生，纵有慕歌家世，终归乞食风情。注定命中贫寒，人笑我破帽青衣、骨嶙峋。门庭冷落，孤灯夜读，更兼疏窗冷雨。问天公，箝恨口，不许我几声长叹。纵癫狂，敢取百幅乌丝纸，尽写一世凄清。

【品读】

郑板桥虽生活于清初康乾盛世，但在40岁以前却极为贫困潦倒，先漫游南北，后至扬州，靠卖画度日。他曾自叙其当时潦倒之状为"日卖百钱，以代耕稼，实救贫困，托名风雅，免谒当途，乞求官舍"。后来终于考取了进士，在地方上做了十二年知县，由于他在灾荒之年向上请求开仓赈济贫民，触忤高官而被罢黜，于是回到扬州卖画为生，直至去世。

"沁园春"系词牌名，又名"东仙""寿星明""洞庭春色"等。以苏轼词《沁园春·孤馆灯青》为正体，双调一百一十四字，前段十三句四平韵，后段十二句五平韵，另有变体。

这阕《沁园春》便是郑板桥早年扬州卖画时抒写功名不遂之怨愤情绪的佳作。词的上片，作者将科考蹭蹬的怨愤和绝望以一种十分过激的形式描写出来，表现出愤极一时的反常心理。花、月、酒本是文人赏心悦目之景和消愁忘忧之物，然而此时的词人面对生活落魄兼功名无望，心中怨恨之情达到顶点，于是便觉得花儿虽美却不能晓喻心情，月景虽佳也无法遣愁释恨，酒亦无灵，若入愁肠愁更愁。在这种极端沮丧中，他无端地迁怒于夭桃、鹦鹉，甚至要将标志着他文士身份的书、砚、琴、画毁掉，更是恨不得毁尽天下的文章抹尽天下的虚名,因为在此时的郑燮看来,这文章和虚名不过是误人误己,其中的潜台词是:自己的锦绣文章和一时诗名面对科考又有何用!他30岁时还只是一名秀才,43岁时还只是个举人,44岁时始中进士,50岁时才做上七品的范县县令。难怪郑燮这位绝世奇才,一生常发愤世嫉俗之语,以至于他画幅间常用"七品官耳"以及"康熙秀才雍正举人乾隆进士"两枚闲章,大体不过是揶揄世情、发泄怨愤之举。词的上片结句处以"荥阳郑,有慕歌家世,乞食风情"嬉笑自嘲,取典于唐代《李娃传》:曾经常州刺史荥阳公之公子郑生,遵父命进京应试,遇长安名妓李娃,同居一年后由于资财散尽被鸨母逐出妓院,沦落为给死人唱挽歌者,后又遭其父荥阳公毒打,死而复生后沦为乞丐,李娃闻其啼饥号寒之声旧情复萌,拥郑生入宅并精心护理,督促其刻苦攻读,最后郑生终于考中进士,与李娃结成眷属。郑燮将自己比作荥阳郑生的后代,虚言自己不如也像这位祖先那样,弃功名利禄,逐男女风情,即便沦落为乞丐也好过如今的功名不就。当然这不过是词人以较为极端的言语,意在发泄他内心的无奈和怨愤。

下片则是以词人潦倒困苦之状以自嘲:看来贫寒的骨相是我命中注定的,一生不过是头戴"席帽"、身着青领秀才衣、瘦骨嶙峋的那副模样。"席帽"为古时的一种便帽,以藤席为骨架,形似毡笠,可蔽日遮颜,唐皇甫氏《京都儒士》中有"遂于壁下寻,但见席帽,半破在地"之句,宋吴处厚《青箱杂记·卷二》中有"盖国初犹袭唐风,士子皆曳袍重戴,出则以席帽自随",而清钱谦益《客途有怀吴中故人》中也有"青袍奉母谁知子,席帽趋时自有人",可见至少在唐代就有了这种帽子。继而词中的"蓬门秋草,年年破巷,疏窗细雨,夜夜孤灯",则具有典型的清贫文士之诗词意象,意在写家境贫困、门庭冷落、疏窗细雨、孤灯夜半的漫长苦读。郑燮于68岁(乾隆二十五年,即1760年)作《板桥自叙》,其中自言："幼时，殊无异人处。少长，虽长大，貌寝陋，人咸易之。又好大言，自负太过，漫骂无择。诸先辈皆侧目，戒勿与往来。然读书能自刻苦，自愤激，自竖立，不苟同俗，深自屈曲委蛇，由浅入深，由卑及高，由迩达远，以赴古人之奥区，以自畅其性情才力之所不尽。人咸谓板桥读书善记，不知非善记，乃善诵耳。板桥每读一书，必千百遍。"正是由于他的苦读无果，所以词中他才会在指天骂地之后，将心中郁结的幽情愤火凝成一个大大的反诘句："难道天公，还箝恨口，不许长吁一两声？"这是整阕词的情绪爆发点，犀利的言语似锋利的投枪刺向了炎凉世态和封建科考。结句处的"癫狂甚，取乌丝百幅，细写凄清"，则极具生动浪漫的感情色彩，有着郑板桥特有的孤直和耿介，他扬言要用百幅乌丝纸来详细抒写自己的凄清情怀，词人似乎是要将这"癫狂"之性情和不羁的人格坚守至老，以无愧他"扬州八怪"之名。这首词言辞激烈、快语如刀、妙句如珠，风格明快，一经问世便不胫而走以至家弦户诵，据《刘柳村册子（残本）》载："南通州李瞻云，吾年家子也。曾于成都摩诃池上听人诵予《恨》字词，至'蓬门秋草，年年破巷；疏窗细雨，夜夜孤灯'，皆有赍咨涕洟之意。后询其人，盖已家弦户诵有年。"可见其在当时影响之大。

【雅赏】

咏梧桐（郑燮）

高梧百尺夜苍苍，乱扫秋星落晓霜。
如何不向西州植，倒挂绿毛幺凤皇。

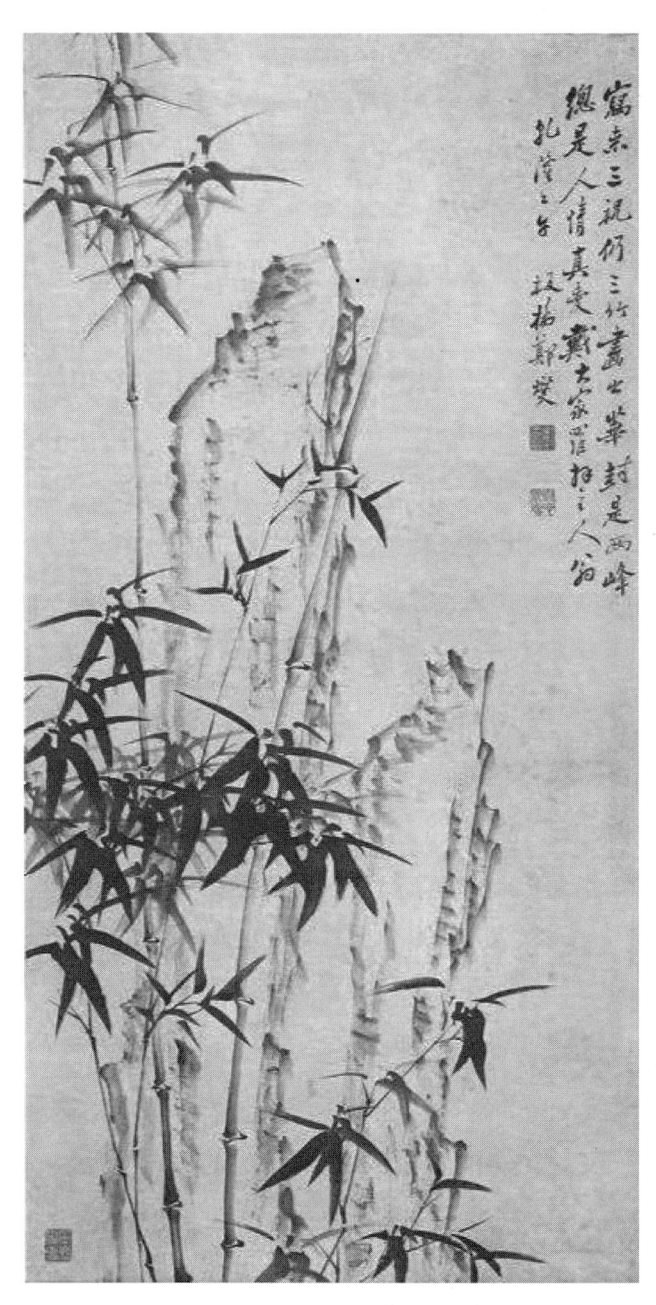

郑燮《竹石图》

玉乳泉·其三
爱新觉罗·弘历

嵌崖乳窦窅而深，冰七条鸣太古琴。
何必吴山千尺雪，会心随处涤尘襟。

【作者】

清高宗爱新觉罗·弘历（1711—1799），清朝第六位皇帝，别署长春居士、信天主人，晚号古稀天子、十全老人。年号"乾隆"（寓意"天道昌隆"），在位六十年，禅位后训政三年，是中国历史上实际统治时间最长的皇帝，也是最长寿的皇帝。乾隆帝是中国封建社会一位赫赫有名的皇帝，他在康熙、雍正两朝文治武功的基础上，进一步完成了包括西藏、新疆在内的多民族的统一，社会经济文化有了进一步发展，国家版图达到了中国历史上前所未有的程度。乾隆帝重视社会的稳定，关心百姓，五次普免天下钱粮，三免八省漕粮，既减轻了农民的负担，又起到了保护农业生产的作用。他开博学鸿词科，修《四库全书》，使汉学得到了很大的发展，其中也包括古琴、京剧在内的文化艺术；他严正抵制英国、俄国的侵略性行为，拒绝英国马戛尔尼使团提出的通商贸易及有损主权之无理要求。乾隆六十年（1795），乾隆帝禅位于第十五子颙琰（即嘉庆帝）。嘉庆四年（1799）正月初三乾隆帝崩于养心殿，享年89岁，庙号高宗，葬于清东陵之裕陵。

乾隆帝一生写了43000多首诗，多数收录在《御制诗集》中，今人最为熟知的大概就是那首打油诗《飞雪》："一片一片又一片，两片三片四五片，六片七片八九片，飞入芦花都不见。"也有许多颇显情致的诗句，如"烟容波态皆如画，属意悠然在杳冥"(《如意湖》)、"水涵银海月为镜，苔点瑶阶石作枰"(《夏日题瀛台》)及"鹤唳孤松顶，鹿寻曲涧滨"(《泛月》)等。

【诗文大意】

镶嵌在石崖山间的泉眼，渊远深邃。如冰弦鸣奏着太古遗音，泉水入潭。并非只有往吴山方可观那千尺雪景，只要心有乾坤，随处都有清风可以洗涤襟尘。

【品读】

乾隆帝是清朝第六位皇帝，他即位时（1735）距1644年清入关已近百年，满汉的民族融合及满人的汉化都已达到极高的程度。康、雍、乾三代都十分重视学习汉文化，乾隆帝5岁开蒙，坐师为文华殿大学士朱轼及保和殿大学士张廷玉。乾隆帝喜欢诗词，尽管大体水准平平，但数量庞大、题材繁杂；他尤喜欢书画，除了处处题字以外，又广为搜罗和收藏古今书画大家的作品，并无一例外地加盖印鉴；他喜爱古琴，对清代的古琴文化发展起到了皇家推手的作用，为古琴的艺术审美意趣留下了极具民族融合特点的时代标签，甚至一直影响着今日之琴风。

乾隆皇帝写玉乳泉的诗很多，笔者认为相比之下或此首为最佳。乾隆年间，在京西香山由人工开出三方石潭，使山泉汇聚、终年不竭，丰水时流若白练、涌如乳汁，乾隆帝遂命名为"玉乳泉"，后曾由此泉而将

"香炉峰"易名为"玉乳峰"。公元1860年,静宜园被英法联军损毁,玉乳泉的乾隆御笔石碑及其他石刻均被损毁,但泉水依旧。后因达官贵人于上游兴建别墅,纷纷凿地引泉,导致此泉断流。十多年前,人民政府引水拓渠,使"玉乳泉"盛景重现,如今泉下建有一轩一亭,周边巨石锲刻乾隆帝御笔"咏玉乳泉诗"等。

在这首诗中,乳窦本指钟乳之泉,"窅而深",意喻为深邃、幽远,"冰七条鸣"则为古人常用比喻琴弦之法,如唐朝崔珏"七条弦上五音寒,此艺知音自古难"之句。诗中的"吴山千尺雪"是指吴中的"千尺雪"之景观,即明代赵宦光私家园林中瀑布之景(现今苏州寒山别墅)。乾隆十六年(1751)乾隆帝南巡,见其悬流喷瀑、寒光四射,观之如千尺之雪飘然落下,闻之如琴声鼓响震耳,则命人在京西西苑、蓟县盘山的静寂山庄和承德避暑山庄先后仿建,现今只剩遗址。

此诗收录于《钦定四库全书》,虽有抄袭之嫌,却又有独到之处。杜甫有《园人送瓜》诗,诗中就有"竹竿接嵌窦,引注来鸟道"之句,苏轼也有"有泉出于嵌窦间,色白而甘,号'菩萨泉',人莫知其本末"。有清一代,乾隆帝吟咏千尺雪后,清人咏千尺雪的诗鱼贯而出,其中最精彩的莫过于吴梅村的《阻雪》中"十丈黄尘千尺雪,可知俱不似江南"一句。乾隆帝此诗,先对玉乳泉之突于涧崖以及泉水的深邃清冷进行了概括性的描写,而后诗锋一转,以寒泉落潭之声比喻太古七弦琴之深旷幽远,继之大发感慨:人生何必一定要游历江南圣地,心性超凡之人,随处都可以参悟世事洗涤灵魂,如同用这甘冽的泉水漂洗自己的衣襟。

乾隆帝六下江南,又将江南之景移建于避暑山庄及京城周边,可谓工程浩大,耗费颇多,史学界多谓其劳民伤财,挥霍无度,就连他自己也在其晚年对此等奢靡十分后悔,所以他也自嘲"何必吴山千尺雪,会心随处涤尘襟"。而笔者认为,历史从来都是后人评说的,各个朝代的历史也是有着它属于自己之相应规律的,康乾盛世,国富民强,虽然乾隆朝前期亦可见一派盛世明君气象,但后期则是清王朝由盛转衰的分水岭。如没有康、雍、乾三帝,何来今天的避暑山庄以及从今天的清华园至香山的皇家园林景区,更何况盘山、东西清陵景区。

在乾隆帝的诗中,以琴入诗者不胜枚举,然而正是由于他的享乐奢华,加之当时文化的交融以及明末清初开始的"西学东渐"之风日趋盛行,以皇家为代表的娱乐化音乐风向也就不可避免地撼动着千百年来无数古圣先贤们苦心维护着的古琴之道统地位及其思想境界,更使得古琴的文化表象及其音乐表现渐趋娱乐化及平民化(另见笔者《盛世之殇——谈康雍乾三朝对古琴之平民化审美意趣的推动》一文)。

乾隆帝有诗曰:"曲折回廊致有情,槛依泻玉静中鸣。灵岩若复相衡量,响屟还嫌太艳生。"(《玉泉山杂咏十六首·其九·写琴廊》)在诗中他虽试图描摹一种超凡脱俗的清雅琴境,似乎"响屟"(诗中比喻为脚步声)都会破坏这唯美的弹琴幽所,然而却无法避免地杂糅着一番奢靡迤逦味道。亦如他的五律《韵琴斋》:"上源水既足,假山泉各涌。曲流洒阶前,激石活沄溶。其音中宫商,而殊金石种。似是七弦调,又非指鼓动。一雨众美具,坐听娱心孔。"诗中重在向往雨中美景之下的听琴娱兴,而琴意在此处不过是美景中的些许点缀,抑或多少有自诩清雅的作态之嫌。当然,作为文化和思想上高度汉化的乾隆帝,对古琴所代表的道统思想及其深远的文化蕴含并不是完全无视的,如他的七律《听唐侃弹琴》:"仙籁平张梧几横,澄心试听指弦声。古风犹见巢兮燧,哇律都删琶与筝。蟠盖几株吟韵谡,垂虹百尺挂川晴。愧予未解南薰愠,领取春温和且平。"诗中"仙籁"应是琴名,琴横于梧桐制成的琴桌(琴几)上,琴声中犹有"巢燧"时的上古之风,它穿越千古游于松蟠之上、悬于虹之间,而远胜过那些琵琶和筝的蛙音噪律,诗人虽然也时常沉浸在自己所谓"一代明君"的赞美声中,但也叹自己愧不如古圣先贤,未能开创南薰盛世,所求不过是"春温平和"的一世太平而已。

乾隆帝自称"十全老人",非常得意于自己的"文治武功",更是毫不回避"厌旧喜新"的性格,他在"玉琴轩"翻建后作《玉琴轩作歌》曰:"玉琴轩,文津阁。轩前本旧有,阁后实新作。一水为之带,万石为之墼。阁未成时每到轩,即今阁恒有咏,轩乃数载阙句著。厌旧喜新我尚然,如是世情尽堪度。兹来一聆玉琴音,太古之曲不藉人醳攫。成连伯牙其后辈,空向丝桐劳摸索。"坦言自己尚新厌旧,进而表示这应是普世的生活态度,又发问道:古琴所传布的太古之音和它们所蕴含的思想体系,今人还能有多少继承?诗中的"醳攫"是谓弹琴时琴弦的一张一弛,出自《史记·田敬仲完世家》"夫大弦浊以春温者,君也;小弦廉折以清者,相也;攫之深,醳之愉者,政令也",而苏轼在《听僧昭素琴》诗中也有对抚琴时"至和无攫醳,至平无按抑"的思考和解读。在诗的尾联,乾隆帝也不无调侃地言明:自成连和伯牙等大家之后,百代琴人不过是"空向丝桐劳摸索"罢了。此言既出,大有"盛世君王"蔑视群雄之感,又有叹世间知音难求之意,细品之似乎也是在为他自己的"尚新厌旧"之情找寻借口。

【雅赏】

古琴(爱新觉罗·弘历)

古桐三尺剡以丝,黄金丁星间作晖。声丝音晖主辅毗,龙龈凤额相差池。

漆古断作鳞之而,春风驰荡花融怡,秋霄明瑟月皎兮。

壶峤出海高巍巍，流泉若咽若奔驰。枞金戛玉明堂仪，空山无人胎仙飞。

风车雨马云霞衣，蝉哀雁肃幽兰猗。天地事物神人祇，万状惚恍皆可为。

情忻情戚俄而移，惟君妙指所命之。此一大士号闻思，清净不涉离与微。

【郎世宁《弘历观荷抚琴图轴》局部】

雨后步水西亭

袁枚

雨气不能尽,散作满园烟。
好风何处来,荷叶为翩翩。
群花浴三日,意态柔且鲜。
幽人倾两耳,竹外鸣新泉。
啁啁一鸟歇,阁阁群蛙连。
暝色起乔木,断虹媚远天。
蜗过有残篆,琴润无断弦。
凭阑意清悄,与鸥相对眠。

【作者】

袁枚(1716—1798),字子才,号简斋,晚年自号仓山居士、随园主人、随园老人,有感于满头白发而又自称"袁丝"。袁枚祖籍浙江慈溪,钱塘(今浙江省杭州市)人,清朝著名诗人、散文家、文学批评家和美食家。袁枚出身书香门第,到祖父袁锜时家道中落,其父袁滨精通《大清律》,母章氏是杭州名士师禄之女。袁枚7岁入塾"幼有异禀",9岁时游杭州吴山作五律出"眼前三两级,足下万千家"之佳句。12岁中秀才,18岁时得浙江总督程元章赏识,被送入杭州凤凰山敷文书院。乾隆三年(1738),袁枚22岁考中举人。次年春,殿试名列第五。入仕先被选为翰林院庶吉士,乾隆七年(1742)外调江苏,先后于溧水、江宁、江浦、沭阳共任县令七年，他为官勤政颇有声望，但终无意于吏禄，在乾隆十四年（1749）辞官，从33岁隐居于江宁（今南京）小仓山的随园，之后寓居随园近50年。袁枚性情倜傥、乐于交友、诗文唱和、争相题咏，他广收门徒，其中包括能诗善画的女才子20余人，此在当时堪称骇俗之举。袁枚与赵翼、蒋士铨合称为"乾嘉三大家"（或"江右三大家"），又与赵翼、张问陶并称"性灵派三大家"，为"清代骈文八大家"之一。文笔与大学士纪昀齐名，时称"南袁北纪"。嘉庆三年（1798），袁枚去世并葬于南京百步坡，享年82岁，世称"随园先生"。

袁枚是清中叶享有盛名的诗文大家，存诗4000余首，他一生著述甚丰，著有《小仓山房文集》《小仓山房外集》《小仓山房诗集》《小仓山房尺牍》《随园诗话》《随园随笔》《子不语》等，散文代表作《祭妹文》被今世学者与韩愈的《祭十二郎文》并提。

袁枚强调"才气"在诗歌创作中的重要作用，反对一切束缚诗歌抒发真情的制约因素，高呼"但须有我在，不可事剽窃"，即提倡诗歌在思想内容以及艺术形式上要有所创新，以新言去写新意。他一生中写下200余首咏史诗，十分推崇"翻案"式的写作，认为唯乎如此方能既突出作者的过人天才，又能避免读者的审美疲劳。袁枚的山水诗古体、近体兼备，其古体诗作尤为令人瞩目。袁枚不惯依声填词，他认为作诗是为抒发性情，如过分注重形式格律必然会限制性情的自由挥洒。他的山水诗诙谐幽默，呈现出浓郁的主观色彩，将心情和心境化为特有的乐生精神，由山水之美，寻获山水之乐。袁枚的绝句小诗意象空灵、活泼有趣、典雅华美、通俗晓畅，颇有宋人杨万里之风格。

《续诗品》是袁枚模效唐朝司空图《二十四诗品》的四言诗论，用更为宏阔的笔势、更为庞大的篇幅补充了《二十四诗品》中没有提及的部分，其语言形象鲜明、韵律铿锵顿挫。袁枚的诗歌作品中论诗有

100余首,是他的批评文体中最多的一种形式,多存于《小仓山房诗集》中。此外袁枚的哀悼诗独具艺术手法,同时也是其深挚情感的真实流露。

袁枚反对使用生僻的典故,主张典故与诗歌融会贯通,能让读者感受到用典带来的诗意之妙,又能不着痕迹,少有填砌、生涩之感。袁枚著名的诗《苔》"白日不到处,青春恰自来。苔花如米小,也学牡丹开",《偶作五绝句》"偶寻半开梅,闲倚一竿竹。儿童不知春,问草何故绿",以及《所见》《春风》《湖上杂诗》等,均为今人所熟知。

清代散文家姚鼐在《袁随园君墓志铭》中写道:"君古文、四六体,皆能自发其思,通乎古法。于为诗尤纵才力,所至世人心所欲出不能达者,悉为达之。士多效其体,故《随园诗文集》,上自朝廷公卿,下至市井负贩,皆知贵重之,海外琉球有来求其书者。君仕虽不显,而世谓百余年来,极山林之乐,获文章之名,盖未有及君也。"

【诗文大意】

雨过烟气散满园,微风摇荷叶翩翩。雨后群花多艳丽,积水泠泠竹林外。鸟儿啁啁蛙阁阁,树后断虹挂远天。蜗留行迹如印篆,琴声温润不断弦。懒倚池栏心意静,犹对飞鸥早入眠。

【品读】

这首《雨后步水西亭》是一首具有袁枚典型诗风及特点的古体诗。诗人在平直诙谐的语境下,描述了雨后小园的入眼风物及文人化的周遭景致。在雨后的清风中,花朵越发娇媚、荷叶在轻轻摇动,幽鸟飞鸣、群蛙聒噪，雨水在竹林外形成了细细的涓流，发出悦耳的泠泠之声。傍晚的余晖下一抹彩虹挂在远处的树梢之上，使这一派文人意象十足的清雅又增几分澹远的意韵。诗人将蜗牛留在细沙上的痕迹比喻成印篆，在这温润的气候和雅致的环境中，琴声似乎尤为温润，诗中的"琴润无断弦"有两重含义，其一是说琴境，对如此惬意的环境自当抚琴，琴声飘绕不绝；其二是言琴弦，在烟云氤氲的空气中琴弦更加润泽也令其振动更加绵远。结句处的"凭阑意清悄，与鸥相对眠"则是诗人的发兴，诗人所言之意兴清悄多见于诗词之中，如宋代杨无咎《两同心·梦牛楚》中有"信言多磨，刚被山禽，一声催晓。觉来满船清悄"之句；元代韩奕《水龙吟·次韵题涌金飞雪画扇》中也有"苍寒收尽红尘，四山一色俄惊晓。楼台宫阙，冰壶影里，莹然清悄"的比喻；清代赵文哲在《祝英台近》词中更有"道南好，遥指修竹吾庐，别院更清悄"的雅句。袁枚以倦鸟归林结束一系列的动态描写，继而希望自己在清悄的心境中也能安然入眠，如此结句，使整首诗的格调始终保持在静雅的文士情愫中。

袁枚的一首七律《伤心》是诗人悼亡诗中的经典之作，也是诗人60余岁痛失慈亲的悲情之作，依旧是言辞平实，依旧是铺陈简明，依旧是情感真挚。诗曰："伤心六十三除夕，都在慈亲膝下过。今日慈亲成永诀，又逢除夕恨如何？素琴将鼓光阴速，椒酒虚供涕泪多。只觉当初欢侍日，千金一刻总蹉跎。"又是一个除夕之夜，回忆起在慈亲膝下度过的63个除夕夜，不禁涕泪沾襟，唯有鼓鸣琴方能感觉时间过得快些，在琴声中等待一遍遍的更鼓直到天明。结尾的一句"只觉当初欢侍日，千金一刻总蹉跎"，不知令多少孝子感同身受，又让多少读者唏嘘不已，正可谓"子欲养而亲不待"，只剩得如今的"椒酒虚供"。

袁枚善于借琴言意，他作七律《题沈凡民兰亭卷子》，由汉景帝的鲁灵光殿之硕果仅存，到羊仲、求仲的高士风义，从东晋书圣王羲之再到南朝梁的文宗沈约，诗人纵论古今、横议天下，尤其是依钟期赴海学琴、对空而悟之典，发"断琴弹落一天霜"之咏，可谓语出惊人，也使之遂成琴诗名句。

【雅赏】

题沈凡民兰亭卷子·其二（袁枚）

浮生难挹鲁灵光，风义羊求事渺茫。
两晋书亡王内史，六朝人剩沈东阳。
金仙次第辞西汉，宫女伊谁说上皇。
惆怅钟期来海畔，断琴弹落一天霜。

阳湖晚归

赵翼

布帆轻扬晚风微,回首阳山正落晖。
鹭点碧天飞白字,树披红叶赐绯衣。
诗情澄水空无滓,心事闲云淡不飞。
最喜渔歌声欸乃,扣舷一路送人归。

【作者】

赵翼(1727—1814),字云崧(一作耘崧),号瓯北,别号三半老人。常州府阳湖县(今江苏省常州市)人。清中期史学家、诗人、文学家,与袁枚、蒋士铨并称"乾隆三大家"。赵翼的先祖是宋代宗室,后家道中落,父亲赵惟宽以设塾授业为生,家境穷苦。赵翼于乾隆十五年(1750)中举,乾隆十九年(1754)参加明通榜,以文理畅通而考取内阁中书,次年补授中书舍人。乾隆二十一年(1756)夏,赵翼入直军机处,时清朝兴兵征准噶尔,因赵翼顷刻能作千言,深为尹继善、傅恒倚重。他扈从天子行在坐地起奏、文不加点,汪由敦等随驾大臣奉召作的文字大都嘱托赵翼,且润笔颇丰。赵翼于乾隆二十六年(1761)中探花,赐进士及第,授翰林编修。历任广西镇安知府、广东广州知府,官至贵州贵西兵备道。后辞官,主讲于安定书院。嘉庆十五年(1810),赴鹿鸣宴,赏三品顶戴。嘉庆十九年(1814)卒,享年87岁。

赵翼长于史学,考据精赅,他的《廿二史札记》共36卷,所考实为二十四史（将新、旧唐书，新、旧五代史各视为一部），并与王鸣盛的《十七史商榷》、钱大昕的《二十二史考异》合称"清代三大史学名著"。赵翼堪大清状元之才，他论诗主"独创"、反摹拟，与袁枚、张问陶并称"性灵派"三大家，有诗集53卷，存诗4800余首，其中尤以五言古诗最有特色，如《古诗十九首》《闲居读书六首》《杂题八首》《偶得十一首》《后园居诗》等。赵翼的七绝也时常语出惊人，在他的《论诗五首》中尤以"李杜诗篇万口传，至今已觉不新鲜。江山代有才人出，各领风骚数百年"以及"少时学语苦难圆，只道功夫半未全。到老始知非力取，三分人事七分天"广为今人称颂。他那句"国家不幸诗家幸，赋到沧桑句便工"（《题遗山诗》）更是诗论名言。赵翼所撰《瓯北诗话》十二卷是清代著名诗歌理论著作。

【诗文大意】

湖风微、帆轻扬，回望阳山，正有落晖红透。鹭飞青天书白字，霞绚晚空，远树绯衣如覆。诗中情、清如水，心事淡、似闲云。更有渔歌欸乃声，随舷逐浪，一路送人回。

【品读】

赵翼的这首《阳湖晚归》是诗人年轻时在家乡的阳湖（位于今江苏省常州市武进区东，以近阳山而名，为常州的四大湖泊之一）所作。这里曾经有着著名的"阳湖文派"，年轻的赵翼深为阳湖山水的灵气所感染，于是在读者眼前以诗的语言描绘了一幅明净如洗的"湖渔晚归图"。诗中形色兼美、远近相揉、动静皆宜、性情飞扬，虽有效柳子厚《渔翁》之嫌，却也独出心裁别有一番激昂风采。

清微的晚风鼓起归程的船帆，回望阳山，落日的余晖正映照着山脊、湖面和岸上的树梢，一片红晕犹如绯红色的状元服，白鹭滑翔似悬挂于青天之上，使人联想到清代官员官服上的"补子"。诗人将铺陈描摹与兴致扬发杂糅一处，充分表现出年轻的才子对自己科考前程的自信及对功名的渴望。事实上赵翼在诗中对自己未来的估判基本上是正确的，于科考，他本应是当科状元，却被乾隆帝以照顾陕西考生为由改为探花；于仕途，他官至兵备道（正四品），按清代文官补服图案，补子是"云雁"，而诗人年轻时在诗中描绘的白鹭飞于水上悬于蓝天不过只是六品官的补子。

"诗情澄水空无滓，心事闲云淡不飞"两句情景交融，又对偶妙合。"澄水空无滓""闲云淡不飞"是对秋天阳湖晚景的实写，湖水澄碧，天高云淡，水天之间洁净空明，诗人的诗情在这美轮美奂的画意中安闲自在、高洁无瑕，心物相通、圆融无碍。结句的"最喜渔歌声欸乃，扣舷一路送人归"是以生动的写意，表现渔家悠然放歌，引得诗人兴致大发，随之扣舷而歌，歌声和着桨橹摇动之声，以及眼前的山水云霞以至飞鹭晚风，都归为一处，似乎只为伴着诗人的一路归程。

"墓志铭"是古代悼念性文体的一种，也是人类重要的一种文化表现形态。传统意义上的墓志铭一般由"志"和"铭"两部分组成，其中"志"多用散文撰写，以叙述逝者的姓名、籍贯、世系、生平、爵位、事略等；而"铭"则用韵文概括全篇，尤以对逝者一生的评价及悼念，多以赞颂为主。明代徐师曾在《文体明辨序说》中说："按志者，记也；铭者，名也。"

赵翼乃状元之才，以他的身世和文名以及他的长寿，求他代为撰写墓志铭在当时应是众望所归且必是润笔颇丰，然而赵翼秉持公正精赅的史家风范，对元末徐显在其《稗史集传·序》中所列举的"蔡邕之自愧"陈寿之索米""韩愈之谀墓"等文风做派十分不屑,他作《后园居诗》,坦言"谀墓"之事史上颇为常见,故言"乃知青史上,大半亦属诬"。

【雅赏】

后园居诗(赵翼)

有客忽叩门,来送润笔需。
乞我作墓志,要我工为谀。
言政必龚黄,言学必程朱。
吾聊以为戏,如其意所需。
补缀成一篇,居然君子徒。
核诸其素行,十钧无一铢。
其文倘传后,谁复知贤愚?
或且引为据,竟入史册摹。
乃知青史上,大半亦属诬。

余性爱琴，某山人有旧藏古琴四，其最佳者为赵松雪故物，许自南中携。赠诗以速之

毕沅

古音不作古器亡，宝琴百衲无辉光。江关老屋风雨夕，七条瘦玉沦微茫。

山人家住横云麓，一生消尽清闲福。明徽妙手发奇声，成连海上传仙曲。

别鹤离鹍调不闻，雪弦寂寂网轻尘。前年挟策走京洛，相逢一一为吾陈。

云是家藏琴有四，有元至正年间识。蛟唇蛇腹凤皇丝，背篆犹衔松雪字。

中抱泠泠太古心，王孙秀邸寄愁深。凭添南渡沧桑感，弹彻西台恸哭音。

琴是人非岁复月，浮云柳絮飘空阔。缣素流传半劫灰，五百年来剩此物。

予爱琴德通琴声，点点寒星纤指横。若将焦尾遥相赠，便是中郎无限情。

玉轸孤桐分一片，柳家双锁人难见。梅花淡月隔江南，莫负秋堂红石荐。

【作者】

毕沅（1730—1797），字秋帆，号灵岩山人，江南镇洋县（今江苏省太仓市）人。清代著名学者，乾隆年间状元。

毕沅父早亡，由母抚养并督导学业。他师从沈德潜，喜欢金石地理之学。考中举人后授内阁中书，迁军机章京。乾隆二十五年（1760），状元及第，授翰林院编修，历任侍读学士、太子左庶子，实授甘肃巩秦阶道台、安肃道道台、陕西按察使、陕西布政使、河南巡抚、湖广总督，授一品顶戴，赏赐黄马褂。

嘉庆帝即位，赏轻车都尉世袭。嘉庆二年（1797）卒，获赠太子太保。两年后受到和珅案牵连，坐罪抄家，革除世职，但据《清史稿·毕沅传》载："（嘉庆）四年，追论沅教匪初起失察贻误，滥用军需帑项，夺世职，籍其家。"赵翼曾挽以联云："羊祜惠犹留岘首，马援功未竟壶头。"

毕沅"虽官至极品，铅椠未曾去手"。北宋司马光的编年史《资治通鉴》上起周威烈王二十三年（前403），下迄周世宗显德六年（959）。但就时间来看，前后尚有巨大的空白，欲补续之者代有其人，如南宋有李焘的《续资治通鉴长编》、刘时举的《续宋编年资治通鉴》，明代薛应旂、王宗沐各著有《宋元资治通鉴》，清代康熙年间徐乾学等编成《资治通鉴后编》等。这些续编在史事记录、年月编排上，错误百出。乾隆三十七年（1772），毕沅开始编纂一部新的《续资治通鉴》，历时20年，完成这部220卷的巨著。毕沅一生著作等身且疏注颇丰，他著有《传经表》《经典辨正》《灵岩山人诗文集》等，并撰《墨子集注》，另注疏《道德经考异》《晏子春秋注》《吕氏春秋注》等。毕沅入仕为能吏，经学为大家，在湖广总督任上，出其私人藏书20万卷修《史籍考》，在陕西巡抚任上，他重修关中学院并亲自任教，使源于北宋关学鼻祖张载的"关学"得以崇扬发展,且关中书院硕果累累,在当时便有关中书院"英才遍秦中"之美誉。在他主持下,整修了西安碑林、华岳庙,翻修了司马迁祠,修缮了苏东坡祠,重建了西安灞桥等。

【诗文大意】

其一,上古之音不会随着时间的流逝而衰亡,尽管这张百衲宝琴已不具当年的光彩。川蜀的老屋风雨飘摇,而琴的七弦和玉轸在料峭寒风中也不似当年模样。

其二,琴家久居在深山,一生逍遥自清闲。琴人指下发出美妙琴声,犹如成连自海上传来的仙曲。

其三,别鹤离鸾已成往事,琴弦也覆满岁月的轻尘。前年我们在京洛有幸相遇,相逢之时君为我一一陈述琴之妙秘。

其四,君言家藏琴四床,其一刻有元代至正年的款识,龙唇古琴,蛇腹断纹,凤凰丝弦,琴腹篆有"松雪"二字。

其五,抚之犹现太古之音。临安的秀邸园寄予着王孙贵族们的愁怨。宋高宗南渡的悲怆之感,以及谢翱西台的恸哭之声尤在琴中。

其六,琴是人非年复一年,历史如柳絮飘忽,多少文字毁于战火,历经五百年幸存此琴。

其七,吾深谙琴之德,并通晓琴之声韵,泠泠之声如寒星闪烁于手指之间,如蔡邕将焦尾名琴相赠,对我寄予的无限深情。

其八,今天我所盼之琴如同玉轸与琴身分开一样,又如柳公双锁记忆虽存人已隔世,更如梅花淡月之美谈,曾远在江南。希望早日见到我心仪之琴,更不要辜负秋堂先生为琴斫制的那方印章。

【品读】

　　提到毕沅的成就，就不可不提及其母张藻，张藻为清代著名女诗人，张藻之母为才女顾若宪。张藻善诗词，家学渊源。毕沅在她的教导下6岁通读《诗经》《离骚》，10岁便可作诗文。后又拜著名学者沈德潜和经学大家惠栋为师。史上由寡母教养成才且官至一品者，文不过毕沅，武不过岳飞。张藻病故后，乾隆帝赐御书"经训客家"四字以示褒扬。毕沅为表铭记母训及感皇上恩典，将自己的斋馆号称为"经训堂"，又将自己的诗文集命名为《经训堂集》。

　　作为状元公，毕沅的诗文功力自然不差，这首诗为毕沅众多琴诗中的一首，从作者自题的诗名中应该是某位友人有老琴四床，其中最为珍贵的一床为赵孟𫖯曾经收藏之琴，并应允不日将从南中（今川蜀地区）携琴来相赠，天生爱琴的毕沅，以此诗邀请并催促之。本七言诗共八段，每段诗意层层递进，既可以作为八首绝句独立，又内有牵连，各有表象，一气呵成，可见诗人手笔不凡。

　　诗人巨笔如椽，洋洋洒洒，将此琴的历史、由来、现状、出处、琴制以及细节依次道来，最后道出自己对此琴的渴求及按捺不住的期盼之情。读罢此诗，深羡状元公之妙笔高深。多处用典也正是清人赋诗的一大特点，然而有些典故过于生僻，于不谙琴学的人或难以理解。"百衲"为古琴的一种形制，原是用沉香木做成蜂窝状的小块相拼而成，顾名思义为百衲。"明徽"二字出自李白的《幽涧泉》"拂彼白石，弹吾素琴。幽涧愀兮流泉深，善手明徽高张清。心寂历似千古，松飕飗兮万寻"之句。成连为春秋时期古琴名家，相传为伯牙的老师，居东海蓬莱山，以海浪击岸、林鸟飞鸣之声教导伯牙。"别鹤离鸾"出自成语别鹤离鸾，意喻离别之鹤，孤单之鸾，有着不同的凄楚和鸣唱。"秀邸"出自宋顾逢诗

《过秀邸赐第》，取意"却忆朝回日，山堂共酒樽"。接下来又用晋元帝及宋高宗"国破南渡"之典兴叹悲怆，"西台恸哭"则取自宋谢翱《登西台恸哭记》，以缅怀文天祥来增强此琴的历史感。"焦尾"指古琴四大名琴之焦尾琴，中郎指蔡邕，柳家双锁出自陆龟蒙《送琴客之建康》中的"君到南朝访遗事，柳家双锁旧知名"之句，是说南朝柳恽之父柳世隆笃好琴，发明古琴弹奏之"双锁"弹法，世称"柳公双锁"，为当时琴界极高明的演奏方法。"淡月梅花"典出苏轼、黄庭坚及苏小妹凭诗论道之趣闻——"清风细柳，淡月梅花"，苏轼各添一字为"轻风摇细柳，淡月映梅花"，黄庭坚则言"轻风舞细柳，淡月隐梅花"，相比之下苏小妹的"清风扶细柳，淡月失梅花"更显小妹之才情，似乎尤胜东坡先生及山谷道人之诗意。"秋堂"为西泠篆刻名家（1762—1806）。

综观毕沅这首咏琴诗，篇章不可谓不华丽，用典不可谓不丰富，段落不可谓不鲜明，遣词造句不可谓不精致。甚至把成连、伯牙、柳恽及其父柳世隆、晋元帝司马睿及宋高宗赵构、蔡中郎蔡邕、陆龟蒙，以及李白、顾逢、谢翱甚至文天祥统统请出来为赵子昂此琴陪驾，不禁使人感觉似有"掉书袋"之嫌。然反观之，也不枉毕沅的盛世状元之名。

【雅赏】

鹫峰寺观旃檀佛像作（毕沅）

幽州古招提，只瞻慧日相。几经龙汉劫，依然尚无恙。
似现不坏身，来诠秘密藏。千花拥云龛，九龙盘玉帐。
容光若雪海，晃朗不能望。闻昔目犍连，运神摄巧匠。
三返忉利天，审谛始营创。坎坎伐檀声，人天悉和畅。

相具三十二，庄严绝依傍。仗兹接引手，拯溺迷津上。
皓月临太空，万川皆一状。视为身外身，所见即孟浪。
文殊本无二，焉用辨真妄。试参光明经，一空生灭障。
八难暨三途，种种可尊尚。我拟谢尘羁，初地早回向。
买取鹅溪绢，绘此胜鬘样。石堂梅万株，香火长供养。
非徒烦恼除，兼得寿无量。海山潮音中，松云一鹤放。

乔山人善琴

徐珂

国初,有乔山人者善弹琴。精于指法,尝得异人传授。每于断林荒荆间,一再鼓之,凄禽寒鹘,相和悲鸣。后游郢楚,于旅中独奏洞庭之曲。邻媪闻之,咨嗟惋叹。既阕,曰:"吾抱此半生,不谓遇知音于此地。"款扉扣之。媪曰:"吾夫存日,以弹絮为业。今客鼓此,酷类其声耳。"山人默然而反。

【作者】

徐珂(1869—1928),字仲可,清末民初人士。浙江杭县(今浙江省杭州市)人,光绪年间中举,曾任袁世凯幕僚。编有《历代白话诗选》《古今词选集评》及《清稗类钞》48册,另编有《清朝野史大观》《天苏阁丛刊》《康居笔记汇函》等掌故笔记著作。

1901年徐珂到了上海,因他长于文笔,又熟悉官方文书,喜欢收集邸报,于是便加入了《外交报》担任编辑。《外交报》到1910年,共办了十年,在社会上有一定影响。

后徐珂又任《东方杂志》的编辑。《东方杂志》创刊于1904年,原是一种选报性质的刊物,剪集每月报章杂志上的记事、论文,分类刊登,供留心时事者查考,其中《宫门抄》和《奏折》占首要地位,偶尔也有时论发表。

【诗文大意】

　　有乔姓隐士高人擅弹古琴,曾得高人指点,技法精妙,常于山野之间鼓琴。其琴声可令飞禽怆然,并悲鸣与之相和。时游历郢楚之地,于馆驿操琴独奏《洞庭秋思》。隔壁一老妇倾心闻之后悲伤感叹,唏嘘之声惊动了乔山人。曲罢,山人自忖:"我半生寻觅,不料知音却现于此地。"随即款款地来到隔壁叩门问话。老媪言道:"想当年我亡夫在世时,以弹棉花为生计,今听先生操琴,像极了他当年弹棉花之声,故闻听而感伤。"乔山人心中黯然,颓然而返。

【品读】

　　徐珂所撰《清稗类钞》是一部前人笔记集,分时令、地理、外交、风俗、工艺、文学等92类,15300余条,录自数百种清人笔记,范围广泛,检查便利,但选录颇为芜杂。其中"稗"本是指杂草种子,在这里形容微小且不入流的非正统诗文。

　　这篇杂文《乔山人善琴》本不为诗或可入散文之列,但作为清末民初的诗家,徐珂却以诗人的笔法及幽默的语境讲述了一段琴中趣事。虽无诗的结构却有诗的意境,言语诙谐,令人捧腹,故收入本集。

　　将操琴之音比作弹絮者古来有之,而诗人编的这个故事却让人觉得那么真实,情节曲折跌宕,结果出乎意料,其中山人所弹洞庭之曲极可能是明代琴曲《洞庭秋思》。此文中诗人擅于铺陈,其中妙笔有两处,一为"邻媪闻之,咨嗟惋叹"一句吊足了读者的胃口,而引发山人以为遇到知音的无比欣喜。二为"款扉扣之",更是于戏谑之中又十分耐人琢磨。不禁使人脑海中产生这样一个画面:山人按捺住心中的狂喜,整理衣衫,彬彬有礼，十分君子般地到隔壁去轻轻地敲门，最后却得到老妇"酷类其声耳"的对答，"山人默然而反"，即逆转成琴人自讨无趣，悻悻而返。这一系列的铺陈、递进、转折，剧情跌宕，出乎人的意料，达到了极高的喜剧效果，读来忍俊不禁。试想，如果把它改写成剧本，编成当下的喜剧，也一定会有不错的效果。当然这个故事会有三个方面的理解，一是讽刺乔山人琴技之差，类若弹絮，这也是人们通常用来比喻古琴初学者的说法。二是表现出乔山人知音难觅的悲伤之感。三也可以理解为乔山人对牛弹琴，致使"款扉扣之"也变得自作多情了。

古琴曲《洞庭秋思》曲谱最初见于《西麓堂琴统》。此后收于《琴书大全》《松弦馆琴谱》《大还阁琴谱》《天闻阁琴谱》《悟雪山房琴谱》等诸多谱集中。此曲以洞庭秋意为琴境，描述琴人于洞庭萧瑟之秋，远望烟波浩渺，近闻碎浪拍岸，于是叹人生岁月如洞庭之水千番淘沥，不禁思潮起伏。清康熙年间诗人方朝就有《听抚洞庭秋思曲》诗："曾放扁舟溯楚天，清猿泪竹思凄然。廿年梦里湘山月，今夜分明在七弦。"是曲调高古雅正，意味悠远。

《洞庭秋思》从明代存见最早的琴谱传承至清末，已较为普及并为众多琴谱收录及修谱，也形成了不同的演奏风格及曲意解读。《西麓堂琴统》和明万历十八年（1590）的《琴书大全》所载《洞庭秋思》曲谱较相近，特别在曲子的第二段，只是《西麓堂琴统》所载此曲略精简些。这两种版本的《洞庭秋思》，特点是调性变化频繁，偏音、变化音使用较多，从音乐风格上看，更像是渊源久远的古曲。这首琴曲平婉深情，意在表达静谧而又深沉的内心独白，节奏舒缓又如有千般思绪于琴中娓娓道来，似乎以白居易《夜琴》的诗意表述较为恰当，白诗曰："蜀桐木性实，楚丝音韵清。调慢弹且缓，夜深十数声。入耳淡无味，惬心潜有情。自弄还自罢，亦不要人听。"

当代琴家多有依查阜西先生《照雨室琴谱》中《洞庭秋思》(旁注工尺点拍之油印本)及生前录音而演绎，更多在于表达源于大自然带来的温馨、平和，充满醇厚的人情意味，也体现着查阜西先生古朴凝练、稳健淡雅的一代琴风。

【雅赏】

安庆答宗笃庵（徐珂）

风雨昼如晦，江淮春已深。
看花千里约，听雨五湖心。
旧燕营新垒，归鸦失故林。
因君感飘泊，还答《式微》吟。

附录
泥泞中的光彩
——魏晋南北朝

魏晋南北朝时期（220—589），其中魏即三国时期（220—265）共45年，两晋包括西晋52年（265—317）以及东晋103年（317—420）共155年，南北朝时期由420年刘裕取代东晋建立刘宋至589年隋灭陈历169年。魏晋南北朝这369年是中国历史上政治最为混乱乃至荒诞的时期，历30余个朝代更迭和政权易手，逾140位王权统治者粉墨登场，致使社会动荡、战争频繁、门阀崛起，民生凋零。然而这又是一个文化上丰富多彩的时期，古琴文化就是在这一时期完成了从文化属性及思想属性向艺术审美和文化流传的演变进化，与此同时诗歌也正进行着由诗经、楚辞、汉赋等表现形式向更具理论性及艺术性的蜕化。从文化层面综观魏晋南北朝时期，整体的呈现是思想自由、民族融合、审美多样、百花齐放，在诸如哲学、文学、书法、音乐、美术以至天文、地理、科技等多方面都在发生着历史性的爆发，诞生了许多足以影响后世的大家和流派，其中就有文化史上令人称道的，也改变着社会公认的精神气质的"魏晋风流"，有以"建安七子"为核心的"建安风骨"，有以文人士大夫为主的提倡自我意志及独立人格的"竹林七贤"。在儒释道相互渗透的作用下，以魏晋风度始端的士大夫精神，逐步奠定了士族及文人群体性的人格基础，其影响远达今世。

"建安"是东汉末帝汉献帝刘协的年号（196—220），汉末历史中许多重大的事件都发生在这个时期，如官渡之战、赤壁之战、渭南之战，同时这个时期又是一段十分精彩的特殊历史时期，在这将近25年的时间里，历史发生了翻天覆地的变化。曹操挟天子以令诸侯，大破乌桓、灭袁氏诸侯一统北方。至220年初曹操病逝，同年曹丕受禅称帝，正式建立大魏（史称曹魏），立年号"黄初"并定都洛阳，正式终结了汉朝400余年的历史。"建安七子"曾经居于邺城，又称"邺中七子"，其中的孔融是孔子的二十世孙，更是三国时期大儒；王粲为当世之文脉，与曹植并称"曹王"；而曹植更是名声广播。建安时期是中国文学艺术发展史上的一个重要时期，涌现了以曹氏父子和建安七子为代表的一大批文学才子，当然这一现象的出现是与曹氏父子的权力支撑分不开的，当时曹操在邺城专门建造铜雀台，供文人名士活动之用。魏文帝曹丕下令人口十万以上的郡国每年举孝廉一人，黄初五年（224）又封孔子后人孔羡为宗圣侯，重修孔庙，在全国各地大兴儒学并设立太学，开设五经课试之法，再设"春秋穀梁博士"（《穀梁春秋》与《左传》《公羊传》乃解说《春秋》的三传），在短期内使封建正统文化得以迅速复兴。极具代表性的如曹魏初创时期，曹操为广揽人才多次派人招揽阮瑀，然而作为东汉遗民，阮瑀最初从思想感情上并不十分接受曹魏政权也不情愿为曹魏服务，遂遁入深山，曹操得知后心有不甘，于是仿卫文公求介子推之举，命人放火烧山。当然阮瑀不是介子推，他终于还是下山依附了曹操，然而不得不说的是终阮瑀一生他"从一而终",对曹魏政权誓死效力,从无二心,兢兢业业,鞠躬尽瘁。嵇康的古琴曲《广陵散》之"绝唱"更是为这段暗夜般的历史加入了一个沉重而不屈的人文标签。人们第一次完成了古琴的形式美与内在美的自我发现与肯定,并形成魏晋风度下古琴文化的普世价值观及精英审美观。

"建安风骨",多指汉魏政权交替之际的文学风格,犹具有慷慨悲凉、雄健深沉等特点,有着鲜明的时代特色。政治理想的高扬、人生短暂的哀叹、强烈的个性表达、浓郁的悲剧色彩,这些特点构成了"建安风骨"的文学内涵,一众名家们以其旷世才华为诗、赋、散文的发展做出了历史性的贡献。建安文学的辉煌成就,对后来的文学艺术发展产生了深远的影响,尤其是兴起了文学史上第一次文人诗的高潮,从此奠定了文人诗的主导地位,给后世留下极其深远的影响。李白有"蓬莱文章建安骨"的诗句,鲁迅先生赞誉建安是文学的自觉时代,从这个时候起,人们开始认识到文学有着它自身的思想价值和独立的审美地位。

正始年间(240—249)是三国魏齐王曹芳的年号,古人云"正始之道,王化之基",又云"正始之道,谓正王道之始也"。竹林七贤时期社会上"玄学"之风正兴,儒学思想的统治地位正在为道家、名家、法家等诸家思想所打破,以"清谈"为代表的"玄言"日益被士大夫阶层所追崇,他们多推崇老庄思想,追求玄幻清淡的生活意境,此风气被称为"正始之风"。而此时的诗文有不少被称为"正始"体,为古琴做出积极贡献的"竹林七贤"所创作及追捧的音乐则被称为"正始之音"。后人在诗文评论中常以"正始之风"作为赞美,极具褒奖之意,如"采缛于正始,力柔于建安"(《文心雕龙·明诗》),"贾岛存正始,王维留格言"(《寄洛下王彝训先辈二首》)。

"隐士文化"在两汉开始盛行,到魏晋时期发展至顶峰。而"竹林七贤"的"隐"实为发泄对司马氏的不满和基于怀才不遇的放浪。后来的事实也说明了史上的"竹林七贤"不过虚名矣,七子中除嵇康被杀外,最终没有投靠司马氏政权的唯阮籍、刘伶二人。士人们的"求隐",在这个时期是一种"意象审美",古琴也被赋予了"隐士情怀",从而在魏晋南北朝时期的文士名家思想感情中备受尊崇,他们善琴意、重琴理,于技法上多出自家学。当下人们谈及竹林七贤,通常会冠以魏晋之风、隐士风范,其实这七个人全都做过官,其中山涛(字巨源)是竹林七贤的实际发起人,且以79岁善终,谥号"康",官至吏部尚书、太子少傅、左仆射、封新沓伯,他也是竹林七贤中职位最高的。"竹林七贤"中最长者刘伶活了89岁。今人有一个近乎错误的认识,普遍觉得"竹林七贤"应是品行高古、不满朝权、散淡不羁、归隐林下的高洁之士,这与真实的"竹林七贤"大有不同,他们最终分离为两种人生方向,其中嵇康、阮籍、刘伶与司马氏坚决不合作,最终嵇康被司马氏杀害,但他的《广陵散》《琴赋》跨越近1800年的历史时空,至今仍被人们传唱。山涛、王戎、阮咸则入仕高就,至此,竹林七贤分崩离析。其中最可悲的是嵇康,他宁死不屈,而他的儿子嵇绍则在山涛的尽心帮扶下最终成为晋惠帝司马衷的黄门侍郎和散骑常侍,在"八王之乱"中用身体保护了晋惠帝,被乱军杀害。

　　发生于307年的"永嘉之乱"引发了中国历史上第一次"衣冠南渡",在门阀士族崛起的同时,也加速了南北文化的融合。那是史上最动荡的时代,文学艺术却在人们智慧的火花和热情的迸发中得到了积极的释放。南朝首都建康(今南京)与同时期古罗马城被后世并称为"世界古典文明两大中心",以建康为代表的南朝文化至今仍在影响着世界文化的格局。

由"建安风骨"至"永明诗体",近三百年间先后形成了数个以皇家为中心、以诗歌为表现的文人集团,而且每个集团都比较鲜明地具有所在时期的群体化艺术风貌。在诗歌创作及理论研究上,南北朝时期的"永明体"将南北朝及其之前形式自由度高、格律及韵律相对宽泛的古体诗,向结构严整、有明确韵律要求的近体诗转变。换言之,南北朝时期是推动诗歌的原始形态向诗词的形式审美历史性迈进的一个时期,并艺术性地将古琴文化以"琴诗"的形式确立了下来。"竟陵八友"是指南齐永明年间形成的一个由竟陵王萧子良召集,包括萧衍、沈约、谢朓、王融、萧琛、范云、任昉、陆倕等八人的文人团体,他们集当时南朝的文学、诗歌、琴艺之大成,具有着文化风向标的历史地位,并以沈约为主提出了"四声八病"的诗学理论,在这一理论支撑下产生的诗歌被文学史称为"永明体"。《南史·陆厥传》中明确记载:"时盛为文章,吴兴沈约,陈郡谢朓,琅琊王融,以气类相推毂。汝南周颙善识声韵,约等文皆用宫商,将平上去入为四声。以此制韵,有平头、上尾、蜂腰、鹤膝。五字之中音韵悉异,两句之内,角徵不同,不可增减。世呼为永明体。""竟陵八友"创造了一个时代,并形成了足以立于后世的一派诗风。其间有以谢灵运、颜延之和鲍照这"元嘉三大家"为代表的"元嘉诗风",冲破了"玄理"而取向山水,而"永明诗体"则继"元嘉诗风"之后使南朝诗风又一次发生重大变化,更为后世之格律诗的艺术形制奠定了重要的基础。

　　南朝诗歌更偏重对艺术的表现形式、语言技巧及词句修饰的创新,尤其是具有帝王色彩的宫廷诗,虽有华而不实、堆砌辞藻的浮靡之气,但也为后世积累了相当的诗词艺术经验,并为后世的诗词艺术创作奠定了韵律及格式上的基础,也涌现出大量优秀的诗歌作品。沈约等人"四声理论"的产生和"永明体"的形成，加之当时佛教传入和佛经翻译的逐渐繁荣，进一步促进了音韵学的发生和发展，使人们具有了掌握和运用声律的自觉意识，这些都对于增加诗歌艺术的形式美及其表现力有一定的推动作用。沈约在其《宋书·谢灵运传》里有云："民禀天地之灵，含五常之德，刚柔迭用，喜愠分情。夫志动于中，则歌咏外发"，又云"然则歌咏所兴，宜自生民始也。"他认为《诗经》与诗歌的起源有密切的自然联系，甚至将《风》《骚》视为中国文学传统的先驱。沈约还对"建安"以及"元嘉"的诗风进行了一系列的评注，从而对后世文学发展特别是诗学理论有着深远的影响。

"徒诗"简指不入乐的诗。清末姚华先生在其《论文后编》曾言："盖乐府与诗，本出一源，其别惟入乐与否之分耳。有声可歌者，即四、五、七言诗亦可为乐府，否则长短杂言而不能入乐，犹徒诗也。"《诗经》为"合乐歌唱"而《楚辞》则属于"不歌而诵"的"徒诗"。就诗词歌赋而言，经历了近四个世纪的研磨，"徒诗"确立了其应有的诗坛地位，如鲍照的诗作就半数为徒诗半数为乐府。鲍照的七言诗在诗史上占有极为重要的地位，他也因此被后世尊为"七言诗开山之祖"，他的"徒诗"全为五言，其五言古绝更是在句式、押韵上开唐人绝句之先河。

有别于南北朝的"言词迤逦、扉靡华丽、玄风淡寡、性情渐隐、声色大开、清丽缠绵"，魏晋诗"词采葱倩、音韵铿锵、骨气奇高、气过其文、词采华茂、雕润恨少"，反而是与唐诗钟灵秀美、格律严整、山水恬静、直白晓畅、绮丽柔靡、奇章典句近似。最后，马元熙的"长明风范"使后世的我们眼前一亮，尤其是他承南北朝风姿入隋，更以一首孤篇琴诗压卷，一句"上客敞前扉，鸣琴对晚晖"好似一阵挟着青草芳香的春风，随着琴声拂面而来，他那清便婉转、点缀映媚、落花依草、流风回雪般的诗句也将我们的思绪带入了唐诗的时代。

附：名家辈出的魏晋南北朝

（一）著名科学家：刘徽，中国古典数学理论的奠基者之一；祖冲之，杰出的数学家、天文学家、文学家、地质学家、地理学家和科学家；郦道元，地理学家、散文家；贾思勰，农学家；葛洪，医药学家；马钧，古代科技史上最负盛名的机械发明家之一；裴秀，开创我国古代地图绘制学；陶弘景，道教思想家、医药家、文学家；何承天，著名天文学家；王叔和，医学家。

（二）著名书画家：邯郸淳（有《三体石碑》）；钟繇、韦诞、卫恒（著有书法巨著《四体书势》）；卫夫人（作《笔阵图》）；王羲之、王献之、王僧虔（有《王琰帖》及《论书》）；智永（有《真草千文》）；顾恺之（有《女史箴图》《洛神赋图》《列女仁智图》）；张僧繇（今有唐人梁令瓒临摹的《五星二十八宿真形图》）；萧绎（今有北宋摹本《职贡图》）；杨子华（今有宋临摹的《北齐校书图》）；陆探微（与顾恺之归为"密体"的代表画家）。

（三）著名文学家：建安七子（孔融、陈琳、王粲、徐干、阮瑀、应玚、刘桢）；竹林七贤（嵇康、阮籍、山涛、向秀、刘伶、王戎、阮咸）；曹植，被誉为"建安之杰"；潘岳，与《文赋》作者陆机齐名；左思，著名文学家；陆机，被誉为"太康之英"；谢安，文学家兼政治家；陶渊明，史上第一位田园诗人；谢灵运，被誉为"元嘉之雄"；刘义庆，南朝宋文学家，《世说新语》及志怪小说《幽明录》的作者；鲍照，南朝宋文学家，"元嘉三大家"之首；沈约，南朝文宗；江淹，南朝著名文学家；谢朓，南朝齐诗人；刘勰，著中国最早的文学评论巨著《文心雕龙》；钟嵘，仿汉代九品论人、七略裁士的著作先例，著诗评专著《诗品》；郦道元，完成了举世无双的地理名著《水经注》；杨衒之，北朝北魏散文家，著《洛阳伽蓝记》，是与《水经注》《齐民要术》齐名的北魏三部杰作之一；吴均，南朝梁文学家，开"吴均体"一代诗风；何逊，南朝梁诗人；萧统，南朝梁文学家，世称"昭明太子"，编集成中国古代第一部文学作品选集《文选》30卷；徐陵，南朝梁陈间诗人，骈文家，所编《玉台新咏》收录东周至南梁诗歌共769篇；庾信，文学风格被称为"徐庾体"；周兴嗣，南朝梁史学家，著有《千字文》。

后 记

《松风诗话》写作之初拟名为《松风诗话三百》，4卷共100余万字，后应出版单位建议，压缩为一套上、下两卷，其中上卷含先秦、两汉、魏晋南北朝、隋、唐，下卷含宋、元、明、清。"松风"取古琴曲《风入松》之名，又因汉乐府《琴曲歌辞》中有《风入松歌》而借用，这也是迄今为止最早的且保留完整的以诗词为曲意的古琴曲。

终日埋头于故纸堆中，在笔下的墨迹和涂抹中与2000多年来的众多诗词大家和大德琴家呢喃低语，时常会有一种穿越的感觉。恍惚间，他们的身影历历在目，而自己的心仿佛也被他们的喜怒哀乐、他们的爱恨情仇撞击着，耳畔不时又有跨越千百年的琴声环绕着，久而不衰，甚至有的时候会为他们诗词中的琴思、琴境所撼动，欣然搁笔而弄弦鼓琴。600多个日日夜夜，我将神思化作一叶小舟，游于历史的长河之中，近距离地感受他们的诗文情愫，感叹他们的悲欢离合，游走于近千首琴诗琴词，畅翔于文字编织的光彩世界。多少寂静的夜晚我曾经潜入他们的人生，跟随着他们的脚步，灯影之下也有过潸然泪下、有过悲喜交加、有过神情激昂，也有过落寞惆怅。

每当我望着一摞摞稿纸，心中便感慨万分，在感叹古人智慧的同时尤感自己的微小，甚至萌生胆怯和退意。所以，《松风诗话》的成书，要由衷地感恩两位学者的赐序，感谢出版社各位老师的支持和鼓励，感谢我那些默默从事文稿整理的学生们，更希望能将自己肤浅的心得与大家分享。

随着全书压卷篇《风雅凄婉的纳兰词》收笔，两卷本《松风诗话》正式完稿了，而当这一切过往都如帷幕落下，自己内心却产生了几许不安和莫名的失落，这应该是对古圣先贤的崇敬和对中华文化博大精深的叹服吧。此时的我面对稿纸上的最后一个句号，以从未有过的端庄点燃了一支香烟，这一刻深深吸入的仿佛是旧时记忆，慢慢吐出的是恋恋不舍。

2022年12月31日凌晨于草窗别院